地喊叫着："喜子，你别死啊，你要撑住啊，我这就送你去医院。"

"别费劲了，来不急了。"

"不，我不会让你死的。"

"宝贝，我不行了。有句话我一直都想对你说，可是，我一直都没有机会。在我临死之前，我一定要对你说。"

陈小丫知道他要说什么，她实在太痛苦了，她已经失去了一个男人，现在她怎么也不愿意再失去刘进喜。

"你别说话，我一定要把你救活，我还等着你来娶我呢。"

"真的吗？"

突然间，刘进喜的眼睛变得雪亮，充满了期待。可是陈小丫没有发现，她正处于极度悲伤之中了，根本就没有留意到这些。

"是的，我爱你，我要嫁给你。我之前一直拒绝你，那是因为我害怕失去你，我已经失去了一位爱人，我不想再失去你。"

"那你亲亲我好吗？"

刘进喜真是个厚脸皮，都这个时候了，他还不忘吃人家的豆腐。陈小丫没有多想，毫不犹豫就亲上了。此刻，陈小丫想得最多的就是尽量满足刘进喜的一切愿望，哪怕嫁给他。

"行了，表演该结束了。"

陈小丫心里正难受了，突然听到这种话，她内心十分不悦。尤其说话的还是聂云海，她心中的无名火当时就冒了出来。

"聂云海，你太过分了，我把你当朋友，你就这样子对我吗？"陈小丫越说越激动，朝着聂云海劈头盖脸就是一顿臭骂。

"行啊，聂云海，要知道你是这样的人，我就跟你绝交。喜子好歹也是你的兄弟，你们从一个战壕里爬出来，他都熬不过今晚了，你还这样说他。"

"什么？你说他熬不过今晚了，我告诉你，他的命贱着呢，没那么容易死。"

聂云海气不过，上前照着刘进喜的屁股上就是两脚，说道："起来，别再装死了，再装，我真就把你拖到焚尸炉里去。"

"畜生，你还有人味吗？"

这一下，陈小丫真火了，她照着聂云海的面门就是几拳。聂云海左躲右闪的，他一边躲还一边说道："刘麻子，我告诉你啊，你再不起来，我可要对你婆娘动手了啊。”

你还别说，这一招真管用，刘进喜从地上一跃而起，道：“别别别，聂队，你那拳头得多重啊，把我婆娘打坏了怎么办！”

陈小丫完全被他给弄傻了，她简直不敢相信。

“你，你没事了吗？”

“我没事呀，这不是活蹦乱跳的吗？”

刘进喜就像什么也没发生一样的，又嬉皮笑脸了起来。陈小丫见刘进喜真没事，反手就给了他一个耳光。

“王八蛋，你吓死我了。”

挨了这一巴掌，刘进喜心里反倒美滋滋的。他也不生气，一把就把她抱在了怀里。

“宝贝，我怎么舍得抛下你一个人呢？我就是想看看，你到底爱不爱我。”

“我才不爱你呢，混蛋，就知道吓唬我。”

刚开始陈小丫还拿小拳头在刘进喜的胸口上乱捶，到后来，两人抱着一起发笑。最后，他们开始狂热的亲吻。

聂云海看不下去了，去了嫌疑犯的房间。聂云海在他的电脑里发现了很多的照片，除了张璐的裸照外，还有蒋玉莲、徐丽娜、小陈星等人的照片。看样子，嫌疑犯早就盯上了聂云海。

这里需要交代一下，张璐事件过后，智慧就去别墅看望她。看到智慧，张璐又变得癫狂了起来，她像变了个人似的，不断咆哮。

“你走，我不想见到你，你这个卑鄙的小人，伪君子。你毁了我，现在又想毁掉我的爱情。我不要充当你的帮凶，也不要你的钱。我不怕要挟，只要你敢动聂云海，我就跟你拼命，你这个衣冠禽兽。”

张璐简直歇斯底里一般，可智慧一点也不生气，他坐在沙发上笑呵呵地看着她，直到她骂不动了，他这才说道：“发泄完了吗？没发泄完你就接着骂，实在还不解气，你咬我几口也行。”

张璐无语了，她想不到这么大一个市长，却是一副市井无赖的嘴脸。

“流氓、无赖，亏你还是市长了，贱人。”

智慧还是没有生气，他走到张璐的面前，一把就搂住了她。

“宝贝儿，这么多天了，我可想死你了。”

“别碰我，快放开我，再不放开，我可要喊了。”

智慧哪会听她的，他当时就把张璐按倒在沙发上，开始撕她身上的睡衣。一边撕，一边亲。

“宝贝，我知道你喜欢来点刺激的，那我们就来点刺激好了。”

“救命啊，救命啊……”

“你喊吧，喊破喉咙也没人理。告诉你，这里所有的材料全都采用了隔音处理，就是在这里开 party，外面也听不见。”

智慧真不愧是情场老手，软硬兼施，张璐没辙了。她挣扎了好半天，最后筋疲力尽，身上的睡衣也被撕烂了。

“畜生，你毁了我，毁了我的一生。”

“得了，你就别再装什么清纯了，你以为你很干净吗？你帮我干了那么多的坏事，那么多钱都是经过你的手转出去的，你能说自己是好人吗？”

此时，张璐已经没有反抗的力量了，她趴在沙发上，完全就成了智慧的玩物。此刻，她只有痛苦和泪水。

“我求求你放过我好吗？我只想做一个普通人，我不要你一分钱。车子、房子我都不要了，我只求你放过我，好吗？”

“哼，你想回到过去啊，已经不可能了。你喜欢聂云海对不对啊？我告诉你，那也是不可能。聂云海是个追求完美的人，你已经烂到了骨子里。他如果知道你干了那么多的坏事，非亲手把你送进去不可。”

“不，我不奢求他爱我，我已经不是一个完整的女人了。我只求能够远远地看着他，看着他幸福，我就心满意足了。”

张璐还是善良的，她只不过是智慧的一颗棋子。智慧累了，他趴在张璐的身上，汗流浃背的。

“宝贝儿，别傻了，你已经回不去了。你是我的女人，也只能是我的女人。无论今生还是来世，你都是我最爱的女人。”

古往今来，但凡政客都是肮脏而卑鄙的，他们为了达到目的而不择手段。智慧就是这样一个人，表面上他代表了珠市、代表了政府。暗地里，他无恶不作，贪污受贿、以权谋私、乱搞男女关系等等。

张璐就是他的牺牲品，他的玩偶，也是他发泄情欲的一个工具。现在，他发泄完之后，又充当起好人。

“宝贝，我没有对不起你，看看你现在过的什么日子。再看看你父母，他们又过的是什么生活？这些聂云海能给你吗？他只是一个小小的军官，我给他升官发财的机会，他还不知道利用。哼，不识抬举的东西，我迟早会叫他滚蛋的。”

“你想要干什么？我可告诉你，你要是敢动聂云海一根寒毛，我就跟你同归于尽。”

智慧被张璐的话吓到了，从她凌厉的目光里，他看出了这个女人的心已经不在他这里了。可智慧不愧是情场老手，他马上又嬉皮笑脸了起来。

“宝贝，你这是干什么？我可是你的男人，你第一次都给了我，难道你还要帮着外人来对付我吗？”

张璐走到衣柜前，她拿了件衣服，一边穿着衣服，一边说道：“智慧，我告诉你，别以为你占有了我的身子，我就是你的人。老娘已经不是十八岁的小女孩了，你所有的秘密我都知道，真把我逼急了，你也别想好过。”

听到这里，智慧嚯地站了起来，眉心间现出了一片杀气。张璐看出来了，她冷笑道：“怎么，想杀人灭口吗？告诉你，没有那么便宜的事。聂云海现在可在意我了，我要是擦伤了一点皮儿，他都能看出来。你别忘了，沈心的死，你们做得那么干净，还不是被他看出来了？”

智慧都快被气坏了，但他却拿张璐没有办法。

“你怎么没淹死呢？”

“哈哈哈哈……”

“我已经死过一次了，也想开了。以前，我就是贪欲太重，才会被你利用。现在，我要做回我自己，绝不做你的帮凶。”

智慧静静地看着面前的这个女人，一分钟之前，他们还在翻云覆雨。现在他完全不认识她了，也被她身上的那股怒火给镇住了。

“好好好，你想要自由，我给你。但是，你得替我做最后一件事。”

“办不到，我已经不是你的工具了。”张璐非常生气，到现在智慧还想利用她。可姜还是老的辣，他已经从防守转换为进攻。

“你还是想想你自己吧，想想你的父母，他们多不容易啊。别只为了一个聂云海，连自己的将来都不要了。”

张璐气馁了，首先她在气势上就败了，她无力地坐在床沿上，眼神很无助。

“你……你别乱来啊，我……我也不是好惹的。”

智慧乐了，说道：“宝贝，只要你帮我办完最后一件事，我什么都答应你。那时，你嫁人也好，出国也罢，我都不会阻拦。”

张璐心里明白，这事肯定与聂云海有关，她马上就警觉了起来，道：“不行，你要我做什么都可以，唯独让我去害聂云海，我办不到。”

智慧见张璐猜到了他的心思，他也就不再拐弯抹角了。

“你怎么这么傻，聂云海一天不死，我们都没有好日子过。他今天查这个明天查那个，总有一天会查到我们头上。那就不是你想要他的命了，而是他会要了你的命。”

“那也不行，我宁愿死在他手里，也不会让你去害他。”

“宝贝，你别傻了，我们已经没有选择的余地了。你看他都干了些什么？自从他来到珠市，这里几乎天天都在死人，说不定明天就轮到我们了。”

张璐现在是骑虎难下，但理智告诉她，回头是岸。所以，她又一次拒绝了智慧，冷冷道：“我不管前面是万丈悬崖也好，刀山火海也罢，反正我不会去害聂云海的，我也不会让你去害他。”

“好，你不想让他死也可以。”

智慧就是这么厉害，他完全把张璐玩弄于股掌之间了。他也不嫌恶心，也不怕羞耻，他赤裸着身子，侧卧在张璐的床上，满眼都是欲望。

张璐很天真，他见智慧这样一说，马上就转过身来，满脸期待地看着她，问道：“真的？”

“当然了，我是谁啊，一市之长，我能欺骗你吗？”

“好，我答应你。说吧，要我干什么？”

张璐毫不犹豫就答应了自己，他很高兴，又一次征服了这个女人。所以，智慧看了看自己的那个地方，就是它太不争气了，已经没有一点生气。

最后，智慧只好放弃他那猥琐的念头，他站起身来，一边穿衣服，一边说道：“你给我听好了，我现在不要聂云海的命，但是，他必须离开这里。如果再查下去，我们之间必定会有一个人死，但那个人一定不是我。”

“让他离开，离开珠市？”

“对，永远也别回来了。”

智慧穿好了衣服了，转身下了楼，走到台阶上的时候，他又停下了脚步，回过头，对张璐说道：“宝贝，我保证，只要他不再管珠市的这些事，我不会动他一根头发。而且，你还可以跟他远走高飞，你们可以去M国，去加拿大，想去哪都行。”

张璐陷入了沉思，她似乎又看到了希望。智慧满意地走了，因为他知道，他的目的已经达到了。他再也不需要张璐这颗棋子了，现在，他只需要等待。

聂云海还在宾馆的房间里冥思苦想着，他有太多的疑问在心里。正这时，张璐来了电话，聂云海没有多想，随手就接通了电话。

“璐璐，怎么了？”

“海哥，你可以过来一下吗？我害怕。”电话里头，张璐的声音显得特别的青涩。

“现在吗？”聂云海很矛盾，他知道，上次因为夜宿张璐家，弄得满城风雨。

“我知道我不是个好女人，可我害怕。你就陪我坐坐，行吗？”

聂云海听得出来，张璐的声音在发抖，他不再犹豫了。

“好，我马上过来。”

等聂云海来到张璐家的时候，她又换了一身装束，她的头发也湿了，眼睛也红肿了。看得出来，她哭过，为了不让聂云海看出来，她又洗了澡。

“海哥，来，陪我喝几杯，咱们把那些不愉快的事情全都抛掉。”

聂云海见她突然变得洒脱了起来，心里很高兴，也就没有了顾虑。两人面对面坐着，桌上的酒杯已倒满了酒，聂云海拿起酒杯说道：“好，我今天就舍命陪君子，咱们不醉不归。”

“哈哈哈哈，这才是我熟悉的海哥，来，干了。”张璐也笑了，脸上露出她那久违的小酒窝。

“干，为我可爱的小师妹获得重生，干杯。”

“不，为我师哥娶到那么好一个嫂子干杯。”

这话从张璐的嘴里说出来，十分难得，却戳中了聂云海的软肋。想起婚礼的事情，聂云海觉得惭愧，他把内心的痛楚完全发泄在酒精上来了。

“那都是过去的事情了，还提它干什么，喝酒，喝酒。”

聂云海嘴里不说什么，心里却比谁都苦。张璐却不同，她今天是有备而来，目的就是要把聂云海灌醉。所以，她一个劲地给聂云海劝酒。

“海哥，和你认识了这么久，今天才是最痛快的一次。”

“璐璐，你不了解玉莲，她是一个很好的人。你别看她高高在上的样子，她比谁都心软，你要是和她相处久了，你们会成为最要好的朋友。”聂云海已经是醉眼朦胧了，说话都有些吐舌头了。

“那当然了，不然我也不会输啊。”张璐一边说着，一边往聂云海的酒杯倒酒。

“可是，话又说回来了，输给她，我认了。”

“璐璐，你不是输给她，而是我先认识了她，我的心只能装一个女人，那个女人就是……”说着，聂云海竟趴到桌子睡着了。

“海哥，来喝酒……海哥，你醉了吗？”

张璐怕聂云海没有醉，还轻轻的推了推他的胳膊，可聂云海已完全没有意识了。张璐见聂云海真醉了，她这才走上前，扶他上了楼。

“海哥，走，我扶你休息去。”

“我不用你扶，我，我没醉，我怎么可能喝醉呢？”

聂云海嘴里说着，身子却不由自己。张璐好不容易才把他弄上楼，到了自己的房间里。还没等她去给聂云海脱鞋子，聂云海就倒下去了，连同张璐一起倒在了床上。

“啊。”

被心爱的男人压在身下，张璐还是第一次，免不了心跳加速。她深深地吸了一口气，闭上眼睛，她幻想着，等待着，等待聂云海的亲吻。许久，却传来聂云海的呼噜声。

张璐很失望，她想象中的美好爱情没有发生。她有些不甘，抱起聂云海的脖子就开始亲吻。接着，她又爬到聂云海的身上，去脱他的衣服和裤子，她的激情瞬间被点燃。

“玉莲，玉莲，我就知道你舍不得离开我。玉莲，你知道吗？我这辈子只爱你一个人，不管是心可也好，张璐也罢，我都把她们当成妹妹。我不可能娶她们，我也不爱她们，我的心，我的人，永远只属于你。”

这个时候，张璐情趣全无，她非常痛苦，眼泪簌簌的往下掉。张璐爬起来，默默地穿好衣服，伤心地走出了房间。这一夜，张璐喝了很多酒，她想明白了，也看清楚了，她决定用一生来守护聂云海。

第 44 章　回头是岸

当聂云海睁开眼睛的时候，已是中午了，昨晚发生的事情他都不记得了，他就觉得脑袋很疼。聂云海发现自己躺在张璐的床上，全身只剩下一条裤衩，他的脸颊马上就红了，赶紧穿好衣服逃离了别墅。

回到派出所时，正赶上新闻发布会，就见陈小丫对着媒体说道："各位媒体朋友，关于裸照事件，这完全是一起有预谋、有组织、有策划的报复事件，真正的幕后黑手叫尤杰，他是公安部通缉的 A 级嫌疑犯。他们的目的就是想报复聂云海，抹黑聂队的人格。这种行为极其恶劣，而且尤杰手上有数起命案，疑犯现已被警方当场击毙。这就是我们今天召开新闻发布会的全部内容，谢谢大家。"

"陈所长，你好，我是京报的记者。据我所知，裸照事件已经真相大白了，幕后黑手也得到了应有的惩罚。可是，另一个肇事者李永胜却无罪释放，这是为什么呢？"

这家伙还真问到点子上了，按照李永胜的行为，至少得拘留他 15 天。可他主动配合警方找出了真正的幕后黑手，所以，聂云海也就没有为难他，当晚就把放了。

"对于这个问题，其实非常简单，李永胜和聂云海是同学，他又和蒋玉莲是发小，尤杰就是利用了这一层关系来给聂队抹黑的。事后，我们对李永胜进行了教育批评，之后就把他放了。"

"陈所长，你好，我是晚报的记者，我有几个疑点，希望你能解释一下。为什么那么巧，聂队会出现在张璐的家里？为什么张璐恰好没有穿衣服？还有，从照片上我看到，聂队和张小姐的关系不一般，这怎么解释呢？难道这也是巧合吗？"

这话激怒了特战队的弟兄们，大家都很愤怒，卢德铭甚至准备把那位记者给赶出去，却被陈小丫拦住了。

“这位朋友，你问得好，这也是我心中的疑点。为了这件事，我一度和聂队红过脸，可你们并不知道，聂队是张璐的师哥，他们的关系非常好，可以用男闺蜜来形容。当晚，张璐在卫生间洗澡不慎摔倒，她只好打电话向聂队求救。聂队风风火火地赶到张小姐家，他发现张小姐的身上有多处骨折。所以，他把她抱回了房间，然后又给她穿好了衣服，这有什么不对吗？”

陈小丫的回答，完全是忠于事实，可那家伙就是不信。

“陈所长，我还有一点不明白，聂队马上就要结婚了，他怎么会有其他女性朋友家里的钥匙呢？他即使是赶去救援的，他怎么进的屋呢？”

这一下，刘进喜也坐不住了，怒道：“我来回答你，聂队是特战队的兵王，别说这点破事了。他被人捆住双手丢进了珠江，在没有外力的情况下自己游上岸，难到还救不了一人吗？”

这一下，在场的所有记者全都哑口无言了。聂云海一直就站在后面，他越听越觉得无聊，正准备离开。不想却被一名女记者给发现了，她赶紧拦着聂云海。

“聂队，你好，我是省台的新闻记者，我想问你一个问题。你在跳河营救张小姐的那一刻是出于爱，还是出于什么呢？”

聂云海本来已经走了，听她这么一说，他又站住了，回过头对着摄影机说道：“小姑娘，别轻易地说出爱，它是神圣不可侵犯的。在我的心里，爱人只有一个，那就是蒋玉莲。以前是她，现在也是她，将来还是她。你问我为什么要去救张璐，我告诉你，等下次你跳河的时候，只要我在场，我也会毫不犹豫地跳下去救你。”

有些人根本就不理解爱的含义，却出口就是爱，我怎么怎么的爱你，爱得无法自拔，爱得死去活来，爱得天荒地老。爱在他的心里就是廉价的玩意儿，根本不值钱，这种人根本就不配爱。

爱是什么？爱是一种圣物，一种无法用金钱来衡量的东西，它没有价值，也可以说是无价。爱是对心上人最尊贵的礼物，一种不求回报的馈赠。

有些人为了爱宁愿付出生命，有些人为了爱甘愿一辈子孤独，还有人为了爱不惜身败名裂，走向灭亡。他们才是爱的忠实信徒，为爱而生，为爱而死，为爱而痴为爱而狂。

爱有很多种，有伟大的父母之爱，那是一种无私的馈赠。有甜蜜的恋人之爱，那是心心相惜的托付。还有因爱生恨的，那是刻骨铭心的痛爱。

记者向聂云海提问爱的含义，简直就是对他的一种侮辱，他对张璐没有爱，只有友谊。聂云海对蒋玉莲的那种才叫爱，既有无私的馈赠，也有心心相惜的托付。

说罢，聂云海头也不回地走了，至此，新闻发布会就算结束了。记者们一走，弟兄们可就来了精神，大家把刘进喜和陈小丫给拉进了一间小房间，门一关就开整了。说到整人，卢德铭最来劲了，他高声道："弟兄们，刘麻子把证给领了，你们说怎么办啊？"

"那还不好办啊，先吃颗糖呗，小两口过日子讲究的是甜甜蜜蜜。"

贾青山这小子平时话不多，心里却挺猥琐的。就见他手里拿着一颗水果糖，用一根绳子拴住中间。然后，他站到了凳子上，吊着糖，对刘进喜和陈小丫说道："快呀，你们小两口一起上吧。"

陈小丫心里挺来气的，可又没办法，她被大家推到了中间，不配合也不行。

"别别别，多难为情啊。"

"得了吧，还难为情，别以为我不知道啊，昨天晚上，你们在车上就开始亲热了。"自从挨了一枪子，唐陆那小子就变得越来越贼了。

"快快快，别废话了，快吃糖吧。"

贾青山都等不及了，他兴致高昂地吆喝着。大家就逼着他们去咬糖果。没有办法，陈小丫只好硬着头皮来咬。但贾青山却好贼，眼看着两人快要咬到了，他把绳子往上一提，两人又扑了个空。

"哈哈，没咬着，再来。"

陈小丫可不乐意了，她眼睛瞪得大大的，说道："不行，不行，明明我们快咬到了，是你把绳子抬高了。"

"就是啊，有你这样整人的吗？"刘进喜跟他媳妇一唱一和的。

"怎么，有意见啊？有意见你别娶老婆啊。"贾青山玩起来比谁都来劲，他的坏主意又多。刘进喜平时能说会道的，今天还真说不过他。

"不玩了，不玩了。"刘进喜想溜，还没等他走了，就被卢德铭几个人拉住了。

"想走，门儿都没有。"

大伙嘻嘻哈哈地玩闹了一阵，时间也就不早了，就拉着刘进喜去请客，他倒也大方，领着大伙就下了馆子。

“走，去吃饭去，刘麻子请客啊。”

“没问题。”

都去吃饭了，只有聂云海还在忙碌，等他把活儿都整理出来，刘进喜已打了五次电话。没办法，他只得把活儿先放一放，去参加好兄弟的婚宴。上了车，聂云海又想起了蒋玉莲来，车还是人家的。想到这些，聂云海心里一酸，于是他拿起手机给蒋玉莲打了个电话。

“老婆，你还好吗？”

“别叫我老婆，我可担当不起，你老婆应该姓张吧。”

“什么乱七八糟的，我老婆姓蒋，她叫蒋玉莲。”

“哦，我忘了，应该是小情人，这年头流行养小三。怎么样，小三伺候得你舒服了，把我都给忘记了吧，也不管我的生死了，还不要命的跳河去救人家，我怎么就没享受过这样的待遇啊？”

“老婆，我……”

“别，我不是你老婆，承担不起。你吃我的用我的，现在还花我的钱去养女人。行啊，聂云海，你真是个男人啊。”

蒋玉莲这话说得就太过分了，虽说她花钱跟流水似的，可聂云海还真没花过她什么钱。除了车子是她的，其他都是用自己的工资。再说了，人家根本就不缺钱。所以，蒋玉莲这么一说，聂云海再也耐不住性子了。

“行，蒋玉莲，车子我还给你。从今以后，咱们井水不犯河水，我不用你来可怜。”

“什么，就一个车子吗？你身上穿的，家里用的，吃的，喝的，都是我的啊，你不记得了？”

“什么？我的一切都是我自己赚来的。跟你有什么关系，用得着你来指手画脚的吗？”

聂云海来真的了，他把汽车停住，步行往酒店赶。

“什么叫我指手画脚，你的全都是我的，连你的人都是我的，你说跟我有没有关系？”

通常情侣之间都是这样的，一旦吵架，就把那些陈芝麻烂谷子的事情全都翻出来。聂云海哪有心情跟她在这里犟嘴啊，这么大一摊子事情都没有头绪呢。

“行了，我正忙着呢。”

“忙着去死啊？是不是狐狸精脱光了等着你了，你饥渴难耐了，对不对啊？贱男人，没见过女人，我一个人还不够吗？”

两口子吵架不一定都是男人的错，很多时候女人也有问题。就拿聂云海和蒋玉莲的事情来说吧，他们俩本身没有什么矛盾，无非就是一点小误会罢了，解释清楚了不就皆大欢喜。

可蒋玉莲憋着一肚子气，她怪聂云海不该和张璐不清不楚，又怪他不搭理自己，还怪他心里没有自己。总之，两人越闹误会越深，越闹感情越淡薄。到最后，聂云海直接关机了。

“懒得搭理你。”

因为吵架，聂云海把路给走岔了，他进了一个胡同。等他发现时，路已经被人堵死了。正前方是一个出家人，他手里拿着一根棍棒，背后则是一个小伙子，他手拿一把倭刀，两眼直冒火。

聂云海知道遇到茬子了，他下意识地去掏手枪。与此同时，那和尚的棍子就到了。聂云海赶紧闪身，躲过了这一棍，未等他站定，和尚的棍子又到了。没办法，聂云海接连几个闪身，这才躲开了和尚的棍子。这会，他也看出来了，和尚使用的是少林罗汉棍。

他马上就联想到林宝，可打仗的时候，容不得你去多想。就见小伙子的倭刀从聂云海的身后劈过来，聂云海马上来了一个侧身，躲过了这一刀。可他却没能躲过和尚的棍子，腿肚子上挨了一棍子。

“啊。”

聂云海觉得腿一软，就摔倒在地上，可他心里明白，性命攸关之际，决不能心慈手软。所以，聂云海在倒地的那一瞬间，他掏出了手枪。就在聂云海准备打开保险的时候，却被和尚一棍子打在手背上，他就觉得手腕一麻，手枪掉地上了。

“啊。”

到现在，聂云海已顾不得伤势了，他往前一扑准备捡起手枪，那和尚的棍子又到了。不过，这一次他不是奔聂云海来的，和尚一棍子把手枪扫到了墙脚根去了。

趁这个功夫，聂云海一个鲤鱼打挺从地上跳起来，就做好了应战的准备。

这会儿，聂云海才看清楚出家人的模样，他长得浓眉大眼，高鼻梁，方海口，一双元宝的大耳朵，就跟庙里的韦陀差不多，凶神恶煞。

“老和尚，我跟你们无冤无仇，你们为什么要行刺我？”聂云海知道，今天真够呛的。

“无冤无仇，我他妈今天非杀了你不可。”年轻的小伙子好不识抬举，不问青红皂白朝聂云海又是两刀。

“小心屁股。”

聂云海火了，在他的屁股上狠狠地来了一脚，踢得他抢出了十几步远。挨了揍，小伙的脸当时就红了，脑门上的青筋都爆了起来，他嘴里骂着，又准备杀向聂云海。

“好哦，老子跟你拼了。”

“小柱子，住手。”

老和尚见小伙子吃了亏，赶紧制止了他。那小伙子心里不服气，就说道：“师傅，让我先宰了这个王八蛋。”

“不急，把话说清楚再打也不迟，难道我们两个还对付不了他吗？”

老和尚已经见识过聂云海的功夫了，见他也就这两下子。所以，他根本没把聂云海放在眼里。

“我问你，你是不是叫聂云海？”

“不错，我就是聂云海，不知道哪里得罪了大师傅？”

“哈哈哈，老夫总算找着你了。聂云海，不是老夫要跟你过不去，而是你太过狠毒了。几个月前，你是不是杀死了一个和尚？”

聂云海当时就明白了，他们是来给林宝报仇的。可他更来气，这都 21 世纪了，怎么还来决斗的那一套。

“老和尚，我不管你跟林宝什么关系。但是我要告诉你，林宝不守国法，到处行凶，死在我手上，那是罪有应得。”

小伙子听到这里，气得哇哇大叫。

“好啊，聂云海，我跟你拼了。”

小伙子横握倭刀奔聂云海的小腹就削，聂云海把身子往旁边一闪，让过倭刀。与此同时，他一把抓住了小伙子的手腕往怀里一带，小伙子的身子不由自主地就倒了下去。随后，聂云海用手在小伙子的太阳穴重重地一击，他哼了一声就晕过去。

事情就发生在几秒之间，等老和尚看明白了，小伙子已经躺地上了。这一下，老和尚恼羞成怒，操起棍子奔聂云海的脑门就砸。

“孽障，老衲要开杀戒了。”

现在聂云海也有了家伙了，他就不怕了，拿起刀来大战老和尚。这口倭刀还真不错，锋利无比，几个照面就把老和尚手里的棍棒削成了擀面杖。

“老和尚，我看你拿什么来收拾我？”

老和尚气得暴跳如雷，他把那半截棍子往地上一抛，晃双掌来战聂云海。

“好啊，老衲跟你拼了。”

聂云海和老和尚大战一通，谁知老和尚没有了武器反而变得更加厉害了。就见他左躲右闪，一下就跳到聂云海的右侧，他趁聂云海出刀之际，在他的右手臂上一切，把倭刀就切掉了。

“啊，好功夫。”

聂云海手里又没有了武器，两人就赤手空拳地战在一处。这回打可就不一样了，都靠真功夫。聂云海从小跟祖父学习过长拳短腿，他祖父是老革命，参加过红军，还是抗美援朝的英雄。到了部队，他又受到王师长的特殊照顾，对他进行单独训练。现在，聂云海的格斗术已相当的高超，出手就致命。

可是，聂云海在和老和尚交手的时候，他心里犹豫了起来，他并不想致对方于死地。因为他跟林宝不同，林宝本身就背有命案，而老和尚只是纯粹的为复仇而来。可是，聂云海要想三下五除二就把人家给打趴下，那也不可能。

“老和尚，都说出家人四大皆空，可你却处处充满杀气。看来你这和尚当得不称职啊，我看你还是回去面壁思过好了。”

“少废话，什么四大皆空，那是愚人的话，和尚我酒色财气样样都来。但我还没有破过杀戒，老夫今天就破破杀戒好了。”

“好，那我就给你一个机会。”说着，聂云海突然往前一纵，人就到了老和尚的面前了。说时迟那时快，他朝着老和尚的前胸就是一拳。

“来得好。”

老和尚也不躲闪，他也在聂云海的前胸来了一拳，两人同时挨了对方一拳，又同时后退了好几步。这个时候，聂云海正好退到了那柄倭刀的旁边，他顺势一倒地，就捡起那地上的倭刀，再往回一滚，就到了老和尚的面前了。

老和尚却操起了那半截木棍，准备砸聂云海的头。就在他要砸还没砸的时候，就觉得心口被一个冰凉梆硬的东西给抵住了，等他低头一看，却是聂云海手中的那柄倭刀。

“老和尚，我看你功夫不错，死了怪可惜的，苦海无边回头是岸。”

聂云海并没有扎下去，老和尚明白了，他已经输了。这时，地上的小伙子也已经苏醒了，这回他直接来到墙角，捡起了聂云海的手枪来。刚打开保险，正准备瞄准的时候，又被老和尚一木棍砸到了他的手腕上。

“啊，师傅，你这是？”

“徒儿，聂施主说得对，苦海无边回头是岸。”

“师傅，师叔的仇，难道不报了吗？”

“嗨，天作孽犹可恕，自作孽不可活，你师叔违犯了国家的法律，他是罪有应得。”

这会儿，老和尚醒悟了，他拉着小伙子转身就走。

“徒儿，走，跟为师回寺修炼去。”

小伙子心里不情愿，可也没办法，只好跟着师傅走了，那柄倭刀也不要了。

聂云海拿着刀痴痴地站在原地，他见师徒俩走远了，这才走上前捡起自己的手枪。这会，躲在远处的市民一个个走上前，问道：“聂队，你没事吧？”

聂云海把手枪别在腰间，道：“没事啊，我这不是好端端的吗？”

“那两人……”一位市民刚想说，那老和尚又回来了。

“他……”

大家见老和尚又回来了，吓得赶紧躲开了，老和尚却很自然，他来到聂云海的面前，打了个稽首，道：“聂队，你是个好人，通过这次交手，证明你是个正人君子。有些话我本不想说，可又不得不说，我之所以来找你报仇，是受一个亚洲赌王所托，你只要找到这个人，一切都明白了。”

这次老和尚真走了，可聂云海却很高兴，这是一个非常有价值的线索。

“多想大师指点。”

聂云海也离开了胡同口，到了餐馆，他可把里面的人都给吓坏了。就见聂云海一身尘土，脸上青一块紫一块的，手里还提着一把明晃晃的倭刀，一脸的杀气。餐馆的服务员见他从外面闯进来，还以为要行凶，都躲得远远的。

聂云海也不解释，直接就进了包厢，大家也是一惊，尤其刘进喜正给大伙敬酒了。他一看聂云海的样子，吓得把酒杯都掉地上了。

“聂队，你这是怎么了？和谁打架了不成？”

聂云海也不理他，他走到旁边的空位置上，把倭刀往地上一抛，道：“给我来碗酒。”

刘进喜这才上前给他倒了一杯白酒，聂云海眉头一皱，不高兴道：“怎么，喝你们的喜酒，你心疼了？去，给我换大碗来。”

陈小丫知道一定有事，她赶紧拿过一只粗碗，放到了聂云海的面前，又给他倒了满满的一碗酒，道：“聂队，酒有的是，你想怎么喝就怎么喝。”

聂云海并不答话，他端起碗咕咚咕咚地喝起来，一会的工夫，一大碗白酒全被他给喝光了，这可把大家看傻了眼。

“倒酒。”

陈小丫也傻眼了，她不知道发生了什么。所以，她就站在那里，没有反应。聂云海可不乐意了，一把抢过陈小丫手中的酒瓶，自己拿起酒瓶子就喝。

一瓶酒下肚，聂云海可就顶不住了，他先是一阵恶心，接着一口鲜血吐了出来。这样一来，大家就忙开了。

“啊，血……”

“头儿，你怎么了？”

“聂队……你这是……”

大伙都不知道，聂云海已受了很重的内伤，他是用这个办法来疗伤的。吐出淤血，聂云海的精神头也好多了，他这才对众人说道：“都别大惊小怪的，我刚才受了内伤，必须把淤血吐出来，不然就麻烦了。”

大家听聂云海这么一说，心里就更不踏实了，都围了上前问这问那的。到现在，聂云海才把所发生的事跟大家说了一遍。

这件事情过后，聂云海又去了夜来香，他是为冯老二而来。他们没少打交道，尤其聂云海刚来珠市的时候，他还是聂云海的顶头上司了。

“聂队，你今天怎么有空来这儿啊？我可真有点受宠若惊啊。”

看到聂云海，冯老二的手脚都不知道往哪儿放好了。

“冯老二，你日子过得不错啊。”

冯老二最善于溜须拍马的，他见聂云海和颜悦色的，赶紧取出一根好烟，给聂云海点上。

“来聂队，抽根烟，我这也没什么好东西招待你，你可别见怪啊。”

“冯老二，我听说你最近发大财了啊？”

“聂队，你的消息真灵通，我替朋友卖了点东西，发了点小财，这都被你知道了。”

聂云海当然知道他说的是什么，他所谓的发了点小财就是指倒卖青铜剑和汉代陶罐。这东西是蒋老四从他手里拿去的，经冯尚波举荐就转到了李成龙手里，李成龙又把它卖给了一个香市人。聂云海今天来找冯老二就是为这个香市人来的，所以，他也就不再拐弯抹角了。

“冯老二，你的老底我很清楚，我今天来的目的只有一个，你想办法帮我找到亚洲赌王。”

“聂队，你这可就为难我了，我只不过是一个小角色，哪认识这些大人物啊，你太高看我了。”

“冯老二，我实话告诉你吧，卢平已经被抓了。他都交代了，你们倒卖的两件宝物都是国家一级文物，你不想自己杠，那就把亚洲赌王找出来。”

“我……”冯老二的汗珠子都下来了。

第 45 章　转战澳市

“怎么样，你是跟我回派出所呢？还是跟我合作？要是跟我回派出所，不仅你那些赃款要被没收，你还得坐牢。倒卖国宝那可是死罪，估计你也坐不了多久。”

聂云海对冯老二软硬兼施，目的是要他跟自己合作。冯老二本事不大，却是一个关键人物，通过他就可以掌握冯尚波的一举一动。而冯尚波的后台是李成龙，李成龙的背后则是章爷。

“那，我要是跟你合作了，这些钱？”

冯老二眨着小眼睛，心里却在打着小算盘，这次他确实发了点财。那两件国宝给李成龙带来了一个亿的利润，他拿出二千万给了冯尚波。冯尚波从中扣下一半，到了蒋老四的手里，他又昧了三百万。最后，哥仨一人二百万，又给了冯老二一百万。

“你要是跟我合作，钱还归你，但是你要替我办一件事。”

“什么事？只要我能办到的，绝不含糊。”

“跟我去澳市。”

“好。”

冯老二还是蛮期待的，他知道，他们这是要去澳市赌场了。果然，第二天晚上，冯老二刚下楼就被一个陌生人接走了。

“老冯吗？上车，我是肖总派来接你的。”

“哎。”

冯老二看着眼前这位留着两撇小黑胡，脸上还有一道伤疤的男子，一脸的狐疑。但他还是迅速地上了车，因为他知道，所谓的肖总就是聂云海。

伤疤男带着冯老二上了一艘游轮，这是一艘超级豪华大游轮，上下共五层，每一层都有人站岗。最上一层的主位上坐了二个人，他们正在喝茶聊天，旁边还站了几个人，都是生面孔。

其中一位中年男子见冯老二来了，就朝他招了招手，很热情地说道："来来来，过来喝茶。"

冯老二并不认识他，这些人他都没有见过，可听那人的声音却非常的熟悉。所以，他稍微一犹豫，那个男人就笑了。

"冯老二，你别惊讶啊，我是聂云海。现在，你就叫我肖老板，记住了，我是内地的生意人，来澳市游玩的。"

"你好你好，肖老板。"

冯老二这才听出来是聂云海的声音，他心里却在暗想，这些人真是神通广大，一天没见，连样子都改变了。

冯老二猜得没错，这些人都是特战队的成员，那个刀疤脸就是刘进喜。聂云海身后的几个分别是卢德铭、唐陆、贾青山、熊林森、李壮壮，还有一个就是陈小丫。

跟聂云海坐在一起喝茶的是港商吴泽，那些站岗的自然都是派出所的民警了，聂云海自然不用向他一一介绍。他们利用电脑合成人皮面具，达到以假乱真的效果。

船很快就到了澳市，码头上早有人接应，这都是吴泽安排的。上岸之后，全都是劳斯莱斯开道。

"肖老板，去葡京大赌场溜达溜达如何啊？"

吴泽一口的粤语，他带着聂云海上了一辆劳斯莱斯幻影。

"好，吴老板，咱们就试试手气好了。"

到澳市不能不去赌场，聂云海也不客气，他俨如一个煤老板。而他要找的那个叫"亚洲赌王"的，就是这家赌场的老板。

一进门，聂云海就成了焦点，所有人都把目光投向了他。有交头接耳的，有窃窃私语的，有打探消息的，都弄不清他的来路。这就是聂云海的策略，叫打草惊蛇，为的就是引出亚洲赌王。

"去，给我换二百万，我先玩两把，试试手气。"

"是，肖总。"

陈小丫拿着支票就过来了，她没有带人皮面具，只是变换了发型，却别有一番风味。平日里，陈小丫只穿警服，整天一副苦大仇深的样子。现在稍微一打扮，完全就是一个性感女神的模样，刘进喜可就有些耗不住了。换好了筹码，陈小丫又回到了聂云海的身边，她把筹码交给了聂云海。

“肖总，您的筹码。”

聂云海接过筹码，又抓了一把交给了陈小丫，道：“你们也去玩玩吧，不用老跟着我。”

“是。”

陈小丫明白，聂云海这是让他们去干活了。但凡赌场都是稳赚不赔的买卖，他们有很多手段，除了赌技之外，还有现代的技术。比如利用视频窥视你的牌，再用电脑算出出牌的概率，总之一句话，十赌九输。

聂云海可没那么傻，这些钱可是他的全部家当了。当年，他赚了点钱，一折腾，就剩这些了。本来他可以申请行动资金的，可那样很麻烦，审批都需要很长一段时间，根本就来不及。

所以，聂云海就给大伙下了死命令了，只准赢不准输。可要想在赌场里赢钱比登天还难。怎么办呢？只有作弊了，那就是入侵他们的系统。这对熊林森来说，简直就是小儿科，他是这方面的专家。

我们都知道，全世界的军事大国都在打网络战役，这是没有硝烟的战争，却比战场上更残酷。一个黑客可以使一个国家的经济瘫痪，一条病毒就能使一个地区发动战争。

近年来，Z国国防部也在加强这方面的防御，熊林森就是其中的尖子，让他去对付区区一个小赌场，那简直就是老叟戏婴儿。

聂云海并不急于赌博，他先在赌场里转悠了一会，转来转去，就来到了摇色子的地方。聂云海先看了两把，摸清了门道后，他这才买了两把大的，还都赢了。

“看来我今天的手气不错嘛，那就接着玩吧。”

这会，他买的是小，结果输了。他又买了两把小，还是输了，把之前赢的钱也吐了出来。

“那就去玩别的好了。”聂云海又转了一下，就去玩百家乐了，结果，还是输。

“嗬，看来我的运气很一般啊。”

聂云海还玩了21点和扑克牌，结果都是一样，这一圈下来，他已经输掉了几十万了。聂云海额头上的汗也下来了，他暗自在埋怨熊林森。

“好你个死胖子，诚心跟我过不去啊。”

聂云海还真冤枉了熊林森，人家赌场也不是吃干饭的，他们的监控走的都是内线，只有进入主机才能入侵到系统里面。

这家赌场是一栋三层楼的大洋房，外围是一个停车场，全方位监控。一楼大厅设有很多赌局，二楼是包厢专给那些身份尊贵的客人使用。三楼是机房和办公用地，外人不准进入。想要进入机房，只有从屋顶上进入。陈小丫她们在玩的时候，就已经把情况都摸清楚了。

“头儿，他们的系统没有联网，只有进入内部才能操作。”

熊林森在车内急得团团转，他本想通过网络入侵到赌场的系统里面，可是没有用。

“你行不行啊，我都快折了老本了。”聂云海一面玩着，一边焦急地等待着。

“没有办法，只有冒险了。”

“那还等什么啊？”

“是。”

熊林森决定冒一次险，他赶紧跟刘进喜和卢德铭说道：“炉子、刘麻子，你们掩护我，咱们从房顶进入到他们的机房去。”

“收到。”

卢德铭和刘进喜也不玩了，都从赌场出来了，他们在旁边的酒店开了一间房。进了房间后，三人马上就开始行动了。

卢德铭拿出绳索发射器，他瞄准了赌场屋顶上的铁栏杆。扣动扳机，绳子就飞了出去，稳稳地扣住了铁栏杆。随后，卢德铭又把一头固定下来。

“快上。”

“我先来了。”

刘进喜背着包袱从绳子上溜了过去，也就几十秒，他就到了赌场的屋顶上了。接着，熊林森也溜了过去。到了屋顶，熊林森先拿出一个探测器，他从上往下面看。三楼的格局不一般，这里只有一个摄像头，就在楼梯口。当中有很多间办公室，有会计室、办公室、会议室、厨房、休息室，机房就在右侧的最边上。

明白了内部的布局之后，熊林森就对刘进喜说道：“刘麻子，你在这里接应，我从洗手间进去。”

“好，我放你下去。”

刘进喜拿绳子把熊林森放了下去，到了三楼，熊林森却发现机房，有三个人在值班。他们每人负责一层楼，另外一个就负责停车场和三楼的监控。

熊林森思考了一会，就有了对策了，他先打开了清洁室的门，进去之后，熊林森找了一套清洁服穿好，再拿扫帚和簸箕去了机房。

到了机房门前，熊林森敲了敲门，说了一声“打扫卫生的”就进去了。到了里面，他假装低头干活，其他人也不看，只顾自己玩。这些人一边看着视频，一边欣赏A片，高兴的时候还不忘评论一番。

“兄弟们，还是日本的带劲，花样多。”

“可不是吗？尤其那个仓老师。哎，你还别说，上个月，我还见到她本人了。”

“怎么样？漂亮吗？”

“不怎么样，长的一般般，我就纳闷了，她怎么就出名了呢？”

“哈哈，这有什么奇怪的，你要是愿意脱，你也可以出名啊。”

“废话，我也想有那种机会，总比坐这里强吧，有的玩，还赚得多。”

“妈的，要是有机会，不要钱我也愿意干。”

熊林森心里好笑，可他也没心情去听他们瞎扯。趁三人聊得正欢的时候，他迅速地把控制器插到了主机上。然后就出了机房，再从卫生间上到屋顶，这前后还不到十分钟。

此时，聂云海在赌场里赢了不少。只是他这种有赢有输，并没有什么用，要想引来赌场老板的注意，你得赢到他破产。一般情况下，这种概率在赌场是不可能发生的。

熊林森弄好了之后，就跟聂云海说道：“头，你那里怎么样了？能行吗？”

聂云海正在玩转轮盘，他已经丢了二个筹码在7号上面了，就等着转轮开始转了。

“有输有赢，总体上还是输的。”

熊林森通过监控看得清清楚楚的，他马上用电脑算出了概率来了，就对聂云海说道：“头，你不能放那了，你要放在13号上面。”

聂云海心里挺高兴，知道他们已经入得手了。于是他又拿起了那两个筹码，把他放到了13号上面。

“等等，对不起，我换一个数字好了。”

“出手怎么可以换呢？”

聂云海把数字换成了 13 了，可把庄家的人气死了。聂云海也不搭理他，他不仅换了数字，还加了二注。

“没开转，为什么不能换号码啊？”

“还有没有要换号码的，没有我可就开始转了。”

庄家挺无奈，他只好转动了转盘，结果真就停在了 13 号上面。就这一把，聂云海赚了 35 倍，也就是 175 万。

“哈哈，运气来了。”随后，聂云海又把筹码全部押在了 1 上面。

“1 是我幸运号，我就押它了，胜败就在这一把。”这一次，旁边的人都不赌了，都看着他。

“哥们，不是这样玩的，你已经赚了一百多万了，见好就收吧。”

“是啊，全砸下去了，万一输了，你可就什么都没有了。”

聂云海也不管他们说什么，总之，他现在有了把握了。可赌场的工作人员却不敢开球了，他犹豫了起来。

“先生，我看你还是见好就收吧，来赌场一次就赢这么多钱的人很少，你今天运气不错。”

聂云海可不是来赌钱的，他就是想会一会赌场的老板。你要直接去找他，人家不一定鸟你。可你要是赢了他，他会主动地来找你。

“是啊，就因为运气不错，我再押两把好了。”

赌场的工作人员没办法，只好开球。小铁球在转盘上快速地转动了起来，结果正好就停在了 1 号上面。这一下，围观的人都欢呼了起来。

“哇，大哥，你发达了，这可是好几千万了。”

“大哥，你真是赌神在世啊，两把就赢了六千多万。”

“可不是嘛，我的心脏都快受不了了。”

聂云海的心里好笑，他才是今晚的主角，他都没有激动，这些人却激动得不行。

“赌神谈不上，就是运气好一点而已。”

“先生，这是你的筹码，请拿好。”

这会，工作人员已经把筹码换成了金筹码，聂云海的脸上依旧没有任何喜悦的表情。他接过这些筹码，又把它丢到了 1 号上面了。

“我还是觉得 1 号不错，再来一次好了。”

这一下，所有的人都傻眼了，一句话也说不出来。平常人几辈子也赚不了六千万，可聂云海三把就赢了六千万，而且他还没有收手的打算，全都押上了。

“先……先生……你……”

工作人员也懵了，他们遇到过很多客户，最多也就赢个百八十万的。像这种一晚上赢上千万的，几乎没有，不是没有，而是赌场不允许，不然庄家都得喝西北风。

聂云海却不在乎，他板着脸，道：“开始吧。”

工作人员犹豫了起来，他们不知道该如何是好了。正在这时，熊林森发现转盘的概率又变了，很显然，这是赌场内部的人在调整概率，他马上告诉了聂云海。

“头儿，情况有变，你现在押 36 号。”

聂云海知道又有了变数了，赶紧说道：“等等。”

工作人员还以为他不玩了，就问道：“你不玩了吗？”

聂云海拿起筹码，笑了笑，说道：“不是，我改变主意了，现在我押 36 号。”

工作人员的脸色马上就变了，因为他们的分析师告诉了他，这次是 36 号。所以，他下不去手了。

“先生，你怎么可以这样？”

聂云海没有理他，依旧坚持他的原则。

“开始吧。”

工作人员犹豫了很久，刚准备按下按钮的时候，聂云海又把筹码丢到了 19 号。这会，再看那位工作人员，汗水已湿透了衣裳。

有熊林森在屋顶上策应，聂云海就可以无所顾忌地下注了。每当赌场内部调换一次概率，聂云海跟着也变换一次号码。他们就这样围着赌桌来来回回地变换着，双方就像武林高手一样，不断的变化招式。就这样，他们僵持了几分钟，直到楼上下来人。

“先生，我们老板有请。”

“不错嘛，既然是老板要见我，那我不能不给面子了。走，会一会这位大老板去。”

聂云海、吴泽还有冯老二跟着保安就上了楼。这里的安保非常严格，简直堪比机场的安检，见三人都没带家伙，他们这才放心。

这位大老板是个矮胖子，圆乎乎的脑袋上已没几根头发。他留着一搓小黑胡，活像个日本人却非常的精明，说起话来哑着个嗓子，一点都不起眼。

“先生贵姓啊。”

冯老二认识他，上次他陪李成龙来过，可赌场老板不认识他，在李成龙面前哪轮到他说话呢？今天却不一样，冯老二赶紧站出来，说道：“林总，我是铁哥的弟兄，前几天我们刚见过面的。”

“哦，我想起来，确实有你。”

林总认出了冯老二，他脸上露出了笑容。冯老二心里挺高兴的，赶紧给他做了个介绍。

“林总，我来给你介绍一下，这位是肖总，大陆的企业家。”

林总对聂云海并没有什么印象，那些有名的人，他也略知一二，可这位肖总却从未听说过。可又由不得他不相信，连吴泽都成了他的跟班。

“肖总，你的实力我是见识过了，似乎有些不光彩吧。”

他们已经发现了聂云海在作弊，从他赢了一百多万的时候，他们就开始注意他了，只是没有证据。当聂云海和工作人员斗智斗勇的时候，他们可以确定他有问题。至于是什么问题，一时还没有查出来。

“林总，你的待客之道很特别啊。”

聂云海当然知道他说的是什么意思，他却假装不懂。吴泽和冯老二虽然知道聂云海不简单，可他们弄不明白，他怎么就能赢那么多钱。

林总心里挺不悦，可他还不好发作，关键是没有证据。

“肖总，我很欢迎像吴总、冯老弟这样诚实的朋友来我这里玩，可是……”

聂云海笑道：“林总，听你的意思似乎话里有话啊？”

林总都快被聂云海给气疯了，还没有人能让他这么无奈的。正在这时，他的一个手下跑进来，在他的耳边嘀咕了一阵之后，又把一个东西交到了他的手里。

这是一个控制器，正是熊林森安插在监控室里面的那个。这些人也不傻，尤其他们每次变更概率的时候，聂云海都能知道。所以，他们就开始进行地毯式的搜查，结果在主机上发现了这个控制器。

有了证据，林总反而更沉稳了，他笑道：“朋友，你可真不够意思啊，既然是来玩的，就应该遵守规则，出老千可算不了本事。”

聂云海知道他已经识破了，他却假装听不懂，说道："林总，你这话什么意思？我怎么越听越糊涂啊。"

这回，林总真不高兴了，他把控制器托在掌心，说道："很面熟吧？说真的，你可真有办法，我们做得这么严密，你们竟然可以来去自如，还把控制器插到了我们的主机上，林某佩服。"

"林总，我不明白你在说什么，初次见面，你这是何必呢？不就是输了点钱吗？要知道你输不起，这钱不要了呗，省得人家说我上门来欺负你。"

话可就说得过分了，把林总的脸都给气绿了。他旁边的一个汉子早就按耐不住，也不等老板发话，掏出手枪就想要收拾聂云海。

"他妈的，还有人敢在我的地盘上撒野。"

聂云海可不好惹，没等那家伙反应过来，聂云海的拳头就到了。那家伙哼了一声就晕了过去，手枪也到了聂云海的手里了。眨眼，聂云海就到了林总的身后，用枪抵住他的后心。

"林总，你的手下可欠管教啊，要不要我教教他怎么做人啊？"

林总都没看清楚是怎么回事，自己就成了俘虏了。他也害怕，这可是真枪啊，万一走火了，小命可就没有了。

"肖……肖老板……你……你别激动啊……误会……误会了。"

"误会，不对吧，你的人可不是这么想的啊。"

这时，林总的那些手下全都掏出了家伙围了过来。

"不许动，放开我们老板。"

聂云海倒没觉得怎么着，吴泽和冯老二可吓坏了。尤其吴泽自从被聂云海关了一阵子，胆子就更小了。

"别别别，这是干什么？大家有话好说，有话好说。"

林总也赶紧说道："对对对，肖老板，有话好说，有话好说。"

可他的那些手下却不这么认为，他们越聚越多，一下子来了二三十号人，把三楼堵得严严实实的。

"放开我们老板，不然你哪也去不成。"

聂云海乐了，他对刘进喜和熊林森说道："刘麻子，胖子，还不下来？"

"是。"

刘进喜和熊林森应声而下，与此同时，其他的几位弟兄也都冲了上来。这一下，整个赌场可就乱了套了，那些赌客听说要火拼，撒腿就跑，生怕子弹飞到自己头上。

“啊，出事了，打起来了，快跑吧。”

而那些不知道真相的人就传得更邪乎了。

“了不得了，赌场老板被人打死了，都被打成了马蜂窝。”

赌场的保镖都是一些地痞流氓之辈，没见过这种阵势，突然之间蹦出来了七八个凶神恶煞的人来，每个人手里还端着冲锋枪，他们可就软了。

“妈呀，这是打仗还是怎地？”

林总这会脑子也冷静了，他知道遇到茬子了，这个肖老板他惹不起。所以，说话也客气多了。

“肖老板，小弟有眼不识泰山，咱们能不能坐下来好好聊聊，伤着谁都不好。”

“行啊，刘麻子，去把他们的家伙都给我卸了。”

“是。”

聂云海可是久经大敌的人，这点常识他还是知道的，所以他根本就不给人家机会。这些人还没有反应过来，手里的家伙就被卸了下来。

“拿来吧，你。”

等把这些人都缴了械了，聂云海这才把林总给放了，说道：“林总，我也是爱交朋友的人，今天这事，可是你们先动的手啊。”

林总骂娘的心都有了，可他还不敢带出来，说道：“肖总，兄弟我真看走眼了，你绝对不是什么生意人。说吧，找兄弟所谓何故？”

聂云海见他这么说了，也就实话事实了，道：“林总，你都这么说了，我也把话挑明了吧。前几天，你不是买了两件宝贝啊？你把东西让给我，我把今天赢的钱还给你，怎么样？”

林总有些舍不得，毕竟那两件宝贝他花了一个多亿，这才六千多万，差得多。所以，他犹豫了起来，而那个被揍了的家伙已经从地上爬了起来，他狠狠道：“这不可能，我哥可是花了一个多亿，你这才六千多万。”

“那好吧，那只有等我凑足了钱再来咯。”

说着，他走了，走到门口的时候，他又站住了，转身说道：“林总，咱们麻将大赛上见。”

第 46 章　赌王争霸

葡京大赌场的老板叫林海，是一个超级大富豪，他在澳市开了好几家赌场，人称亚洲赌王。他在澳市也是有头有脸的人物，结果这次却被人家给玩了，这让他很没面子。为了找回面子，林海决定借刀杀人，于是，他给澳市的王警司打了个电话。

“王警司，不好意思，这么晚了还打扰您，有件非常严肃的事件我得向你报告。”

“林海，你也不看看现在几点钟，有什么事不可以等天亮了再报告吗？”

“是是是，可这件事非常严重。有一伙内地来的歹徒，他们手持武器到我的赌场里来闹事，还打伤了我兄弟，这事您看……”

“林海了，你说的那伙人是不是姓肖啊？”

林海觉得很奇怪，这件事刚刚发生，王警司就知道了呢？

“对对对，闹事的就是姓肖的。”

“兄弟你听我说，姓肖的你惹不起，我也惹不起。不管他对你做了什么，这事就让他过去好了。千万别去惹他，不然他端了你的老窝，我可保不了你啊。”

说完，王警司就挂了电话，却把林海给弄懵了。

“这……”

林权不知道发生了什么，他看哥哥的表情，似乎不对劲，就急了。

“大哥，到底怎么样，你说句话呀。”

“嗨，王警司说了，这个姓肖的咱惹不起。”

“那就这么算了吗？”

“这事先放一放，等麻将大赛结束再说。”

林海也想不出什么好办法来，也只好作罢。两天后的麻将大赛在澳市隆重举行，这是由澳市麻将协会举办的。为了发扬澳市的赌博业，每五年都会举办一次，全世界的选手都来参加，谁赢得最多，谁就是赌王。

林海虽然号称赌王，那不过是自娱自乐罢了，没有人承认。何况这里还有一个老赌王在，只要有他在，就没林海什么事。赌王大赛就是以赌王的名义举办的，寓意非常的明显，谁赢了谁就是他的接班人。所以，林海对这个赌王的称呼志在必得。

“我宣布，麻将大赛现在开始。”

在老赌王的主持下，新一届赌王大赛就此拉开了帷幕。林海心有成竹，他上来就胡了一波 88 番的大三元，把其他三个麻友直接送出了局。

“不好意思，大三元，各位失陪了。”

参加本次麻将大赛的人数高达 4 万人次，每人手上的筹码是 2 万元。林海一局就赢了 6 万块，他是第一个晋级的人。不用多久，他又迎来了三位对手，这一次他又是一把大四喜横扫千军。

“对不住了。”

林海越战越勇，一连几把通吃，他已经累计赢了 2.6 亿元了。同时，他还是第一位进入决赛的选手，这一下，他更是豪气冲天。

“哈哈哈哈，我进决赛了，肖老板，你在哪呢？”

“林总，看来你对我念念不忘啊。”林海做梦也没有想到，肖齐会从他背后转出来。他更想不到，肖齐也进了决赛了，而且还赢了 1.8 亿元。

“你，你怎么上来的？”

“林总，你怎么还傻站着啊，就等你了。”

肖齐坐在主桌上，笑呵呵地看着他。等林海转过身来一看，发现麻将桌前已经坐了三位麻友。

“哦，林总，我来给你介绍一下，这位是日本的伊藤先生，号称‘日本麻将王’”

“久仰了，林先生。”

“林总，这位是新加坡的金先生，号称东南亚赌王。今天，他可是要和你这个亚洲赌王一争高下啊。”

“肖老板，我看你才是今天的赌王才对。”

“林总，我对这个赌王可没有什么兴趣，我对你倒是很感兴趣。”

决赛开始了，聂云海打出了第一张麻将，是个九万，下家的伊藤过了一张麻将，是发财。到林海了，他一边抓麻将，一边说道：“肖老板，你可真有趣，来参加麻将大赛却对我感兴趣。我看不是这么简单吧，你是看中了我那两件宝物了吧。”

“你说得没错，我就是看上你那两件宝物了。”这时，林海已经打出了一张幺鸡来，结果聂云海胡了。

“不好意思，我胡了。”

聂云海胡的是小番，每人一千万，伊藤之前的筹码是2.3亿，金先生是2.2亿，只有聂云海最少。通过这一局，聂云海和金先生持平，林海还是最高。

接着第二局、第三局都是聂云海胡了，虽然都是小胡，可他却在不知不觉中筹码已是最高的。

“古语说得好：旗开得胜，我连胜三局开了个好头。林总，你想好了吗？把你的宝物让给我怎么样？”

“肖老板，赌桌上讲究的是胜败，你把我赢了，我心服口服。”

这一次是伊藤胡了，接着，金先生也胡了。最后林海也开胡了，都是小胡，大家互有胜负。到了第七局上，聂云海胡了一把十三幺，每人翻六番，这一下聂云海一骑绝尘。

“哈哈哈，不好意思，看来关二爷是向着我的。”

三人心里都不爽快，毕竟赌王的宝座太吸引人了。林海更是黑沉着脸色，道：“你别得意的太早了，胜负还未分呢。”

聂云海却很从容，他依旧是一副苦瓜脸样，让你看不出来他是高兴还是不高兴。

“那好，接着玩吧。”

又打了几轮，三人各有胜负，其实林海还是赢多输少。但他更生气，几次大牌都被伊藤和金先生给截了。这段时间，聂云海都没有开胡，可他依旧是一骑绝尘。

“林总，看来你今天不走运啊。”

林海憋足了气，这是最后一轮，如果他不能大比分翻盘，那么赌王的称号就与他无缘了。

“肖老板，我还是那句话，赌场无父子，赢了我，林某心服口服。”

“那好吧，咱们就见个输赢好了。”

这一把，聂云海没有看牌，他把麻将全部铺着打。几圈下来，四个人都定了口，因为是最后一局。所以大家都在做牌，伊藤是清一色，金先生是大四喜，林海是七星十三幺。他们中无论是哪一个人胡了，就是今天的赌王。

终于轮到聂云海出牌了，这一局他很奇怪，既没有吃，也没有碰。甚至连牌都没有看一下，大家都不知道他要胡什么？

“林总，咱们交个朋友怎么样？”

“肖老板，快出牌吧，交朋友以后有的是时间，都等着你呢。”

“那好吧，五万。”

“胡了，哈哈哈哈，我是赌王，我是赌王。”

林海跳了一起，他太兴奋了。在澳市的麻将大赛上，林海夺得了赌王称号，他忘乎所以地冲入人群和他的兄弟相拥而泣。

“我成功了，我终于如愿以偿了。”

“是的，大哥，你现在是名副其实的赌王了。”

林权也很高兴，除了赢得巨额的奖金以外，他们在澳市的事业就更加出名了。

就在林氏弟兄忘乎所以的时候，日本麻将王伊藤和东南亚赌王金先生同时来到他们的身后。

“林先生，你可不是真正的赌王，赌王应该是肖老板才对。”

“不错，林先生，肖老板才是真正的赌王。”

这一下，林海不乐意了，他沉着脸，十分的不痛快。林权更是愤愤不平道：“二位，怎么了，不服啊？不服可以继续啊。”

林海没有言语，但他的眼神出卖了他。伊藤是个认死理的人，他很看不起这种小人得志的样子，说道：“林先生，你来看，这是肖先生的牌。”

大家这才把眼光投向了桌面，麻将还是原来的样子，没人动过。当伊藤翻开聂云海的牌时，林氏兄弟惊得说不出话来，原来聂云海已经自摸了。

聂云海的这把牌胡的非常大，64 番暗扣，胡的牌就是他打给林海的五万。可聂云海没有胡，而是打给了林海，结果他胡了一把七星十三幺，每人八番。

这一下，林海傻眼了，林权也无话可说。他们弄不明白，为什么聂云海不赢下这个赌王。且不论赌王的虚名，光这把牌他都能赚 9 个多亿，这可是个天文数字啊。

他们哪里知道，这些对聂云海来说都是浮云。他是特战队的队长，Z 国的兵王，肩负着保卫国家的重任和维护世界和平的责任，又哪把一个赌王放在眼里，更不会为了不义之财而背叛国家和人民。

“快，把肖老板请过来。”林海如梦初醒一般，他和他的那些手下就像着了魔一般，四处寻找聂云海的踪影。

此刻，聂云海正躺在大游轮上晒着太阳了。到现在，吴泽和冯老二对他敬佩得五体投地，尤其冯老二，他就差趴下来舔聂云海的脚丫板了。

“聂队，真想不到啊，你除了武艺高强，赌技还这么厉害，简直就是赌神在世。你收下我吧，我给你当徒弟好了。”

“可不是嘛，聂队你真神了。”

“就是啊，我在旁边都看得心惊肉跳的。”

“要我说啊，你就应该自己来当这个赌王，干嘛要让给林海这个王八蛋啊。”

“赌王算个屁啊，要我说，还是那 9 个亿来得实惠。你赢下来，给我们每人分个把亿，我们不也是亿万富翁了啊。”

“哈哈哈哈，你们只看到眼前的利益，却没有想到国家的利益。那两件国宝可是无价啊，我卖这么大的人情给林海，他还不得感激我啊。”

“我看不会，林海要是有这么高的觉悟，他就不会开赌场了。”刘进喜挺失落，尤其那么多钱没了。

“我看未必，大家等着吧。”

聂云海的想法就不一样，他还是挺有把握的。果然，他话音刚落，林海就驾着快艇赶来了。

“肖老板，肖老板，你真是高人了，我找得你好苦啊。”

“林总，哦不，应该叫赌王了，哈哈。”

不等手下人把快艇停好，林海就已经跳上了游轮，道：“肖老板，你这是在讽刺我了。”

聂云海赶紧把他请到舱里，落座之后，聂云海就说道：“林总，只要你不生我的气，我已经求之不得了。”

“肖老板，我这是赔罪来了。”林海这个人还不错，挺明白事理的，不然他也做到今天这个位置。

“快，把东西交给肖老板。”

“是。”这会儿，林权也乐呵呵的，他可不傻，当伊藤翻出聂云海的牌时，就对他佩服得五体投地了。

“肖老板，咱们是不打不相识啊。以后只要你吩咐，兄弟我火里来水里去，在所不辞。”

聂云海等的就是他这句话，他来澳市可不是为了赢钱。他要带回国宝，更重要的是通过林海钓出李成龙。

聂云海小心翼翼地接过两件国宝，又把它交给了陈小丫，他这才乐呵呵地说道："两位，我还真有事求你们，希望二位不要驳我的面子。"

林海没说什么，林权用手一拍胸脯上，道："没说的，肖老板的事，就是我兄弟俩的事。"

林海见他兄弟把一切都揽过去了，眉头就是一皱，可话已经出口了，他又不好反驳，只好问道："肖老板，还有您办不了的事吗？说出来，兄弟给你参考一下。"

林海不愧是只老狐狸，说话滴水不漏。这个时候，聂云海也只好实话实说了。

"林总，我是为一个人而来的。"

"一个人？"

林海听得都有些糊涂，他看着聂云海，脸上露出了疑惑的神色。聂云海点点头，说道："不错，确实是为了一个人。"

"但不知肖老板为了一个什么样的人，是男人还是女人，是做生意的还是当官的？"

林海乐了，他本想推辞的，因为他知道，像聂云海这样的人来求他，对方一定不简单。聂云海自然明白林海的用意，但他也只有这一条路走了。

"林总，我要的这个人，其实没那么复杂，他是你的一个朋友。但你这个朋友非常神秘，一般人想见还见不着。只有你老兄面子大，你出面，他一定会来的。"

听了这话，林海就更没底了，因为他知道，和自己打交道的人多半是黑道上的。可眼前的这个肖老板完全不像黑道中人，他很可能就是内地警方。

如果是警方，那就意味着自己要背叛兄弟，那他以后就别想在道上混了。林海在心里盘算着，所以一直没有发表意见，林权可不耐烦了。

"肖老板，我哥就是这样的人，做事拖拖拉拉的，一点都不痛快。你要谁，告诉我，兄弟给你去找。他要是不来，老子绑也要把他给你绑来。"

"好兄弟，你果然够义气。"聂云海还真就喜欢上了这个林权，虽然他粗鲁了点，可性子直，对人也非常热忱。

“兄弟要的这个人叫李成龙，江湖人称铁哥。”

此话一出，林海可就傻眼了。他太了解李成龙了，和他打了半辈子的交道。李成龙可以说是杀人不眨眼，凡得罪他的人，都没有好下场。

“是他啊。”

聂云海看出来了，林海的眼睛里充满了恐惧，看样子，他也害怕李成龙。

“怎么了，林总，你似乎很畏惧这个李成龙啊？”

“我……”

聂云海还真说对了，林海的脸都有些红了。林权却不当一回事，他完全没有惧色。

“嗨，我当是谁呀，不就是一个李成龙吗？你若要总警司或者特首什么的，那我弄不来，要一个李成龙那还不是一句话的事。”

聂云海听了林权这句话，心里甭提多高兴了。

“兄弟，你要是能把他请到这儿来，那可真帮了我一大忙了。”

“兄弟，你等着，我现在就给他打电话。”林权真不错，说干就干，他当即就拨通了李成龙的电话。

“兄弟，刮什么风啊，你会主动打电话给我。”

“哈哈哈哈，铁哥，你的消息可不灵通啊。告诉你吧，我大哥已正式成为了赌王。”

“真的吗？那可要好好庆祝一番啊。”

“兄弟，别光口头祝贺了，赶紧过来吧，我们都在庆祝了，就等你了。”还真行，林权平时大大咧咧的，说起慌来有鼻子有眼的。

“那好，我这就过去，等我啊。”

说完，李成龙就挂了电话。大家见他上了钩，心里有种说不出的喜悦。尤其卢德铭，他撸起胳膊就准备大干一场。这也难怪，沈心死得屈，他得报仇。

“头儿，你就下命令吧，今天我非逮住这个兔崽子不可。”

聂云海知道事关重大，决不能疏忽大意。要抓捕李成龙，这么多人肯定不行，万一让他给跑了，再想逮住他可就难了。

聂云海思考了半天，很快就有了方案，他对林权说道：“兄弟，这个计划能不能成功，主要看你的发挥。你要是不出问题，就成功了一半，你要是失败了，满盘皆输。”

“哈哈哈哈，肖老板，你太抬举我了，说吧，要我怎么做？”

现在，林权对聂云海有种相见恨晚的感觉，他恨不得马上逮住李成龙。

“好兄弟，你的任务就是稳住李成龙。他来以后，你要稳住他，不能让他看出破绽来。然后，你再支开他的手下，这样，我们里外一起动手，把他们一网打尽。”

“好，就按你的指示行动。”

交代完林权，聂云海回头对林海说道：“林总，你什么都不用做，和我坐在温泉里等李成龙，他来之后，你就把我介绍给他，等他下水了，你再给他叫个按摩小姐。那时，小陈你就进来逮捕他。记住，里外同时动手。”

“是。”

这些事情对特战队来说，太简单了。可林海不一样，他是个谨慎的人，他觉得有些疑问，就问道：“兄弟，我有点问题，你别介意啊。”

“大家都是兄弟，你别那么客气，有话但说无妨。”

“兄弟，你刚才说了，等李成龙也来泡温泉了，我以给他安排小姐为名通知陈小姐进来，对吗？”

“没错啊。”

“是这样的，假如李成龙没有下水泡温泉，那怎么办？”

林海确实是个有心人，看得出来，他把意外都想到了。聂云海笑道：“林总，你的问题我都想过了，李成龙进来之后，不管他有没有下水，我们都要在房间里逮捕他。假如说李成龙没有泡温泉，那你就叫小陈给他送杯茶，这个时候，我们就可以下手了。”

“哈哈哈哈，肖老板，我看你不是一个生意人这么简单吧？”

“哈哈哈哈，林总，我不是生意人你说我是什么呢？”

当然了，这个时候聂云海不便暴露。所以，他又把话题抛给了林海。林海毕竟是老江湖，他早就明白了。

“肖老板，哦不，应该叫你肖警官才对，我说得对不对啊？”

“哈哈哈哈，林总真会开玩笑，我可不是什么警官，我就是个生意人。实话告诉你吧，我跟李成龙有私仇，这个王八蛋害死了我姐姐，我要亲手宰了他给我姐姐报仇。”

聂云海不想把事情弄复杂了，万一走漏了风声，事情就不好办了。可林海从王警司的口里知道了一件事情，这个肖老板他惹不起。

一切准备就绪，大家都依计而行，就等李成龙上钩了。约莫过了两小时，也就是晚上十半左右，李成龙就到了澳市码头。

“来了，兄弟，我这就去接他？”林权非常激动，手都有些颤抖。

聂云海严肃地说道：“兄弟，你这样出去可不行啊，他一眼就能看出毛病来。

林权点点头，说道：“嗯，还是兄弟在行。”

聂云海看了看唐陆和刘进喜，说道：“你们俩跟着权哥，给他做保镖，要保证权哥的安全。李成龙来了之后，你们就负责对付他的那些保镖。”

“是。”

刘进喜和唐陆跟着林权出去了，他们来到码头。李成龙的游艇就停在码头上，他让两个保镖守在岸上。

林权的车一到，他就叫开了，道：“兄弟，你在哪里啊？哥哥来接你了。”

李成龙在游艇上看得清清楚楚的，他见果然是林权，而且没带多少人，他就放心了，跟着也下了游轮。

“权哥，海哥怎么没来啊？”

“哦，大哥在酒店陪一个重要的客户，所以让我来接你。”

“重要客户？海哥可没跟我提过啊？”

“兄弟，你肯定没看电视，我大哥的这个客户可真够意思，人家是M国的华商，也是来参加赌王大赛的。本来这个赌王是他的，最后一把他故意输给了我大哥。就这样，我大哥就成了赌王。”

林海真真假假地说了一通，还真把李成龙给忽悠过去。当然了，他们早就对好词了。

“这么讲义气的哥们，我也想交一交。”

李成龙带着冯尚波还有四名保镖来到了酒店，到了酒店，林权就带着他来见林海。这是一间温泉，里面挺宽敞的，可以容纳七八个人。

进来之后，李成龙一眼就看到了林海正和一个中年男子坐在水里，他马上就想到了那位华商。聂云海也看到了他和冯尚波，可冯尚波没有认出他来。

李成龙先朝林海走去，笑道：“海哥，祝贺你成为赌王。以后，澳市就是咱哥们儿的天下了。”

“兄弟，你来晚了，赶紧下来泡温泉。”林海心里有些紧张，要不是有雾，真就露馅了。

李成龙的注意力一直在聂云海身上了，他的眼睛一直盯着聂云海了。

“海哥，这位是？”

“哦，兄弟啊，我先给你介绍一下，这位是肖先生，人家是华侨。不过生意做得很大，现在是我的生意伙伴。”

“How are you ，My name is xiao qi，I’m in the stock market.”聂云海一见面就给他来了个下马威，弄得李成龙一句话也没听懂。

“哈哈，海哥，我可是英文盲啊。”

林海赶紧说道：“哦，我这位兄弟是做股票生意的。”

李成龙彻底相信了，林权见时机成熟了，就对冯尚波和保镖们说道：“阿权，带弟兄们开心开心。”

“是。”

冯尚波和几个保镖可不敢动身，他们都看着李成龙，他一扬手，这些人就跟着刘进喜出去了。可也没离开，就站在门口。

当然了，聂云海早就安排好了，门口站着卢德铭、李壮壮、熊林森还有民警小马。刘进喜和唐陆站在最外面，大家把李成龙的保镖围在当中。

这会，李成龙也下了水。林海见时机成熟了，就对林权说道：“阿权，去，给铁哥找个妞来，要漂亮点的。”

“是。”林权应声而去，不一会，陈小丫就穿着性感的吊带进来了。

“老板，需要服务吗？”

林海指着李成龙说道：“伺候好我这位兄弟。”

“好的，老板。”陈小丫来到李成龙的身边，他的眼睛都转不开了，就盯她的胸，口水都流出来了。

“老板，我先给你捶捶肩膀吧。”陈小丫嗲声嗲气的，弄得李成龙骨头都酥了。

“老板，怎么样啊？力道还可以吗？”

“嗯，真不错。”李成龙也是个酒色之徒，尤其见到漂亮女人就迈不动腿了。

不一会儿，陈小丫突然从毛巾里掏出了一把手枪，就顶住了李成龙的后脑勺。

“不许动，警察。”

第 47 章　意料之外

李成龙正美滋滋地享受人生了，哪知道美人却变成了执法警官。但李成龙毕竟是老江湖了，面对陈小丫他毫不惊慌。

“别闹了，美人，来陪哥哥开心开心。”

“李成龙，睁开你的狗眼看看我是谁？”

李成龙还真没把她当一回事，他一边转身，一边嬉笑道：“宝贝，你这闹的是哪一出啊，难不成还想跟我玩刺激的？”

“别动，举起手来。”

“好好好，美人，我投降，成吗？”说着，李成龙的双手慢慢地举了起来，眼睛却一直盯着陈小丫的双手。

“别动啊，动一下我就打死你。”

陈小丫毕竟是个女人，对于李成龙这种 A 级通缉犯，她可没有经验。就在陈小丫准备掏手铐的时候，由于她的一疏忽，手枪就被李成龙夺了过去。

“给我吧。”

“啊。”

事情就发生在几秒之内，陈小丫根本就没有准备。等她反应过来时，枪已经到了人家的手里了。夺下了武器，李成龙顺势就抓住了陈小丫的手臂想把她拉下水。就在这个档口，聂云海把手中的烟头弹了出去，火苗正中李成龙的手背，他觉得手背一痛，手枪掉水里了。

“啊。”

与此同时，聂云海也到了李成龙的面前，不等他去捡手枪，一把揪住了李成龙的右手。李成龙也不善，他左手直插聂云海的眼睛，聂云海急忙往旁边一闪，躲过了他这一戳。

李成龙一戳不中，马上变戳为掌朝聂云海的太阳穴砸来。聂云海把头一低，脑袋躲过去了，肩膀却着了一掌，这一掌劈得还不轻，聂云海感觉一疼，手就松开了。

“啊。”

李成龙的右手一自由，他马上就跳出了水池。这时，陈小丫脚就到了，李成龙急忙往旁边一闪，躲过了她的一脚。随后，他在陈小丫的小腹上来了一拳，打得她摔出几米远。

“啊。”

“哼，想抓我，你们还嫩着点。”

打倒了陈小丫，李成龙很得意，可他却忘记了脚下。就在他想要逃跑的时候，聂云海用毛巾缠住了他的右脚脚踝，使劲往水里一带。

“孙子，你给我下来吧。”

“噗通”一声，李成龙像只落水狗一样，又掉进来了温泉池。这一回可没那么容易逃脱了，聂云海抓住他的脚脖子在水里乱转一通，把他灌了好几口水。

李成龙被水呛得难受，他使出全身的力气抱住了聂云海的腰，但使了几回劲都没有摔动聂云海。这一下，李成龙急了，他张口就在聂云海的肩膀上来了一口。

“啊。”

这可激怒了聂云海，他抓着李成龙的脚，把他整个脑袋都给灌进了水里。李成龙本来就失去了重心，脑袋被水一呛，人就失去了知觉。聂云海见差不多了，就把他往地上一抛，好悬没把他摔冒泡了。

“铐起来。”

这会，陈小丫已经缓过神来了，她迅速地把李成龙给铐住了。为了保险起见，又把他的双脚也铐上了。办完事，陈小丫还觉得不解恨，对着李成龙的屁股上踢了几脚。

“叫你横，叫你横。”

“行了，把他肚子里的水控出来吧。拿着，我看你还是回去干你的所长好了。”

说着，聂云海就把手枪递给了陈小丫，她脸一红，就把手枪别在了腰上。这时，特战队的弟兄们也得手了，他们押着冯尚波等人就进来了。

抓捕李成龙的过程从开始到结束也没超过五分钟，等把人都铐起来了，林海和两位按摩女郎这才反应过来。他们伸出头向外看了看，确定是安全的，这才松了一口气。

这时，聂云海也穿好了衣服，他坐在椅子上，摘下了人皮面具，说道："李成龙，睁开你的狗眼看看，我是谁？"

李成龙抬头一看是聂云海，当时就瘫坐在地上。

"啊，聂云海。"

"哈哈哈哈，想不到吧，我们又见面了。"

聂云海见他还光着身子了，就朝卢德铭使了使眼色，示意先给他穿好裤子。卢德铭心里很别扭，可又不敢抗命。他从陈小丫手里拿过了钥匙，打开了他脚上的铐子，给他穿好了裤子。

聂云海又转回头看着低头不语的冯尚波，说道："冯尚波，好久不见啊。"

冯尚波只好硬着头皮来面对聂云海，道："哎，聂队，我……"

"冯尚波，你想不到我们会在这里见面吧。但是，我还是要告诉你，像你这种人就该一辈子待在监狱里头，永远不要出来。"

到现在，冯尚波也没什么好说的了，他不怕坐牢，反正都是家常便饭了。这会儿，林海的态度也不一样了，刚才他一直在旁边看大戏，心里没有底。可当他明白面前的这位正是大名鼎鼎的聂云海，他可高兴坏了。

"聂队，我要知道是您呀，也就不会这么担惊受怕了。"

看得出来，这家伙是个老油子，又奸又滑，若不是已经制服了李成龙，他指不定早就跑路了。

"老林，我也是没有办法，为了这家伙，才想到你。要不然，还不知道什么时候才能抓到他了。上一次，他好悬没把我炸上天。"

听到这话，林海脸上的肉抽搐了两下，显然是吓到他了。林权就不一样，他很高兴，上来就拉住聂云海的手，说道："兄弟，原来你不姓肖啊，还这么有名啊，兄弟我可长了见识了。走走走，喝酒去，这回我们可得好好亲近亲近了。"

"权哥，这可不行，还有这么多犯人了，我得先把他们弄回去。"

林权才不理会了，他拉着聂云海就不放手。他是一个热心人，凡是他瞧得上的，为你挨刀子都可以。

"哎，这些王八蛋都已经被铐住了，还怕他们飞了不成，你随便叫几个弟兄押回去就是了。咱们兄弟投缘，这次得好好聊聊。"

“权哥，权哥，这样行不行，等我把他们几个带回去之后，你到珠市来，我请你喝酒。”

“看不起我是吧？你要当我是兄弟，现在就跟我走。你要是不想和我做兄弟，那好，从今往后，咱们谁也不认识谁。”

聂云海被林权弄得哭笑不得，知道他就是这种性格，也就不跟他计较了。陈小丫毕竟是女人，她经常赴各种应酬，她也知道聂云海的脾气，动不动就不给人台阶下。所以，她赶紧站出来，说道：“聂队，你看这样行不行，你在澳市多玩两天，我们押着李成龙先回珠市，你看怎么样？”

“哎，还是我们大美女通情达理。”林权很满意，拉着聂云海就走。

聂云海被林权拉去喝酒了，陈小丫就和众弟兄押着李成龙等人回珠市去了。聂云海虽然有些担忧，可毕竟人多，这次来澳市就有十来号弟兄，押送五名犯人绰绰有余，他也就同意了。

陈小丫等人押着李成龙一行上了游轮，连夜往珠市赶。可李成龙这人很厉害，他会空手开锁。趁大家疏忽大意的时候，他就把手上的手铐给打开了。

随后，李成龙又把其他人的手铐也都打开了。快到珠市的时候，李成龙就把民警小马给干掉了，还抢走了他身上的手枪。

“弟兄们，马上就到珠市了。我们现在就一把枪，如果硬拼，那只有死路一条。老冯，你马上给我们的人发个信号，叫他们来接应咱们。”

“好。”

冯尚波从小马的尸体上翻出了电话，就给他给那些马仔打了个电话。

“我是冯尚波，快带上家伙来码头接应，我和铁哥都被聂云海的人抓了。”

李成龙见冯尚波已经和他的手下取得了联系，他心里就踏实多了，接着说道：“咱们要等待机会，再弄一两把枪来，我们就可以抢下这条船了。实在不行，等船靠了岸，咱们来一个突然袭击。只要咱们这边枪一响，接应的兄弟就会赶来，到时候咱们人多，也能逃掉。”

“好，就听铁哥的。”大伙看到了希望，心里自然高兴了。

今晚开船的是贾青山，刘进喜则挨着他老婆，其他人都坐在一旁。几位民警就站在船舱外放哨，大家就等着靠岸了。

看到码头上的灯光，贾青山就叫道：“兄弟们，到珠市了，都小心点。可别把李成龙给弄丢了，不然，头儿非剥了我们不可。”

陈小丫赶紧站了起来，说道："那好，我去把他们押下来。"

陈小丫一走，刘进喜自然就坐不住了，他也站了起来，又把卢德铭也拉了起来。

"炉子，别干坐着了，跟我一起上去。"

卢德铭不太满意，可他都被拉到了船舱外，也只好跟着他们上了楼。

"你们两口子老拉着我干什么？欺负我老光棍了。"

"嘿嘿，咱们哥俩什么关系啊？"刘进喜这个人脸皮厚，他才不介意别人怎么说了。

李成龙等人早就做好偷袭的准备了，他听到有人上来了，还不是一个人。他早就瞄准了楼梯口，只要人一上来，他就开枪。

陈小丫因为在温泉里吃过一次亏了，所以她有些戒备。在上楼梯的时候，她下意识地叫了两声，道："小马，小马，你在干什么？"

上面没有人回答，陈小丫马上就意识到出了状况。她一边掏出手枪，一边小心地往上走。李成龙本想杀她一个措手不及的，现在见对方已经有准备了，对着陈小丫就是一枪。

"啊！"

尽管陈小丫已经很小心了，可还是中了一枪，她当时就倒了下去。陈小丫一倒，她身后的刘进喜和卢德铭就跳上了甲板。刘进喜抱着陈小丫一滚，两人就滚到了一侧。

李成龙一枪打在陈小丫的肚子上，她已经昏迷过去。刘进喜见陈小丫浑身是血，他可就发了疯了，对准房间就是一通乱射。这样一来，里面的人可就倒了血霉，就听见他们在里面哭爹喊娘的。

"啊，我中弹了。"

"我也中弹了。"

"快，从窗户跳出去。"

慌乱之中，李成龙带着人从窗户上跳进了海里。卢德铭一直躲在旁边，他见这些人准备逃跑了，马上就冲了进去。

"妈的，还想跑啊。"

这时，楼下的弟兄也已经赶到了，大家见船舱里躺着两个受伤的人，水里还有几个正在游泳。民警小林站在甲板上就喊道："别动，再动我就开枪了。"

话音刚落，从旁边杀出了两条快艇，对着小林的胸口就是一枪，小林应声而倒。

“啊！”

卢德铭趴在窗户上看得清清楚楚的，他见对方接应的人已经赶到了，马上就朝着水里开了两枪。

“啊！”

他一枪打在了冯尚波的后背上，冯尚波大叫一声，喝了几口海水之后就沉到海底去了。贾青山在驾驶室里面，他见李成龙的弟兄过来了，赶紧停船射击，一枪把驾驶的人给打死了。

“啊！”

慌乱之中，快艇上的另外一个人拿着枪乱射一气。

“快，大哥在水里。”

旁边的人见证，加大马力就来到李成龙的跟前，伸手就把他拉上了快艇。

“老板，快过来。”

李壮壮和熊林森见元凶要逃走，赶紧进行射击，把那个拉李成龙的人给打死了。

“啊！”

这时，海面上又来了一条游轮，因为看不清来的是什么人，唐陆就大叫了起来。

“兄弟们，不好了，我们被包围了。”

大家也弄不清楚情况，都趴在了甲板上，生怕对方从后面偷袭。等那条船到了近前，大家这才发现是珠市公安局的。为首的正是赵立新，他站在甲板上正朝大伙挥了挥手。

“兄弟们，我是公安局长赵立新，我是来支援你们的。”

其实，赵立新不来还好，他一来反而帮了倒忙。李成龙趁这个功夫，开着快艇跑了。

“快，李成龙跑了。”

卢德铭气得破口大骂，他也顾不得那么多了，朝着其中的一艘快艇就是一阵的乱射。

“啊！”

又一个人被打死在海面上，快艇因为没有了驾驶员，就在海面上来回打转。可是，李成龙的那艘快艇已跑得无影无踪了。

“他妈的，让李成龙这个兔崽子跑了。”卢德铭虽然打死了一个，可他心里还是非常的恼怒。

“我去追，我的船快，很快就能追上他们。”

赵立新自告奋勇地追了下去，你还别说，真就被他给追上了。

“不好了，大哥，警察追上来了，怎么办？”

“甩开他们。”

李成龙很慌张，天都快亮了，再过一个多小时，太阳就出来了。那时，他要想逃跑就更难了。

“不行啊，老大，我们的油不多了，跑不动了。”驾驶员很着急，他看着油表已经触碰到了红线，非常的无奈。

“你是怎么搞的，也不加满油的。”李成龙真想一枪崩了这个家伙，可现在就是崩了他也没有用。

“跟他们拼了。”驾驶员倒是来劲了，他一边开着快艇，一边掏出手枪准备拼命。

“李成龙，别跑了，是我。”

两边的人相距不过几十来，赵立新因为害怕对方打黑枪，就大声地叫唤了起来。李成龙的手下一听有人在叫他们，看样子不像是敌人，就把快艇停住了。

“大哥，不是聂云海的人，好像是咱们的人。”

李成龙已是惊弓之鸟了，他紧紧地握着枪，生怕又被抓回去。

“咱们的人怎么会在公安的船上呢？”

等赵立新的游轮到了他跟前，李成龙也看清楚了，见来的是赵立新，就扯开嗓门叫开了。

“是老赵啊，你他妈的吓死我了。快，给我条船，我要去香市。”

“李成龙，他妈的小铁匠，就这么小的胆子吗？告诉你，聂云海的人没有跟来，这里都是自己人。”

李成龙见真没有其他人了，他这才长长的出了一口气，道：“你他妈的想吓死老子啊，都撵了老子一晚上了。”

“哈哈哈哈，上来吧，我陪你喝点酒，给你压压惊。”赵立心命人放下闸板，让李成龙上船。

“好，你等着，老子非狠狠地宰你一次不可，把老子的鸟都吓坏了。”说着，李成龙就跳上了游轮。

“好啊，我给你准备了两个娘们，让你玩个够，好不好啊？”

赵立新笑着把他接到了船舱里，李成龙也不客气，往船舱里一坐，脸上马上就露出了笑容。

“赵局长，你真够意思，当兄弟就得像咱们这样的，这才够义气。”

赵立新一摆手，手下人马上就摆上了一桌丰盛的酒席。接着，从后舱里又走出了两名性感的女子。她们一上来就扑到了李成龙的怀里，不住地撒娇，卖弄风骚。

“哥哥，今晚我就是你的人了。”

“还有我，哥哥，我也要做你的女人。”

能死里逃生，李成龙就不敢想象了。现在还有这样的待遇，他早把危险忘到了九霄云外。

“哎，好，好，你们都是我的女人，老子养你们一辈子。哈哈哈哈……”

赵立新见李成龙已经忘乎所以了，就说道：“兄弟，你在这里好吃好玩，兄弟我就不打扰你了。不过你放心，在我的地盘上，谁也伤不着你一根汗毛。我就怕你自己把自己弄伤了，起不来那我可就不负责了啊，哈哈哈哈。”

“兄弟，在你的船上，我还有什么不放心的。”

李成龙还真不客气，他抱起这两位美女，左亲一口，右亲一口。赵立新却出了船舱，把李成龙唯一的保镖也带走了。

“兄弟，走，我给你也安排点乐子，你也压压惊。”

李成龙的手下看着这两位美人，口水都快流出来了，只是没有他的份。听赵立新说要给他弄点乐子，他就急不可耐了。

“那就多谢赵局了。”

说着，他就跟着赵立新出了船舱，到了二楼，赵立新就朝他两边的人使了个眼色，一名警察立刻会意。他掏出一条毛巾就堵住了那家伙的嘴巴，让他无法呼吸。片刻功夫，李成龙的这位手下一声不吭就倒了下去。

“弄干净，别弄脏我的船。”赵立新从口袋里拿出一条毛巾，捂住了自己的嘴巴，生怕恶心到自己。

“是。”

又上来了两名警察，其中一名警察用无声手枪又给尸体补了两枪，然后，他们就把尸体装进了塑料袋。一切准备完毕，他们这才把甲板上的血迹擦洗干净。

“走，看看去，好戏开始了。”说完，赵立新从上面下来了。

自从赵立新给李成龙弄来两个女人后，他就找不着北了。这家伙一边吃着东西，一边揩油。这两个女人也有办法，把李成龙的魂都快勾走了。

她们先脱李成龙的衣服，还不断地在他身上到处摸。李成龙被撩拨得难受，就抱住一个女子一阵猛亲。那女子一边笑着，一边拉着李成龙就进了里面的卧室。

“哥哥，来嘛，到房间来嘛。”

进了卧室，李成龙更是急不可耐，他按住其中的一个女子就要亲热。他越是性急，那名女子就越是躲闪。

“哥哥，你急什么呀，我们迟早都是你的人。”

“就是啊，哥哥，时间还长着呢，不如我们来做个游戏怎么样？”另一名女子一边引诱着李成龙，一边想着法子来折磨他。

“做游戏，做什么游戏？”

此时的李成龙已完全没有了戒心，她们说什么就是什么。两名女子把李成龙推倒在床上，然后又骑到了他的身上，调戏他。

“哥哥，我把你铐在床上，我们姐妹轮流地伺候你，怎么样啊？”

“好啊，那快点吧。”

李成龙还真听话，四脚朝天地躺床上，就等着两人把自己铐起来。可他怎么也没有想到，这两个风情万种的柔弱女子，却成了他的催命鬼。

当李成龙的手脚被铐住之后，其中一个女子先是拿起了一条鞭子来，对李成龙说道：“哥哥，我现在就来伺候你，你愿意吗？”

“来吧，宝贝，哥哥就喜欢你来打我。”李成龙也真是个贱种，被人家玩弄了，他完全不知情。

“那好，哥哥，我可就打了啊。”

那女子扬起鞭子来，先在李成龙的身上轻轻地抽了两下，李成龙并没觉得怎么着，他反而觉得更刺激了。

“来吧，宝贝，使点劲啊，哥哥可喜欢呢。”

“好嘞，哥哥你注意了，我使劲了。”

接着，那女子就轮开了鞭子，狠狠地打在了李成龙的身上。一开始他还乐呵呵的，后来他可就受不了了。

“哎呀，宝贝，你这是要了我的老命啊。”

李成龙一叫唤，她就停了下来。这时，另一名女子就掏出李成龙的手枪，对准了他的胸口。

“哥哥，这个更好玩，我们玩这个吧。”

李成龙见她手里拿着枪，这可把他吓坏了。

“宝贝，快放下，这可不是好玩的啊，会出人命的。”

“是吗？我还没杀过人了，要不咱们也试一试，好不好嘛，哥哥。”

那女子拿着手枪，在李成龙的面前晃来晃去，差一点没把他吓出尿来。这时，赵立新推门进来了，他看到李成龙的样子，乐了。

“兄弟，你真会玩啊，还可以这样玩的，我真是开眼了。”

李成龙见赵立新来了，就像看到救星一样，赶紧叫道：“兄弟，你救救我吧，我真吃不消了，好悬没把命给弄丢了。”

赵立新并没有要放他的意思，他反而从那女子手里接过了手枪，乐呵呵地说道：“兄弟，既然你这么会玩，那就一块儿玩吧。”

李成龙可不傻，他马上就明白这是怎么回事了，怒道：“赵立新，你他妈的想杀人灭口不成？”

赵立新嘿嘿一笑，道：“兄弟，你怎么可以这样说呢？我是公安局长，你是杀人犯，你公然拒捕，那我只好开枪射击了，你们都看到了吗？”

“看到了。”

赵立新的那些手下都站在后面看热闹，那两个女郎也不知道羞耻的，完全不在意身上有没有穿衣服。两人一左一右的依靠在赵立新的身上，其中一个高声道：“是的，赵局长在抓捕凶手的时候，遇到李成龙顽强抵抗。他不顾赵局长苦口婆心地相劝，竟然开枪射向赵局长。无奈之下，赵局长只好开枪将其击毙。”

“你们……”李成龙知道一切都完了，他浑身哆嗦着，很显然，他也怕死。

“赵立新，我日你姥姥，我帮你洗钱，还帮你干掉那么多的障碍。没有我，智慧市长早他妈完蛋了，现在你们竟然要……”

赵立新真狠，不等他把话说完，对着他的前胸就是两枪。

“啊。”

杀了李成龙，赵立新还不解恨，转回头对手下人说道：“你们都给我听好了，李成龙是个杀人不眨眼的魔头，我怎么可能和他勾结呢？更别说智慧市长了，他老人家那么高的身份，能和这种人往来吗？”

“对对对，他就是一堆臭狗屎。”这些警察没有一点正义感，完全就是赵立新的奴才。

“行了，给他穿好衣服，胸口上弄两个洞，做得漂亮点。聂云海贼得很，很容易看穿来。”

赵立新把手枪往床上一抛，他转身走了，其他人马上就按他的意思办好了。

“是。”

第 48 章　反间计

疑犯越狱，这么大的事，聂云海不能不管，他连夜赶回珠市。回来的第一件事就是去殡仪馆看望小马和小林，看到两人的尸体后，聂云海心都凉了。李成龙下手真够狠的，他掐断了小马的脖子，小马到死都没哼过一声。

之后，聂云海又去了医院，此刻，陈小丫还躺在急救室里抢救。走廊上，刘进喜哭成了泪人一般，兄弟们一个个耷拉着脑袋，看着这些弟兄，聂云海又悔又疼。

到现在聂云海也没有什么好说的，他搂着刘进喜的肩膀，安慰道："都怪我，我要是跟你们一起回来，就不会出现这种事情了。"

"聂队，小丫她……呜呜呜呜……"

卢德铭也很懊悔，聂云海还特意地嘱咐过他，千万要谨慎，不可疏忽大意。现在好了，要犯跑了，自己人也是二死一伤。

"队长，都怪我，是我没有看住李成龙，让他跑了。我，我给你丢脸了，明天我就去打退伍报告。"

听他这么一说，聂云海心里更不是滋味，发生了这种事，谁也没有想到。弟兄们的心里倍受打击，这个时候他们最需要的就是鼓励，如果一味地斥责，人心就散了。

"各位弟兄，这不是你们的错。李成龙闯荡江湖几十年，手段高明。他既然能逃跑，我们也可以把他抓回来。相信我，用不了多久，我们就可以把他抓回来。不仅把他抓起来，我们还要把章爷、袁大师都抓住。"

大家听聂云海这么一说，心里就更难受了。如果聂云海痛骂他们一顿，大伙心里还好受一点。可队长一句难听的话也没有，大家都忍不住掉下了眼泪。

好在事情并没有坏透，陈小丫已经得救了，她肚子里的子弹也取出来了。听到这个消息，大家悬着的心也就放下了，聂云海的眉头也舒展了一些。

"喜子，你也别哭了。小丫没事比什么都强。走，我们去看看她吧。"

天亮后，大家回到了派出所。之前大家还抓了两个贼，这两个贼虽然都受了点伤，却要不了命，聂云海就挨个的提审。首先提审的是一个三十来岁的汉子，这人身材魁梧，左手臂上挨了一枪，医生已经给他处理过了。

“你叫什么名字？”

“警官，我叫王大宝，南省人，俺跟了铁哥好几年，但俺可没杀过人。铁哥这个人心狠手辣，我们也没办法，又不敢跑，要是被他抓回去，就是死路一条。”

“别净说些废话，李成龙和章爷是什么关系，袁大师又是谁？”

“警官，据我所知，铁哥和章爷的关系非常好，两人经常一起喝酒、玩女人。至于那个袁大师，我可没见过，有个雷大师倒是见过几次。”

“快说，他和这个雷大师是怎么回事？”

“是这样的，有一回我陪铁哥去参加一个什么拍卖会。当时正拍卖一件青铜兽，铁哥以 4.5 亿的高价买了下来。之后，雷大师就开了个庆功宴，我们也参加了。当时，铁哥给很多人都敬过酒，有大富豪汪子财，还有一个美女什么心的。后来，雷大师还给大家介绍了智慧市长，当时他还不是市长。”

“后来怎么样了？他们还有没有联系？”

“后来我就没有再见到这些人了。”

聂云海有些失望，再问也没有什么有价值的东西了，就把他送回到拘留室。随后，他又提审了另一个犯人，那人说得跟王大宝差不多，也没有什么更重要的线索。

“聂队在吗？”就在聂云海一筹莫展的时候，赵立新来了，他老远就笑出了声。

“聂队，我给你带来了一个好消息。”

聂云海已经知道是他去追的李成龙，可他也没抱什么希望，便说道：“赵局，非常感谢啊，要不是你及时赶到，弟兄们可就丢脸了。”

“老弟啊，咱们都是为国家办事，分那么清楚干什么呢？”

“赵局，刚才你说有一个好消息，是不是抓到李成龙了？”

“老弟，你可真神啊，一猜就猜对了，哈哈哈哈。”

“真的？”

聂云海简直不敢相信，他瞪大了眼睛，直勾勾地看着赵立新。赵立新现在可神气了，他拉着聂云海就往外走。

“走，老弟，我带你去见见李成龙，他现在就在我的船上。”

你说这个赵立新有多坏，他明明已经把李成龙给干掉了，可他就是不说，非拉着聂云海去看。聂云海真以为他有这么好心，哪知道被人家给耍了。

“啊，好，抓住了就好。”出了派出所，就去了码头，也就半个小时左右，他们就到了码头。

“老弟，到了，李成龙就在船上。”

从警车下来，聂云海跟着赵立新上了游艇。等他来到甲板上，聂云海这才看清楚，原来是两具尸体。他脑袋当时就大了，又白忙活了。赵立新就在旁边看着，他见聂云海满脸地愁云，心里非常得意。

“老弟，打开看看，看看是不是李成龙这小子。”

没有办法，聂云海打开装尸袋，一股血腥味直刺鼻孔。他皱了皱眉，用衣服捂住口鼻，仔细一辨认，确实是李成龙。

顿时，聂云海的心里就升起一团莫名的怒火，他咬了咬牙关，又把火压了下来。

“赵局，还是你厉害，出手不凡啊。”

“老弟啊，不是我自吹，想当年，我也是警届的头牌，不知道抓了多少流氓混混。”

“那行，赵局，这次你帮了我一个大忙，改天我请客。”

“老弟，咱们俩谁跟谁啊，用不着那么客气。”

聂云海憋了一肚子的气，从游艇上下来，他就去了夜来香。冯老二跟聂云海去了一趟澳市，又发了一笔小财，聂云海奖励了他十几万。虽然他把赌王的桂冠让给了林海，可聂云海还赢了 3 个多亿呢。

除了给小马、小林料理后事，奖励相关的人员外，他还给特战队的兄弟每人一笔不错的安家费。余下的钱聂云海都上交给组织了，王师长觉得特战队外出办案，需要大量的经费，他又把这些钱打回来作为活动经费。为什么弟兄们都愿意跟着聂云海干，那就是因为他没有私心，他一心为国，眼里只有国家和人民。

“冯老二，李成龙死了你知道吗？”

“啊？”

对于李成龙的死，冯老二完全没有想到，他没有参与抓捕李成龙的行动，自然不知道李成龙的事了。

“聂队，你把他干掉了？”

“不是我杀的，他是被赵立新打死的。”

“王八蛋，他这是不安好心，谁都知道他和这个老铁关系密切。他见你逮住了李成龙，就来个杀人灭口。”

“你说说，这个赵立新和李成龙怎么个关系密切？”

“聂队，我这么跟你说吧，你来珠市的时间不长，不知道这里面的道道。这个智慧市长可不是什么好东西，人称三多市长，钱多，女人多，房子多。他就是靠雷大师、汪子财、赵立新这些人发达的。有这些人给他做业绩，他要钱有钱要权有权，想睡谁就睡谁，在珠市这个地方，没人动得了他。”

对于智慧副市长的这些事，聂云海还是头一回听说，可他最关心的还是章爷的案子。

“冯老二，你扯远了吧，我想知道的是赵立新和李成龙。”

“聂队，你别急啊，我还没说完了。赵立新就是智慧市长的一条狗，叫他干什么他就干什么，很多坏事都是赵立新给解决的。还有一些见不得光的事情，赵立新就交给了李成龙去办，为什么李成龙可以在珠市横行？就是因为他上面有人，警察不敢办他。据我所知，纪委要查智慧市长，刚有点眉目了，结果查案的人不是自杀就是出车祸死掉了。”

聂云海听得汗毛都竖起来了，他相信叶珍珍、沈心等人的死一定和他们有关。假如章爷也和他们有关系，那么这个案件就复杂了。好半天，他都没有任何反应，完全陷入了忧虑之中。

“聂队，聂队。”

“啊，那个，冯老二啊，我今天来找你，是有件事情要你去办。”

“好啊。”

冯老二现在看明白了，聂云海话虽不多，人也很难接近，可他为人仗义。自己倒卖国宝赚了那么多钱，他不仅没有严办，赃款也不过问，还给了自己一大笔，跟这种人心里痛快。

“聂队，以后有什么事，你只管吩咐，我一定给你办得漂漂亮亮的。”

“冯老二，你现在就去散布李成龙的死讯，就说他被赵立新干掉的。记住，一定要让章爷或者他的手下人知道。”

“好嘞，这事太简单了，我冯老二别的本事没有，造谣生事的本领可不是吹的。”

“行了，你赶紧去办吧，我等你的好消息。”

“哎。”

聂云海使用的是反间计，他知道，这些人之间都有一定的利益关系。如果他们知道李成龙是被自己人干掉的，就一定会有所行动。那时，他就可以来一个螳螂捕蝉黄雀在后。处理完这件事后，聂云海的心情轻松了许多，他又去看望了陈小丫，她现在的气色不错，人也已经醒了。

“小丫，你可醒了，知道吗，你家刘麻子哭得可惨了。我还从未见他如此的伤心，这也许就是真爱吧。”

刘进喜被聂云海说的都有些不好意思了，他脸一红，脸上的雀斑就更可爱了。

“哪有啊，我只是害怕，你不知道当时那个情景。虽说我们都是从枪林弹雨里爬过来的，可我自己倒无所谓，小丫就不同了。”

“我在乎。”陈小丫躺在病床上，满脸的幸福感。

“哈哈哈哈，还真是一家人啊，自己都快没命了，你还在心疼他。”看他们这么幸福，聂云海也笑了。

陈小丫白了他一眼，说道：“你这叫身在福中不知福，那么好一个女孩，你非把人家气跑了，活该你单身。”

“这个……”

陈小丫还真说到聂云海的心坎里了，他和蒋玉莲相恋也有七八年。两人从最初的互掐到后面的相知、相爱，可以说是一对冤家。不见面的时候彼此牵挂，见了面了又互相伤害。

爱情就是这么奇妙，相爱了，两个人爱得那么的深沉。不爱了，彼此间又斗的你死我活。很多的时候，人就为了一句话，或者一个人、一件事，结果把双方弄得伤痕累累。到最后，劳燕分飞，那真是得不偿失。

看着刘进喜和陈小丫的恩爱甜蜜，聂云海又想到了蒋玉莲。想到她，心中不免又是一阵的黯然神伤。其实，他只需要一个电话，一句道歉，什么麻烦都烟消云散了。还是陈小丫理解他，知道他此刻正在思念蒋玉莲。

“云海，给玉莲打个电话吧，认个错，没有什么过不去的坎。你看看我们家喜子，不管我怎么骂他，数落他，他都跟我嬉皮笑脸的，让你生不来气。”

刘进喜说道：“就是嘛，头儿，不是我说你，你什么都好，就是心气高，对老婆可不能这样。嫂子为人多好啊，来了没几天就和我们玩到一块去了。你再看看你自己，不是办案，就是看书，再不就是研究音乐。人生有太多美好的事情等着你去做呢，听我的，现在就给嫂子打个电话。”

“打吗？”

聂云海还真被他们说动了，可他还是有点拉不下面子。最后他一狠心拿起了电话，拨通了蒋玉莲的电话。

“那个，你还好吗？”你看吧，聂云海的情商真不咋样，给爱人打电话也就是这么冷冷的一句话。

“放心，死不了。”

“我说，咱们能不能别这样，我又不欠你什么。你一来就没有好脸色，我以后还怎么跟你过下去？”

聂云海其实不是这个意思，可不知道为什么，从他的嘴里说出来的话马上就变味了。蒋玉莲又生气了，她开始歇斯底里起来。

“是哦，你不欠我的，你欠那个狐狸精的。我也是贱，上辈子欠你的，在你身上倒贴还不讨好。这么多天都守着那个狐狸精还不够吗？是不是盼着我死呀，我死了你好娶了那个狐狸精对不对啊？那好啊，你现在就去娶她好了，我们的婚礼也是无效的。因为没有领证，你随时都可以娶那个狐狸精。”

“好，我要是再给你打电话，我他妈就不是人。”

你说这两个人啊，打个电话都没有好话，聂云海哪里忍受得了这些，他当时就挂断了电话。他们没怎么着，可把刘进喜和陈小丫给看傻了，两口子在旁边一句话也说不出来。这时，聂云海的电话又响了，聂云海看都没看，接了电话就是一通骂。

“我说你有完没完，我们两不相欠了。你走你的阳关道，我过我的独木桥。”

“聂队，你是不是弄错了？我可是你要找的章爷啊。”电话里头突然传出了一个沙哑的男人声音，聂云海就是一惊。

“什么，你是章爷？”

“不错，我要自首。”

一句话，病房里的空气顿时又凝固了起来。聂云海的反间计很快就取得了成效，他刚把李成龙的死讯散布出去，章爷马上就打来了电话。等到章爷说要自首，聂云海又呆住了。

“自首？”聂云海简直不敢相信自己的耳朵，枪王章爷竟然要自首。

“自首？”刘进喜和陈小丫也是一脸的惊愕，他们也不敢相信。这个比李成龙更狠、更毒辣的家伙竟然要自首了。

“不错，我要自首。”章爷非常的淡定，听声音确实是他本人。

“那好，你到派出所来，我在这里等着。只要你真心自首，我们会从宽处理的。”

尽管聂云海心里有疑惑，但他还是想看看这个章爷说的是真是假。如果他真来自首了，那一切都解决了。如果他仅仅只是为了玩弄自己，聂云海正好抓住他。

“不过，我有个条件。”章爷还是有所准备的，看得出来，他并不怎么信任聂云海。

“什么条件？”

聂云海和刘进喜夫妻几乎同时说出了这句话，他们都不相信章爷真的会来自首。

“聂队，我知道你对我恨之入骨，我也对你恨之入骨，事到如今，我也没有选择。我之所以要自首，完全是被赵立新给逼的。我和李成龙是他的左膀右臂，我们替他干了很多大事，可他现在却要卸磨杀驴。”听得出来，章爷很激动，他变得义愤填膺了。

“聂队，我相信你是个明白人，不管李成龙为人怎么样，可他不应该死得不明不白。如果他接受了法律的审判，被枪毙，我无话可说。可他是被赵立新那个王八蛋给杀的，赵立新是什么人，简直禽兽不如。他监守自盗，为了升官发财害死了多少人……哎，这我就不说了。”这会儿，聂云海已相信他是真的要自首了。

“那好，你马上到派出所来，我单独审理你的案子。”

“不不不，我不去派出所，你到我这里来，咱们当面谈一谈。”谁也想不得，章爷竟然会提出这么一个要求，更意外的是聂云海居然答应了。

“好，我现在就去见你。”

“就你一个人来，我在维多利亚大酒店恭候你的大驾。”

“一言为定。”聂云海跟谁也没有商量，他就决定要单刀赴会了。

“聂云海，你怎么可以这样，虽然我不是你的领导，可我比你大，当你的大姐还是可以的吧。你一个人去见大魔王，万一是个陷阱怎么办？”

陈小丫很激动，她差一点就要从病床上蹦起来。要不是有伤在身，她还真准备教训教训这个不知天高地厚的家伙。

“小丫，你不用担心，赶紧把伤养好来。等我处理完这件事，我给你们办一个盛大的婚礼，也算是给你的补偿了。”

聂云海是个重情重义的人，自己的婚礼弄砸了，他不想兄弟的婚姻也不幸福。

“我不要你给我们办什么婚礼，我只要你活着。你要是出了事，给我们办再隆重的婚礼也没有意义。”

陈小丫的眼睛都湿润了，她把头扭到了一边，不想再理聂云海了。聂云海也没有去安慰陈小丫了，他淡淡地说道：“喜子，好好伺候你老婆，等我回来，咱们兄弟好好乐乐。”

刘进喜说道：“头儿，你还是多带些弟兄们过去，你一个人我实在不放心。”

聂云海笑道：“放心吧，我也不傻，香市也是我们的领土，那边有我们驻扎的部队，我会跟他们联系的。万一有个什么好歹，他们马上就能赶来接应我。”听聂云海这么一说，刘进喜心里也踏实了。

“也对，我怎么把这茬给忘记了。那行，我们就等你凯旋归来了。”

“好。”

从医院出来，聂云海一个人去了香市。船一靠岸，那边的同志就把聂云海接走了，直接就送到了维多利亚大酒店。到了酒店，聂云海把接应的同志支走了，他一个人坐在了大厅里等候。

约莫过了二十来分钟，从楼上下来了四名保镖，他们来到聂云海的面前，其中一人对聂云海说道：“聂队吧？”

“是的，章爷呢？我要见他。”

聂云海提高了警惕，他身上背着两把手枪，一挺微型机枪。万一发生了意外，凭着这些家伙，他完全可以杀出重围。

“章爷在楼上恭候你多时了，聂队，请吧。”

说着，聂云海就跟着这些保镖上了楼。到了房间，他一眼就认出了章爷，中等的身材，胖胖的，却格外的精神。两只眼睛非常地锐利，看得出他是一个厉害的角色。

聂云海不止一次地和章爷交过手，都没能抓住他。章爷见聂云海单刀赴会，对他就格外的钦佩，他快步地走到聂云海的面前，同他握手。

"聂队真乃当世的豪杰啊，章某佩服。"

聂云海一边握手，一边打量着房间里的人和物。他发现房间里还站着四个保镖，他们都是高个大汉，直挺挺地站在那里，一动不动。

"章爷，咱们这是第四次见面了吧，前三次你都想置我于死地，这一次，希望我们可以化干戈为玉帛。"

"聂队，你记得这么清楚啊，说真的，我非常地佩服你，能让我钦佩的也只有你了。"章爷就像没事人一样，他拉着聂云海聊起了家常。

"记得最初我是冒犯了尊夫人，这才惹得聂队龙颜大怒。哎，我们确实有些误会，既然聂队这么给我面子，那我就把事情的缘由都说清楚吧。"

说真的，聂云海对章爷的印象并不坏，他们俩一个是兵一个是贼，身份不一样。不然，他们也许可以成为朋友。

"章爷，我今天来就是希望你能跟我回去，咱们把这一段公案了结了。说实在的，我本人对你挺有好感的。但是咱们国家有明文规定，不准私人制造、贩卖枪支弹药，可你老兄偏偏就是枪王。"

"哈哈哈哈，聂队，我实话告诉你吧，所谓的枪王其实就是个幌子，我根本就不是什么枪王。"

就这一句话，把聂云海都给惊呆了，章爷号称东南亚枪王，在 Z 国的通缉榜上排名第一。何况聂云海还亲自查封了他的工厂，那简直就是一座兵工厂，可谓是名副其实。现在章爷竟然矢口否认这个称号，这简直不可思议。

"章爷，你这话我就不太明白了。"

章爷乐了，他朝手下一使眼色，这些人自觉地离开了房间。此刻，房间里就剩他和聂云海了。章爷长叹了一口气，说道："哎，聂队，你有所不知，枪王其实是另有其人，我只不过是他的一个替身罢了。甚至连替身都算不上，我就是他的一个替死鬼。"

聂云海这回真长见识了，这么大一个枪王竟然是别人的一个替身，这可就精彩了。

“章爷，我都被你弄糊涂了，这到底是怎么回事啊？”

章爷拿出一根烟，点上后深深地吸了一口，随后，他就往沙发上一靠，说道：“聂队，告诉你吧，真正的章爷叫罗柄章，道上的朋友都叫他章爷。而我不叫罗柄章，我叫汪子财。”

汪子财的话一出口，聂云海又是一惊，他根本就想不到这个罗柄章和汪子财竟然乾坤颠倒了。

“章爷，我怎么越听越糊涂，这究竟是怎么回事啊？”

汪子财笑道：“聂队，其实很简单，现在的这个汪子财才是真正的枪王。我只不过是他的一个影子罢了。他和独狼是亲兄弟，独狼叫罗柄坤。他们哥俩一个是大毒枭，一个是枪王，互相协作，独霸一方。一次偶然的机会，罗柄章救了智慧市长。从此，他们就成了最亲密的兄弟。罗柄章靠着智慧市长洗白了身份，他就让我来管理他的军火生意，他摇身一变成了一个成功的企业家，这就是全部的真相。”

聂云海简直都不敢相信，他就像听天书一样地听这个假章爷讲述一代枪王的传奇。

第 49 章　贼喊捉贼

了解到这些内幕后，聂云海心里还有一个疑问，就问道：“听你这么一说，我还有一个疑问，智慧市长和雷大师是什么关系？雷大师又在他们之间扮演什么角色？”

“聂队，我这么跟你说吧，雷大师就是他们的军师，他根本就不姓雷。”

“哦，他不姓雷姓什么？”

“他姓袁，他就是大名鼎鼎的袁大师，这家伙以前只是个风水先生。傍上智慧市长后，摇身一变他成了一个大画家。”

“太好了，我找了他们好几个月，想不到就躲在我的眼皮底下。”

“聂队，我现在是不是属于戴罪立功啊？”

“不错，你立了大功了。不管你以前干过什么，就你今天的表现，你已经立了大功了。我会如实的上报，争取减轻你的罪孽。”

“那会枪毙吗？”

“你放心吧，我不会让你死的。国家有明文规定，对于一切自首，或者戴罪立功的罪犯都会从轻处置的。况且你不是主犯，你只是他们的一颗棋子。”

“我干过很多坏事，也杀过人，还是两位检察官，可我不想死。如果不是他们想要杀人灭口，我可能会做一辈子假罗柄章。李成龙是我兄弟，他对智慧市长忠心耿耿，最终却落得这么个下场。我知道，你们要抓我，赵立新也要抓我，罗柄章还要杀我。智慧市长的官越做越大，他不想留下什么把柄，我只好背黑锅了。”

说着，汪子财放声痛哭起来。这可让聂云海感到意外，他没有想到这个杀人不眨眼的魔王，竟有这么柔弱的一面。

“智慧还在梅县当县委书记的时候，曾被人举报过。当时，市委派了专案组去调查他，是我和李成龙给他摆平的。第一任组长在路上出车祸死了，第二任组长又在家上吊自杀了，而那个举报人也死于火灾。后来，这件事情就不了了之了。这都是我们的功劳，我弄死了两任专案组组长，李成龙一把火烧死了举报人。但是，这都是赵立新和罗柄章指示我们干的，是袁大师出的点子。从那以后，智慧市长可谓官运亨通，他很快就调到了珠市。”

听了汪子财的这番话，聂云海一句话也说不出。他恨这帮人，尤其他们为达目的不择手段，可以说已经到了变态的地步。

此刻，天已经亮了，他们俩谈了一个晚上。聂云海心头非常的沉重，他站起来，看着远处的维多利亚港，心潮澎湃。

腊月的维多利亚港阳光和煦，照在人脸上格外地舒服。这个季节，维多利亚港是最美丽的，气候温和，植物也都是青葱葱的。

“跟我回去吧，只要你出来指证，我绝不会让这些人逍遥法外。”

聂云海突然变得严肃起来，他就像维多利亚港前的一盏指示灯，给这位迷途的人指明了航向。

“好，我跟你回去，我要举报他们。就是死，我也要让他们给我陪葬。”

汪子财被聂云海身上的正义感染了，他们坐上第一班轮船，一路乘风破浪奔向珠市。眼看着珠市码头一点点地近了，聂云海的内心更是豪情万丈。他要学明朝民族英雄于谦，今天，他要把这位珠市的土皇帝拉下马。

随着一声汽笛声响，轮船终于停靠在珠市码头。聂云海挽着汪子财的手臂，满怀希望地走出船舱。就在这个时候，赵立新赶到了，他不容分说就把聂云海给铐上了。

“对不起，聂队，有人举报你收受贿赂，洗黑钱，私通枪王章爷。这是逮捕令，请跟我走一趟吧。”

难以想象，赵立新竟然会反咬一口。聂云海傻在那里了，汪子财也呆住了。

“你血口喷人，你才是知法犯法的人，我要举报你。”

“别跟他废话了，一起带着。”

就在这千钧一发之际，吴奕晗带人赶到了。卢德铭冲上前护住了聂云海，道：“干什么？你们也不看看这是谁，就随便抓人，反了你们不成？”

赵立新好不得意，他手里拿着市长亲自签发的逮捕令，所以，他心里有底气。

“怎么，聂云海贪污受贿，还参与洗黑钱。这是市长亲自签发的逮捕令，你们想阻拦我办案不成？”

“什么他妈的鸟市长，我们是军人，不是你们公安局的。要抓我们队长，那也轮不到你。”

卢德铭根本就不鸟他，赵立新就要把聂云海带走。唐陆也在一旁吆喝道：“就是啊，有本事你去我们师部，让师长签一张逮捕令，那我们就没话说了。”

“你……”

赵立新的老脸可就有些挂不住了，说道：“我告诉你们，聂云海贪污受贿，证据确凿，你们别想包庇他。今天就是王师长在这儿，我也要把他带走。”

“我看他妈谁敢？”

这帮大爷真火了，当时就掏出家伙准备玩命。公安局的那帮人也想拼，可没有人家的家伙硬，顿时就矮了半截。

“都住手。”

聂云海把脸一沉，喝道：“赵局长，你说我贪污证据确凿，我也不跟你辩论，我相信法律是公平的。我可以跟你回去，但是，章爷是我从香市带回来的，既然我成了嫌疑犯，那我就把他交给我的弟兄们，这合情合理吧。”

“这个……”

说实在的，赵立新虽然是冲聂云海来的，可汪子财才是关键。但聂云海的话合情合理，他根本就反驳不了。就在他愣神的工夫，聂云海已经把汪子财交给了吴奕晗。

“奕晗，你带章爷走，他是整个案件的关键，你一定要保证他的安全。”

“是。”

吴奕晗心里跟明镜似的，当然了，他跟赵立新讲什么都没有用。既然说聂云海贪污受贿，那就去调查好了，所谓清者自清，有什么好怕的呢！

“我们走。”

“是。”

弟兄们走了，聂云海也被带走了，赵立新虽然没对他动用私刑，却比这更狠，他要把聂云海搞臭。他不仅召开了记者招待会，还把全国的媒体都请了过来。

也不知道赵立新使用了什么办法，他查出了聂云海的海外账户，上面有一笔金额巨大的汇款，就是汇给罗柄章的。同时还有很多消费记录，也都是聂云海签的名。

这一下，铺天盖地的指责声就冲向了聂云海。有人说他罪大恶极，有人说他是伪君子，还有人说他知法犯法。总之，说什么的都有。

派出所里也乱了套了，许多不知情的市民跑到派出所来丢臭鸡蛋、烂菜叶。特战队的弟兄更是不敢出门，只要被群众发现了，就是一顿臭骂。

一时间，聂云海由大英雄变成了人人憎恨的贪污犯，连同特战队成员也跟着遭殃。很多市民拉着横幅，带着喇叭跑到派出所来喊口号。

“聂云海，滚出珠市，特战队，我们不欢迎你们。珠市人民不欢迎贪污犯，你们是吸血鬼，专吸我们穷人的血……”

这些天以来，聂云海过着炼狱一般的生活，他整个人都消瘦了一大圈。聂云海弄不明白，自己怎么会有海外账户？那些签名又是怎么回事？如果说他的字体可以模仿，那么身份证呢？是谁盗取了他的身份证呢？

聂云海是个清高的人，他把名誉看得比生命还重要，现在好了，自己成了新一代的刘青山、张子善了。所以，他在检察院吃不下，睡不着。

每当夜晚降落的时候，聂云海就梦到了他过世的爷爷掐着他的脖子，要大义灭亲。在检察院度过了五个白天和黑夜，在这五天里，聂云海既没有吃东西，也没有合过眼。

在这其间，特战队的兄弟都来看望过他，就连陈小丫也坐着轮椅来过。大家都是摇头叹息，谁也没有办法，就连师部也没有任何的指示。

吴奕晗更是痛苦，假罗柄章就在他手上，他就是没办法把聂云海弄出去。没有人相信假罗柄章的话，都咬定是他和聂云海互相勾结，他们想诬陷智慧市长，想把这位办实事的好市长扳倒。

“聂队，我他妈太废物了，这么简单的一件事情都搞不定，还让你受到诬陷。”

吴奕晗恨不得拿脑袋撞墙，他明知道这一切都是赵立新的阴谋，可他就是束手无策。看着战友痛苦的表情，聂云海却无比的欣慰，不管怎么说，弟兄们还是相信他的。

“奕晗，你是特战队的队长，是他们的灵魂，你不能倒，你倒了这只队伍就彻底的失败了。记住，黎明之前最黑暗，我们现在就处在最黑暗的时刻。去吧，带好特战队，别让它在你的手里垮掉。”

吴奕晗没有言语，因为他已经无法用语言来安慰聂云海了。从检察院出来，吴奕晗一路思索着聂云海所说的每一句话。突然，他有一种不祥的预兆。

“不好，要出大事。”

当吴奕晗脑子里闪现出这种念头的时候，他吓出了一身的冷汗。他太了解聂云海了，这个人就是一团火，说着就着。一旦他感觉到了窒息，他宁愿悄无声息地死去，也不愿意苟活。

“出了什么事了？”卢德铭问道。

吴奕晗看了看大伙，叹了口气，道：“队长要寻短见了。”

“啊。”

这可把弟兄们给吓坏了，都准备跑回检察院把聂云海救出来。尤其卢德铭最积极，他冲在了最前面。只有吴奕晗没有动，他不仅没有动，还把人全都叫住了。

“回来，谁也不许去。”

大家都被吴奕晗给弄懵了，不知道他葫芦里卖的是什么药，这么紧急的关头，他还这么的淡定。卢德铭还以为听错了，转回身问道：“怎么了，不是你说队长想不开吗？我们这是去劝他别做傻事啊，你怎么又拦着了？难不成你真想转正了？”

卢德铭的这句话可把吴奕晗伤着了，他上来就给了卢德铭一拳头，把他揍趴下了。

“你他妈胡说什么？狗嘴里吐不出象牙。”

卢德铭心里本来就堵的慌，被吴奕晗当街来了一拳，他肯定不干了，爬起来就准备干一架，其他人赶紧上前劝阻。

“好了，都别动手，队长还关着呢。我们不去想办法救他出来，自己人却先干起来了。”

吴奕晗到现在才明白聂云海话里的含义，这支特战队都是从各个部队里挑选出来的精英，平时谁都不服谁。聂云海在的时候，他就是这支部队的灵魂，聂云海不在了，这支队伍就没有了灵魂。这就好比一群狮子，狮王在的时候，它们无敌于天下，狮王不再了，它们就会内斗。

明白了这层意思之后，吴奕晗也就冷静了下来，他对大家说道：“弟兄们，我和你们一样，都希望队长出来。可是，他刚才说的那些话，分明就是在交代后事嘛。”

“对啊，我也觉得。”

贾青山听吴奕晗这么一说，他猛的想了起来，道：“不好，我们得赶紧想办法，你们注意到没有。聂队明显的瘦了，我敢肯定，他在绝食。”

“绝食？”大伙都惊得说不出话来。

“听我说，兄弟们，聂队的性格大家都知道。他决定的事情，谁也劝不了，现在唯一的办法就只有还他一个清白。”吴奕晗不愧是队长，关键时刻还是他有主意。

“这我们都知道，可现在证据确凿，怎么才能还队长一个清白啊？”卢德铭很泄气。

吴奕晗走上前，拍了拍他的肩膀，道：“别急，我知道该怎么办了。”

“怎么办，你快告诉我们啊。”

大家见吴奕晗有了主意，又都把他围住了。吴奕晗想了想，说道：“弟兄们，你们听我说，喜子你还去陪你老婆养伤。其他人都回去正常的工作，我去办一件特殊的事情，这关系到聂队的清白。在我没拿到证据之前，你们要想办法把蒋玉莲请来，她能阻止队长。只要我拿到了证据，就可以还队长一个清白。”

“好，就这么办，我现在就跟徐小姐打电话，把嫂子请回来。”唐陆也不管别人同不同意，他马上就拨通了徐丽娜的电话。

“喂，徐小姐吗？我是唐陆。”

“唐陆，我正要问你呢，你们那边发生了什么事情了，聂云海怎么就成了贪污犯了？”

唐陆一听徐丽娜也在关心聂云海，就知道这事好办了。

“徐小姐，你不知道，他们可真狠，坐实了聂队的贪污，想翻盘都不可能了。我们队长都要自杀了，刚被我们救下来，脖子上勒得伤痕累累的。”

特战队的这帮弟兄没有一个是省油的灯，唐陆那么老实的一个人，居然也会骗人。还没等他说完，就传来蒋玉莲的命令。

“唐陆，你把话说清楚了，聂云海怎么就要自杀了？”

大伙好悬没有笑出来，要不是聂云海还被关着了，准乐起来。

“嫂子，我跟你说啊，你们家的那个，哎，实在太惨了，已经六天没吃饭了。可他还嫌死得慢，这不，刚才他还上吊来着。”

“唐陆你给我听好了，我马上就过去。在我到来之前，聂云海要是少了一根汗毛，我拿你是问。”

说干就干，蒋玉莲已经忘记了她与聂云海之间的矛盾。更顾不得除夕夜了，抛下电话就匆匆地出了门。

从金陵到珠市坐飞机用不了四十分钟，不等吃晚饭，蒋玉莲就已经出现在聂云海的面前。她看到精神憔悴的聂云海，眼泪下来了。

“这才几天时间，你怎么就变成这个样子？”

“玉莲，这种地方你不该来的。”

“我再不来就见不到你了，你为什么要上吊？”

“上吊？我上什么吊啊？”

“那你为什么绝食，为什么六天都不吃东西了。”

“我……”

蒋玉莲来了，聂云海自然就死不了了，也不会让他死。她把一碗热乎乎的稀饭往聂云海的跟前一放，道：“吃下去。”

最初，聂云海是气得吃不下饭，血管都要爆裂了，想不到珠市的官场这么腐败。他心里的苦没有地方倾诉，也没有人理解。他很想找个知心人去述说一下胸中的苦闷，可谁又能懂呢？

“不吃，没胃口。”

“没胃口也得给我吃下去。”

聂云海还想说些什么，蒋玉莲端起饭碗要给他灌，这大概就是治聂云海犟脾气的最好灵药吧。

“好好好，我吃，我吃还不行吗？”

他们真是天生一对，好好的婚礼弄成了一团糟，最后不欢而散。原本两个已经决定分手了的人，因为一件危机又和好如初了。

聂云海这次名声扫地，还有一个人很痛苦，那就是张璐。张璐了解到事态的严重性之后，就给智慧市长打了个电话。

“我要见你。”

“不行啊，今天是除夕，我得回去。”

“我不管，今天要是见不到你，你会后悔一辈子的。”

“好，我马上过去。”

晚上八点，智慧终于敲开了张璐的家门，面对这位珠市的土皇帝。张璐既没有表现出主人的热情，也没有情人间的亲密，只有一句简单的话语。

“进来吧。”

对于房子里的一切，智慧再清楚不过了，他闭着眼睛都知道门在哪里。甚至连张璐今晚用的什么香水，洗澡用的什么沐浴露，他都能说出来。

“宝贝，你还是喷了我给你买的香奈儿啊，我喜欢这个味道，淳朴、香甜。”

“你的宝贝已经死了，就死在珠江里头。你要是想念她，就去江里寻她吧。”

“宝贝，瞧你说的什么话。明明活得好好的，干什么说这些丧气话啊！怎么？生我的气了。何必呢？不就是一个聂云海吗？至于吗？”

智慧不提聂云海还好一点，一提聂云海，张璐就歇斯底里了，她对着智慧市长又抓又挠的。

“你跟我怎么保证的？说好了只是把他调走，可你都做了些什么？这是调走吗？你这是要置他于死地。”

智慧没有想到张璐的反应会这么大，他一不留神，脸给抓花了，就觉得脸上火辣辣的。这可就把智慧惹恼了，他反手就给了张璐一个嘴巴子，把她打倒在地。

“去你妈的，跟个疯婆子一样，有你这样跟我说话的吗？为了一个野男人，你就要跟我拼命？也没见他对你有多好，你这么贴他，他念过你好吗？这个世界上除了我，还有谁对你百依百顺的？这么多年了，我在你身上花的钱还少吗？豪宅、跑车、奢侈品，哪一样少过你的？聂云海给过你什么？给你买过一件衣服，还是送你一套房子？他没有你想得那么单纯，他这是在玩弄你的感情，人家心里只有一个蒋玉莲。论长相你没有人家漂亮，论背景，你更没法比。”

智慧的话，句句扎进了张璐的心窝，她确实输给了蒋玉莲，而且输得很惨。现在，她只有趴在地上哭泣，在这个世界上，张璐突然觉得自己孤苦伶仃的。智慧发泄完心中的怒气之后，又对张璐心生怜悯。

“宝贝，我才是那个最爱你的人。”

“拿开你的脏手，别碰我。是，我是没人爱的可怜虫，可我不需要你的假惺惺。你根本就不懂得什么叫爱，什么叫尊重，你也不配得到真爱，你只爱你手中的权力。我也告诉你，我从来就没有爱过你，我的心里永远只有一个男人，那就是聂云海。你以为占有了我的身体，我就会爱上你，那简直是痴人说梦话。

你跟海哥完全没法比，他尊重女性，懂得女人的心。是，他爱蒋玉莲，可我不在乎，那是他先遇到了蒋玉莲。因为他是真男人，不肯做一个负心人，他把对我的感情转化为亲情。他愿意为我去死，可你却做不到。你一直都在利用我，利用我给你洗钱，利用我去贪污。现在你居然利用我对聂云海的感情去陷害他，你真是歹毒。"

"你……"

智慧完全没有想到，张璐对聂云海的感情如此深沉。顿时，他心中的无名火燃起，扬起手就想打人，但却没有落下来。

"你打呀，怎么不打了。"

张璐非常傲慢地扬起脸，挑衅道："你不是很会打人吗？有本事你打死我啊。打死我，我的心里还是只有一个聂云海。"

智慧被张璐气得倒退了好几步，他一屁股坐在了椅子上。他就觉得胸口发闷，两眼发暗，好半天，他这才透过气来。

"好好好，随便你怎么说，无所谓。这个世界永远都是强者说了算，聂云海永远只是一个失败者。你爱他又能怎么样呢？他已经是个阶下囚了。说实在的，我得感谢你，如果不是你，现在倒下去的就是我。是你亲自把他送进了监狱里，用你这双玉手，把他推向了万丈深渊。如果不是你把他的身份证拍下来，如果不是你把他的签名交给我，我怎么能够扳倒他。那些账户，还有他的亲笔签名，都是你亲手交给我的。你难道忘了吗？雷大师本身就是一位做假高手，由他模仿聂云海的字体，就是聂云海本人也不一定能够辨别得出来。"

张璐这才明白，原来智慧说把聂云海调离珠市，需要他的身份证和亲笔签名。她为了保护聂云海，故意把他灌醉了，用手机拍下了他的身份证，又把他的签名给了智慧。没想到这些却成了智慧用来陷害聂云海的证据，原来他早就预谋好的。这一下，张璐再也抑制不住心中的愤怒了，她操起餐桌上的水果刀，朝智慧刺了过去。

"我跟你拼了。"

智慧被张璐的行为吓到了，他本能用手去挡，不想手臂被划了一道口子。这一下，智慧动了怒，他把张璐往旁边狠狠地一推。

"去死吧。"

张璐只是一个手无缚鸡的弱女子，被智慧这么一推，整个人就像皮球一样的飞了出去，正好撞到了旁边的大理石柱上。张璐哼了一声，人就已经失去了知觉。

“啊。”

智慧还不解气，他跑上前骑在了张璐的身上，两只手抓住张璐的脖子，使劲地往里掐。

“好你个贱人，居然想杀我，我看谁死得快。”

张璐早被他撞晕了，现在又被智慧这么一掐，整个脸都绿了。就在这万分紧急的关头，吴奕晗赶到了，他拿枪对准智慧，道：“别动，放开她，再动我就开枪了。”

智慧怎么也想不到会来人，等他发现来人是吴奕晗时，他乐了，说道：“哦，原来是吴队啊，你来得正好，看到了吗？这个臭女人想要行刺我，已经被我制服了。既然你来了，就帮我把她处理掉，我不想弄出许多的是非来。”

吴奕晗没有搭理他，他上前就把智慧给铐住了。之后，吴奕晗蹲下来，用手在张璐的脖子上轻轻一摸，发现她还有脉搏，也就放了心。智慧怎么也没有想到，吴奕晗竟敢把他铐起来，这使得他非常地生气。

“吴奕晗，你知不知道你现在的行为是什么吗？你把一市之长给铐了，难道你要造反不成？赶快放开我，不然，你的前途都得完蛋。”

“闭嘴，你已经不是什么市长了，你长期充当黑势力的保护伞，还陷害聂云海。我已经把你们的谈话全都录下来了，你就等着坐牢吧。”

说完，吴奕晗抱着张璐就离开了。

第 50 章　三斗智慧

吴奕晗的突然出现，不仅救了张璐，还制服了正在行凶的智慧。因为张璐是主要证人，她参与了智慧市长的腐败，并掌握了他全部的犯罪证据。这对聂云海的案件来说就是核心，所以保住证人至关紧要。

俗话说“救人如救火”，为了抢救张璐的性命，吴奕晗就把智慧市长一个人留在了房间里。他以为铐住了智慧就万无一失了，可他却疏忽了一件事，智慧自己走不了，他可以叫人。吴奕晗前脚刚离开，智慧马上就给赵立新打了电话。

“立新吗？你马上来我的别墅来一趟，记住，多带一些人来，把武器也带上。”

“是。”

赵立新马上就意识到事态的严重性，他带了四个心腹直奔扑别墅。等他们看到智慧被铐在了铁栏杆上时，都惊呆了。

“还愣着干什么，快给我打开手铐。”

“快，快救市长。”

手铐被打开了，智慧第一件事就是想着怎么收拾吴奕晗。他把这些人叫到一起，先拔出其中一个警察腰间的手枪，见子弹满堂，他这才放心。

“你们给我听好了，一会吴奕晗那小子回来。记住，一定要拿回他手里的录音，再干掉他。”

这几个警察惊呆了，他们知道，吴奕晗可是特战队的副队长，要杀他还真不是件容易的事。先不说他的身手如何，干掉他以后怎么处置，这可是件大麻烦。所以，四个人面面相觑，谁也不敢说话。

“发什么呆了，吴奕晗袭击一市之长，难道不该死吗？出了事我兜着，不用你们担心。”

“是。”智慧副市长如此一说，他们再没有了顾虑。

“好，这件事弄好了，每人官升三级。”智慧副市长很满意地他走了，赵立新也跟了出来。

“市长，那我呢？”

智慧对他很不满意，要不是事态紧急，他真要破口大骂了。

“你也回去，把事情办得漂亮点，我等你的好消息。”

“好，都交给我吧。”

赵立新可不想留在这里，他也不想杀人，尤其杀特战队的副队长，弄不好就把小命给混丢了。市长下命令了，他也没有办法，好在有四个帮手，胆气壮了不少。

智慧一走了，赵立新马上就做了布局，他也知道事关重大，这不仅仅只是要了吴奕晗小命这么简单。还关系到他们的生死存亡，弄不好他和智慧都得完蛋。

“你们俩先躲到楼上去，你站到楼梯下面，你站到我身后。等姓吴那小子来了，先把他的枪给我卸了。”

“得嘞，赵局，你就瞧好吧。”这四个警察按照赵立新的指示，迅速地埋伏了起来，就等着吴奕晗送上门。

吴奕晗从别墅出来就去了一家私人诊所，他把张璐安置好之后，又原路返回了别墅。可他想得太简单了，抓住智慧，手里又有他的录音就万无一失了，哪知道赵立新早挖下陷阱等着他了。

回到别墅之后，吴奕晗依旧是翻墙而入。他先上了二楼的阳台，再从阳台进入客厅，然后，他这才从楼梯上走下来。刚到台阶的时候，从身后就杀出了两名警察。

“不许动，警察。”

吴奕晗马上就明白是怎么一回事了，他好恨，恨自己怎么就这么大意呢？事到如今恨也没有用，他的手枪已经被人给卸了。

“下去，你的老朋友正等着你了。”

到现在，吴奕晗也只有任人摆布。来到一楼会客厅时，赵立新正坐在沙发上，他还叼着一支雪茄，身后则站着两名警察，好不威风。

“哟，我以为来贼了呢，原来是我们的吴大队长啊。吴队，我说你什么好呢，你们特战队的弟兄可真有意思啊。正队长贪污受贿，现在正在检察院喝茶。

你这个副队长就更特别，跑到一个弱女子家里来干什么？”

吴奕晗鼻子都快被气歪了，可那也没有办法，自己的枪都被没收了。他身后还有两把手枪正对准自己了，只要他稍微动一下，身上马上就会多两个窟窿。

“赵立新，你别得意的太早了，你们的勾当我已经录下来了，你的末日也快到头了。”

赵立新就害怕这份录音，这要是被公开了，他就得完蛋。不仅他完蛋，智慧市长、汪子财、雷大师全都得完蛋。所以，他把脸往下一沉，就对身后的两名警察说道：“去，搜一下他的衣服，把录音拿过来。”

“是。”那两名警察赶紧在吴奕晗的身上搜了起来，从他的衣服一直摸到了他的裤裆，甚至连鞋子都没有放过。

“哈哈哈哈，这么重要的东西，我怎么可能带在身上呢？”

吴奕晗心里很着急，脸上却很自然。他的眼睛还一直盯着赵立新，只要有一丝的机会，他就会进行反击。

赵立新也不简单，他干了十几年的警察，这点常识还是有的。他知道吴奕晗在拖延时间，时间越长，对他们越不利。等特战队的人赶到了，他们就前功尽弃了。

“你们俩跟他去车上拿，拿到东西后再把他押回来。”

“走。”

这两人逼住了吴奕晗，吴奕晗却无所谓，他像没事人一样，弯下腰来，慢慢地把鞋子穿好了。

“催什么呢，我总得穿好鞋子吧。”

“别想耍滑头啊，我的子弹可不长眼睛。”

其中一名警察心里好气，可他还不能把吴奕晗怎么样，还得等他把鞋子穿好了。吴奕晗在穿鞋子的时候，他心里就开始寻思，怎么才能摆脱这两人的纠缠，首先他得弄把枪才行。

“好了，走吧。”

吴奕晗走在前面，两名警察跟着他后面，三个人出了门。吴奕晗一边走，一边寻找机会。

“别想耍滑头啊，没人救得了你。”

他们往前走了十几米，就到了车子前，吴奕晗这才站住了，他转回头对那两人说道：“到了，东西就在车上，自己拿吧。”

那两名警察害怕他会耍手段，互相使了眼色，其中一个人用枪抵住吴奕晗的腰，另一个人则站在车的另一边。

“走，把东西拿出来。”

“那行吧。”

吴奕晗一副无奈的样子，他转到车子的左边，又站住了，转回头就对身后的警察说道：“开门吧，车钥匙在你手里了。”

他们在搜查的时候，就已经把吴奕晗身上的东西全部掏了出来，车钥匙就在其中的一名警察手中。吴奕晗要他打开车门，那人这才低头准备按遥控。

“你等着。”就在他低头按遥控的时候，吴奕晗迅速地夺下他手里的家伙，同时开了枪。

就在电光火石之间，吴奕晗已将两名警察给击毙了。枪声一响，别墅里的赵立新马上就听到了，他们迅速地掏出手枪，与吴奕晗进行了枪战。

“他妈的，上当了，给我杀了他。”

赵立新非常地后悔，为什么不先干掉吴奕晗，再去拿录音？可现在说什么都晚了，吴奕晗一把手枪在手，如同彪虎生翼一般。他用汽车做掩护，一枪又击中了一名警察。

“啊。”

这名警察一死，赵立新就已吓破了胆。你别看他身为公安局长，生死关头他比谁都胆小。

“关门，快关上大门。”

“怎么办？赵局，就剩咱们俩了，要不要叫救兵啊？”

那名警察也慌了神，他从未遇到过这样的情景。警察也不过抓些小毛贼，现在与特战队的副队长对战，弄不好把小命就弄丢了。

“你还愣着干什么？赶紧叫人吧。”

赵立新紧靠着墙壁，他生怕吴奕晗杀了进来。吴奕晗可不给他们机会，他已经翻上了二楼的房间了。可赵立新他们在楼下，他要是冒冒失失的冲下去，很可能就会被打死。

吴奕晗思索了一会，他眼光就落在了衣柜里的熊娃娃上。吴奕晗灵机一动，又有了主意了，他把外套脱了下来，套在熊娃娃的身上。然后，他又把旅行包也背在它身上，里面还装上了一个花瓶。最后，吴奕晗把熊娃娃从楼梯上扔了下去。

“啊，吴奕晗，打呀，打死他。”

赵立新因为太紧张了，错把熊娃娃当成了吴奕晗了，两人闭着眼睛就是一阵狂射。等打了五六枪了，他们这才发现满地都是棉花。

“赵局，我们上当了，这根本就不是吴奕晗，是个熊娃娃。”

“啊。”赵立新睁开眼睛一看，见地上一片狼藉，气得他破口直骂。

“吴奕晗，老子跟你拼了。”

这会，赵立新也发狠了，他拿着枪就往楼上冲，还没跑到一半就动不了了，吴奕晗的枪已经抵住了他的心口。

“别动，动一下我就要你的命。”

“兄弟，有话好商量，我可是公安局长啊，杀了我，你的罪名可大了。”

“把枪放在台阶上，慢慢的放下去。”

“好，我投降，我投降。”

赵立新还真听话，他乖乖地把手枪放在台阶上。他不听话也不行，吴奕晗已经瞄准了他的脑袋，他只要扣动扳机，赵立新的脑袋就开了花。

“放开我们局长，不然我开枪了。”最后的那一名警察拿着枪，对准了吴奕晗，可他的手却一直在打颤。

“这里没你什么事，干坏事的是赵立新，你现在走还来得及。”吴奕晗并没把他放在心上，他的眼睛如雄鹰一般的锐利，摄人心魄。

“开枪啊，打死他我升你做副局长。”赵立新可急了，他恨不得一枪干掉吴奕晗。

“开枪啊，你这个废物，再不开枪，我们俩都得完蛋。”

“我……”

那名警察好纠结，他知道吴奕晗是个好人，他也知道赵立新干了很多坏事。可赵立新是他的上级，他没有选择。所以，他一直都没有开枪。吴奕晗看出来了，这名警察并不坏，他还有救。

“你给我听好了，赵立新长期充当黑势力的保护伞，智慧市长就是他的后台。我手上有录音，只要我把证据公布出来，他们都得完蛋。你要是不想完蛋，马上离开。”

“我……”这名警察想走，却又怕赵立新找他麻烦。

“滚。”吴奕晗发怒了，他拿眼睛一瞪，吓得那名警察赶紧溜掉了。

“回来，你他妈给我回来。”赵立新鼻子都气歪了，要不是吴奕晗拿枪抵住他的心口，他非追上去踢他几脚不可。

“躺下吧，你。”

吴奕晗可没时间跟他再耗下去了，他抬起手就在赵立新的太阳穴上来了一下，赵立新哼了一声，人就晕倒在地。吴奕晗又把赵立新给铐上了，一切弄好了之后，他这才打电话给卢德铭。

“炉子，你马上带人过来，事情已经弄清楚了。都是智慧和赵立新搞的鬼，我已经把赵立新抓起来了。”

“好，我们马上到。”

卢德铭太高兴了，他带了一帮兄弟来的。等大伙进门以后，一个个都惊呆了，外面躺着两具尸体，屋子里面也躺着一具，还有已经失去知觉的赵立新。

“吴队，这是怎么回事啊？”

“没时间解释了，这里就交给你们，我还要办一件更重要的事情。”

说完，吴奕晗就准备离开，走到门口时，他突然又想起了录音来。于是，吴奕晗又把录音交给了卢德铭。

“炉子，这是智慧陷害聂队的证据，你拿着它去救队长。再把汪子财和雷大师也抓起来，我去会一会智慧。”

“放心吧，有我呢。”

吴奕晗这才开车离开，时间不长，他就到了智慧的私人会所。这是一套靠近大海的别墅，非常漂亮。这也是智慧团伙聚会的地方，很多行贿的人都是到这里交易的。可谓是名副其实的名利场，那些有身份、有地位的人，还有一些女明星，都是这里的座上宾。

来到别墅前，吴奕晗先把手枪装满了子弹，然后，他轻轻地按下门铃。很快，里面传来了智慧的声音。

“立新啊，拿到录音了吗？”

“智慧市长，可能要让你失望了，赵局长没有工夫过来，他大概去纪委喝茶去了。”

吴奕晗有意地要气一气智慧，所以他故意这样一说。智慧听到是吴奕晗的声音，他好半天都没有回答。

“该死的赵立新，五个人都对付不了一个吴奕晗，真他妈饭桶。”

但智慧不愧是一代枭雄，他马上就有了对策。他把手枪的保险打开，放在面前的抽屉里。然后他拿起话筒对着吴奕晗说道：“奕晗，你来得正好，我正要和你聊聊，我想你误会我了。”

门打开了，吴奕晗小心翼翼地走了进去。他已经想好了，假如智慧要跟他来硬的，他也就不客气了。

进来之后，吴奕晗发现这里富丽堂皇，简直就像一座皇宫。墙壁上挂满了名人的字画，家具、沙发全都是红木的，吊灯是水晶的，还有许许多多的古董，无一不是价值连城。

智慧坐在太师椅上，他面前是一张红木茶几，上面摆着一些瓷器，大概是给客人喝茶用的。

“奕晗，来，坐吧，咱们爷俩好好谈谈。我和你父亲关系莫逆，咱也没有什么好见外的。”

吴奕晗知道，他无非是要自己交出录音，可录音已经交给了卢德铭了。所以，他也就没有什么好顾虑了，直接就坐到了智慧的对面。

“市长，我想我们没有什么好谈的了，你无非就是想要拿回录音，对吗？”

“哈哈哈哈，贤侄啊，你挺明白事理的嘛，那我也就不跟你废话了。不错，录音对我很重要，你无论如何都得交给我。”

“对不起，市长，录音我已经交给了卢德铭，估计这会他已经交给书记了吧。你真想要的话，去问书记要好了。”

“你……贤侄，我给你引荐个人，等你见到了她，我相信你会把录音要回来的。”

说着，智慧双手一拍，就见旁边的木门“嘎吱”的一声开了，从里面出来了一位妙龄女郎。没错，她就是阿冰，吴奕晗一眼就认出来了她。

“阿冰。”

“吴队，你还记得我呀。”

吴奕晗看到阿冰，当时就懵了，她不是去了金陵了吗？就在吴奕晗发呆的时候，阿冰已经走到他的面前。她倚靠在吴奕晗的身上，一副妩媚的样子，可吴奕晗却觉得恶心，一把推开了她。

阿冰很生气，她拿出了手机，点开了其中的一段视频，里面是一段性爱的场景。主人正是吴奕晗的父亲吴建华，他正抱着阿幂在酒店里热吻。

“你想要什么？为什么拍这样的视频？”吴奕晗自觉得脸颊发烧，他都不好意思看下去了。

“别急啊，好哥哥，还有更精彩的了，我放给你看吧。”

阿冰又点开了一个视频，这一次出现的却是一堆的账单，都是吴建华收受贿赂的罪证。看到这些，吴奕晗的脑袋嗡的一声就炸开了。他隐隐约约地听到一些有关他父亲贪污受贿的流言蜚语，那都不可信，现在看到了实证，他哪能不震惊呢？

都说父子天性，吴奕晗也不例外，从小父亲在他心目中的形象就十分高大。他视父亲为榜样，立志要成为像父亲一样的人，做一番大事。

大学的时候，吴市长被人举报，说他贪污受贿，那一次让吴奕晗觉得很没有面子。为此，他当了兵，目的就是要洗刷耻辱。现在好了，父亲贪污受贿的罪证就摆在他的面前，这让我们这位性情孤傲的特战队副队长如何接受？

“你们……太卑鄙了。”

“贤侄，你别动怒啊，有话好商量嘛。我和你父亲是多年的朋友，他是金陵市长，我是珠市市长，我们理应相互帮衬，不是吗？现在，你在我的地盘上办案，这是好事。既然你都知道是怎么回事了，那我也就不瞒你。”

智慧市长真不愧是一名政治家，面对如此尴尬的场面，他却谈笑风生。

“确实，我拿过人家的钱，你不当官不知道其中的艰辛。在下面的时候，你要想上来就得给领导送礼，送少了领导不高兴，送多了，这钱又从哪里来？还不是从老百姓的头上出吗？你看看这些生意人，动不动就是几十亿、上百亿的身家，没有我们，他们能赚这么多吗？我和你爸都是一市之长，身家几千万又算得了什么？你再看看其他人，一个小小的处长都可以贪污二三个亿，跟他们比我们又算得了什么？”

贪官总有一套贪污的道理，他们拿钱办事似乎天经地义。殊不知他们拿着国家的俸禄，享受着国家赋予的权力，却无止境的贪婪，把国家的利益，人民的利益抛之脑后。

“贤侄，你要做清官，老叔我是理解的。但现在你官微职小，根本就办不了什么大事。这样吧，你到我这里当个厅长如何？那个赵立新不是保不了了吗，你就顶替他。那可是正厅级干部啊，你从一个副科级上升到正厅级，这可是连升五级啊。”

做官的人都知道，从一个副科长升到科长需要很多年，很多人一辈子才混到一个副科。要从一个副科一下子就升到正厅级，这个诱惑可不是一般的大。

吴奕晗很惊讶，他不是被厅长这个给职位吸引了，而是被智慧这番话给吓住了。他非常清楚，即使他父亲是市长，也不能随心所欲地给他安排一个好差事，何况还是一市的公安厅长了。

想到这里，吴奕晗就觉得后脊梁直冒凉气，可以想象这个智慧平时有多猖狂。智慧见吴奕晗惊愕的样子，以为他被自己给的条件打动了，就更得意了。

“贤侄，我知道你们军营里的生活艰苦，吃不好也穿不暖，更别说女人了。我也知道，你已经很多天没有回家了，肯定想老婆了。这样吧，那个台湾的第一美女不是马上要来我们这开演唱会了吗？我给你安排一下，让她陪陪你如何啊？”

这一下，吴奕晗真翻脸了，他一拍桌子，指着智慧的鼻子就骂开了。

“什么玩意？你以为我跟你一样吗？我是一名军人，是党和国家把我培养出来的，我的职责就是保卫国家和人民的安全，我怎么可能为了一个厅长就出卖国家呢？我更不会为了一个女人而背叛我的职业，抛弃我的理想。告诉你吧，你现在只有两条路可以选择，要么去自首，要么等纪委的人来请你去喝茶。”

智慧想不到吴奕晗会严词拒绝，其实他就不该提女人，吴奕晗在女人身上栽过跟头。当初，他就是一个花花公子，和李永胜一起干过很多荒唐事。就因为他爸是市长，别人总是巴结他们家，他就可以任意妄为，经常欺骗女孩子的感情，玩一个抛一个。

后来，他遇到了痴情的小倩，弄得人家寻死觅活的，差一点就出了人命。要不是聂云海救下小倩，还不知道该怎么收场呢。这件事还没有完，小倩不甘心被他抛弃，她又在别人的唆使下举报了吴市长，他这才投的军。

“吴奕晗，别给脸不要脸，你可以不要这个厅长，难道不要你爸了吗？我告诉你，吴市长的小命可就攥在我的手里了，我只要向纪委一投诉，他就得玩完。你倒是威风了，这里打掉一个市长，那边还得赔上一个市长。这买卖你自己核算一下吧，划得来划不来？”

话已经说到这个份上了，吴奕晗也没有什么顾虑了，他怒道：“智慧，我告诉你，我老子是我老子，我是我，他拉的屎他自己擦。你就等着吧，天亮以后，纪委就会请你去喝茶。”

智慧见事情已经没有回旋的余地了，他决不能让吴奕晗离开，不然，他就得完蛋。于是，智慧趁吴奕晗分神的功夫，他打开抽屉就准备掏出手枪。

哪知吴奕晗早有防备，还没等智慧掏出枪来，他一脚就把智慧踢到了墙壁上，他的右手还卡在了抽屉里面动弹不得。

“别动，不然我现在就送你回姥姥家。”

智慧和阿冰都被吴奕晗给吓坏了，他们呆坐在那里一动也不敢动，生怕吴奕晗的子弹飞过来。好半天，吴奕晗的人都离开了，阿冰这才反应过来。

“市长，他走了。”

智慧从来都没有这么狼狈过，今晚他已经连续两次都栽在了吴奕晗的手里头。这不仅是面子问题，他的市长也做到了头。于是，他朝着阿冰怒吼着，把他作为市长的最后一点尊严全都释放了出来。

“滚……”

阿冰吓得抱头鼠窜，她生怕智慧也给她来一枪。等她跑出会所的时候，就听见房间里面响起了枪声，随后，一切都归于寂静。

智慧市长死了，一代“枭雄”就这样踏上了不归之路。有人说他死得壮哉，有人说他死得悲哉，他没有站在法律的面前接受审判，可他却死得不屈。任何敢践踏法律的人，无论他多么富有，也不管他的官有多大，他永远也逃脱不了法律的制裁。

第 51 章　鹰击长空

天亮了，新春的太阳从海面上升起来照耀着整个珠市大地，格外绚丽多姿。今天，全国都洋溢着节日的喜庆，珠市更是热闹非凡，全城的百姓都跑到了检察院，大家都在等待着，等待这位打虎英雄出狱。

“怎么这么久啊，智慧市长都已经自杀了，难道还不放聂队出来啊？”

“就是啊，聂队是被冤枉的，他是好人了。”

“他是英雄，是我们珠市的大英雄。”

“现在像聂队这样的好官真不多了。”

“可不是嘛，这就像包龙图怒斩皇亲国戚。”

“包龙图那是说书唱戏里头的，聂队那可是真实的人物啊。”

……

“都别吵了，出来了，英雄出来了。”

正月初一上午九点，在全城百姓的拥护下，聂云海缓缓地走出检察院。面对着成千上万的人，又是敲锣打鼓，又舞龙灯的，聂云海的眼睛湿润了。

这是聂云海这辈了最感动的一天，这也是老百姓对他的回报。没有什么比百姓的拥护更让人激动的，特战队的弟兄们也都热泪盈眶了。

“我好感动，这里的百姓真热情。”唐陆的鼻子发酸，眼泪在眼眶里打转。

刘进喜瞪了他一眼，说道：“是啊，他们热情起来让人受不了，恼怒起来也让人吃不消。前两天，有个阿姨差一点就把臭鸡蛋丢到我老婆身上了。”

陈小丫乐了，她虽然坐在轮椅上，可她还是很高兴。刘进喜的话，却让她听了很不舒服，道：“怎么，讨厌我们珠市人了？那好，你走就是了。”

刘进喜见陈小丫不高兴了，他马上就蹲下身子，一个劲的赔理，道：“对不起，老婆，我不是那个意思，我就是嫌弃他们珠市人，不不不，我不是……”

这倒好，刘进喜越说越乱，陈小丫干脆把头扭到一边，不搭理他了。

“哼，你讨厌我们珠市人，那你干嘛还娶珠市人当老婆？你怎么不娶你们安庆人当老婆了？”

“老婆我错了，我跟你道歉还不成吗？”刘进喜的脸皮也真够厚的，他竟然当着所有人的面跪下认错了。这一下，大家都乐了。

“看吧，咱们珠市的女婿多好啊，有错就认，从不拖欠。”

“还是咱们珠市的姑娘美，不然人家早就吓跑了。”

“哈哈哈哈……”

正在这时，市委书记在一群幕僚的拥簇下来到了聂云海的面前，在他身后还跟着一群市民，他们抬着一块大匾额，上面写着“打虎英雄”四个大字。当中有捧花的，有抱奖杯的，还有许许多多的记者。

市委书记亲自把奖杯送到了聂云海的面前，说道：“你就是咱们珠市的武松，我们的保护神，我替珠市的老百姓感谢你。”

聂云海接过了奖杯，转身交给了一旁的吴奕晗，说道：“奕晗，你才是真正的英雄，没有你，我们特战队也抬不起头。”

“来啊，献匾。”

“接匾。”

世间的万物就是这样的，盛极而衰，物极必反，智慧市长一辈子官运亨通，最终却栽在了自己的贪心上。聂云海正好相反，前一刻他还是人人唾骂的阶下囚，现在他已经是万众敬仰的大英雄了。

就在特战队从老百姓手中接过“打虎英雄”的匾额时，我们的天空上却发生了意外。智慧市长一死，罗柄章就得到了消息，他马上就逃跑了。就在大家都去迎接聂云海出狱的时候，罗柄章已经上了一架飞往京市的飞机。飞机在空中飞行了一段时间之后，突然，罗柄章持枪劫持了飞机。

“马上飞往泰朝，不然我就打死你。”罗柄章恶狠狠的眼光逼住了机长，手枪就顶在副机长的脑袋上。

“先生，这是国内的航班，走不了国际航道。”机长一边同罗柄章沟通，一边偷偷地按下了警报器。

“我不管，马上飞往泰朝，你要是敢耍滑头，我现在就打烂你的脑袋。”罗柄章这是破釜沉舟了，他已经没有了选择。

机场的控制中心接到警报后，马上就跟飞机取得了联系。

“机上的人听着，这是国内航班，请你不要强制改变航线，否则容易出现事故。持枪的旅客请你放下武器，立即返航，请你放下武器，立即返航。”

罗柄章见他的意图被发现了，他非常生气，一拳就把机长给打晕了。

“你，马上给我飞泰朝，不然，我对你不客气。”

机场的控制中心收到警报后，第一时间报了警，派出所接到报警之后，马上报告给了吴奕晗，吴奕晗又向聂云海做了汇报。

“聂队，不好了，出大事了！”

聂云海看着吴奕晗冷峻的面孔，就知道大事不好。

“出什么事了？”

“罗柄章跑了，他劫持了一架飞机，正飞往泰朝。”

聂云海当机立断，带着众人直扑金湾机场。

“行动。”

“是。”

“回来，你的身体还需要休息呢。”

蒋玉莲想阻拦已经晚了，聂云海已经上了一辆警车。特战队的兄弟也跟着上了警车，汽车急速地驶向金湾机场。

到了机场，聂云海首先来到了控制中心，工作人员马上就给他做了汇报，道：“聂队，劫机的人就是罗柄章，他手里有枪，机长已经被打晕过去。”

听到这话，聂云海非常生气，怒道：“机场不是有安检吗？他怎么就可以带枪上飞机呢？”

“是这样的，罗柄章是我们的 VIP 客户，他跟我们的工作人员非常熟悉，向其中的一名安保行了贿……”

聂云海没等指挥长把话说完，冷冷地说道：“立刻把这个人给我控制起来。”

“已经关起来了。”指挥长额头都见了汗了，这位兵王果然名不虚传。

“马上给我接通罗柄章，我要跟他通话。”

聂云海没有工夫听他啰唆了，他得直接跟罗柄章沟通，希望说服他返航。

“是。”

指挥长拿起对讲机，接通了飞机上的电话。

“喂，罗柄章吗，我是机场调度室，聂队要和你通话。”

聂云海接过指挥长手里的话筒，说道：“汪子财，我已经知道你的真实身份了，我应该叫你罗柄章才对。罗柄章，你现在返航，我就当你是自首，否则，你只有死路一条。”

“行啊，聂云海，我隐瞒了二十年的身份竟然被你识破了。但是，你知道得太晚了，我马上就要到泰朝了。只要我出了国，你就拿我没有办法，哈哈哈哈……”

罗柄章非常嚣张，他在电话里还不忘挑衅。聂云海恨咬得直咬牙，但他还得把罗柄章劝回来。

“罗柄章，你们兄弟做得太过了，尤其是你兄弟，制造了好几吨毒品。可你就不一样了，只要你肯返航，我保证你的人身安全。”

“聂云海，别他妈的把我当成三岁小孩来哄，要我回去，门都没有，回去就是枪毙，我他妈的可不傻。”

罗柄章铁了心，任聂云海怎么劝，怎么向他保证，他就是不回去。聂云海也不是好惹的，他见劝不了，那就得动粗吧。登时，他把话筒一抛，就拨通了师部的电话。

“师部吗？我是聂云海，给我接首长。”

没过多久，电话那头就传来了王师长的声音。

“云海啊？我是王传铭。”

“报告首长，枪王章爷劫持了一架客机，正准备逃往泰朝。请速派一架战斗机过来，我要把他拦下来。”聂云海真动怒了，他做事从不含糊。

“云海，我批准了你的请示，但一定要保证人质的安全。”

“保证完成任务。”

王师长也是个干脆的人，正因如此，他才欣赏聂云海，培养他做自己的接班人。王师长关心聂云海、爱护他，却从不偏袒他。有困难，他全力的支持你，却不出面干扰你。

十分钟后，一架歼 -20 战斗机出现在金湾机场上空，它在天上盘旋了一圈之后，降落在跑道上，聂云海迅速地跟驾驶员做了移交。

“聂云海同志，我是空军上尉邓绍鹏，奉命给你送来一架歼 -20 战斗机，请你验收。”

“同志，谢谢你，我很快就把战机还回来。”

聂云海向邓绍鹏敬了个军礼，转身就上了歼 -20 战斗机，他拉动操纵杆，战机箭一般地冲出了跑道。随着一声尖锐的啸叫声，歼 -20 战斗机像一道闪电消失在了金湾机场上空。

控制室里，众人正焦急地等待着，几十双眼睛紧紧地盯住显示屏。就见聂云海驾驶的歼 -20 战斗机很快就追上了被劫持的客机。

大伙的心弦马上就绷紧了，都在为聂云海加油，希望他能成功。聂云海追上了被劫持的客机之后，马上就对罗柄章进行喊话。

“罗柄章，听到请回道，听到请回道。我是聂云海，我已经在你们的上空了，你必须立即返航。否则，我将击落你。”

客机上的人都害怕了，很多乘客开始尖叫了起来。

“赶快返航，不然会被击落的。”

“妈呀，这可怎么办好了。”

“我们要被攻击了。”

机舱里一团的混乱，罗柄章的头都大了，他也害怕飞机被击落。可他现在是骑虎难下，只能硬着头皮往前冲。

“别管他，往前飞。”

聂云海见罗柄章不信邪，他马上来了一个翻身，歼 -20 战斗机就飞到了客机的前面去了。聂云海在空中对客机进行干扰，同时，他又喊道：“罗柄章，立即返航，再不返航，我可射击了。”

副机长慌了，他知道这可不是开玩笑的。一般对方会对你进行数次劝告，你还不返航，对方很可能击落你。所以，他怒视着罗柄章，说道：“马上返航，不然他可射击了。”

罗柄章还存着一丝侥幸，他认为聂云海不敢击落他们，毕竟飞机上有这么多乘客。所以，他还在做垂死挣扎。

“别废话，往前飞。”

聂云海向罗柄章喊了数次话，罗柄章都没有搭理。聂云海再也忍无可忍，他抖动着战机的机翼，发出最后的警告。

“罗柄章，我最后一次警告你，马上返航，再不返航，我立刻击落你。”

这一下，副机长坐不住了，他从位置上站了起来，义正词严道：“要不你现在就杀了我，要不马上返航。不然，咱们都得完蛋，这已是最后的警告了。”

罗柄章也傻眼了，他明白，一般空中迫降分四步走。当飞机进入他国领域时，该国的地面监控中心就会对你进行喊话。喊话不成，对方就会出动战斗机在空中对你进行喊话。

第二次喊话不成，战斗机会对你进行干扰。这时候，如果你还不离开或者迫降，他就对你进行示威了。如果你还不接受警告，对方只好发射导弹将你击落。

罗柄章看着副机长大义凛然的样子，他心里也没有底了。罗柄章虽然不相信聂云海真会击落他，可他还是不敢尝试，弄不好自己就真死在这了。

副机长见罗柄章没有言语，他也就不顾威胁了，握紧操作盘，一拐弯又飞回了珠市。

三十分钟以后，这架被罗柄章劫持的客机终于迫降在金湾机场，和它一同降落的还有聂云海驾驶的歼 -20 战斗机。一下战机，聂云海马上就跑到了客机的下面。

这时，特战队的弟兄们也已经荷枪实弹地围了上来。大家就等着队长的一声命令了，随时都可以冲进去，擒住罗柄章。

聂云海从吴奕晗手里接过了喇叭，喊道："罗柄章，扔下武器，立即从飞机上走出来。"

到现在，罗柄章也豁出去了，他知道今天是走不掉了，既然聂云海可以在空中逼停他，在地面上，就更不会放过他了。所以，他拿着枪对着副机长的脑袋，怒道："聂云海，你他妈的够狠，既然你不想让我好过，我就叫他们给我陪葬。"

罗柄章劫持了客机上一百多名乘客，与聂云海在金湾机场对峙近半小时。很多年老体衰的妇女因为连连遭受恐吓，已经出现了呕吐、脱水，严重的甚至出现了昏迷。

看到这种情况，聂云海很着急，他得马上采取行动。想来想去，聂云海觉得应该冒一次险，他把兄弟们聚集在一起，做了一个战术安排。

"兄弟们，我要跟罗柄章谈判，你们要配合我。"

"不行啊，头儿，这家伙都恨死你了，你进去那多危险啊，让我去吧。"

卢德铭很激动，他恨不得直接干掉罗柄章。聂云海哪会让别人去冒险，他把自己的武器都解了下来。

"别争了，你去和我去有什么区别？我去更灵便，我可以说服他，实在不行就找机会干掉他。"

“快，给队长穿上防弹衣。”

还是吴奕晗想得周到，卢德铭马上就把自己的防弹衣给聂云海穿上。聂云海一边穿防弹衣，一边想着对策，他指着飞机的第一个窗口，对身边的贾青山说道：“看到了吗？我想办法把罗柄章引到那儿去，你找机会干掉他。”

“是。”

贾青山是特战队的狙击手，枪法出众，曾创下了 2800 米击中目标的纪录。当然了，特战队里面藏龙卧虎，每个人都很有特点。熊林森是电脑高手，李壮壮擅长辨别化学物质，刘进喜精通四门外语，卢德铭是火炮专家。一切准备就绪，聂云海这才慢慢地走上旋梯。

“罗柄章，我是来谈判的，我身上没有武器，请你打开舱门，让我进去。”

“让你的人离开，不然，我是不会放你进来的。”聂云海没有办法，他只好一一照办。

“撤退。”

“是。”

尽管大家不放心，可又不能不听命令。特战队的人后退了二百米之后就不走了。聂云海见差不多了，就对罗柄章说道：“我的人已经撤了，你放我进去。”

罗柄章犹豫了一会，还是决定和聂云海谈判，反正有人质在，怕什么呢？

“你等着。”

罗柄章押着副机长，从驾驶舱走到了过道上。他不走了，就指着一名空姐，道：“你去开门。”

“我……”

“废话，你不去，难道要我亲自动手吗？”

罗柄章并不傻，这个位置最保险，狙击手看不到他。聂云海只要进来，就在他的射程之内，那样，聂云海也成了他的人质。劫持了聂云海，还怕跑不了吗？

空姐使尽浑身的力气，这才打开舱门。舱门一开，聂云海高举着双手，一步一步地走了进来。大家一见聂云海，就像见到了救星一样，一个个叫唤了起来。

“聂队长，快救救我们啊。”

“我不想死啊。”

“都给我坐好了，谁敢动一下，我先干掉他。”罗柄章可不干了，聂云海要是趁乱袭击他，他就是死路一条。于是，他用枪对准了众人，面目狰狞道：“关门。”

这一招还真管用，大家又都老实了，谁也不敢动。都望着聂云海，期盼他能挺身而出。

“别担心，我向你们保证，你们都会平安回家的。”

“行了，你都自身难保了，还充什么英雄好汉。来吧，既然是谈判，那就坐下来谈吧，我看你拿什么筹码跟我谈？你把衣服撸起来，让我看看你有没有带武器。”

聂云海心里非常生气，可他也只好照办。他一边转动身躯，一边在思索着，怎么才能制服他呢？说实在的，他非常讨厌罗柄章，如果让这种人跑了，他都觉得没有脸面见了。

“罗柄章，我是不会跟你做交易的。”

罗柄章没有想到，聂云海都已上了飞机，却不愿意跟他谈判，这让他怒火难耐。

“你说什么？你不是来跟我谈判的吗？怎么又变卦了？”

“不，我不是变卦，你做得太过分了，看看这些人，那两个人已经昏迷了，再这样下去，他们会有生命危险。你根本就不懂尊重生命，我怎么可能和一个不尊重生命的人谈判呢？”

“你你你，信不信我一枪打死你？”罗柄章被气得浑身发抖，他手里的枪也在摇晃，这可把那位副机长吓尿了。

“随便，反正我是不会跟你做交易的，我也没打算活着离开。我死了，你们兄弟都得给我偿命。”

聂云海有意要激怒他，因为他知道，罗柄章已经到了丧心病狂的地步了，他根本就不可能投降。所以，你越让步，他就越得寸进尺。

“聂云海，行，你他妈的有种。说吧，你要干什么？”

说出这句话的时候，罗柄章就已经后悔了。两强对垒，谁在气势上压倒对方，谁就赢得了先机。本来，罗柄章是主动的一方，现在他变成了被动的一方。聂云海等的就是他这句话。

“把他们都放了。”

“哈哈哈哈，聂云海，你是不是傻呀，把他们都放了，亏你想得出来。”罗柄章以为自己听错了，他乐了，笑得他眼泪都出来了。

“你他妈干脆说让我缴枪投降，不更省事啊。”

聂云海依然没有动怒，他还是那种面无表情的样子。

“我再说一遍，把他们都放吗。”

“不可能。”

罗柄章突然面露凶光，聂云海并不感到意外，他看着罗柄章，眼睛非常凌厉，道：“你要想活着离开这里，就把他们都放了。”

罗柄章被聂云海的眼光给震撼了，他从未见如此凶恶的聂云海。

“我……”

罗柄章犹豫了，他当然不想死，要不然也不会走到今天这一步。聂云海看出来了，说道：“罗柄章，你把他们都放了，我给你当人质。还亲自送你出境，怎么样？”

这是一个很大的诱惑，如果劫持了聂云海，他就可以要求特战队的人释放自己的兄弟。再由他亲自护送他们离开，只要出了国境，他就安全了。

所以，罗柄章并没有马上就回答他，他又犹豫起来了。聂云海是不会给他太多的时间去思考了，他就是要罗柄章没有思考的机会。

“罗柄章，你要是再犹豫，等我们首长下了命令，你想走也走不了。”

这一下，罗柄章真动心了，但他可不傻，也不会轻易地就答应把人质全都释放了。

“把我兄弟送来，我马上放人。”

“不行，你先放人。”

聂云海知道，谈判得讲究技巧，你如果答应得太爽快，对方又会往上加码。

“怎么可能。”

罗柄章也不上当，他知道，这些人就是他的护身符，眼看谈判就要陷入僵局了，聂云海很着急。必须先把人质弄出去，再找准机会干掉罗柄章，可现在一点机会都没有。

“罗柄章，你看这样行不行，你先把女人、孩子，还有那些老弱病残的都放了。我马上把你兄弟送来，等你见到兄弟了，再把他们全都放了，怎么样？”

“这个……”罗柄章心动了，他也知道，如果再不做让步，他是无法离开的，更不可能救出他兄弟。

“好，你先带这些人下机。”

这些人就像遇到了大赦一般，眼泪哗哗地往外流。

“谢天谢地，我还能活着离开。”

“聂队长，你真是个好人，老天保佑你。”

“聂队长，你就是活菩萨，你救了我的命。”

聂云海看着他们心里觉得好笑，这些人什么怪相的都有。

“行了，快下去吧。”

还有一些胆小的男人也想下机，刚站起来，就发现罗柄章正拿枪对准了他的脑袋。

“坐下，你他妈的也算老弱病残吗？再不老实，老子打烂你的脑袋。”

放了这些人之后，聂云海就打电话到师部。

“首长，马上把独狼送到机场来。”

“收到。”

王师长还真配合聂云海，不管他说什么，都给他最大的信任。二十分钟后，一架军用直升机就停在金湾机场，两名特战队员押着独狼来到了客机的面前。

聂云海见独狼来了，他心里又有了主意，他对罗柄章说道：“看到了吗？独狼来了，你马上把人质放了。”

罗柄章也很激动，用枪对着聂云海，说道：“你，转过去。”

聂云海只好按照他的要求，转过身去。罗柄章押着副机长来到窗户前，用他的脑袋挡住自己。他从窗户往外看，见下面确实是他的兄弟。

“快，叫我兄弟上来。”

“不可能，你只有先放了人质，我才会按你的要求办。”聂云海态度十分坚决，罗柄章也没有办法，现在他已经看到了胜利的曙光。

“好，都滚吧。”

这些人见罗柄章真放了他们，一窝蜂地冲下了飞机，有些人走得急，直接就从旋梯上滚到了地面上。

聂云海见大家都下了飞机了，只有副机长还在罗柄章的手里，他又说道：“把他也放了。”

“这不可能，放了他，谁来开飞机。”

“我来开。”

“好，你慢慢地走过来。”罗柄章终于同意让聂云海靠近他了，这就是他想要的。

“转过身去，要慢，对，再慢点。”

“啊。”

就在罗柄章放开副机长去劫持聂云海的那一刻，聂云海突然一个转身，他扣住了罗柄章的手腕，夺下了他手中的武器，并制服了他。

第 52 章　覆灯之火

一代枪王罗柄章终于被擒获，他为自己的狂傲付出了代价，他高估了自己，也低估了聂云海。凡是践踏法律，危害社会安全的人，都会受到法律的制裁。而那些为国家，为人民作出过特殊贡献的人，国家是不会忘记他的，人民也不会冷落他。当聂云海押着罗柄章从飞机上下来，迎接他的是鲜花和雷鸣般的掌声。

“奕晗，罗柄章现在就交给你了。”

“聂队，你放心吧，我一定让他接受法律的制裁。”

“好，那就……”

话还未说完，聂云海就已经昏迷过去。他实在太疲惫了，连续五六个日夜不吃不喝，不休不眠。稍微恢复了一点，他又驾驶歼 -20 战斗机去拦截罗柄章，与他斗智斗勇，就是铁人也承受不住。

“聂队……”

“头儿……”

“快，快救人。”

聂云海一昏迷，大家可就乱了套了，众人七手八脚地抬着他赶往急救室。

今天是大年初一，那些走亲访友的人也顾不得离开了，全都守候在医务室的门前。不知道什么时候，有人在窗外点起来了一排排的蜡烛。今年的新年很特别，大家的第一个愿望不是什么升官发财，而是祈祷聂云海可以平安、长寿，祈祷他早日康复。

聂云海其实也没什么问题，他就是太劳累了，经过医生的悉心照料，他在昏迷了两天两夜之后终于苏醒了。当他睁开眼睛，看到病房里全是人的时候，他乐了。

“嗨，大家新年好啊，我给大家拜年了。”

蒋玉莲就坐在他身边，她足足担心了两天，就连过年都是在医院过的。为此，她还跟蒋妈大吵了一架。现在，聂云海居然还有心情嬉笑，她忍不住在他的胸口上乱捶一通。

“我打死你个负心汉，我打死你，打死……”

聂云海一把抱住了蒋玉莲，拉着她就亲，他也顾不得人多了。弄得大家都不好意思了，把头都转到了一边。刘进喜可不管那么多，他就喜欢打趣。

“行了，意思一下就得了，还没完没了了，你当大家都是空气啊。”

“讨厌。”

蒋玉莲脸皮薄，被他这一说，脸都红了。刘进喜还不依不饶的，他竟然模仿起蒋玉莲的声音来，道：“讨厌。”

又把大伙都逗乐了，病房里洋溢着新春的喜悦。陈小丫不知道是不是跟刘进喜相处久了，还是被他同化了，竟然也开起了玩笑来了。

“玉莲，我们商量好了，过两天，我们两口子，还有花姐她们两口子和你们小两口，咱们三对夫妻举行一个盛大的婚礼，怎么样啊？”

“好啊，人多热闹。”

蒋玉莲自然开心了，她最喜欢热闹。杨得胜马上就补充道：“当然了，一切费用老板买单。”

“没问题，我买单。”蒋玉莲就是这个性格，有她在的地方，永远充满了欢笑。

当然了，这事要让聂云海来做主，他准保会弄得非常寒碜。这就是眼界问题，蒋玉莲出身豪门，大手大脚惯了。聂云海就不一样，他们家在湘西偏远的山村，家里没有钱，就靠种地生活，唯一的收入就是他爷爷的那点退休金。自从爷爷过世之后，他们家也就没有了经济来源。所以，聂云海在外求学的那些年，把一块钱当十块钱来用。

正因如此，蒋妈才看不起他，认为他心地不纯，接近蒋玉莲是有目的的，并不是因为他有多爱蒋玉莲。可她根本就不了解聂云海，聂云海是个心高气傲的人，怎么可能为了五斗米而折腰呢？

大家开心地聊着，病房仿佛已成了聚会的好地方。

聂云海偶尔也会聊几句，他问身边的刘进喜，道：“喜子，我想起一件事，章爷洛网了，智慧市长也自杀了，可袁大师呢？”

“哈哈哈哈……”还没等刘进喜回答，卢德铭就凑了过来，他笑得直不起腰了。

“头儿，我这么跟你说吧，这个所谓的袁大师，他就是个江湖骗子，你想都想不到。”

原来，就在罗柄章劫持飞机的同时，袁大师也出逃了。他不像罗柄章那么嚣张，他知道聂云海是不会放过他的。果然，等他跑到火车站的时候，到处都贴满了他的通缉令，码头、机场都是如此。

无奈之下，袁大师又干回了老本行，他竟然装扮成一个瞎子，走街串巷地给人算命、看卦。

当特战队满城地搜捕时，袁大师却过着悠闲的生活，他老人家竟然在普陀寺附近摆摊算命。也许是他太有本事了，这天下午，他接了一单生意，来的是一个大妈。

“算命的，我最近眼皮跳得厉害，你帮我看看，是吉还是凶啊？”

“把你的生辰八字告诉我，我给你算一算。”

“大师，我是 1956 年 5 月 5 号出生的。”

袁大师假模假样地掐起了手指，嘴巴里还捣鼓个没完。捣鼓了一阵之后，他又直摇头。

“不妙啊，不妙。”

去算命的人都有这种心态，一听到不好的事情，就想知道个究竟。大妈拉着袁大师就不放了，非要他讲个明白不可。

“大师，你可得给我讲明白了，我最近就觉得哪里不对劲，整个人都不自在。”

“可不是啊，你是甲辰年生的，属于覆灯之火。5 月 5 号又是属火，今年还是属火，三火成炎，炎者赤也。”

“大师，你别说得这么深奥了，讲明白一些，我到底哪里不好？”

“哪里不好啊，我告诉你吧，你今年要倒大霉，说得简单一点，你要有火光之灾了。”

“大师，我还有救吗？”

“时也命也运也，既然你遇到了我，我就给你开脱一下好了。你现在赶紧回去，或许可以避免火光之灾。”

你看啊，袁大师胡说一通，这个大妈还就真信了。她丢下一百块钱，抱起孙子就往家跑。等大妈回到小区就发现不得了，原来她们家真着火了。

如此一来，大妈就把袁大师当成了神仙。她把这件事跟左邻右舍一说。大家都来找袁大师算命，他又成了一个大人物。

说来也巧，陈小丫的妈妈也听说了这件事，她也去找袁大师算命。因为陈小丫之前的未婚夫死了，她害怕小丫又把刘进喜给克死了。老人家不仅算了一命，还拍下来发给了女儿。

陈小丫哪里会信这玩意啊，可母亲发过来的，她不得不看一下，结果她一眼就认出了袁大师。

“喜子，你快来看了，这不是袁大师吗？”

刘进喜还觉得奇怪，他们天天在外面转都没有发现袁大师的踪迹。她一个伤号，上哪儿去找袁大师了。

“老婆，你是不是闷得慌了，你要是闷得慌，我就叫花姐来陪你好了。”

“你才闷得慌了，你看看，这是不是袁大师？”陈小丫一赌气，把手机丢给了刘进喜，刘进喜本不想看，见她生气了，只好拿起手机瞧了瞧。

“这……这不是袁大师吗？”

“我是闷得慌来着了？”

“老婆，你立了大功了。”刘进喜一高兴，就跑回了派出所，他拉起卢德铭就走。

“走，跟我去逮姓袁的那小子去。”

“他在哪里？”

卢德铭正较着劲了，他恨死了这帮人。刘进喜没工夫跟他解释了，拉着他就到了普陀寺，他们一眼就看见了袁大师。

这家伙已经把他的长发剪了，穿一件粗布大褂，脚上一双布鞋，头上戴一顶老博士帽，活脱脱一个算卦先生。

“大师，你也给我算一下吧，看看我今天是不是撞大运了。”

刘进喜这小子没安好心，他也不揭穿，就假装不相干的样子。袁大师早就看到他们俩了，可他比较能沉得住气，也跟没事人一样。

“小伙子，你的命好，今年走桃花运。”

“是不是啊？你可别寻我开心啊，大家都知道我一向没有女人缘啊。”

你看刘进喜坏不坏，他明明已经和陈小丫领了证，可他还说自己没有女人缘。卢德铭可没有他那么多的闲工夫，上前就铐住了袁大师。

“行了，你也别在这儿瞎白活了，跟我回派出所吧，大家都等着你了。”这一下可坏了事，这些围观的市民可不干，他们追着、嚷着，就是不愿相信。

“哎，我说警察同志，你可不能随便抓人啊，他可是活神仙了。把他抓走了，那是要遭报应的。”

“报应？笑话，你问问他，能算到自己会坐牢吗？”

听完卢德铭的话，大家都被袁大师的幽默给逗乐了，连聂云海这种不苟言笑的人，也笑得前俯后仰的。袁大师这种人，就一跳梁小丑，他利用封建迷信欺上媚下。他勾结罗柄章干了很多损阴丧德的事，挖坟掘墓、倒卖军火、走私贩毒、印制假钞。又充当智慧市长敛财的工具，贪污受贿、洗黑钱、控制国家资源，打击政敌，他们的罪恶罄竹难书。

智慧和他的犯罪团伙利用职务的便利，以权谋私，给国家造成了巨大的损失，给人民带来了巨大的伤害，还使得政府的信誉受损。拱北开发区、旧城改造等利国利民的工程差一点儿就因为他的倒台而搁浅，要不是新市长英明，这些项目就成了祸国殃民的根源了。

大家乐了一阵之后，聂云海就准备出院。杨得胜自告奋勇去办理出院手续，花姐则在一旁帮着收拾东西。聂云海借着这个空当，悄悄地拉住了吴奕晗，问道：“张璐怎么样了？你把她安置在哪里了？”

“我把她搁在一个私人医院里，她的情绪已经稳定。等她康复了，就可以出面揭发智慧市长的罪状了。”

“好，我找机会去看看她。”

“走，出院咯。”

大家拥簇着聂云海，离开了医院。来到停车场的时候，聂云海对蒋玉莲说道：“玉莲，你先回去，我还有点事情要办。”

“都放假了，你还有什么事呢？”

蒋玉莲心里很不高兴，她知道聂云海想干吗？其实她并不是不讲道理的人，她就讨厌聂云海什么都瞒着她，尤其是对待女人的问题。

本来，聂云海和张璐没有问题，可他的做法让蒋玉莲觉得是一种背叛。只是她没有揭露出来罢了，她是想给聂云海最后一次机会，让他自己坦白，那知道聂云海没有理解她的心思。

“宝贝，我昏迷了两天，还有很多材料得整理，不然就乱套了。”

聂云海的行为非常地让人伤心，蒋玉莲的心简直都快要碎了。她就静静地看着他离开，眼泪不自觉地就流下来了。

“为什么？为什么他宁愿欺骗我，也要去找那个狐狸精呢？难道她害得他还不够惨吗？”

面对如此的情景，花姐也生气了。她知道爱人之间就应该坦诚，聂云海的行为不仅伤害了蒋玉莲，也让她很失望。

“走，咱们看看去，看看那个狐狸精到底有什么好的，把他迷惑成这样。”

“花姐，我不去，我还是回家等他好了。”

蒋玉莲虽然伤心，可她的心里还抱着一丝的幻想，她不敢去面对，也不愿意去面对，她害怕这一切都是事实。

“走，看他们到底有什么见不得人的勾当？他这么急于见她，难道她和我们不一样吗？”

陈小丫实在看不下去了，她就是这样的人，敢爱敢恨。虽然她曾把蒋玉莲当成了情敌，但现在她真的很生气。于是，她顾不得自己身上的伤，拉着蒋玉莲就上了车。

“走。”

聂云海来到了张璐的病房外，他的心情立刻就变得沉重起来。他并不是有多爱张璐，也不想去欺骗蒋玉莲。可他知道张璐就是他和蒋玉莲的心结，一道迈不过去的坎。

其实感情也好，家庭也罢，信任才是相爱的基石。聂云海自以为自己做得光明正大，却没有设身处地地为蒋玉莲考虑。他以为自己把心都给了蒋玉莲了，她就得相信他，理解他，哪知道这才是祸乱的根源。

聂云海轻轻地推开房门，房间里非常安静，张璐已经睡着了。看着她，聂云海心中无限的感慨，面对这个孱弱的小学妹，他不知道该如何是好。他已经知道是张璐偷拍了他的身份证，也是她把自己的笔迹交给了智慧，但他一点都不怪她。

张璐可能感觉到了什么，她慢慢地睁开眼睛，看见面前站着的是聂云海，她再也忍不住了。张璐像一个刚从噩梦中惊醒的孩子一样，一下子就扑到了聂云海的怀里放声大哭。

“我以为再也见不到你了，我以为你会恨死我了，我……”

“傻妞，我怎么会恨你呢？我应该感谢你，是你证明了我清白。没有你，我现在还在检察院关着呢。”

聂云海一边轻轻的抚摸着她的发丝，一边安慰她。可他根本就想不到，门外有好几双眼睛在看着他们。

“不，是我害了你，是我偷拍了你的证件，你的笔迹也是我交给智慧的，这一切都是因为我。如果没有我，你就不会被冤枉，没有我，你也不会受那么多的苦。”

“不，这一切都跟你没有关系，没有你也会有其他人，你只不过是智慧的一颗棋子罢了。”

聂云海说得没有错，如果没有张璐，智慧也会通过其他途径弄来聂云海的身份证，比如他的档案。

人在最失意，最受伤的时候，需要的就是爱。张璐把聂云海对她的那种亲情当成爱情了，她不顾一切地亲吻着聂云海。

这一下，门外的蒋玉莲再也忍耐不住了，她愤怒地走到聂云海的跟前，随手给了他一耳光。

“贱人，你就是这样报答我的吗？好，我成全你们，遂了你们的心愿。”

蒋玉莲伤心地走了，花姐也气不过，她也给了聂云海一个嘴巴。

“该。”

没等聂云海反应过来，陈小丫的耳刮子也到了。

“去死吧。”

聂云海被她们给打懵了，他真是有冤无处诉，有苦没地说。他只是想看望一下张璐，只要她平安无事了，他就放心了。哪知道张璐的反应那么大，会做出这样的事情来。结果，他的好心办了坏事。等他反应过来的时候，蒋玉莲早已离开了医院，离开了这个令她寒心的地方。

“玉莲，你听我解释啊，玉莲……”

聂云海再也顾不得眼前的张璐了，他转身就追，可还是慢了一些。等他从楼上下来，蒋玉莲已经去远了。

“我说你什么好呢，那么好一个姑娘，你不知道珍惜。现在好了，后悔了吧。”花姐的心还是比较软的，她虽然对聂云海有一种恨铁不成钢的感觉，但她还是很关心他的。

“得了，豪华婚礼办不成了。”

杨得胜可不这样想，他就是个财迷，要自己掏钱的事，那他就得好好合计合计了。这跟刘进喜还不一样，刘进喜嘴巴挺啰嗦，为了陈小丫他却从不含糊。

“对张璐，你打算怎么办？是娶回家还是怎么着？”陈小丫毕竟是警察，看事情看得长远。

“我已经安排好了，赵柯今晚就到了，他会照顾她一辈子的。”

聂云海要是早把这些事情跟蒋玉莲说清楚，他们也不至于弄成现在这样了。

“你啊……行了，我也懒得管你的那些破事了，幸好我没有嫁给你。”陈小丫已经对聂云海失望至极。

“可不是嘛。”

“咱们走。”

蒋玉莲最近可谓是走了霉运，她哭着从珠市回到金陵，眼泪都未干，家里又出事了。金陵纪委接到实名举报，说金陵市长吴建华和明威集团的董事长蒋文清相互勾结，贪污受贿证据确凿。

当天下午，反贪局的李局突然出现在明威总部，他将整个明威大厦全都给控制了。在众人的拥护下，李局来到董事长办公室时，蒋文清正坐在大靠椅上，他嘴里还叼着一根雪茄，一脸的淡然。

“都来了？”

“蒋文清，你涉嫌行贿，证据确凿，这是逮捕令。”李局表情严肃地亮出了逮捕令。

“那走吧。”

说完，蒋文清很轻松地走到李局面前，双手往前一伸，就等着被铐上了。李局倒也不客气，当时就把蒋文清给铐上了。

“带走。”

当李局押着蒋文清走出明威大楼的时候，蒋玉莲哭喊着冲出人群。

“爸爸，爸爸……”

“玉莲。”

“爸爸……”

而现在，蒋玉莲也只能眼睁睁地看着父亲被警察带走了，虽然大家都很同情她，可也无能为力。

“爸……”

“照顾好家人，明威集团就靠你了。”

“爸……呜呜呜……”

汽笛声、哭喊声、叹息声充斥着整个明威大厦，这个金陵最繁华的办公楼，如今一片狼藉。警方查封了整栋大楼，抄没了所有资产，还带走了一大批高管。

蒋玉莲非常难过，她已经哭成了泪人了。明威集团的员工也是一片惶恐，丢工作不说，都怕遭受牵连。

蒋家也乱了套，蒋妈、徐妈把眼睛都哭肿了。蒋明威则一个劲地叫爸爸，小陈星也掉着眼泪。一屋子的人都在哭泣，只有李永胜不知所措，劝完了这个劝那个。

“爸爸，我要爸爸，你们还我爸爸。”蒋明威哭嚷着。

蒋爷爷却很生气，他大骂道：“都跟他讲了那么多遍了，不要跟政府的人来往，更别去行贿。这下好了，把自己坑了吧。”

蒋妈最不爱听这种话了，怒道：“文清那样做，还不是工作需要啊。”

“工作工作，难道就不能做个干净的商人吗？”

“做生意有几个是干净的啊？”

“哼，你们忘了胡雪岩的结局了吗？不听老人言，吃亏在眼前。”他俩你一句我一句地吵开了，任凭大家怎么劝，也没用。

“不是你成天诅咒文清，他能出事吗？”

“你气死我了。”

蒋妈和蒋爷爷都把气往对方身上撒，吵得不可开交。面对这样的境况，蒋玉莲也顾不得哭泣了，她把脸一拉，喝道：“别吵了，都什么时候了，你们还有心情吵架。”

屋子里顿时就安静了，大伙像丢了魂似的，一个个耷拉着脑袋，一句话也不说。突然之间，蒋玉莲仿佛成了这个家的主心骨，都看着她，等待着她的安排。

“好了，永胜，麻烦你去打探一下，看还有回旋的余地吗？”

“好，我这就去。”李永胜非常高兴，只要能帮到蒋玉莲，就是把命豁出去了，他也在所不辞。

李永胜走了之后，蒋玉莲似乎又想起了什么来，于是她就对徐丽娜说道："娜娜，我交给你一项艰巨的任务，你去一趟珠市，把那边的事情处理一下，然后把花姐他们接过来。"

"好。"

徐丽娜也走了，蒋玉莲见都安排好了，她这才对母亲说道："妈，这个时候，你怎么可以叫李永胜过来呢？"

面对女儿的质疑，蒋妈气不打一处来，怒道："你爸都被抓了，我叫女婿过来帮忙，难道有错吗？"

蒋玉莲一听这话，就急眼了，说道："妈，你瞎说什么呢？我根本就不喜欢李永胜，你又不是不知道。"

母女俩围绕着蒋玉莲的感情问题，又吵开了。

"你还在想那个穷小子？"

"好了，妈，我们不要争论这个问题了，好吗？你难道不知道吗？做生意的人最忌讳的就是晦气，我们家出了这么大的事情，你现在把李永胜叫过来，他们家还不得嫌死我们啊。"

"不会，永胜不是这样的人。"

"好，就算李永胜不是这样的人，可伯父伯母呢，他们会怎么想呢？"

"他们还能怎么想啊，你爸对他们还不够好吗？"

"妈，这都哪跟哪啊！"

"好了，我还不知道你那点心思吗？我认准了这个女婿了，你趁早死了这条心。"

蒋玉莲正和蒋妈理论了，老徐从外面回来了，蒋玉莲马上就迎了上去，说道："徐叔叔，你打听到什么了吗？爸爸怎么样了？还有没有回旋的余地？"

"情况不乐观，那些高官都不愿意见我。"

"黄律师那边怎么说？"

"我已经联系了黄律师了，他答应做董事长的辩护律师。"

"很好。"

蒋玉莲点点头，再没有说什么了，转身上楼了。回到房间里，她趴到床上，用被子盖住了头，放声痛哭了起来。这一刻，她才真正的需要聂云海，需要他的拥抱和安慰。

此刻，我们的吴市长也好不到哪儿去，反贪局的胡局正在吴家。

“吴市长，对不起，请跟我们走一趟吧。”面对这位老领导，胡局显得非常客气。

“容我跟爱人道个别吧。”

“好。”

吴奕晗的妈妈见老吴就要被带走了，她一下子就哭了。

“老吴，这该怎么办呢？呜呜呜……”

“你哭什么呢？天塌不下来。”

“你叫我和小蝶怎么办？”

“好了，老婆子，千万别告诉胡蝶，对她和肚子里的宝宝不好。要是奕晗问起来，你就让他在部队好好表现，千万别学我。”吴市长用手擦去了老伴脸上的泪水。

“呜呜呜……我会教导孩子学好的。”

“那我就放心了。”

说完，吴市长转身出了门。

“走吧。”

第 53 章　束手无措

当蒋家陷入灭顶之灾的时候，聂云海已经回到了部队，他圆满地完成了任务。回到了宿舍后，战士们都觉得无比的亲切，有的战友倒头便睡。聂云海也躺在自己的床上，这时，蒋玉莲打来了电话。

“我爸出事了，被警察抓走了。”

“怎么回事？”

“爸爸卷进了吴市长的案子里了。”

“吴奕晗他爸？”

“是的。”

“别慌，玉莲，你要坚强起来。不管发生了什么事，我永远都会守候在你身边。”

“嗯……”

聂云海自然不明白了，这都是智慧市长的杰作，他早就在吴市长的身边安插了自己的眼线，就是阿冰和阿幂。智慧在临死之前企图和吴奕晗做一笔交易，他想用吴市长来换取吴奕晗手中的录音。这原本是一个双赢的事情，可吴奕晗最终选择了真相。所以，智慧一死，阿冰和阿幂就举报了吴市长。

聂云海的心情很沉重，这些事情或多或少都跟他有关系，可他却无能为力。挂断电话之后，他呆呆地盯着桌子上蒋玉莲的照片出神。

全国首富被捕一事很快就传开了，就像病毒一样迅速地蔓延，在社会上引起了巨大的震动。一大群商贩自发地来到蒋家，他们拉着横幅，喊着口号，把蒋家围得水泄不通，目的只有一个，就是要账。

“还我血汗钱，还我血汗钱……”

这一天晚上，蒋府被闹得鸡犬不宁，蒋玉莲也被吵得都无法入睡。债主们蹲在蒋家门前，生怕她们一家人连夜跑掉了。蒋家人却担心门外的那些债主会冲进来，搬走她们家的一切。为了这事，蒋妈眼圈都红了，徐妈也好不到哪里去，她们成了惊弓之鸟。

蒋玉莲也很为难，她现在是家里唯一的支柱，所有的事情都得她来决定。她被讨债声吵闹了一宿，好不容易睡了一小会儿，又被他们给吵醒了。

“还钱，还钱……”

外面的声音越来越大，讨债的队伍也越聚越多，看样子得有上万人。蒋玉莲没有心情去理会这些事了，她得想办法解开困局。

明威集团已经被查封了，蒋文清名下所有的资金、股票以及不动产全部被冻结了。为此，明威的股票也受到了很大的冲击，大幅跳水。

要解决这些问题，首先得解决明威集团内部的问题。明威现在就只是一个空壳公司，员工全都涌到蒋家讨薪了。如果没有资金进入，明威集团只有宣告破产。那么，蒋文清一辈子的心血就付诸东流了，这是蒋玉莲最不愿意看到的。正因为此，蒋妈才迫不及待地想和永胜集团联姻，只要永胜集团肯入资，她们就可以度过困局。

“今天是母亲节，我替你挑选了一件礼物，你把礼物给你伯母送去，她一定会非常开心的。”

“这跟我有什么关系？”

“你还指望那个穷小子不成？”

“妈，你怎么又来了啊。”

“我跟你伯母通了电话了，她愿意帮助咱们渡过难关。你伯母也想早点把亲事定下来，你们早点结婚，她也好早点抱孙子。”

“我不会嫁给李永胜的。”

“你难道忘了吗？他是怎么对你的？”

“妈，我现在没心情讨论这些事情，爸爸的事情已经够让我头疼的了。”

“你还知道你有个爸呀，就这么定了，现在只有李家可以帮咱们了。靠那个穷小子，他有什么？”

“妈，你能不能别拿有色眼镜看他。云海他虽然没有李家有钱，可他是军人，他有骨气，有才华。”

“有骨气，有才华，能救出你爸吗？你不知道咱们家现在是什么情况吗？”

蒋妈更来气了，嗓门也提高了许多。蒋玉莲挺无奈的，她只好跟母亲一起去李永胜家。可是，怎么才能离开家呢？现在的蒋府四周人山人海的，只要蒋家人一露头，你就别想走了。

“从后门走，后门没人。”

徐管家领着大家悄悄地来到后门，他的车子刚驶出去，就被外面的人给发现了。

“不好了，蒋家人从后门跑了。”

“别让他们跑了。”

哗的一声，大家迅速地围了过去。蒋玉莲见债主们都围了上来，她急忙下了车。她要引开这些人，好让蒋妈她们脱身。

“快走，别管我。”

“大小姐……”

看到这情景，老徐也无能为力，他只好开车先离开。蒋妈等人走了，蒋玉莲可就惨了，这些人就像洪水猛兽一样地把她给包围了。有人扯着脖子，有人撸起袖子，一个个愤恨不已。

“还钱，还钱。”

“不还钱，哪也别想去。”

“想跑，门都没有。”

正当蒋玉莲束手无策的时候，李永胜赶到了，他就像赵子龙一般勇猛，单人独骑闯入曹营。这一刻，蒋玉莲多希望来的是聂云海，那该多好啊。

“哎呀，打人了！”

“我打的就是你们这些人。”

“不还钱，你怎么还打人了？”

“还钱，还钱……”

很快，李永胜也被淹没在人潮当中，眼看着两人就要被愤怒的民众给吞噬了。就在这危难时刻，警察来了，他们阻止了一场暴力冲突。警察只能维持治安，却不能平复民众的怒火，蒋家的债务还得自己偿还。

事到如今，李永胜拿出了举鼎拔山之势，振臂高呼道：“明威集团的债，我们永胜集团偿还，从现在开始，永胜集团决定出资 5 亿入注明威。所以，明威集团一切正常，你们的工资一分也不少，大家可以安心地工作了。”

“好，有你们永胜集团一句话，我们就有希望了。”

就这样，李永胜平安地把蒋玉莲解救了出来，载着她疾驰而去。此刻，蒋玉莲泪眼朦胧，内心非常矛盾。为什么在自己最艰难的时刻，出现的却是李永胜呢？

李家今天特别的热闹，客厅里坐满了人。李爸、李妈满脸笑容，就为迎接蒋玉莲一家。尤其今天是母亲节，两位母亲都想借这个机会，把孩子们的亲事定下来。果然，在饭桌上，李妈就跟蒋妈提起了联姻的事情。

“玉莲妈，孩子们都大了，早点把婚姻问题解决了，不能老拖着吧。”

“是的，我也是这么想的，玉莲和永胜从小青梅竹马，我们两家又是故交，他们的结合再好不过了。”

“好，就这么定了。”

吃着饭，两位母亲就把蒋玉莲和李永胜的婚姻给定下来了。李永胜倒是挺开心的，可蒋玉莲不乐意了。她和聂云海的事情到现在还是一团乱麻，母亲却要把自己许配给李永胜，她能高兴吗？

“妈，这可是我的终身大事，你也不跟我商量就决定了，这怎么行呢？”

“跟你商量，我哪次不是跟你商量来着，你下决心了吗？”

“现在谈婚姻的事，不合适。”

“怎么就不合适了？”

“我爸不同意，我也不同意。”

“你爸也希望你嫁给永胜。”

“妈。”

“这事没商量，就这么定了。”

因为蒋妈的蛮横不讲理，气得蒋玉莲都不顾礼仪了，她也不跟主人打声招呼的，提起包就往外走。对于女儿的失态，蒋妈被气得浑身哆嗦，饭也没法吃了，她只得起身告辞。可李妈却不介意，她了解蒋玉莲的脾气，知道她性子倔、任性，却又透着一股子不服输的劲，这正是李妈欣赏她的地方。

李永胜的性格偏软弱，没有什么主见，总是犹豫不决。永胜集团那么大一个上市公司，将来如果交到他手里，那还不得败光了。但蒋玉莲就不一样了，她是天生的女强人，有手腕，有魄力，在大是大非面前绝不含糊。

从李府出来之后，蒋玉莲就直奔明威商城，明威总部已经迁到了这里。等蒋玉莲走进办公室时，发现人员非常的齐整，徐丽娜、段德昌、花姐和杨得胜也从珠市赶来了。

大伙见蒋玉莲来了，立刻就围着她嘘寒问暖。这些人跟蒋玉莲交情匪浅，蒋家出了这么大的事，他们比谁都着急。但都无能为力，只有默默地给蒋玉莲一个拥抱。

寒暄过后，蒋玉莲就召开第一次会议，道：“各位，把你们召集过来，有一件事情要向大家宣布，那就是拱北经济开发区的项目必须落实下去。这是我们最后的希望，打赢了，我们就可以赢回人心，打输了，我们将输掉底裤。”

蒋玉莲简单扼要的作了说明，段德昌马上就站出来发言，他作为拱北项目的总负责人最有发言权。

“蒋总，我们手上的流动资金已经不多了，这个时候，银行肯定不会贷款给我们。得马上采取措施，把手上的一些副业抛出去。”

“这个问题我早就想到了，资金没有问题，我会把我手里所有的股票、期货全部抛出去，大概可以凑到五六个亿。你回去再把会所和蒋氏药业全部卖掉。我买的时候才几个亿，现在至少可以卖 15 亿。这样，就可以保证拱北项目的正常运转了。”

蒋玉莲确实是天生的女强人，遇到这么大的变故，一般人早就六神无主了，可她越挫越勇。

“另外，段哥，你再去一趟澳市，找一下赌王，尤其是林权，他跟云海的关系非比寻常。你把之前汪子财名下的那部分项目让给他们，他们一定会参与的，这样咱们就没有压力了。”

“好，珠市的项目交给我，你就放心好了。”

段德昌的人品绝对是一流，他救了聂云海和蒋玉莲。蒋玉莲为了报答他，又替他还清了所有的债务，他现在对蒋玉莲更多的是感激。

“花姐，你和财迷就不用回珠市了，留在这里帮我把公司开起来。”

“好，我们无条件支持你。”

为了应对当前的危机，蒋玉莲可谓是壮士断腕，她不仅变卖了产业，还裁掉了很多的员工。会议从下午两点一直开到了零晨两点，可大伙依旧充满斗志。尤其徐丽娜、杨得胜、花姐、段德昌等人，现在已成了蒋玉莲的左膀右臂。

清晨，嘹亮的军号声划破了长空，战士们还在睡梦中就被集结号吵醒了。聂云海像往常一样，催促着大家赶紧集合：“快快快……动作快点……都利索点……”

这是特战队从珠市回来的第一次拉练，因为许久没有进行正规化训练了，竟然有一大半的弟兄起来晚了。这让聂云海非常地恼火，在军营就是这样的，哪怕你迟到一秒，照样得受罚。

“唐陆。”

“到。”

“刘进喜。”

“到。”

“卢德铭。”

“到。”

“出列。”

“是。”

“每人500个俯卧撑。”

“是。”

“一二三四……四百九十七,四百九十八,四百九十九,五百。”

“报告队长，体罚完毕。”

“归队。”

“是。”

“立正……稍息……报数。”

“一二三四……”

“向右转……目标正前方，10公里奔袭，开始。”

“一二三四……一二三四……”

战士们又开始了常规化的训练，大家一边跑步，一边喊着口号。可大伙的心里却不断地叫苦，他们有大半年没有进行高强度训练了，一到终点，都趴地上喘着粗气。

歇下来，大伙又都来了劲了，战士们围住了聂云海，非让他表演节目。可聂云海现在没有什么兴致，尤其听说蒋家的事情之后，他心里一直就在纠结，不知如何才能帮到蒋玉莲。

卢德铭可不管这些，他连拉带拽的，弄得聂云海没有办法，只好站起来给大家唱首歌。刘进喜赶紧把吉他递给他，聂云海拨弄了一下，觉得没有问题，就对大家说：“今天是母亲节，我刚写了一首《祖国啊母亲》，在这里我祝全天下的妈妈们节日快乐！”

随后，聂云海弹起了吉他，大家也忙着伴奏、打拍子。

“从我来到这个世界的那一时刻起，你的样子刻在我心里，我要把她视生命；从我来到学校读书的那一时刻起，母亲这个词的字音，永远回荡在我心里。啊母亲，是你把我喂养大，用你一双手，把我喂养；啊母亲，是你把我喂养大，用你的乳汁，把我喂养大……”

他这一唱，大家也跟着高歌了起来：“啊母亲，是你把我喂养大，用你一双手，把我喂养；啊母亲，是你把我喂养大，用你的乳汁，把我喂养大……”

大伙正唱得起劲，聂云海抬头一看，见军区首长正笑呵呵地看着自己，他赶紧放下手中的吉他，站起来集结队伍。

“起立……敬礼……集合……立定，稍息！报告首长，特战队集合完毕，请指示！”

王师长马上吹响口哨，野战部队的总司令也来了，他做出了最高的指示。

“同志们，中央的命令，要我们成立一支国际维和战队，赶赴 A 国的首都班的，协助 A 国打击恐怖分子，保护我华侨、华商的人身安全，这是我特战队的荣耀和骄傲，也是你们为国争光的时刻……”

听到这个命令时，大伙都格外的兴奋，这是战士们最高的荣耀了：“誓死保卫祖国，报效国家。”

国际维和战队由王师长亲自负责，他要从整个军区中选拔出一支精英队伍来，这支队伍代表了国家，代表了人民。

“下面我宣布国际维护战队选拔的规则，考核分训练和实战两个科目，首先是常规训练，有爬墙、过独木桥、过铁丝网、溜索道、爬悬崖等。实战分红队和蓝队，红队由聂云海带领，蓝队由吴奕晗带领。表现优异的人，才有资格入选，都听明白了吗？”

“明白了。”

“考核开始……”

随着王师长的一声命令，大家箭一般地冲到了网墙前，抓住网墙拼命地往上爬。所谓的网墙就是在操场上竖立起一座高大的门状形的大网，平时，战士们就通过它来训练攀爬的。

在快速的攀爬中，一不小心就容易掉了下来。当然，如果掉落将被淘汰。

第二项考验是过独木桥，考验人的平衡感。

“快快快……”

聂云海迅速地通过了独木桥。

接着就是过铁丝网，所谓的铁丝网就是在地上架起了一大片网架，网架下面是泥水地，战士必须迅速地爬过这片泥水地。聂云海又是第一个跳进铁丝网，他不顾淤泥，一鼓作气就爬过了铁丝网，接着就是吴奕晗、卢德铭等。

过了铁丝网，聂云海带领大家来到一个山涧，两边宽约三十米，中间是一条河流，没有路，河面上只有几条绳子。所有人必须从绳子上爬过去，没有任何的保护措施，掉下去就被淘汰。

聂云海深吸一口气就开始往对岸爬，大家都屏住呼吸，静静地看着队长一点一点地往前爬。突然，聂云海的左脚蹬空了，一下就从绳子上翻了过来。

“啊。”

聂云海的一个失误，差一点就摔进了河里。但他死死地拽住了绳子，没让自己掉下去。这可把大伙吓得不轻，如果队长都失利了，后面的人就不好办了。但是，聂云海并没有放弃，他凭借着双手，一点一点地往前移动。

“加油啊，队长。”

战友们都在为聂云海呐喊，顿时，聂云海就来了精神头。他加速地往前移动，最后顺利地通过了索道，也赢得了战友们的阵阵掌声。

当然了，有很多的战士掉进了河里，剩下的就跟着聂云海来到了悬崖下挑战徒手攀岩。这是最后一项训练了，通过的战士才有资格进行实战考核。

聂云海又是第一个攀岩的，随后就是卢德铭、吴奕晗等人。为了安全，每位战士身上系上了安全带。可只要你跌下去，你就会被淘汰。大家跟着聂云海慢慢地往上爬，刚开始就有人失足掉了下去。

卢德铭紧紧地跟着聂云海，快到山顶的时候，不知道是手心出汗，还是脚底打滑，他突然往下落。

“啊。”眼看着就要掉下去了，聂云海一把就抓住了他的手。

“炉子，别慌。”

“队长，我要掉下去了。”

卢德铭几乎要绝望了，他知道，如果掉下去了，他的特战队生涯可能就此结束了。他们跟普通的士兵不一样，这次被淘汰了，他肯定会被打回原部队的。

“抓紧了，我拉你上来。”

聂云海就是这样的，他不会眼睁睁地看着自己的兄弟跌入深渊。所以，聂云海使尽浑身了力量，拉着卢德铭，不让他掉下去。

“不，队长，我会连累你的。”

此刻，卢德铭的内心十分的矛盾，他害怕被淘汰，可他更不愿意连累聂云海。聂云海看透了他的心思，但这个时候，不容你多想。

“别废话，使劲啊。”

一咬牙，聂云海把卢德铭拽上来了，最终，两人都顺利地爬上了山顶。在这些训练里，聂云海除了攀岩这项外，其他都是第一。

“队长，都是我连累了你，不然你又是第一。”

卢德铭看着山崖下的弟兄们，心里感触颇深。聂云海却无所谓，他心里想的是整个特战队，并不是他个人的得失。

“没关系，第一还是咱们自己弟兄嘛。”

这还得说聂云海的艰辛付出，当士兵的时候，他每天都是第一个到达训练场，最后一个离开。当队长以后，聂云海也没有放松对自己的要求，每天和战友一起训练，一起受苦，所有的困难和责任都是他来承受。

国际维和战队的第二项考核是实战了，王师长把战士们分成了红队和蓝队。红队由聂云海带领，蓝队由吴奕晗带领。

聂云海率领红队在夜色的掩护下，从河边摸进了树林，意图偷袭蓝队，来个斩首行动。等他们刚一进林子，就听到四周枪声大作。原来他们已被当成了诱饵，掉进了陷阱里头了。

“什么情况？”

“不好，我们被包围了。”

“掩护撤退。”

“撤。”

掉进了陷阱，哪有那么容易逃脱的。蓝队的战术很成功，就是通过现代的高科技来监听红队的情报，再设下埋伏等待红队自投罗网。

王师长在战术室里，他通过屏幕看得清清楚楚。当红队钻进蓝队布好的口袋时，很是着急。在王师长的心里，聂云海就是他重点培养的对象。今天，聂云海吃了这么大一个亏，他这个当师长的颜面上有些挂不住了。

“哎呀，聂云海这下麻烦了，着了吴奕晗的道了，非被包了饺子不可。”

张政委也附和道：“可不是嘛，这小子大意失荆州啊。”

“这个聂云海啊，关键时刻怎能犯这么低级的错误呢？”高副师长也这么认为。

战场上的战机稍纵即逝，前一秒钟，红队还是人家嘴里的食物。后一秒钟，他们却成功突围了，原来聂云海很快就摸清了蓝队的弱点。

为了吞掉红队，吴奕晗把火力全都分布在正面了，左翼非常薄弱。等吴奕晗发现了这个漏洞时，一切都晚了。高手过招，胜败只在电光火石之间，你的一个失误，就可能导致整个战局的失败。

这一幕就跟当年的平型关战役很相像。当年115师在平型关设伏，偷袭板垣师团的主力。战队一打响，日本人迅速地抢占老爷庙一侧的高地，而八路军也察觉到了，并迅速地做出了部署。

结果敌我双方围绕着老爷庙高地进行了数十次的冲锋和反冲锋，战况异常的惨烈，到最后就是刺刀拼杀了。所不同的是，我军守住了老爷庙高地，最后全歼板垣师团主力，日军为他们的狂傲付出了代价。

“弟兄们，从蓝队的左翼突围，冲出去。”

聂云海经过仔细地观察，发现蓝队的火力有限，他们的主力全部集中在了正面的进攻上，左翼出来了空虚。

“冲啊。”

随着聂云海的一声命令，红队在杨国武等人的掩护下，从蓝队的左翼杀了过去。红队虽然冲出了蓝队的包围圈，但他们也为此付出了巨大的代价，“牺牲”了六名战友。王师长看到聂云海和他的红队突围之后，显得格外的兴奋，喜悦之情溢于言表。

“好。”

“老王，那小子竟然冲出来了，这真叫勇者无敌啊。”张政委都不敢相信。

王师长乐呵呵地笑道：“是啊，这小子身上有股子狠劲，头脑也冷静。”

高副师长也不忘打趣道：“这才是咱老首长的徒弟。”

“哈哈哈哈。”

第 54 章　无言以对

冲出包围圈后，红军迅速地向外面转移。他们来到一个废庄园，马上就开始火力布控，并设下了一个陷阱准备回敬蓝队。

“小六子，你去放哨。”

“是。”

“炉子，火力布控。”

“是。”

“刘麻子，打开无线通信，引蓝队上钩。”

“是。”

树丛深处，吴奕晗非常生气，好不容易把红军给兜住了。结果还是让他给跑了，气得他破口大骂。

“一群废物，到嘴的鸭子飞了。”

贾青山觉得很委屈，说道：“头儿，跑得了一回跑不了二回，再找出他们的位置来不就行了。”

“胖子，你马上给我找出红队的位置来。”

“正在破解，他们更换了密码了。”

吴奕晗一听气又上来了，骂道：“都是饭桶。”

这时，李壮壮已经破解出来了。“头儿，找到红队了。”

“在哪里？”

“丘家庄。”

“好啊，跑得挺快啊。弟兄们，走，灭了他们去。”

“是。”

在丘家庄，聂云海刚把大网铺开，吴奕晗带着蓝队就摸到了，他们在丘家庄的西南方扎下脚。吴奕晗脚踩在一张废旧的八仙桌，手指着丘家庄的坐标给大伙下达了作战任务。

“熊森林，你带人从东口包抄过去。”

“是，头儿。”

“许矮子，你守着西口。”

“是。”

“胖子，你带人从南口冲进去。”

“是。”

吴奕晗在下达作战任务的同时，指挥厅里的首长们却觉得越来越有意思，他们乐于看到两队人马斗智斗勇。只有他们最大限度地发挥出自己的才能，我军的未来才有希望。

现代的战争是信息化战争，谁掌握了信息，谁就掌握了战争的主动权。当然了，正面的拼杀，还得靠士气，靠勇气，敢于直面死亡，才能真正地赢得胜利。

这时，蓝队已经发起了进攻，他们摸进了丘家庄。刚进村口，就被放哨的唐陆给发现了，他毫不犹豫地开了枪。

“有情况。”

许村仁很气愤的骂了道：“妈的，被发现了，冲吧。”

“冲啊……”

他们这边枪一响，可气坏了吴奕晗，他一看时间，离进攻的时间还差一刻钟呢。既然目标暴露了，他也只好提前下达进攻的命令。

这一次，吴奕晗亲自带领队员往里面冲。等大家杀进了红队的指挥所一看，全都傻眼了。指挥所里连个人影子都没有，只有几个伪装的假人在晃动。

“不好，中计了。”

“都别慌，掩护撤退。”

还没等蓝队的人反应过来，就听到天崩地裂的爆炸声响起。顿时炮火齐鸣，红队的人全部围了上来。

“杀呀……”

“别让吴奕晗跑了。”

“蓝队，你们已经被包围了，放下武器。”

聂云海第一个冲了进来，蓝队的人见红队全部围上来了，士气顿时就没有了，纷纷放下了武器。只有吴奕晗还不甘心，他拿着武器还准备往外冲。

实战演习到这里就已全部结束了，王师长、张政委和高副师长三人驱车来到了现场。王师长率先做了一个全面的总结，他肯定了大家的长处，也指出了大家的不足之处。

“同志们，本次野战考核，大家表现得非常出色，尤其是红队，打出了血性，也发挥出了特战队的战略特性。当然，蓝队也有长处，你们把网络战、信息战发挥到极致。可惜你们没有把握住机会，缺少战斗到最后一人的决心。这一点，红队就做得非常好，在相同的处境下，红队表现出了血性。尤其是在困境中，他们不气馁，不放弃，这才能反败为胜……”

蒋玉莲最近太劳累了，每天睡眠不足三小时，除了参加各种会议，还要四处奔走，又要应对媒体的袭扰。好在蒋玉莲不怕事多，忙碌起来就不用理会母亲强加给她的婚姻了。

蒋妈这两天可没闲着，她一直都在思索如何才能让女儿跟聂云海来个了断。思前想后，蒋妈终于找到解决烦恼的办法了，而且非常稳妥。

决定之后，蒋妈立即就付诸了行动，她找到李永胜，把自己的计划跟他一说，两人一拍即合。随后，两人神秘地去了军营。

在军营里，大伙正围着一则通告，这是关于国际维和战队的人员名单。卢德铭最积极，他高声的朗读道：“国际维护战队总指挥王传铭，政委张浩，大队长兼参谋长聂云海，副队长吴奕晗……”

看着这份通告，聂云海心里乐呵呵的。虽然他不是官迷，但能代表国家参与维和，这是一种莫大的荣耀。

正在这时，许村仁跑了过来，对聂云海说道：“队长，有人找你。”

“谁啊？”

“不知道，你去看看吧。”

“在哪儿？”

“接待室。”

等聂云海来到接待室，他当时就傻了，来的正是李永胜和蒋妈。李永胜和聂云海是情敌，他们自从在珠市弄得不欢而散之后，李永胜就把他看成了眼中钉、肉中刺。蒋妈妈一直就不待见聂云海，一直都反对他跟蒋玉莲在一起。今天，这两个人同时出现在自己的面前，可把聂云海都给弄懵了，还是李永胜率先打破了沉默。

“觉得意外吧。”

“那个……我……”

“我也觉得很意外。”

这会，聂云海似乎反应过来了，他赶紧问候道：“伯母好，你们一路上辛苦了吧，还没吃东西吧。走，我带你们先去吃点东西。”

蒋妈很不以为然，道：“不用了，我就说几句话，说完就走。”

“这……好吧。”

聂云海很无奈，蒋妈却很漠然，道：“你知道我为什么要来找你吗？”

“不知道？”

“玉莲要结婚了。”

“啊……”

这话从蒋妈的口中说出来，对聂云海来说，犹如五雷轰顶一般。虽然他和蒋玉莲的婚礼办得一团糟，可天下人都知道他们是相爱的。

“伯母，我……”

这一刻，聂云海就像掉进了冰窖里一样，浑身冰冷。蒋妈可没有在意他的感受，她继续说道：“我知道你很喜欢我们家玉莲，玉莲也很喜欢你。可你也知道，我们家出了这么大的事，我不可能让玉莲再跟着你去吃苦了。”

聂云海很迷茫，他确实帮不了蒋玉莲，更帮不了蒋家。他只是一名军人，如果让他行军打仗，他会毫不犹豫地向前冲。假如蒋文清是被歹徒绑架了，他也可以冲到贼窝里，把蒋文清平安地救出来。可现在是蒋文清犯了法，他怎能置国法于不顾呢？

蒋妈可不是来听他来解释的，她是来解决问题的。她用手指着李永胜，说道：“永胜和玉莲从小一起长大，青梅竹马，他心里只有玉莲一个人。如果不是你的出现，玉莲早就嫁给了永胜。”

这话对聂云海打击很大，他太伤心了，他爱蒋玉莲，蒋玉莲也爱他。这跟李永胜一点关系也没有，可现在，聂云海却无从反驳。

“我……”

蒋妈看出来了，聂云海还是非常有涵养的，没有跟她大吵大闹。所以，她的语气也缓和了许多。

“好了，之前的事情我不想再提。现在只有永胜能够帮助我们家。我不知道你听说了没有，永胜为了我们明威集团一出手就是 5 个亿，所以我希望你忘了玉莲。爱一个人不一定非要和她在一起，你可以把她当成一段美好的回忆永远地留在你的心里。如果你真爱玉莲，就应该为她而感到高兴，看着自己心爱的人过上幸福的生活，何尝不是最完美的结局呢？”

此刻，聂云海的脑子里面一片空白，他仿佛跌入了万丈深渊。

“不……不……”

蒋妈根本就不给聂云海任何机会，她从包里拿出一张银行卡，这是她经过深思熟虑之后决定的，也是她觉得最有把握的决定。

“这是 100 万，算是给你的补偿吧，你们以后就不要再见面了。”

聂云海非常痛苦，他从心里埋怨蒋妈，不该看低他的人格。他爱蒋玉莲不是因为她们家是首富，也不会因为她父亲出事了而抛弃她。蒋妈的这种行为对聂云海来说是一种侮辱，一种人格的侮辱。

“不……这钱我不能要……”

李永胜可不是这么想，他对聂云海有成见了，他恨聂云海，恨他不该介入到自己与蒋玉莲之间来。所以，当聂云海拒绝了蒋妈的银行卡时，他一脸的不屑。

“你嫌少？”

“不……不是这样的……”

李永胜和蒋妈是同一类人，他们都是眼高于顶的人，从未正视过穷人。所以，李永胜完全误解了聂云海的本意，他对聂云海狠狠地说道：“好啊，聂云海，看不出来你还有这么一手啊。”

说完，李永胜抢回了蒋妈手中的那张银行卡，又从自己的口袋里掏出了一张银行卡往聂云海的面前一丢，扔下一句话就走了。

“这是 1000 万，密码是玉莲的生日，从今以后，你从我们的世界消失。”

此刻，聂云海完全被气迷糊了，他的脑袋就像是断了片似的，他也完全不知道自己应该做什么了。他只知道摇头，嘴里不知道说了些什么。

“不……我不能要……不能要……”

在玄武湖畔的草坪上，蒋玉莲正在放风筝，她身后跟着两个蹦蹦跳跳的小家伙——明威和陈星。不远处，徐丽娜正坐在草地上看书。这是暴风雨过后难得的温馨时刻，有阳光、微风、还有欢声、笑语……

“飞呀……飞呀……”

“妈妈，我要飞……”

“姐姐，我也要飞……”

“好了，小星，你先玩，然后给小舅玩。不准打架，知不知道？”

蒋玉莲玩了一会，就把风筝交给了小家伙们，由他们自己去玩，她笑呵呵地走到徐丽娜的身边坐下来。

“哦，我们去玩咯。”

这两个小家伙有得玩了，自然高兴。徐丽娜见玉莲来了，就合上书，蒋玉莲则侧卧着身子，看着远处奔跑的孩子们。蒋明威和小陈星依旧在跑着、叫着，天上的风筝也飞得更高了。

“娜娜，你想嫁人了吗？”蒋玉莲突然冒出了一句莫名其妙的话来。

“不想。”

“为什么呀？”

“没人娶我啊。”

“要是李永胜向你求婚，你会嫁给他吗？”

“不会。”

“睁眼说瞎话。”

“我没有……”

徐丽娜想去掩饰自己的内心，可脸上的红晕出卖了她。蒋玉莲乐了，指着她的脸蛋，笑道：“你看你，脸都红了。”

“聂云海，你怎么来了啊？”

哪知道，徐丽娜机智地回击了她。蒋玉莲信以为真，她唰地坐了起来，四处寻找。

“云海……在哪儿呢？”

徐丽娜“噗呲”一声笑了起来，蒋玉莲知道上了当，她马上又使出了她的必杀技，去挠徐丽娜的痒痒了。

“好你个死妮子，居然敢嘲笑我。”

两人嬉闹了半天，这才各自坐好。此刻，蒋玉莲心事重重地看着天空，她似乎已经预感到暴风雨就要来临。蒋玉莲沉默了一会，就一本正经地说道：“娜娜，要是有一天，我把你的永胜抢走了，你还会跟我做姐妹吗？”

徐丽娜看了看远处的湖面，又看了看蒋玉莲，许久，她才回答道："会，我们永远都是好姐妹。"

"真的？"蒋玉莲很感动，眼角挂着泪花。

徐丽娜非常坚定地看着她，说道："当然了。姐妹是一辈子的事，而男人嘛……"

这时，徐丽娜的目光落在了一旁的手提包上。

"就像这包包一样，太贵的买不起，只能远远地看一眼，然后回家网购呗。"

就这一句，把蒋玉莲给逗乐了。

"哈哈，你这话绝对是千古名言啊，替我们女人出了口气。刘备把我们女人比喻成衣服，你却把男人比喻成了包包，真解气。去他的路易斯威登，去他的爱马仕。"

"去他的臭男人。"

从玄武湖回来，大家有说有笑的，尤其蒋明威和小陈星。他们俩觉得还不尽兴，一个劲儿地嚷着还要再来玩。等回到家时，蒋玉莲再也笑不出来了，她脸上的笑容消失了，等来的是蒋妈冷冰冰的言语。

"我见到了聂云海。"

"你去见云海了？"

"是啊。"

"他怎么了？"

"你知道他为什么要对你好吗？"

"为什么？"

"还不是看到咱们家有钱。"

"云海不是这样的人。"

"什么云海云河的，他就是个伪君子。"

"妈，我生气了啊。"

"你知道吗？我今天去找聂云海，就是要他不要再纠缠你了。"

"妈，你怎么可以这样做呢？"

"你听我把话说完，为了帮你彻底地摆脱他，我给了他 100 万，可你知道吗？他竟然嫌我给得太少了。"

"不可能？云海绝对不是这样的人。"

“没办法，最后永胜给了他 1000 万，他这才同意以后不再纠缠你。”

“不可能，绝对不可能。”

“玉莲，我是你亲妈呀，我怎么会骗你呢？”

“我不相信聂云海会是这样的人。”

“你可以去问永胜，也可以找聂云海去对质。”

“好，我找他问个明白。”

此刻，在蒋玉莲的内心无比的伤痛。还有什么比爱人的背叛让她更加的痛苦呢？父亲的锒铛入狱，在蒋玉莲的心里留下了深深的烙印，而聂云海的突然背叛，无异于成为压倒她的最后一根稻草。

蒋玉莲不相信聂云海会为了金钱而背叛自己，可她又不能不信。她就像疯子一样，拿出手机就打给聂云海，可对方没有接。

“看到了吗？他做贼心虚，不敢接你电话了。”

蒋妈在一旁幸灾乐祸的，蒋玉莲不甘心，她又打给了李永胜。电话里头，却是李永胜激动地声音。

“玉莲，你找我啊？”

“我问你，你是不是去了军营？”

“哦，对，伯母不让我告诉你。”

“你见到云海了？”

“是的。”

“你给了他 1000 万？”

“对啊，起初伯母给了他 100 万，他……”

听到李永胜也这么说，蒋玉莲的心马上就凉了半截，她扭头就走。徐丽娜知道事态严重了，她赶紧跟了出来，不等蒋玉莲说话，她就已经启动了汽车。等出了蒋府了，徐丽娜这才说道：“玉莲，你别生气，这里面一定有误会。”

“误会？ 1000 万那也叫误会？”

“可能……也许……”

“快点。”

“好吧……”

等她们赶到军营的时候，聂云海正独自在军营外的马路上，他手里拿着那张银行卡，嘴里絮絮叨叨的。

“不是这样的……不是这样的……”

蒋玉莲一看就来气，她气势汹汹来到聂云海的面前。可聂云海完全没有反应，他只是稍微地抬了一下眼皮，随即又木讷了起来，嘴里始终就是一句话。

“不是这样的……不是这样的……”

蒋玉莲气不过，大声呵斥道：“好啊，聂云海，你到现在都不乐意见我啊？”

“不是这样的……不是这样的……”

“我问你，我妈来过了？”

“嗯，来过。”

“你手里拿的事什么？”

“钱……哦不，卡……”

“好啊，看来我妈说得都是真的咯？”

“真的。”

就这一句话，可把蒋玉莲气疯了，她的心在滴血。

“你真拿了李永胜的钱？”

“拿了……不，我不要，他们硬给的。”

此时的聂云海就像一个做错了事的小学生一样，面对老师，他一五一十地把经过说了出来。蒋玉莲一听，整个心瞬间就碎了，她失望到极点，“啪”的一下，给了聂云海一个大耳瓜子。

“我真是瞎了眼了，怎么会爱上你……”蒋玉莲欲哭无泪，只丢下一句话，转身就离去了。

“不是的，卡给你……”聂云海还是那样，毫无反应。

“给你留着娶媳妇吧。”

徐丽娜猜得没错，此刻的蒋玉莲神智已不清醒了。她猛地一踩油门，车子唰地冲了出去，徐丽娜赶紧把方向盘扭了回来，差一点就撞上了路边的大树了。

“你疯了啊，想死别找我垫背啊。”

“娜娜……”蒋玉莲再也忍不住了，眼泪簌簌地往下掉。

“哭吧，哭出来就好受点。”

聂云海依旧傻傻地站在马路上，眼睁睁地看着她们离开。这时，不知道是蒋玉莲的眼泪感动了上天，还是上天要惩罚聂云海。天空突然下起了瓢盆大雨来，把聂云海淋得跟个落汤鸡似的。

“不是这样的……不是这样的……”

天已经黑了下来，雨依旧下个不停，聂云海拖着麻木的身躯行走在这个冰冷而昏暗的黑夜里。雨水从他的头顶流到了脚面，他周身上下没有一处干净的，冷澈心扉，更冷的是聂云海此刻的心情。

宿舍里，有的人躺在床上看书，有的人在听音乐，有的人在一起玩扑克，还有的人在弹吉他。卢德铭用他那一口四省的口音在跟卢妈妈通话。

“妈，我被国际维和战队选中了。”

“你说啥？”

“我要出国了。”

“做啥子嘛？”

“打恐怖分子去。”

“恐个啥？”

“打坏人吧。”

“杀鬼子呀！”

“对，杀鬼子。”

“杀鬼子好，多杀点鬼子，鬼子坏透了……”

大家见卢德铭简直太逗了，一个个笑得合不拢嘴。

“哈哈哈……杀鬼子……哈哈哈哈……”

大家正在欢闹的时候，聂云海湿漉漉地从外面走了进来，刚一进门，他就晕了过去。如此一来，大伙可就慌了神。

“队长，队长……”

“队长，你怎么了？”

“队长全身都湿透了。”

“哎呀，发高烧了。”

“快，赶紧去医院。”

“好，我来背吧。”

又是卢德铭第一个跳出来，他背着聂云海就走。刘进喜撑着伞，后面跟着几个战友，大伙急匆匆地往医院跑去。到了医院，又是一阵忙碌，好在聂云海并没有什么大问题，弟兄们这才放下心来。

凌晨，聂云海呆呆地坐在病床上，眼睛直勾勾地看着面前的墙壁，脸上没有一点表情。聂云海想起来以前在学校演出的事情，那是一次特别的演出。

音乐响起，优美的小提琴声让人沉醉，伴奏的音乐是舒伯特最著名的小夜曲。在柔和的灯光下，蒋玉莲穿着一身洁白的舞裙，宛如月宫里的仙子翩翩起舞。

顿时，场下的观众都停止了呼吸，大家都被她美丽的面容、婀娜多姿的身段、优美的舞姿给惊艳了。礼堂里仿佛静止一般，没有一丝杂音，只有迷人的音乐和舞动的脚步。

突然，音乐中断了，大礼堂变成了漆黑一片。停电了，大家第一意识就是停电了。

“怎么回事？”

“停电了。”

台下一片尖叫声、呐喊声，嘈杂不堪。正当大伙儿六神无主之际，舞台上响起了优美的钢琴声。顿时，全场都安静了下来，静静地听。那梦幻般的琴声，犹如浑浊、泛滥的洪流之中涌现的一股清泉，沁人心弦。

“嘘。”

不知是哪位工作人员拿出手电，照在舞台中间。那月宫里的仙子正飞舞着她迷人的舞姿，而仙子的眼睛始终不离琴师的左右，充满了爱意，也充满了信任。

聂云海的眼睛也紧盯着蒋玉莲，一眨不眨的，满眼的情意。大家都被这美妙的音乐和优美的舞姿所陶醉，犹如进入梦里一般……

一曲完毕，大家竟然忘记了鼓掌，一个个呆若木鸡。直到两人携手向观众鞠躬时，台下这才爆发雷鸣般的掌声来。

“太美了。”

“太好听了，多么美妙的音乐啊。”

“这是我这辈子看过最难忘的一次演出了。”

“我一定要把这一切分享给我的妈妈……”

正当聂云海沉醉于梦幻之中时，突然，卢德铭在他后背上一推，就把这美妙的回忆推得无影无踪。

“队长……队长……”

聂云海似乎还未反应过来，他叫道：“啊……玉莲……玉莲……”

“什么藕啊莲的，我是炉子，来给你炖莲子汤的。”

“是你们啊。”

“你以为呢？”

“哈哈哈哈，队长做春梦了？”

“炉子，去办出院手续吧，我要出院。”聂云海这才想起自己失态了，他赶紧命令卢德铭去办理出院手续。

“队长，你好了吗？”

“废话，我一个军人，淋一下雨而已，至于住院吗。”

“好，我这就去办出院手续。”

“哦，出院咯。”

第 55 章　海洋之心

自从李永胜高调地宣布注资明威集团以来，明威集团竟奇迹般地复苏了，明威的股票也逐渐回暖了。全国的各大媒体、报纸也都在报道：“永胜集团的继承人千金一郑为红颜，明威集团起死回生逃劫难。”等等。

明威集团能够起死回生，老百姓挺开心的，尤其股民的心情最激动。当然，李永胜最开心了，可谓是春风得意。今天，李永胜吹着口哨去公司的，走进永胜集团的时候，李永胜主动地跟保安、保洁、职员们打招呼，这简直无法想象。

“早。”

“李总早。”

“李总来上班呀。”

“嗯，上班了。”

来到办公室，李永胜第一件事不是看文件，也不是视察工作，他拉着徐丽娜就走。他们来到市中心最大的一家珠宝店，进门之后，李永胜就直奔 VIP 室。

“给我拿你们这里最贵的钻戒来。”

“先生，您是要 2 克拉的钻戒？还是 3 克拉的？”

销售员知道今天来的是个大客户，也不敢轻慢了。但她不知道，就她这句话已经把人得罪了。

“没上 2000 万的，你都不用拿出来。”

“好的，我这就去请我们经理来。”

销售员一阵暗喜，她快步跑到了柜台前，先平复一下激动的内心。等心情平复之后，她这才敲开经理的办公室，等她把客户的需求告诉经理，经理也愣住了。但经理毕竟还是见过世面的，见到李永胜后，一眼就认出了这个年轻人就是永胜集团的继承人。

经理先是一阵暗喜，之后，他小心翼翼地打开保险柜，从里面拿出一个盒子。经理双手托着装着“海洋之心”的盒子，来到李永胜的面前。

当经理打开“海洋之心”的盒子时，办公室里立刻就变得霞光万道。这是一颗重达18克拉的钻石戒指，俗称“鸽子蛋”，是在N国发现的，据称它是英国女王权杖上那颗钻石的碎片雕刻而成。

“哇。”

“先生，请您试戴一下吧。”

“娜娜，你来试吧。”

“啊……啊……不好吧，这也太奢侈了吧？”

到现在，徐莉娜简直就像在做梦一样，又惊又喜。惊的是她从未奢求过李永胜会向她求婚，喜的是她时常梦到李永胜在向自己求婚。

“没关系，你大胆地试。”

“我……我……我看还是算了吧。”

面对着徐丽娜畏畏缩缩的样子，李永胜很不高兴，他把脸往下一沉，道：“让她试。”

如此一来，徐莉娜彻底投降了，当导购把“海洋之心”戴在徐莉娜的无名指上，她几乎就要晕倒了。

“就它了。”

没有过多的语言，也没有过多的兴奋，李永胜甚至连眼睛都未眨一下，他丢下一句话，带着“海洋之心”就离开了。

“五千万。”

“成交。”

当李永胜和徐丽娜从珠宝店出来的时候，珠宝店里的那些女员工们，一个个直愣愣地看着李永胜和徐莉娜出了门，马上讨论起来。

“男神，我的男神。”

“是我的男神。”

“你们知道他是谁吗？”

“谁啊？”

“他就是永胜集团的继承人李永胜。”

“啊……”

自从接手明威集团以来，蒋玉莲每天都在忙碌中度过的。从早上五点开始到晚上一点结束，她都要不停地开会、签字、开会、再签字。

蒋玉莲刚签完一堆文件，财务又送了厚厚一堆报表。财务一走，杨得胜就进来了，他是来请董事长去考察新办公楼的。

“太好了，董事长，可算碰到你了，咱们马上就要开业了，很多工作还需要您现场指示了。”

“哎哟，我怎么把这茬给忘了，走走走，去看看咱们的明威商城。”

蒋玉莲越来越有御姐范了，她在杨得胜的陪同下考察了商场。他们刚走出楼梯口，就看到走廊上垃圾满地。顿时，蒋玉莲就把脸沉了下来。

“这是怎么回事？这里谁负责？”

“卫生一般都是陈妈和吴妈在负责。”

“去，把她们叫来。”

“哎。”

杨得胜跑了，时间不大，他带着陈妈就来了。

“董事长，您找我啊？”

“你是吴妈还是陈妈？”

“我是陈妈。”

“陈妈，这是怎么回事啊？满地的垃圾，也不清理干净的，你们就这样工作的吗？”

“是这样的，董事长，公司的卫生都是我和吴妈负责，可我们的工资已经被拖欠了好几个月了。最近，吴妈的婆婆住院了，很需要钱，她要去医院照顾她婆婆，所以就不太想来了。这些天就我一个人打扫，这么大一个地方，我一时也就忙不过来。”

“陈妈，这不是你的错，我不怪你，回头我让财务把你们的工资都补上。”

“那太好了，谢谢董事长。”

“陈妈，其实，我应该感谢你。公司拖欠了你们这么久的工资，可你依然在这里坚持，我真的很感谢你。”

“董事长，你太客气，我在这里做了十几年了。您还是孩子的时候，我就在这里工作，这里就像我的家一样。”

“好好好，陈妈，我不会忘了像你这样默默付出的人的。不过，也请你替我去医院看望一下吴妈的婆婆，告诉她，你们的工资我一分也不会少的。让她好好服伺老人家，公司随时都欢迎她。”

“太好了……董事长，你真是个好人，还有老董事长，你们都是好人。”

“行了，你继续工作吧，我还要去检查工作了。”

“董事长您慢走啊。”

说完，蒋玉莲带着杨得胜就进了电梯。在电梯里，杨得胜就对蒋玉莲说道：“董事长，你明知道陈妈在说谎，你干吗不揭穿她呢？”

蒋玉莲白了杨得胜一眼，说道：“杨财迷，这都是我们自己的问题。公司出了这么大的变故，弄得人心惶惶的，我们又拖欠了陈妈几个月的工资，她还能留下来，已经非常的了不起。”

“还是女王陛下的格局大。”

“行了，我们去服装部吧。”

“遵命。”

刚来到销售部，蒋玉莲就发现了问题。在女装店内，一位女客户在挑选衣服，她试了十几件衣服，却没有购买的意思。这让服务员心里很不舒服，就没有给她好脸色看。

“美女，你到底买不买啊？不买就不要试嘛。”

“你这什么态度，那有买衣服不让试的？”

“你已经试了几十件了。”

“那又怎么了？”

“没钱买就别进来试啊。”

“嗨，你怎么说话的啊？谁没钱了？谁没钱了？”

“我说谁，谁心里明白。”

“你……”

如此一来，事情就变得复杂了，客户十分不悦，揪住导购不放。两人就在商城里嚷嚷开了，简直就成了菜市场。蒋玉莲在门口看了半天，实在看不下去了，这才推门而入。

“这位女士，实在对不起，我是明威集团的董事长，现在由我来处理这件事情。”

“你来得正好，你给评评理，有她这样卖衣服的吗？”

“我……”

“好了，整件事我一清二楚，你是新来的吧？“

“嗯。”

“你们经理没有告诉你吗？顾客就是上帝，作为一个经营者，怎么可以出口伤人呢？”

“可是……”

“没有什么可是的，满足客户的要求是商家最基本的准则。她只不过多试了几套衣服罢了，你有什么不耐烦的？反过来想一下，如果是你，导购员对你恶语相向，你会怎么想呢？”

“我……”

“好了，今天的事情我不想再看到第二回，你去跟客户道个歉吧。”

“对不起，请原谅我的鲁莽。”

蒋玉莲说得那位导购无话可说，她只好向客户道歉。那位女客户见董事长都出面了，她的气也就消了。

“好了，看在你们董事长的面子上，这事就过去了。衣服我还是要买的，你帮我把这件衣服包起来吧。”

为了表示歉意，蒋玉莲特意的对女客户说道：“不好意思，女士，您挑选的这件衣服，我给您贵宾折。以后您再来我们公司，都可以享受贵宾折扣。”

这下，女客户喜开颜笑道：“哈哈，要都像你这样做生意，什么云彩都散了。”

处理完这件事情后，蒋玉莲的心情也愉快了，她这也是难得的开心。两人又来到了餐饮部门，刚跨进半个身子，里面又发生了意外。

在餐厅里，一名女服务员端着一杯饮料从过道走来，经过两名男士身边的时候，其中一个男士趁机在她的屁股上捏了一把。顿时，那位女服务员就跳了起来，她随手就把饮料倒在了那位客户的身上。

“流氓。”

“你有毛病啊？把饮料全倒在我身上。”

“你才有毛病呢，流氓。”

“你什么素质啊，把饮料倒我一身，还骂我是流氓。”

“谁让你吃我豆腐了。”

“谁吃你豆腐了？你看见我吃你豆腐啊？”

“你刚才还……”

“还怎么了？”

“摸我屁股了。”

那男子很过分，不仅摸了人家女服务员，还大呼小叫了起来。

“哎，大伙都来评评理啊，这家店的服务员把饮料倒在我身上，还骂我是流氓，你们看到我非礼她了吗？”

这样一来，餐饮店可就乱了，顾客也没心情吃饭了，全都围上来。有的指责女服务员，有的唾骂那位男士，总之说什么的都有。蒋玉莲实在看不下去了，就怒气冲冲地冲进人群。

“先生，你不用瞎叫嚷了，我是明威集团的董事长，鉴于你的过激行为，你马上给我的员工赔礼道歉，我可以不追究你的责任。”

“什么？我给她道歉？凭什么？你是董事长就了不起了吗？就可以包庇你的员工了吗？”

“我只问你道不道歉？”

“没门。”

蒋玉莲转身对其中的一个服务员说：“去，把视频调出来。”

“好的，董事长。”

不一会，那人就拿着电脑过来了。电脑上清清楚楚地显示那位男客户摸女服务员的屁股的画面，顿时，大厅里就像炸开了锅了。

“董事长，把他送到派出所去。”

“对，绝不能放过他。”

“打他，打他……”

餐厅里又乱作一团，众人把这两人围在当中，就准备动手，蒋玉莲一看要出事，赶紧制止了。

“大家静一静，听我说。这件事情我也很气愤，现在真相大白，那就到此为止吧。”

“董事长，这不是便宜这两个家伙了吗？”

“是啊，怎么可以放过他们呢？”

“大家听我把话说完，把他轰出去，从今以后，不准他们再踏入我们明威集团半步。”

“这也太便宜他了。”

“就是，对待色狼，就得把他送到派出所去，最轻也得打他一顿，看他以后还敢不敢吃人家豆腐。”

“把他送到派出所也不过分，可是，我们没必要为了一粒老鼠屎而坏了整缸米。大家都是来吃饭的，总不能扫了大伙的兴吧，大家还是好好的吃饭吧，别影响了食欲，滚吧。”蒋玉莲可真霸气，吓得那俩鼠辈夹着尾巴就跑了。

“这个老板真心不错。”

“是啊。”

“来，吃饭吧……吃饭……”

一场风波就这样过去了，蒋玉莲不仅维护了员工的尊严，也保护了明威的口碑。餐厅又恢复了正常，客户们乐滋滋地吃着饭。

这时，就听门口有人一边鼓掌一边叫好。来的是李永胜，他带着徐莉娜还推着一辆花车进来了。

“好，精彩。”

“永胜，你怎么也来凑热闹了？”

“我们已经来了半天了，全程观看了你的精彩表演。”徐丽娜用敬佩的眼神看着她。

“娜娜，你也来了？”

“好，真不愧是我的女王陛下”。

说着，李永胜就走到了蒋玉莲的面前，他突然单膝跪地，从怀里拿出那枚“海洋之心”的钻戒。这可把蒋玉莲闹了个大红脸，她一时不知所措。徐莉娜更是惊得目瞪口呆，原本她还以为李永胜是准备向自己求婚，所以才带她去挑选钻戒。没曾想，此时此刻李永胜却跪在了蒋玉莲的目前，向她求婚，而且还当着自己的面。

“玉莲，有句话一直埋在我心里二十年了，今天我一定要说出来。玉莲，我爱你，从我记事起，你就是我心中的女神。这么多年以来，我从未改变过对你的爱，我愿意用我的一生来爱你，疼你，守护你。”

“哇，好感动哦，我都想哭了。”

“嫁给他……嫁给他……”

在鲜花和掌声中，蒋玉莲有一种无奈，她看着自己的好姐们徐丽娜眼含泪水地跑开了，自己却无能为力。虽然她在心里怨恨聂云海，可让她去接受另一个男人的求婚，无论如何她都无法接受。何况，这个男人还是自己姐妹的意中人。

可是，如果当着这么多人的面拒绝了李永胜，将会让这个在自己家族最危难的时刻拉了自己一把的男人颜面扫地，所以，蒋玉莲的内心非常的矛盾。

“永胜，你先起来好吗？”

“我不起来，除非你接受我。”

“这……我……”

“嫁给他……嫁给他……”

“好吧，我答应你，可你也得给我点时间，戒指我先保管着，我还得去看望娜娜。”

“没问题。”

蒋玉莲走了，她怀着一颗忐忑的心走了。李永胜却高兴坏了，他的爱情已经向前迈下了坚实的一步。

徐莉娜坐在出租车里十分的痛苦，眼泪一茬茬的往外流。此刻对她来说就是世界末日，心上人当着自己的面向她最好的朋友求婚。这是一种背叛也是一种侮辱，更可气的是那个男人竟然带她去挑选结婚戒指。

对徐莉娜来说，前一秒钟她还是世界上最幸福的女人，心爱的男人带着她去挑选了一款无比珍贵的钻戒。后一秒钟她就变成了世界上最可悲的女人，爱人和朋友的双重背叛，让徐莉娜感到绝望。

回到家里，徐丽娜把自己关在房间蒙头大哭。徐妈是最了解女儿的，她悄无声息地来到女儿身边，轻轻地抚摸着她的后背，给她无言地安慰。

“妈……”

到如今，徐丽娜再也忍不住了，抱着母亲就哭开了。这是她第一次哭得这么伤心，也是第一次失态。

“哭吧，孩子，哭够了就不会伤心了。”

“妈，李永胜他简直不是人，他带着我去挑选钻戒，转回头却又向玉莲求婚，我实在无法接受。”

“娜娜，你听我跟你说，你喜欢李少爷没错，李少爷喜欢大小姐也没错。但你要知道，咱们家和李家不对等，电视上有很多灰姑娘，可现实中根本就不是那么回事。爱一个人是没有错的，可婚姻讲究门当户对，这是千百年来不变的真理。就算你嫁给了他，李家人能看得起咱们家吗？能看得起你这个当保姆的妈妈吗？能看得起你那个当司机的爸爸吗？”

“妈，你别说了。”

“孩子呀，忘掉这件事情吧，也放下这段感情，该是你的跑也跑不掉，不是你的你哭也哭不来。”

“妈，我想放下他，可我做不到啊。”

“傻孩子，你应该这样想，一个是你深爱着的人，现在他找到了自己的幸福，你应该替他高兴才对。另一个又是我们家的恩人，现在有一个懂她、疼她的人来呵护她，你更应该替他们高兴。”

“妈，我的心还是好痛。”

“痛就对了，谁让咱们家没钱呢。”

“妈……”

黄昏时分，公路上行驶着一辆运钞车，驾驶室里坐着司机和保安。两人特别的轻松，一路欢声笑语的。

突然，从旁边冲出四辆摩托车，一左一右的紧跟在押运车的前后。右边摩托车后座上的人拿出了两个特制的炸弹，往车上一抛，就吸在车身上了。随后，四辆摩托车一踩油门，“嗖”的一声就跑远了。

不一会，就听得“轰”的一声，押运车当场就被炸翻在马路上了。那名保安失去了知觉，司机也是血肉模糊的，他用最后一点精神气，打开了警报器。

“抢……抢……抢劫。”

运钞车一翻，四辆摩托车又回来了，他们把车子停住，八个大汉就走上前。其中一个走到驾驶室一看，他见司机还在呼救，上去就是一脚，顿时，司机也没知觉了。

“妈的。”

一个劫匪拿起了枪，对着车门的锁就是一枪，锁烂了。另一个劫匪赶紧打开车门，跳到里面，随后又砸开了装钱的箱子，把这些钱往口袋里装。

“哈哈，发财了。”

“别废话，赶快干活。”

警报很快就传到了军营，聂云海和他的国际维和战队接到命令之后，迅速地展开行动。

“全体集合，目标，320 国道。”

“是。”

等国际维和战队赶到事故现场时，这帮劫匪正得意忘形地向西南逃窜。眼看着劫匪就要不见了，国际维和战队的副队长吴奕晗开着装甲车就冲上前，直接撞了过去。

当时，两个劫匪连同摩托车就一起被撞飞了，两个劫匪当场断气，钱也洒落了一地。其他劫匪一见不好，操起家伙就突突上了。

“给我打。”

战士们马上就进行还击，不一会就打掉了一辆摩托车，车上的两名劫匪当场毙命。此刻，另外两辆摩托车上的劫匪如同亡命之徒一般，驾着摩托车就从维护部队的头顶上飞了过去。

聂云海见劫匪太可恶了，他就拿起了枪，瞄准了劫匪，“啪啪”二枪，就干掉了两个劫匪。剩下两劫匪一看形势不利，驾着摩托车就冲进了加油站，一进加油站，他们就劫持了一名正在加油的司机。

“别动。”

“干什么？”

“老实点儿。”

等聂云海赶到时，劫匪劫持人质都躲进了加油站，维和战队马上就包围了加油站。可大伙也不敢轻举妄动，不知道里面有多少人质。到现在，聂云海只好试着劝降，希望可以说服歹徒投降。

“里面的人听着，你们已经被包围了，放下武器，从里面走出来，我可以从轻发落。”

劫匪很凶残，他根本就不听聂云海的。情急之下，他们杀了一名人质，这可把特战队的人都惹恼了。

“妈的，畜生。”

但这并没有用，劫匪从桌子底下又抓住了一个女人，用枪抵住她的头，他走到门口，态度十分的嚣张。

“都给我听好了，赶快把道路闪开，不然，咱们就同归于尽。”

双方僵持了很久，劫匪跑不掉，维和战队也不敢杀进去。就在大家左右为难的时候，聂云海决定放手一搏。于是，聂云海上了一辆车，他要亲自护送劫匪出境。

“放了人质，我带你们离开这里。”

“我凭什么相信你？”

“信不信由你。”

“上去。”

劫匪见聂云海答应护送自己离开，心里一阵暗喜。其中一名劫匪上了副驾驶，马上就用枪抵住聂云海的头。那个劫匪头子看到手下安全进了副驾驶，这才押着女服务员上了车。

“放了她，不然你出不去。”

“妈的，你想死了啊？”

“放了她。”

“行，你小子有种。”

聂云海的意图非常明显，他就是要拿自己换人质。劫匪头子心里非常不爽，可他一看聂云海刚毅的眼神，也只好依从了。没有了人质，聂云海的心也就轻松多了。他驾车离开了加油站，维和战队则紧紧地跟在后面。

“妈的，他们又跟上来了。”

“让他们停下来。”

“听到没有，我们头儿跟你讲话呢。”

“把你的枪拿开，我最讨厌被人威胁了。”

“哟，你还给老子摆架子，信不信老子现在就崩了你。”

“你不会的，我相信你是个聪明人，崩了我对谁都没有什么好处。”

其实，聂云海心里早打定了主意，他决定与劫匪同归于尽。于是，聂云海猛一踩油门，汽车就像箭一般飞了出去。在过弯道的时候，聂云海抓紧了方向盘就冲出了跑道。

车子从山坡上冲进了山涧，掉进了河中。河水迅速地灌满车厢，车子马上就沉入了河底。一入水，聂云海突然又想起了蒋玉莲那可爱的面庞。于是，他睁开眼睛，用脚踹碎挡风玻璃，钻出了水面。

呼吸了新鲜空气之后，聂云海又想起了汽车里的两名劫匪，他再次沉入水中。反观这两名歹徒，一个正敞开肚皮“咕咚咕咚”地喝着水，一个还在汽车里挣扎着，想要逃生。

到现在，这两位凶残的歹徒成了瓮中之鳖了，聂云海不费吹灰之力就把他们给逮捕了。等维和战队的弟兄们赶到时，聂云海已经坐在地上休息了，不远处还躺着两个劫匪，都只剩下半条命。

第 56 章　霸道总裁

自从李永胜向蒋玉莲求婚以来，她就遇到了一个大难题，蒋玉莲面临着失去一个好姐妹的境地。怎么挽救自己与徐丽娜的友谊，这才是重中之重。回到家时，蒋玉莲发现徐莉娜已经住到她母亲的房间去了。没有办法，她又来到徐妈妈的房间，两人进行了一次推心置腹的谈话。

“娜娜……还生我的气呢？”

“没有。”

“那不是我的本意，我想象不到李永胜会那样做。”

“都过去了。”

“我知道你恨我，怪我背叛了你。”

“真的没什么，都已经过去了，我也想开了。”

“娜娜，我们是好姐妹，从小就一起生活，一起上学。虽然我的脾气不好，可我一直都拿你当亲姐妹一样。我知道，这事搁谁身上都受不了，自己的姐妹抢走了自己心爱的男人，即使换成了我，我也接受不了。但是你知道吗？我现在特别的矛盾，我爱的男人背叛了我。我不爱的男人却一直对我不离不弃的，特别是在我最需要帮助的时候，他不顾一切地帮助我。”

“你说，在那个场合，我该怎么办？难道要让李永胜当众出丑吗？我跟他都是公众人物，我们的一举一动都会引起国民的关注。如果当时我拒绝了他，明天我们明威集团的股票就会大跌。曾经，我根本就不在乎金钱，可现在我得承担起整个家族的复兴。我不能眼睁睁地看着爸爸一辈子的努力付诸东流，此时此刻，他还在监狱里，我的痛苦又有谁能明白呢？”

“玉莲，你别说了，我不怪你。”

说着，徐丽娜扑到了蒋玉莲的怀里，两人哭成了一团。

“刚开始的时候，我确实很伤心，你知道吗？李永胜带我去挑选钻戒，我以为这一切都是为我而准备的。谁知道他却向你求婚，而且当着我的面向你求婚，换了谁也接受不了。难道他就不明白吗？我一直都爱他，这就是他对待爱他的人的一种回报吗？”

徐丽娜的眼睛都哭肿了，蒋玉莲的心里也是很不好受，她能理解徐丽娜此刻的心情。那种痛苦，她也有过，可她不知道该怎样去安慰她。为了缓和气氛，蒋玉莲打开了电视。恰好，屏幕上播报的正是押运车被劫一案，画面上聂云海毫无惧色的面对着劫匪。

“娜娜，你快看了，这是怎么回事？”

“咦，那不是聂云海吗？啊，他被劫持了。”

这时，蒋玉莲的手不自觉地就抓住了徐丽娜的手，紧紧的，似乎她的心都要跳出来了。

“啊……”

当汽车冲出悬崖落入河中时，两人都闭上了眼睛，谁也不敢再看。直到电视画面转到主持人身上，她们这才慢慢地睁开眼睛来。

“聂云海，你好。”

“你好。”

“我了解到劫匪在劫持人质的过程中，是你主动要求跟劫匪交换人质，让他们来劫持你，而把真正的人质放了。那么，你当时就没有想过吗？劫匪难道就不会杀了你吗？”

“我没考虑这么多，我得保证人质的安全，可以说劫匪是狗急跳墙，他已经杀害了一名人质，我不知道里面还有多少人质。”

“那你有没有想过，劫匪会跑掉。”

“我想到了，但我不能眼睁睁看着人质在我面前死掉。”

“我们从视频中看到你开车冲出了悬崖，是不是你已经准备好跟劫匪同归于尽了？”

“我当时来不及想太多，可我不能把劫匪放掉，那样对社会的危害就更大了。劫匪手里有武器，如果我让他们逃走了，可能会有更多的人受到伤害。”

“现在，市民管你们叫英雄，管你叫大英雄，你怎么看待？”

“非常感谢老百姓的支持和拥护，能得到老百姓的赞美，对我们来说是一种莫大的肯定。我们会更加努力地来回报他们对我们的信任和爱戴。”

蒋玉莲和徐莉娜提心吊胆地看完了电视，直到确定聂云海没有事了，她们悬着的心这才放下来。

“娜娜，你说我现在怎么办？”

“你还放不下聂云海吗？”

“这个负心汉，我恨死他了。”

“那你有什么好矛盾的啊？”

“可我还是忘不掉他啊。”

“那永胜呢？”

“在我心里，你和李永胜就是我的兄弟姐妹。突然之间让我嫁给他，我真接受不了。可那个负心汉竟然把我给出卖了？难道我就值那点儿钱吗？”

“那你给我1000万，我把永胜也卖给你好了。”

“你好坏啊。”

在某监狱的一侧，一群犯人正坐在一起看新闻。当画面转到吴奕晗代表国际维和战队去接受表彰的时候，一个头发灰白的囚犯激动地站起来。

“看到那个拿旌旗的没有啊，那就是我儿子，我儿子……”

“这是谁？”

“吴奕晗，我儿子。”

“真不错，你儿子好样的。”

吴市长流下了激动的眼泪，他和蒋文清的案件已经落幕，两人分别被判十年和十五年有期徒刑。

今天是明威集团召开董事会的日子，也是蒋玉莲担任董事长以来第一次正式会议。自明威集团重组以来，内部的架构已发生了翻天覆地的变化，以蒋玉莲为核心的领导团队正逐步的取代年老的管理层。

“董事长到。”

在杨得胜、段德昌、花姐、徐丽娜的拥护下，蒋玉莲以女强人的模样步入会场。新的团队带来新的希望，在热烈的掌声和音乐中，蒋玉莲首先作了一个简短的致词。

“各位叔伯，各位前辈，你们都是我爸爸的老同事，老战友了。首先，我代表明威集团对各位表示感谢，感谢大家这么多年以来对明威集团的支持。其次，我希望各位长辈对我这个晚辈多多给予支持。因为我爸爸的事，不得已才把我推上了这个位置，我希望各位前辈像对待我父亲一样支持我，大家齐心协力地把明威集团做大、做强。”

“大侄女，我支持你。”

“董事长，我也支持你……”

“我们都支持你……”

蒋玉莲获得了众人的全力支持，她的信心更足了。

“这段时间以来，我一直都在思考一个问题，那就是关于我们明威集团的体制问题。自从我父亲出事以来，明威集团可以说是处于瘫痪之中。那么问题就来了，虽然明威集团是我爸爸一手创建的，可也有我们所有人的心血和付出。我爸爸一出事，明威集团马上就群龙无首。假如说，哪天我也出现了问题，那明威集团还会不会再次瘫痪呢？所以，我觉得有必要完善我们的管理机制。”

“董事长，你的意思是？”

“我决定对明威集团进行一次改革。”

“怎样改革？”

“第一，加强董事会的职权，给予董事会更大的权力，以制约董事长的权力过大、过独问题。以后涉及较大项目的投资，必须经董事会一致通过，再交由董事长签字，才能实行。”

“我赞成。”

“我也赞成。”

“第二，设立公司的 CEO，以前公司的董事长、总经理全都由我爸爸一人担任，他一出事，整个集团就群龙无首。所以，我们必须设立一名 CEO，一旦董事长出现了突发事件，可由 CEO 顶替。”

“同意。”

“我也同意。”

“第三条就是裁员，裁掉一些多余的部门和人员。同时提拔一批年轻而有能力的人担任要职，让他们顶替那些身体不便的，或已处于半退休状态的人。”

“大侄女，裁员？怎么个裁法呢？”

“是啊，我可把一辈子的心血都奉献给了明威集团。”

“是不是让我们这几个老家伙回家下棋去啊？”

“那可不成，就是老董事长在这里，他也不会让我们这些烂兄烂弟走人的。”

对于裁员这一决定，大家七嘴八舌的议论开了，蒋玉莲却非常地淡定，她早就有应对的方案。

“各位叔伯前辈，你们完全不必担心自己的利益会受到损害，我保证不会少了大家一丝一毫的利益。”

“你拿什么来保证？”

“首先，对于那些不作为的员工，我们坚决裁掉。而对于各位前辈，除了享受应有的分红外，还保留大家的董事席位，每年可以参与股东大会，额外还给予双倍的退休金。”

“我同意，老王，老郑，你们也退下来吧。给这些年轻、能干的后辈腾出地方，让他们大展拳脚，我们也乐得清闲。”

“好，我也同意。”

“我们一致同意。”

“既然大家都没有意见，那么，我就宣布一下新的领导班子，任命李永胜为集团公司的总经理，杨得胜为销售部总经理，段德昌出任项目部总经理，徐莉娜任集团公司财务总监，陈爱花担任集团公司的公关部经理。”

“恭喜，恭喜。”

“谢谢，谢谢。”

就这样，蒋玉莲轻轻松松就完成了公司的新老更替，大伙也都松了一口气了。尤其是年轻人都佩服蒋玉莲。会议取得了圆满的成功，蒋玉莲得到了董事会的拥护。这一刻，蒋玉莲的内心流淌着喜悦之情，她已不再是那个懵懂少女了，她已经是Z国数一数二的企业家。

企业重组之后，明威集团重新开业了，为了讨得一个好彩头，明威集团搞了一个隆重的就职典礼。明威广场上围满了人，有观众、有客户、有媒体记者，还有工作人员和维持次序的保安们。

首先出场的是杨得胜，他是今天的主持人：“各位来宾，女士们先生们，大家上午好。欢迎来到明威集团的就职典礼现场，首先自我介绍一下，我是明威集团的销售部经理杨得胜，作为明威集团的一分子，我代表明威集团对大家的光临表示衷心的感谢。为此，我们为现场的每一位嘉宾都准备了一份惊喜，今天，无论您在我们商场里购买什么东西，都可以享受贵宾折扣……”

“好……”

“下面有请我们的新任董事长蒋玉莲女士致辞。”

在热烈的掌声和欢呼声中，蒋玉莲走到了主席台前，开始她的就职演说。

“各位来宾，女士们先生们，我由衷地感谢大家对我们明威集团的支持……明威是我父亲一手创建的，这里融入了他毕生的心血，可也把他自己给搭到里头了。如今，我在明威陷入危难之际接手明威集团，倍感责任重大。一方面我不能辜负父亲对我的期望，另一方面更不能辜负了广大人民对我们明威集团的期望，我们将致力于为广大人民群众谋求便利和实惠……”

蒋玉莲的就职演说赢得了阵阵掌声，也得到了广大民众、媒体朋友们的肯定。之后，就是剪彩仪式，再后来就到了互动的环节了。这是李永胜和杨得胜二人精心设计好的，目的就是要为明威集团重新赢回口碑。当然了，做这些事杨得胜最有经验了。

首先出场的时装秀，目的就是要借用模特秀来带动女装的销售。随着劲爆的音乐响起，人们立刻就被舞台上的美女给吸引住了，大家尖叫、呼喊着。

台下的男人们更是挪不动步，一个个直勾勾地看着这些美女们，看着她们美丽的大长腿和雪白的肌肤。

“哇，女神啊。”

“女神，女神，女神……”

“拍呀，快拍呀。”

模特和才艺表演之后，就到了互动环节了，就见杨得胜站在舞台中间，说道：“下面到了我们游戏环节，当然了，是有奖励的哦。”

“奖励什么？”

“奖牌的种类很多，有空调、冰箱、电视机、手机、电脑，等等，就看你有没有能力拿得到了。”

“我就要空调。”

“你要啊？要我也不能给你，你得拿实力说话。”

“什么实力啊？”

“吃的实力，我们的游戏就叫‘吃货大世界’，只要你能吃、会吃，并且在规定的时间里吃得最多、最快，你就能够获得大奖。各位，有没有信心赢得大奖啊？”

“有。”

观众们的情绪马上就被给带动了起来，大家摩拳擦掌，跃跃欲试。

“那好，现在我宣布一下规则，比赛时间为一个小时，在这一个小时之内，谁吃得最多、最快，他就是第一名，将获得价值8000元的空调一台。第二名的奖品是价值5000元的电视机一台；第三名的奖品是价值3000元的手机一部；第四名的奖品是价值2000元的电冰箱一台；第五名的奖品是价值1000的洗衣机一台。”

终于到了比赛的时候，工作人员推出了一个巨大的蛋糕，有十几米长，都可以打破吉尼斯纪录了。大家围住这个巨无霸，就等着比赛开始了。

“下面，我宣布活动现在……开始……”

随着杨得胜的一声开始，大伙狼吞虎咽地吃了起来。现场非常的精彩，也非常的壮观，旁边还有亲友团在打气助威。

“来看看我们的比赛现场，我的那个天啊，简直跟猛虎下山一般。快看，5号选手吃完了一大半了，9号选手也不错，吃得够快，13号选手也吃了很多，看来今天的冠军将在这几位当中产生了。”

“加油，加油。”

“我们的亲友团也是非常给力，我先来采访一下这位小朋友吧。小朋友，你希望妈妈能赢得什么礼物回去啊？”

在人群中，杨得胜看到了一个小女孩，她在为妈妈加油助威，于是就采访了她。

“我希望妈妈能赢回一台洗衣机。”

“为什么不是最值钱的空调呢？”

“因为妈妈给我洗衣服的时候，手经常被冻僵。”

“真是个孝顺的孩子，妈妈一定能够赢得洗衣机的，我们一起给妈妈加油好不好？”

“好。”

“加油加油。”

大家都被小女孩的孝心感动了，蒋玉莲的眼睛也湿润了，她决定无论结果如何，她一定要圆了小女孩的梦想。

比赛还在进行中，有的人已经开始打嗝，吃不下去了；还有一位女士实在吃不下去了，跑到旁边的垃圾桶吐了起来。

比赛马上就要结束了，杨得胜再一次来到舞台中间，他一边看着时间，一边等待着最后一分钟，大家都非常紧张。

“时间马上到了，大家跟我一起倒数。五四三二一。停，我们来看一下谁是最终的冠军呢？”

“5 号。”

“哇，恭喜我们的 5 号选手获得本场的第一名，你将获得价值 8000 元的立式空调一台。”

“第二名是这位 9 号选手，也恭喜你获得一台价值 5000 元的彩电一台。”

“啊……”

“第三名是我们的 13 号选手，将获得一部价值 3000 元的手机一部。”

“吔……”

“第四名是这位大哥。”

“哦。”

“最后，我要恭喜这位小女孩的母亲，你将获得一台价值 1000 元的洗衣机一台。”

“耶。”

这一刻，小女孩最开心了，她欢乐地跳到了母亲的怀里。比赛正式结束了，各位获奖者在家人的拥簇下，来到了领奖台上，等候蒋玉莲给她们颁奖。

“现在我来采访一下这位最能吃的英雄，大姐，你是不是练过啊？”

“我呀，还真练过。”

“哦，说来听听。”

“我家那口子，他一惹我生气，我就狠狠地吃啊吃。”

“吃穷他？”

“对，吃得他心疼。”

大伙被大姐给逗乐了，现场一片欢腾，杨得胜又采访了小女孩的妈妈。

“好，我算是长见识了，我再来采访一下我们的第五名，您是怎么做到成功逆袭了呢？”

“因为我女儿，是她的孝心给了我力量。”

“好，恭喜你，以后不用自己洗衣服了。”

大家都被她们给感动了，当蒋玉莲给她颁奖时，掌声经久不衰。活动之后，明威商城的生意非常红火，忙得大伙都晕头转向的。

至此，明威集团已经彻底摆脱了蒋文清事件的影响。为了庆祝明威集团重生，公司特意举行了一个庆功宴，李家人作为资方出席了庆功宴。

在宴会上，李爸作为投资人高举着酒杯，道："来，祝玉莲正式荣升明威集团的董事长，干杯。"

"干杯。"

这样一来，气氛又活跃了起来。接着，蒋妈也站了出来，她先清了清嗓子，接着道："各位朋友，各位明威的忠实拥护者，在这个喜庆的日子里，我宣布一个重大决定，那便是关于玉莲与永胜的婚事。经过双方父母慎重考虑，我们两家决定结为儿女亲家。"

如此一来，蒋玉莲可傻眼了。众人听完大喜，尤其李永胜最开心，他不住地叫道："Yes！ Yes！"

夜晚，金陵大桥的景色宜人，微风拂面，吹得蒋玉莲的发丝飘出了窗外。李永胜根本就没有心思开车，他的眼睛完全集中在蒋玉莲的身上了。

"玉莲，你知道吗？我今天实在太高兴了，没想到你会答应嫁给我，我真是……难以……"

"小心。"

李永胜只顾看她，却忘了还在开车，差一点就撞上了迎面驶来的汽车。要不是蒋玉莲眼疾手快，悲剧就发生了。

"你想和我同归于尽啊？"

"我……我实在是太兴奋了。"

"好了，停车。"

蒋玉莲非常生气，到现在她还心有余悸。她气呼呼地从车里下来，头也不回地走了，丢下李永胜一个人在车上。

回到家，蒋玉莲本想和徐丽娜商讨一下对策，却发现她脸颊的泪痕未干，很显然她刚哭完。看着徐丽娜伤心的样子，蒋玉莲马上就陷入了迷茫之中。

"嗨，我真怀念我们的大学时光，就是在那个时候，我认识了那个负心汉。从此，他就像幽灵一样占据了我的心，然后又占据了我的灵魂，直到一点一点地把我吞噬干净为止。"

这说的是七年前了，那时，蒋玉莲刚考上金陵大学。新学期开学了，新生陆陆续续地来到学校。人群中一个高高瘦瘦、面皮黝黑的男子，提着一个陈旧的木箱子来到了大学。和众人的光鲜、华丽的时装形成极大的反差，他却穿身陈旧、过时了的衬衣、西裤，这人便是聂云海。

和聂云海的寒酸形成鲜明反差的就是蒋玉莲一行人了，在十几辆虎头奔的拥簇下，蒋玉莲如同公主般来到学校。她一出现，立刻就被热情的学友们给包围了，大家就像迎接天使一样，又是鲜花，又是掌声的。

如果说这只是一种表面现象，那么接下来发生的一件事让聂云海和这些豪门子弟分成了两个阵营。聂云海在同学杨得胜的带领下来到缴费大厅交纳学费，两人排了很久的队，总算轮到自己了。

“把录取通知书拿过来和身份证。”

“哦……给。”

“音乐系聂云海，音乐表演专业学杂费一万八。”

“我没带那么多现金啊，去哪里取啊？”

“刷卡、微信、支付宝都行。”

“那是什么？我没有啊。”聂云海一下子就被弄懵了，他根本就不知道人家说的是什么，把杨得胜也给弄懵了。

“什么，你没有微信吗？”

“没有。”

“银行卡有吗？”

“那当然有啊。”

“好吧，今天我就让你见识一下，把银行卡给我。”

“哦。”

“请刷卡。”

“请输入密码。”

“哦。”

这样一来，前来缴费的同学都用异样的眼睛看着这两人。聂云海倒没觉得什么，杨得胜却觉得脸蛋在发烧。

“真是个土包子，微信、支付宝都不会用。”

“可不是吗？”

“看他的样子，八成是从山沟沟里来的。”

聂云海没心情去理会这些嘲讽，他低头看着工作人员在操作。就在这时，吴奕晗和他的“F4”成员挤了过来。尤其吴奕晗可不管前面是否有人在排队，他一个劲地往前面挤。

“让一让，让一让。”

“凭什么？”大伙都被吴奕晗的行为给惹怒了。

“我爸是市长啊。”

“市长就了不起啊？”

“没看到吗？我们是校长带过来的。”李永胜见大家愤怒的眼神，他就把校长搬了出来。

“校长呢？”

“冯老师是校长的助理，是他带我们来的。”

“别吵了，校长让他们先交费，一会还要见他们呢，你们就包涵一下吧，谢谢……”冯老师见大家吵起来了，赶紧上前制止了。

“财务，先给他们交一下学费。”

“给他办完了，就给你们交费。”工作人员心里也不太高兴，她把收据递给聂云海。

“你在这里签个字。”

“签什么？”聂云海从来没有刷过卡，根本就不知道该怎么操作。

“真是个土包子，签名都不会。”旁边的李永胜却一脸的瞧不起。

聂云海没有说什么，只是瞪了李永胜一眼，就拿起笔在收据上签下了自己的名字。

“好，给你发票。”工作人员接过来凭据，再把发票给了聂云海。聂云海不知道该做什么，就顺口问了句。

“就可以了？”

李永胜在旁边用挑衅的口吻说道：“不然呢？”

聂云海生气了，他就不想给这伙人让路，杨得胜赶紧拉着他离开了。

“多一事不如少一事，走吧。”

第 57 章　冤家路窄

出了缴费厅，聂云海来到男生宿舍，这是非常简陋的六人间，没有空调，也没有卫生间。但对于聂云海来说，已经很满意了，至少比高中的宿舍要强得多。

室友们都在，除了杨得胜之外，还有马芸、龙杰、王飞和王石兄弟。这些室友都有特点，杨得胜外号杨财迷，他承包了学生们的生活用品、电子产品等。龙杰是个胖子，就知道玩游戏，马芸是个摇滚男，穿得非常时尚，留着爆炸头。王飞和王石是双胞胎兄弟，聂云海总是分不清谁跟谁。

“都别睡了，来来来，给你们介绍一下我们的新同学，这位就是才华不让杰伦，气死多芬的大才子聂云海。”

说起聂云海，音乐系的学生都知道，他是南大的状元，艺术、文化双第一。聂云海 15 岁开始作曲，他创作的钢琴作品获得过多项大奖。

见到本人后，大伙都很泄气，尤其他一身土里土气的打扮，让人好生失望。但这种失望也只停留了几分钟，因为聂云海获得了全额奖学金，并且被校长任命为迎新晚会的艺术总监。

对于迎新晚会，聂云海有自己的看法，他要办一届亲民的晚会，让所有学生都参与进来。因此，聂云海首先在全校进行了一次海选。为了扩大影响力，他特意的在各大宿舍、食堂、图书馆的门口张贴了大字报。

海选通告一经贴出去便有很多人来报名，接着就是才艺展示了。海选是一个繁琐而又艰苦的工作，聂云海从早上一直忙到了晚上九点还没有结束。

此刻，迎来了三个特殊的选手，分别是徐丽娜、李永胜和吴奕晗。三个人来到舞蹈房一见，前面排着长长的队伍，就直打怵。李永胜眉头一皱，说道：“兄弟，怎么办，回去吗？”

“看我的。”

吴奕晗瞪了他一眼，埋头就往前挤。这么一来，前面的学生可就不乐意了，一个个骂骂咧咧的。

“干什么？不会去排队啊。”

“就是啊，什么素质嘛。”

这样一闹，弄得聂云海都没法海选了。他气冲冲地走出来，阴沉着脸道：“吵什么？不想参加可以回去，这是吵闹的地方吗？”

“评委老师，他们插队。”

“干什么，为什么不排队？”

聂云海认出来了，这几位就是他在缴费处遇见的那几人。所以，他的火就更大了。李永胜也认出了聂云海了，他见聂云海是评委，当时也来火了。

“你没看到吗？我们排在最前面。”

聂云海看明白了，这些人是插队的。他最看不起的就是这种人，以为有几个臭钱就了不起。所以，聂云海把脸往下一沉，怒道：“我告诉你，乖乖地到后面排队，否则就别参加了。”

这可把吴奕晗气坏了，他冲到聂云海的面前，嚷道：“你知道我是谁吗？知道我爸是干吗的吗？”

“我不管你是谁，也不管你爸是李刚还是谁，要不你们都去排队，要不就别报名了。”

“凭什么？”

“就凭我是评委。”

眼见要闹僵，李永胜赶紧给前面排队的每人发了 100 元。他理直气壮地走到聂云海的跟前，说道：“行了，你也别摆评委的臭架子，你问问他们是不是轮到我们了？”

“是。”

“你……”

聂云海头一回在人前受囧，他一时还找不到反击的办法，只好一甩袖子就进去了，留下李永胜等人在身后哈哈大笑。

和聂云海初次交手，李永胜就占得了先机，他心里非常高兴。聂云海心里很来气，他更看不惯这些人的作风了，决定要教训一下这帮人。

“那行吧，你们来段舞蹈吧。”

很快，李永胜就为自己的傲慢付出了代价。聂云海知道他们都有特长，可就不想给他们机会。为了不给人以口实，聂云海做得特别高明，他知道李永胜和吴奕晗擅长音乐，却偏偏让他们表演舞蹈。

“我最擅长唱歌和弹琴。”

“我现在只需要伴舞，你们会不会？不会我换人。”

“会啊，不就是一个舞蹈吗？”

音乐开始了，李永胜、徐丽娜和吴奕晗三人随着音乐就跳起了舞来。聂云海虽然讨厌他们，可他不得不佩服徐丽娜的舞姿。尤其她跳的这段“木兰从军”，那身段犹如莺歌燕舞一般，把一个巾帼英雄表现得活灵活现。

“你叫什么？”

“徐丽娜。”

“行，你就做领舞吧，把舞蹈编排好。”

“没问题。”

可能连徐丽娜自己都没有想到，她终于可以独当一面了。从舞蹈房里出来，徐丽娜乐呵呵的，看来她对聂云海的印象还不错，认为他还比较客观。

“哈哈，想不到那个苦瓜脸还挺好，比我想象的要强。”

“谁？”

李永胜见自己的同盟竟然夸起死敌了，他心里很是不爽。徐丽娜看李永胜的表情，马上收起了笑容，她学着聂云海的模样，说道：“我不管你是谁，也不管你爸是李刚还是谁，要不你们都去排队，要不就别报名了。”

“哈哈哈……苦瓜脸，这也太形象了吧。”

“娜娜，你太有才了……但是，给他伴舞，我可不干。”

“行了，我到宿舍了，回见。”

进了宿舍，徐丽娜终于可以大声地笑出声了。这么久以来，徐丽娜总是小心翼翼的，她们名义上是 F4，实际上她就是蒋玉莲的跟班。

年轻人都希望有一个展示的机会，今天是她第一次做领舞，以往都是蒋玉莲的专利。所以，徐丽娜蹦蹦跳跳地回到了宿舍。令徐莉娜没有想到的是，一进门，她就看到蒋玉莲拿着一把宝剑对着自己，吓了她一跳。

“啊。”

“死丫头，你去哪儿了？也不见你的人影。”

“我海选去了。”

“什么海选？”

“迎新晚会啊。”

“啊，这你都不叫我啊？”

“拜托哦，你睡得跟个死猪一样，谁叫得动你啊？”

徐丽娜懒得去跟蒋玉莲争论了，她知道，这位大小姐是天底下最不讲理的。跟她理论，她能把黑的说成了白的。

“什么？你敢抢走我的东西。你不知道领舞永远都是我吗？反了你了。”

“我的大小姐，什么叫我抢了你的东西啊？你自己不愿意去，我还不能做领舞了？”

“什么？我不愿意去？还有我不愿意去的演出？”

“我的大小姐，是你自己不想起来的。再说了，那也不是我能决定的，人家是要筛选的，选上了才有资格做领舞，有本事你找苦瓜脸去说啊。”

“走，找那个什么评委去，我就不相信了，还有人敢抢我的领舞了。”

来到舞蹈房，蒋玉莲也不管里面是不是在海选，她推门就进。从一开始，蒋玉莲就没有过好脸色，似乎是来打架的，把海选的这些人都吓了一跳。

“你就是评委吗？”

聂云海见过她两次，一次是在学校门口，一次是在缴费大厅，两次都没给他留下一个好印象。现在好了，蒋玉莲竟然跑到自己的地盘上来了，还打断了他的工作，这让聂云海非常地生气。

“你是来闹事的吗？这是学校迎新晚会在选节目，你要是来闹事的，我请你出去。”

“别废话了，为什么把我的领舞给了她，为什么你不来通知我一声？”

“那个……你也没有来啊，再说了，我也不认识你啊，更不知道你会跳舞啊。”

“笑话，天底下还有不认识我的。谁都知道，我是Z国的舞蹈冠军，这个迎新晚会要不就别安排舞蹈，既然安排了，我必须是领舞。”

“那你别光拿嘴巴说呀，你得拿出真本事才行啊。”

“哼，让你开开眼界。”

蒋玉莲以一个胜利者的姿态来到了舞台中间，音乐一起，她就开始翩翩起舞了。你还别说，聂云海可以不喜欢她的性格，但他不得不佩服蒋玉莲的才华。

在音乐中，蒋玉莲宛如一只蝴蝶一般，她的身段曼妙，手势轻盈而有乐感，把梁祝的精神融合到了舞蹈里面。

一曲完毕，观众都被她的舞蹈征服了，就连聂云海这种高傲的人也无话可说。确实，蒋玉莲的实力有目共睹，别说让她来做这个领舞了，就是给她安排一个独舞也不过分。

“怎么，我跳得不好吗？”

“不是……那个……你来晚了，领舞已经有人了。”

“不就是娜娜吗？告诉你，她愿意让贤。”

听了蒋玉莲的话，聂云海将信将疑地看着一旁的徐丽娜，就见她极不情愿的点点头。聂云海见当事人都点头了，他也就没有话说了。

“既然她同意了，我也没有意见。”

“这不就得了吗？苦瓜脸。”

蒋玉莲心满意足地走了，临走还不忘揶揄了聂云海一把。从此，“苦瓜脸”这个外号就在学校里传开了。

“走吧，苦瓜脸，今儿个你得请客。”

“就是啊，得了奖学金，你还不得请我们吃大餐了。”

“行啊，咱们食堂走起。”

“想得美，上明月大饭店。”

在大学的第一个夜晚，大家都过得无比的丰富。聂云海因为获得了全额的奖学金，一下子就从一个穷小子变成了一个小土豪了，自然也就被室友们狠狠地打了一回土豪。

聂云海平生第一次进三星级酒店吃饭，一顿就吃了他两千多块钱，心疼得他连续吃了两个月的萝卜、白菜。当然了，他也是平生第一次喝酒，那感觉就像腾云驾雾一般。

相对于聂云海的生活，吴奕晗的人生可谓别有一番风景。他背着一把吉他，手里还捧着一束玫瑰，独自一人来到了女生宿舍前。吴奕晗把鲜花摆放好，然后，他围着鲜花点上了一个心形的蜡烛，显得特别的浪漫。一切都准备完毕之后，他这才从口袋里拿出来手机，拨通了电话。

“小倩，你到窗户这里来。”

“干什么？”

“你看了就知道了。”

“你……”

一个身材高挑，长得十分清秀的女子，趴在女生宿舍的阳台上，往下看着。那一刻，她惊呆了，她被吴奕晗的浪漫气息给感动了。

“你问我爱你有多深，我爱你有几分，我的情不移，我的爱不变，月亮代表我的心。轻轻的一个吻，已经打动我的心；深深的一段情，教我思念到如今，你去想一想，你去看一看，月亮代表我的心……”

烛光中，吴奕晗抱着吉他对着漫天的星星，还有女生宿舍里无数双羡慕的眼睛，唱起了情歌。那歌声穿透了每一位妙龄少女的心房，掳走了她们的花季般的芳心。

这个叫小倩的女孩是一个北方姑娘，她长得挺高，身段却十分苗条。人也长得很好看。小倩来到了吴奕晗面前，当她双手接过吴奕晗手中的鲜花时，眼泪都下来了。

“倩儿，我想对你说，从我第一次见到你，我已经深深地爱上了你。我被你身上的气质迷住了，你是那么的美丽，宛如明星一般，让我不能自已。”

小倩也是情窦初开的少女，她被吴奕晗的甜言蜜语给迷了。那么出色的一个姑娘，竟然变得羞答答的。但是，小倩还是非常开心，她觉得自己遇到了真爱了。

“这么多人，羞都羞死了。”

小倩的同学就在一旁看着，她们跟着起哄道：“亲一个……亲一个……”

“不要了。”

这样一来，小倩就更难为情了。吴奕晗却毫不在意，他非常自信地走上前，在小倩的额头上深深的一吻。这一吻为丰富多彩的大学生活增添了一抹色彩，也为大家增添了一丝向往。这一吻改变了这位清纯少女的心，也改变了吴奕晗的人生轨迹。

第二天下午，大家如期地来到排练厅，准备参加歌舞排练。看来大家都非常地重视这次的迎新晚会，谁都想在这里绽放光芒。聂云海对于这一切还是非常满意。

“都准备好了吗？”

“OK。”

聂云海信心十足地坐到了钢琴前，用他那修长而刚强的手指在琴键上轻柔地飞舞着。很快，优美的旋律就像江南的流水一样，舒缓地流过。

“寻寻觅觅寻寻，期盼能找到世外桃源，来到了金陵城，才知你名不虚传，春天里百花争艳，夏日里山泉甘甜，秋日里月明霜白，冬日里香樟耐寒，啊金陵城，是你给我安宁温暖美丽的乐园……”

大家随着音乐的节拍飞舞着，正跳得入神时，聂云海的演奏却停了下来。就见他面沉似水，怒不可言道：“停停停停……”

“怎么了？”

蒋玉莲被聂云海的举动给弄懵了，这次的舞蹈她可花了很大的心血才想出来的。现在被聂云海给打断了，她心里非常不高兴。大伙也不乐意了，就把聂云海围在当中，似乎要把他吃了似的。

“是啊，跳得好好的，停下来干吗？”

“什么叫跳得好好的？”

“你什么意思啊？”

“都跳的什么玩意？”

“太过分了啊。”

“你们自己说说，都跳得什么舞？”

“现代舞啊。”

“我这是流行乐吗？”

聂云海对艺术的要求近乎刻薄，却完全没有在意别人的感受，这一下不仅把大家都得罪了，还把蒋玉莲给惹火了。长这么大，还没有人敢当面训斥她，谁知聂云海竟当着这么多人的面说她编的舞蹈不好。

“聂云海，你真把自己当根葱了啊。你写得什么乱七八糟的音乐，还好意思说我编的舞蹈不好。”

“什么叫我的音乐乱七八糟的？”

“那么土的音乐，也就你这种乡巴佬能写地出来。”

“你知道什么啊？不知道民族的才是世界的啊？”

“老土就老土，别找借口，有本事你来个流行的啊。”

“流行的谁不会啊？”

“你来啊。”

聂云海和蒋玉莲在排练厅里争锋相对了起来，顿时，舞蹈房里充满了火药味，谁也不服谁。

“来就来！音乐。”

“好嘞！”

让杨得胜等人感到为难的是他们面临着得罪蒋玉莲的风险，可现在也没有选择了，只能硬顶，谁让聂云海把天给捅破了。蒋玉莲却一脸不屑，她就等着看笑话了。让人想不到的是，音乐一起，聂云海这个土包子竟然唱起了嘻哈风来了。

“嗨，可爱的一朵玫瑰花，塞地玛利亚，可爱的一朵玫瑰花，塞地玛利亚，那天我在山上打猎骑着马，正当你在山下歌唱婉转入云霞，歌声使我迷了路，我从山上滚下，哎呀呀，你的歌声婉转入云霄……”

“哟，我是一个来自农村的学生，我没有一个显赫的家庭，也没有一个多金的父亲，可是我完全凭自己的努力，一步一步一点一滴的踏实做人；我没有什么好自卑，也没有感觉低人一等，我就是我，一个不悲不吭不怜不惜不痛不楚不苦不闷自强不息的Z国好学生。”

大家都被聂云海的歌声给震撼住了，蒋玉莲也为他的天赋所叹服。可聂云海却不这么想，他把话锋一转，就把所谓的“F4”全都损了一遍。

“哼，你们是一群有钱人家的孩子，你们有着显赫的家庭，也有一个厉害的爹，可他没有教会你们怎么踏实的做人，不知道什么叫着自尊自爱自尊自爱自尊自爱；整天牵着条哈巴狗，还买上一堆的iPhone7，穿的用的穿的用的穿的用的穿的用的全都是名牌，总觉得高人一等高人一等，其实就是一个……垃圾……”

“你……”

李永胜非常生气，刚要上前理论去，却被蒋玉莲给拦住了。聂云海却完全不在乎，唱完了之后，他头也不回地就走了，把这些人丢在了一边。

“靠，他骂我们是垃圾。”

“我们都被他骂了哦。”

“吵什么，我知道了。”

“可是……”

“好了，走吧。”

蒋玉莲头一回碰钉子，可她一点也不生气，反而很欣赏这个倔强的乡下人了。她们一行人从排练厅出来，就朝食堂走去。

哪知道冤家路窄，在这里又碰到了聂云海。这一下，蒋玉莲可来了劲了，她直接来到聂云海的面前，挑逗道："嗨，苦瓜脸，怎么这么巧呀，到哪都能碰到你啊？"

聂云海不理他，他连眼皮都没撩一下，依旧吃着他的萝卜、白菜和白米饭。杨得胜见蒋玉莲要尴尬了，赶紧出来打圆场，他知道，这是个大金主，得罪不起。

"这么巧，你们也来吃饭了。"

"你坐了我位置了。"

"对不起，我这就给你让出来。"

"你挺好，很有眼色，以后跟着我混吧。"

"是老大，我叫杨得胜，以后您需要电话卡、电脑、手机、吃的、喝的，我都可以给你提供。"

"行啊，只要你跟着我，我保证你这辈子吃喝不愁。"

"谢谢，谢谢。"

面对着杨得胜这副阿谀奉承的嘴脸，连龙杰、马芸这几位密友都看不下去了。可聂云海依旧没有理会他们，似乎眼前的一切和自己一点关系也没有。

蒋玉莲征服了聂云海的左膀右臂，她心里美滋滋的，现在她就要收拾面前的这头倔驴了。

"看到没有，他们多识相啊，你要是跟着我，我保证可以让你成为大明星。"

聂云海还是没有抬头，继续吃他的饭，这可把旁边的李永胜给惹火了，他忍不住嘲笑道："呵，架子可不小啊，不知道的还以为你是贝多芬再世呢。"

聂云海并没有生气，也不回答，他只是站起身来，一个人走了。蒋玉莲看着他离去的身影，笑道："别忘了晚上继续排练啊。"

气走了聂云海，蒋玉莲的心情大好，她吃了一大碗饭。吃饱喝足之后，蒋玉莲又去了排练厅，没想到聂云海正坐在钢琴前创作，这让她好奇。于是，蒋玉莲悄无声息地来到聂云海的身旁，突然拿走了他写的谱子。

"我捉住你的眼，我看着你的脸，让爱在心在蔓延。我牵着你的手，我捉紧你的心，让爱神在人间传说。把爱交付你，把痛留给我，让我们的爱情交付给神灵。”

聂云海没有想到进来的会是蒋玉莲，自己的思绪被打断了，他心里很不高兴，怒道：“我的思路都被你打断了。

“写给我的吗？”

“才怪呢！”

“看吧，脸都红了。”

“给你气的。”

“暗恋我，你就大声说出来嘛，我不会介意的。”

“懒得理你。”

这会儿，聂云海都被蒋玉莲逼得没招了，他干脆坐在钢琴前不作声了。蒋玉莲见聂云海不理自己，她又开始使坏。她把身上的外套一件一件地脱下来，一边脱一边挑逗着聂云海。

“我好看吗？”

“你……你要干嘛？”

“我身材好吗？”

“你……别再脱了。”

“说，你暗恋我多久了？”

“没……没有的事。”

此刻，蒋玉莲已经脱得只剩下一条超短的舞蹈裤了，可把聂云海看傻了。他一直都看不惯这些富家子弟的做派，可现在他却被蒋玉莲的美艳给震住了。

“来，跳支舞吧。”

“我……我不会……”

“刚才你不是跳得挺嗨呀。”

“我……不舒服了……”

“你怕我吃了你？”

面对蒋玉莲的诱惑，聂云海竟然无法拒绝，两人就在排练厅里跳起来舞蹈来了。音乐中，彼此都显得十分的享受。

“你不是说不会吗？”

“现学现卖呗。”

“我看你就是老司机了。”

“还是你厉害，我也是情不自禁。”

“说，那首曲子是不是写给我的？”

“不是。”

“那你为什么不敢看着我的眼睛。”

“不愿意分心。”

“你心里有鬼吧。”

两人忘我地跳着舞蹈，音乐进行到高潮，蒋玉莲地猛地往后一躺，身子一下就躺在了钢琴上，聂云海也不自主地压在了她的身上。

这样一来，两人都呆住了，谁也没有动了。就在此时，舞蹈房的门开了，徐莉娜、李永胜、吴奕晗等一帮人从外面走进来，大伙都被眼前的这一幕给惊呆了。

“哇……”

“你们这是在玩‘艺术与激情’啊？”

“真会玩。”

李永胜可气坏了，在他的心里，蒋玉莲早晚是他的老婆，谁也别想了。可现在蒋玉莲衣着暴露的和聂云海抱在了一起，他哪受得了这个刺激，上去就要找聂云海拼命。

“好小子，你竟敢泡我马子，看我不教训你。”

蒋玉莲没有想到李永胜的反应会这么大，她更反感李永胜的这种口吻，好像自己就是他的物品一样。所以，蒋玉莲披上衣服就走了，也不做任何的解释。

第 58 章　一吻定情

早上六点，嘹亮的军号声划破了长空，今天是大学的开始。徐莉娜被外面的广播吵醒了，她迷迷糊糊地睁开眼睛，说道："玉莲，快起来，今天军训，别迟到了。"

"还有多少时间啊？"

"半个小时。"

"没事，还可以睡二十分钟。"

"好吧，再睡二十分钟。"

金陵大学的军训正如火如荼地进行着，聂云海他们连队最有意思了。教官长得挺凶的，很多同学们都小心翼翼地，生怕挨骂，可你越小心翼翼，越容易出乱子。

"全都有了，立正——稍息——向右转——"

教官在前面指挥，同学们却笑料百出。教官喊向右转，很多人却转到了左边，教官喊向左转，有人又转到了右边。

"你、你、你，出列。"

"是。"

"知道哪是右吗？"

"知道，拿筷子的是右边。"

"都听好了，你们拿筷子的手是右边，别再给我转错了啊。"

"是。"

"向右转——"

教官的话音未落，杨得胜等几个同学又转到了左边。有一个女孩本来转到了右边，她看到前面的人转到左边，她马上又转到了左边，可把大伙笑得不行。

"哈哈哈……"

教官来到杨得胜的面前，他强忍着怒火，道："杨得胜，你用哪只手拿筷子？”

“报告教官，我用右手。”杨得胜嘴里说着右手，却高举着左手，笑得人肚子都疼。

军训都进行了大半天了，蒋玉莲和徐莉娜这才慢慢地跑过来。

“报告，舞蹈系蒋玉莲前来报道。”

“舞蹈系徐莉娜前来报道。”

“知道几点集合吗？”

“报告教官，六点半。”

“现在几点了？”

“现在九点。”

“那好，你们俩先跑 10 圈再过来。”

“啊……”

“都听好了，向后转，跑步走……”

就这样，蒋玉莲和徐莉娜被罚跑圈了，两人慢慢悠悠地跑着。正好从聂云海的面前过去，他看着蒋玉莲和徐莉娜两人被罚了，嘴角就挂着一丝坏笑。也不知道聂云海是有意还是无意的，他竟然唱起了个歌儿来。本来聂云海的嗓门就特别的响亮，大老远都能听得到，大家一起唱，声音就更响亮了。

“向前向前向前……我们的队伍向太阳，脚踏着祖国的大地……”

这可把蒋玉莲给气坏了，她咬牙切齿地说道：“好你个苦瓜脸，居然敢嘲笑我。”

“老大，你的魅力是不是过期了呀？”

“哼，你看我怎么收拾他。”

好不容易跑完了十圈，再找聂云海踪迹全无，蒋玉莲憋了一肚子的怨气，必须教训聂云海不可。蒋玉莲看了看时间，知道聂云海这个时间一定在食堂。于是，两人便气呼呼地来到聂云海的面前。

“苦瓜脸。”

蒋玉莲没好气地走到聂云海的跟前，他却一点面子也不给，依旧吃他的萝卜、白菜饭。这一下，蒋玉莲的气就更大了，她一下打翻了聂云海手中的饭碗。

“你疯了吗？”

“说，你是不是诚心的？”

“又不是我叫你迟到的。”

“那你唱那么起劲干什么？”

“神经。”

面对蒋玉莲的无理取闹，聂云海显得很无奈，他知道这位蛮横的大小姐很难缠，可他也没办法。就在聂云海苦于无法脱身的时候，来了救星。一个男生手捧着一束玫瑰花，来到蒋玉莲的面前，单膝跪下，深情地望着她。

“玉莲，你就是我的女神，我的维纳斯，我日思夜想的梦中情人。自从看到你，我就已陷入了深深地爱恋之中无法自拔。我希望你是我的祝英台，我是你的梁山伯，我们可以成为花丛中的蝴蝶，比翼双飞……”

“不是，你是谁呀？”

蒋玉莲完全被弄懵了，虽然她经常遇到这种事情，可她不愿意在聂云海的面前发生。不知道为什么，她心里很紧张，生怕聂云海会误会似的。

聂云海并不理会他们，他起身走了。这一下，蒋玉莲更着急了，她正想追上去解释几句，不想被那男子拦住了去路，说的话就更肉麻了。

“玉莲，你不认识我没关系，可我早就认识你了。我爱你，我发誓这辈子只爱你一个人。玉莲，和我在一起吧！我会让你成为世界上最幸福的女人！”

食堂里吃饭的人本来就多，一下子就围了过来，场面十分壮观。

“哇噻，好感动啊。”

“答应他……答应他……”

蒋玉莲第一次感觉到了无奈，她的心里有一万个恨，就恨这个聂云海，恨他不该一走了之，把自己一个人扔到这里。

“你快起来吧，这里好多人。”

“没关系，我不在意，只要你答应和我在一起，我马上就起来。”

就在蒋玉莲非常无助的时候，李永胜怒气冲冲地跑进来，他抓起那个男生就打。

“他妈的，你也不去打听打听，就跑这里来泡我马子。”

“你算老几啊，我喜欢蒋玉莲有你什么事啊？少他妈在这里横挑鼻子竖挑眼的。”

那男生没防备李永胜会偷袭，被他一拳就揍趴了，等他爬起来反手就给了李永胜一拳头。这下好看了，原本是一场浪漫的爱情戏，竟演变成了一场武打片。

“你不知道玉莲是我女朋友吗？”

“我呸，玉莲会看上你？”

“住手，你们俩干嘛呢？”

“玉莲，这小子欠揍，我来给他紧紧皮子。”

“宝贝，你站远点，别让这小子碰到你，不然，我会心疼的。”

蒋玉莲特别的懊恼，她原本是来找聂云海出气的，没想到自己却成了男人争夺的战利品了。这让这位心高气傲的大小姐心里十分的不满，她转身走了。

相对于蒋玉莲的这种为情所困的人，吴奕晗却格外地潇洒。他开了一辆兰博基尼来到了女生宿舍楼下，车子往那里一停，引得无数女生的尖叫。

“哇，男神。”

“欧巴。”

“吴奕晗，我要嫁给你！”

对于这些庸脂俗粉，吴奕晗自然不会放在心上了。他靠在车子上，嘴里还叼着一根烟，眼睛都不瞭一下，任凭迷妹们在疯狂。

果然没多久，一个长发披肩，浑身雪白的大美女从楼梯里走了出来。跟眼前的这些庸脂俗粉一比，她简直美若天仙。没错，她就是小倩，吴奕晗新交的女朋友。小倩一来，吴奕晗就变得不一样了，他赶紧丢下手中的烟头，迅速的迎了上去，满脸春风。

“上车。”

小倩也不客气，她扭动着迷人的身躯上了兰博基尼。随后，吴奕晗小跑着进了驾驶位，一踩油门“嗡”的一声冲出了校园，留下了无数的羡慕嫉妒恨。

吴奕晗开着跑车围着大学城兜了一圈，随后就上了长江大桥，从这里可以俯瞰整个长江的夜景，非常壮观。

“快看，好漂亮哦。”面对如此壮丽的长江夜景，小倩忍不住惊呼了起来。

“是啊，好漂亮，不过，它再漂亮，也没有你好看。”吴奕晗不愧为情圣，一句话就说得小倩意乱情迷了。

“少来了，就知道哄我。”

“当然了，你是我的小宝贝，不哄你，还哄谁呀？”吴奕晗却更得意了，双手抱住了她的小蛮腰。

“讨厌……”

小倩假意的生气，身子却不自觉地靠在吴奕晗的怀里，任由他抚摸、亲吻，说不尽的甜言蜜语。

时光过得很快，夜已经很深了，恋人之间的热忱却没有一丝的倦意。吴奕晗见时机已经成熟了，就带着恋人离开了。只是他们没有回学校，而是去了一家四星级酒店。

对于这一切，吴奕晗显得轻车熟路，他毫不费力地开了一间房，两人手挽着手就进了电梯。到了这里，吴奕晗再也没有顾忌了，他抱住小倩狂热地亲吻起来。他们从电梯里一路亲到了房间，从房间的过道上，又亲到了床上。

清晨，聂云海准时地出现在操场上，每天的这个时候，他都会围着操场跑几圈。正当他低头调设自己手腕上那廉价的机械表时，突然感觉到有人在他肩头拍了一下。

“嗨，苦瓜脸，早啊。”

“是你啊，真难得啊！”

“什么呀？我一向起得很早，好吧。”

“是吗？我怎么不知道啊？”

“你不知道的事多着呢！”

“哦？”

拍他的人正是被大家奉若女神的蒋玉莲，她穿着一件白色的紧身T恤，因为太过紧身了，把整个小蛮腰都暴露在外。下身穿一件超短裙，那一身通体雪白的肌肤在阳光的映射下格外迷人。聂云海没有见过这样的阵势，顿时就傻在那里了。

“别傻站着了，咱们比一比看谁先到终点，输的请吃早餐。”说着，蒋玉莲就已经跑远了，她看着傻里傻气的聂云海心里一阵的暗喜。

“好啊。”

等蒋玉莲跑远了，聂云海这才反应过来，他马上就追了上去。你别看蒋玉莲占了大便宜，聂云海一追，他很快就超过了她。这样一来，蒋玉莲急了，眼见聂云海就要到终点了，她急中生智，脱下一只鞋来往终点丢去。

“哈哈，我赢了。”

“这也算吗？”

“鞋子是不是我的？”

“是啊。”

“我的鞋子是不是比你先到终点的？”

“没错，可是……”

“你可没说鞋子不算呀？”

“我……”

“哦，请客咯，有人请客咯……”

蒋玉莲从未如此地开心，这比她夺得全国舞蹈大赛的金奖还要令人兴奋。她从聂云海的手里夺回了自己的鞋子，然后蹦蹦跳跳地回了宿舍，也不管身后痴傻呆愣的聂云海了。

当蒋玉莲出现在食堂的时候，聂云海都看傻眼了。不仅他惊呆了，所有人都被震惊了，一句话也说不出来。蒋玉莲穿一件路易斯威登，在风中飘逸，宛如奥黛丽• 赫本再世一般。

“发什么呆了，没看到我和娜娜是来吃饭的啊？还不快去打饭啊。”

“哦，好，我这就去打饭，这就去。”聂云海头一回这么囧迫，他哪知道，就蒋玉莲身上的这件长裙那可是价值百万。

“真是个呆子。”蒋玉莲望着惊慌失措的聂云海，心里说不出的高兴。

“得了，似乎有些人就喜欢这样的呆子。”徐丽娜忍不住笑出来了，她知道，自己的这位姐妹已经陷入了情网之中。

“哈哈哈……呆子总比傻子可爱。”

就在两人说话的时候，聂云海已经端来了三个人的早餐了。他倒是挺节俭的，三份一模一样的早餐，稀饭、酸菜、鸡蛋和豆浆。

“早餐来了。”

聂云海把早餐放到各自的面前，他直接埋头吃了起来。蒋玉莲对于这样的早餐似乎非常满意，她吃得格外香甜，胃口也好。

“嗯，真好吃，我可好久没吃过这么好的早餐了，一会儿再来一碗。”

“注意点形象，别吓着人家。”徐丽娜可没她那么夸张，她就像个大家闺秀一般，一小口一小口地吃着饭。

“人家正主都没有嫌弃我，你就看不惯了？”

“淑女，保持淑女形象。”

同两位绝世美人一起用餐，聂云海从始至终都不敢抬头，他既不搭话，也不看她们。蒋玉莲见聂云海一副苦大仇深的样子，就说道："别老绷着个脸啊，吃不穷你的。"

"哪有啊？"

"那你笑一个给我。"

"嘿嘿。"

"噗嗤。"

"得了，你笑的还不如哭的好看呢。"

今天是演出的日子，演员们早早地忙碌了起来。大家不是化妆就是在熟悉台词，要不就是在排练，只有吴奕晗一个人在后面毫无头绪地瞎转悠。

突然，人群中闪现出一道靓丽的身影，这是一个身材别致而富有诗意的女生。她有一双水汪汪的大眼睛，樱桃小嘴，一笑就露出洁白的牙齿。不用问，这是典型的南方女子，小巧玲珑，却让人失魂。

吴奕晗假装若无其事的样子来到了女生的面前，笑道："美女，马上要演出了，你紧张吗？"

那女子看了一眼面前的这个陌生人，笑道："不紧张，我经常演出。"

"哦，我也有演出，你今天表演什么呀？"吴奕晗不愧是情圣，总能找出话题来。

"我是主持人。"

"那个同学，快过来换服装了。"吴奕晗还想再聊几句，女孩就被一个老师叫了去，吴奕晗不舍地走了。

"那，我先去换服装了，回见。"

"拜拜。"

吴奕晗刚离去不久，演出就开始了，首先出场的就是那个女孩。女孩大方从容地来到了舞台上，面对台下千万双眼睛，她淡淡地一笑。

"各位来宾，老师们、同学们，大家晚上好。我是外语系的新生胡蝶，非常荣幸能成为晚会的主持人。我们将告别少年时代的青葱岁月，迈向青春的华丽开端，迎来我们人生中崭新的篇章，挥别昨日的懵懂无知。下面有请我们的音乐才子聂云海同学，为大家带来由他创作的歌伴舞《金陵之歌》。"

胡蝶的淡定从容为自己赢得了无数的掌声，也为晚会赢来了第一个高潮。当聂云海在蒋玉莲等人的陪同下来到舞台中间的时候，下面又是一阵阵的尖叫声，仿佛天王巨星一般，大家都在呼唤同一个名字。

“女神，蒋玉莲，女神，蒋玉莲……”

音乐开始了，优美的旋律从竹笛里发出来，把江南的山水勾勒地惟妙惟肖。十几名衣着古装的男女在蒋玉莲的带领下，在竹林间穿行。

“寻寻觅觅寻寻，期盼能找到世外桃源，来到了金陵城，才知你名不虚传，春天里百花争艳，夏日里山泉甘甜，秋日里月明霜白，冬日里松柏耐寒。啊金陵城，金陵城，是你给我安宁温暖美丽的家园。啊金陵城，金陵城，是你给我安宁温暖美丽的家园……”

和开场形成鲜明对比的是现场一片寂静，大家被聂云海的歌声陶醉了，静静地看着，默默地欣赏着。突然，舞台顶上的灯管晃了晃，就直接奔着蒋玉莲的头掉下来。

“啊……”

这时，聂云海一个箭步冲了过去，用他的身体紧紧地护住了蒋玉莲。灯光狠狠地砸在了聂云海的头上，就听他“啊”的一声连同蒋玉莲一起摔倒在舞台上。

现场一片哗然，大家都吓得目瞪口呆。校长马上站起来大叫一声道：“快，快救人。”

再看舞台之上，聂云海把蒋玉莲整个人都护在了身下。两人紧紧地抱在了一起，嘴唇都亲在了一起。

聂云海忍着疼痛，迅速地从地上爬起来，他拉起了惊愕中的蒋玉莲。校长见两人自己站了起来，心中一喜，就带头鼓起了掌来。顿时，掌声盖过了整个演播厅，久久不息。

尽管聂云海非常镇定，但他伤得不轻，头上划破了一寸多长的口子，鲜血不断的往外流。蒋玉莲可不干了，她也顾不得演出了，拉着聂云海就去了医务室。

到了医务室，医生把聂云海一部分头发剪掉了，露出了一片血肉模糊，蒋玉莲看得心惊肉跳的，她赶紧跑出了医务室。蒋玉莲趴到了花园的围栏上，抬头仰望着天空，心潮澎湃。

不知何时，徐丽娜也出来了，她把身子靠在围栏上，两人一起看着天空。就见明月当空，犹如一面镜子，高高的挂起。两人又沉默了一会，突然，徐丽娜抛出了一句惊人的话语来。

“我现在越来越喜欢苦瓜脸了。”

“李永胜不要了？”蒋玉莲听到徐丽娜这么一说，她心里就是一紧，随口说道。

徐莉娜转过头来，笑道：“放心吧，我不会跟你抢的，我只是欣赏他，并不是爱他，你怕我抢走了你的宝贝不成”

“死丫头，走，去看看他的伤口怎么样了。”

蒋玉莲拉着徐丽娜就进了医务室。这时，医生已经给聂云海包扎好了。蒋玉莲见一切都没事了，赶紧付了医药费，搀着聂云海就出了医务室。

“走吧。”

“不用扶了，我没事。”

“你现在是病人，病人就得听我的。”

“这点伤算得了什么啊！”

“那也得听我的，小心看路。”

徐丽娜就跟在他们身后，她看着蒋玉莲的样子，想笑却又不敢笑。蒋玉莲说是搀扶聂云海，哪里是搀扶他，完全就靠在聂云海的怀里去了。一直把聂云海送到了男生宿舍，直到他的身影消失在楼梯间，她们才回宿舍。

当聂云海回到宿舍的时候，却发现室友、同学和班主任都在。大家见聂云海回来了，顿时报以热烈的掌声。

“欢迎英雄归来……”

“你们这是？”面对这样的待遇，聂云海很是诧异。

“来来来，兄弟，你坐这。”龙杰赶紧扶着聂云海坐下来。

“这……”聂云海不解地看着大家。

“今，今，今天，你，你，你就是英雄。”马芸结巴地说道。

“班主任也在啊。”

聂云海这才发现，班主任正乐呵呵地站在人群中。班主任见聂云海要起来，赶紧按住他的胳膊，说道：“你坐着，不用起来，伤好了些吗？”

“没事了。”聂云海说道。

“那就好，那就好……”班主任脸上露出欣慰之色。

众人把聂云海围在当中，众星捧月一般，这可让聂云海受宠若惊。聂云海不知道，他今晚的表现得到了校长的肯定，他现在成了金陵大学的英雄。

“班主任，这是怎么了？”聂云海问道。

“云海，其实也没什么，你今天表现得特别棒，我们都很关心你，就想看看你的伤势怎样了。”班主任充满关怀地说道。

“这才多大点事啊。”聂云海笑道。

“看到你没事，我就放心了。那好，你们慢慢聊，我回去了。”班主任见自己在场，这些人挺拘束的，他转身离开了。

班主任一走，大家就活跃了起来。杨得胜一脸的奸相，他拉着了聂云海的手，说道：“快说，你是不是和蒋玉莲在一起了？”

“对，对，对，老，老，老实交代。”马芸费劲地说道。

“什么呀……”聂云海这才明白，这些人原来是为了打听这个。

“什么什么的，你亲了蒋玉莲，当我们没看到吗？”杨得胜对聂云海的回答十分的不满意。

“去去去，什么乱七八糟的。”聂云海怒了，他一脸的不高兴。

“哎，你小子不对啊，蒋玉莲是我们的梦中情人，结果让你小子得了便宜，你给我们说说还不应该吗？”王飞最上心了，他紧追不舍，非要问出个所以然不可。

“是啊，你不敢承认吗？”就连龙杰这样的游戏迷也凑过来了。

“没有的事好吧。”没有办法，聂云海想逃又逃不掉，被这些人死死的围住了。

“我们都看得清清楚楚的，你亲了蒋玉莲。我都能闻到她的香味。”王石做得最过分，他就闭着眼，鼻子凑到聂云海跟前闻了起来。

“去你的，恶心死了。”聂云海有点被恶心到，他用力地推开了他。

“哎，你怎么打人啊？”这一下，王石怒了。

“我没踩死你算好的。”聂云海不愿意搭理他们了。

“踩死我，我也要闻闻蒋玉莲的香味。”王石见聂云海不想搭理自己了，他又凑了上去。

“去去去，我说你们无聊不无聊？”聂云海气不过，站起身想要离开，不想又被龙杰给逼住了。

“你这是身在福中不知福，知道吗？”

“就是啊。”

大家把聂云海弄得哭笑不得，就在他左右为难的时候，蒋玉莲来电话了。聂云海不知道是心血来潮还是怎么的，竟然按了免提。

“好，你们不是不信吗？我现在按免提，让你们听听，我和她到底有没有事。”

“怎么到了宿舍也不给我打个电话啊。”

“哦，我们班主任和同学都在，所以就没给打电话了。”

“你们班主任去找你干嘛？”

“他是来看我的伤势。”

“哦……他还在呀？”

“早走了。”

“那你有没有想我啊？”

“哦……”

听到这里，王石特别的夸张，他竟然趴到床上，抱着枕头呼叫了起来，真是一副伤心欲绝的模样。

“我的心都碎了，我的女神，我的宝贝，我的心肝……”

“无聊……”

聂云海知道，再听下去，更肉麻的话就出来了，所以，他迅速挂断电话。这一来，大家可就更闹腾了，拉着他就不放手。

“还说没关系，那这是什么？”龙杰第一个跳了出来。

“这个……”聂云海无语了。

“快说，你们到什么程度了？”杨得胜逼问道。

“就，就，就是啊，老，老，老实交代。”马芸说道。

“误会，这是个误会了。”聂云海还想解释，可大家根本就不信他说的话。

“误会，你当我们傻呀？”

“就是嘛，既然做了，你就要承认。”

“你伤害了我们，难道都不要解释一下吗？”

“对，解释清楚……”

这些人你一句，我一句的，恨不得把聂云海给吞没了。聂云海很无奈，脑袋当时就觉得大了三圈。他坐下来，这些人又把他围住了。他走到哪他们就跟到哪，哪怕是上厕所，这些人也不放过他。最后，他被这些人逼得无可奈何了，只好大方地承认了恋情。

“好，我招供，我全部招供还不行吗？”

第 59 章　恋爱以后

第二天，聂云海的伤势已经好了很多，头不那么疼了。洗漱完毕，他正准备去医务室换药，就来了很多快递的电话，聂云海一团的雾水，他甚至都不会网购。

等拆开来一看，聂云海彻底傻眼了，都是一些高端产品，有苹果手机、暴龙墨镜、阿玛尼西装。幸好他不识货，不然他心脏病都会犯了，光那副暴龙墨镜就要好几万块钱，那身阿玛尼西装就更值钱了，价值几十万。

正当聂云海莫名其妙的时候，蒋玉莲打电话过来了，聂云海苦着脸说道："怎么了，有什么事吗？我正烦着呢。"

"烦什么？我买的西装你穿了没有啊？"

"这些都是你买的吗？"

"不然呢？"

"可是你为什么要买啊？"

"我就想看着你帅帅的样子。"

"但是……"

"别那么多废话，赶紧穿好了给我看。"

聂云海总算弄清楚了这些东西的来源了，可他的心里就更不是滋味了。室友们却是一脸的羡慕，恨不得这些东西都是送给他们的。

"哇，你好幸福啊。"王石口水都流出来了。

"真，真，真的，我，我，我怎么就，就没有这么好的命啊。"马芸几乎沮丧了起来。

"得了吧，就你那熊样，还想泡女神，下辈子吧。"杨得胜一脸的蔑视。

"我，我，我怎么了我，好，好，好歹也，也，也是我们班上的班草吧。"马芸心里很不服气地说道。

"去去去，谁封你的啊？"

“我告诉你们啊，海哥现在可是驸马爷了，你们想都别想。”龙杰说道。

“海，海，海哥，我，我，我们以后就跟你混了。”马芸结巴的说着。

“对对对，我们都靠你了。”

杨得胜更是羡慕得不行，可聂云海一点也看不出高兴的样子，他不喜欢同学们用异样的眼神来看自己，总觉得被人瞧不起。所以，他毫不犹豫地把东西又都装回了袋子里，拿着它们就出门了。

“好了，我去送东西了。”

“哎，真是生在福中不知福啊……”

聂云海提着这些贵重的东西找到蒋玉莲，蒋玉莲一看聂云海那身破旧的装束和手里的袋子，她当时就把脸沉了下来。

“为什么不穿新衣服？”

“我是来还东西的，这些东西太贵了，我用不起。”

“你不知道吗？送出去的东西，我从不往回拿的。”

“可是，这些东西太贵重了，我实在不能接受啊。”

“这是我送给你的，你管它贵不贵的啊。”

“无功不受禄。”

“你救了我，不是吗？”

“但是，我还是不能要你的礼物，再说了，我受之有愧。”

“你怎么那么多废话啊？凡是我送给你的东西，你别问那么多，只管用就行了。”

“不行，东西你拿走，心意我领了。”

“那好，这些东西你爱给谁就给谁好了。”

蒋玉莲可气坏了，她也不管聂云海了，扭头就走。没办法，聂云海只好把东西又拿回宿舍。为了这事，两人好几天都没说过话。

这一天，聂云海正在演播厅排练，刚有点感觉，蒋玉莲就从外面闯了进来。她二话不说，拉着聂云海就走，把一屋子的人都看傻了。

“行了，你也别排练了，爸爸要见你，赶紧跟我走吧。”

“我这还有事呢。”

“别墨迹了，赶紧走。”

“哦，老丈人要见女婿咯。”

很快，Z 国首富蒋文清来金陵大学的消息就传开了，学子们纷纷涌出教室，都要一睹这位财神爷的风采。

从排练厅出来，聂云海和蒋玉莲先回了男生宿舍，这让聂云海一头的雾水。蒋玉莲可不管那么多，她盛气凌人地闯进男生宿舍。

“你……你要干嘛？”

“别废话了，赶紧换衣服啊。”

“我……”

聂云海这才知道，原来蒋玉莲是嫌弃他这身装束太寒碜了，见她爹不妥当。当时，聂云海的脸就黑了下来。

可他哪知道，他身上的这身衣服实在拿不出手。白色 T 恤上还泛着很多的小黄点，牛仔裤上又破了好多个小洞，左腿上膝盖以下都没有了，右腿却完好无缺。为了对称，他把右裤腿折了起来，乍一看就像个农民工。

“去就去，换什么衣服啊？”

“你换不换？”

“不换。”

“那行，我现在就把你的裤子扒下来，我看你换不换。”

蒋玉莲真急了，她就准备去扒聂云海的裤子。聂云海见她来真的，赶紧蹲下身，乖乖地拿出新西装。

“我换，我换，行了吧！”

“小样，我就不信制服不了你。”

顿时，聂云海就觉得两边的脸颊绯红，他拿着衣服就跑开了，蒋玉莲看着他那个害羞的样子乐了。等他进来的时候，简直像换了个人似的，就见聂云海穿着直挺挺的西裤，格外的精神。

“嗯，真帅！”

蒋玉莲围着聂云海转了一圈，觉得他的头发有些不搭，后脑勺被剃去了一块，上面还有一大块绷带，显得不伦不类的。

“就是你头上的伤有碍观瞻，不过，这样更真实，更能显出你的英雄气概。”

“行了，可以走了吗？”

“走，见我爸去。”

等见到了蒋文清，这位面容和蔼、举止文雅的中年男人的时候，聂云海心中的包袱就放了下来。

“你就是聂云海吧，不错，小伙一身的正气。”蒋文清看着聂云海，和蔼地说道。

“伯父好，我就是聂云海。”

“是你救了我女儿？”

“谈不上救，我刚好挡了那么一下子。当时，天花板上的灯管掉了下来，我下意识地推开她，结果我俩都摔倒在舞台上。”聂云海不卑不亢地说道。

“我听校长说，你才华横溢，人品出众，是国家的栋梁之材啊。”蒋文清眼睛一眨不眨地看着聂云海，似乎在审视着他。

“没有没有，小才有一点，大才就不敢自居。人品也谈不上出众，但我不做违心的事情，国家栋梁就更不敢奢望了。”聂云海不紧不慢地说道。

蒋文清爽朗地说道：“很好，小伙还挺谦虚啊。”

“爸，你这是夸人家呢，还是来审人家啊？”蒋玉莲可不干了，在一旁嘟着嘴说道。

“哈哈，我成了多管闲事的了。”蒋文清乐道。

“就是嘛？人家都站了好半天了，你就这样问个没完，也不考虑别人的感受。”蒋玉莲才不管那么多呢，往旁边的椅子上一坐，很不高兴。

校长这才发现聂云海还一直站着了，赶紧说道：“来来来，坐下喝茶。”

聂云海就更尴尬了，他不知道是坐下好还是继续站着好。蒋玉莲看出来了，知道他的呆劲又上来了，赶紧把聂云海拉到自己的身边坐下。

“你呀，别傻站着了，大家都坐着呢，就你一个人傻站着，你不嫌累，我都嫌累了。”

“我……”聂云海不好意思地挠挠头，说道。

蒋文清看了看聂云海，又看了看自己的宝贝女儿，脸上露出了一丝得意的笑容。随后，他从包里掏出一张支票来，递给了聂云海。

“小伙子，你救了我女儿，我也不知道该怎样感谢你，这里有二十万，就算我对你的一点感谢吧。”

聂云海赶紧站起来，不断摇着头，说道：“不不不，这我不能要。我妈从小就告诫我，不能随便拿别人的东西，何况这是二十万呢。”

“没关系，这是我的一番心意。”

“那也不能要，我受之有愧，何况我已经拿了全额的奖学金了。”

蒋文清见聂云海不接受，他就更不依了，亲自把支票塞到了聂云海的口袋里。这可把聂云海难倒了，他知道无法推辞了。最后，聂云海想出了一个两全其美的办法。

“伯父，你要是真心感谢我，就把这些钱捐给学校。让校长把我们的设备换一下，避免以后再出现类似的事故，这样更有意义。”

这话一出，在座的人都吃了一惊。尤其今天的这些人可都是金陵的头面人物，谁都想不到聂云海一个毛头小子，竟有如此的胸襟，大家对他就更加的看重了。

“好，小伙子有骨气，那我就捐 200 万给学校，用来完善学校的基础设施。”蒋文清脸上露出了笑容。

“太感谢蒋董了。”

如此一来，校长和书记可高兴坏了，但蒋玉莲心里很不满意，她指着聂云海爸说道：“爸，你太没诚意了，人家救了你女儿，你竟然一点表示也没有。”

蒋文清看了看聂云海，笑道：“我怎么不表示啊？送钱人家不要啊！”

蒋玉莲嘟着嘴，说道：“谁要你的钱了，你手上戴的那个不可以吗？”

“这……这是你妈送给我的生日礼物啊。”

蒋文清看了一眼手上的劳力士金表，犹豫了一下。蒋玉莲可不管那么多，上前就摘下他手腕上的金表。

“什么纪念不纪念的，你女儿的命还不值一块表吗？再说了，到你手里的东西就是你的，你就有权送给云海。”

“哈哈哈，好，你妈要是问起来，我就说给女儿当嫁妆了。”蒋文清看着聂云海窘迫的样子，满意地笑了。

“哈哈哈哈……”大伙也都会意地笑了。

“哼。”

蒋玉莲自然知道他们在笑什么，不过，她心里乐呵呵的，她当时就把金表戴到了聂云海的手上。

“嗯，不错，戴在你手上就是不一样。”

“小丫头片子，心眼越来越多了，都算计到你爸的头上来了。”蒋文清调侃了一句，转回头跟校长、书记一一握了握手，准备离开。

“谭书记、廖校长，我该回去了，后会有期啊。”

“蒋董，欢迎你常来。”

校长、书记赶紧相送，直到蒋文清的车子消失在道路的尽头，两人才转身离开。蒋玉莲和聂云海相拥在学校的林荫小道上，享受着初恋的美好。

“哟，好恩爱的一对小夫妻啊，你们什么时候办喜酒啊，也请我们喝一杯啊。”

正在这时，就见李永胜和魏大志一脸怒气地出现在两人面前。魏大志不阴不阳地站在一边哼哼着，李永胜更是一声不吭，上前就给了聂云海一拳。

“他妈的，敢泡我女朋友。”

聂云海没想到李永胜这么蛮横，被他在脸上揍了一拳，鲜血当时就流了出来。这一下，他也就不客气了，站起来就开始反击，也把李永胜踢翻在地。

“你神经病啊。”

这会，蒋玉莲看着躺在地上的李永胜，怒道：“反了你了，敢在我面前逞能了，是不是活得不耐烦了。”

李永胜被蒋玉莲这么一骂，他心里很不服气，说道：“你不要管，今儿个我跟他没完。敢抢我的女朋友，你他妈的不想活了。”

蒋玉莲听了这话，火就更大了，她叉着腰呵斥道：“李永胜，我看你胆肥了是不是？什么叫抢你的女朋友，我告诉，聂云海是我男朋友，你再动他试试。”

李永胜自然不会对蒋玉莲怎么着，可他实在咽不下那口气了，就对聂云海说道：“小子，你要是个男人的话，咱们就单挑，靠女人算什么本事。”

聂云海可不是被吓大，他把蒋玉莲拉到一边，指着李永胜和魏大志说道：“行，你们俩不是不服吗？一起上吧，谁他妈喊救命就不是爷们。”

“你狂。”

李永胜和魏大志都没有想到，聂云海竟然以一敌二。就连蒋玉莲也没有想到，她以为聂云海被李永胜那一拳给揍坏了脑子了。可真动了手，没几下，这两人就被聂云海揍趴下了。

“啊。”

李永胜摔倒在地，还没等他爬起来，就听“噗通”的一声，魏大志也重重地摔在地上。

“哎呀，我的屁股啊。”

这一下，蒋玉莲看清楚了，原来聂云海还是个高手，一出手就把这两个家伙给打趴下了。蒋玉莲拍手叫道："行啊，你们不是咋呼很得厉害吗？再打呀。"

两人被蒋玉莲这么一说，脸上都挂不住了，他们都爬起来冲向了聂云海。还是一样，聂云海来了个左右开弓，又是"噗通噗通"两声，两人相继又倒下去，他们的脸也青了，鼻子也肿了。

到现在，李永胜傻了，魏大志这小子心里还有些不服气，就说道："行啊，小子，我们干不过你，总有人能收拾你，你就等着挨揍吧。"

"随时奉陪。"

聂云海知道他们不服，他也不想废话，搂着蒋玉莲就走了。李永胜心里很窝火，他想不到会折在一个土鳖手里。

之后，李永胜和魏大志就去找吴奕晗商议对策，哪知道他现在更头疼。自从见过胡蝶之后，就对她念念不忘。可吴奕晗不愧为"情圣"，他竟然轻而易举就拿下了胡蝶。

就在两人甜甜蜜蜜地享受爱情的时候，却被小倩给碰上了，这一下，两个女人打在了一起。如此一来，李永胜和魏大志反倒成了劝架的人了。

处理完吴奕晗的那摊子事之后，三个狼狈的男人就坐在一起喝闷酒。最后，吴奕晗给两人出了一个馊主意，请高手收拾聂云海。打定主意之后，魏大志给聂云海下了挑战书，还去体育系请了一帮跆拳道高手助阵。

到了约定的时间，李永胜带着一帮高手早早地等候在落凤坡，没曾想聂云海却来了个单刀赴会。这可气坏了体育系的这帮骄子了，他们撸起袖子想要教训一下聂云海这个狂徒。还没动手，蒋玉莲就带着一帮娘子军前来助阵了。

"干什么？欺负老实人啊？"

蒋玉莲一来，大伙可就不敢动了，都被她的气势所压倒。虽然如此，李永胜等人心里还是不服气，只是不敢乱来罢了。但他们也没有罢休的意思，一个个咬牙切齿的，恨不得生吞了聂云海才好。

关键时刻还是徐丽娜有主意，她见这些人已红了眼，赶紧站出来说道："各位，我给你们出个主意怎么样？保证可以让大家满意。"

此话一出，所有人都不言语了，把目光转到了徐丽娜的身上，看她葫芦里究竟卖的什么药。徐丽娜却非常从容，她笑呵呵地说道："是这样的，我和玉莲都不希望看你们动武，何况永胜和云海还是同班同学，有什么深仇大恨的呢？

既然你们都是为了玉莲，那么，你们就来个公平竞争好了。”

这些人听了徐丽娜的话，自然乐意了，尤其李永胜，他本来是没有机会的。

“好，我同意。”

“我也同意。”

聂云海见李永胜同意了，他自然也不愿意输给他，却惹得蒋玉莲一肚子的气。她恨聂云海，怪他不识趣，把自己当成了商品了。她又埋怨徐丽娜，怪她不跟自己商量就擅自做主了。但现在埋怨也没有用，双方都同意公平竞争。

趁着大家都去备战了，吴奕晗赶紧给胡蝶打了个电话，想要哄哄人家。可是没人接，吴奕晗可急了，他连续打了十几个电话，直到胡蝶接通电话为止。

“拼命打电话，你想干嘛？”

“我想你了。”

“哟，真难得哎，现在才想起我来。怕是你那些相好不理你了，这才想起我来。”

“小蝶，你听我说，我和她已经分手了，我们的性格不合。你也看到了，她很不讲道理的，根本没法相处。”

“你跟我讲这些干什么？我们一点关系都没有。”

说完，胡蝶很快就挂断了电话，看得出来她真生气了，吴奕晗再打过去对方已关机。思前想后，吴奕晗决定采用老办法，送花。想罢，吴奕晗便订了一束玫瑰，给她送去。

可这一招在胡蝶身上没起到任何作用，她的手机还是处于关机状态。无奈之下，吴奕晗只好放大招了。这一次，他预定了很多高档产品，苹果手机、LV包包、金项链、法国香水，等等。你还别说，胡蝶真就出现了。

“你疯了不成？买这些东西。”

“只有你开心，我无所谓。”

“行了，请我吃饭吧，我两天没吃饭了。”

“好嘞。”

说着，胡蝶上了吴奕晗的跑车，一溜烟就出了校园。但这一切都没能逃过小倩的眼睛，她看得真真切切。为了这件事，小倩病了好几天，她到现在还想不通吴奕晗为什么会这样对她。

期盼已久的才艺大比拼终于开始了，这么大的热闹，数万学子守候在金陵大学的操场上。在万众瞩目下，李永胜和吴奕晗、魏大志等人来到了舞台中央。

在一些女生的心中，李永胜就是她们心目中的国民老公，他不仅长得帅气，还是永胜集团的继承人。他一出现，台下的欢呼声一浪高过一浪。

可以说今天就是李永胜的主场，他信心满满地说道：“很荣幸能够站在这里，这是我人生中最重要的一次演出。请大家不要吝啬你们的掌声，你们的支持才是我永恒的动力。下面，我给大家带来一首由我改编的歌曲《爱就在心间》。”

话音刚落，吴奕晗就吹起来萨克斯，优美的旋律从金属管里流出，把众人的思绪带回到了千里之外。

“时间如烟灭，真情很苍白，你转眼就离开，我还是依然，依然爱你不变，你是否会明白？我们曾誓言，相伴到永远，一辈子不离不分；你却已经离开，誓言已湮灭，剩下我独自悲哀。无论曾经的海誓山盟，都已不存在，难道一切都是戏言，经不起一点考验。我爱的人唻，爱就在心间，你是否明白，无论时间怎么改变。真爱永不改变，我爱的人唻……”

一曲完毕，观众立时就沸腾了起来，掌声、呼喊声，连成了一片。顿时，聂云海倍感压力。

“靠，这么夸张啊。”

“不，不，不用担心，咱，咱，咱们是原创的，肯，肯，肯定比他们牛，牛，牛逼。”马芸用他那磕磕巴巴的言语安慰着聂云海，可大家心里都没底了。

这时，胡蝶笑盈盈地走到舞台中间，说道：“朋友们，刚才的表演好不好啊？”

“好。”

“还想不想听？”

“想。”

“那好，用你们最热烈的掌声欢迎我们的大才子聂云海为大家表演。”

掌声中，聂云海和他的乐队一起来到了舞台上。聂云海深吸了一口气，让自己的心情平复下来，他把压力化成了浓浓的爱意。

“朋友们，我想说的就一句话，没有什么比爱情更美妙的，把你们心中的那份伟大的爱情坚守下去，一首《坚守》送给大家。”

相对于李永胜的开场白，聂云海却是简单明了，效果也与众不同。大家都闭上了眼睛，静静地听着，仿佛聂云海唱的就是自己的心声。

“一心一意，不断追求，下定决心，为爱坚守；爱你，我愿意放弃所有，想你，我愿意为爱停留。记得我们曾经牵过的手，温暖依旧在我心口悠游，记得我们曾经喝过的酒，香醇依然甜美在我心头。唤你，我向天空述说心中所有，等你，我不会迷失在爱情路口，啊……啊……”

聂云海唱得非常的投入，一曲完毕，他已经跪在舞台上。令人意外的是场上一片寂静，没有掌声，没有呼喊声。这种沉默对演出的人是一个沉重的打击，杨得胜等人的眼泪几乎都要掉下来了。

这种死一般的寂静对聂云海来说是一种煎熬，他 15 岁开始作曲，仅用三年时间就拿下了全国大奖。这在全世界都是一个奇迹，谁知今晚的演出却冷场了。

就在大家心灰意冷的时候，突然从台下跑上一个人。没等大家反应过来是怎么回事，她已经冲到了聂云海的面前，一把抱住了聂云海。

“嚯……”

数万人都被这突如其来的一幕惊呆了，大家的目光都落到了来人的身上。就见那人穿一身洁白的长裙，宛如月宫里的仙子一般，美貌绝伦。

“蒋玉莲。”随着杨得胜的一声惊叫，数万人都跟着尖叫了起来。

“女神，女神……”

此时，聂云海也明白过来了，抱着他的正是自己的心上人。聂云海抬起头，看见蒋玉莲一双明眸里满含泪水。聂云海非常激动，他的这一番深情没有白费。

“亲一个，亲一个……”

其实，聂云海想错了，大家没有及时鼓掌，并不是他的音乐不好听，也不是他的歌声不动人。而是他的音乐太感人了，以至于大家都沉浸在音乐中，没有回过神。这响彻云际的呼喊声就是最好的证明，所有人都选择了聂云海。此刻，聂云海再也不管别人的眼神了，他站起身来，搂着蒋玉莲的脖子，深情地吻了下去。

“我宣布，今晚的胜利者就是……聂云海。”

第 60 章　一起变老

聂云海取得了一个梦幻般的开局，接下来的比试可就没有那么简单了。他根本就没摸过摩托车，甚至连自行车都不熟悉。可聂云海属于不服输的性格，他一定要与李永胜比拼下去。

第一次骑摩托车这是比较费劲的事情，好在还有个二把刀的师傅杨得胜。你别看杨得胜骑得不怎么样，教起来却一套一套的，聂云海都听得入了神。

“要想成为一名优秀的赛车手，你必须做好这几点：第一要保持身体平衡，不能东倒西歪；第二身体要放松不能僵硬，要轻松自如地控制住方向盘；第三在行驶的过程中人体要随着车子的变化而变化，这就是所谓的人车合一，明白了吗？”

“明白。”

“OK。”

你别看杨得胜说得简单，真当聂云海跨上了摩托车，一挂挡人就摔倒了。

“啊……”

“快，把车子挪开。”

大伙七手八脚地把聂云海从车子下面拖出来，再看他的手上、脚上到处都是伤痕，身上的衣服也刮破了。蒋玉莲心疼不已。

“痛吗？”

“这算什么，再来。”

“还来啊？”

“我这样子怎么比呀，得抓紧时间练习才行。”

“那好吧，你自己多留点意啊。”

话音刚落，聂云海又摔倒了。不过这一次稍微强一点，人没事，只是车子倒了下去。

“哎，没控制好。”

“人没事就好。”

“再来。”

聂云海又上了摩托车，还是一样，没跑多久，他又摔倒了。这一次，他自己就把车扶起来了。

“休息一下吧，你身上到处都是伤。”

“不用，我现在有点感觉了，应该没什么问题了。”聂云海信心十足地说道。

杨得胜说道：“那行吧，但你要注意了，你得跟它形成一种共鸣，一种默契。只要你跟它产生了化学反应，把你大脑里面的真实想法通过车子反映出来，做到人车合一，你就成功了。”

“明白。”

说完，聂云海又跨上了摩托车，现在，他已骑得像模像样的，也不摔跤了，骑得特别平稳，他沿着操场的跑道飞驰着。

“老公，你太棒了。”看着聂云海飞驰的身影，蒋玉莲悬着的心，总算放下了。

终于到了比赛的日子了，聂云海等一帮人早早地来到紫金山脚，等待比赛的开始。蒋玉莲非常紧张，看着这条蜿蜒盘旋的公路，她心里一直在打鼓。

“云海，你有把握吗？”

“别担心了，我都练习了这么久了。”

“可我心里还是没底，这么险的路，何况你又是新手，万一……”

“别瞎想了，没有万一，别人能做到的，我也能做到。”

“可是我……”

正说着，李永胜他们就到了。再看他们，每人骑一辆炫酷的摩托车，带着头盔，放着最时尚的音乐，一路轰鸣，好不张扬。

“土鳖，要不要让你先跑啊。”李永胜用挑衅的眼神看着聂云海，说道。

“你别得意，我已经领先一局了。”聂云海也不客气道。

“哼。”李永胜气不过，把头盔往头上一戴，就不再说话了。

徐丽娜见两边的人都到齐了，这才站出来，说道：“我先说一下比赛的规则，为了公平起见，双方各派出三个人出来比赛。从这里出发，最先到达山顶的一方获胜。但是，不准伤人，如果出现了人为的伤害，比赛提前结束，记住了吗？”

“记住了。”众人齐声说道。

宣布完规则之后，徐莉娜就上了山顶。蒋玉莲还是不放心，不断给聂云海整理衣服，把魏大志气得直哼哼。

“行了，这都还没分出胜负来呢，你们就卿卿我我的，真当我们是空气啊？”

被他这么一说，蒋玉莲的脸蛋瞬间就红了。她瞅着魏大志，说道：“说什么呢？我这不是在担心你们的安全问题吗？”

“可我怎么就看到你只关心那小子一个人啊？”魏大志撇着嘴道。

将玉莲只好转过身来，对众人说道：“大家都要注意安全，要平安到达山顶，大志，你也要注意安全。”

魏大志这才满意地点点头，说道：“这就对了，你要一碗水端平。”

龙杰看不惯，怒道：“哼，人家小两口的事，谁让你们半山腰上插一杠子的？”

魏大志不耐烦地说道：“去去去，这还没分出高低来呢。”

杨得胜更是不客气地说道：“行了，魏大志，别那么多废话了，山顶见。”

“谁怕谁哦。”魏大志说道。

一切准备就绪，蒋玉莲正准备发号施令，她突然来到了吴奕晗的面前。在吴奕晗后座上还坐着一个人，这个人是胡蝶，这让她很担心。紫金山的盘山路本来就弯弯曲曲，选择在这里赛车本来就危险，他竟然还带了个妹子。

“你怎么回事啊？下来。”蒋玉莲叉着腰，怒道。

“不用你管，我就是带两人都比他们强。”吴奕晗却一脸的不屑，说道。

蒋玉莲看到吴奕晗的样子就来气，她说道：“美女，你还是和我一起走吧。”

胡蝶云淡风轻地说道：“没事，我相信他。”

“那好吧。”蒋玉莲无语了，她的好心被无视，也就不再理会他俩了。

“GO。”

随着蒋玉莲的一声命令，六辆摩托车同时往山上奔。那一刻，浓浓的黑烟喷洒而出，犹如六匹骏马挣开缰绳腾空而去。这场比赛牵动了蒋玉莲的心，她亲自驾车跟在后面。

摩托车飞快地冲向山顶，最前面的竟然是吴奕晗，他身后就是聂云海和李永胜。突然，在拐角的地方，一个老太太走出来了，眼看着就要撞上去了，聂云海急忙来了刹车。

“小心。”

等大家发现的时候，聂云海的车子已翻在了一边，他从悬崖上飞了出去。这一下，可把蒋玉莲吓坏了。

“啊。”

等众人停车来救的时候，聂云海正挂在悬崖上的树叉上。

“云海，你怎么样了？”

“不碍事。”

蒋玉莲的心都提到嗓子眼了，可聂云海就像没事人一样，他跳下了树杈，迅速地爬到了马路上。一上来，聂云海扶起了摩托车，飞速地往前冲。等他到达山顶的时候，一切都已经结束了。

当然了，这样的结果大家都可以想象出来，李永胜他们大肆庆贺胜利。聂云海却庆幸自己能够平安，他何尝又不是胜利者呢？

赛车后的两天里，聂云海仿佛从校园里蒸发了，这让蒋玉莲很难接受。她已经习惯了成双入对的感觉了，突然之间不见了聂云海，蒋玉莲变得失魂落魄。

蒋玉莲已经两天没有吃饭了，她的眼神也变得呆滞了起来。这哪还是那个令所有男生倾倒，让所有女生嫉妒的女神啊？她呆坐在床上，手指不断地比划着，嘴里还喃喃自语道：

“1 小时 60 分钟，48 小时了就是 1440 分钟，也就是 86400 秒……”

徐丽娜被蒋玉莲给惊醒了，她睁开睡眼望着蒋玉莲，就见她披头散发地坐着床上。顿时，吓得徐丽娜一身冷汗，在这深更半夜的，谁看都吓人。

“吓死我了，大半夜的不睡觉，你装什么神弄什么鬼啊？”

“就是 86400 秒，我已经有 86400 秒没有见到他了。”蒋玉莲并没有去理会徐丽娜，她依旧在数手指头。

徐丽娜无语了，知道蒋玉莲是魔怔了。她只好下了床，来到蒋玉莲的旁边，安慰道：“玉莲乖，我们睡觉好吗？”

哪知道蒋玉莲并没有理会她，而是推开了徐丽娜的手臂，激动地说道：“我已经 48 小时没有见到聂云海了，他去了哪儿？电话打不通，短信也不回。”

徐丽娜有种瞬间被石化的感觉，她不能理解，为什么女人恋爱以后智力就会下降呢？蒋玉莲那么高高在上的一个人，也会为情所困。

“他，他是想给你一个惊喜，所以没告诉你。”

“真的？”

“我怎么会骗你呢？”看着蒋玉莲呆萌的样子，徐丽娜觉得好笑，可心里却不断地在骂聂云海。

“聂云海你这个混蛋，去哪里也不说一声，害得玉莲跟丢了魂似的，等我见到你非敲死你不可。”

这一夜总算是挨过去了，虽然过得浑浑噩噩的，却也没发生什么事情。早上，两人一起去上课，只是蒋玉莲完全不在状态。

老师在上面绘声绘色地讲舞蹈史，蒋玉莲却趴在桌子上，心不在焉。她时而瞧瞧窗外，时而又翻出手机，看看有没有消息。

眼看着要下课了，徐丽娜也着急了，今天是最后一次比试了。如果聂云海还不出现，说明他主动退出了，后果就不可想象。徐丽娜都不敢去看蒋玉莲的脸蛋了，她甚至都在诅咒聂云海了。

“好你个聂云海，活该你一副苦瓜脸，下辈子还得是苦瓜脸。去哪儿了也不说一声，我怎么回答玉莲啊，你再不出现，我可就要疯掉了。”

“同学们，今天的课就上到这里，下课。”总算下课了，同学们陆续离开了教室，而徐丽娜的脸色变得铁青。

“聂云海怎么还不出现，他是胆小鬼吗？不敢出现了？”蒋玉莲厉声地说道。

“我真是服了你了，怎么变成了一个女屌丝了呢？都说了，聂云海一定会出现，你已经问了我几千遍了。”徐丽娜苦笑道。

“我……”

蒋玉莲还想说些什么，突然从外面传来一阵尖叫声。两人快步走出教室，来到一楼。

“哇，男神啊。”

随着众人的眼光望去，就见一架直升机在众人的头顶上盘旋，它就像雄鹰在寻找猎物。终于，机上的人锁定了蒋玉莲，它缓缓地降落下来。

直升机的门打开了，李永胜抱着一束鲜花从上面走下来，他径直走向蒋玉莲的面前。李永胜把鲜花送给了蒋玉莲，随后，他又从怀里掏出一枚鸽子蛋大小的钻戒，单膝跪地。

“玉莲，一直以来，我有很多的话想对你说，借着这个机会，我想对你说……”

“等等。”

就在李永胜想要表白的时候，从人群中走出了一个人，来的是龙杰，就见他充满了自信。魏大志一脸的自豪感，说道：“嗨，小子，我兄弟这阵势咋样？聂云海呢？他准备了什么来着？”

“说，说说真的，真，真，真不咋样，都，都，都是老套路了，人，人，人家女神是谁啊，会，会，会缺这，这，这个吗？人，人，人家缺的是一颗真，真，真心。”不知何时，马芸也从人群里挤了出来，他磕磕巴巴地说道。

“小子，你欠揍了吧。”

魏大志信心满满的，不想会被马芸当众嘲讽了一番，肺都快气炸了。这小子当时就想动粗，幸好被李永胜给拦了下来。

“兄弟，别急，看他能玩出什么花样来。”

“对，我就看你怎么跟我们比。”

“小样，学着点吧。

说完，龙杰从背包里拿出一个电脑，然后，他点开了一个视频，里面出现的是聂云海，他对着镜头说道：“玉莲，我思前想后觉得你什么都不缺。我能为你做到的，你爸妈都能为你办到，而我不能办到的，他们也能为你办到。香车，宝石之类的，我买不起。但是，我能为你奉献出一份真心，一份爱心。世界上有很多无助的人，也有很多孤寡老人，他们需要关怀，需要爱，需要温暖。所以，我以你的名义来看望了这些老人们，并得到了他们祝福。”

说到这里，视频就转到了敬老院，聂云海带着龙杰、杨得胜等人来到了敬老院。一进门，他们就受到了院长的热情接待。

“院长，您好，我们是代表蒋玉莲同学来看望大家。”

“欢迎同学们的到来……”

“爷爷奶奶们，看我们给大家带来了什么？”

面对这些老人们，聂云海激动了起来。大家赶紧把已经准备好了的礼物发了下去，都是一些纪念品，虽然不值钱，可老人的脸上却洋溢着喜悦之情。

“哇，象棋。”

“帽子。”

“还有手套。”

老人们拿到了礼物，高兴得像孩子一样，有的当时就拿出来把玩起来。两个老爷爷拿着新象棋，马上就在院子里杀开了。

“当头炮。”

“马来跳。”

聂云海在院子里巡视了一圈之后，发现了一个老太太独自坐在一边晒太阳。

聂云海觉得好奇，就走上前问道：“奶奶，你怎么不跟大伙一起玩啊。”

“我都习惯了。”

“你的家人呢？他们也不来看你吗？”

“都出国了，我一个人不愿意出去，就搬到这里来了。”

“奶奶，走，看演出去。”

“哎。”

说完，聂云海挽着老奶奶的手，一边跳着舞，一边唱着歌，大家度过了一个美妙的下午。最后，屏幕上出现了几个老人，每人都对着屏幕前的蒋玉莲说道：“蒋玉莲同学，你真是个好姑娘，你的心意我们都感受到了，太感谢你了。”

“孩子，你真好，愿老天保佑你一生平安。”

“姑娘，我们永远爱你。”

视频结束之后，同学们都被聂云海的行为感动了，很多人都留下了眼泪。当聂云海来到蒋玉莲面前的时候，她已经热泪盈眶了。

“玉莲，我没有鲜花，也没有豪车，更没有直升机，但我有一颗真诚的心，我愿意陪伴你到老。如果你饿了，我会为你做饭；如果你累了，我就是你的依靠；如果你老了，走不动了，我就牵着你，和你一起慢慢变老。”

“答应他……答应他……”

此刻，所有的同学都呼喊着，很显然，大家的心里已经有了一个答案，最终胜利属于聂云海。

在众人的欢呼声中，蒋玉莲走到李永胜的面前，对他说道：“永胜，你对我很好，爱我、疼我。可是，爱情是不能欺骗的，我一直都把你当哥哥，我没办法接受你的感情，对不起。”

说完，蒋玉莲就走到了聂云海面前，在他胸口打了一拳，嗔道：“坏蛋，为什么不接电话？”

“哈哈哈，坏蛋，亲一口……”

世界上的事情就是这样的，人的悲喜并不相通，李永胜此时就是最失意的。在酒吧里，李永胜正拉着魏大志和吴奕晗在喝闷酒。

“来，今天不醉不归。”

“好，一醉方休。”

“干。”

三人正咕嘟咕嘟地喝着酒，吴奕晗的电话响了。他一看是胡蝶的来电，放下酒瓶就跑了。

“对不起，我去接个电话。”

“我敢肯定，他不会回来的。”

“管他呢，不够意思。”

“还是兄弟我够义气吧。”

“来喝酒。”

吴奕晗走了，只剩下李永胜和魏大志了，他们正喝得起劲时，旁边来了一位美女，她邀请魏大志去跳舞。魏大志从未有过这样的待遇，想也没想就答应了。这一下，就剩李永胜一个人喝闷酒了。

“靠……”

看着魏大志搂着美女的细腰在舞池里陶醉地舞蹈，李永胜心中说不出来的憋屈。什么青梅竹马，什么哥们义气，到头来一场空。他拿起酒杯，又干了两杯，还是不解恨。他想不通，自己相貌堂堂，一表人才，更是永胜集团的继承人，却败给一个乡下人。

想到这里，李永胜又倒了一杯酒，正准备喝的时候，旁边来了一位摩登女郎。那女郎衣着十分的性感，一件低开叉的连体裙，叉口都到了大腿根。

“帅哥，一个人啊？”

“怎么，你也想喝点？”

“喝闷酒啊，那多无聊。”

女郎站在李永胜的身边，一只手扶着他的肩膀，眼睛里释放了无尽的柔情。她正准备去接李永胜手中的酒杯，不想却被另一位貌美的女子给镇住了。来人穿得挺庄重的，一件宝蓝色的坎肩和一件深灰色的牛仔裤还有一张精致的脸蛋，一双大眼睛，高鼻梁。

“谁说你是一个人了，我不是人吗？”

“你？”

女郎抬头看着眼前这位美女，见她手里提一个 LV 的包，手上戴一块欧米茄手表，就知道惹不起，她只好灰溜溜地走了。

李永胜见来的是徐丽娜，心中大失所望，说道：“你怎么来了啊？”

“不欢迎啊，是不是我破坏了你的美事了？”

徐丽娜并不看他，她拿起了桌子上的一瓶啤酒，张嘴就干，连眼睛都不眨一下的。就这一手，把李永胜惊得目瞪口呆。

吴奕晗从酒吧出来后，就没有再回去了，他驾车回到了学校。此刻，他怀里正抱着一个大美人，忙得不亦乐乎。

“来吧，宝贝，让我亲一下。”

“走吧，别在这儿亲，被同学看到了多尴尬啊。”

“好吧。”

吴奕晗带着胡蝶乐呵呵地离开了学校，可他根本就想不到，他已经被人盯上了。他们前脚刚离开校门，小倩后脚就上了一辆出租车，一路尾随。

果然没让人失望，吴奕晗带着胡蝶进了一家五星级酒店。小倩看着他们十指紧扣地进了酒店，顿时，她心里头燃起了无名大火。

“王八蛋，简直不是人，和我在一起的时候就住这家酒店，现在又带这个狐狸精来这里。”

吴奕晗自然没有想到小倩会跟过来，或许，他早已经把小倩忘记了吧。两人进了电梯，门一关，他们就急不可耐地亲上了。

他们从电梯里，一直亲到了房间，又亲到了床上，吴奕晗动作麻利地脱去胡蝶的外衣。就在两人意乱情迷的时候，小倩赶到了，她一脚就踹开了房门。随后，小倩二话不说就冲到胡蝶的跟前，上去就给了她两个耳刮子。

“狐狸精，到处勾引男人，看我不撕烂你的嘴。”胡蝶本就瘦弱，哪经得起她这个打，嘴角当时就出血了。

“你怎么打人呢？”

这样一来，吴奕晗可怒了，他反手就是一巴掌，把小倩扇到了一边。小倩被打懵了，她想不到吴奕晗会真的动手打她。等她明白过来之后，就像疯子一样冲向了吴奕晗，对着他又抓又咬。

“吴奕晗，你不是人，为了个狐狸精，你居然动手打我，好，我跟你拼了。”

小倩的手段果然非凡，把吴奕晗的衣服都扯破了，脖子上也挖了几道血痕，手上也咬了一大口。她自己就更狼狈了，被吴奕晗按在地上捶了一顿。

“泼妇，滚，我再也不想见到你。”

小倩哪受得了这个，她父母都舍不得骂她，如今不仅被吴奕晗抛弃，还被他一顿暴揍。小倩越想越气不过，突然，她从地上爬起来，快步奔向栏杆准备从楼上跳下去。

“好，你这样对我，我死给你看。”

这样一来，可把吴奕晗和胡蝶都吓傻了，两人呆呆地看着她，不知道怎么办才好了。

“啊……”

好半天，吴奕晗才反应过来，就想跑上前拉住小倩，可小倩整个身子已经翻出了栏杆外了。

“不要啊。”

他们这么一闹，早就惊动了四周的房客，大家都跑了出来。见有人要跳楼，岂能见死不救啊。大伙围上前救人的救人，解劝的解劝。

“姑娘，有什么话不能好好说吗？干嘛要寻死啊？”

“就是啊，你死了，你父母怎么办？”

“闺女啊，你千万别想不开啊，你这么糊里糊涂地死了，你父母怎么办？”

这些人说什么的都有，可小倩就是听不进去，她狠狠地盯着吴奕晗，眼睛里满是仇恨，道：“哼，你不是很得意吗？好，我让你一辈子都无法安身。”

就在这千钧一发之际，从旁边来了一个男人，他突然跳上来，一把就抓住了小倩右手，使劲地拽着她，不让她跳下去。

“姑娘，你别跳楼啊，再大的委屈，也不能寻死啊。”

“你放开我，我不活了。”

这样一来，小倩就更有恃无恐了，她干脆松开了双手。顿时，小倩的身子因为失去了支撑，迅速地往下掉去。

“啊。”

大家都把眼睛闭上了，谁也不敢看眼前的这一幕。好在她的手被那位好心人死死地抓着，她才没有掉下去。吴奕晗这会也跑上前，帮着去拉小倩，只是她大半个身子都悬在了空中，很难把她拉上去。

“快救人，有人跳楼了。”

这时，来了几名警察，他们一见形势十分危机，马上就采取了行动。一名警察翻过栏杆，其他的几名警察抓着绳子，缓缓地放下去。警察从半空中抱住了小倩的身子，其他的警察见他成功了，一起帮着把他们拉了上来。

“成功了。”终于，酒店里爆发出雷鸣般的掌声。

第 61 章　维和战队

警察救下了小倩，了解到整件事情的经过之后，就把吴奕晗三人带回了警局。到了警局，警察分别对吴奕晗和胡蝶进行了一番教育，之后，就让他们的班主任来警局领人。

吴奕晗的班主任来了之后，大吃一惊，大学生谈恋爱本来很寻常，可因为恋爱而闹出人命那就不是小事了。好在事情被警察及时阻止了，才没有发生更严重的后果。

班主任把吴奕晗带走了，还特意跟吴市长进行了沟通，经过一番教育之后，吴奕晗也认识到了自己的错误。胡蝶也被她的班主任带回了学校，接受教育。

他们走了之后，警察就开始安抚小倩。发生这种事，首先要安抚好小倩的情绪，先劝住她不要轻生才行。

“小倩，虽然你是受害者，但我还是要说你几句，你不该想不通。今天，你要是这样死了，那你就太不值钱了。”

“可是，我……”

“你们已经没有感情了，何必继续纠缠呢？何况为了一个不爱你的男人去死，值得吗？”

“我……”

“小倩。”

这时，小倩的班主任慌慌张张地来到警局，她一来，小倩可找到了依靠了，一下子就扑到她的怀里哭开了。看着她泪眼婆娑的样子，班主任的心也软了下来。她一只手搂着小倩，一只手轻轻地抚摸着她的头。

“孩子，你还小，看不到事情的本质。像吴奕晗这种人渣，不管他的背景如何，也不管他的家境怎样，他跟很多女生不清不楚，你就应该和他保持距离。但你没有，既作贱了自己，也让他看轻了你。

“呜呜……”

“好了，倩儿，都过去了，咱们回宿舍吧。”

班主任带着小倩出了警局，很快，二人就回到了小倩的宿舍了。一进门，大家就把小倩给围住了，一个个上来安慰她，大骂了吴奕晗。

“吴奕晗这个王八蛋，简直不是人。”

“他就是畜生，玩弄人家的感情。”

“还市长的儿子呢，我看他们一家都不是好东西，老的是贪污犯，小的是强……”

大家骂了半天，发现班主任还在这里，都看着班主任傻笑。现在，小倩的情绪已经稳定了很多，也不再哭闹了，只是坐在床上一语不发。

班主任又坐了一会，然后对这些学生吩咐道：“小倩就交给你们了，你们好好劝劝她，别让她干什么傻事，有情况及时给我打电话。”

“知道了班主任，我们会照顾好小倩的，不会让她出事的。”

“那好，小倩，你先休息，明天我再来看你。”

说完，班主任走了。她一走，同学们马上就议论开了，主要还是在骂吴奕晗，比之前骂得更难听了。小倩的心情很糟糕，她根本就不想听这些无用的话。可这些人对她非常上心，生怕她又做出什么傻事来。所以，小倩走到哪，她们就跟到了，就连上厕所也有人陪着。

“你要去哪？”

“你不能出去。”

“小倩，这种贱男人，你还要为他去死吗？”

“就是啊，为这种男人去死，你值得吗？”

小倩受不了这些人的狂轰滥炸，干脆就上了床，她拿被子往头上一盖，睡觉了。室友们见小倩不再闹腾了，都松了一口气，一个个也上床睡觉了。

清晨，大伙还都在睡梦中，就听河边传来了呼救声。等室友们爬起来一看，发现小倩的床铺上空空如也，大伙就知道不好。于是，众人一股脑地往河边跑去，果然是小倩。

“不好了，有人跳河了。”

此刻，河堤上已围满了人，而站在悬崖端的就是小倩，离她最近的是聂云海，他正试图说服小倩。

“同学，你快回来，别往前走了，掉下去可不得了。”

“你别过来，再过来我就跳下去。”

“好好好，我不过去，你也别跳，行吗？”

“男人都不是好东西，没得到的时候整天花言巧语，什么好听说什么。到手了以后就开始喜新厌旧，也不管你的死活了，说抛弃就抛弃。”

“同学，你听我说，你要是跳下去了，什么都没有了，活着才有意义。活着，你可以做你想做的事情，还可以看到坏人受到惩罚。”

“同学，我知道你是个好人，麻烦你转告吴奕晗，是他把我逼死的，我要让他一辈子不得安心。”

聂云海到现在才明白，眼前的这个女同学正是被吴奕晗抛弃的小倩。登时，一股怒气直通肺腑。

“同学，你不用跳了，我去给你讨回公道。我把吴奕晗那小子提到你的面前，让他向你赔罪，这些王八蛋仗着家里有钱，从未干过一件正经事。”

河堤上看热闹的人越聚越多，学生们都围在这里了。小倩的同学和班主任也来了，她们高喊着，劝慰着。

“小倩，你快回来。”

“小倩，不要啊。”

“小倩，你可千万别干傻事了。”

无论聂云海怎么说，也不管这些老师怎么劝，哪怕同学们的苦心哀求，小倩一句也听不进去。她终于还是跳了下去。

“啊。”

众人都惊呆了，这样的结果，谁都不愿意去面对，一个个瞪大眼睛。

“快，救人啊。”

聂云海来不及多想，纵身一跳，就跳进了河里。入秋的河水冰凉刺骨，聂云海也顾不得寒冷了，一个水花，人就已经到了小倩的身边。他一把就搂住了小倩的脖子，再用力往上一推，就把她推出了水面。顿时，河堤上爆发出热烈的掌声和呐喊声。

“救起来了，救起来了。”

小倩跳河的消息很快就在校园里传开了，聂云海救人的事迹也被同学们广泛地传播。一时间，聂云海的人气飙升，他成了金陵大学最受欢迎的人。

这让蒋玉莲欣喜不已，她不由得感叹自己目光如炬，找了一个才貌品性俱佳的人做男朋友。听到被聂云海救下的那个女孩就是小倩时，她不由得心生怜悯。于是，蒋玉莲拉着聂云海又跑到医院来看望她。

因为女神的到来，使得原本沉闷的病房一下子就活跃开了。但是，这种气氛并没有维持多久，随着一个人的到来，房间里的气氛又变得紧张起来。她就是胡蝶，当她听到小倩又跳河了，她就更内疚了。于是，胡蝶手捧鲜花，亲自向小倩赔罪来了。当然了，对于她的出现，大家可没有给什么好脸色。

“你来干嘛？来看笑话吗？”

“这是你能来的地方吗？”

“是不是来看我们小倩死了没有啊？告诉你，我们家小倩活得好好的。”

面对众人的冷言冷语，胡蝶似乎早有防备，她并不回答。只是走到了小倩的病床前，向她深深地鞠了一躬。然后，胡蝶又把手中的鲜花放到了小倩的床头。

“小倩，对不起，我不是有意要伤害你的，我和奕晗在一起的时候，他跟我说他是单身，所以……”

小倩没有抬头，更没有接受她的道歉。同学们却十分生气，其中一个女孩打掉了床头的鲜花，怒道：“走，这里不欢迎你。”

“小三。”

“狐狸精。”

“猫哭耗子假慈悲。”

“滚。”

原本鼓足了劲的胡蝶，被这么多人臭骂一顿，觉得无地自容。她也是个心高气傲的人，哪经受得住这样的侮辱，扭头就走。

“等等。”

胡蝶刚到门口，却被聂云海叫住了。他一直沉默不语，看着胡蝶，他又像想起了什么似的，说道：“吴奕晗呢？他为什么不来？”

大家都被聂云海的问题给弄糊涂了，确实，吴奕晗才是元凶，是他玩弄了小倩，又是他抛弃了小倩。可现在他却消失了，连一句道歉的话语也没有。

“他在楼下。”胡蝶丢下一句话，就跑了。

“好，我去找他。”

听到吴奕晗来了，聂云海怒气冲冲地跑下楼，老远就看到了吴奕晗站在医院的大厅里。

“好啊，你还有脸来。”

看到吴奕晗，聂云海气就不打一处来，他上前就是一拳，把吴奕晗给打倒在地。吴奕晗没有想到会被人偷袭，等他看清楚打人的是聂云海。这一下，他可不干了，爬起来就跟聂云海拼命。

“他妈的，你敢打老子。”

“我打的就是你。”

顿时，两人就在缴费大厅里干起了架来。吴奕晗哪是聂云海的对手，他就一个花花公子，没几下，就被聂云海按在地上一顿暴揍。

“都别打了。”

聂云海正打得过瘾，小倩来了，两人一惊，同时道：“小倩……”

“聂大哥，让他走吧。”

“可是，他……”

“让他走。”

“嗨……”

聂云海见小倩没有去追究他的意思，他也就不再找吴奕晗的麻烦了。于是，聂云海松开了吴奕晗，起身站在了一边，看着事态的发展。

吴奕晗什么也没说，他灰溜溜地走了，等他离开了之后，大家却发现小倩哭着跑回了病房。看来，小倩的身体是没有问题了，可她心里的伤痕怕是一时难以愈合了。

……

深夜的蒋氏豪宅里静悄悄的，整个别墅一片漆黑，除了蒋玉莲的房间里还亮着一丝微弱的灯光之外，都是一片沉寂。

蒋玉莲正靠在一张欧式大床上，眼睛却落在聂云海的照片上，她陷入了迷茫之中。徐丽娜就躺在她的身边，眼睛似睁非睁的。

“娜娜，你说，我为什么就放不下这个负心汉呢？”

“当然了，初恋往往是刻骨铭心的。”

蒋玉莲似乎对这样的回答并不满意，但她接下来的一句话，却吓得徐丽娜睡意全无。

“不行，我要去找他，我不能嫁给李永胜。”

“这可不行，你马上就是李太太了。”

“什么李太太，我不嫁了。”

“你要悔婚？这可不行。”

“你亲口答应了李永胜的求婚，现在又要悔婚。不行不行，太太要是知道了，会杀了你的。”

徐丽娜越说越激动，最后，她竟然从床上跳下来，说道：“玉莲，咱们明威集团是因为李永胜才挺住的，现在行情好了。如果你这个时候悔婚，那么，董事长一辈子的心血就真的化为泡影了。”

“娜娜……”

“还有，全国人民都知道你的婚事，你现在悔婚，怎么跟全国人民交代？”

“结婚是我个人的私事，跟全国人民有什么关系？”

“怎么没关系？首先你就过不了我这一关，你抢走了我的最爱，这事我不怪你，输给你我无话可说。可是，你要是伤害永胜，我就不答应。”

“好好好，我说不过你，行了吗？”

“不行，不管你有多么的放不下那个家伙，可他的做法就不对。竟然为了一点钱就把你给出卖了，这实在无法让人接受。”

徐丽娜气呼呼地说了一大堆的话，而且充满了抱怨，却把蒋玉莲都给逗乐了，她笑道：“说完了吗？”

“没有，还有很多难听的话呢。”

“好了，娜娜，我知道你是为了明威集团好。”

“哼，就知道你听不进去。”

“亲爱的，告诉我，那家伙现在在哪儿？”

“不知道，我就是知道了也不告诉你。”

“好了，傻妞，我只想知道他在哪里，怎么样了，又不是真的要去找他。他都把我给卖了，我还跑过去帮他数钱啊，我有这么贱吗？”

“他已经出国了，这会应该在大海上航行吧。”

“啊？”

蒋玉莲还不知道，聂云海已经在浩瀚的印度洋上了。我军的金陵舰正在浪涛里航行，波涛拍打着舰体，激起了一层层的浪花，把战士身上的衣服打湿了。

“都精神点，马上就到非洲了，这里的局势非常复杂，尤其近年来海盗猖獗，我们别让几个小毛贼给偷袭了。”

“是。”

聂云海在战舰上来回地视察了一遍，这是他的一种习惯。他现在是国际维和战队的大队长，也是整个舰队的参谋长，所有的作战行动都归他负责。如果舰队发生意外，后果不堪设想，不仅关乎数千人的性命，也关乎整个国家的颜面。

金陵舰队在海上航行了一个多月，历经了无数惊涛骇浪之后，终于安全到达了 MS 国首都普的码头。

当国旗出现在 MS 国的上空时，码头上站满了迎接的队伍。有 MS 国的总统、百姓，有我们华侨的同胞，还有 Z 国驻 MS 国的大使刘岐。

随着长长的一声汽笛声响起，金陵舰终于抛下了铁锚。顿时，码头两岸爆发出热烈的掌声和欢呼声，有些华侨竟然忍不住高唱起来。

“国旗，我为你自豪，为你欢呼，我为祝福，你的名字比我生命更重要……”

甲板上，将士们身着迷彩服，头戴天蓝色钢盔，上面有“UN”的字样，斜跨 95 式突击步枪，威风凛凛。

“立正——稍息——报告总指挥，国际维和战队集结完毕，请指示。”聂云海表情凝重地跑到王指挥的面前，向他庄重地敬了个礼，说道。

“登岸。”

“是！”

聂云海应了一声，随后，他转身，来到维和战队的面前，高声道：“全体都有，向右转——目标，码头，齐步走——”

“一二三四……一二三四……”

当将士们高举着国旗和联合国旗踏上 MS 国土的那一刻，码头上顿时沸腾了起来，前来迎接的同胞与国际友人挥舞着手中的鲜花，异口同声地高喊道：“欢迎欢迎，热烈欢迎。”

“敬礼——敬礼——”

聂云海和他的国际维和战队都没有想到，第一站会如此的顺利，也那么的受欢迎。当天，国际维和战队就驻扎在大使馆附近。

因为 MS 国的政局比较稳定，国际维和战队就把总部设立在这里了。当天，上级还给了他们一天的假期，让大家先熟悉一下普的环境。弟兄们高兴坏了，大家都是第一次出国，都想到城里转转。聂云海考虑到国际维和战队的人数众多，都跑到大街上去，难保不出现问题。

考虑再三之后，聂云海就跟总指挥请示，希望去MS国的军事基地去考察，大家互相学习一下。总指挥觉得这个提议可行，当即就跟哈桑总统沟通了一下，哈桑总统很快就同意了。

于是，聂云海带领国际维和战队开进了MS国的某陆军基地。出来迎接的是MS国的一名少将，他叫塔齐亚，五十来岁，一身乌黑的皮肤，却一脸的傲慢。

尤其塔齐亚觉得聂云海的军衔比较低，只是个上校军衔，和他很不对等。因为是哈桑总统的命令，他不得不亲自接待。所以，塔齐亚全程板着脸，十分傲慢。

“上校，你参观了我们的驻地，感觉如何？比起你们维和部队，是不是更威风？”

塔齐亚得意地说，眼神充满了蔑视，却把国际维和战队的将士们都惹怒了。聂云海也看出大家的心思来了，可他却面无表情。

“塔齐亚将军，贵军威不威风我不知道，我们国际维和战队不是来和你们比试的，我们是应联合国的邀请来支援你们的。”

“上校先生，咱们都是军人，比试一下又有什么关系？你们不是都会Z国功夫吗？咱们切磋一下如何啊？”

“塔齐亚将军，这恐怕不行，没有总指挥的命令，我们不能和你们进行比试。”

面对这样的挑衅，聂云海并不理会。塔齐亚以为聂云海心虚了，神情就变得更无礼了，说话也更过分了。不仅如此，他们的战士脸上也充满了挑衅的神情。

“上校先生，不要害怕嘛，我们会手下留情的，不会伤到你们的。”

“就是啊，我们决不会打伤你们的。”

此话一出，把国际维和战队的将士们都惹恼了。尤其卢德铭是火爆子脾气，不等聂云海说话，他忍不住站了出来。

“塔齐亚将军，我们头儿是怕伤了两军的感情，尤其我们初来乍到，弄出什么事情来无法交代。既然你这么热情，咱们就切磋一下，点到为止好了。”

聂云海并没有因为卢德铭的越礼而生气，他脸上依旧没有任何表情。其实，他早就想给这个傲慢的将军一点颜色了，可他代表着 Z 国军人，一言一行都必须谨慎。

“那好，我们就进行五项常规比试，三胜二负，败者表演一个节目吧。”塔齐亚信心十足地说道。

“好啊，开始吧。”聂云海终于同意了。

第一项比试是障碍跑，两军分别派出四个人，进行接力赛。我们派出了卢德铭、刘进喜、贾青山和吴奕晗。

“各就各位，预备，跑。”

塔齐亚手中的信号枪一响，两队的人就冲出了跑道。卢德铭轻轻松松就跨过围栏，简直就是军中的飞人，甩开对手十几米。

“快跑，你这个废物。”塔齐亚看着手下出师不利，竟然说出了脏话来。

“加油，加油。”两边的战士们也不断地给自己的弟兄打气，MS 国的将士们用五花八门的语言呐喊。

第二道的是刘进喜，他也轻轻松松地通过了独木桥，第三道的贾青山完全没有压力就通过了，我们还是领先十几米。到了第四道是由队副吴奕晗亲自上阵，他更是以绝对的优势通过了障碍物。

“他妈的，都是吃屎。”塔齐亚阴沉着脸，用他不太流利的英语骂道。

第二项比试是射击，双方只派出了一名狙击手。规则非常简单，两边的代表处在 500 米外的地方进行射靶，每人开十枪，看谁的分数高。

MS 国的派了一名瘦小子，那人的枪法不错，一出场就得了 10 分。这一下，塔齐亚和他的手下们忍不住欢呼了起来。

“哟呵。”

“上校，该你们的人射击了。如果你们有压力，可以弃权。”塔齐亚不可一世地说道。

“塔齐亚将军，你的狙击手不错，比那几个家伙要强一点。”聂云海淡淡地说道。

“你们 Z 国有句古话，叫胜败乃兵家常事，对不对啊？”

塔齐亚突然来了句汉语，把聂云海也给闹愣了。此刻，那名士兵已经开了五枪，全部命中靶心，MS 国的士兵就更得意了。

“非常棒。”

接着，MS 国士兵又开了两枪，只是这一次偏了一点，都打在了九环上。MS 国的士兵们就不再言语了，都屏住了呼吸，生怕影响到狙击手的射击。

最后三枪比较难，起了一些风沙，那名士兵调整了一下角度。之后，他屏气凝神地开了一枪，正中靶心，场上立刻响起了呼喊声。

“好样的。”

“上校，怎么样，我的士兵都是百里挑一的勇士。”塔齐亚以胜利者的口吻对聂云海说道。

“塔齐亚将军，比赛还没有结束，往下看吧。”聂云海不急不慢地说道。

“好，往下看。”

塔齐亚说完，亲自跑到了狙击手的旁边，在他的肩膀上轻轻的拍了一下，鼓励道：“小子，最后两枪你可得把握好了。”

“将军，放心吧，我一定不辱使命。”

狙击手信心满满地看着塔齐亚，然后，他再度瞄准了靶心，“啪啪”两枪，全中靶心。这一下，MS 国的上万名将士都欢呼雀跃起来。塔齐亚更是一把抱住了狙击手，在他的头上亲了起来。

“好样的。”

“感谢神赐。”

一番庆祝之后，塔齐亚又来到了聂云海的面前，不忘调侃了起来，道：“上校，看见了吗？我的狙击手得了 98 分，你还有什么话要说？”

“那行，该我的人上了。”

聂云海耸耸肩，朝唐陆一使眼神，就不再言语了。塔齐亚对面前这位年轻的上校，心里十分的疑惑。看到他一张冷冰冰的脸，也只好闭上嘴巴了。

唐陆的压力非常大，说实在的，对手非常强大，能打出这样的成绩，几乎无敌了，就是参加奥运会，拿金牌也不在话下。

唐陆来到了射击点，他把自己的宝贝 JS-12.7MM 狙击步枪展开，瞄准。这款 JS-12.7MM 狙击步枪是 Z 国自主研发的，在国际上享有一定的知名度，精确度高、质量好，又方便美观。

瞄准了一会之后，唐陆就击出了第一枪，结果一开始就出师不利，竟然只击中了 9 环。这一下，MS 国的将士们又欢呼雀跃起来了，似乎他们已经胜利了。

“上校先生，你们的狙击手非常的棒。”

聂云海并没有看他，也没有说话，干脆把眼睛都闭上了，只等比赛的结果了。唐陆打出了第一枪，额头就冒了汗。他知道，自己再失误一点，这一场比试就输。

唐陆回过头看了一眼聂云海，见他双眼紧闭，没有任何的表情。于是，他深吸了一口气，再度调整了一下射击位置，打出了第二枪。这一次，他没有再失手，一枪命中靶心。

接着，唐陆又连续开了五枪，也是全部命中靶心。MS 国士兵们就安静了，都等待着最终的结果。

最后，唐陆屏住压力，连续打出了四枪，全部命中靶心。如此一来，塔齐亚的脸色就更难看了，MS 国的士兵也笑不出来了，他们已经连输两阵。

第 62 章　一战成名

塔齐亚见射击比试也输了，脸色立刻就变了，早已没有了之前的傲慢。突然，塔齐亚转过身来，激动地说道：“上校，这一阵咱们比试搏击吧，我的士兵都想见识一下 Z 国功夫。”

“那好，你挑选几位高手出来，大家切磋一下。”

聂云海还是一样的平淡，脸上没有任何表情。可塔齐亚却一反常态，他摘下头上的军帽，又脱下了挂满勋章的将军服，把他交给了副官。然后，他斩钉截铁地对聂云海说道：“不，上校，我们来比试一下吧，就你和我，让我看看你们 Z 国功夫是不是名副其实。”

聂云海瞪大了眼睛看着塔齐亚，他似乎不相信眼前站着的是一位将军。可塔齐亚眼神坚定，聂云海也只是稍微点点头。

“那行吧。”

说完，聂云海也把身上的装备卸下来，交给了身后的卢德铭。一切准备好之后，聂云海这才拉开架势，围着塔齐亚慢慢地转动了起来。塔齐亚早就急不可耐了，大喊一声就冲了上来。

“啊。”

聂云海先躲过了他的一击，随后又转了起来。塔齐亚见一击不中，就加快了攻击的步伐。这一次，他不仅使用拳头，连同胳膊和腿都一块用上了。塔齐亚一边进攻，还一边蔑视地叫唤着。

“上校，你害怕了吗？难道你们的 Z 国功夫就只有逃跑的本事吗？”

聂云海依旧快速地转动着，他脸上依旧面无表情。就在这时，塔齐亚一拳直奔他的面门而来，聂云海本能地往旁边一闪，躲过了塔齐亚的这一拳。哪知道塔齐亚非常有经验，早就算计好了，等聂云海往旁边躲闪的时候，他立刻变拳为肘击向聂云海的胸部。聂云海一时大意，胸口上重重地挨了一肘子，把他逼退了好几步，差一点摔倒在地。

“啊。”

那些 MS 国的士兵心里都憋了一口气了，现在见他们的将军处于上风了，立刻就叫唤了起来。

“将军，打他，揍他……”

塔齐亚和他的士兵激怒了国际维和战队的将士们，大家对于聂云海的这种消极的比试十分的不解，都忍不住呐喊了起来。

“聂队，打呀，给他一点教训，让他尝尝我们武术的厉害。”

聂云海也非常愤怒，只是他顾忌两国的友谊，一直克制。现在，聂云海可不再顾虑了，他一个箭步就到了塔齐亚的跟前了。

“将军，注意了，我要打你的胸口了。”说着，聂云海挥掌向塔齐亚的脖子削去。

“哈哈，你要打我胸口还告诉我，是不是太……”没等塔齐亚把话说完，聂云海用同样的方法给了他一肘。

“啊。”

塔齐亚还没站稳，就觉得脚下一绊，身子已重重地倒了下去。那一刻，塔齐亚就知道不好，他刚想打个滚往旁边躲去，却发现自己的脖子被一双大手给锁死了。

“将军，这就是我们的功夫，这就叫螳螂锁喉手。”

说完，聂云海就松开了塔齐亚的脖子，把他从地上拉了起来。如此一来，塔齐亚的人黑脸蛋上挂起了一丝红云。

“这个……”

对于塔齐亚来说，这是他第一次被人打败，心中不免怨恨。可是，他又没法发作，自己提出来比试，结果一败涂地。

正在这时，一个女兵跑过来，她朝塔齐亚行了个军礼，道：“将军，不好了，有一伙武装分子正在闹市跟警察火拼，他们的火力非常强大，警方已经顶不住了，请军方火速增援。”

一听到这个消息，塔齐亚自觉得眼前一亮，就问道：“对方有多少人？有重武器吗？”

“据警方提供的消息称，这是一伙毒贩，有二十人左右，没有重武器。”

女兵满怀期待地看着塔齐亚，塔齐亚却一脸喜悦地对聂云海说道：“上校，有没有兴趣咱们再赌一场，如果你赢了，我请你吃饭。如果你输了，哈哈，你把 Z 国功夫教给我，怎么样？”

聂云海从塔齐亚的眼神里看出了这家伙是个武痴，也难怪，他的身手非常棒，今天如果不是聂云海，输赢还真难预测。

“上校，你不会害怕了吧？”

塔齐亚见聂云海半天没回答，又将了他一军。聂云海自然不会害怕了，可这是军事行动，他不好擅自行动，所以，一时没有回答他。

“头儿，干吧，这么好的差事，干嘛不干啊？”

卢德铭也急了，他早就安耐不住了。他这么一说，刘进喜等人立刻就把聂云海围住了，一个个摩拳擦掌的就想要大干一场。

“塔齐亚将军，这不合适吧，我们只是来参观的，没有命令让我们采取军事行动。我要是行动了，没法向组织交代啊。”聂云海望着塔齐亚，淡淡地说道。

“哈哈哈，这有什么问题呢，你们本来就是来支援我们的。既然有行动，有什么不好交代的呢？”

“这个……将军，我们的国情不一样。凡是有军事行动，都必须获得批准，我们才能行动，否则……”

没等聂云海把话说完，塔齐亚就不耐烦道：“什么批准不批准的，这样吧，这事我跟你们的总指挥去解释。现在，你跟我一起去，谁先把对方的头抓住了，谁就是胜利者。”

“我……”聂云海还想说什么，被卢德铭拉着就走。

“头儿，走，先把这伙家伙收拾了再说。等你请示完了，人家早跑没了。”

聂云海拧不过这帮家伙，只好依从。于是，大伙坐着装甲车就朝事发地而去。塔齐亚他们从正面强攻，维和小分队从后门进攻。

事发地是一个市集，这伙毒贩就依靠四周的建筑跟警方周旋。维和小分队赶到之后，这里正进行激烈的枪战。聂云海看着面前的这些房屋，凝思片刻，就说道：“都别傻站着了，上墙，从这里翻过去。”

“是。”

随着聂云海的一声命令，十几把铁钩同时挂在了墙头上，大家抓住绳子，迅速地攀登到屋顶。上来之后，聂云海发现与交火的地方相隔二栋房子，中间还有好几个胡同。于是，聂云海根据地势做了一个周密的安排。

“六子，你给我守在这里，发现什么不对劲的地方，就干他娘的。”

“是。”

“刘麻子，你带几个在左侧接应。”

“是。”

“炉子，你带人去右侧。”

“是。”

“青山，你带人殿后，一会塔齐亚他们冲进来了，这帮人肯定会从这里逃窜的。那个时候，你就把他们收拾了。”

“是。”

“其他人跟我冲。”

“是。”

说完，聂云海带头就冲了下去，等进了房间，聂云海这才发现里面已经挤满了人。他们见聂云海等人都拿着武器，吓得四处逃窜。卢德铭不明就里，跟着后面就追。突然，从侧门处闪出了一个身影，那是一名毒贩，拿着一把手枪，正要开枪。没等他扣动扳机，聂云海的枪就已经响了。

“啊。”

歹徒一死，卢德铭这才回过神来，他拿着枪正准备寻找他的同伴，发现聂云海已跑到院子里了，他正拦住这些人，不让他们乱跑。

“都回去，我们是国际维和战队的，是来解救你们的。你们不用害怕，更不要乱跑，小心被子弹误伤了。”

这些居民大多数不懂英语，也不懂聂云海在说什么，他们还是一个劲地乱跑。其中有个小伙子会英语，他听到眼前的这些人是国际维和战队的，就大着胆子来到聂云海的面前，用英语跟聂云海交流了起来。

“你们真是来救我们的吗？”

“是的，你马上把大家召集起来，我派人保护你们。”

“好的，我这就告诉大家。”

小伙子随即大喊了起来，至于他喊些什么，聂云海一句话也没听明白。这些人起初很害怕，后来听明白了，也都跑了回来。安置好众人后，聂云海就带人往前面冲去。大家刚冲出房子，对方的子弹就朝着他们飞来了。

“注意隐蔽。”

聂云海马上又缩回角落里，他仔细一看，发现子弹是对面的窗户射过来的。于是，他就对着刘进喜喊道："刘麻子，我掩护你，你过去干掉这个家伙。"

"是。"

说着，聂云海拿枪就朝对面的窗户扫去，就听对方一阵的尖叫，打得他们哭爹喊娘的。刘进喜见差不多了，就从左侧冲了过去，他很快就到了墙角。正这时，从左侧的巷子里又杀出了五六个人。

"趴下。"

聂云海也不多想，从腰上抓起一个手雷，打开保险就扔了过去。接着就听"轰"的一声，手雷在巷子里炸开了，把前面的房子也炸开了一个大洞。

这一下就炸死了四个家伙，还有一个没死的，爬起来就准备往回跑。聂云海看他要跑，赶紧去追，哪知道从对面的屋顶射来了一颗子弹，从聂云海的耳边飞了过去，把聂云海又给逼了回去。

"六子，把他们的狙击手给我干掉。"

"好嘞，头儿。"

唐陆趴在屋顶上，他见对面的屋顶上有很多杂物，根本就看不到人。于是，唐陆用戏谑的口味跟聂云海说道："头儿，不行啊，我看不到那个家伙，麻烦你给我当一回猎物，把他引出来好了。"

"唐陆，你他妈的想要我死啊！"

"嘻嘻，头儿，你不把他引出来，我上哪儿去干掉他啊？"

"行吧，我把他引出来，你要是打不准，我他妈到了阴曹地府也不会放过你。"

说完，聂云海就从墙后跑了出来。你还别说，那家伙就等着聂云海呢。他一露面，对方马上就是两枪，吓得聂云海赶紧又缩了回来。

唐陆早就准备好了，那家伙的枪声一响，他就扣动了扳机。只一枪，唐陆就把那家伙的脑袋给打飞了。

"好小子，有长进啊。"

"那是，也不看看我是谁的兵。"

唐陆心中美滋滋的，他这边刚得手，右侧的卢德铭就受到了猛烈的攻击。那帮毒贩并不傻，塔齐亚带人在前面猛攻，他们顶不住就想突围。哪知道后路又被聂云海给抄了，于是，这些家伙拿着 AK47 往里冲，打得卢德铭几人节节后退。

“小心手雷。”

话音刚落，一颗手雷就丢了过来，卢德铭一看不好，飞身就跳开了。

“轰”的一声爆炸，把右侧炸出了一个缺口。没等卢德铭反应过来，那帮家伙全部涌上来了。

“炉子。”

见势不好，聂云海一边射击，一边朝刘进喜打手势，告诉他右侧有多少人。刘进喜会意，就扔了一颗手雷过去。

又是“轰”的一声，炸死了四五个，剩下的几个家伙马上又退了回去。这就给了卢德铭喘气的时间，他从地上爬起来，破口大骂道：“他妈的，摔死我了。”

“你他妈的没死啊。”聂云海听见了卢德铭的声音，心里非常高兴，忍不住骂道。

“我们都没事。”卢德铭回答道。

他们正感到喜悦，突然听见一声枪响，接着又是“轰”的一声，正面的屋子就炸开了一个口子。

“怎么回事？”聂云海不解地问道。

“嘿嘿，头儿，对面的一个家伙想要偷袭，被我一枪干掉了，那家伙手里的爆米花就掉地上了。”唐陆十分得意地笑道。

聂云海看着被手雷炸出的缺口，知道形势对自己不利，于是他果断对刘进喜等人说道：“麻子，快撤回来。”

“哎。”

刘进喜刚想撤退，从缺口的地方又冲出了二个人。聂云海一直关注对面的形势，发现毒贩们又想偷袭，他马上就干掉了其中的一个。另外一个见同伴被打死了，立刻又缩了回去。随后，那家伙就躲在墙壁后面打黑枪。

“我操你姥姥的。”

熊林森拿着冲锋枪就是一阵狂扫，打得他抬不起头。这样一来，刘进喜等人就撤回到左侧。他们刚撤回来，又有人就从对面走了出来。

“等等。”

聂云海仔细一看，发现歹徒劫持了一伙居民，正向这里突围。

“让开，不然我就杀了这些人。”说话的是一个白人，他个子挺高，都快有

2米了吧。

聂云海皱了皱眉，很为难。真要打，自己一梭子过去，这几个家伙全都得完蛋，可他们手上都有人质。

“头儿，怎么办？”刘进喜问道。

“别开枪，先救人质。”聂云海一时也想不出什么好办法，他只好等待机会。

“让开，都给我让开。”

大个子连续地叫了好几遍，聂云海都没有理他。那家伙真不是东西，他见威胁没有作用，竟然干掉了一名人质。

“我操你祖宗的。”卢德铭气得破口大骂。

“看到没有，再不让开，这些人都得死。”

那家伙更得意了，聂云海被气得咬牙切齿的，可他也没有办法，只得慢慢地往后面退去。他们退一步，这些家伙就进一步，很快就退到了墙壁，再让他们进去，那就麻烦了。

就在这时，他们的身后可就炸开了锅了，塔齐亚也得手了，他的手下一拥而上就冲了进来。这些人可不管什么人质，二话不说就开始射击。一阵枪声过后，地上躺下来十几具死尸，他们的身上、头上满是枪眼，鲜血把尘土都染红了。

“真狠啊。”卢德铭吐着舌头说道。

“上校，你输了，他们都是被我干掉的。”塔齐亚得意地说道。

“可是，这些人质也死了。”聂云海气得满脸通红。

“什么人质？他们都是毒贩，这是他们的阴谋。”塔齐亚指着地上的尸体，怒道。

干掉了毒贩，塔齐亚非常得意，却气坏了国际维和战队的全体将士。和MS国的士兵不一样，维和战士的脸上都挂满了怒色。

聂云海自然想不明白，在这个地方，老百姓的性命就跟蚂蚁一样地轻贱。这里有枪就是草头王，大街上经常出现持枪火并。让人想不到的是，这里最畅销的竟然是AK47，几十美元就可以买一把，几乎人人都有枪。

“小心。”

就在大伙愣神的功夫，从屋子里杀出了一个黑家伙，他拿着一把AK47朝着塔齐亚就扫。聂云海一见，马上就扑倒了塔齐亚。与此同时，他的枪也响了，只一枪就把那家伙的脖子给打穿了。

“啊。”

塔齐亚被聂云海压在身下，痛得他哇哇直叫，等爬起来一看，一只胳膊被子弹打折了。

“快，塔齐亚将军受伤了。”塔齐亚的那些手下急忙跑上前，他们抬起塔齐亚，把他放到了担架上。

“上校，我交你这个朋友了，记得教我 Z 国功夫啊。”

塔齐亚被手下抬走了，临走还给聂云海行了一个军礼。聂云海看着他离去的身影，叹道：“哎，还是主席英明，早早地禁了枪，不然……”

“不然，咱们就没有 14 亿人口了。”

聂云海回头望去，发现唐陆那小子不知道什么时候已从屋顶上下来了。聂云海见弟兄都没有受伤，心里总算有了一丝的安慰。

“回营。”

回到驻地，大伙可就傻眼了，迎接他们的是 MS 国的哈桑总统。原来塔齐亚跟总统汇报了，他听说维和战队的将士英勇事迹，特意来慰问。

“敬礼。”

维和战士齐刷刷地站成一排，向哈桑总统行了一个标准的军礼。哈桑总统笑嘻嘻地走上前，跟大家一一握手。

“非常棒。”

当晚，哈桑总统还邀请了维和战队的弟兄们参加总统晚宴，这让大伙非常地自豪。来到了总统府，弟兄们刚下车就被一大群记者给围住了。这里有黄皮肤的日本记者，也有白色人种的 M 国记者，欧洲记者，还有黑皮肤的本地记者。

聂云海很讨厌这种场合，便大步流星地走开了，刚走了几步，身后突然传来一声亲切的乡音。

“聂队，你好，我是 Z 国军事报的记者周彤，可以给你做个专访吗？”

聂云海回过头一看，发现面前站着一位黄皮肤、黑眼睛的 Z 国姑娘。顿时，大伙的脸上就露出了笑容。

“周小姐，你好，我叫唐陆。”

“我是卢德铭。”

“我是贾青山。”

聂云海看着兄弟们热情洋溢的样子，心里忍不住暗笑了起来。没等聂云海跟周彤打招呼，总统的秘书就已经来到了聂云海的身边。

“聂先生，总统有请。”

聂云海只好朝着周彤笑了笑，跟秘书走进了总统府。聂云海一来，哈桑总统就把他请上了主席台。刚坐好，塔齐亚就吊着个膀子走过来了，用他那只没有受伤的手在聂云海的肩膀上拍了一下。

“嗨，老朋友，我们又见面了。”

“将军，你的伤势怎么样了？”

“不碍事，我还要跟你学功夫呢。”

大家寒暄了几句，记者招待会就开始了，就见哈桑总统春风满面地说道：“女士们、先生们，非常感谢大家的光临。首先，请容我向大家介绍一下今晚的英雄，他就是我们的塔齐亚将军、来自东方的聂云海和他的国际维和战队。”

到现在，聂云海还不知道是怎么一回事，以为自己只是击毙了几个毒贩，至于这么大张旗鼓吗？可他不知道，这伙毒贩可不是普通人，他们是世界上最大的贩毒集团的二把手马特。这家伙长期从事贩毒活动，实力雄厚又心狠手辣，也是各国通缉的主要人物之一，危险度仅次于本拉登这一类的恐怖分子。

聂云海和国际维和战队的弟兄们就这样稀里糊涂地接受了总统的嘉奖，他的照片也上了各国的新闻头条。殊不知接下来的日子里给他带来了很多的麻烦，可谓是九死一生。

从总统府回到驻地之后，聂云海就被两位首长叫了过去。进了首长的办公室之后，聂云海却发现总指挥的脸色铁青。

“不错啊，大英雄，你现在可谓是大名鼎鼎啊。”总指挥略带讽刺地说道。

聂云海的脑袋飞速地转动着，他思索着自己哪里做错了，但他很快就明白了，自己没有向组织请示就擅自进行了军事行动。于是，聂云海赶紧敬了个礼，说道：“报告首长，情况严重，塔齐亚将军又有生命危险，我来不及向组织报告，就私自出手了，我愿意接受组织上的责罚。”

“那好，从现在开始，我关你禁闭。”总指挥严肃地说道。

“是，我接受组织的决定。”聂云海并没有再说什么，转身就离开了。

等聂云海走远了，政委就笑着对总指挥说道：“老王，是不是有点过了，毕竟他打了个大胜仗。”

“就是因为他打了个大胜仗，所以才不能惯着。”

总指挥似乎余怒未消，他拿起了面前的茶杯狠狠地喝了一口，接着说道：“你又不是不知道，这小子做事完全没有章法，怎么舒坦就怎么来。”

政委乐了，他拿起地上的热水壶，一边给总指挥的茶杯里加热水，一边说道：“你还别说，他这次的做法还是值得肯定的。”

“肯定个屁，你忘了他在珠市是怎么闹腾的吗？这小子竟然跑到澳市去赌博了，这还是我们的特战之王吗？”

“哈哈哈，老王，你还别说，那小子还真具有赌王的气质，一把麻将就给你弄回了三个亿。”政委笑道。

“哈哈哈，都要像他这样，我肯定减寿十年。”总指挥乐道。

聂云海自然不知道首长如何评价自己了，他一个人在禁闭室里待了两天。这种滋味可不好受，上次他就尝试了一次，结果半天就出来了。这一次，聂云海可受老了苦了，在非洲这个地方，又热，蚊子还多。那么小的房子，没有电扇，屋内温度三四十摄氏度，简直要把人蒸熟了。

第三天的时候，塔齐亚突然来了，他一进门就拽着聂云海的胳膊往外走。

“上校，走，去我那，我请你喝咖啡。”

“是塔齐亚将军啊，你来的不是时候，我还在关禁闭了。”聂云海有气无力地说道。

“关个屁啊，你是大英雄，有关大英雄的道理吗？”塔齐亚才不管他那么多了，扯着他就是不放。

聂云海用手一抖，差一点把塔齐亚摔倒在地。聂云海这才想起了他手臂上的伤，赶紧道歉。“对不起，塔齐亚，我忘记你手臂受伤了。”

“这算不了什么，告诉你吧，我已经跟将军求过情了，他答应让你出来了。”塔齐亚说道。

“真的？”聂云海似乎不敢相信地望着他，问道。

“这还能骗你吗？走吧。”

塔齐亚可不耐烦了，人已经出了小黑屋了。聂云海想了想，就跟着离开了禁闭室。到了外面，聂云海就觉得空气新鲜多了。凉风往脸上一吹，精神头立刻就上来了。

“我自由了。”

第 63 章　美人特工

随塔齐亚来到他的军营时，聂云海发现一切都改变了。整个军营弥漫着一种庄严肃穆的气氛，也不像之前那样慵懒、散漫了。聂云海清楚地记得，刚来 MS 国陆军营，这些士兵可以在军营随意的走动。大门口也只有两个看门的，他们一边抽着烟，还一边聊着天。

今天，这里却是另一番景象，门口站满了放哨的士兵，还拉起了警戒线，加了两挺重机枪。到了塔齐亚的办公室，安保就更加的严密了，楼下停了好几辆装甲车。

“将军，这是要开战了吗？”

“上校，来，你先跟我上楼吧。”

塔齐亚并没有回答聂云海的问题，而是先去了他的办公室。聂云海见他不说，也就只好跟着一起上了楼。进了办公室之后，塔齐亚就把聂云海一个人丢在了办公室里，他不知道又跑到什么地方去了。聂云海这才仔细地打量起塔齐亚的办公室来，房间不大，却摆满了贵重物品，有象牙，犀牛角等等。

聂云海对这些东西不感兴趣，他在书架前看了一会，发现一本英文版的非洲史，就看了起来。也不知道过了多久，从走廊里传来塔齐亚的声音。随后，门开了，塔齐亚在两个警察的陪同下进了办公室。

“真的对不起，上校先生，让你久等了。”

“不妨事。”

塔齐亚指着身边的两名警察说道：“上校先生，这两位就是上次剿灭大毒枭马特的勇士。”

“你好，你好。”

聂云海走过去和他们握了握手，两人用他们的母语说了一些话，聂云海一句也没听懂。随后，就听塔齐亚喃喃地说道：“哎，上校先生，这两天发生了一些不平常的事情，让我都无法用语言来形容了。”

聂云海看着塔齐亚通红的眼睛，心情立刻就紧张了起来，问道："将军，发生了什么事？让你这么紧张？"

"是这样的，我们的一个警察局被人袭击了，里面的警员全部死了。"

"什么？"

"都死了，所有参与追捕马特的警察都死了。他们俩要不是出来执勤，现在也不可能活着了。"

说到这里，塔齐亚哽咽了起来。聂云海被他的话给震撼住了。一个警察局被人端了，几十个警察就这样被人给干掉了。四个人都不言语了，屋子里陷入了死一般的沉寂，很显然，大家的心里充满了愤怒。就在这时，电话铃响起，塔齐亚接了电话。

塔齐亚一听来电，脸色立刻就变了。他用土话愤怒地叫喊，他的话语让两个警察也听得浑身发颤。聂云海听不明白塔齐亚说的是什么，但他从三人的表情就知道肯定发生了大事。

果然，塔齐亚在电话里又提到了聂云海的名字，这让他十分不解。终于，塔齐亚挂断了电话，他怒气冲冲地往外走。两名警察见状，也跟着出了门。聂云海想看看到底发生了什么，也跟着走了。

到了大门口，塔齐亚上了一辆装甲车，随后又朝聂云海打了个手势，示意他上车。聂云海也不客气，挨着塔齐亚坐下。

装甲车很快就离开了军营，塔齐亚才回过头对聂云海说道："刚才打电话来的是一个叫黑曼巴的贩毒集团，马特就是他们的二号首领，他们的老大是一个叫白犀牛的家伙。这个贩毒集团里面的人心狠手辣，他们讲究有仇必报。"

"这个白犀牛我也听说过，自从本拉登死了以后，他就是全球通缉悬赏金最高的一位了。"

听到这里，聂云海深深地吸了一口气，以前做卧底的时候就听说过这个组织。当时，瘦猴儿一帮人就是以白犀牛为标杆，也讲究有仇必报。没成想自己在非洲这个地方真就遇上了这些家伙，还稀里糊涂地干掉了他们的二号人物。

"不错，这家伙是哥伦比亚人，原名已经没人知道了。因为被M国通缉，这才跑到非洲。他有一句名言叫'毒品是打击美帝国主义最好的武器'。"

"将军，我们这是去哪里？"

"他妈的白犀牛，他把我的第七房太太抓起来了。"

“啊。”

聂云海额头的汗珠子都下来了，这个白犀牛真的太恐怖了，有仇必报，绝不犹豫。

“那个……将军，我刚才听你在电话里面提到我的名字，不会是白犀牛也准备报复我吧？”

聂云海乐了，他有点期待与这个家伙较量一番的。塔齐亚可没留意聂云海的面部变化，他现在最着急的就是救出他的七太太。这可是他的心肝宝贝，如果七太太死了，塔齐亚会疯掉的。

车子很快就到了塔齐亚七太太住的地方，这里离城有几十公里，是塔齐亚的一个庄园。一般都是七太太在打理，她就住在这里，塔齐亚一周总会来二三次。

等来到塔齐亚的庄园时，这里却是一片狼藉。房子被白犀牛烧了，火还在烧着，浓烟滚滚。

地上有七八具尸体，包括两个女人，一个孩子，这些尸体上都中了很多枪。

塔齐亚快步走到其中的一个女人前，立刻就瘫坐在地上。这就是塔齐亚的七太太，一位皮肤黝黑而丰满的女人，生前非常得宠。

此刻，七太太非常狼狈，她衣服被扒光了，肚子上还存留了很多的精液，看样子是被白犀牛的手下糟蹋过。胸口上挨了好几枪，有一只丰满的乳房也给打烂了。

塔齐亚抱着七太太的尸体哭了一会，又抱起那个小孩，这大概就是他儿子吧。塔齐亚哭得非常伤心，不时地在小孩的脸上亲了起来。

聂云海看着塔齐亚伤心的样子，不知道该怎么去安慰他。突然，塔齐亚抢过一挺机枪，对着旁边的树木就是一阵扫射。

“白犀牛，我一定要剁了你。”

发泄一通之后，塔齐亚又颓然地坐在地上哭泣。聂云海这才走上前轻轻地拍了拍他的肩膀，道：“将军，节哀啊，我们还是先把后事安排好了，再去找白犀牛报仇。”

“上校先生，我非亲手杀了这个白犀牛不可，你会帮我吗？”

“将军，你的仇，我替你报。”

听了聂云海这话，塔齐亚的眼睛里充满了感激，他觉得面前这个黄皮肤的年轻人，是一个值得信赖的朋友。于是，塔齐亚从地上站起来，用他那只没有受伤的手臂搂住了聂云海，还在他的脸颊上亲了一下。

聂云海虽然知道外国人的礼节，可被一个男人亲吻，他心里还是别扭，鸡皮疙瘩都起了。可是，聂云海并没有拒绝，反而紧紧地抱住了塔齐亚。

过了许久，塔齐亚的心神总算稳定了下来，他松开了聂云海，转身用布盖住了七太太，随后又让人把七太太抬到担架上。接着，塔齐亚亲自抱着儿子的身躯，上了装甲车。那些士兵迅速挖了一个大坑，把地上的这些尸体全部掩埋了。

完事之后，大家都上了车，朝军营驶去。一路上，谁也没有说话。塔齐亚一直抱着他儿子的躯体，这种伤痛只有经历过的人才能够理解。

回到驻地，聂云海就把今天所发生的事情向首长做了汇报，两位首长经过认真研究之后做了一个决定，把国际维和战队分成龙虎彪豹四个战队。其中龙之队由聂云海领导，就驻扎在 MS 国总部；虎之队由吴奕晗领导赶赴 A 国，帮助 A 国打击恐怖分子；彪之队由谢灵运领导赶赴 B 国，协助 B 国打击海盗；豹之队由王水生领导赴 C 国，帮助其搞一些基础设施。

命令下达后，聂云海就给吴奕晗等人送行。这三支国际维和战队的分队，根据所去的地方不一样，人数也不一样。其中吴奕晗的压力最大，A 国正处于战乱之中。

“弟兄们，你们这一去责任重大，因为你们代表的是整个 Z 国，代表的是我们国际维和战队的荣耀。所以，我在这里提前给你们庆功了，祝你们马到功成。”

“保证完成任务。”

聂云海来到吴奕晗的身旁，拍着他的肩膀，心中百感交集，说道：“兄弟，A 国的局势不明朗，万事小心，有什么事情，及时跟我联系，我立刻去支援你们。”

“放心吧，我们有三四百人，能出什么事啊？倒是你肩上的责任重大，这么大一个摊子，都等着你来调度。听说那个白犀牛正四处寻你报仇，他还悬赏二千万美金要你的头，你可要留神啊。”

“哈哈，他太看得起我了，真要是给我二千万美金，我就把脑袋送给他。”

“行了，我走了。”

吴奕晗很果断，不等聂云海再说什么，直接离开了。看着吴奕晗离去的身影，聂云海心中升起一股莫名的惆怅。

接下来的几天时间里，什么事也没有发生，聂云海还是和平时一样，在军营训练。今天，聂云海正准备去训练，却被总指挥叫住了。

“云海，你带几个人陪我去基建现场去看一下，中铁的江总打电话说有一段路轨遭到破坏。”

“好，我这就去安排。”

说完，聂云海就去安排了。因为MS国是“一带一路”的合作伙伴，Z国正帮助他们在马普托搞基建工程。这项政策是双赢的，所以，非洲的国家非常欢迎。

聂云海找来了卢德铭、刘进喜等人，连同总指挥一共七个人，分别乘坐两辆车出巡。聂云海和总指挥坐在第一辆车里，开车的是卢德铭，刘进喜就坐在副驾驶的位置上。唐陆、贾青山、熊林森的车子一路跟随。

“首长，这种小事，让我们去一趟就行了，您老何必亲自出马呢？这路又不好走，坑坑洼洼的，多难受啊。”刘进喜是个话痨，一路说个不停。

总指挥说道：“哈哈，我可不是什么老头子，既然是执行任务，就不能坐在办公室里凉快。我也是刚来，对这里的环境不熟悉，出来看看，心里才有数嘛。”

刘进喜说道：“首长，我们援建非洲，花了不少的钱吧。”

“废话，修铁路，建桥梁，可都是大手笔，能不要钱吗？”没等总指挥回答，卢德铭忍不住说道。

刘进喜又问道：“听说咱们援建的坦赞铁路已经通车了，是不是啊？”

“这个……”

没等总指挥回答，突然听到“嘭”的一声，车子被巨大的冲击波震了起来，玻璃窗都碎了一地。

“准备战斗。”聂云海下意识的护住了总指挥。

“是。”

总指挥却非常镇定，这种场面，他似乎已经见惯了，气定神闲地说道：“注意右侧，敌人在我们的右侧。”

果然，从右侧响起了一连串密集的枪声，把大家困在了车里出不去。

“火力掩护。”

“是。”

卢德铭和刘进喜两人同时拿出枪，对着右侧的山坡就是一阵狂扫。

“冲过去，这他妈简直就是个死靶子。”聂云海和总指挥被对方的子弹压制得抬不起头来。

“不行了，轮胎爆了，赶紧下车。”卢德铭一边还击，一边大声地说道。

聂云海见处境非常糟糕，只好打开了左侧的车门，他护着总指挥下了车。他们一安全，卢德铭和刘进喜也跟着撤到了左侧。

这时，唐陆他们也开始进行疯狂地还击，强大的火力很快就把对方给压制住了。可敌人在山坡上，优势非常大。

聂云海见大伙没有受伤，稍微放了点心。他想了一会儿，就对卢德铭说道：“炉子，你负责保护首长，麻子，掩护。”

“是。”

聂云海趴到沙地上对着高坡上的敌人连开两枪，就听“啊”的一声，干掉了一名。这一下，这伙人就像疯狗一样朝聂云海进行射击。

刘进喜也瞅准时机干掉了一个，被消灭了两个同伴之后，这帮人这才想起使用手雷。一个家伙站起身，一只手掏出了一颗手雷，嘴里哇哇地叫个不停。

唐陆在后面看得真切，没等他把手雷丢出去，一枪击穿了他的额头。那家伙哼都没哼一声就倒地死了，手雷就在他的身边爆炸了。这一下可热闹了，把他的同伴给炸死了两个。

“好枪法，这是谁开的枪。”总指挥激动地问道。

“是唐陆。”贾青山在步话机里喊道。

“首长，他可是我们的狙击手，打破过世界纪录。”

聂云海见高坡上已经没有了枪声，心里长长地出了一口气。正准备上前看看情况。突然，从山坡的前面冲来了两辆汽车。

“不好。”

聂云海迅速地扑到总指挥的身上，抱着他往车底下一滚，两人就钻到车底下去了。刘进喜和卢德铭见势不好，迅速地跳进了车子里。

大家刚躲好，他们就已经靠近了，接着就是一阵扫射，打得聂云海等人抬不起头来。等人跑了，聂云海这才从车底下爬出来，一看总指挥，也是灰头土脸的样子，心中不免燃起了无名的大火来。

“保护好首长，我去干掉他们。”

说着，聂云海已经到了唐陆他们的车前了，他打开副驾驶，把贾青山换下来，自己坐了上去。

“追上这帮兔崽子。”

“是。”

熊林森把方向盘一转，跟在后面就追。那帮人刚走不远，见聂云海追上来了，就加快了速度。聂云海气不过，一边射击，一边喊道：“快，别让这帮狗娘养的跑了。”

“是。”

熊林森把油门踩到了底，车子飞一般的追了上去。那些人见后面追的急，心里就发慌了，不断的进行还击。

“他妈的Z国佬。”

聂云海见这样追赶作用不大，就瞄准了对方的轮胎，一枪就打爆了轮胎。这一招很好使，他们的车子马上就翻了。两个黑家伙从车上跳下来，正准备往前面跑去，被聂云海一枪一个，就给放倒了。

“快，逮住了。”

聂云海跳下车来，快步地跑上前，一看，其中一个已经活不成了，子弹从后背穿过前胸，血已经染红了沙土。

“别杀我，我投降。”另一个正躺在地上不住的呻吟。

聂云海看了看这个家伙，腿肚子被打烂了，鲜血汩汩地往外冒，那样子格外难受。

“带回去。”

“是。”

聂云海抓了一个叫西多夫的俘虏，他是本地人，跟随马特从事贩毒。这家伙被俘之后，对聂云海充满感激，要是被塔齐亚抓到了，那就是死路一条。

据西多夫交代，白犀牛行踪不定，根本就没有人知道他在哪里。马特之所以被警方围剿，是被卧底出卖了，事后，白犀牛非常愤怒，一方面进行疯狂的报复，另一方白犀牛对手下进行残酷清洗，就为找出卧底。

了解到这些事情之后，国际维和战队就召开了一个高层会议，研究如何应对白犀牛的报复。会议由总指挥亲自主持，出席会议的有两位总指挥、大使刘岐和聂云海。

“同志们，据我们对白犀牛的了解，这个人心狠手辣、丧心病狂。这次，他们破坏了我们的铁路建设，目的是引诱我们出现，然后在中途袭击我们。所幸都平安地回来，还抓到了一名俘虏，对于这样一个对手，大家有什么好主意吗？”

刘岐说道：“总指挥，你看这样行不行，白犀牛不是要找聂参谋报仇吗？那就让聂参谋带人去干掉他。这样既可以保证坦赞铁路顺利施工，又可以打击罪犯，也为MS国解除了心腹大患。”

政委说道：“刘大使说得没错，这家伙竟敢袭击我维和战队，就得好好教训他，让他明白，Z国军魂是不容玷污的。”

总指挥思索了片刻之后，点头说道：“那好，云海，你就负责抓捕白犀牛，其他的维和战士负责保卫基建项目。”

“保证完成任务。”

聂云海心里喜滋滋的，终于可以大干一场了。但接下来的工作对聂云海来说，却是非常艰巨。白犀牛和他的贩毒集团行踪飘忽不定，没有一点线索。思前想后，聂云海决定还是先把西多夫给放了，让他给自己做内应。办完了这件事之后，聂云海就去找塔齐亚进行沟通了。

一进塔齐亚的办公室，塔齐亚就乐开了花，他拉着聂云海的手不住地赞叹道：“上校先生，你真了不起，你的英雄事迹我都听说了。关于抓捕白犀牛，你是最合适的人选。”

“塔齐亚将军，我就是为这事来的。”

“太好了，上校先生，来，我给你介绍一下，这位是玛利亚小姐，M国FBI的特工。玛利亚，这就是我跟你提过的聂云海上校，他可是一个了不起的英雄啊。”

“你好，玛利亚小姐。”

“你好，上校。”

聂云海这才发现面前的这位金发美玉长着一双蓝眼睛，白皙的皮肤，上半身穿一件黑色的紧身T恤，下身穿一件牛仔裤，显得格外地火辣。

塔齐亚说道：“上校先生，玛利亚有很多关于白犀牛的线索，你们可以好好地沟通一下，如果还有什么困难，你可以直接来找我。”

聂云海说道：“谢谢你，塔齐亚将军。”

塔齐亚笑道：“不，聂朋友，我们是好朋友，你就称呼我塔齐亚好了。”

“塔齐亚，那我就不客气了。”聂云海说道。

“上校先生，咱们还是先说正事吧，是这样的，今天晚上有个宴会，你去不去？”玛利亚看着聂云海说道。

聂云海不解地问道：“宴会？”

“是的，宴会。”

“跟白犀牛有关吗？”

“也许吧。”

“那一起去好了。”

“晚上见。”

说完，玛利亚走了，聂云海看着她离去的身影，朝着塔齐亚笑了笑，说道：“M 国人？”

“就看你的本事了。”塔齐亚也笑了。

从军营回来后，聂云海就把玛利亚的事情跟总指挥进行了汇报，总指挥让他酌情处理。于是，聂云海特意地进行了一番伪装，他把自己打扮成了一个印度人的模样。六点钟左右，聂云海开车来到了玛利亚指定的地方。这是一个临海的别墅，进门有一个喷水池，旁边是停车场。

停好车后，聂云海径直来到别墅，他老远就看见玛利亚站在台阶上焦急地张望。她穿一身红裙子，低开叉的，映衬着她魔鬼般的身材，格外地艳丽。

“很抱歉，玛利亚小姐，我来晚了。”聂云海来到玛利亚的面前，用印式的英语说道。

玛利亚一时没有反应过来，诧异地看着面前的这位长鼻子，大分头，留着山羊胡的印度男人。聂云海见她没有认出自己，就说道：“玛利亚，是我，聂云海。”

“啊，上校先生。”玛利亚几乎要尖叫出声了。

“走吧。”

聂云海像绅士一样挽着玛利亚的胳膊就走向别墅，进入之后，两人就找了一个位置坐下来，一边品着酒，一边观察着四周。时间不大，从楼上走下来一位美艳的女人，她穿一件藏青色的短袖，显得高贵典雅。玛利亚立刻就朝聂云海使了个眼色，两人起身朝女主人走去。

“索菲，你好啊。”

“玛利亚，看到你真好，我们已经很久没有见面了吧。”

聂云海这才知道，眼前的这位女子叫索菲。玛利亚和索菲拥抱了之后，马上就向她介绍起聂云海来。

“索菲，这位是亚鲁克汉，英籍印度人。”

“啊，索菲，你真漂亮，让我感觉眼前一亮。”

“谢谢。”

索菲脸上露上了喜悦的表情，大家简单认识了之后，索菲就走了。索菲走后，玛利亚就轻声地对聂云海说道：“聂，你要找机会接近索菲，和她成为朋友。”

聂云海自然明白她的意思，也就点头答应了。这时，大厅已经响起了音乐声了，有几个人在演奏弦乐四重奏。聂云海对这些非常熟悉，他们演奏的是约翰劳斯的《蓝色多瑙河》。音乐一起，很多人就跳起了舞蹈来，聂云海也邀请了玛利亚跳舞。

“亚鲁克汉，想不到你这么浪漫，舞蹈的节奏这么好。在我的印象中，你们印度人非常单调。”

“玛利亚，说出来你可能不相信，其实我是个音乐家。”

“真不可思议。”玛利亚睁大眼睛望着聂云海，她却忘记了这是在跳舞，结果就踩到了聂云海的脚面了。

“对不起，实在太意外了。”

“没关系。”

一曲完毕，索菲在一群人的陪同下，再度出现在众人的面前。此刻，她已经换了一件紫色长裙，头上戴着一件珠光宝气的发饰，更显得华贵了。

索菲一出现，大厅里立刻就响起来了掌声。接着，佣人们又推出了一个很大的蛋糕，乐师们马上就奏起了生日歌，大家也跟着唱了生日歌。

聂云海已经注意到索菲的身边站着一位中年男子，那人 50 来岁，一身彪肥，头上也有些秃了，眼睛却显得格外狡猾。

第 64 章　神秘警察

今夜是索菲的生日，在众人的祝福声中，索菲挽着一个中年男人来到舞台的中间。接着，两人就跳起了舞来，只是画面有些不堪，一个满身彪肥的秃顶男人和一个性感尤物在一起舞蹈，那简直就是真实版的美女与野兽。

一曲完毕，两人下了场，聂云海瞅准机会就来到索菲的面前，他非常绅士地弯下腰来邀请索菲跳舞。索菲见邀请的人是玛利亚的朋友，便欣然接受了。音乐一起，两人在舞池里翩翩起舞，非常优雅。

“索菲，真没想到，你不仅人长得漂亮，舞也跳得这么棒。”

“亚鲁克汉先生，你们印度人也这么优雅啊。”

“不，索菲，我是英国人，从小在伦敦长大，我的一切都受到英国的影响。”

“是的，你是一位绅士。”

“对不起，索菲，我不知道今天是你的生日，所有也没有准备礼物。”

“没关系，亚鲁克汉先生，能认识你，我已经很高兴了。”

“不，索菲，请你稍等一下，我给你一个特别的礼物。”

说着，聂云海松开了索菲的手，径直来到钢琴前，稍微一思索，便对众人说道：“各位，请安静一下，一首李斯特的《钟》送给索菲小姐，祝索菲生日快乐。”

说完，聂云海就演奏了起来，优美的音乐宛如教堂里的钟声一样，透过云层直达九霄。这首《钟》是李斯特的经典之作，演奏难度非常高。音乐起初比较舒缓，逐渐加快，到后面仿佛雨打芭蕉一般，手指在琴键上飞速的跳动。

聂云海的演奏震撼了众人的心魄，大厅里一片的安静。等他奏完最后一个和弦的时候，大厅里爆发出热烈的掌声。索菲更是无比的激动，她对聂云海投来仰慕的眼神。

接着，众人又跟着音乐跳起了舞蹈。这一次，聂云海没有再跳了，而是跟着索菲来到花园里。她躲开众人的目光，穿梭在花丛里，聂云海也跟着她身后不断地追赶。

“索菲，索菲。”

他们在密林里追逐，就像一对恋人，享受着初次的约会。突然，索菲扑到聂云海的怀里，双手紧紧地勾住他的脖子，眼睛里满是柔情。

“亚鲁克汉，你就是我最好的礼物。”

说完，索菲就已亲吻上了，可聂云海的心里却藏着很多秘密，他接近索菲为的是打探白犀牛的消息。

“亲爱的，你是我见过最美丽的女子，我会为你失眠，为你害上相思之病的。”

“亚鲁克汉，我不会让你受苦的，我整个人都属于你。”

“不，索菲，有你先生在，我还是不能够拥有你的。他会杀死我，把我们生生地拆散。”

聂云海忧郁地说着，眼角还带着一点泪花，把索菲的心都快融化了。她又抱起聂云海，疯狂地亲吻起来。

“不，亲爱的，今晚我们就可以在一起，他没有时间来管我。他有一个非常重要的朋友在，他们有很多重要的生意要谈，根本就顾不上我。”

索菲已经急不可耐了，她拉着聂云海就往自己的卧室走去。聂云海的内心十分矛盾，他根本就不喜欢索菲，可为了打探出更多的信息，聂云海也只好上了楼。

黑暗里，聂云海感觉到自己的脖子被什么东西勾住了似的，接着被推倒在床。聂云海刚想呼喊，却发现嘴巴被一片唇给堵住了，接着，对方的舌头也伸了进来。没等聂云海反应过来，一双玉手正脱去他的上衣。

“索菲，你弄得我喘不过气了。”

聂云海迅速地坐了起来，打开灯光一看，却把聂云海惊得说不出话来。面前的索菲已经脱去了身上的长裙，只剩下那薄薄的内衣，她白皙的皮肤在灯光下显得格外迷人。

索菲一边坏笑着，一边朝聂云海走来，恨不得一口就把他给吃了。聂云海的身子一点点地往后缩，几乎都快贴进了墙壁里面去了。索菲抓住聂云海的脖子，用舌头在他的耳根处不断地舔着。

“索菲，别这样，我……”

“你爱我吗？”

“爱，我非常地爱你，可是……”

聂云海一时还是接受不了，可他又不想把索菲拒之门外，毕竟她是聂云海寻找白犀牛的关键人。

“亚鲁克汉，你是我最爱的男人，今晚，我将完全属于你。”

索菲搂着聂云海的脖子，把她最傲人的身材展现在聂云海的眼前。看得出，索菲已经欲火焚身了。

“不不不，索菲，你先生会杀死我的。他是一位恶魔，一个杀人不眨眼的刽子手。”

聂云海瑟瑟发抖的样子，却让索菲心生爱意。她紧紧地抱着聂云海的身躯，把自己的脸贴在他的胸膛上。

“亚鲁克汉，你不要担心，我先生虽然是个恶棍，但今夜是只属于我们。如果真被他知道了，我们就逃走，逃得远远的，到你的家乡去。”

索菲已经动了真情，聂云海能感受到她的内心正在剧烈地跳动。

“索菲，你能告诉我，你先生是做什么的？我们怎样才能逃脱他的魔掌？”

“亚鲁克汉，我告诉你，我先生是一个黑手党成员。他的生意都是不光彩的，而且势力庞大。他们正商议去做毒品生意，所以，我先生今晚是没有工夫来管我的。”

聂云海这才明白，他们都是黑手党的。但他们跟白犀牛又是什么关系呢？聂云海觉得这个问题非常关键，刚想问索菲，就听见有人在敲门。

“索菲，你在里面吗？”

“快藏起来，我先生来了。”

听到敲门声，索菲有些惊慌失措。聂云海却非常淡定，他悄悄地躲进阳台上。索菲见聂云海已经藏好了，这才披上睡袍，一边不放心地看了看阳台的方向，一边去开门。

“大卫，这么快就忙完了吗？”

“没有，亲爱的，我忘了一件重要的东西。怎么，你就准备睡觉了吗？”

说着，大卫就进了卧室，他来到一侧的墙壁前，掀开了一幅画，里面露出了一个保险柜。输入密码后，大卫打开了保险柜从里面拿起了一个袋子，就揣进了兜里，随手又把保险柜锁上了。他这才回头亲了一下索菲的额头，说道：

“亲爱的，真对不起，今天是你的生日，我都没有时间陪你。”

“没关系，大卫，你去忙吧，我有些乏了，先休息一会。”

送走了大卫，索菲就把房门锁好了，转回头再找聂云海，哪还有他的影子。他不知道，此刻，聂云海已经盯上了大卫。他从房间出来后，在一群保镖的拥簇下离开了别墅，他刚走，聂云海就跟了上去。

大卫的车子沿着大街一直向前行驶，过了一座大桥就拐向了一条小路。这条路弯弯曲曲的，穿过一片树林之后，车子就往山顶驶去。聂云海不敢跟得太近，始终和他们保持着一定的距离，不至于跟丢。

黑夜里，车子在山路上穿行，宛如萤火虫在天空中飞舞。约莫过了半个小时，车子就开到了山顶，从上往下看去，山下灯火通明，十分美丽，聂云海可没有心情去观赏这些夜景。绕过了小渔村，眼前便出现了一座岛屿，由一条长桥连接着。

大桥的尽头有一道大门，大门前有许多人把守，都拿着枪，旁边还有一挺重机枪。大卫来到之后，那些人迅速地打开了大门。聂云海不敢再往前行驶了，他把车子停靠在路边，静静地看着。

“哇靠，这哪是什么黑手党啊，简直就是一支军队。”

看了一会儿，聂云海便决定去探险。于是，他把衣服脱下来装进塑料袋里，把手枪也带上。一切准备完毕，聂云海就从大桥的一侧入水，他左手托着塑料袋，慢慢朝岛屿游去。七八十米的距离并不算远，聂云海没费事就上了小岛。

上岸后，聂云海先穿好了衣服，然后又把塑料袋揣进了口袋。他观察了一下四周的环境，这是一栋古堡式的建筑，前后都有人把守，是两个黑大汉站岗，手里拿着 AK47，好不威风。聂云海可不想硬闯，尤其在还不了解里面的情况下。

聂云海把武器又检查了一遍，确定无误，他这才沿着下水管往上爬。上到二楼，聂云海就从窗户钻进去，这是一间卧室，里面很昏暗，浴室却亮着灯，似乎有人在洗澡。聂云海刚想开门出去，却发现走廊上有两个家伙在巡逻，他只得退了回来。

刚退回房间，聂云海就觉得后腰被什么东西抵住了，接着他的手枪也被人卸了。那人把枪里的子弹退了出来，又把枪丢在了一旁的沙发上，她的动作一气呵成。聂云海知道对方不是一般的人，他的脑袋正急速飞转，想着怎样才能脱险。

“别动，把手抬起了。”

这是一个女人的声音，听起来非常地甜美。聂云海没有心思多想，他现在的心情就跟油烹的一样，却一点办法也没有，只得按照那人的指示去做。

“慢慢转过身来，别太快了，让我看看你是谁。”

聂云海按着对方的指示去做，他慢慢地把身子往后转。突然，聂云海一把夺下了对方的手枪。那人也不简单，她见上了当，抬脚就踢掉了聂云海手中的枪。这样一来，两人都没有武器，在这个昏暗的房间里，他们展开了搏斗。

令聂云海吃惊的是对方的搏击术也非常厉害，她给了聂云海重重的一拳。聂云海忍痛抱住了对方的腰，往旁边一扑，两人就倒在了床上。

聂云海把她按倒在床上，整个人都压在她的上面。那女子并未束手就范，在下面不断的扭动着，嘴里还不住地咆哮着。

“玛利亚。”

聂云海惊讶得说不出话来，他认出了这个女子就是M国FBI的特工玛利亚，因此，他高举的拳头也就没有落下来。玛利亚却很不客气，她把聂云海推倒过来，反骑在他的身上。

“玛利亚，是我，聂云海。”

聂云海又叫了一声，玛利亚这才看清楚和自己搏斗的正是聂云海，她也就不再动手了。可她并没有松开聂云海，还是骑在他的身上。

“你怎么来了，你不是和索菲在一起吗？”

“我……”

聂云海正想说话，却发现玛利亚赤身裸体地骑在自己的身上。原来两人在搏斗的时候，裹在她身体的浴巾早已掉在了一边。聂云海看着她诱人的身躯，脸蛋立刻就红了。

“那个，玛利亚，你先把衣服穿好。”

聂云海一提醒，玛利亚这才反应过来，原来自己一直都光着身子和一个男人在床上纠缠。于是，玛利亚下意识地给了聂云海一个耳光。

“下流。”

“关我什么事，是你自己弄掉的。”

“你还说。”

玛利亚还准备再来一耳光，门突然被打开了，两个手持AK47的保安走了进来。

“玛利亚……”

一个保安刚想说些什么，他见玛利亚赤身裸体地骑在一个男人的身上，马上就把后半句话给咽了回去。

“滚。”

“对不起，玛利亚小姐，我们这就走。”

保安迅速地退了出去，聂云海这才推开玛利亚，起身从地上捡起那块浴巾，随手丢给了她。玛利亚接过浴巾，重新裹在身上，之后，她也起身下了床。

聂云海又走到了门口，他把房门反锁了。随后，他又捡起了自己的手枪，把子弹也上好了，又别在了腰上。

“玛利亚，你怎么会在这里？”

“我是来打探消息的，你是怎么进来的？这里到处有人在巡逻，你从哪里跑进来的？”

“我跟踪大卫来到这里的，你先别问这些了，你打探到什么没有？”

“我对这里还不太了解，很多事情他们都不让我接触。但我知道，我们的一个卧底已经暴露了，就关在这个古堡里，你必须救出他。”

“他叫什么？关在哪里？”

“他叫肯特，具体关在什么地方不知道，这些都是秘密，只有少数人才知道，不过我可以掩护你。”

说到这里，玛利亚走到衣柜前，打开了衣柜，从里面拿出了一件衣服。她也不回避，就在聂云海的面前换起了衣服。聂云海觉得不好意思，赶紧低下头。

玛利亚很快就穿好了衣服，这一次她穿的是一身深黑色的紧身衣，下身是一件修长的喇叭裤，外罩一件夹克，显得格外有范。

“我先替你把监控室的两个家伙搞定，你自己想办法去救肯特。”

说完，玛利亚已飘然而去。那两个保安见玛利亚从房间里出来，眼睛都直了。刚才的那一幕，两人都还没回过味来。玛利亚并没有理会他们的眼神，很高傲地下楼了。玛利亚来到监控室，进来之后，她朝两个保安抛了一个媚眼，当时就把这两个人迷得颠三倒四的。

“嗨，晚上好啊。”

“嗨。”

“嗨。”

“在忙什么呢？大晚上也这么认真啊。”

“不忙，一点都不忙，只是正常的工作而已。”

“是的，这是工作，没有办法。”

“会有人闯进来吗？”

“不可能，这可是号称铜墙铁壁，谁活得不耐烦了，跑到这里来找死啊？”

玛利亚一进来，这两个家伙就把注意力都放在了她的身上，全然不顾监控里发生了什么。聂云海从房间里出来，转了一圈也没有发现肯特，又跑到了三楼去。在这里，聂云海发现保安更多了，不仅走廊里有人在巡逻，每个房间门口都站着二个站岗的。

聂云海又回到了二楼，他从窗户翻出去，再从外墙爬到三楼。果然，里面有一伙人正在谈论一些紧要的事情，大卫就坐在当中。令聂云海惊讶的是其中还坐着一个警察，只是他是背对着窗户，不知道他长什么样。从皮肤上来判断，他是一个黑人，可他们谈话的内容却吸引了聂云海。

“大卫，你们做得太过分了，把我的手下全干掉了，难道你想把我也干掉不成？”

“不不不，老伙计，你想多了，我怎么敢呢？你就是借我一个胆子，我也不敢下手啊。这都是白犀牛干的，你也知道，他是有仇必报的。”

“你甭跟我提他，这家伙在美洲混不下去了，才跑到我的地盘避难。既然是避难，他就得老老实实的，别给我惹乱子，不然……”

听了这话，聂云海知道这家伙的职务一定不低。在MS国谁有这么大的权力呢？难道是塔齐亚吗？那也不对啊，他没必要杀了心爱的七太太和小儿子啊。

聂云海心里正琢磨的时候，就听见大卫说道：“老朋友，白犀牛的本事你是知道的，当年他血洗沃克镇，大战M国警察，戏耍FBI。这些咱们不去讨论了，造成今天这个局面的都是那个卧底坏的事，我现在就把他带来，给你出出气。”

说完，大卫朝着手下一使眼色，两人马上就会意了，扭头就出去了。不一会儿，保镖押着一个男人进来了。聂云海很想看个究竟，就把身子往前揍了揍。就见来人浑身都是伤，脸上的鲜血还没有凝固，看得出来，他受了不少折磨。

看到肯特的这副模样，大卫却假心假意地对他说道：“肯特，何必呢？都这么多年的兄弟了，我实在不忍心看到你今天这个样子。说吧，谁是你的同伙，你只要交代了，我马上给你一笔钱，让你远走高飞。”

“大卫，你他妈的不是人，我对你忠心耿耿，你竟然听信一个外人的话。来吧，给我来个痛快的。”

大卫似乎并没有生气，他对肯特非常了解，知道这家伙吃软不吃硬。于是，他又换了一副面孔。

“肯特，你这是何必呢？干我们这一行的脑袋都拴在裤腰带上了，有今天没明天的，我不多心成吗？不多心我他妈早被人丢进尼罗河去了。”

说着，大卫从口袋里掏出一支雪茄来，点上。然后，他又把雪茄塞进了肯特的嘴里，说道：“兄弟，要想让白犀牛不疑心，你得把内鬼给我找出来。不然，他就要找你的麻烦，兄弟，你说我该怎么办呢？”

肯特稍微沉思了片刻，脸色也缓和了很多，他似乎有些心动了。突然，“啪”的一声，那个警察毫无征兆地打死了肯特。这让聂云海也觉得意外，一惊之下，他失手把旁边的一个花盆给摔下楼去了。

这些人马上就警觉了起来，他们掏出枪，走到了阳台一看，空无一人。正这时，巡逻的人也跑过来，他们发现老板拿着枪站在窗口。

“老板，发生什么事了吗？”

大卫并没有回答他，他把眼光落在了隔壁的窗台了。手下人立刻就会意，两名大汉拿着枪又跑到了隔壁的房间，进门就开始搜寻。这时，一只猫躲在角落里，它见有人进来了，迅速地从阳台的窗户钻了出来，沿着墙壁上的电线跑了。

“老板，没人，一只猫打落了花盆。”

大卫终于舒了一口气，他把手枪别回了腰上。转回头，大卫看着地上的死尸，皱了皱眉，道：“把他给我弄走，把血迹也擦干净了，我看着就倒胃。”

手下人赶紧走上前，拖着肯特的尸体就出了门，其他人马上用拖把把血迹清理干净，一切又完好如初。

大卫坐回自己的位置上，他依旧笑嘻嘻地对那名神秘的警察说道：“老朋友，何必动怒呢？这种家伙也值得你出手吗？”

很显然，大卫对那名警察是有一些意见的。他本来很有把握说服肯特，结果被警察给干掉了。那名警察却一脸无所谓的样子，他对大卫说道：“他看到了我的脸了，所以，他必须死。”

就这么简简单单的一句话，让大卫的内心产生了无数的惶恐。他平复了一下心情，就从口袋里掏出了一个袋子，这是他从索菲那里拿来的。打开一看，里面却是一袋粉末状的东西，不用问这就是白粉了。

大卫把它推到了那名神秘警察的面前，说道："老朋友，这可是好东西，白犀牛的东西就是纯，你品品吧。"

那警察也不客气，他用手指粘了一些就送到了自己的嘴里，再仔细一回味，脸上这才露出了得意的笑容来。

"白犀牛这家伙确实有办法，能弄到这么好的货。只是，我的损失……"

"老朋友，你放心，这批货在原来的基础上我再给你一成。这也算是给你的补偿了，只要咱们能够把埃森特的地盘兼并了，那时……"

"哈哈哈哈……"

两人同时露出了得意的笑容，神秘警察大笑了一阵之后，站起身就准备离开。大卫也站起身，拉着他的手说道："老朋友，今晚你就别走了，我给你安排了一个妞儿，那可是一个金发美人啊，保准你一夜风流。"

神秘警察并不为她所动，他摆了摆手，说道："算了，我不希望有更多的人看到我的样子。"

于是，神秘警察在保镖的簇拥下，下了楼，直奔海边。到了海边，他跟前来送行的大卫握了握手，然后，头也不回地离开了。

经过这一番折腾，已经是后半夜了。大卫回到大厅的时候，玛利亚正坐在沙发上等他。

"大卫，你说的神秘人呢？怎么还不给我介绍啊？"

"哎，玛利亚，真的对不起，我的这位朋友性格非常怪异。我都把你介绍给他了，可他还要离开，我也没有办法。"

"哼，你就会调侃我，看我不找索菲问罪去。"

"玛利亚，我可不是有意要欺骗你的。"

任大卫怎么再解释，玛利亚就当没有听见，她回到了自己的房间。刚进门，聂云海就从床底下钻出来，并快速地堵住了玛利亚的嘴巴。

"玛利亚，是我，聂云海。"

"你怎么还没走啊？刚才的枪声是怎么回事？"

"嗨，别说了，有个警察把肯特给杀了。我差一点也被他们给发现了，幸好我动作麻利，跑到了这里。”

“什么？一个警察？”

“是的，一个黑人警察。以我的判断，他的级别绝对不会低，至少跟塔齐亚是一个级别的。不然，大卫也不会对他那么恭敬。”

“那会不会就是塔齐亚，他也是黑人，而且手握大权。在 MS 国要让白犀牛看得上眼的，一定是可以只手遮天的人物，不然，他是不会放在眼里的。”

“不可能，塔齐亚绝对不会跟白犀牛同流合污。”

“你怎么知道？”

“首先，塔齐亚不是那样的人，我和他交过手，他是一个心高气傲的人，这样的人是不屑于使用阴谋诡计的。”

“就像上校这样的人，对吗？”

“还有，塔齐亚已经重创了白犀牛，而白犀牛也杀死了塔齐亚最心爱的七太太，他们根本就不能合作。”

“是啊，我也想到了这一层，既然不是塔齐亚，肯定另有其人，我们慢慢打探就是了。”

“好，今天就这样吧，我先回去了。”

第 65 章　以儆效尤

从古堡出来，聂云海还是用同样的办法泅水而去。上了岸，聂云海把衣服取出来，一件件穿好。他刚准备开车离开，不想被人给劫持了，还是一个女人。

“不许动，举起手来。”

“又是女人，我算是犯在女人手里了。”

聂云海一边慢慢地举起双手，一边暗想着如何脱险。这个女人可没有玛利亚那么有经验，她见聂云海不动了，以为安全了，就大摇大摆地走到聂云海的身边，准备把他绑起来，那曾想一眨眼的工夫，手里的家伙不见了。

“哎，真是怪了，我的枪呢？怎么不见了。”

“别找了，在我这了。”

聂云海也不着急，他双手交叉胸前，右手还握着她的那把手枪，只是觉得面前这位黄皮肤女人有些面熟，一时想不起来在哪见过。

“啊。”

那女人见武器被夺，转身就想跑，还没跑几步，就被聂云海给叫住了。

“站住，再跑我可就开枪了。”

女人无奈地转回身，用她那可怜的目光看着聂云海。

“先生，对不起，我不是强盗，我……我以为你是坏人，就想先把你抓起来，哪知道……”

“你是 Z 国人？”

聂云海并没有对她怎么着，反而觉得这女人挺有意思的。听她会说普通话，就断定她不是一个坏人。那女人见对方没有恶意，普通话还说得那么流利，不由得对聂云海产生了好感。

“是的，我是 Z 国人，我看你的样子应该是印度人吧。我们都是亚洲人，你别为难我好吗？”

聂云海听她说了这么一大串，“噗呲”一声乐了。于是，聂云海赶紧把人皮面具摘下来。那女人一看眼前站着的正是国际维和战队的队长聂云海，她就像见到了亲人一般，一下子就扑到了聂云海的怀里，哭开了。

“呜呜呜呜，原来是聂队啊，我可算见到亲人了。”

“哎，你别哭啊，大半夜的，把敌人招来了，那可不是闹着玩的。走，我们先离开这里。”

聂云海生怕她的哭声招来了敌人，赶紧拉着她上了车。然后，一踩油门就离开了，等出了这个地方后，聂云海这才把车子停了下来，问道：“怎么回事啊，大半夜的你不睡觉，跑那种地方去干什么？”

“聂队，你怎么忘了呀，我是周彤啊。”

“哪个周彤啊，我怎么没听说过啊？”

“我是 Z 国记者周彤。”

“我想起了，你是在哈桑总统府的那个记者。”

“你才想起来啊。”

“对不起，最近太忙了，你怎么去那种地方了？多危险啊。”

听聂云海问到这里，周彤又哭开了，弄得聂云海不知所措。周彤哭了半天，哭累了，也就不再哭泣了。

“聂队，你不知道，我有个同事他叫马奇，是个摄影师。我们见这里的风景好，马奇就拿着摄影机多拍了几张照片，哪知道……”

说到这里，周彤又哭了，聂云海只好轻轻地拍着她的后背，安慰道：“别哭了，后来怎么样了？”

不知道周彤的有意还是无意的，聂云海在安慰她的时候，她竟然抱住了聂云海。吓得聂云海不敢乱动了，只得由着她，过了好一会，周彤才松开了聂云海。

“后来，从旁边跑出几个黑人，他们抓走了马奇，说我们在窥探他们的秘密。我跟他们理论，他们就吓唬我，说要把我卖到妓院去。再后来，我就跑到附近买了把枪，想趁天黑把马奇救出来。结果，我在附近徘徊了半天，就遇到了你。”

听了周彤的描述，聂云海弄清楚了事情的始末缘由。可大半夜的，两人总不能待在车里过夜吧。于是，聂云海就问道：“你住哪里，我先送你回去好了。”

“我，我没有地方住。我们的东西都被他们抢走了，护照也在他们手里，仅有的一点钱也买了手枪了。”

“好吧，你跟我回驻地，我把你安置在大使馆。”

说完，聂云海开着车回到驻地，把车子停在了大使馆的门口，转回头对周彤说道：“美女，到了，你暂时就住在大使馆里吧。等我救出马奇来，你们再离开好了。”

聂云海的安排可以说合情合理，谁知道周彤说什么也不愿意进去，她非要去他们的龙之队不可。这可让聂云海为难了，带一个女人进军营，这可是违反纪律的。

“求求你，我现在什么都没有了，只有跟着你，我才有安全感。”

“好吧，你今晚就住在我那里好了。”

“太好了。”

周彤高兴坏了，她在聂云海的脸上来了一口。聂云海很尴尬，很不好意思地擦去她的口红印，说道：“你别高兴太早了，明天你还得住大使馆。”

周彤白了聂云海一眼，就不再说话了，她心里却在想：“我赖上你了，你能拿我怎么办？”

聂云海当然不知道她心里是怎么想的，当即，两人就进了军营。如今他已升为参谋长，军衔也由中校升为上校。所以，他有独立的办公室和宿舍。随着职位的变化，聂云海的行为也受到了很大的约束，也不能像以前那样随意了。

回到宿舍，一开灯，聂云海吓了一跳。只见他的床上睡着两个大汉，他们脱得赤条条的。仔细一看，聂云海认出来了，是刘进喜和卢德铭。这两人睡得正香了，呼噜声打得满天响。聂云海气不打一处来，照着两人的屁股上各来一脚，痛得两人从床上蹦了起来。

“什么人？”

“打仗了吗？”

“滚，都给老子滚。”

“头儿……”

卢德铭还想说些什么，发现聂云海的身边站着一个美女，立刻就意识到自己还没穿衣服。于是，卢德铭想也不想的，抓起衣服就往外面跑。

“你等等我呀。”

刘进喜本来睡得迷迷糊糊的，此刻他也明白过来了，跟着卢德铭身后就跑。

刚跑到门口，却发觉自己还光着屁股，又跑回来抱衣服。

“不好意思，打扰了。”

“哈哈，他们挺有意思的啊。”

周彤见聂云海一脸的尴尬，只好打趣道。聂云海明白她的心思，这么奇葩的事情却让自己遇到了，他只好无奈地接受了。于是，聂云海把床铺简单地收拾一下，这才说道：“你就委屈一下，今晚就睡这里好了。”

“挺好的呀，一点也不委屈。”

“那好，你先休息吧，明天见。”

“你把床铺让给我了，你睡哪里啊？”

“哦，我去跟他们凑合一夜好了。”说完，聂云海已经出了房间。

“那个……”

周彤噘了噘嘴，不快地躺了下去，睡这样的硬板床，她是很难入睡的。聂云海从房间出来就进了集体宿舍，大家都已经熟睡了。只有卢德铭和刘进喜还坐在床上闲聊，他们正谈论聂云海的艳遇了。

“哎，炉子，你说我们头儿怎么会有那么多的艳遇啊。蒋女神我就不说了，那个张璐简直跟个狐狸精似的，还有这个周彤，也是一个大美人，怎么就……”

“去去去，就你这个吊样，能泡到陈小丫祖坟就已经冒青烟了，你还生出这么多的花花肠子来。”

“不是我生出花花肠子，这些女人在我的眼里还真不算啥，能跟我们小丫比吗？”

“说什么呢？大半夜的不睡觉。”

聂云海拿眼睛一瞪，两人马上就躺下去假装睡觉。聂云海也懒得理会了，他来到贾青山的床铺上，脱下衣服就睡了下去。刘进喜见聂云海没有在自己的宿舍睡，反而来集体宿舍睡觉，心里又狐疑起来。

“什么情况？”

“我哪知道啊？”

“别废话了，再废话，你们去站岗好了。”

两人听聂云海这么一说，吓得都不敢再言语了，赶紧转过身去，闷头睡了起来。

第二天，聂云海来到自己的办公室，发现周彤把早饭都弄好了，有稀饭还有汤，聂云海惊得嘴巴张得老大。

“饿了吧，快去刷牙。”

周彤却非常淡定，似乎这些都是变出来似的。聂云海也没有多想，简单地洗漱了一下，就坐到了周彤的对面。他看着周彤圆溜溜的大眼睛，反而不好意思了起来。

“想不到你的厨艺还这么棒啊。”

“那你就多吃一点儿。”

“好。”

周彤把稀饭和筷子递到了聂云海的跟前，聂云海只得接过碗筷。他刚要吃饭，刘进喜、卢德铭两个家伙闻着味就跑进来了。

“哇，好香啊。”卢德铭也不客气的，拿起一个菜碗就开始盛稀饭。

“来来来，一起吃。”

聂云海见他们都来了，反而乐了，他不用那么拘谨了。二人也不客气，捧起碗就吃。

“真香啊，嫂子，你真是活神仙了，知道我们还没吃饭，把饭菜都给准备好了。”

周彤本来是给聂云海一个人准备早饭的，她忙活了一早上了。好不容易弄了这些好吃的，却被这个饿鬼给吃了。她正憋了一肚子的气，突然听刘进喜叫了一句“嫂子”，把周彤给乐开了花。

“好吃呀，那你们就多吃一点。”

“那太好了，嫂子，我跟你说啊，我们头儿可抠门了，你看他把我们虐成什么样了。”

“没事，有我在，我天天给你弄好吃的。”

“哎，还是嫂子对我们最好了。”

刘进喜本来就是个话痨，现在逮住机会了，说个没完，却把聂云海的脸都给气绿了。聂云海实在听不下去了，就在刘进喜的腿上踢了一脚。

“吃完了吗？吃完了就给我滚蛋，别在我眼前瞎晃悠了。”

“嫂子，你看到没有，他哪是爱兵如子啊，他简直就是虐待狂。”

吃完早饭，聂云海就带着卢德铭、刘进喜等二十多名龙之队的成员开着装甲车直奔大卫的堡垒而来。这一次，聂云海可没有化妆成印度人，以真实的面孔来见他。

再次来到堡垒前，却别有一番风味。这里的风光秀美，空气清新，一边是青山绿水，一边的海阔天空。在大海上一座孤岛屹立在海浪里波澜不惊，聆听着海浪拍击岩石的声音，让人心旷神怡。

当然，聂云海可没有心情去欣赏这些美景，他是来救人的。当他们从装甲车下来，齐刷刷地亮出了武器，可把那些守卫全都给镇住了。

“我是国际维和战队的参谋长聂云海，我代表联合国来见你们的主人大卫。你们非法扣押我国公民，我是来要人的。”

“上校，请你稍候片刻，我去通知老板。”

一个黑人撒腿就往里面跑去，过了二十多分钟，大卫终于出现了。再看大卫的模样，已没有昨夜的那种神气了，他也摸不准聂云海的意图，很害怕被对方给剿灭了。

“上校，我向来不跟你们 Z 国人为敌，你们这是要干什么？”

“大卫吗？我不是来找麻烦的，你们抓了我国的公民，我是来要人的。只要你放了我们的人，我马上就走。”

“上校，我想你误会了，我这里可没有 Z 国人。”

“误会，你怎么能说误会呢？我们的人明明被你的手下抓起来了，你竟然跟我说是误会。等我进去搜出来，我看你怎么说。”

聂云海非常生气，要不是顾忌白犀牛这条线索，他真想灭了这帮王八蛋。

“上校，这可不行吧，这是私人的地方。”

“大卫，我可没有那么多的耐心，你现在只有三个选择。要么你把人送出来，要么你请我进去，然后把你所有的手下找出来挨个盘查。要么我带人进去，这样可就不好办了。”

“上校，我们可是你们 Z 国人民的老朋友了，你这样对待老朋友，可有些不合规矩啊。”

“大卫，你别废话了，我可没有那么多的耐心跟你闲聊。我再给你两分钟，两分钟之内你不给我一个满意的答复，我就自己进去救人。”

说完，聂云海抬起了左手，眼睛死死地盯着手上的金表。这还是蒋玉莲从他父亲手上摘下来的，他已经戴了七八年了，如今只剩美好的回忆了。

聂云海是个言必行、行必果的人，他说给大卫两分钟的时间，就只给他两分钟。时间一到，聂云海脸色马上就沉了下来，大手一挥，身后的几辆装甲车同时调转了炮台，就对准了大门。

“预备……”

就在这千钧一发之际，索菲从里面跑了出来，她一边挥动着双臂，一边高声呼喊道：“等等，上校先生，请不要动武。”

“你是什么人？你要怎样？”

“上校先生，我是这里的女主人，我们能不能和平解决？”

“可以，把我们的人放了。”

“没问题，上校先生，请你稍等一会，我这就放人。”

说着，索菲转回头对一名手下说道：“去，把那个Z国人带过来。”

“是，夫人。”

那人应声而去，不一会的工夫，就带出了一个长发披肩满脸胡子的汉子，一看就知道是一个艺术家。

“好，索菲女士，那我们就不打扰您了，告辞了。”

说完，聂云海带着马奇就离开了，那真是霸气十足。在这件事情上，聂云海处理得非常好，也得到了上级的肯定和嘉奖。

这件事过后，日子过得相对的安稳，也没有发生什么大事。这天傍晚，西多夫的尸体突然被人送到驻地，他死得很惨，浑身上下都是鞭痕，胸口上还有一道很深的伤口，是被人用刀刺死的。西多夫是聂云海安插在大卫身边的一个眼线，可现在眼线断了，接下来的工作就不好进行了。

“这是谁送过来的？”聂云海皱着眉头问道。

唐陆说道：“不知道，刚才有一辆越野车经过，把他从车上扔下来的，我们刚想去追，他们已经跑没影了。”

“他妈的，简直不是人。”

聂云海以拳击在地，事到如今，他也没有办法了。沉吟了半刻，聂云海这才说道：“埋了吧。”

“是。”

众人赶紧把西多夫抬走，这事对聂云海的打击很大，他回到宿舍后一语不发。这帮人心狠手辣，而且行踪诡秘，有数据表明白犀牛在最近的三年里，已经杀死了数千人。

M 国政府对他的赏金已经开到了一亿美元，可笑的是白犀牛反而悬赏二亿美元买 M 国中情局局长的脑袋。当然了，这些事情对聂云海来说，就像笑话一样。他不会在意这些奖金，他的任务就是逮捕白犀牛，阻止他和他的贩毒集团向全球输送毒品。

“怎么这么脏啊？你受伤了吗？”

周彤从外面进来，她看见聂云海一身的血迹，吓得脸色都变了，手里的饭盒也掉在了地上。

“没事，这血是别人的。”看周彤紧张的样子，聂云海这才回过神来，淡淡地说道。

“你吓死我了。”

周彤赶紧蹲下身来，捡起地上的饭菜，可已经不能吃了。于是，她撇着嘴，说道：“看吧，饭菜没有了，今晚你就别吃饭了。”

“哦，周彤，我正想告诉你了，我要出去一下，晚饭就不吃了。”

“现在出去？”

“是的，我要去找一些线索。”

周彤看着聂云海坚定的眼神，知道自己说什么，他也是听不进去的。于是，周彤赶紧把碗筷放在一边，走上前来帮聂云海宽衣。

“你这个样子怎么出门啊？快，把脏衣服脱下来，我帮你洗干净了。”

“这怎么行呢？自己的事情自己做，怎么可以麻烦你呢？”

“你怎么说是麻烦呢？你是英雄，英雄就得办大事。我也帮不了你什么，为你洗洗衣服还是可以的。”

周彤也不管聂云海同不同意，就去解扣子。聂云海要去阻拦，她都已经解下了两颗扣子了。于是，两人在屋子里推推搡搡的。正好卢德铭一脚迈进来，他见两个人这么亲密的样子，不好意思地退了回去。

“对不起，我走错地方了。”

“站住。”

聂云海知道卢德铭误会了，就赶紧叫住了他。卢德铭只好嬉笑道：“头儿，你们要是那个，就当我什么也没看见，我帮你们把门带上。”

“放屁。”

聂云海被卢德铭给气坏了，他跟周彤什么事也没有，到卢德铭的嘴里就变味了。可现在聂云海也没那么多精力跟他解释了，他还有更重要的事情要去做。

在希尔顿大酒店里，有那么一对恋人格外的引人注目。其中男士身上的Brioni西装，手上戴的是劳力士金表。女士就更华丽了，她身穿Prada长裙，雪白的肌肤在灯光下闪闪放光，戴一副雷朋墨镜，宛如好莱坞的一线大咖，让人浮想联翩。

“宝贝，你真迷人。”

男人用欧洲人的礼节拥抱了面前的女士，随后又亲吻她的额头。女人很开心，眼睛里都透着无尽的柔情。而这一对情侣并非别人，正是聂云海扮演的亚鲁克汉和索菲。

“亲爱的，你是我见过最有风度的男士了。”

“索菲，我已深深地爱上了你，在我的心里，你就像天空中那颗最闪烁的星星，时刻牵引着我，伴我度过无数个难眠之夜。我知道，你有一个黑手党的丈夫，但是我并不害怕，哪怕他用子弹射穿了我的心脏，我依然爱着你。”

“亚鲁克汉，你太棒了，简直是莎士比亚在世，无论是你的音乐，还是你的话语，都富有一种魔力。”

“索菲，你不知道，其实我的嘴唇更有魅力。”

说着，聂云海就搂住了索菲的细腰，一顿猛亲。这一刻，两人如同干柴烈火一般地燃烧起来了，把索菲的激情全都荡起了。

“亲爱的，走，我带你去一个激情四射的地方。”

索菲没有让聂云海失望，两人来到了闹市区的一间酒吧。从外面看根本看不出来有什么不同，都是一些年轻人在这里玩乐。可奥妙就在后门，穿过一个长长的过道，在过道的尽头有一个铁门，俨然地狱之门一般。来到门前，索菲轻轻地叩打了几下，接着就从里面传出了“窸窸窣窣”的声音。

大铁门上开了一个小孔，里面露出了一张狰狞的脸庞。那人见门前站着的索菲，马上毕恭毕敬地打开门来。

“夫人，您怎么来了。”

“我带了个朋友过来玩。”

那人赶紧打开门，让二人进去。到了里面，聂云海马上就有一种压抑的感觉。从大铁门进来是一条地下通道，弯弯曲曲的。过道上的灯光乎暗乎明，墙壁上有一些涂鸦，不外乎是性和暴力的画作。

下到地下，里面又宽阔了，简直就像一个游乐场所，有很多赤裸着身体的男女在里面狂嗨。聂云海紧皱双眉，他哪见过这样的场景，这大概就是东西方文化的区别吧。

“夫人。”

这些人见到了索菲全都毕恭毕敬，简直像对待女王降临一般。索菲连眼皮也没撩一下，径直穿过大厅，再往前又是一个过道，旁边还有一些小房间。聂云海瞟了几眼，发现里面的画面不堪入目。三五成群地在一起吸毒，也有的在里面亲热。

聂云海都不敢想象，自己居然进入了一个魔窟。索菲却非常坦然，她带着聂云海又穿过了几个门，然后就进了一个比较安静的房间。

聂云海仔细地打量着房间的格局，这是一间十几平方米的屋子，里面有沙发、茶几，还有一些家具。

“这大概就是大卫谈业务的地方吧。”聂云海一边暗想着，一边坐了下去。

“宝贝，你害怕吗？”

不等聂云海回过神来，索菲就扑到了他的怀里，她把嘴唇也贴了上来。接着，整个人都坐到了聂云海的怀里。聂云海本来就对这个地方感到压抑，被她这么一弄，感觉都快喘不上气来了。

“还好，就是觉得有点压抑。”

“那好吧，我给你看点刺激的。”

说完，索菲拿起茶几上的遥控对着左边的墙壁一按，墙壁自动地开了。这里有一块很厚的玻璃墙，透过玻璃，可以清清楚楚地看到外面的情景。

外面是一片沙地，沙地上还站着几个人，其中有两个警察模样的，他们都被倒伏着双手。旁边还站着一伙凶汉，每人手里拿着家伙，看样子是准备行刑。那两名警察的表情非常惊恐，似乎在哀求什么。接着，那些人扣动了扳机，两名警察就这样不明不白的死掉了。

“啊。”

聂云海尖叫了起来，因为他已经认出来了，那两名警察就是在塔齐亚办公室里见到的那两位，不知道他们怎么就被这伙人给逮住了。

在魔窟里，聂云海看到了如同炼狱一般的生活。这里五毒俱全，有吸毒贩毒的，有逼良为娼的，有走私军火的，也有草菅人命的。总之，聂云海决心铲除这个人间的死神白犀牛。

可怎样铲除白犀牛？这可是一个非常头疼的问题，聂云海连白犀牛的身份都不知道，更不要说铲除他了。但他决定先从魔窟开始，把这个地方荡平了。

第 66 章　横扫魔窟

在接下来的几天里，聂云海前后接到了很多的案子，都是关于人口失踪案。他马上就想到索菲带自己去的那个魔窟，于是，聂云海决定出手了。

“卢德铭，你马上通知塔齐亚，告诉他，我们有军事行动，请他务必要配合我们的行动。”

“是。”

“唐陆，你去通知贾青山、熊林森，让他们给我驻守军营，警惕敌人来偷袭。”

“是。”

“刘进喜，马上集合，随我去救人。”

“是。”

下了作战任务后，聂云海亲自率队杀奔魔窟。几十辆装甲车浩浩荡荡的开到了魔窟所在的位置，龙之队就把整个街面给围住了。

“兄弟们，跟我杀进去。”

聂云海拿着 95 式突击步枪，第一个冲进了魔窟。战士们如同洪水一般涌进了这个昏暗的地下魔窟，他们刚下到一层，下面的人就开始反击。子弹擦着聂云海的鼻子过去了，深深地射进了墙壁里。

“头儿，看我的。”

卢德铭像一个猛张飞，一梭子下去，里面的人可就惨了。不是被打碎脑袋，就是被击中肚子，那些内脏流了一地。

“啊。”

这些穷凶极恶的家伙在龙之队的面前，简直不堪一击，也就十几分钟的工夫，地上就躺下了一大片死尸。

“放下武器，缴枪不杀。”

“我投降。”

“我也投降。”

聂云海的策略果然有效，那些没有死的人全都害怕了，有的跪在地上，双手托着枪。有的趴在地上，一动也不敢动。

聂云海抄了地下魔窟，抓捕了三十二名犯罪分子，击毙了一十八人。缴获枪支 90 多支，弹药 400 多发，手雷 30 多颗，毒品 254 公斤，现金 1800 多万美元。

“炉子，把这些王八蛋还有枪支、毒品交给塔齐亚，让他去处理。”

“是，头儿，那这些现金呢？”

“交一半给塔齐亚，其他的算我们的军事行动费了。”

“是。”

卢德铭怎么也没有想到，这个冷面队长这么会变通了。这些军事行动是很大的开支，光是武器弹药就是个无底洞，如果有人员伤亡了，抚慰金更是必须充足。

“队长，你快来看，这里有个暗门。”

突然，刘进喜打开了一扇暗门，这是一间暗室，约有一百多平米大小，房间不大却坐满了人，全都是赤身裸体的女人，有乌黑的非洲人，也有白种人，还有古铜色的中亚人，也有黄皮肤的亚洲人。有些人的身上满是伤痕，显然是刚遭受过酷刑。

弟兄们看到这一幕都说不出话来，他们面对过生死，也对抗过死神，却从未见过如此丧尽天良的事情。

“他妈的，这帮畜生，我去宰了他们。”唐陆气得浑身直打颤，他拿着枪准备追出去，干掉那些俘虏。

“站住，你想干什么？”聂云海还是很理智的，他知道，这些人虽然可恨，但真正的幕后黑手只有白犀牛和他的黑手党。

“队长，你难道看不到吗？这么多女孩都被他们糟蹋了。”

“我知道，如果我们不能除掉白犀牛，还会有更多的女孩受到伤害。杀了他们，你就能阻止白犀牛了吗？”

“可白犀牛在哪儿呢？我们什么时候才能找到他，难道说一辈子找不到他，我们就放任他们横行一辈子了吗？”

唐陆这话倒是提醒了聂云海，他之前的目标只有白犀牛，为了寻找这个白犀牛，他硬是没动大卫和他的黑手党。想到这里，聂云海的眼睛里闪烁着光芒，他已经有了一个全新的计划了，只等时机成熟。

“你们都是哪里人？从什么地方来的？”聂云海不再理会唐陆了，他走到这些可怜的女孩面前，深切地问道。

“我是乌克兰人，被他们骗到这里来的，他们说让我们参加世界模特大赛，结果就被他们带到这里来了。他们强迫我们卖淫，不听话就打，熬不过的都死了。”

“我是巴西人。”

“我是阿拉伯人。”

“我是 N 国人。”

“我是韩国人。”

“警官，我们是 Z 国人，我们也被拐骗来的。”

突然，大家都被那熟悉的乡音所触动，所有的目光全部落到了这些黄皮肤的女孩身上。她们就是我们失踪的同胞，不想却在这里受苦受难。弟兄们全都愤怒了，大家咬牙切齿的，就等着聂云海的命令了。

但是，聂云海没有激昂的话语，也没有什么作战命令。他只是淡淡地说道：“把周彤和红十字会的人找来，把她们先安置在大使馆里，让周彤把这件丑闻发出去。”

“是。”

很快，周彤在大使馆和红字会的医护人员的帮助下，把这些女孩都送到了 Z 国大使馆。接着，全世界的媒体记者都跑来采访，这件事情就像原子弹爆炸一样，在全世界传播开了。

聂云海再一次成为了主角，这一次，他让世界记住了这位来自 Z 国的维和上校。他的照片登上了世界各大媒体的头版，他也因此成为了 MS 国最受欢迎的外国人。无论聂云海和他的维和战队走到了哪里，MS 国的人民就像迎接英雄一般，张开他们亲切的臂膀来拥抱他们的亲人。

事后，聂云海和维和战队受到了联合国授予的联合国和平勋章；同时，MS 国也授予龙之队英雄部队的勋章，聂云海更是被授予联合国一等功勋章。

今天，在 MS 国的广场上，人山人海，都是来观看授勋仪式的。十点左右，随着庄严的 Z 国国歌在大普托响起，我们英勇的国际维和战队在参谋长聂云海的指挥下，迈着方步雄赳赳气昂昂的走向了主席台。

“向前向前向前……”

“向前向前向前，我们的队伍像太阳，脚踏着祖国的大地，背负着民族的希望……”

“立正——稍息——国际维和战队龙之队前来报到，请指示。”

“等候颁奖。”

“是。”

首先颁发的是联合国和平勋章，由国际维和战队的总指挥和政委颁发。两位首长春风满面地来到战士们的面前，同大家亲切地握手，并把一颗颗金灿灿的联合国和平勋章挂在了将士们的胸前。

之后，哈桑总统又给大家颁发了英雄部队的勋章。当两枚金灿灿的勋章同时挂在战士们的胸前，大家都有一种说不出来的荣耀感，最后就是给聂云海颁发英雄勋章了。

这枚个人勋章是联合国为了表彰聂云海解救数百名妇女，打击国际黑暗组织的奖励，它象征着世界和平的最高荣耀。联合国主席罗伯斯切尔先生来到了舞台的中间，他向MS国的百姓挥手致敬，随后，他做了一个简短的演说。

“先生们、女士们，我和你们一样，对Z国人民充满了感激，对英勇的Z国战士充满敬意。聂云海是这个时代的楷模，是我们非洲的朋友，也是我们亿万女性的朋友。他和他的龙之队从黑手党手里解救了数百名被迫害的女性，他是英雄，是女性的保护神。”

“英雄。”

罗伯斯切尔先生演讲完之后，礼仪小姐就从两边走上前，他们就是被龙之队解救出来的女孩。这些人穿着旗袍，迈着猫步来到了龙之队的面前，把一束束鲜艳的玫瑰送给了我们的战士们。

接着，周彤高举一个礼盘，上面盛着联合国一等功勋章来到了舞台中间。罗伯斯切尔先生拿起了勋章，把他挂在了聂云海的胸前。顿时，广场上爆发出雷鸣般的掌声和呼喊声。就在这时，一道寒光朝聂云海的心口射来。还没等聂云海反应过来，子弹已经击中了周彤。

“有刺客。”

“保护首长。”

此刻，广场上乱成了一团，人们四处逃窜。维和战队在卢德铭的带领下，已冲向了狙击手的大楼。另一部分人在刘进喜的带领下，把首长和哈桑总统裹在了中间。聂云海却陷入了悲痛之中，他抱着鲜血淋漓的周彤，眼泪簌簌地往下掉。

“救护车。”

“云海，我再也不能给你做好吃的了。”

“不，周彤，我一定会救你的，医生马上就到。”

“云海，你爱我吗？”

“爱，我爱你。”

“真好，这是我听到最美的一句话了。”

“周彤，你不要死，不要啊……”

任凭聂云海怎么呼喊，周彤已经没有了心跳。事情发生得太突然了，狙击手就是奔着聂云海来的。当罗伯斯切尔先生把勋章挂在他的胸前的那一刻，周彤忍不住抱住了聂云海的身躯，也就是这个时候，狙击手扣动扳机，子弹击中了周彤。

“周彤……我一定会给你报仇的。”

周彤死了，聂云海非常伤心，大家也都不好受，毕竟是她救了聂云海。可这个凶手却很不好对付，维和战队的弟兄去追捕他时，还被他伤了好几个，最终还是让他跑了。

能在卢德铭、刘进喜手底下逃脱的人真不多，对于这样的对手聂云海很感兴趣，他决定亲自出马。处理完周彤的后事之后，聂云海又假扮成了亚鲁克汉的样子来到古堡。这一次，索菲显得并不热情，反而一脸的愁容。

“亚鲁克汉，你来了。”

“亲爱的，你这是怎么了，不乐意见到我吗？”

“不，亚鲁克汉，你能来我很开心。”

“亲爱的，我看你怎么满脸的愁容啊？这是怎么回事？能说给我听听吗？”

“哎，亚鲁克汉，你不知道，我最近遇到了几个仇家，他们逼得我无法呼吸。”

“仇家，谁啊？告诉我，我去做了他。”

“亚鲁克汉，我现在有两个主要的对手，一个叫埃森特，他是 A 国的老大，一直跟大卫争夺非洲的市场。”

“那另一个呢？”

“另一个就更不好惹，他是Z国维和战队的上校，叫聂云海，他刚端了我们的一个老巢。昨天，大卫请来了一个杀手，不但没干掉他，差一点把自己也搭进去了。”

“聂云海的大名我倒听说过，记者都把他吹上了天了。那是他没有遇到我，遇到我，嘿嘿……”

“宝贝，你能对付得了他？”

“亲爱的，你是不了解我的过去，我是英国军情六处出身的，对付一个上校那还不是手到擒来啊。”

聂云海心里都觉得好笑，自己去对付自己，那不是笑话吗？但他还得接着跟索菲演戏。

“亲爱的，大卫请的那个杀手叫什么？”

“他叫哥伦布，是M国前海豹突击队队长，M国黑色雇佣军公司的王牌杀手。对于他有一个传说，在伊拉克战场上，他们遇到了海豹突击队，结果都被他给揍趴下了。”

听索菲这么一说，聂云海心中的疑团解开了。杀害周彤的家伙就是这个哥伦布，聂云海默默地记下了他的名字，准备找机会干掉他。

“那好啊，宝贝，你把他请来，我和他见个面。等我掌握了Z国上校的真实情况之后，我来解决他。”

“亚鲁克汉，你可能不知道他们杀手的行事风格，他们一般不出手，出手就要有结果。如今哥伦布没有完成任务，自然就离开了。”

“小子，你就算跑到天边去，我也要把你逮住了。”聂云海心里暗想着，脸上却没有表现出来。

“亚鲁克汉，上校的事情我们先放在一边，你现在就去A国，去帮大卫对付埃森特。”

“没问题，不就是一个埃森特吗，交给我了。”

聂云海要的就是这样的结果，他正愁没有机会干掉大卫呢，结果他自己送上门了。聂云海已经等不急了，他站起身就往外走。

从古堡回来，聂云海先交代了卢德铭和刘进喜，要他们看守好大本营。随后，他又和吴奕晗取得了联系，这才潜入 A 国境内。

A 国的情况比较复杂，有多股势力在这里交织。占主导地位的还是政府军，可 A 国的反对派势力很大，他们手中也有军队。另外还有 K 党和黑手党等黑势力，他们一直在争夺地盘。

埃森特的 K 党是本土的一个组织，已经经营了很多年，和军方也有联系。黑手党是后来的，大卫一直都想要吞并 K 党，因此，双方免不了要发生火拼事件。

到了 A 国首都班的，聂云海直接去了黑手党的大本营，也是反对派的一个分部。说到反对派武装，可谓鱼龙混杂，既有正规军，也有老百姓，还有 ISIS 组织。整栋大厦人来人往，全都是 AK47 的装备，有些人还杠着火箭筒，他们甚至把煤气罐也改造成了武器。

“靠，他们这是准备武装夺权了。”

聂云海暗自惊叹的时候，从大厦里面走出一个黑大个，他穿一身迷彩服，脖子上挂一把 AK47，也看不清他是什么级别。

“先生，请跟我来，大卫在楼上会议室。”

聂云海也不回答，跟着这个家伙就进了大厦。这里面有很多的士兵，有的坐在地上休息，有的在玩扑克牌，看样子还挺休闲。上了电梯，这是一栋 18 层的电梯房，这样的房子在班也很少见。

“先生，到了。”

说着，黑大个就领着聂云海进了一个办公室。里面的人还在开会，看样子像刚争吵过似的，一个个面红耳赤的。大家见聂云海进来了，都把目光投入到了他的身上。

“亚鲁克汉，真是你呀，谢天谢地，总算把你盼来了。”

大卫从人群里走出来，很热情地和聂云海拥抱，说道：“伙计们，这就是我跟你们提起的亚鲁克汉，我们英勇的战士。”

“勇士，欢迎你的加入。”

大家听说聂云海要加入圣战，立刻就爆发出热烈的掌声，接着都上前跟聂云海握手，拥抱。之后，大卫就把聂云海安置下来了。

“亚鲁克汉，到了这里，你就安心的住下来，就跟大普托一样。”

“大卫，你还是跟我说一下这里的情况吧，我可不是来这里游玩的。索菲要我来帮助你，我怎能辜负她的期望呢？”

“那好，我就把当前的情况告诉你。我们一直在暗中支持反对派，尤其是白犀牛，他在全球都很有势力。现在，两边陷入了僵局，随时都可能发生战争了。”

聂云海听到白犀牛暗中支持反对派，心里就是一紧，急忙问道：“白犀牛在这里吗？”

“不不不，白犀牛怎么会在这里，他老人家神出鬼没的，连我也只见过他一次面。”

“啊，连你也不知道白犀牛的下落？”

“是的，我们还是不要谈论他老人家了。”

“对对对，你还是接着刚才的话题说下去。”

“A 国目前的形势非常危险，班的随时都可能发动战争。尤其最近，K 党不断的袭击我们，我们已经损失了好几位弟兄了。”

“大卫，你们黑手党的实力我是知道的，怎么在班的这个小地方，会让一个小 K 党骑到头上去了呢？”

“亚鲁克汉，你不知道，他们请了 N 国的雇佣军 EQ 集团。这些家伙很不好惹，给了我们很沉重的打击。”

“雇佣军。”

聂云海的脑子里面立刻就闪现出了一个人的名字——哥伦布，他是雇佣军的杀手。想到这里，聂云海立刻就来了精神。

“大卫，我怎么被你弄糊涂了，哥伦布不是你请的吗？他怎么反过来对付你呢？”

“嗨，亚鲁克汉，这些家伙彼此都认识，他们有某种契约，一个地方绝不出现两支雇佣军。他们从不跟自己人为敌，这是他们生存的法则。因为是在大普托，所以哥伦布才愿意出面。这里的雇佣军都被 K 党请走了，我们也是无能为力了。”

“大卫，需要我做什么，你就吩咐好了，行军打仗也可以。”

“哈哈哈哈，亚鲁克汉，我也不要你去打仗，你的目标就是对付雇佣军。帮我把这个家伙解决了，我就感激不尽。”

“没问题。”

聂云海毫不犹豫就答应了大卫的请求，一方面他得取信于他。另一方面，聂云海也想干掉哥伦布。机会说来就来，他们的话音刚落，从外面跑进一个黑手党成员，他一边喘着粗气，一边说道："老板，不好了，我们的弟兄又被偷袭了，他们打伤了我们好几个兄弟。"

"又是雇佣军干的？"

"是的，那家伙打伤了我们的人还不说，还抢走了我们的货。"

"亚鲁克汉，你看这事怎么办？"

"放心吧，大卫，我去对付他。"

"那好，有你出面，万无一失。"

"走，去找那家伙。"

聂云海转身就往外走，那家伙还不是很有信心，呆呆地看着大卫，等候他的指示。大卫见他很不晓事理，就怒吼道："还不快去，把东西给我夺回来。"

"是。"

聂云海心里觉得好笑，这些人都被雇佣军干怕了。两人出了大厦，直奔事发地而去，到了现场一看，地上躺着好几个黑手党人，却都没死，可也伤得不轻。

"雇佣军在哪儿？"

"刚离开。"

"走，把东西要回来。"

"啊？"

那些家伙一听去追雇佣军，吓得腿肚子都转筋。

聂云海没有理会，自己驾着车而去。时间不大，他就追上了对方，这个人还是杰克逊的歌迷，他一边开着车，一边飙着高音，放的就是《拯救世界》，译为中文是："世界，在你心中有个地方，我知道那里充满了爱；这个地方会比明天更加灿烂。如果你真的努力过，你会发觉不必哭泣；在这个地方，你感觉不到伤痛或烦忧。"

聂云海感到好笑，这些 M 国人自认为是救世主，干的却是畜生的活。而那家伙一点也没觉察到危险，还在唱着《拯救世界》。聂云海在后面按了好几下喇叭，他都没听见。最后，聂云海气不过，就冲到了他的前面把车横在马路上。

那家伙正飙着高音，突然被人给打断了，他一肚子的气。于是，他下车来到了聂云海的面前，上下打量对方。

这是个白小子，个子挺魁梧的，完全就是电影里的M国大兵。那家伙见聂云海只是一个人，也没有什么重武器，很蔑视地说道："嗨，你活得不耐烦了，居然跑这里挡道来了。"

"把东西留下。"

"哈哈哈哈，就凭你也想黑吃黑，笑话。"

"把东西留下，我让你走。"

"哈哈哈哈，难怪这年头会世界大乱了，连最怕死的阿三也变得这么狂妄了。小子，大爷今天心情好，不想跟你一般见识，趁爷没动怒之前，赶紧滚吧。"

"把东西留下。"

这一次，他看得真切，聂云海的眼里充满了杀机。他马上就明白，对方不是一般人，他刚想去摸手枪，就发现聂云海的枪口已经对准了他的心窝。

"别动，把那没用的家伙抛了。"

此刻，雇佣兵的汗珠子滴滴答答地往下掉，他连对方是怎么拔的枪都没有看清楚。好在这家伙还比较识相，他慢慢地解下了腰带，把配枪丢在了一旁。

"我只要东西，识相地把东西留下。"

"你不是印度人。"

"别废话，要么留下东西，要么就过来和我打一架。不过，我劝你最好不要出手，输了你还得把东西留下。"

那家伙本来有些害怕，他见聂云海没有动武器的意思，就跃跃欲试。聂云海朝他招了招手，那意思是让他来攻击自己。这一下彻底的激怒了雇佣兵，毕竟他曾是海豹突击队员，还没动手就被人吓唬住了，说出去他就没法在江湖上混了。想到这里，雇佣军挥拳就奔聂云海面门打来。

"啊。"

"来得好。"

聂云海把脑袋往旁边一闪，躲过了他这一拳。接着，那小子反手又是一拳，朝聂云海的太阳穴砸来。聂云海把身子往后一撤，又躲了过去。那家伙似乎想到了聂云海会这么来的，马上变拳为肘朝聂云海的心口砸来，还是被聂云海躲过去了。

“小子，我已经让你三招了啊，你可得留神了。”

“好小子，我跟你拼了。”

那家伙很不服气，又朝着聂云海猛挥了几拳。这一次，聂云海不再客气了，趁他出拳的工夫，在他的左胸狠狠地来了一掌。

“啊。”

这个家伙被聂云海一掌劈趴下了，半天起不来。

“怎么样，能起来吗？”

聂云海见他半天没起来，走上前想要扶他一把，哪知他突然掏出一把匕首朝聂云海的心窝扎来。

“去死吧。”

匕首虽然已刺出，可不知道为什么，就是捅不进去，似乎被一把铁钳夹住了似的。

“啊。”

那家伙抬头一看，发现匕首被聂云海给夹住了，一动也不动了。

“小子，趴下。”

这家伙还真听话，被聂云海一脚踢翻在地，再也起不来了。

“说，你叫什么？是那个国家的？”

“我叫皮特，是 M 国人。”

“哥伦布你认不认识？”

“认识认识。”

“回去跟他捎个口信，就说他那一枪我会还给他的，让他到这里来找我。”

“是，我一定把你的话带给他。”

第 67 章　雇佣军

聂云海都走了好半天，皮特这才从地上爬起来，先捡起自己的手枪，然后又一瘸一拐地上车离开。皮特回到雇佣军大本营，他的那些弟兄都把手里的活放下来，一个个满怀期待地看着他。

“嗨，皮特，又带回来什么呀？”

“就是啊，皮特，今天怎么这么晚才回来，平时早就回来了。”

“来来来，我看看都有什么好东西。”

这些雇佣兵都以为皮特收获满满，不想他一瘸一拐地走下车，把大伙都看傻了。

“别瞎嚷嚷了，我差一点就回不来了。”

大家很诧异，EQ 集团雇佣军在全球范围内都是最顶尖的杀手团队，参与过很多国际大事件。远的如海湾战争，近的有伊拉克战争，从来都所向披靡。皮特更是他们的主力军，在以往的行动中从未失手。他曾创下过一个世界纪录，一天之内干掉 58 个对手。可今天他却被人胖揍了一顿，简直不可思议。

“天呐，谁有这么大能耐，可以干得过你啊？”

“就是啊，你是出了名的快枪手，当初在中东那简直就是宰羊一般，一枪一个。”

“别他妈再提这事了，我根本都没看清人家是怎么拔的枪。”

“啊。”

此话一出，众人更是被惊得合不拢嘴。世界最顶尖的快枪手竟然看不清对手是如何拔枪的，这简直是天下奇闻。可皮特的眼神很茫然。

“我累了，这事就到此为止吧。”

“皮特，你是不是吓傻了，一次失误至于这么悲观绝望吗？”

“就是啊，你何必长他人威风灭咱们的锐气呢？不就是个杀手吗？我去对付他。”

“对，山姆，我也去，我就不信了，我们两个都干不过他一个。”

皮特还想阻拦，两人已经离开了。看着他们远去的背影，皮特长长叹了口气。他们知道，这两个弟兄绝对回不来了。

聂云海带着丢失的物品回到了大本营，大家都惊呆了。他们对这些雇佣军一点办法也没有，可人家没费劲就把丢失的东西抢回来了。

“兄弟，还是你厉害，一出马就解决了。等干掉了埃森特，这块地盘就归你了。”

看着这批货，大卫心里非常高兴，这是一批珍贵药品，有了它，伤员就可以少受不少的罪。

“大卫，你太客气了，我受索菲所托来帮助你。地盘的事，我还真没考虑过。”

“哈哈哈哈，兄弟，你真够朋友。”

经此一役，聂云海成了叛军心目中的英雄，叛军将士恨不得把他供奉起来才好。尤其博哈姆、麦哈达和阿萨姆三个黑小子，把聂云海当成救世主了，他走到哪他们就跟到哪。

“亚鲁克汉，你可真了不起，一下子就把那孙子给揍趴下了。”

“可不是啊，我们都被他们欺负苦了。”

“亚鲁克汉，你比我们领袖都厉害。”

对于这三个活宝，聂云海还挺喜欢的，有他们在身边他也不会苦闷。关键是这三个家伙知道的还挺多，从他们口里，聂云海打探出很多内幕。

这不，四个人一同来到了集市，一边逛一边聊，聊的都是叛军的机密。突然一阵枪响，博哈姆和麦哈达就被打趴下了，都被子弹击中腿肚子。

“啊。”

“快趴下。”

顿时，集市一片大乱，那些做买卖的也顾不得生意了，四处逃窜。聂云海蹲在一辆小汽车旁，他一边把受伤的同伴拉回来，一边观察着敌情。

子弹是从对面的屋顶上射过来的，看情况，对方并不想杀人，而是存心想戏弄他们一番。让聂云海气愤的是，他们明明可以开枪打自己，却打了他的同伴。

“我要死了，我中弹了。”

“我的腿断了，我残废了。”

博哈姆和麦哈达这两个家伙躺在地上一个劲地哀号，没受伤的阿萨姆却躲在一边瑟瑟发抖。聂云海检查了他们的伤口，只是一点皮外伤，连骨头都没挨着。于是，聂云海有意地在博哈姆的伤口上捅了一下，痛得他如猪被杀一般号叫。

“行了，只是擦破了点皮而已，把伤口包了，什么事也没有了。”

难怪非洲那么落后，这些家伙既懒惰又怕死，还总不安分。这要是进了聂云海的龙之队，聂云海非整死他们不可。

“你们就在这儿待着，我去对付那个家伙，他是冲我来的。”

“你怎么知道他是冲你的啊？”

“废话，他这是在挑衅，不然你们早死了。”

聂云海也懒得理会了，掏出手枪，跑向对面。刚跑出来，对方的子弹就追着他的脚步乱飞。

躲在柱子的后面，聂云海朝对方放了两枪。不等对方反击，他又跑出了几米，很快，对方的子弹也跟着来了。聂云海往前一纵，跳过了一个摊子，再一滚，躲到了墙角。

他观察了一下附近的地形，这是一条街道，有二三百米长。对方占据了一个有利的位置，根本不给你反击的余地。

“真不愧是海豹突击队出身的，一上来就给我一个下马威。”

想到这里，聂云海又观察了一番四周的环境，见前方有个矮墙，从那里翻出去，再迂回一下，就可以摸到对面了。于是他又打了两枪，再一冲就到了矮墙处。到现在，聂云海并不急于翻墙而去，他依托大石柱进行还击。一边开枪，还一边朝着对方喊话。

“你们是什么人？为什么要袭击我？”

任凭聂云海怎么喊话，对方就是不回答，双方就这样僵持了一段时间。聂云海的目的很简单，就是要麻痹对方，让他们以为自己陷入了困境了。

射了几枪之后，聂云海就悄悄地从矮墙根溜走了。他又绕过了一些建筑，钻进旁边的巷子，很快就到了敌人藏身的楼下。聂云海见房子不高，是一栋两层高的土房子，那家伙就在屋顶上。

聂云海从楼梯慢慢地往上走，到了二楼，这里有一扇木门。聂云海从门后面就能感受到杀气了，那家伙拿着枪正对着小木门，就等着聂云海送上门。他没有去开门，而是从另一侧爬上去。果然，那家伙正全神贯注地注视着大门，根本就没有想到聂云海会出现在他的身后。

“别动。”

聂云海如幽灵一般地出现在那人的身后，未等他反应过来，聂云海的枪口已经顶住了他的后心窝了。就在这时，从大门的后侧冲出了一个人，这人上来就是一枪。

聂云海不知道他们来了多少人，于是他抓住俘虏的上衣往旁边一推，两人同时倒地。与此同时，聂云海手里的枪已击中了伏击者的手腕。

那家伙“啊”的一声，手枪掉地上了，聂云海就地一滚，站了起来。再一看，那位俘虏可惨了，他替聂云海挨了一枪。虽然他穿了厚厚的防弹衣，可这么近的距离，还是痛苦难当。

“说，你们是什么人？为什么要跟我过不去。”

两个家伙都不言语，一个正抱着手腕一脸的苦相，一个还在地上翻滚。聂云海在其中一个的屁股上踢了一脚，说道：“行了，你死不了。”

那家伙被踢了一脚，反而高高兴兴地坐起来。他看着聂云海，一脸的茫然，似乎还不相信这是真实的。

“别看了，去，帮他把手包扎好，别休克了。”

“是。”

这家伙赶紧上前撕开了同伴的衣袖，又从兜里摸出了一卷绷带，替他把伤口包好。

“你们是什么人，谁是哥伦布？”

“我是乔哈特，他是马克吐温，我们都不是哥伦布。”

聂云海也懒得杀他们了，他只想找哥伦布报仇。至于偷袭的事，他也不想追究了，反正他们已见识过自己的手段了。

“那好，你们回去告诉哥伦布，我等着他了。”

这两人简直都不敢相信，聂云海会放他们走。就在刚才，他们差点没要了聂云海的小命。他也懒得解释了，扛着他们的武器就下楼了。

当聂云海来到三个黑人的面前时，三人都看傻了，几人把聂云海围在当中，一个劲呼喊着。

“我的天，这是真的吗？”

“无法想象，你一个人就干掉了对方两名狙击手。”

“是的，如果不是我亲眼所见，我一定不会相信这是真实的。”

聂云海也不想跟他们去分辨什么，把枪丢给那个没有受伤的家伙，说道：“行不行啊？要不要找辆车子啊。”

“不用，我们能走。”

大伙高高兴兴往回走，回到驻地，三人就开始吹嘘了起来，无非就是说聂云海怎么怎么厉害，单枪匹马干掉了二十个雇佣军。

“麦哈达，真的假的，他有那么厉害吗？”

“波比，你小子怎么不说人话呢？我们三个人都在场，没那么多人，我们俩能受伤吗？”

“可不是嘛，这就是他们首领的武器，这可都是亚鲁克汉缴获来的。”

聂云海心里好笑，这些人就喜欢吹牛，一个比一个厉害。他也懒得理会了，躺在靠椅上就睡上了。这时，大卫从外面进来，他一眼就看见了聂云海，赶紧走上前，说道：“你去哪了？我正到处找你了。”

“找我？”

“是啊。”

“发生什么事了吗？”

“跟我来吧。”

聂云海也不知道发生了什么，就跟着大卫上了楼。那三个活宝也跟了上去，结果被几个黑手党的给拦住了。

“为什么不让我们进去，难道你们有什么阴谋不成？”

“就是啊，你们想陷害亚鲁克汉吗？”

“我看你们都是不安好心的，见不得人家好。”

那几个黑手党人也懒得理会他们哥仨了，往那里一站，非常酷。聂云海随着大卫进去之后，发现里面坐着几个人，其中一个瘦高个似乎很受尊重。

大卫来到瘦高个的面前，在他耳边嘀咕了一番之后，瘦高个笑呵呵地走到聂云海的面前，伸出了右手。聂云海不认识他，之前也没见过，但看眼前这个场面，知道他一定是个重要人物，也就同他握了握手。

瘦高个笑道：“亚鲁克汉，你的大名我常听人谈起，你真了不起啊。”

聂云海不知道眼前的这位是谁，他就用询问的眼光望着大卫。大卫很快就明白过来了，笑道："对不起，是我疏忽了，这位就是我们的领袖彭斯先生。"

聂云海这才知道，眼前的这位就是彭斯，他就是这些人的首领。可聂云海弄不明白，他并没有什么过人的本领，怎么就成了首领了呢？

彭斯松开了聂云海的手，转回身对众人说道："咱们现在需要武器，需要人手，如果现在和政府军交战，我们很容易被消灭。所以，我们需要支持。"

"将军，你说得没错，可是我们没有资金，怎么去谈判。这里所有的石油、钻石都在阿里手里，人家凭什么支持我们？"

"这个就交给大卫好了，他们手段高明，最擅长此道了。"

"将军，你想把我们国家交给黑手党吗？这恐怕不行。"

"黑莫尔，你是不是犯糊涂了？我们的国家还在人民手里吗？阿里是一个好总统吗？看看大家都过的是什么日子？难道你不知道吗？"

彭斯越说越激动，眼睛里充满了愤怒的眼神。他一边捶着桌子，一边高声说道："我们国家沦落到今天这个地步，都是阿里造成的。他把控军政大权，打击政敌，只有阿里下了台，我们的国家才有希望，民族才有希望。"

果然，彭斯话语很有说服力，大家都被说服了。

"是的，我们要把阿里赶下台，无论动用什么手段，只有彭斯才能救我们的国家，救我们的人民。"

"打倒阿里政府……"

这样一来，大家都跟着喊口号起来，彭斯很满意，笑道："既然大家都相信我，支持我，那我就开始分派任务。大卫，你辛苦一趟了，去弄一批军火和资金回来，咱们需要军火和美金。"

"将军，你就放心吧，有亚鲁克汉在，我们还有什么好担心的呢？"大卫指着聂云海说道。

"不不不，大卫，你太抬举我了，这么重大的任务，我可不行。"聂云海谦虚地说道。

"不，亚鲁克汉，你什么都不用干，只需要帮助我们对付雇佣军，其他的事情我来解决。"大卫怕聂云海拒绝，赶紧解释道。

"对付雇佣军那没问题。"聂云海也不客气。

"好，我们研究一下具体的行动方案。"

彭斯指着桌子上的地图，在上面画了一条线，说道："从这里出发，穿过沙漠就到了漠北镇，只要出了漠北镇，埃森特就拿你们没办法了。"

"你就等我的好消息吧。"

当天，大卫带领三十多人的团队包括聂云海、阿萨姆出发了。他们携带着各种轻重武器，护送两大车假钞奔W国而去。一路上，大家有说有笑的，尤其阿萨姆这家伙话还多，他总能找到说话的机会。

"我跟你们说啊，别看你们黑手党名声在外，真上了战场，还得靠我们。这一趟出去，即使遇到雇佣军也没事，有我和亚鲁克汉给你们保驾护航，万无一失。"

"阿萨姆，你小子就吹牛吧。"

"吹牛？谁告诉你我在吹牛啊？亚鲁克汉就坐在后面的，不信你可以问他啊。"

"我们当然相信亚鲁克汉，可是你……"

"我怎么了？我干趴下七八雇佣军了。"

行进本是一件枯燥无味的事情，现在有了这么一个活宝，大家也就不觉得累乏了。很快，车队就进入了漠北镇。刚一进去，就听"嘭"的一声，司机的脑袋就开了花。接着，汽车往前一冲，就撞上了路边的土围墙上。

"哪里开的枪？"

车内一阵大乱，大卫更是被溅了一脸的血，可把阿萨姆吓坏了，那家伙大声嚷叫着，就想往外面跑。

"快上啊。"

"不行啊，我们都成了靶子。"

尽管聂云海嗓子都快喊哑，可这些黑手党完全不为所动，他们被对方的火力压制得抬不起头。没有人掩护，聂云海也一筹莫展，施展不开。

"得想办法离开。"

"亚鲁克汉，你说怎么办吧，我们都听你指挥。"

车队陷入了两难的境地，狙击手占据了有利的地形，他们干掉了第一辆汽车，致使整个车队彻底瘫痪。接着，他们的同伙就从四周包抄过来，对黑手党进行绞杀。

"冲到前面的那栋房子去，我来对付狙击手，剩下的交给你们了。"

到现在，聂云海也顾不得自身的安危了，于是把死去的司机丢出去，他爬到了驾驶室。

“亚鲁克汉，我来掩护你。”

大卫见聂云海已控制住车辆，他也就镇定了下来，抱起那把 MP5 冲锋枪就是一阵的狂扫。如此一来，阿萨姆也来劲了，他也喊叫着乱射一通，聂云海利用二人的火力，就冲出了困境。

“啊，我的手。”

突然，大卫尖叫一声，他的手臂被子弹打中了。子弹穿过了他的手背，打落了他手中的 MP5 冲锋枪。这个狙击手真厉害，指哪打哪，又把聂云海他们的火力给压制住了。此时，敌人已经从两边杀了上来，子弹朝着车队漫天飞舞。

“我要死了，我要死了。”

阿萨姆抱着脑袋，蜷缩在座位下大喊大叫的，吵得聂云海脑袋都大了。聂云海真想在这家伙的屁股上来一脚，可惜自己倒不开脚，不仅如此，他完全是躺在座位上驾驶。这也是没办法，对手太强大了，他根本就没有机会露面。

“别喊了，阿萨姆，拿着你的枪，给我打。”

“亚鲁克汉，我们这是在哪？”

“别废话了，不想死的就下去战斗。”

就这样，汽车冲进了一户民宅，还把人家的土墙给撞倒了。聂云海也顾不得危险了，他踢开车门，从驾驶位上跳了下去。接着，聂云海又在地上打了几个滚，人已经到了墙角。他站住了身子，从房子内向外望去，就见外面浓烟四起。

“这里就交给你们了，我去对付狙击手。”

说着，聂云海就上了楼，这是一栋由土墙建造的楼房，房子不高，也就二三层。聂云海从残缺的洞口望去，见面前是一大片房子，主人早就躲得远远的了。

从上处往下望去，敌人正朝着这里进攻，双方正在拼火力。聂云海又观察了一下四周的环境，见左侧的屋顶离自己不过二三米的距离。他看不到狙击手在什么位置，要想干掉他，只有冒一下险。

打定了主意之后，聂云海先把手枪插在了腰间，又把鞋带紧了紧，然后倒退了数十步，再一咬牙就冲了过去。

“啊。”

聂云海从空中跳到对面的屋顶，刚一落地，对方的子弹就飞来了。他在屋顶上打了几个滚，就躲到了一处矮墙的后面了。聂云海已经看清楚了狙击手的位置，那家伙挺狡猾，躲在最边上的一栋房子里，离这里有二三百米的距离。

“妈的，你等着我，有你好受的。”

聂云海几乎感到绝望，在这么空旷的地方要去对付一个顶级狙击手，那简直就是送死。如果弟兄们都在，哪怕有一个人在这里打掩护，他也能干掉对方。

聂云海拔出手枪，重新换好了子弹，他深吸了一口气，然后低着脑袋就往前冲。这可好了，对方的子弹就像雨点一样在他的脚下飞舞。他一边跑一边还击，你打我一枪，我还你一梭子，子弹激荡在两边的土墙上，溅起了一团团的尘雾。聂云海冲到了一个高大的天台上，这里有很高的围栏，也是土堆起来的。

“妈的，差一点就要了我这条老命了。”

聂云海躲在了围栏的后面，他长长的吸了一口气。低头一看，裤腿上不知道什么时候多了一个大洞，这是被哥伦布的子弹打的。

“好险啊。”

聂云海暗自庆幸自己跑得足够快，再慢一点他就要被对方射成刺猬了。他把弹夹又换好了，再依靠着围栏射击了几枪，却发现对方没有了回应。

“死了吗？不能吧。”

聂云海正犯嘀咕呢，那家伙已经变换了方位，他从西北方向又射了几枪，又把聂云海压制得抬不起头来。

“妈的，欺负我没有重武器啊。”

对方的位置太好了，前面有墙壁挡着，可聂云海这里完全是一个空旷的地方，面前的这点土墙根本就经不起机枪这么扫射。

“亚鲁克汉，你怎么样了？”

那是阿萨姆的声音，这家伙不知道什么时候从身后钻了出来。打仗他最怕死，逃跑的速度比谁都快。

“你想死啊，快趴下。”聂云海使劲地喊着，那家似乎明白了什么，赶紧趴在地上，从楼梯口一直爬到了聂云海的身边。

“什么情况？那家伙怎么这么猛啊？”

“你怎么来了？下面怎么样了？”

“我不放心你一个人，就来支援你啊。”

聂云海心里觉得好笑，这家伙就是嘴巴厉害，什么叫支援啊，完全就是怕死，开溜了。聂云海也不去戳破他，突然他的眼珠一转，又有了一个绝妙的计划。

“阿萨姆，你来掩护我，拖住这个家伙，我去找机会干掉他。”

“不行不行，你让我去对付这家伙，那不是让我去送死吗？这绝对不行，我还是回去干好了。”

听了阿萨姆的话，聂云海的内心也是跪了，这家伙一听到有危险，马上就准备开溜。聂云海自然不会放他走了，拉着他的手，硬把他拽了过来。

“别废话了，你就趴在这里放空枪，我来对付他。”

聂云海也不理他，把他背上的 AK47 解下来，打开了保险，塞到了阿萨姆的手里。这家伙听说只是放空枪，胆子又大了很多。不等聂云海吩咐，他就把枪口伸出去，一阵的狂扫，也不管打到那里了。

“啊啊啊……”

聂云海看着他，心里一阵好笑。果然，哥伦布被他的火力给吸引了，那家伙用重机枪朝着阿萨姆就是一阵乱扫，打得他趴在地上乱号。

“亚鲁克汉，不成了，我顶不住了。”

“去死吧。”

聂云海等的就是这样的机会，不等对方回过神来，就是两枪。“啊”的一声，对方应声倒去。

“哈哈，我干掉了一个狙击手了，我是世界第一杀手了。”

阿萨姆就是这样的，一看占了便宜了，他又来了劲了，高呼起来。

“走，去看看那家伙死了没有。”

“亚鲁克汉，我跟你说啊，干掉这个家伙，我可是功劳最大啊，牺牲也最多了。你瞧，我的太阳帽都被打坏了。”

聂云海也不想跟他去分辨，就快步地跑到了对面。上楼一看，哪还有人影子，地上只留下了一滩血迹和一把刻着哥伦布名字的狙击枪和一挺加特林。

“妈的，又让他溜掉了。”

第 68 章　路易十三

聂云海非常懊悔，又让哥伦布给跑了。阿萨姆却很高兴，他抱着一把特大号的加特林，对着正在战斗的人群扫去。

“哈哈，狗娘养的，我也让你们尝尝挨揍的滋味。”

本来，黑手党完全处于下风，被 K 党杀得节节败退，结果被阿萨姆这么一搅和，K 党这边死伤一大片。战场的形势急转直下，K 党被打得四处乱窜。

“过瘾，打得可真过瘾。”

“行了，收工。”

聂云海却没有一点喜色，他又看了一下四周的环境，最后，他的目光盯着了地上的一滩血迹上，那里有一只耳朵。

“哈哈，哥伦布的耳朵，这可是好东西，看谁还敢小瞧我。”

阿萨姆把那半边耳边塞进了自己的口袋，接着，他又扛起了这架加特林。也不知道他哪来那么大的力气，一百多斤的加特林扛在肩上还不觉得累。

今天对黑手党来说是一个重要的日子，经此一役，他们已经完全压制住 K 党的势力。可对聂云海来说，却是一个糟糕的结局，他不但没有干掉哥伦布，还帮助大卫壮大了黑手党。最高兴的当然是阿萨姆了，他扛着加特林来到众人的面前，俨如英雄一般。

“瞧见没，这就是哥伦布的耳朵，是我亲手从他脑袋上切下来的。”

阿萨姆挥舞着哥伦布的那半边耳朵，意气风发，大家虽然不相信他有这个本事，可看到他骄傲的样子，谁也说不出话来。

阿萨姆还是挺聪明的，说不过他们，他就从口袋里掏出了哥伦布的耳朵，这就是最好的证明。这些人马上又沉默了，尽管大伙心里不服气，可他确实用加特林打败了 K 党。

经此一战，大卫和聂云海又亲一步了，他把聂云海当成亲信。两天后，队伍来到了 N 国，这里比 A 国要发达得多，政局也稳定很多，街上随处可见白种人。

安顿后，大卫就带着聂云海和两名保镖去见中间人，他们约定在一家饭店会面，来到了饭店，聂云海就发现气氛有些不对。

“干什么的？检查。”

“对不起，我没有被缴械的习惯。”

对方很蛮横，他们把大卫和保镖的家伙都给没收了。轮到聂云海了，他可没搭理这些家伙，往里就闯。其中一个家伙上前就要抓聂云海的脖子，还没等他的手靠近，聂云海在底下就给他来了一下。只听“咣”的一声，高个子就像一堵墙一样重重地摔倒在地。

“拦住他。”

旁边的人见同伴被人欺负，一窝蜂似地把聂云海围在了当中。聂云海也不搭话，一脚一个，把这几个家伙全都给踢翻在地。这些人平时飞扬跋扈的，哪受过这么大的侮辱，他们当时就不干了。四个家伙从地上爬起来，齐刷刷地掏出枪来，就想来横的。聂云海早就有准备了，不等他们上前，就已劫持了一个，用他自己的手枪顶住了他的脑门。

“识相的都给我滚。”

这一下，这帮人都不敢乱动了。这时，从里面走出一个五十来岁的白种人，他用钦佩的眼神看着聂云海。一边鼓掌，一边说道：“好功夫，真不愧是打败哥伦布的英雄。”

那人一出现，这些家伙都变得恭敬多了，老老实实的站立在一旁，谁也不敢造次。聂云海看出来了，他是这里的老大，就连大卫看到他，脸色也变得十分的恭敬。

“教父，这就是亚鲁克汉，索菲的朋友。他是特意来帮助我的人。”大卫赶紧解释道。

“哈哈哈哈，我就喜欢和英雄交朋友，来，朋友，到里面喝两杯吧。”

教父根本就没有理会大卫，他挽着聂云海的胳膊，和他并排地走进了饭店，大卫也跟了进去。

“朋友，请坐。”

教父对聂云海格外地客气，还亲自为他倒酒，就连大卫都享受不到这样的待遇。

“朋友，请尝一尝我的路易十三，这可是三十年珍藏啊。平时我自己都舍不得喝，今天特意用来招待朋友。”

教父诚意满满地给聂云海倒了一杯，香气扑鼻。聂云海不太懂酒，可没那么多的讲究，但闻到这个香味，就知道这绝对是上等好酒。

“好酒。”

聂云海也不客气，他拿起酒杯一饮而尽。教父见聂云海饮得痛快，心中不免高兴，也干了一杯。

“酒逢知己千杯少，来，再喝一杯。”

说着，教父又给聂云海倒了一杯，聂云海又拿起酒杯一饮而尽。这酒和茅台比，味道完全不一样，它不像茅台那么火辣。对于聂云海来说，喝洋酒就跟喝饮料似的，完全感觉不到醉意。

瓦特今天也很痛快，他们一连喝了三瓶路易十三。当然了，聂云海并不知道这酒的价格，知道了，估计他就会吐舌了。

“大卫，我知道你是老教父重点培养的对象，自从你输给我之后，心有不甘。这我都能理解，可你投靠白犀牛，又给 A 国的反对派卖力，四处发展个人的势力，你不知道这已严重违反了我们黑手党的教规了吗？”

聂云海知道，黑手党的老教父普罗文扎诺被捕后，皮科罗击败了年轻的大卫成为了新一任黑手党的教父。这个新教父老奸巨猾，黑手党在他的领导下势力遍布全球。而大卫自从败北以后，就有意淡出了黑手党的核心领导层，他开始韬光养晦起来。投靠白犀牛，为 A 国反对派武装效力，都是大卫发展的手段。

果然，被皮科罗揭穿了他的如意算盘之后，大卫脸上露出了一丝奸笑，道：“教父，咱们黑手党历来讲究团结，不然也不会走到今天。您是教父，我不能和您作对，可我也不能不干活吧。所以，我只好出来发展了，我这也是在壮大黑手党的实力啊。”

“大卫，你出来发展我没话说，可你不该投靠白犀牛。这种行为属于叛教，老教父要是在的话……”皮科罗没有把话说完，但意思已经非常明确了。

“嘿嘿，教父，你会错意了，我是黑手党人，永远也不可能背叛黑手党，更不可能背叛您。这么说吧，这次我拉来了四车假钞，您、我、白犀牛和彭斯将军每人一份，这就是孝敬您老人家的。”

大卫果然有心机，他现在人单势孤，从 A 国带出来的手下死伤大半，剩下的也不顶事。要想依靠目前的实力去和皮科罗对抗，无异于以卵击石。

皮科罗也不傻，他现在是名正言顺的教父，大卫就算再不服，他也不敢乱来，何况他并没有危害到黑手党的利益。而一整车的假钞，那可是几千万美元的买卖，这种美事上哪儿找去啊？

听了大卫的这番话，皮科罗嘴角一咧，笑呵呵地说道："老弟，你真是个人才，难怪老教父想要好好培养你。不过，我年纪大了，这个位置也坐不了多久了，黑手党还是要依靠你来维持。"

听了皮科罗最后的这句话，大卫脸上立刻就现出了喜色，道："一切还要仰仗教父栽培。"

"栽培谈不上，可眼前这些假钞你打算怎么出手啊？"

"教父，实不相瞒，我的中间人出了问题，不然……"

"哈哈，大卫，既然是我们黑手党的事情，那我也不能袖手旁观。这样吧，我给你指一条道，保证你不愁买家。"

大卫一听皮科罗有门道，心里一阵的狂喜，说道："教父，你真有销路？"

"那当然了。"

皮科罗很满意，能震慑住最大的竞争对手，这比赚几千万美元更让他心满意足。大卫没有在意皮科罗脸上的表情，他最关心的还是怎么把这几车假钞尽快脱手了。听到皮科罗很肯定地回答以后，大卫急切地问道："是谁？"

"科尼。"

皮科罗轻描淡写地说出了一个名字，却吓出了聂云海的一身冷汗。他口中的科尼就是 W 国的土皇帝约瑟夫• 科尼，这家伙被国际刑事法庭通缉，身上还背着三四十条罪状，包括反人类罪和战争罪。他使 W 国数百万人口流离失所，数万儿童被诱拐。

"那，我们怎么跟他接头？"

"这个好办，你把他带去，他能帮你跟科尼接头。"

皮科罗指着一个黑汉子说道："你到时候把我那份拿回来。"

"是，教父。"那家伙往前一站，毕恭毕敬的。

"好，就这样说定了。"

大卫满意地离开了这家饭店，聂云海知道，他们又该行动了。那个黑汉子也不客气，他带着一帮弟兄跟着大卫回到了酒店。

W 国在非洲的另一侧，如果从大陆走，就要绕过撒哈拉沙漠，这可不是一个明智的选择。所以，大家放弃了公路出行，改走水路出行。皮科罗早安排好了船只，那是一艘万吨级的货轮，装几辆汽车自然不在话下，当天下午，他们就出海了。

在起初的几天里，行程十分的顺利，并没有遇到什么阻力。当货轮转过好望角进入马达加斯加海域的时候，船只突然遭受到了一股武装势力的袭击。

对方是从空中发起的进攻，他们利用空中优势发射了两枚火箭弹，直接就击中了货轮的桅杆，导致货轮严重受损。接着，敌人的游艇又包围了货轮。

“什么人在袭击我们？”大卫惊叫道。

“是哥伦布的雇佣军，上次让他们跑了，他们这次是来复仇的。”聂云海用望远镜望着海面上疾驰而来的游艇，淡淡地说道。

“啊，那怎么办？”大卫一听是雇佣军，吓得脸色发青。

“怕什么，这家伙被我削掉了一只耳朵，这一次我非把他另一只耳朵也给削下来不可。”阿萨姆兴奋地叫着。

“阿萨姆，别废话了，用你的加特林给我打他的直升机，别再让他靠近了。”聂云海朝着阿萨姆喊道。

那家伙操起了加特林，对着天空就是一阵狂轰，道：“哈哈，来吧。”

阿萨姆虽然有加特林，可还是敌不过火箭弹的威力。又是两枚火箭弹，轰得黑手党人找不着北了，士气立时就散了。

“给我打，别让他们靠近了。”

眼见得敌人就要冲进了货轮，情况十分危急，聂云海抬手就干掉了两名，这才稳住了军心。黑手党人一见，都依托着货轮的掩护不断的跟雇佣军进行周旋，却也不落下风。只是船体受到重创，货轮已经无法正常行驶了，船舱里也已经在漏水了。

“快，抢修船只。”

大卫见聂云海阻击了来犯的雇佣军，他就开始招呼人去抢修船只了。可货轮的主体已严重受损了，他们只能弃船登岸了。

“不行了，老板，货船支持不了多久了，赶紧登岸吧。”

“嗨。”

大卫心里很懊悔，他这回的损失太大了，十几亿的假钞，现在最多只能带走一个亿。没办法，大卫赶紧招呼人去搬运假钞。大家把一捆捆的美金往怀里塞，有些人把裤腿都塞满了，就上了救生艇。

说起逃跑，没人比阿萨姆更强了。那家伙刚才还扛着个加特林一阵狂扫，听说要撤退，他第一个上了救生艇。

聂云海指挥着其他的黑手党成员，驾驶着救生艇朝马达加斯加雨林驶去。好在雾气非常大，谁也看不见谁，很快就摆脱了雇佣军。

上了岸，再一清点人数，发现又死了好几个，都是被火箭弹给炸死的。最让大卫心疼的还是他那几车假钞，全都沉入了海底。

“罗伯特，我们现在该往哪里走啊？”

大卫垂头丧气的，完全不像一个黑道的枭雄。但这个时候，谁也没有心思去想这些。大家唯一记挂的就是什么时候能到达 W 国，等拿到一笔酬劳了再做打算。

“自然往前走了，既然我们损失惨重，那就只能指望这些假钞了，不然，我也没办法向教父交代了。”说完，罗伯特带头往前走去。

大家也只好跟着罗伯特继续往前行走了，可马达加斯加岛是个热带雨林，这里山高林密，到处都是原始森林，荒草都有一人多高。

“救命啊，我动不了了。”突然，一个家伙陷入到泥潭当中，迈不了步了。

“快，把手给我。”他的同伴想去拉他，但是没有用，他下沉的速度实在太快了。没等上前去救，他就已经陷进泥潭了。

“快救救我，我快死了。”那家伙哀求了起来，可是一切都晚了，岸上的人根本就够不着他。等大家找来树枝，他已经没影了。

“都别乱动，这是沼泽地，很容易陷进去的。”

聂云海的额头上也开始冒汗了，在这个地方他也是无能为力。聂云海这边话音刚落，旁边的阿萨姆也陷了进去了。

“亚鲁克汉，快救我啊，我不想死啊。”

对待这样的猪队友，聂云海也是无语了。可现在不是抱怨的时候，得想办法救人。聂云海朝阿萨姆叫道：“别动，阿萨姆，你要是不想死，就站着别动。”

“什么？不动，你让我在这里等死吗？”

“笨蛋，叫你不动，那是因为我在想办法救你。你越动下沉的速度就越快。”一听这话，阿萨姆就不敢再挣扎了。果然，他下沉的速度变得缓慢多了。

“阿萨姆，抓住棍子，我拉你上来。”

一个好心的黑大个不知道从哪里找来了一根枯枝，刚好伸到了阿萨姆的面前。阿萨姆死死地抓住了树枝的另一头，再也不松开了。

“巴斯克，你真是我的好兄弟，等我上来了，我一定好好感谢你。”

阿萨姆再也笑不出来了，他虽然抓住了树枝，可并不能把他拉上岸来。相反的，他越挣扎下沉的速度越快。眼看着阿萨姆就要成了第二倒霉蛋了，聂云海又想到了办法。

“快，把树枝和杂草都抱过来，铺在这上面。”

聂云海这么一提醒，大家如梦初醒。好在人多力量大，三四十人一起行动，也就是十几秒的功夫，大家抱来了很多树枝、杂草。再把这些东西都铺在了沼泽地上，这才救出了阿萨姆。

“亚鲁克汉，你真是我的好兄弟，我知道你不会抛弃我的。”上岸之后，阿萨姆抱着聂云海的胳膊再也不松手了。

“行了，阿萨姆，现在不是讲废话的时候。大家多找一些树枝、杂草来，我们踏着树枝过去。”

聂云海可没有心情跟阿萨姆在这里纠缠，他指挥众人捡来了很多的树枝、杂草。然后一点一点地铺在了沼泽地上，再踩着这些树枝上面，慢慢地走过这片沼泽。等到了平地上，大伙都累趴下了，这些人再也没有力气继续前进了。

“啊，救命啊。”

突然，不知道哪个倒霉蛋又陷进沼泽里了。等大伙转过身来，都被吓得脸色铁青，就见草丛里一条身体巨大的非洲岩蟒正缠着一个小伙，它张着一个血盆大口，吐着长长的信子，正要吞食它的猎物。

大伙都没有见过这么粗的蟒蛇，它的身子有十来米长，体重超过了一吨。巨蟒的脑袋昂起来有半米宽，嘴巴里一排的碎牙，腰部的地方都超过了一米。面对这样一个庞然大物，没有一个人敢靠近去救人。

“救命啊，救救我……”

那家伙的声音越来越微弱，眼看着他就要被蟒蛇吞噬了，聂云海赶紧拔出手枪，对着蟒蛇的身子就是一枪。这可就惹怒了蟒蛇，它松开被它缠裹的人，朝着聂云海游过去。它的速度非常的快，二三十米的距离，它一晃身子就到了。

聂云海见蟒蛇奔向自己，心中骇然。但他马上镇定，知道自己肯定跑不过蟒蛇，没等巨蟒靠进，聂云海又开了枪。这一次，聂云海瞄准了它的眼睛，直接打瞎了蟒蛇的眼睛。它的眼睛一瞎，简直就像着了魔一般，张开嘴巴乱咬一通。没有了眼睛，聂云海自然就不怕它了，没等蟒蛇到了近前，聂云海往旁边一跳，躲过去了蟒蛇的这次吞噬。

那家伙没有咬到人，凶性大发，它将自己的尾巴高高卷起，朝着人群就是一扫。这可好了，七八个大汉都被它的尾巴给弹飞了。

“哎呀，痛死我了……”

被扫到的人可就惨了，不是躺地上起不来，就是被击晕过去。巨蟒没有了眼睛却变得异常的狂躁，就用尾巴疯狂报复。这一次，大家都有了准备，拿起枪，朝着巨蟒的身体就是一通扫射，它终于不动弹了。

“快快快，抬起来，我们的晚饭有着落了。”

阿萨姆这家伙还真行，他已经把火烧了起来。大家也一起帮忙，有的抽出刀来割断蛇身，把内脏都抛掉，再架到火上烤。

忙到了午夜，大伙这才饱餐了一顿。于是，众人就在树林的边缘躺下来休息。聂云海也非常疲倦，他躺在人群中间呼呼睡去。

半夜里，不知是谁的一声呼喊，又惊醒了众人。聂云海本能地拔出手枪，他朝周围望去，发现有无数对灯笼一样的眼睛，正对着他们虎视眈眈。

“狮子，是非洲狮群。”

人群中有人尖叫了起来，大家紧缩在一起。聂云海并没有被吓倒，他朝天开了一枪，“啪”的一声，这些狮子被吓得四处逃散。

“快，把火烧起来，一定是我们的火熄灭了，这些家伙才靠近的。”

聂云海这才想起火堆已经熄灭了，大家听到了聂云海的呼喊，赶紧起来生火。刚把火生起来，旁边的一个黑人不知道为什么又尖叫了起来。

“快救我，我被咬住了。”

大家循着声音望去，发现那家伙被一只巨大的蜈蚣咬住了脖子。可众人都不敢靠前，那家伙足有一条手臂长。

“让开。”

聂云海拿着一根正在燃烧的木头，来到那人的面前，对着巨型蜈蚣的屁股烧去。蜈蚣被火一烧，受不过，马上就松开了嘴，正准备逃窜。聂云海对着它的脑袋就是一火把，把它敲得稀烂。

聂云海用火把砸死了巨型蜈蚣，再看那个人的脖子已经肿起了老高。人也出现眩晕，还伴随着呕吐，接着，他的身体又出现了抽搐。

“他这是中毒的表现，有碱性物体吗？肥皂、苏打水、石灰水都可以。”聂云海赶紧丢掉手中的火棍，把他翻了过来。

“我有，我有肥皂。”一个意大利口吻的白种人走上前，把一块肥皂交到聂云海的手里。

“水，快拿水来。”

“水来了。”

旁边一个瘦弱的黑人把自己的水壶递到了聂云海的手，聂云海接过水壶，先倒了点水在手上。然后用肥皂在他的伤口上搓了起来，过了十几分钟，他才慢慢地恢复了意识。

聂云海这才松了一口气，他把伤者平放在地上。之后，聂云海又拿起了一支火把，到四周采集了一些蒲公英回来，然后把这些蒲公英捣烂敷在了伤口上。

“好了，命算是保住了。”

等聂云海把伤者的伤势处理好之后，大家全都用崇拜的眼神看着他。此刻，聂云海就是这些人的首领，对他有一种心悦诚服的感觉。

“吓死宝宝了，这地方实在没法活了。”

阿萨姆一边抱怨，一边往地上坐去，却被聂云海一把给拦住。

“你想死啊。”

“我的妈呀。”

阿萨姆一回头，原来地上有一只手掌大小的毒蝎子，正扬起尾刺在耀武扬威。他被吓得跳到了聂云海的怀里去了。

“好了，阿萨姆，它已经被踩死了。”

聂云海对他无语了，这家伙胆子真小。大家仔细地检查了一遍四周的环境，见确实没有什么东西了，这才放心地躺下来。聂云海见大家都睡了，他这才躺下去。可这会儿，他已经没有了睡意。

聂云海仰面看着天空中的明月，心里升起了一股浓浓的乡愁。他有好几个月都没有见到家人了，心里头最放不下的还是蒋玉莲。想到这里，聂云海噌地站起来，他朝着鼾声如雷的大卫走了过去。

来到大卫的面前，聂云海拔出匕首就准备刺下去。可转念一想，他很不耻自己的行为，他是堂堂的国际维和战队的参谋长，怎么可以做这么卑鄙的勾当呢？要除掉大卫，也绝不能用这样见不得人的方式。

就在这时，从林里传出窸窸窣窣的声音，两边不断有人影在晃动。聂云海第一印象就是被包围了，所以他赶紧掏出枪，照着黑影就是两枪。

第 69 章　王牌对决

“啪啪。”

随着两声枪响，没等黑手党人弄明白是怎么回事，战斗就开始了。这一次，雇佣军是有备而来，他们的火力十分强大，完全把黑手党给压制住了。

“妈的，可惜了我的加特林，不然干死这帮王八蛋。”

阿萨姆躲在大树根下，他朝聂云海抱怨了起来。聂云海可没有心思去听他的废话，他正寻找战机。很快，聂云海发现了问题，这些雇佣军打仗很不默契，正面的火力非常猛，侧面的枪声稀疏。

“火力掩护。”

聂云海瞅准了机会就钻进了密林里了，阿萨姆不知道他要干什么，以为他准备逃跑了，可急了，跟着就追了上去。

“亚鲁克汉，你等等我啊，你可是英雄，怎么能丢下我一个人跑呢？”

聂云海都快被这位猪队友给气晕了，他本来是想偷袭对方的指挥部，结果一回头，身后跟了五六个人。这些人见阿萨姆窜进了密林里，也都跟着一起跑了。

“别废话了，我是去偷袭他们的指挥部，你们跟过来干什么？这么多人，还怎么去偷袭呢？”

“我还以为你要跑了呢？”

“别废话了，他们是有备而来，我往哪儿跑？只有干掉他们的指挥部，我们才能闯出去。回去，把他们的主力给吸引过来，我好从后面下手。”

聂云海知道，这个时候绝不能犹豫，这可是性命攸关的时刻。当即，他快速的绕到了一棵大树的后面，干掉了一名雇佣兵。

“啊。”

“在那边，冲过去。”

聂云海这一招挺好使，他有意要把雇佣军的火力引了过来，枪声一响，十来个家伙就奔过来了。阿萨姆等人没有防到这一手，他们都吓坏了，抱着脑袋就跑了。

“亚鲁克汉，你太不够意思了，我把你当兄弟，你竟然出卖我。”

阿萨姆这家伙真不是省油的灯，一边逃跑，还一边谩骂。聂云海也顾不得他了，他要绕到雇佣军的身后去，但他的这个打算落空了，很快就被哥伦布给发现了。他对着聂云海的脑袋就是一梭子，聂云海赶紧往地上一滚，躲过他的子弹。

“快，有人偷袭。”

哥伦布见没有击中对方，带人就冲进了树林。聂云海依靠山高林密做掩护，他从腰间取出一颗手雷，拧开了保险就丢了出去。只听“轰”的一声，炸死了二三个雇佣军。这一下，对方开始乱了阵脚，尤其哥伦布跟疯子一样地叫骂着。

“出来啊，有本事出来跟我决斗，鬼鬼祟祟的算什么本事？”

聂云海可不管哥伦布怎么骂，他就是不出去。哥伦布骂了半天，他就有些不耐烦了，便指挥手下人进行地毯式的搜索。这样一来，雇佣军的力量就分散了，这就给了聂云海机会。他转到一个雇佣军的身后，用刀子割断了他的喉咙，那家伙来不及喊叫就命丧黄泉了。

接着，聂云海又用相同的办法，接连地刺死了两名雇佣军。这可把这些不可一世的 M 国大兵给震慑住了，他们不由自主地往中间靠拢。

“谁？”

哥伦布也变得有些神经质了，他拿着自动步枪一阵的狂扫，也不管有没有人。

“出来……出来……”

“啊。”

哥伦布的话音未落，又有一名雇佣军被聂云海拽进密林里消灭了。

“啊，鬼呀。”

这些雇佣军从未见过如此厉害的对手，心中不由得一阵的骇然。如果不是因为有哥伦布，他们早就逃跑了。

“笨蛋，都打起精神来，不想死的话，就给我宰了他。”

哥伦布拿着枪，朝着这些手下吼叫着。他们这才拿着枪一通乱射，打得木屑纷飞。

“啊啊啊啊……”

对于雇佣军的疯狂行为，聂云海一点也不着急，他静静地趴在一块大石头的后面，用枯枝覆盖着身子，笑看着这一切。

“我知道你没有死，出来啊。你不是想杀死我吗？我就在这里。”

哥伦布见收效甚微，他就把这些人分成四组，朝四个不同的方位进行搜寻。哥伦布就站在中间，注视着他们的一举一动，不管哪一方位受到攻击，他都可以进行支援。突然，正西方的三名雇佣军一不小心碰到聂云海安置的手雷，“轰”的一声，三人全都被炸翻在地。

“啊……”

受伤的人在地上打滚，嚎叫，那场面十分恐怖。哥伦布简直要气疯了，他拿着枪对着正西方就是一通扫射。但是没用，聂云海根本就不在那个方位。就在大家都把目光集中在正西方向的时候，就听见“啊”的一声，正东方向的一个家伙惨叫一声便倒地而亡。等哥伦布调转枪口，正北方向又有一位雇佣军倒地而亡。

接着，正南方又死了一位，他们都是被聂云海用刀子割断了喉咙。这一下，雇佣军的士气变得非常地低沉，胆小的人直接就吓得瘫软在地，嘴巴里还不住地叫唤着。

“有鬼，鬼来了。”

这是个原始森林，到处都是掩护体，也给了聂云海充分的发挥空间，他如同鬼魅一般的在雇佣军中间来回穿梭。这就是野战的精髓，利用四周的环境做掩护痛击敌人，打击敌人的士气。

此刻，战场上的格局也发生了变化，因为聂云海牵制了敌人的主力，雇佣军和黑手党进入了对峙阶段，谁也奈何不了谁。

“我不打了，我要回去。”

一位惶恐到极点的雇佣军丢下步枪，狂奔而去。这样一来，又有两位胆小的也跟在他身后跑了。

“站住，你们这些笨蛋，他只是一个人。”

哥伦布气得发狂，可他已经没有办法了，十几位雇佣军被聂云海消灭得只剩四位了。这四个人背靠背，紧缩成了一个圈，防御聂云海的偷袭。

此刻，聂云海正潜伏在苔藓下面，既没有动，也没有发起进攻。因为他知道，现在反而不好对付了，目标越小越难对付。如果你攻击了其中的一个人，自己就会变成他们的攻击目标。

聂云海静静地等候着，就像鳄鱼一样的潜伏着。他知道，对方迟早要忍耐不住的。一个雇佣军就因为耐力不够，抱着枪又是一通乱射。

“啊，我跟你拼了……”

他们这种盲目的射击没有一点好处，只会自乱阵脚。果然，他这样没来由的乱射一通，让他的同伙误以为目标出现了，全都转过身来朝着同一个方向扫射。

聂云海等的就是这样的机会，他趁着敌人心乱如麻的时候，又是一枪，击毙了一名雇佣军。等他们反应过来，聂云海早已消失在丛林里。

“笨蛋，不要乱开枪，看清楚了再射击。不然，我们都成了活靶子。”

哥伦布额头上的汗珠不断地往下流，这是他经历过最凶险的一次战役了。虽然对方只有一个人，却让他恐惧到了极点。这里可不是在巴格达的街道上，在那里他们可以横冲直撞。这是在非洲的热带雨林里，而对手则是来自 Z 国的特战之王。

“啊，啊……”

可还是晚了，聂云海两枪干掉了最后两名雇佣军。随着两声尖叫，就只剩下哥伦布一个人了。这一次，聂云海没有再躲避了，他提着枪从树丛里走了出来。

“别动，动一下我就结果了你。”

聂云海踏着轻盈的脚步，出现在哥伦布的身后，他手中的枪口正对着哥伦布的脑袋。令人想不到的是，哥伦布不仅没有反抗，反而丢下手中的武器。他高举着双手，慢慢地转过脸来，一脸的鄙视。

“我小看你了。”

“哈哈，你没有小看我，是你太傲慢了，这是你们 M 国佬一贯的优越感吧。可是，这些在我面前一点用处都没有，我不在乎你是什么人。但你杀我同胞就不行，Z 国有句古话叫欠债还钱，杀人偿命，你认命吧。”

“哈哈哈哈，你们的祖先倒是挺有血性，能说出这么霸气的话来。可是你，嘿嘿……”

哥伦布很清楚自己的处境，他知道自己已没有机会了，于是乎哥伦布要做最后的一搏，那就是激怒聂云海，让他和自己决斗。

“你别妄想了，我不会上你的当的，我今天是来执行死刑的，我才不在乎用什么方式来处决你。”

聂云海识破了他的意图，但他并没有扣动扳机。哥伦布凝视着聂云海的眼睛，他见聂云海的脸上没有任何的表情，知道这些还不足激怒他。于是，他又从腰间抽出了一把折叠刀来，在手中拨弄了起来。

“你是东方的王者，我是西方的尊者。今夜就让我们做个了断，谁才是真正的王者。”

聂云海虽然是一名军人，更是一个湘西汉子，他的骨子里流淌着热血。其实，聂云海早就可以结果了哥伦布，但他没有，这并不是他心慈手软，而是他想用男人的方式完成复仇。

果然，聂云海就把手枪插回到腰间。同时，他也从身上掏出了一把匕首，上面还流淌着几位雇佣军的鲜血。

“来吧，你的兄弟们在招呼你。”

“去死吧。”

哥伦布早已按耐不住内心的愤恨了，尤其聂云海最后这句话令他发狂，他仿佛看到了同伴的鲜血。哥伦布大喝一声，对着聂云海的心窝就是一刀。聂云海早有防备，他见匕首逼近了，急忙往旁边一闪，躲过了他这一击。紧接着，聂云海也回了他一刀，横着往哥伦布的脖子削去。

哥伦布也不是吃素的，一刺不中，他就迅速地往后一纵，躲过了这锁喉一刀。那家伙的身手也真够快的，没等聂云海回手，反手又是一刀，奔聂云海的左肋扎来。聂云海可能有些轻敌了，他完全没有想到哥伦布的身手会这么好。他的身子刚往旁边一侧，但是慢了点，左胳膊被哥伦布给划开了一道口子。

“你也不过如此呀。”

哥伦布脸上露出了得意的笑容，他连续地向聂云海刺了几刀，聂云海没有让他再得手了，他都迅速地躲过去了。同时，聂云海瞅准一个机会朝哥伦布的肚子就是一刀。哥伦布赶紧往地上一躺，躲开了。这样一来，两人都加了几分小心。

聂云海的左胳膊还在不断地往下淌血，可他完全不在意，这点伤对他来说也算不得什么。两个人的眼睛都死死地盯着对方刀子，就看谁的动作快。

哥伦布往前一冲，他手中的匕首像闪电一样就刺向了聂云海的心口。哪知道聂云海的动作更快，他身子一纵，跳出了四五米。哥伦布急了，他加强了进攻的节奏，匕首不断地在聂云海的前心和脖子游走。聂云海不断地往后退去，直到退无可退了。

“去死吧。”

突然，哥伦布很得意的朝聂云海的心窝刺去，然而在出手的那一刻，哥伦布就感觉到身上一凉，一个坚硬的东西插进了他的心窝。他低头一看，就见聂云海手中的匕首已深深地插进了他的心脏。

“这不可能，这不可能。”

慢慢地，哥伦布的脸色越来越白，直到完全失去了血色，他的身子也一点一点地往下倒去。聂云海没有再去理会哥伦布的尸首，他朝战场奔去，见双方还在僵持，他一边吆喝，一边放冷枪。

“都听着，哥伦布已经被我干掉了，赶紧逃命去吧。”

这些人本就没有什么斗志，如今首领死了，他们也就一哄而散。就这样，聂云海轻而易举就打退了雇佣军，到现在黑手党那帮废物们可来劲了，他们在后面疯狂地追赶。

战争结束了，在后半夜再也没有发生过什么袭击事件，大家度过了一个平安而惊悚的夜晚。

天亮之后，这些尸首已经面目全非了，很多尸体不是被动物啃食，就是被白蚁吞噬了。

“妈呀，好恐怖啊。”

阿萨姆看着地上的一堆堆白骨，失声叫了起来，这家伙最怕事了。聂云海看着这些惨状，不禁直皱眉头，却也无能为力。在这样的原始森林里，动植物的种类非常多，弱肉强食更是无比残酷。

“走吧。”

聂云海无奈地叹了口气，他现在是这些人的精神领袖，他一走，其他人也跟着离开了。出了原始森林，又进入了一片水域。

“哈哈，终于可以洗澡了。”

这些意大利人本来就在海边长大，看到了水，自然奋不顾身地往水里跑去。这一夜的折腾，又是在夜晚宿营，又是浴血奋战，身上都快发臭了。聂云海却很不以为然，看着这昏暗的湖面，心里有种说不出来的感觉。果然，一个意大利人就被什么东西卷住了裤腿，正使劲地把他往水底拖去。

“救命啊，我被鳄鱼咬住了。”

“鳄鱼。”

大家一听是鳄鱼，都吓得惊慌失措。也就一会儿的功夫，那家伙的身子就已沉入水底。接着，鲜血染红了水面，看得众人头皮发麻。

“都不要轻易下水了，这里面有鳄鱼。”

“那怎么办？”

“去砍几棵树来，做成木排划过去。”

“砍树？”

阿萨姆几乎不敢相信自己的耳朵，他们只有匕首，怎么砍树呢？聂云海也不理他，他从一个黑人的身上拿过他的AK47，对着一棵大树就是一阵扫射。这办法真好使，几秒的时间，一棵大树就被机枪扫断了。接着，聂云海又用相同的方法打断了十几棵树。大家见他的方法挺好使，也一起帮忙，很快就把木排制作好了。

这二十来个人分别乘坐五艘木排划过了这一片水域，穿过了一个海峡之后，终于登上了岸。但这是MS国，离W国还有不少距离了，要穿过好几个小国家，非常麻烦。皮科罗之前安排的路线并不包括这里，他们在这个地方没有接应。等木排一靠岸，MS国警方就围了上去。

“不许动，出示你们的护照。”

面对着这样的情景，大家也是很无奈。还是聂云海走上前出示了他的假护照，Y国人亚鲁克汉。然后，聂云海又把他们的一个头头拉到了一边，悄悄地把一大捆假钞塞到了他的手里。这些家伙哪见过这么多的美金，足有十几万，如果转换成本国的钱币，这简直就是一笔天文数字。

果然是有钱能使鬼推磨，那些家伙看着这些钱，眼神都直了。接过钱，他们的语气立刻就不一样了，非常热情地对聂云海说道：“既然是英国商人，又在我们国家遇到了海盗，我们自然要帮助你们的。快给他们安排一下住所，这些都是我们的贵客。”

“谢谢您的帮忙，住宿就不用了，要是能给我们安排几辆汽车，比什么都强。”

“没问题，这都是小事，我马上派几辆车过来。”

“那是再好不过了。”

聂云海又拿出一大捆假钞塞给了那位海关的领导，对他说道：“这些车我们买下来了，只是请你给我们开张证明，也好方便我们出行。”

这些人突然之间发了大财，心里不知道有多高兴，他们马上就解决了一切问题。有了车和出入证明，可以说畅通无阻。再往前就到了 L 国，这里正发生战乱，政府军和反政府武装正在开战。

当聂云海他们到达了阿布卡马尔，双方刚经历过一场战斗，政府军打了败仗，他们的少将被打死了。这些 ISIS 武装势力正在庆祝大捷，突然发现一伙武装势力开来，马上就围了上来。

“什么人，快下车接受检查。”

十几名 ISIS 武装拦住了聂云海他们的车队，为首的一个家伙更是嚣张。聂云海可不想和他们干起来，真要打起来，可没有便宜占。所以，不等这些人靠近了，聂云海马上示意大伙停下车，他先下车在一旁等候着。那些 ISIS 武装一来，聂云海就把护照拿给他们看了，又把 MS 国海关出具的证明交给了他们。

那家伙见是英国的护照，又有 MS 国海关出具的证明也就不过多盘问了，毕竟这些反政府武装都有西方政府的支持。坏事就坏在了阿萨姆的身上，他见车队都停下来了，他就跳下车去撒尿。可他身上的武器太过明显了，一把 AK47 就挂在脖子上，这些人一见有武器，立刻就握紧了枪杆子。

“奸细。”

聂云海知道坏事了，再想解释已经不可能了。所以，他不等对方反应过来，立刻抓住了一个人质，嚷道：“别动，动一下我就打死他。”

这些 ISIS 武装分子都惊呆了，谁都不敢上前来。聂云海见把人给唬住了，他赶紧采取了行动。

“放下枪，都给我滚。”

“快，放下武器。”

小头目被吓得脸色铁青，他生怕聂云海会扣动扳机，便急忙朝自己的手下呵斥了起来。那几个 ISIS 武装分子见头目发话了，也只好照做了。

“阿萨姆，把枪带走。”

聂云海见目的达到了，也就没做过多的纠缠，他不想惹祸上身。大家急忙上了车，朝城外飞奔而去。那几个 ISIS 武装分子可气坏了，等车队一离开，他们立刻就吹起了警哨。警戒哨一响，附近的 ISIS 武装分子都一窝蜂地赶了过来。

“发生了什么？”

“快，带上家伙，跟我追。”

这些人也不分青红皂白的，扛着武器就上了车。他们的装备也十分的简陋，汽车都是改造过的。他们在皮卡上安装了一挺机枪，有的人还扛着火箭筒，架势非常大。那几个被缴了械的家伙也跳上了车，在后面追。大伙对地形不熟悉，在路上颠簸了半天也没能跑多远。

“亚鲁克汉，你就不应该放了那几个家伙，直接干掉多省事啊。”

阿萨姆这家伙不仅不找自身的毛病，反而埋怨起聂云海来。聂云海不想理他，他闭着眼睛假装睡觉。可阿萨姆却是个话痨，你越不理会他，他就来劲。

“亚鲁克汉，你别假装什么都听不见，在 W 国可不一样，这里到处都在打仗。那些家伙真把我们当软柿子捏了，我们得教训教训他们，让他们知道什么叫作不好惹。”

阿萨姆的话还没说完，ISIS 武装势力就射来了一枚火箭弹，把最后排的一辆车子给炸飞了。

“快，加速前进。”

聂云海恨不得夺下方向盘自己来驾驶，可这儿的道路坑坑洼洼的，十分曲折。ISIS 武装势力十分得意，这帮家伙不断的用火箭弹袭击，炸弹炸得路边的砂石四处飞扬。

“亚鲁克汉，怎么办？我们难道要死在这里不成？”

阿萨姆再也没有之前那么神气了，他脸上充满了恐惧，其他人也一样。聂云海的大脑也乱成了一团，他们又没有重武器，还处于劣势，敌人依仗火箭筒，完全没把他们放在眼里。

“快，开到山坡上去。”

聂云海指挥着司机拼命地往前开去，突然，对方又是一飞弹飞来，眼见得就要到跟前了，聂云海急忙抢过方向盘，他把车子往右边一带，火箭弹挨着汽车就飞过去了。

“停车，让他们先过去。”

聂云海命令司机把车子开到山脚。之后，他自己跳下了车，一个人站到了马路中间，就等着 ISIS 武装势力冲过来了。

“亚鲁克汉，你这是干嘛？难道你想自杀不成吗？”

阿萨姆见聂云海的行为，心里非常着急。聂云海没有搭理他，紧紧地盯着对方的车辆。

“来了，来了。”

眼看着敌人的车辆已经追上来了，距离正一点一点地拉近，阿萨姆等人可吓破了胆，都朝着山坡上跑去。聂云海却一点也不着急，他屏住呼吸，做好了致命一击的准备。

“亚鲁克汉，快跑呀，你傻了不成。”

阿萨姆非常的着急，他真想回头去拉聂云海，可见对方气势汹汹的样子，他又打消了念头。聂云海的脸上没有一丝畏惧，他在等待可以一击即中的机会。二十米，十五米，十米，眼见得敌人的车子就到了。

突然，聂云海抬手就是两声枪响，把第一辆汽车的司机给干掉了。接着，又是“轰”的一声，汽车撞到了路边的石头上了，连人带车就给翻倒在地。

随后，聂云海又是两枪，第二辆汽车的司机也被打死了。又是“轰”的一声，那辆车子也翻倒在地，车轮子还在半空中不住地转动。

“打呀。”

阿萨姆都不敢相信了，也就是一瞬间的事，聂云海就已经干掉了两辆汽车。这种机会阿萨姆自然不会放弃了，他朝着正在逃跑的黑手党人一挥手，这些人这才大着胆子进行还击。

第 70 章　独裁者

“快，掩护。”

吃了大亏之后，ISIS 武装势力这才想起反击，双方立刻进行了对射。但 ISIS 武装势力人数众多，又有火箭弹，很不好对付。聂云海可不傻，他转身躲到了汽车的后面去了。

“快，炸死他们。”

一个全身乌黑的家伙肩扛着一枚火箭弹，对准聂云海面前的汽车就是一火箭弹。“轰”的一声，直接就把汽车给炸上了天。

“妈的。”

聂云海从土坑里爬起来，他吐掉嘴巴里的灰尘，随口就骂了起来。刚才要不是他及时地跳开，这会儿他就跟这辆汽车一样上天了。他身边的两名黑手党成员可就没有那么幸运了，他们躲得慢了点，直接被火箭弹给炸飞了。其中一个人的一条腿还飞到了阿萨姆的怀里，那家伙一看是一条人腿，直接就吓晕了过去。

没有了汽车做掩护，聂云海可就十分被动了，他被压制得抬不起头来。ISIS 武装势力见机会来了，七八个小伙号叫着往前冲。

“杀呀。”

危难时刻，聂云海从地上捡起了一把 AK47，对着敌人就是一通狂扫。眨眼之间，又倒下了四五个，这么一来，对方的进攻就被打退了。

这时，黑手党成员已经占领了小山坡的制高点，他们居高临下地朝着 ISIS 武装势力一顿猛揍，打得他们抬不起头。

“快，火箭弹，炸死他们。”

对方的小头目见自己处于被动地位，立刻命令手下用火箭弹轰。聂云海知道，真要等他们都上来了，自己就活不了了。没等对手瞄准，聂云海又是一枪干掉了那名炮手。

“妈呀，憋死我了。”

阿萨姆这个猪队友这会才醒过来，他看着怀里的人腿，吓得他往后爬了好几步。聂云海气不过，把机枪就塞到他的怀里，指着对面的战场说道：“你给我看好了，敌人如果上来了，你就给我狠狠地打。”

“好，杀呀。”

阿萨姆抱着枪，闭着眼睛就是一通扫射，气得聂云海狠狠的拍了他一巴掌。

“浪费子弹啊？”

阿萨姆这才发现原来枪口都是朝着天空放的，他嘿嘿一笑，就把枪口对准了前方。这时，ISIS 武装从车上卸下了一挺重机枪，他们朝着山坡就是一通扫射，打得黑手党死伤不少。

“啊。”

战局立刻扭转了，聂云海他们完全处于被动，山坡上的火力点也失去了价值。而单凭聂云海和阿萨姆两人根本无法阻止对方，何况他们还有重机枪。

“亚鲁克汉，怎么办？我们都得死在这里不可。”

阿萨姆趴在地上，头都抬不起来。聂云海也很着急，照这样下去，一旦敌人上前来了，他们就得完蛋。就在这千钧一发的时候，从山坡的后面杀出了一支人马。

这帮人的火力十分的强大，他们居高临下的一顿乱轰，炸死了不少的 ISIS 武装势力。对方的重机枪也被火箭弹给炸飞了，血肉纷纷。

“怎么回事？”

阿萨姆完全懵了，他简直不敢相信。聂云海也弄不明白是怎么回事，不知道是哪里来的援军。这样一来，战局又发生了改变，ISIS 武装势力被打得七零八落的。

“撤，快撤。”

吃到了苦头，ISIS 武装势力转回头就跑，聂云海也懒得去追了。那些跑得慢地家伙可就惨了，被阿萨姆射成了刺猬，命大一点的人跳上车子飞奔而去。

战斗结束了，从山坡上下来了很多的黑人，他们都穿着统一的军装，看样子并不是 L 国的。聂云海还在寻思，大卫就和一个身材高大的家伙走了过来。

“来，亚鲁克汉，我给你介绍一下，这位是科尼总统的心腹，索拉将军。”

聂云海听说他就是臭名昭著的屠夫科尼的心腹，吃了一惊。索拉将军却很友善地向聂云海伸出了右手，用标准的英式英语说道："亚鲁克汉先生，我听皮科罗教父说过你，你是一位了不起的英雄，欢迎你。"

聂云海对W国不太了解，只知道他们的总统科尼是一个屠夫，在W国制造了很多起种族屠杀事件，有数十万生命在他手中丧命。但聂云海对这个索拉还是有一些好感的，至少他从头到尾都表现出谦虚、和善。

"多谢将军的解围，不然我们可就麻烦了。"

"哈哈哈哈，各位，我们总统可一直都期盼着你们呢。"

索拉也不多言，他把大家请上车，再一清点人数，又死了十来位，现在只剩下十二位了。好在假钞还在，大家把假钞都搬到了车上，然后朝W国驶去。

L国和W国本是邻居，科尼和L国的总统又是朋友，彼此之间是有合作的。现在L国的政局动荡，科尼自然不会袖手旁观的，他经常暗中帮助L国政府军。

到了W国，聂云海被眼前的景象震撼住了。这是一个小国家，经济十分落后，人口也不多。他们的首都还不如Z国的一个小县城，街面上人来人往，却看不到现代文明的影子。

当索拉的车队驶进城市的时候，老百姓一呼而散，立刻就让出了一条道。看得出来，老百姓非常害怕科尼和他的军队，他就是这里的土皇帝、独裁者。

和W国的贫穷不相称的是总统府，这里简直就是人间天堂，高大的建筑，金灿灿的屋顶俨如宫殿一般。总统府的安保做得非常严谨，门口有一个营的兵力在驻扎，每个士兵都是AK47的装备，旁边还有重机枪和四架加榴炮。

"这家伙睡觉都睁着一只眼吧。"

看着这些，聂云海心里不由得暗笑。也难怪，科尼是原总统的警卫队长，他因为贪污的缘故，被总统发现，准备抓他治罪。结果科尼先发制人地发动了政变，他干掉了前总统自己当了总统。

科尼一上台就进行清洗，他把所有反对他的高官全部处决了，把军队的高层也都换成了自己的心腹。这家伙喜怒无常，动不动就喜欢处决人，听说他好几位妻子都被他处决了。

索拉一行人来到了总统府门前就被侍卫给拦住了，所有的人都要交出武器，就连索拉也不例外。轮到聂云海时，他理也没理抬腿就往里面走去。

"站住，交出你的武器。"

侍卫长很不礼貌地拦住了聂云海，脸露凶光。聂云海缓缓地抬起头，看了他一眼，依旧往前走去。

“不许动。”

那家伙突然掏出了手枪，对准了聂云海的后脑勺。这可惹恼了聂云海，他缓缓地转过头来，紧紧地看着他，眼睛里充满了愤怒。

“我最讨厌被人要挟了，尤其用枪指着我的脑袋。”

“这是总统府，所有人都必须交出武器。”

“对不起，我没有缴械的习惯，我是你们总统的客人，如果他不欢迎我的到来，那我离开就是了。”

说着，聂云海就准备往外走，也不理会这帮人。

“站住，这是总统府，由得你想来就来，想走就走的吗？”

突然，从旁边又走出了一个黑家伙，他好不识趣就来抓拿聂云海。还没等他靠近，手腕就被聂云海给扣住了，一使劲，他就叫唤开了。

“啊。”

这下可就麻烦了，其他的侍卫都把枪口对准了聂云海，准备扑上来。聂云海并不退缩，他先在那家伙的腿上一扫，给他来了个仰面朝天。接着，聂云海趁大家惊愕之际，一个转身就到了这些家伙的背后，没等他们反应过来，在他们的腿肚子上一人来一脚，四个人像四根柱子一般的倒了下去。

“啊……”

这样一来，总统府可就乱了，一些不知缘由的卫士端着枪就跑了过来。聂云海自然不会任人宰割了，他迅速地抓住了侍卫长，用枪抵住了他的脑袋。

“亚鲁克汉，不可造次啊，这里可是科尼的总统府。”大卫被这一幕吓得目瞪口呆。

“都不要动，这是一场误会。”

就连索拉也吓得脸色铁青，他在 W 国可是一个实权人物，但在总统府里，他也不敢乱动。正在这时，从里面走出了一个大个子，一身的横肉，仿佛黑金刚一般。不用问，他就是科尼总统，这个 W 国的土皇帝。他晃悠着庞大的身躯笑呵呵地走上前，胸前的金字勋章也在风中来回的摆动。科尼并没有因为聂云海的举动而动怒，相反的，他非常地欣赏聂云海的勇气，尤其他以迅雷之势放倒了好几名侍卫。

“哈哈，远来都是客，朋友，你就是亚鲁克汉吧，我可听说了你的大名了。”

聂云海见来的是科尼本人，也就不再跟侍卫一般见识了，他放了侍卫长，把手枪又插到了腰间，这才走上前，跟这位土皇帝握手。

“对不起，总统先生，惊扰到您了。”

“不，朋友，你的身手不错，是我见过最好的一个。”

“总统先生，非常抱歉，我不习惯被人缴械，您的这个规定，恐怕……”

“哈哈哈哈，你是我的贵宾，自然没人敢把你怎么样了，走，到我家去。”

科尼一边说，一边拽着聂云海的手往里面走去。索拉一脸的困惑，他们平时对科尼敬而远之，谁都不敢忤逆了他。可聂云海初来乍到，竟然敢违背了科尼的规定，不仅不配合，还打了他的侍卫。科尼所说的家其实就是总统府，他简直把总统府当成了自己的别墅了。

“海伦，来，我给你介绍几位客人，这位是来自Y国的大英雄亚鲁克汉。”

科尼一进门就叫唤了起来，接着从里面走出了一位身段苗条、穿着非常时尚的白人女子。和科尼形成了鲜明的对比，科尼的妻子是一个美丽而年轻的女人，她一头的金发，娇小而可爱的面庞让人难以忘怀。

海伦是一名电影演员，她是一个法国人。当初她与男友来非洲拍电影，被科尼相中了，科尼对海伦非常的好，可以说是百依百顺。然而，令人想不到的是，几天之后，剧组找到了海伦男友的尸体，他被人卸成了好几块。不用问，这一切都是这位屠夫的杰作。后来，海伦就嫁给了科尼，被他宠成了公主一般。

“欢迎光临，我们的大英雄。”

海伦非常热情地和每一位客人进行了拥抱，聂云海也不例外，让人难忘的是海伦身上散发着浓郁的香味。这是香奈儿的味道，蒋玉莲就经常使用，价格非常昂贵。在他们这样贫瘠而落后的国家，使用如此珍贵的香水，实在无法想象。

“卢拉，去，给客人们准备咖啡。”

“是，夫人。”

聂云海这才发现，在科尼的家里，除了这些侍卫外，还有很多女佣。他们虽然都是黑人，但穿着非常整洁，一看就知道是海伦的杰作。

落座之后，聂云海这才有机会打量着房间内的装饰。这里虽然是科尼的家，却非常宽敞，他是把原来的议会大厅改成了会客厅，装修得十分华丽，屋顶全都是巴洛克风格。

科尼的座位就像法国路易十四的王座，庄严而肃穆。科尼坐在他的宝座上，海伦也挨着他坐下，他们身后还站着无数的侍卫。两边才是客人坐的，左边是索拉和他的将军们，右边是聂云海等人。

不一会儿，女佣就推着热乎乎的咖啡进来。聂云海喝了一口，感觉挺苦的，但是非常正宗。

海伦说道："亚鲁克汉，听说你是英国籍，我以前去过伦敦，对那里的印象非常深刻。伦敦是一个非常繁华的城市，不像我们这里。哎，想起这些，我仿佛又回到了欧洲。"

聂云海说道："对不起，夫人，我是在伯明翰郡长大，偶尔去一下伦敦。"

科尼自豪地说道："亚鲁克汉先生，我夫人是一位非常有见识的人，她不仅很有内涵，也很友善，深受我的人民爱戴。"

聂云海说道："总统先生，夫人非常美丽，也非常的贤惠。不仅我这个局外人对她充满了敬意，你的人民也是非常的尊敬她。"

"哈哈哈哈，亚鲁克汉先生，你真是一个出类拔萃的人物，不仅身手非凡，见识也不一般。如果你不介意的话，我希望先生能够留在这里给我当参谋，我是不会亏待你的。"科尼笑呵呵地说道。

"太好了，总统先生，亚鲁克汉可不是一般的人，他是我们的精神领袖。"阿萨姆总算找到了话题了，估计他都快憋死了，这么长时间都不说一句话了。

"哈哈哈哈，英雄所见略同啊。"科尼放声大笑了起来。

喝完咖啡，主人还准备了丰盛的晚宴。女佣们先撤去了咖啡，摆上了餐具，接着又推来了牛肉。这是非洲的野牛肉，在厨师的烹饪下香气扑鼻。面对这样的晚餐，仿佛来到了西方上流社会，完全想象不到这就是贫瘠的 W 国。

"朋友们，我是非常好客的，尤其你们都是不远千里而来的客人，请尝一尝我夫人亲自酿制的葡萄酒。"科尼高举着酒杯，得意地笑道。

"感谢总统先生的盛情招待。"大卫站起身，朝科尼深深地鞠了一躬。

"感谢总统先生的盛情招待。"黑手党的成员也都站起身一起高声说道。

"祝夫人永远年轻、美貌。"

出于礼貌，聂云海也站起身向主人敬酒，这让科尼非常高兴，也让海伦脸上露出了红晕。

"祝夫人永远年轻、美貌。"所有人都站起身，又朝着海伦赞道。

“干杯。”

在科尼的带领下，大家开怀畅饮，氛围一下子就变得活跃了起来。尤其又到了阿萨姆表现的时候了，他不断的述说着聂云海的英雄事迹，引得科尼等人入神。

“总统先生，我们这一路可谓是历经了九九八十一难，很多次都是死里逃生。最终，我们还是平安地到达了总统府。当然了，最重要的还是因为有我们的战神亚鲁克汉。在漠北镇，我和亚鲁克汉智斗强敌，最后把雇佣军之王哥伦布的耳朵割下来一只。为此，哥伦布在海上给了我们迎头一击，差一点就让我们葬身大海。”

“啊。”听到这里，海伦失声尖叫了起来。

阿萨姆笑道：“夫人，你不必担心，关键时刻还是亚鲁克汉站了出来，他带领我们阻击雇佣军，我们这才得以脱离险境。”

“感谢上天，你们总算平安脱险了。”海伦在胸前画了十字，叹道。

“不，夫人，我们的苦难才刚刚开始。当我们踏上一座孤岛之后，又遇到了沼泽。当时，我非常不幸地掉进了沼泽里。”

“天啦。”海伦忍不住捂住了脸蛋。

“夫人，我虽然是不幸的，但我们有亚鲁克汉，是全能的亚鲁克汉救了我。他指挥大家用杂草和枯枝覆盖在沼泽地上，这样我们才平安地度过了沼泽。”

“哦，我全能的亚鲁克汉，你简直就是救世主。”

说着，海伦起身走到了聂云海的身边，在他的额头上亲吻了一下。聂云海知道，亲吻在西方是很高的一种礼节。于是，出于礼貌问题，聂云海也在海伦的手背上亲吻了一下。

“夫人，如果你认为我们就此而一帆风顺了，那你就想错了，等待我们的还有更恐怖的。出了沼泽，大伙都松了一口气，谁知就在此时，一条史前巨蟒缠上了我们。那条巨蟒有十几米长，它一口就咬死我们的一个伙伴。更恐怖的是它简直刀枪不入，亚鲁克汉的子弹打在它身上，就像打在了石头上一般，立刻就被弹走了。”

说到这里，阿萨姆有意地停下了话语，他用眼睛扫视了一眼众人，见大家的脸上充满了恐惧。

“那家伙被惹怒了，奔着亚鲁克汉就过去了，它张开了血盆大嘴要把亚鲁克汉吞下去。关键时刻还是亚鲁克汉机智，它用手枪打瞎了蟒蛇的眼睛。就这样，我们才有机会杀死了巨蟒，当然了，它也成了我们的盘中餐。但是谁也想不到，我们又遇到了手臂长的巨型蜈蚣，那家伙简直恐怖至极。哎，真是一波未平一波又起。最危险的还是半夜里雇佣军的偷袭，他们趁我们熟睡之际，杀了上来，还是亚鲁克汉发现了他们诡计，他率先进行反击。但他们人数众多，把我们给包围了。眼看着我们要全军覆灭了，又是亚鲁克汉最先发难，他跳出包围圈，杀到敌人的后方。亚鲁克汉单身斗群寇，一战而决定谁才是真正的王者。”

阿萨姆终于说完了，大家爆发出了热烈的掌声，就连这个非洲的屠夫也忍不住起身向聂云海致敬。这个晚上过得非常有意思，大家吃得也很开心。

晚宴过后，科尼又安排了舞会，看来他完全被这位法国妻子同化了。首先跳舞的是科尼和海伦，看着他们在舞池里跳舞，聂云海就想起了那部叫《金刚》的电影，那简直就是现实版的金刚与美女。

一曲完毕，海伦主动地来找聂云海跳舞，对于这样的荣耀，聂云海自然无法拒绝了。当聂云海挽着海伦的腰身，在人群中舞动时，科尼的眼睛里似乎闪烁着一丝的醋意，他们实在太般配了。

“亚鲁克汉，救我。”

正当舞会进入到高潮的时候，海伦轻轻地趴在聂云海的耳边说了一句石破天惊的话来。聂云海简直都不敢相信，这位娇小、可人的总统夫人竟然有胆量背叛这位屠夫。

“救救我，我不想死在这里。”

海伦见聂云海没有任何反应，又轻声地说了一遍。这一次，聂云海完全听清楚了，但他很快就意识到了，这几乎是不可能实现的愿望。

“夫人，你是开玩笑的吗？”

“不，亚鲁克汉，我是认真的，只有你才能救我。”

“可是，夫人，我一个人怎么去对付科尼的数十万大军呢？”

“这你不用担心，只要你答应救我，会有人做内应的。”

此刻，聂云海才明白，眼前这位看似弱不禁风的女子，骨子里却有一种坚定的信念。聂云海没有马上就答应，但海伦从他的眼睛里看到了希望。一曲完毕，海伦带着满意的眼神回到了科尼的身边。

“夫人，你真是太迷人了。”科尼拉着海伦的手，深情地说道。

“科尼，知道吗？我只有在你的身边，才会有如此的魅力，是你给了我一切。没有你，我依旧是埋没在沙尘里的钻石，它只有在王冠上才是最耀眼的。”

“哈哈哈哈……”

听到海伦这么一番恭维，科尼早就忘乎所以。常言道“英雄难过美人关”，科尼不是英雄，却是一位枭雄，自然也逃不掉这样的定局。

“夫人，你才是我的宝贝，什么权力，财富，跟你相比，都不值一提。”

“科尼，难得你这么高兴，我敬你一杯。”

“好，夫人酿造的酒也是世上的佳肴。”

“科尼，既然是佳肴，你就多喝点。”

“好，夫人让我多喝，我就再干他几杯。”

科尼因为高兴就多喝了几杯酒，又因为海伦蓄谋已久，他很快就喝得不省人事了。海伦见时机成熟了，立刻就招呼人把科尼送回了卧室。

临走的时候，海伦朝着聂云海投来了神秘的眼神。聂云海知道，她这是想暗示自己，她有所交代。想到这里，聂云海只好借机溜了出去。果然，等聂云海来到后花园的时候，海伦就躲在一个隐秘处。

“亚鲁克汉，我在这儿。”

聂云海急忙循着声音望去，见海伦穿一身修长的睡裙，被风一吹，把她白皙的肌肤映称出来，格外地迷人，聂云海急忙把眼睛从海伦的身上移开了。

“夫人，你唤我来，不会只想让我欣赏你的身材吧？”

“对不起，先生，请原谅我的唐突，我没有太多时间了。”

“夫人，你还是说重点吧。”

“先生，你一定要帮助我，科尼杀了他的前六任妻子，而且手段极其残忍。虽然他现在对我百依百顺的，可他就是一个变态。”

说到这里，海伦解开了她身上仅有的那件睡衣。让聂云海感到吃惊的不是海伦的裸身，而是她后背上布满了伤痕，一条一条的血印，犹如无数条蜈蚣趴在她的身上，吸食着她的躯体。

“这都是科尼的杰作，他就是一个虐待狂。用不了多久，我会被他活活打死的。”

“对不起，夫人，是我唐突了。”

“先生，你一定要救我出去，我知道你是一个好人，只有你才救得了我。”

“夫人，我可以救你，但是，我一个人实在是能力有限。你之前说过，会有人做内应，他是谁？我怎么和他联系？”

“他就是……”

海伦刚要说出内应的人来，就听见科尼在房间里大声地叫唤了起来。

“夫人，你在哪里？水，我要喝水。”

“对不起，科尼醒了，我必须走了，他疑心特别重，如果被他发现了，我必死无疑。”不等聂云海再提问，海伦转身就离开了，丢下聂云海一个人在后花园里发呆。

第 71 章　工人起义

这一夜，聂云海和黑手党人被索拉安排在军营里。聂云海一直在琢磨海伦的话语，想到要去解救她，他心潮澎湃。第二天一早，科尼就来接聂云海了。

“朋友，走，我带你们去看看我的人民，他们有多么了不起。大家每天都辛勤的劳动，为我们创造了许多的财富。”

科尼很给聂云海的面子，拉着他上了自己那辆心爱的奔驰 S680。身后还带了一个营的兵力，数十辆汽车从总统府驶出去，一路上尘土飞扬，威风凛凛。

从坎帕拉出发，车队一直沿着非洲平原向前行驶。四十来分钟之后，车队就进入了山区，这里的道路十分坎坷，车子在山间一路颠簸。

虽然道路十分艰难，沿途的风景却非常的迷人。尤其这里的动植物非常多，在河岸附近，许许多多的皇冠鹤在自由地嬉戏。平原上成群结队的斑马、野牛，树枝上随处可见猴子、狒狒。

“老朋友，到了，这就是我的矿区。这是非洲最大的钻石产地，我们每年给伦敦提供大量钻石。”科尼指着山谷中一群正在劳作的人说道。

众人随着科尼手指的方向望去，就见数百名赤身裸体的黑汉子正在一个个土坑里淘沙。有些人整个身子都浸泡在水里，身上的皮肤已经被晒得脱了皮。

“停车，我们走过去。”

也许是因为高兴，科尼让侍卫长把车子停在路边，他要步行。聂云海一直都跟在科尼的身后，他们从山坡上走下来，来到其中的一个钻石坑前。

这里的每一处矿坑都有几名持枪的军人在把守，他们见总统来了，立刻上前行礼。那些正在劳作的工人也赶紧放下手中的活，昂着头看着这位独裁者。

“怎么样？今天的收获还好吗？”科尼饶有兴趣地问道。

“总统先生，今天的收获还不赖，我们淘了几颗比较大的钻石。”一名工人一脸的得意说道。

“哦，快拿给我看看。”科尼急切地说道。

“是。”

那名工人手里捧着几颗钻石，慢慢地向科尼走来。到了科尼的近前了，他把手里的钻石轻轻地放到了科尼的手里，说道：“总统先生，这是刚发现的，非常漂亮。”

科尼被这颗巨大的钻石吸引了，他把钻石托在手里仔细地端详。这是一颗大钻石，足有乒乓球那么大，在阳光的照射下闪闪放光。

“好，这可真是个好东西。”

科尼拿着巨大的钻石，忍不住赞叹起来。突然，那个工人从他的身上掏出了一把镰刀，朝着科尼的脑袋削去。

“小心。”

科尼身边的一名侍卫想也没想，一下扑倒了科尼。科尼虽然躲过了这一刀，他的侍卫就没有这么幸运了，那家伙的胳膊当时就被镰刀削断了。

“去死吧，科尼。”

那工人见没有削到科尼，心里很不甘心，奔科尼就来了。这时，另一位侍卫急忙扣动了怀里的 AK47，对着刺客就是一阵扫射。

“啊。”

工人应声而倒，他这一死，立刻就激怒了其他的工人，这些人也挥舞着镰刀朝科尼奔来。而那些矿区守卫，也把枪口对准了科尼，开始射击。科尼被侍卫护在身下，子弹没有伤到他，却把侍卫打成了筛子。

“跟他拼了，杀了这个屠夫。”

科尼的统治引起了民众的反抗，这些人一呼喊，数十名工人挥舞着手中的镰刀冲了过来。他们完全不惧怕科尼的武器，一个个怒火中烧。

“开枪，快开枪。”

在科尼的命令下，侍卫们全都端起枪，朝着这些叛军和工人就是一通扫射。科尼有一个营的兵力，这几个叛军哪是对手，很快就被干掉了一大半。剩下的也都受了重伤了，失去了战斗力。科尼见他的士兵已经控制了现场了，他就推开他身上的尸体，抱起一挺机枪就开始疯狂地扫射。

“啊……”

这些工人根本不是侍卫的对手，也就一会儿的工夫，地上又躺下去一大片的死尸。鲜血把水坑都染红了，那颗大钻石在血水里格外耀眼。

战斗还没进行就已经结束了，那几个带头闹事的人都被击毙了。而那几个反叛的军官也被侍卫给俘虏了，他们被缴了械，一个个躺在地上不敢动。

“集合。”

科尼怒不可歇地看着这些工人，眼睛里喷射出一团邪火，甚是吓人。好在他带的士兵很多，这些人一个个凶神恶煞的，他们把工人都驱逐到了一个坑里。

聂云海从始至终都没有动，他完全没有想到，这些人敢来行刺。看着这些可怜的工人，聂云海的心里很不是滋味。接下来，科尼又准备如何对待他们呢？

就在聂云海暗自揣测的时候，科尼却已经扣动了手中的扳机。接着，他的这些手下也一起动手，十几条枪同时开火，场面十分壮观。

“啊……”

可怜那些手无寸铁的工人，顷刻之间就丧生在了这个魔王的手里，这让聂云海想不到，也不敢想。等聂云海回过神来的时候，面前已经多了一百多具尸体。

“他们都是无辜的，你为什么还要杀了他们？”

聂云海发疯一般的冲到了科尼的面前，他歇斯底里地咆哮起来。科尼却像没事人一样的，他看了一眼聂云海，就对他的手下说道：“亚鲁克汉先生受惊吓了，把他送到车子里休息。”

“是。”

阿萨姆生怕聂云海再闹出什么大事来，赶紧拉着他就走。聂云海非常无奈，如果不是在W国，如果龙之队的弟兄们都在，他非得大干一场不可。

“科尼，你就是个屠夫，刽子手。”

此刻，聂云海感受到非常无助，他只有通过这种方式来发泄心中的怒气。但科尼没有去理会，他来到几个叛军的面前，阴沉脸问道：“说，谁指示你们这么干的？”

“没有人主使，是我们自己要这么干的。你是屠夫，你是恶魔，我们要吃你的皮，喝你的血。”

“啪啪。”

科尼毫不客气地给了这名叛军两颗子弹，他的脑袋就开了花。鲜血溅了科尼一脸，可他却像没事人一样，又走到了第二名叛军的面前。

“说，为什么这么干，我对你们还不好吗？你们吃我的，喝我的，花我的。结果，你们竟然调转枪口来对付我。”

“来吧，我不怕死，给我来个痛快的。你杀了我全家，我恨不得剥了你的皮，好给我死去的家人报仇。”

科尼被这个家伙气疯了，照着他的身子就一阵的狂扫，把他打了个透膛。接着，他又来到了最后一名叛军的面前，这是一个瘦黑个子，歪歪嘴，看着就不是个东西。

“说，谁主使你们这么干的，说出来，我立刻就饶了你。”科尼突然改变了策略来。

“你杀了我吧，反正我活不了，落在你的手里，我没有话说。”瘦黑个子一脸的恐惧，可他知道，科尼肯定不会放过他。

“我宰了你。”科尼气不过，拿着枪刚要射击，却被他的侍卫长给拦住了。

“别开枪，总统先生，留个活口，对付他，我有的是办法。”

科尼对于侍卫长的做法很满意，他觉得工人起义的背后一定不简单。就凭百十号工人和十几个守卫就敢起义，还行刺国家元首，这似乎说不过去。

想到这里，科尼没有再说什么了，他气呼呼地走了。这会儿，聂云海的头脑冷静了很多，但他还是无法接受屠杀的事实。

“总统先生，你这样做实在太残忍了，行刺的只有一部分人，而你却……”聂云海还想再说什么，却被科尼无情地打断了。

“亚鲁克汉先生，我知道你是英雄，但这是我们国家的政务，我希望你保持理智。”

“总统先生，你今天的行为完成违背了国际人权法案，是赤裸裸的屠杀。”

聂云海终于把心中的愤怒表达了出来，可科尼完全不在乎。这也就是亚鲁克汉了，换其他人敢当面指责科尼，怕是早去见阎王爷了。

“朋友，别跟我谈什么国际人权，在这里我就是法律。如果我像你一样菩萨心肠，我早死多少回了。你知道有多少人想杀我？有多少人想推翻我？为什么他们都失败了？”

对于这样荒诞的逻辑，聂云海竟然回答不上来。是的，科尼是有名的暴君，他的臣民，他的军队对他只有畏惧，没有拥护。就连他的妻子海伦都已经背叛了他，可他依然屹立不倒。

“回答不上来了吧，我告诉你，因为他们害怕，世人都害怕死，你我都一样。就因为我是死神，是人间的主宰，所以，他们才会失败，既然失败了，那就得付出代价。”

在接下来的几天里，科尼一直都在追查幕后黑手。为此，他处决了一大批下级军官，凡是跟矿区挨边的人都被他解决了。这样一来，弄得 W 国人人自危。

处理了叛乱后，科尼的心情大好，他接见了聂云海和黑手党人，还主动地谈起了生意。这让大卫感到欣喜若狂，他在这里已经很多天了，一直都得不到科尼的回复。

“大卫，我们虽然只是刚接触，但我和你们的皮科罗教父是老朋友了，他给了我很多的帮助。你的这批假钞，我已经让人验证过了，确实不错，即使流入 M 国市场，也很难辨别。”科尼说道。

“那是肯定的，彭斯将军的能力我们是知道的，不然，他在 A 国也不会有这么高的威望。”大卫不住的点头说道。

“嗯，这个彭斯和我也是老朋友了，但他还是缺少点气魄。如果是我，早就把阿里赶走了，你看他把 A 国弄成什么样了。”科尼不以为然地说道。

“是是是，彭斯将军自然没法跟总统您相提并论了。”

大卫生怕科尼会翻脸，不住地迎合着他。聂云海就坐在一旁，看着他们狼狈为奸的模样，他心里就更来气，可现在他一句话也插不上。

“大卫，我们还是谈论正事好了。你的这些假钞，我全都要了。可你也知道，我的国家非常贫穷，我也没有那么多钱给你。这样吧，我给你钻石，咱们都不吃亏。”

说完，科尼朝他的一个心腹点点头，那心腹马上会意，转身就出去了。一会的工夫，心腹提着一个箱子进来。他把箱子放在科尼的面前，又自觉地站到了科尼的身后。

科尼亲自打开了箱子，一时间房间里光彩照人。小箱子里装的全都是钻石，无数颗形状各异的钻石，光芒四射。科尼随意地抓了一把钻石，放到了大卫的面前。随后，他又把那颗被鲜血染红了的钻石也拿出来，一并送给了大卫，说道：“大卫，这些都是你的，我没有亏待朋友吧。”

大卫看着眼前的这些钻石，兴奋的说不出话来。他用颤颤巍巍的双手去捧这些钻石，生怕漏掉了一颗，道：“多谢总统先生，你是最公道的生意人。”

科尼笑了笑，就拿过一个布袋子，丢给了大卫，示意他装起来。大卫很识趣，他急忙接过布袋，把钻石都装进了布袋里面。就在这个时候，侍卫长从外面进来了。

他走到科尼的身边，用他们的 W 国语说了起来。很快，科尼的脸色由晴转阴了。他一改之前的喜色，怒气冲冲地看着大卫，说道："来啊，把外面的朋友请进来。"

话音刚落，从外面进来了一个人，他一来就把所有人都吓了一跳。尤其大卫，他手中的钻石袋也掉在了地上。原来又来了一个亚鲁克汉，跟聂云海假扮的亚鲁克汉几乎一模一样。

"老朋友，这是怎么回事？"

科尼突然转过脸，恶狠狠地看着聂云海。聂云海的脸色当时就变了，他知道，把戏漏了。

这一切，聂云海都没有在意，他以为只要自己的身份没暴露，也就无所谓了。哪知道黑手党人手眼通天，他们竟然把真正的亚鲁克汉给找来了。

真亚鲁克汉一出现，总统府的气氛立刻就变得凝重了起来。科尼的那些侍卫立刻就端着机枪，对准了聂云海和黑手党人。

这件事情太出乎意料之外了，就连聂云海也没有想到，但他很快就冷静了下来。他知道，打消科尼的疑虑才是最重要的，不然，谁也别想走出这个门。

科尼却还是一副无所谓的样子，他依旧坐在他的宝座上，冷眼地看着眼前的一切。但是，他的脸上却流露出一丝愤怒，随时都有可能爆发。

"总统先生，这是我们黑手党内部的事情，我希望你不要插手。"

聂云海很聪明，他先稳住了科尼，这样，他就可以弄明白到底是谁在背后捣鬼。科尼虽然是个恶魔，但他并不傻，听聂云海这么一说，他反而淡定了下来。

"亚鲁克汉先生，既然是你们内部的事情，那你们自行处理好了，我不干涉你们的内政。"科尼笑道。

"他说谎，他根本就不是亚鲁克汉，我才是真正的亚鲁克汉。"真亚鲁克汉愤怒地叫道。

"哈哈哈哈，你说我是假的，那么我问你，你有什么证据？"聂云海淡淡一笑道。

“我……我就真的亚鲁克汉，我有护照。”那家伙说着掏出了护照。

“谁没有护照，我也有。”

说着，聂云海也掏出了护照，两本护照放在一起，完全分不出真假。这一下，连大卫都觉得诧异了，虽然他知道面前的这个是假的，可他也是无法证实。

“我出生在伯明翰郡，我刚从伦敦赶来。所以，我才是真的亚鲁克汉。”真亚鲁克汉不满地说道。

“我也出生在伯明翰郡，我一直都和大卫在一起，从未离开。所以，我才是真的亚鲁克汉，而你只能是那个假亚鲁克汉。”

聂云海非常不屑地说着，对他来说，真假已经不重要了。而这件事情的幕后黑手才是最可怕的，他想置聂云海于死地。

“我问你，是谁指示你这么干的？快说，不然我就打死你”

突然，聂云海掏出手枪对准了真亚鲁克汉的胸口，吓得真亚鲁克汉不知所措。毕竟他只是一个普通人，面对聂云海凌厉的眼光，只得节节后退。

“我……”

“你没安好心，跑到这里来挑拨是非，你想破坏我和大卫之间的感情是不是？”

聂云海可不管这些，他摆出一副咄咄逼人的架势，把那个可怜的亚鲁克汉吓得跌倒在地。

“不关我的事，是罗伯特把我弄过来的，我……我……”

聂云海很满意自己的表现，他这个假亚鲁克汉反而打败了真亚鲁克汉。于是，他厉声喝道：“滚，滚回你的伯明翰郡。”

真亚鲁克汉赶紧从地上爬起来，转身就往外跑。这么一件棘手的事情，被聂云海轻而易举就化解了。可旁边的罗伯特却十分的恼怒，这一切都是他从中作梗。

罗伯特见真亚鲁克汉不仅没收到任何效益，还被聂云海将了一军，他自然不甘心。于是，没等聂云海回到座位上去，罗伯特就掏出了手枪想要对聂云海下手。

“不许动，你就是那个假亚鲁克汉，你到底有何……”

“啪”的一声，聂云海先下手为强，一枪击中了罗伯特的眉心。罗伯特都来不及哼一声，就倒地死去了。

“啊。”

大卫吓得目瞪口呆，他看着眼前的这一切，犹如在梦里一般。其他的黑手党人也被这突如其来的一幕惊呆了，谁都不敢做声，只能默默地看着这一切。

“老朋友，你真是个英雄，了不起，我佩服你。”

对于这一切，科尼却表现得很从容，他毕竟是一方枭雄，这么一点小事，自然不会太在意了。所以，科尼不仅没有生气，反而拍手称快。

科尼的那些侍卫见总统都无所谓了，也就不再纠缠了。几个手下走上前把地上的尸体抬走了，其他人又把血迹也擦干净了。

一切又恢复了之前的样子，聂云海就像没事人一样，他走到大卫的面前，捡起了地上的钻石，交给了他。然后，聂云海又回到了自己的座位上坐好。

“大卫，这可是我们的辛苦钱了，你可要拿好了。不然，弟兄们可就没钱回去了。”聂云海假意地笑道。

“这……这是自然。”大卫这才回过神来。

“哈哈哈哈，老朋友，你真不简单，今天我算是开眼了。”

科尼挺开心，他也是一个果断的人，聂云海的这种行为非常对科尼的脾气。于是，他又把话题拉了回来，跟大家聊起了他的英雄事迹来。

“我跟你们说啊，我以前可不比亚鲁克汉差啊。有一次我独闯敌营，手刃了敌人的指挥，那真是快活啊……”

科尼说一阵笑一阵，大厅里的气氛缓和了许多。正在这时，侍卫长却站了出来，他走到科尼的面前，高声说道：“诸位，你们黑手党的事情解决了，可行刺总统的事情还没有解决。真正的幕后黑手我已经知道了，他就在我们当中。”

侍卫长说完这句话，科尼的脸色当即就沉了下来，他朝侍卫一挥手，他的那些手下马上就会意了。几个侍卫从外面带进来了一个人，正是那个没被杀掉的叛军。

“说，是谁主使你行刺总统的？”侍卫长掏出枪，抵住那人的胸膛，说道。

“是……是夫人。”

那家伙尽管说话的声音非常轻，可大厅里的每一个人都听得真真切切。科尼的脸色就更难看了，他原本乌黑的脸庞上立刻闪烁着一阵青光。

“你放屁，夫人怎么会背叛我？不会的，你胡说。”科尼几乎要气疯了，被自己心爱的人背叛，这种感受是最难以接受的。

“去，把那个贱人给我提来。”

很快，科尼又恢复了他嗜血的本性。但理智告诉他，不能感情用事，必须坚决地扫除那些背叛自己的人，无论是谁，都必须死。想到这些，科尼的心中也就释然了。不一会，海伦就被士兵押了过来，她一副楚楚可怜的样子就更加动人了。大厅里一片的肃静，谁都不敢发出声音，都想看看究竟是怎么回事。

第 72 章　借刀杀人

“贱人，我对你还不好吗？你想要贵族生活，我给你贵族生活，你要奢侈品，我从法国给你弄过来。你要星星我不敢给你月亮，可你为什么还要背叛我？”

科尼浑身哆嗦着来到了海伦的面前，举起他钢铁般的大手，却迟迟没有落下去。

“我没有背叛你，我不知道你为什么这样对我？我是你的妻子，难道你都是这样对待你的妻子的吗？”

海伦心里虽然非常害怕，嘴巴却死死地咬住不松口。面对着海伦一副楚楚可怜的样子，科尼的心开始软了下来。但接下来发生的一幕，让事情变得更糟糕。就见侍卫长来到众人的面前，展开手中的名单。

“总统先生，这就是叛军的名单，是我从夫人的房间搜出来的。这上面全都是我们的高级将领，第一个人的名字是索拉将军。”

事到如今，再也隐瞒不下去了，海伦的脸色变得铁青。科尼用恶狠狠的眼光看着她，眼睛里喷射出了邪恶之火。

“海伦，你竟然勾引索拉，为什么？这到底是为了什么？”

“不错，这都是我的主意，一切都是我安排的，为了不被你杀死，我不得已这才去勾引索拉。他被我的美貌迷惑了，愿意为我牺牲一切。”

“为什么？什么你要这样做？”

这个时候，科尼反而非常镇定。毕竟他是个政治家，对他来说，海伦无非就是一个玩物，权力才是最重要的。

“你别问了，只要你答应我一个要求，我就死而无憾了。”

“什么要求，说出来我一定答应你。”

“请你不要伤害亚鲁克汉，他是无辜的。”

海伦转头看着聂云海，语气是那么的温柔。聂云海还发现，海伦看自己的眼睛与众不同，充满了依恋与不舍。这让聂云海觉得好奇，难道海伦爱上了自己了？这怎么可能，他们才认识多久啊？

“你们有奸情？”

科尼非常气愤，是海伦的表情刺激了他，让他变得狂燥不安。果然，科尼不再忍耐了，他掏出手枪对准了聂云海的脑门。

“老朋友，你不应该勾引我的妻子。我把你当成了知己，你是我唯一看重的人，也是我唯一认可的朋友。可你却做出了对不起我的事情，这让我对你充满了失望。”

“不，你不应该侮辱亚鲁克汉，他是一个好人。这完全是你我之间的事，跟他没有关系。你杀人不眨眼，还处处虐待我，我不想被你折磨死。”

海伦说得大义凛然，她的眼神十分坚定。这对科尼的打击非常大，深深地刺痛了他的心。

“贱人，你竟然到处勾引男人，我非杀了你不可。”

突然，科尼调转了枪口，对准了海伦就要下手。聂云海一直留意着这一切，当科尼那枪对准自己的时候，他就已经做好了反击的准备。

就在科尼想要扣动扳机的时候，他却发现手枪不翼而飞了。等他再回头去寻找手枪的时候，却发现一管乌黑、冰冷的枪口正对着他的脑袋，枪口的主人是聂云海，这一切都是聂云海的杰作。

“放开她。”

“为了这个女人，你值得吗？”

“不错，我答应过一定要救她，我从不食言。”

“哈哈哈哈，想不到我竟然会栽在一个女人的手里。”

科尼突然大笑了起来，弄得这些人莫名其妙的。科尼的那些侍卫可不客气，端起枪都对准了聂云海。

“放开总统。”

聂云海并不害怕，他有科尼做人质，完全不担心能不能冲出去。但眼前的局势非常复杂，他得寻一个万全之策，既能救出海伦，又可以平安的脱险。

“放了他们，不然我就干掉你们的总统。”

侍卫长很无奈，可他也只好乖乖就范，把海伦等人都放了。可海伦毕竟是个女人，在这种情况下，完全没有主意。

“阿萨姆，你带夫人先走，这里交给我了。”

“哎。”

阿萨姆跳上前抓起了桌子上的钻石箱子，抱着它就往外走。海伦的眼里充满了迷茫，她不舍地看着聂云海，仿佛生离死别一般。最后，海伦还是走了。

大厅里的火药味就更浓了，科尼的侍卫们都把目光集中到了聂云海的身上，他们端着枪，恨不得一口生吞了他。事情到了这一步，已经没有回旋的余地。对于这些人的仇恨目光，聂云海毫不在乎，反正他们的总统在自己手上，至少目前他们还是不敢乱动的。等海伦和阿萨姆走远了，聂云海竟然和科尼谈笑风生。

“把东西还给我们。”

聂云海真是云淡风轻一般，他完全不觉得这是在狼窝。侍卫长对于聂云海的这个要求有些犹豫，毕竟他现在还只是一个人，如果把武器还给了黑手党人，那事情就更不好办了。

科尼却不这么想，他现在成了人质，只要聂云海轻轻地扣动扳机，他就得脑袋开花。所以，他想也没想就答应了。

“去，把东西还给他们。”

“是。”

侍卫长见总统下了命令，他只好服从。不一会，几个军官就抱来了一个破箱子，里面全都是黑手党人的武器。大卫见自己的武器送来了，脸上立刻露出满意的笑容。其他的黑手党成员也拿起了自己的武器，都检查了一遍。聂云海见一切都没有问题了，他突然把科尼往大卫的怀里一推。

“对不起了，总统先生，这都是大卫的意思。”

面对这突如其来的一幕，大家都惊呆了。谁都弄不明白聂云海想要干嘛，都僵住了。随着一声枪响，大卫却倒了下去。

“啊。”

是科尼开的枪，聂云海在推他的那一刻，把手枪塞到了科尼的手上。这是聂云海的借刀杀人之计，既然事情都到了这一步了，又何必考虑后果呢？

果然，火药桶一经点燃，再也无法熄灭。黑手党人见他们的老大被人打死了，就疯似的进行报复。科尼的那些侍卫们更得意了，他们的总统不仅没死，还亲手杀死了元凶。顿时，两边的人在这个狭小的空间里进行了一场殊死的拼杀，这是科尼的地盘，后果可以想象得到。一会的工夫，十几位黑手党成员全部被消灭干净了。

“亚鲁克汉，老朋友，是时候算算我们的旧账了。”

“总统先生，你真不够意思，我帮你铲除了叛徒，你反过来对付我，天底下有你这样的朋友吗？”

“你帮我铲除了叛徒，我没听错吧。是你放走了索拉，你还勾引我老婆，他们都背叛了我，你才是真正的幕后黑手。”

“不不不，科尼，你太不了解我了，我对你老婆不感兴趣，我只是不想看你做错事。你杀谁我都没意见，可你不该对一个手无缚鸡之力的女人下手。”

说着，聂云海突然开枪打死了几名想要冲过来的侍卫，枪声一响，又是一阵大乱。过了一会，科尼又止住了进攻。

“老朋友，你死了没有啊？”

“哈哈，你都没死，我怎么能死呢。”

“老朋友，既然你没有死，那我们谈谈吧。我还是很欣赏你的，只要你归顺我，我保证不会杀你。”

“出来？不不不，我可不想死，谁都知道你是个杀人不眨眼的魔头，出去我就活不了了。”

“老朋友，你还是投降吧，再耗下去，你就没子弹了。”

“那就试试。”

突然，聂云海拿着枪往外杀去。科尼没有想到聂云海完全不怕死，一愣神的工夫，他的侍卫就倒下一大片。等科尼回过神的时候，已经晚了，从外面传来了一阵枪声。

“总统先生，不，不，不好了，索拉那个王八蛋带人杀过来了。”

“啊。”

这一下，科尼真慌了，他本想等收拾完聂云海以后，再去收拾这群叛徒。在这他才是主宰一切的神，是这里的皇帝。可他忽略了一点，聂云海放走了海伦就是要她去找索拉。她一出总统府，立刻就跑到了索拉的军营。索拉是W国的将军，这么多年，他一直对科尼忠心耿耿，直到遇见了海伦，他的世界彻底的颠覆了。

海伦的美丽赛过了埃及艳后，简直就像传说中的海伦娜一样迷人。可他也知道，这将是一条通往地狱之路，但他还是义无反顾地踏上了这条不归路。

从此，索拉开始网络亲信，矿区的工人起义就是他安排的。起义失败之后，索拉的内心极度恐惧，他时刻准备着反击。但是，科尼并没有拿到他叛变的证据。

起初，聂云海并不知道内应是谁，等科尼的侍卫念出了索拉的名字的时候，他突然明白了。原来这一切都是海伦和索拉策划的，而自己只不过是她的一个保险而已。明白了这些，聂云海的内心反而平静了。所以，他先让阿萨姆保护海伦，去搬救兵。然后，他又来了个借刀杀人，让科尼干掉了黑手党。

索拉的大军一到，总统府的卫队就支持不下去了，这些人对科尼恨之入骨。索拉将军发动政变，那简直就是一呼百应，全城的军队、老百姓都挥舞着武器杀向了总统府。

“打倒科尼，打倒独裁者，打倒屠夫……”

枪炮声，呼喊声，惊天动地。科尼吓呆了，他完全没有之前的那种豪气冲天，一屁股瘫坐在地上，再也起不来了。

“怎么会这样？这不是真的！这不是真的！”

“总统先生，快跑吧，晚了就来不及了。”

“走，往哪儿走？到处都是叛军。”

“去 A 国，你跟阿里总统和彭斯将军都不错，他们谁执政，你都可以待下去。”

“对，去 A 国。”

科尼这才回过神来，他急忙跑进卧室，打开了保险柜。侍卫们哪见过这么多的钻石、黄金，科尼的财富也太多了。虽然 W 国非常贫穷，可他们的总统一点也不穷，他把 W 国的财富全都侵占了。

“还愣着干什么？快，都拿走。”

“是。”

科尼一声令下，这些侍卫开始疯狂地抢夺财宝，怀里都塞满了钻石、黄金。有些人连手里的武器都抛掉了，只为多带走一些宝物。

“从密道走。”

侍卫长掩护着科尼，和这些贪婪的家伙一起从密道逃走了。索拉的大军已经突破了总统府的防线了，这些侍卫也失去了战斗力，总统都跑了，他们也就投降了。第一个跑到办公室的是海伦，她正在四处搜寻聂云海。

“亚鲁克汉，你在哪儿？你还好吗？”

“海伦，我在这儿，我没事。”

听到海伦的声音，聂云海知道一切都已经结束，他急忙从房间走出来。海伦看到聂云海好端端地站在自己的面前，忍不住扑到了聂云海的怀里。

“亚鲁克汉，看到你没事，我就放心了，真想不到，我们竟然成功了。”

“太好了，海伦，亚鲁克汉还活着。”

索拉也赶到了，他的身后还站着阿萨姆，那家伙一手提着一个钻石箱子，一手握着一把 AK47 很有范。

“我就说吧，亚鲁克汉可不会死，他是战神，是打不死的小强。”

“快，去把科尼擒住，千万别让大魔王跑了。”

突然之间，聂云海发现索拉成了他们的领袖了，他正指挥 W 国的军民四处搜索科尼的行踪。可他们哪知道，这个大魔王早已逃之夭夭了。根据情报，科尼这个被全球通缉的屠夫潜逃到了 L 国，在那里，他开始隐姓埋名，不再露面。

索拉政变成功，既有偶然的因素，也是必然的结果。科尼在 W 国实行独裁统治，他屠杀数十万人与民心相悖。巧合的是聂云海在里面一搅和，直接导致科尼政权的垮台。

“亚鲁克汉，走，去参加我们的胜利大游行。”

索拉春风满面地拉着聂云海的手就往外走。海伦也是笑容可掬，他们都是胜利者，也是 W 国的英雄。

“对不起，索拉将军，海伦，我欺骗了你们，我不是什么亚鲁克汉，我是 Z 国驻联合国维和战队的参谋长。”

说完，聂云海摘去了头上的人皮面具。这一下，索拉、海伦还有阿萨姆都诧异不已。他们虽然知道亚鲁克汉是假的，却没想到他的身份这么特殊。

“你，那个……上校？”海伦惊叫了起来。

“太好了，上校先生，Z 国人民一直都是我们非洲人民的好朋友。你帮助我们赶走了科尼，为我们的解放事业作出了重大贡献，我代表 W 国人民感谢你啊。”索拉握住聂云海的手激动地说道。

“不不不，索拉将军，这件事情我希望你能够保密。你不要对外宣扬，我是单独行动的，也没想过要卷入你们的内政。所以……”聂云海为难地说道。

“哈哈，我明白，放心吧，这些事外人是不会知道的。”

聂云海婉言谢绝了索拉的邀请，阿萨姆疑惑地看着他，道：“为什么，你可是大功臣啊，没有你，科尼政府一定不会倒台，你怎么还回避呢？”

聂云海懒得回答阿萨姆这么弱智的问题了，他走上前从阿萨姆的手里抢下了钻石袋子，想也没想就交给了索拉，弄得索拉和海伦都是一脸的茫然。

“上校先生，你这是？”索拉不解地问道。

“将军，这是 W 国人民的财产，现在物归原主。”聂云海轻描淡写地说道。

“哦，不，这可是我从科尼手里抢过来的。”阿萨姆张大了嘴巴，一脸地不情愿。

“上校先生，你帮了我们这么大的忙，我们感激你还来不及，可……”索拉还想再说什么，就被聂云海打断了。

“将军，今天的事只能说是个意外，我根本没想要卷进你们的内政。我的目的很简单，就是借助科尼的手铲除黑手党，至于这些钻石，这是科尼盘剥人民的。你们刚推翻暴政，到处都需要钱，这些钻石正好为你的人民服务。”

“可是……”

不等索拉说完，海伦就拉住了他的手臂，说道：“将军，上校先生说的对，你就别争辩了。”

随后，海伦又转回头，对一名士兵说道：“去，把缴获的东西拿过来。”

“是。”

那名士兵应声而去，不一会，他拿着大卫的那袋钻石进来，上面还流淌着大卫的鲜血。海伦从士兵的手里接过了钻石，随即又把它交给了聂云海，道：“上校先生，这本来就是你们的，我现在物归原主，希望你也别拒绝。”

聂云海还想说什么，旁边的阿萨姆一把就抢了去，他把钻石揣进了口袋，说道：“对对对，这正是我们的东西，我先替上校保管。”

聂云海见事情都结束了，也不能再留在这里了，只好跟索拉和海伦告别。两人很是不舍，可聂云海去意已决，他们也不再勉强了。出了总统府，聂云海和阿萨姆游走在非洲平原上。一路上，两人一边欣赏着非洲的风景，一边畅聊着往事。

“拿来。”

“什么？”

“钻石。”

“不，这些都是我的，是你自己不要的。”

“别废话，拿来。”

聂云海突然把脸沉了下来，原本冷峻不禁的脸上就更具杀气了。阿萨姆虽然不情愿，却不敢违抗，他只得噘着嘴，慢慢地掏出钻石袋，交给了聂云海。

“给你，那么凶干什么？你还想杀了我不成？”

聂云海接过钻石，他从里面抓了十几颗钻石给了阿萨姆，然后就把钻石袋装进自己的口袋。见到了钻石，阿萨姆脸上立刻就露出了笑容。这些钻石的成色非常纯，一颗就值好几万美元，十几颗那可是发大财了。

“上校先生，你真够朋友，跟你们Z国人合作，错不了。”

聂云海没有搭理他，依旧开着车继续往前行驶。阿萨姆就是个属狗脸的，他见聂云海不搭话，就变着法地来逗他。

“上校，我真搞不懂，海伦对你一往情深，你怎么忍心抛下她，独自离开呢？”

聂云海白了他一眼，说道：“我救她可不是因为私欲，假如科尼不是屠夫，我才懒得理会他们的破事呢。”

“上校，既然你是维和部队的，那你帮助我们推翻阿里政府好了。在这里，你一个人就干掉了科尼的统治，去我们那里，肯定能够推翻阿里。”

“到了，下车。”

“什么？”

“你从L国回去吧，我就不去你们国家了，我们就此分手。”

在W国的边境，聂云海把阿萨姆丢下了车，自己一个人开着车走了，留下阿萨姆孤零零一个人在后面咒骂。

“该死的Z国佬，把我一个人丢在这里，算怎么回事啊？”

聂云海早已走了很远了，他根本听不见阿萨姆在骂些什么。他穿过米通巴山脉，又经过了几个国家，他终于回到了大普托。

回到驻地后，聂云海把最近一段时间的局势向总指挥做了报告，卢德铭向聂云海做了一个汇报，却也没有发生过什么大事件。随后，聂云海又把自己的经历大致地跟大家讲述了一番。然后，聂云海从怀里拿出了钻石袋，他留下了那颗血钻，把其他的钻石都上交了。

聂云海说道："行了，这颗大钻石，我拿去见索菲，黑手党完了，可白犀牛是谁还不知道，我得把他找出来。"

刘进喜忧心道："头儿，既然白犀牛都已经把真的亚鲁克汉找出来了。你再去卧底已经没有意义了，弄不好还会有生命危险。"

"真假亚鲁克汉已经不重要了，我这是去跟索菲摊牌。就算她不知道白犀牛是谁，也一定可以帮我找到白犀牛。"

说着，聂云海起身往外就走。他又扮成了亚鲁克汉的模样来到了索菲的古堡，现在的古堡依旧歌舞升平，许许多多的俊男靓女在这里聚会，这大概是索菲的缘故吧。

聂云海依旧从外墙翻进去，他趴在三楼的栏杆上，望着大厅里的男男女女。终于，聂云海在人群里发现了索菲的身影，她一身红色裙子显得格外的动人。

过了好半天，索菲总算上了楼，她扭动着细腰肢，往自己的房间走去。聂云海见她回了房间了，也就跟着去了她的房间。进门之后，索菲先是一惊，看清楚了是亚鲁克汉，她立刻就兴奋地叫了起来。

"亚鲁克汉，亲爱的，我想死你了。"

索菲扑到聂云海的怀里，又是亲吻又是拥抱。聂云海不喜欢她，之所以要接近她，无非是想打听白犀牛的下落。可让聂云海没有想到的是，突然，索菲拔出了聂云海身上的手枪，用枪口对准了聂云海的胸口。

"你是谁，你为什么要欺骗我？"索菲一改之前的温柔形象，露出了冷酷的表情。

"我没有欺骗你，我只不过想要解救你罢了。"聂云海平静地说道。

"解救我？笑话，我活得很潇洒，根本就不需要你来帮助我。说，你是谁？"索菲的冷笑道。

"好吧，既然你想知道，那我就让你看个明白。"

说着，聂云海就摘下了头上的人皮面具，露出了他原来的面容。还是那么的冷峻，那么的英气。

"上校。"

索菲简直不敢相信，她的半个身子都瘫软在聂云海的怀里，手枪也掉在了沙发上。聂云海没有多想，立刻就把手枪收了起来，他刚想起身，又被索菲搂住脖子亲吻了起来。

“你这个坏蛋，竟然戏弄我，我送上门去，你却狠心地把我推开。谁知你却变着法儿地折磨我，让我为你痴狂。”

聂云海当然知道她说的是假话，她对很多男人都这样，聂云海只是推开了索菲。

“大卫死了，被科尼杀死的，你现在可以告诉我白犀牛是谁了吧？”

索菲似乎对大卫的死一点也不感到意外，也不关心。可当聂云海问起白犀牛的时候，索菲的脸色开始变得有些抽搐起来。聂云海看着她的样子，知道她一定知道内幕，不然，她不会是这样的表情。于是，聂云海从怀里拿出了那颗血钻，放到了索菲的手心里。

“索菲，告诉我白犀牛是谁，我去干掉他。这个你拿着，它可以让你一辈子衣食无忧。”

索菲拿起血钻仔细地打量了起来，她的脸上闪过一些兴奋，也有一些犹豫的神情。最后，她还是把血钻还给了聂云海，她又站起身，在房间里来回踱着步。

“你为什么一定要和他过意不去呢？”

对于这个问题，聂云海都觉得好笑，他都不屑于回答，但聂云海还是回答了索菲的问题。

“他是大毒枭，还是死神，那么多人因他而死，他被国际刑警通缉。最主要的原因是他一直跟我们 Z 国人为敌，他强迫我的同胞卖淫，派人来刺杀我，周彤就是被他害死的，我必须干掉他。”

聂云海告诉了索菲自己要抓捕白犀牛的理由，索菲沉默了许久。她的脸上露出了一种莫名其妙的表情，说不出的忧虑还是担心，或者是苦闷。

第73章　王者归来

“好吧，我成全你。”

终于，索菲说了这么一句话，却让聂云海充满了期待，自己苦苦追寻的大毒枭白犀牛，马上就要揭晓了。可事情并没有按聂云海想象的那样发展，索菲打了个电话，她只简简单单的一句话。

“你马上到我的房间来。”

此刻，聂云海非常激动，一想到要和死神见面了，他心里又充满斗志。接下来，两人在一直房间等待着，谁都没有说话，这是战斗的开始。

大约过了一刻钟，走廊里响起了脚步声，聂云海从声音里可以判断，对方来的不止一个人。果然，门开了，从外面进来了三个人。等聂云海看清来人时，他差一点吓得坐地上了。

“不可能，这是不可能的。”

聂云海以为看错了，可面前站着的正是那个已经死亡的大卫。聂云海自然不相信什么死而复生的鬼把戏，他亲眼所见，大卫被科尼打死了，胸口上明晃晃的一个大血洞。

“你不是大卫，你是谁？为什么要冒充大卫？”

“我是大卫，货真价实的黑手党大卫。”

聂云海仔细地观察来人的容貌，他和那个已经死亡的大卫长得简直一模一样，唯一不同的是他的眼睛充满了杀气。而死了的大卫面容要和善许多，绝没有他这般冷漠。

聂云海还是无法相信，他突然想起来了什么似的，急忙走上前，一把抓起了那人的右手一看，发现他的手臂上并没有枪伤的疤痕。于是，聂云海慢慢地放开了他的手。

“你不是大卫，大卫的右手挨过哥伦布一枪，而你的右手一点伤痕也没有。”

“他就是大卫，死了的那个是他的替身。”

索菲终于开口了，但这句话在聂云海的心里不亚于一颗炸弹，眼前的这个大卫更难对付。从他的眼睛里就可以看出，他是一个杀人不眨眼的魔头。

“上校先生，我想我们之间有很多的误会，我没想和你为敌，也不想跟你们Z国人作对。”大卫冷冷道。

“笑话，你不想跟我们作对。我问你，周彤是怎么死的？那些被你们强迫卖淫的女孩又是怎么回事？”聂云海突然厉声喝道。

“上校，周彤的死完全是白犀牛所为，而强迫Z国女孩卖淫的是黑手党，跟我有什么关系？”大卫冷酷的眼睛里闪烁着一丝狡黠。

“好，你承认就好。”

聂云海十分的愤怒，他掏出枪直接就对准了大卫的脑门。聂云海正想把大卫就地正法了，索菲却一把拉住了聂云海。

“聂，你不要冲动，杀了他，你也走不出这个大门。何不坐下来好好商议一下，你们和解不更好吗？”

“和解，不可能，我不可能和刽子手谈条件。”聂云海心里的气更大了，这个索菲到底是做什么的。

“上校，你看这样行不行，你帮我对付皮科罗，我帮你找到白犀牛，怎么样？”大卫直直地看着聂云海，显得胸有成竹似的。

“不可能，你想利用我去帮你对付教父，这办不到。别说我们是仇人，就算没有任何过节，我也不会帮你。”

聂云海并不傻，他马上就明白了大卫的真实意图。他对黑手党教父之位是志在必得，可他实力有限，好不容易培养起来的势力，又被聂云海借刀杀人给灭了。

“聂，你好好想一想，白犀牛才是你的敌人，你现在帮助大卫，其实也等于在帮你自己。相比大卫，皮科罗的危害性更大。再说了，你抓了皮科罗，又抓了白犀牛，这是多大的功劳啊。可现在，你的眼里只有一个大卫，这不是得不偿失吗？”

索菲的一番话，让聂云海改变了对她的看法。之前，聂云海一直以为她只是一个局外人，现在看来，她似乎比大卫更可怕。于是，聂云海打定了主意，干脆把黑手党一网打尽。皮科罗要抓，大卫也不饶过，然后，再去收拾那个白犀牛。

“好，皮科罗交给我了，说吧，要怎么收拾他？”聂云海爽快地说道。

索菲笑道：“这就对了。”

“那好，上校，你等我消息。”

说着，大卫带着他的保镖离开了，聂云海也走了，从古堡回来，聂云海就躺在自己的床上，心里头却思念着远方的恋人。回忆着往昔的一切，聂云海的脸上不由得挂起了一丝笑容。

“玉莲，你还好吗？你是否已经走出了困境？”

聂云海不知道，现在的蒋玉莲已经不是从前那个任性的大小姐了，她已经成为一位有名的企业家了。

在明威集团的总部，高层们正坐会议室等待董事长的到来。这些人的脸上充满了笑容，再不是之前的那种愁眉苦脸的样子，一个个有说有笑的，气氛十分的活跃。

“呵呵，诸位的心情不错嘛。”

蒋玉莲在徐丽娜、李永胜等人簇拥下，从外面走了进来。她见会议室的气氛活跃，忍不住调侃了起来。

“哈哈哈哈，那是必须地。在董事长的英明领导下，我们的股票大涨，心情自然舒畅了。”

“可不是嘛，现在我们每月的营业额增长了 20%，基本与明威集团最鼎盛的时期持平。”

“哈哈哈……”

看到公司的业绩好，员工对自己充满了信任，蒋玉莲感到欣慰。这么久以来，她身上的压力实在太大了。

“鉴于明威集团在股市、基金都已取得了不错的成绩，实体经济也实现营业额增长了 20%，这是大家共同努力的成果。接下来，我们还要再接再厉，共创佳绩。”

明威集团在蒋玉莲的领导下，已经完全地走上了正轨，也赢回了客户的信任。不仅如此，蒋玉莲还成为政协委员，她参加过金陵市的政协会议，不久以后，她将赴京参加两会。蒋玉莲不仅被政府评选为十大杰出青年，还登上了亚洲传奇人物榜。

接下来，段德昌就做了一个报告，这关系到明威集团的未来。他现在负责龙吉高速的招标工作，这个项目是金陵市的重点工程。明威对这次的招标非常看重，可以说是志在必得，如果拿下这个项目，不仅可以扭转颓势，还可以宣誓明威集团王者归来。

“董事长，参与龙吉高速招标的公司有很多，他们的实力不容小瞧。我已经打听清楚了，他们有的出价都比我们低，有的还有背景，有的还……”

蒋玉莲非常清楚这些商业里的潜规则，她从小耳濡目染的。自从父亲出事以后，她对商场又产生了不一样的看法。没等段德昌说完，蒋玉莲就不想听下去了，这些都不重要，她现在只关心一家公司，那就是心诚集团。这家公司的老板是新任首富，实力雄厚，而且手眼通天。

“心诚集团有什么消息吗？他们对这次的招标有什么看法没有？”

“这个，我还没打听出来，他们的保密工作做得非常好，没有透露一点口风出来。”

段德昌不好意思地看着蒋玉莲，他是蒋玉莲的老臣了，非常受蒋玉莲器重。可这么大的事情，自己对这个竞争对手一点也不了解，似乎有些失职。

蒋玉莲看着他微微泛红的脸庞，轻轻地皱了皱眉。她非常了解段德昌，他还是自己的救命恩人，可这个恩人办事不够圆滑，有些钻牛角尖。

“行了，你也不用自责，走，跟我去会一会心诚集团的老板。”

说着，蒋玉莲就带着段德昌、徐丽娜，还有杨得胜和花姐离开了会议室。为了摸清楚心诚集团的底细，蒋玉莲在永胜大酒店里宴请了心诚集团的老板朱一龙。这个新首富是一个 50 来岁的精壮汉子，年纪虽然不小了，却一点也不显老，一头的黑发，两只眼睛炯炯有神。

心诚集团与明威集团不同的，他们是 IT 起身，之后才转战房地产、建筑工程等领域。这个朱一龙的气场非常强大，几十个保镖驾驶着奔驰迈巴赫车阵来到酒店，那排场堪比外国元首。

“哟，你们明威集团的三美都出动了，这是要吞并我们心诚的节奏啊。”

朱一龙向来幽默，他嘴里所说的明威三美，指的是蒋玉莲、徐丽娜和花姐。这三人现在非常有名，蒋玉莲是霸气的代表，徐丽娜代表稳重，花姐则是活力四射。

蒋玉莲打趣道：“朱总，你可真幽默，请你吃个饭，我们就欺负你了。”

“可不是嘛，天天说想人家，这么久都不来看人家的。你们男人就是一张嘴，说得好听。”

花姐更绝，上前挽住了朱一龙的胳膊往酒店里面就走。三人里面只有徐丽娜没有言语，这也跟她的性格有关。三个大美女迎着朱一龙进了酒店，杨得胜和段德昌早就在包房里等候了。

“朱总，欢迎欢迎啊。”杨得胜乐呵呵地迎上来，说道。

“我说嘛，你们早就给我下了套了啊。”朱一龙一边说着，一边坐到了主位上。

这些人都是老朋友了，既是竞争对手，又是合作伙伴。客人一到，酒店的服务员就上好了菜，都是金陵的名菜，有金陵盐水鸭、清炖鸡孚、松鼠鱼、美人肝等等。

因为蒋玉莲是李永胜未婚妻，酒店的人都把她当成了女主人一般，服务自然是最高规格了。朱一龙虽然是浙江人，可对金陵菜并不陌生，又有他喜欢喝的马爹利。

“朱总，祝贺你成为新一任首富。”蒋玉莲站起身，端着酒杯朝朱一龙敬酒。

朱一龙笑道：“什么首富不首富的，那都是虚名。倒是蒋总你才是名副其实啊，你们蒋、李两家一合并，我就只有仰视的份儿咯。”

花姐不快地说道：“朱总，你可别这么说啊，永胜就是永胜，我们和永胜也只是合作关系，我们可不是他们的子公司啊。”

“哈哈，是我说错话了，我罚酒。”朱一龙心情大好，扬起酒杯一饮而尽。

“朱总，这第二杯是感谢你对我们明威的帮助，没有你们，我们也不会发展得这么顺利。”

这一次，蒋玉莲非常诚恳，双手端着满满的一杯酒，就要干。朱一龙却一脸的笑容，他并不急于喝酒，反而调侃了起来。

“没有诚意。”

蒋玉莲不明白朱一龙这话是什么意思，眼睛圆溜溜地看着他，问道：“朱总，你这话怎么说啊，我可是发自肺腑啊。”

“哈哈，既然你是真心实意感谢我，那就以身相许呗。”

朱一龙只是随口一说，花姐马上就怼上了，说道：“朱总，你又说错话了，我们蒋总可是未婚，你家里还有个母老虎呢。我们蒋总可不做小，要不你先去休了她。”

杨得胜也在一边帮腔道："别别别，你这不是为难朱总吗？嫂子可是出了名的贤惠。"

"我看你们两口子这嘴啊，不知道究竟谁说得过谁，哈哈哈哈。"

朱一龙也是个厉害的角色，当年他一个人去M国打拼，回国之后，就四处游说那些豪门巨贾。终于，朱一龙凭借着他的伶牙俐齿说动了众人，这才成就一代商业巨子。

大家一边调侃，一边喝着酒，却也十分愉快。宴席已经进行了半天，众人都有了五分的酒意了。蒋玉莲见时机成熟了，就切入正题上来了，说道："朱总，这次的龙吉高速项目招标会，你们准备得怎么样了？"

朱一龙一听这话，马上就警觉了起来，说道："我说呢，蒋总怎么突然想起我这个老头子来了，原来早就挖好了一坑等着我呢。"

花姐笑道："朱总，你这可就误会我们蒋总了，我们是想和你们合作，一起来做这个项目。"

"别，谁都知道，我们心诚集团和你们明威集团是本次招标会的最大竞争对手。"

蒋玉莲撇着嘴说道："小气鬼，竞争对手又怎么了，难道就不可以合作了吗？"

花姐说道："可不是嘛，我们有技术，你们有资金，我们的合作可以说天衣无缝。"

"哈哈哈哈，喝酒，喝酒。"朱一龙并不接话，有意岔开话题。

接着，大家又开始喝起酒来，让人想不到的是，朱一龙的酒量非常大，弄得五人一点办法也没有。蒋玉莲非常着急，朱一龙没醉，她的脸色反而浮现了一片微云。

蒋玉莲慎道："朱总，你真不够朋友，我们这么多人陪着你，你就不能透露一点儿吗？"

"就是啊，你就说一下你们的标底好了。"花姐朝着朱一龙不住地眨眼睛。

"有意外的奖励哦。"

蒋玉莲也朝着朱一龙神秘一笑，他本来就已经有了七八分醉意。现在见蒋玉莲这么勾魂一笑，再也守不住秘密了。

"我只告诉你一个人啊，你可不能说给别人听了。我们的标底是300，低于这个数字，我们不会接的。”

段德昌和徐丽娜两人一直冷冷地看着，他们心里好笑，朱一龙喝了酒，连自己是谁都不知道。他们本来就是竞争对手，你告诉了蒋玉莲了，那还有什么秘密。

“朱总，你真够朋友，来喝酒。”蒋玉莲已经喝了十几杯了，这是她喝得最多的一次。

“可不是嘛，我跟你说，我要是早点认识你啊，我就……”朱一龙说着，已经醉倒在一旁了。

“我也恨啊，我怎么就没早出生二十年呢。那样，我就是你们心诚集团的老板娘了。”蒋玉莲也喝趴下了。

酒宴过后，朱一龙被他的保镖送回了家，蒋玉莲也被送回家。到了家，蒋玉莲又折腾了好半天，总算被徐丽娜弄回房间。回到房间，蒋玉莲无所顾忌了，又是哭又是闹的。别看蒋玉莲在外面那么强势，可她也有脆弱的一面。

“聂云海，你这个王八蛋，连一个问候都没有？难道我就这么下贱吗？”

“玉莲，咱不闹了行吗？咱不稀罕他，我们家玉莲是谁啊，那可是杰出的女企业家，怎么会为了一个臭男人而伤心呢。”

徐丽娜也很郁闷，她和蒋玉莲情同姐妹，也只有她最理解蒋玉莲。为了整个家族，为了偌大一个明威集团，蒋玉莲把委屈和泪水都咽了下去。可她毕竟还是一个女人，一个渴望被爱的女人。

“为什么？为什么我可以成为一个上市公司的董事长，却无法赢得一个男人的真心呢？娜娜，你告诉我，是我不够漂亮，还是我不够温柔？”

只有爱过的人才会明白，最让人痛苦的并不是身体上遭受的摧残，而是心灵深处遭受的打击。做企业蒋玉莲是成功的，做子女蒋玉莲也是合格的。可作为恋人，蒋玉莲却是一个完完全全的失败者。面对这样一个为爱痴狂的人，徐丽娜也无能为力。这已经不是蒋玉莲第一次这样了，每当失败或者成功的时候，蒋玉莲都会特别的难过。

可徐丽娜却非常理解，因为她自己也是这样的一个人。现在，徐丽娜唯一能做的就是静静地守护在蒋玉莲的身边，听她述说心中的苦闷。

“玉莲，哭吧，哭个够，等哪天你哭累了，就再也不会想起他了。”

不知过了多久，两人都睡着了，再醒来时，已是上午十点了。

“娜娜，快醒醒，竞标开始了。”

“这么早啊。”

“早个屁，都十点了。”

蒋玉莲已不记得昨夜的事情了，她也没有时间去理会这些，还有更重要的事情等着她去决策呢。于是，蒋玉莲抓起徐丽娜的手就把她拖下了床。

“别睡了，再睡就误事了。”

“都怪你，喝那么多酒，每次喝醉了都要我来伺候你，我是上辈子欠你的。”

“等我出嫁了，你就自由了。”

“那算了吧，我宁愿伺候你一辈子。”

两人只简单地洗漱一下就走了，到了交通厅的时候，招标会已进行多时了。好在有段德昌和李永胜在，这才没出什么乱子。

今天的招标会进行地非常激烈，本次的竞标由各大公司相继进行叫价，再由各大公司的技术人员当众阐述自己的设计方案。此刻，台上正是心诚公司的人在做介绍报告，他们给的标底是 320 亿，这比昨夜朱一龙告诉蒋玉莲的标底要高出不少。

“咱们公司投标了吗？”

“下一个就该我们竞标了。”

最近，李永胜都瘦了一圈，为了明威集团他也是拼了，经常加班到半夜，完全不像一个玩世不恭的公子哥。说来也奇怪，他越是讨好自己，蒋玉莲对他就越没有感觉。

感情有时候就是这样的，有些人是靠时间来增进感情，而有些人却讲究一见钟情。蒋玉莲就是属于后者，自从遇到了聂云海，蒋玉莲再也无法把他从自己的梦里驱走。

“段经理，咱们要改变一下方案，把我们的主题改为 5G 时代。”蒋玉莲坚定地说道。

“5G？”

段德昌和李永胜几乎同时尖叫起来，他们都不敢相信。这是一个完全不相干的话题，虽然现在是信息化时代，可也只是用在互联网上。何况全世界也都是在运用 3G 和 4G，5G 完全就是天方夜谭。

“一句话也说不明白，这样吧，一会竞标开始，段经理你负责配合我的工作，其他就看我的。”蒋玉莲自信地说道。

“没问题。”段德昌朗声说道。

正好，心诚公司阐述完他们的主题，到目前为止，他们的方案是最完美的，赢得了热烈掌声。

“好了，下面有请明威集团出示你们的标底。”工作人员站在舞台中间，说道。

“350 亿。”蒋玉莲果断地说道。

“好，请明威集团上台阐述你们的设计理念。”

工作人员念了出场单位之后，蒋玉莲信心满满地站起身，她在段德昌的陪同下上了台。虽然大家都是来竞标的，却对蒋玉莲充满了期待。今天的竞标可以说规格非常高，不仅新任首富朱一龙亲自到场，连公认的女神也来了。所以，当蒋玉莲来到舞台上的时候，下面爆发出雷鸣般的掌声。

“各位领导，各位同行，我们的设计理念是 5G 时代。”

“啊，5G 时代？”

“我没听错吧？”

“他们明威是不是搞错了？”

“不能吧，我们的女神怎么会错呢。”

出乎意料之外，所有人都被蒋玉莲提出的“5G 时代”给震惊了。一时间，会议室里引起了不小的骚动。不过，这种骚动很快就消失了，大家完全被蒋玉莲的话语给征服了。

“现在是信息化时代，我们的生活离不开信息。从金陵到京坐火车需要八九个小时，而坐高铁只需要三四个小时。那么，剩下的这些时间可以给我带来很多便利，也可以产生很多的经济效益。龙吉高速的目的是什么呢？大家一定会想到，那就是缓解金陵到中市的交通。金陵和中市是 Z 国的重要经济区，地理位置尤为重要。现在，越来越多的人都是通过自驾的方式去中市，而我们的 5G 时代可以给大家解决很多问题。首先，我们采用的信息化设备，可以大大地缩短行驶的时间，可以让汽车像高铁一样方便。其次，我们可以避免交通事故，将货车与轿车分开，采用十二车道。凡是进入龙吉高速的车辆，我们都会全程监控，你只需要安置一款固定的系统，就可以享受无人驾驶。这样，既可以保证车辆在路上行驶的安全，又便捷，关键非常环保。”

蒋玉莲的一番阐述完毕，大伙都听傻了，似乎都不敢相信。一个个把眼睛瞪得大大的，既没有掌声，也没有喝彩声。蒋玉莲早预料到了这一点，于是她朝着段德昌一使眼色，他立刻就打开已准备好的数据。

“各位，跨海工程都知道吧，那是我们公司设计并建造的。我们采用的是全球最先进的技术，突破了很多的难题，这才有今天的成就。我们克服了风浪的干扰，又解决了海底浅层沼气的威胁，海水的腐蚀，以及海水的浮力对桥墩稳定性的影响。至于龙吉高速，这将是世界上第一条 5G 高速，而我们将是引领这个时代的急先锋。”

当段德昌拿出建造跨海大桥真实的数据，在场的所有人都信服了，就连心诚公司的人也心悦诚服。顿时，现场爆发出雷鸣般的掌声。省厅的领导们也是不住地点头，他们等所有的公司竞标过后，立即进行探讨，全票通过了由明威集团来承接龙吉高速。

“各位，经过领导们的投票表决，全票通过了由明威集团承接龙吉高速项目。”

结局没出乎意料之外，可蒋玉莲等人还是非常兴奋。这次的中标标志着明威集团王者归来，也标志着蒋玉莲正式迈向了成功的企业家行列。

第74章　命中注定

中标之后，蒋玉莲代表明威集团正式和政府签订了合同。一旦施工了，就需要大量的资金做后盾，可政府只支付了30%的合约金。为了保证项目顺利完工，明威集团还需要先垫付好几十亿，这可是一笔天文数字。

为了解决资金问题，蒋玉莲可以说是煞费苦心，但以明威集团目前的实力，根本无法同时运作几个大项目。拱北新城进行了一半，后续还需要更多的资金跟进，龙吉高速就更别说了。

好在政府的100亿很快就到账了，至少可以缓解燃眉之急。至于龙吉高速的问题，那就找银行贷款。想到这里，蒋玉莲马上给建设银行的行长打了电话，对方却很主动，亲自上门来拜访。时间不长，郭行长和他们的业务经理来了。于是，她热情接待郭行长一行。

“郭行长，您太客气了，还劳您亲自跑一趟。”

“蒋总，都是老朋友了，还那么见外吗？”

“两位请坐，尝尝今年的新龙井。”

“蒋总，您不会只是请我们过来喝茶的吧？”

徐丽娜说道：“哈哈，郭行长果然心直口快。蒋总请你二位来，确实有一件事情要求您。”

郭行长说道：“什么事，直说无妨。”

蒋玉莲说道：“那我就开门见山了，龙吉高速我相信你们也有所耳闻吧。”

业务经理说道：“知道啊，这是我省的重点项目。”

徐丽娜说道：“不错，已经被我公司给拿下了。”

郭行长说道：“真的！恭喜恭喜啊。”

蒋玉莲淡淡地说道：“郭行长先别急啊，这么大一个工程，需要大量的资金运作。而我公司目前的情况，我相信郭行长也知道。所以，我想找郭行长帮个小忙，给我贷点款。”

“多少？”业务经理问道。

“20 亿。”

蒋玉莲伸出两根手指头，淡淡地说了一个数字，却把两位银行的领导吓得合不拢嘴。过了许久，郭行长才清了清嗓子，说道：“蒋总，是这样的，我们现在的资金也比较紧张，一下子弄这么多现金不好办。而且，以你们公司目前的情况来看，要贷 20 亿，怕是有些困难。”

蒋玉莲说道：“不错，我家很多资产都被冻结了，要贷这么多钱确实有困难。但是郭行长你也知道，龙吉高速那可是 350 亿的大项目。光纯利润就达五六十亿，难道区区 20 亿就难倒郭行长不成？”

“蒋总，这么大的金额，我个人确实没法决定，我们得回去研究一下。”郭行长说道。

“是啊，贷款是需要有资产抵押的，而你们……”业务经理说道。

“两位放心，我早想到了这一层了。”

说着，蒋玉莲拿起了那份龙吉高速的合同交到了郭行长的手里，说道：“郭行长，我拿这个抵押，应该不止这个数吧。”

“两位放心，我们的拱北新城项目马上就竣工。到那时资金就可以回笼一大半了，偿还贷款肯定是没有问题的。”徐丽娜在一旁补充道。

“好，我来做这个担保了。”郭行长很爽快地答应了下来。

这么棘手的一个问题，让蒋玉莲一杯茶就解决了。当然了，还是明威集团自身的实力雄厚，不然银行也不可能贷给她们这么多钱。

送走了两位银行的领导之后，蒋玉莲又接到了一个电话，是朱一龙打过来的。他的一个朋友想和明威合作，找朱一龙做引荐。朱一龙觉得这是个好事，就爽快地答应了下来。

蒋玉莲本来不想去，可转念一想，在竞标这件事上自己还欠朱一龙一个人情，干脆就卖他一个面子。想到这里，蒋玉莲就叫上了花姐和徐丽娜，三个人就出发了。

来到酒店，蒋玉莲一看到这个场合就直皱眉，在座的这几位都是烟不离手，包厢里简直都睁不开眼了。和蒋玉莲相比，这个任总只能用爆发户来形容。要不是看在朱一龙的面子上，她扭头就走了。

蒋玉莲被安排在主位上，挨着她的就是今天的正主了。这是一个矮胖子，全身上下金光闪闪，手指粗的大金链子挂在脖子上，十个手指上都戴着各式各样的戒指。

入座之后，胖子对蒋玉莲却一个劲地献殷勤。只是他的方式用错了地方，这一套用在蒋玉莲这种豪门千金身上就显得太稚嫩了些。

“服务员，上菜，把你们最有名的菜都给我上上来。”

“好的。”

“对了，再来几瓶 82 年的拉菲，我和蒋总一见如故，今天要一醉方休。”

“任总你太豪气了，可别把我们蒋总吓到了。”

花姐终于忍不住开口了，只是这个胖子没有听明白她话里的含义，还把她的话当成夸赞。

“哈哈哈哈，这算得了什么呢？”

徐丽娜直皱眉头，心里想说些什么，终究还是咽了回去。这时，服务员已经把菜都上齐了，酒也都满上了。

“来，这第一杯酒敬我们的蒋总。”

“别别别，第一杯酒应该敬任总才对。”

“那就敬任总和蒋总好了。”

“干。”

一杯酒下肚，那家伙的嘴巴就没有把门的了，就见胖子高声嚷道：“蒋总，我知道你们公司现在比较艰难，但是没关系，都有我了。别的我不敢说，钱我有的是，10 亿，20 亿，那都不是事，只要你一句话，我就给你送来。”

“哈哈，任总真豪爽，我算是见识了。”徐丽娜终于张口说话了。

“是真的，我们任总的身家至少在 2000 亿了，如果任总愿意，他早就是胡润榜的榜首了。”

“是啊，上次我公司资金短缺，我一个电话过去，任总就给了我 3 个亿。”

“哈哈哈哈，低调，低调，知道吗？”

看着这帮人得意的模样，蒋玉莲三人都要作呕了。如果不是因为素质的缘故，蒋玉莲当场就翻脸了。谁知，这帮人更没底线了。

“玉莲啊，哥哥我今年 42，刚离婚，我前妻太不是人了，给我戴绿帽子不说，还分了我 50 个亿，我伤心啊。”

“任总，不开心的事咱就不提了吧，我们还是说说合作的事吧。”

“合作还不是一句话的事啊，哥哥我是真恨啊。”

“不，合作是个大问题，弄不好要打官司的，我们还是好好谈谈合作的问题吧。”徐丽娜一本正经地说道。

“玉莲啊，你知道吗？我要是早点认识你，就是让我去死，我也心甘。”胖子的眼角都闪烁起泪花来。

“任总，你们现在相识也不晚啊。”

“对对对，任总刚自由，而我们的蒋总又未婚，这正是郎才女貌啊。”

胖子和他的朋友你一言，我一语地胡说一通，完全无视蒋玉莲三人的存在，让这三位女性非常的生气。尤其对蒋玉莲来说，这简直就是一种羞辱，但是她还是把火压了下去。

“任总你可真幽默，这样的话可不能乱说啊，万一被哪个美女听了去，她可就当真了啊。”

“任总真风趣，开玩笑也是别具一格。”花姐瞪着眼睛说道。

“对对对，玩笑罢了，来来来，喝酒喝酒。”有人赶紧把话又圆了回来。

“就是啊，任总，我再敬你一杯。”

蒋玉莲还是挺有素质的，没有把场面弄得难看。可这个胖子却不这样认为，他把蒋玉莲对他的忍让当成了仰慕。竟然趁蒋玉莲敬酒的时候，对她动手动脚。

“玉莲，只要你答应跟我在一起，我所有的财产都是你的。”

这一下，蒋玉莲的脸色都绿了，她被花姐拦住要站起来给他一巴掌的动作。蒋玉莲还是强忍了下来，她是看在朱一龙的面子上，不然，后果不堪设想。

“任总，这可有点过了啊。”蒋玉莲面带愠色道。

“玉莲，我可是对你掏心掏肺啊。”

胖子完全无视蒋玉莲的提示，他不仅不松手，反而在蒋玉莲的手背上抚摸了起来。这一下彻底地激怒了蒋玉莲，她猛地站起身，拿起酒杯直接把酒倒在了他头上。

“你……”胖子从未吃过这么大的亏，一时间不知所措了。

蒋玉莲怒道：“告诉你，姑奶奶我可不是三陪，你仗着有几个臭钱就了不起了吗？姑奶奶我从小就在钱堆里长大的，你那点钱我还瞧不上。就在今天，姑奶奶刚从市长手里签下了 350 亿的大工程，想吃老娘的豆腐，你还嫩了点。”

花姐也嗔道：“就是，你也不照照镜子。”

“娜娜，我们走。”蒋玉莲说道。

“走。”

三个女汉子毫不迟疑地离开了蓬莱阁，头也不回地走了。这事过后，蒋玉莲把朱一龙骂得狗血淋头，弄得朱一龙大半年都不敢见她。可接下来发生的事情，却让蒋玉莲背负了很大的压力。

第二天早晨，蒋家上下都充满了喜气，因为今天是蒋玉莲和李永胜订婚的日子。蒋妈也穿上了她最名贵的礼服，她脖子上还佩戴了价值连城的珠宝项链。

自从蒋文清入狱以来，蒋妈这是第一次盛装了。也难怪，蒋玉莲是她最心爱的女儿，现在总算把婚事定下来了，她心里的大石头也落地了。

蒋家人都高兴，只有小陈星脸上毫无表情，他有些想念聂云海。但他是个懂事的孩子，知道什么事该说，什么事不该问。

蒋玉莲的内心非常烦恼，她真不愿意下楼去，只好在房间里来回地折腾衣服。其实，像她这样的佳人，穿什么样的衣服都好看，何况她最不缺的就是衣服了。徐丽娜却像个局外人似的，坐在床上打游戏，眼睛根本就不去看她。

“娜娜，你觉得我这件衣服好看吗？”

“好。”

“这件呢？”

“不错。”

“这件呢？”

“非常棒。”

蒋玉莲都快气疯了，尽管她心里有些发怵，可事到如今，她也只好走一步看一步了。二人下了楼，只见李永胜早已恭候多时了。他今天穿一身银白色的西装，显得格外精神。他等待这一天等待了很多年，这是他魂牵梦绕的日子，今天终于实现了。真等来了这一天，李永胜心里反而有些发虚，他显得手足无措。

“玉莲，你今天真好看。”

“是吗？我怎么觉得你在挖苦我啊！”

“没有，我说的是心里话。”

李永胜感觉自己像个做错了事的孩子一样，心里非常委屈。蒋玉莲看着他的样子，更来气了，她终于明白了自己为什么那么排斥他了，因为他在自己面前总像一个乖孩子。聂云海就不一样，他从来就不迁就自己，有时候她反而去迁就聂云海。

“得了，是不是心里话，你自己最清楚。”

蒋妈见蒋玉莲一脸的冷漠，她可就看不下去了，在她的心里，今天的一切就是最好的结局。于是，蒋妈沉着脸说道：“玉莲，你怎么可以这样说永胜啊，人家都等你半天了。”

“我又没让他来。”

蒋玉莲的一句话，好悬没把蒋妈的鼻子给气歪了，要不是今天是他们订婚的好日子，她肯定要发作了。于是，蒋妈强忍着怒火，说道：“怎么说话的，都是董事长了，还那么没有分寸。”

李永胜赶紧上前劝慰道：“没关系的，伯母，玉莲说什么都没关系。”

“你看看人家。”

“哼。”

蒋玉莲不耐烦地走了，她直接上了徐管家的车，这让李永胜多少有些尴尬。本来他是来接未婚妻的，还把她给得罪了，关键他根本不知道蒋玉莲为什么生气。

蒋玉莲也并不是没有涵养的人，她只是得了恐婚症罢了。自己的感情一直被母亲反对，好不容易豁出去一把，结果在婚礼上又被爱人给侮辱了。从那以后，蒋玉莲只要听到结婚二字就害怕。最重要的是，蒋玉莲还是放不下聂云海，这就是所谓的恨有多深，爱就有多深吧。

来到酒店的时候，蒋玉莲发现李爸和李母早早地在等候了。偌大个酒店也布置得非常漂亮，简直就像个婚礼现场了。事到如今，蒋玉莲也只好硬着头皮上了。

“伯父，伯母好。”

“傻孩子，都这个时候了，也该改口了吧。”

李妈非常喜欢蒋玉莲，尤其她最近的表现，更证明了自己的眼光。将来再把永胜集团交给她，她的心里是一万个放心。所以，她才半开玩笑半认真地调侃起来。

蒋玉莲的脸当即就红了，她的脸皮非常的薄，被李妈一调侃，她急忙拉着徐丽娜跑开了。这时，蒋妈和李永胜等人从外面进来了，气氛马上就变得活跃了。

李爸急忙招呼大家坐下来，今天他比谁都高兴。相比两家的联姻，他更看重的是利益。明威集团能有今天，李永胜可谓是功不可没的，主要还是因为蒋玉莲。作为一个投资者，尤其像他们这样的大财团，更看重的是人才。他们不缺钱，缺的就是人才，能够把李家的生意传承下去，这才是最重要的，而蒋玉莲就是最好的投资。

“永胜，你给黄大师打个电话，问问大师什么时候到？”

大家都坐定之后，李妈突然想起了最重要的事情来。于是，她又自己站起来，说道：“算了，还是我自己打吧。”

正当李妈要打电话的时候，黄半仙就匆匆忙忙地赶来了，像他这样的江湖骗子在上流社会非常受欢迎。有钱人的思路和普通人是不一样的，他们求的就是平安。

“真不好意思，来晚了，来晚了。”

黄半仙摇晃着手中的纸扇，一个劲地扇着扇子。最近这个黄半仙可了不得了，他除了跟李、蒋两家的关系密切之外，还和新市长的关系莫逆。这个新市长非常有讲究，他嫌弃吴市长那个办公室的风水不好，特意把黄半仙请去看风水，这才选了一个风水俱佳的办公室。

“大师，你这就不对了，这么重要的日子你怎么可以来晚了呢？”李妈很不满地说道。

“不晚，不晚，这不是说曹操，曹操就到啊，怎么算晚呢？”李爸毕竟马虎，赶紧出来圆场。

黄半仙不好意思地说道：“还不是为了新市长的事啊，市长夫人非得让我给市长看看风水，说什么也不让我走。”

“我说呢？我家办喜事，还有人敢留你。”

李妈虽然有些不乐意，可她心里非常自豪，连市长都来找这个黄半仙，说明她的眼光是无与伦比了。

“是是是。”

订婚仪式在黄半仙的主持下正式进行了，可大家却发现只有新郎李永胜一个人到场，场面顿时就尴尬了。李爸和李妈的脸色马上就变得难看了起来，蒋妈也非常地着急。整个现场也出现了骚动，大家都交头接耳地议论了起来。

“姐姐在洗手间。”

就在大家焦躁不安的时候，一个清脆的声音打破这繁杂的喧嚣。是蒋明威的声音，顿时，所有人的目光都集中在这个孩子的身上。蒋妈就像看到救星一般，激动地尖叫起来。

“快，把姐姐叫出来，仪式开始了。”

“哎。”

在卫生间里，蒋玉莲满脸泪花，她拉着徐丽娜的手，身子却不住地颤抖。想起那次失败的婚礼，想起聂云海怀里抱着一个全身赤裸的女人，蒋玉莲几乎要崩溃了。

“不行，娜娜，我做不到，我要离开这里，这婚不订了。”

“这可不行，你要知道，现在外面都是客人，还有那么多的媒体守在外面。如果你这个时候走了，那么明威集团就完蛋了，你爸一辈子的心血也就完蛋了。”

“娜娜，你救救我吧，你不是一直都喜欢李永胜吗？干脆你替我嫁给他吧。”

“我也想啊，但李永胜要娶的是你，他爱的人是你，而李、蒋二家联姻的也只能是你。所以，谁也代替不了你。”

“娜娜，你明白我的痛苦，也能体会我的难处。现在只有你才能救我，你嫁给永胜这是最好的结局。”

“玉莲，你还是不理解我的内心，虽然我很痛苦，眼睁睁地看着自己所爱的男人跟自己最好的姐妹订婚。可我还是很高兴，因为只有这样才能拯救明威集团，才对得起董事长的一番心血。所以，玉莲，你应该开开心心地走出去，走出这个大门。”

“娜娜……”

蒋玉莲竟然痛哭起来，这可把徐丽娜吓坏了，弄得她不知道该如何安慰蒋玉莲好了。看着已经泣不成声的蒋玉莲，徐丽娜只好把她抱在怀里，轻轻地抚摸着的头发。

“我知道你有难处，但现实就是这么残酷。爱情是美好的，婚姻是痛苦的，可你也得勇敢地去面对啊。”

徐莉娜在安慰蒋玉莲的时候，她自己的眼角也已经湿了，只是蒋玉莲没有发现而已。过了许久，蒋玉莲终于止住了哭泣，她笑了。

“好了，走，该我出场了。”

等蒋玉莲来到大厅的时候，大厅马上就变得热闹起来了，大家不住地鼓掌欢呼，都在惊叹蒋玉莲那惊世绝伦的美艳。

“伯母，让你们担心了。”

“傻孩子，是不是该改一下称呼了呀？”

“妈。”

“哎，这就对了嘛。”

李妈笑得合不拢嘴来，这是她最开心的一天，她忍不住上前抱住了蒋玉莲，在她的脸上亲了一口。众人也替他们开心，掌声拍得就更响了。

一切就绪，黄半仙就来到了舞台中间，高声说道：“今天是李、蒋两家订婚的好日子，我在这里衷心的祝福李永胜先生和蒋玉莲小姐百年好合，早生贵子。首先，有请男方的家长上台发言。”

李家的代表自然就是李妈了，她才是李家的掌舵人。只见李妈春风满面地走上台，对着众人先鞠了一躬，说道：“感谢各位亲朋好友的支持，今天是我儿子李永胜的订婚仪式，我特别的激动，也特别地开心。在这里我想对我的儿媳妇说，玉莲你放心，只要你进了我们李家的门，你就是我们李家的董事长了，我把李家的一切大权都交给你了。”

“好。”

李妈的发言引得无数的喝彩声，李妈自己也踌躇满志的。接着，蒋妈也走上台发言了。和李妈不同的是，蒋妈非常内敛，从容得体。

“今天是我女儿定亲的好日子，我没什么好说的。永胜是我从小看着长大的，为人老实本分，对玉莲也是真心实意。李家和我们也是多年的故交，可以说是门当户对。所以，我可以放心地把玉莲交给永胜了。”

“好。”

同样，蒋妈的发言也赢得无数的掌声。接着，黄半仙就来事了，他为了好好地表现一番，特意地增加了一些环节。

“下面进入最重要的一环了，请新人交换信物。”

对于这样的环节，李永胜早有准备，他双手捧着一个用绸布包裹的东西，不慌不忙地走到蒋玉莲面前。然后，李永胜在众人的面前缓缓地打开包裹，这是一本相册。

“玉莲，这是我们从小到大的一些影集，这里面记录了我们所有美好的时光，也是我这辈子最珍贵的记忆。现在我把它交给你，让我们的故事继续延续下去，一直到老。”

蒋玉莲接在手里，随手翻了几页，里面全都是她与李永胜的照片，她特别感动。于是，蒋玉莲也从自己的脖子上摘下了一条项链，递给了李永胜。

“这条项链是我在一个活佛那里求下来的，他还特别地嘱咐过我，说它能带给我好的因缘。现在我把它送给你，希望你好好珍惜它。”

“我一定会把它看得比我的生命还重要。”

“我记住了你今天的誓言了。”

蒋玉莲把她脖子上的项链交给了李永胜，李永胜特别的开心，却吓坏了旁边的徐莉娜。这条项链是有来历的，那是在好几年以前的事了。

当时，聂云海、蒋玉莲还有徐莉娜三人外出游玩，他们来到了一个偏僻的寺院。蒋玉莲因为好奇心重，就在寺庙里求了一个护身符，还拉着徐丽娜也去求了一个护身符。

之后，三个人高高兴兴地出了寺庙，可蒋玉莲却发现一个问题，她们俩一个属龙，一个属蛇。蒋玉莲属龙却戴的是蛇的生肖，而徐丽娜则戴的是龙的生肖。

“不对啊，娜娜，大师一定是搞错了，我属龙，你属蛇，怎么给了我蛇，却给了你龙啊。来来来，我们换一下。”

“真的哎。”

就这样，两人对换了项链。她们哪里知道，大师并没有弄错。她给徐丽娜的龙，那是寓意着鲤鱼跃龙门的意思。而给蒋玉莲的蛇，那是寓意着蜕变的意思，用她自身的痛楚来分担聂云海的苦难。这一切都是天意吧，今天，蒋玉莲把徐丽娜的信物送给了李永胜。

第 75 章　揭牌仪式

订婚之后，蒋玉莲很快就投入工作中，和往常一样，她还是最忙碌的那个人。没办法，别人来明威工作只需要尽职尽责就可以了，蒋玉莲可不行，这是她自己的事业。

只是苦了李永胜，他虽然是蒋玉莲名义上的未婚夫，却比以前更郁闷了。现在要想见未婚妻一面，他得早早地来公司，或者晚晚地回家去。

看着蒋玉莲拼命工作，李永胜心里虽然不乐意，却也无话可说。其实，这是蒋玉莲在刻意回避他，只有让自己忙碌起来，她才不会胡思乱想。或许只有这样，她才可以忘掉那个坏蛋。

另一方面，蒋玉莲确实有忙不完的事情，毕竟龙吉高速已经启动了。为了迎接这个跨时代的工程，明威集团的所有员工也都是日以继夜的奋斗。

今天是龙吉高速施工揭牌的日子，这个仪式意义重大，标志着 Z 国制造正式进入了世界领先水平。蒋玉莲一大早就去了施工现场，揭牌仪式就安排在这里。

等蒋玉莲来到工地的时候，工人们已早早地等候了。李永胜也来了，他今天起得格外地早，这个项目凝聚了他很多的心血。最重要的是这个项目是蒋玉莲担任董事长以来，第一个与官方合作的项目。

“玉莲，你来得正好，媒体都到了，就等着见证这一伟大的时刻了。”

“韩市长到了吗？”

“韩市长，我没有留意啊。”

简简单单的几个字从李永胜的嘴里说出来，就显得苍白无力，这完全不是一个上市公司继承人应该说的话。对政治的漠然，势必会让他失去最佳的商机。

蒋玉莲没有再说什么，她只是略微地皱了皱眉。接着，蒋玉莲朝人流走去。很快，韩市长就来了，他一出现就被媒体包围了起来。

这就是区别，这就是差距，蒋玉莲能敏锐地捕捉到时局，从而寻找到商机。所谓的商场如战场，无非就是人际关系罢了。你只有从中洞察到先机，你就能立于不败之地。

“韩市长，你可来了，就等你揭牌了。”

望着蒋玉莲靓丽的背影，李永胜陷入了沉思，这还是那个率真的蒋玉莲吗？她也只是刚来不过几分钟，说出来的话却是另一层寓意。

“哈哈，蒋总，今天你可是主角，我只是陪衬你的那一片绿叶罢了。”

“韩市长，你这是在嘲笑我了。谁都知道，龙吉高速是您主导的项目，我只不过是您的开路先锋罢了。”

“蒋总不仅人漂亮，说话有水准，情商也是非常高的。多亏你没有从政，不然我们这些老家伙就得回家下象棋了，哈哈哈哈。”

“得了，韩市长您就别给我戴高帽了，咱们还是先办正事吧。”

说着，蒋玉莲带着这些领导来到了主席台，之后，揭牌仪式就正式开始了。首先是文艺表演，既有明星的演唱，也有当地的民间技艺，这都是暖场，为高潮做铺垫。

精彩的表演过后，主持人来到舞台中央，他笑容可掬地说道：“下面有请韩市长为龙吉高速的揭牌仪式致辞。”

顿时，现场爆发出雷鸣般的掌声。掌声过后，韩市长迈着健步，英姿飒爽地来到舞台中央，朗声说道：“各位来宾，女生们，先生们，我代表市委市政府对大家的支持表示衷心的感谢。龙吉高速是我省的重点项目，是实现我省经济腾飞的一个基石。我们都知道，要想富先修路，说这话的时候还是八几年的时候。如今改革开放四十年，我们的成就有目共睹，我们已经不是那个贫穷落后的国家了，我们要做时代的先锋，就从 5G 高速开始。”

韩市长的发言充满了斗志，激动人心，大家对未来充满了期待。尤其近年来，Z 国制造已经成为一个符号，走出了国门，走向了世界。

5G 时代确实是民族的骄傲，即使在科技最发达的 M 国，也完全被 Z 国踩了下去。他们现在唯一能做的就是满世界诋毁 Z 国，共同抵制，可是，时代的车轮是谁也无法阻挡的。

“下面有请明威集团的董事长蒋玉莲女士上台致辞。”

随着主持人的话音飘落，蒋玉莲款款地来到了舞台中央。还是那个标志性的笑容，却深深地印刻在每一个人的心间，是那么的迷人，那么的坚定。

“尊敬的各位领导，各位来宾，女生们、先生们。首先，我代表明威集团感谢政府对我们的信任，将这么大一个工程交给我们。我们一定会全力以赴，让龙吉高速成为我省经济发展的大动脉。其次，我代表明威集团感谢百姓对我们的支持。我们也一定不会辜负父老乡亲的期望，谢谢大家。”

和韩市长的慷慨激昂不同，蒋玉莲的话语里没有亢奋的词藻，只有一份感恩的心和一份真诚的承诺。这符合明威集团当前的处境，不负人民，不负国家。

接着，就到了剪彩环节，这是最重要的一环，标志着整个项目的成功实施。所有的领导，以及明威集团的重要的人物全都来到了舞台上，大家紧张地等待着，等待着最激动的一刻到来。

礼仪小姐们托着一条绸带，从舞台一角走了上来，把它交到了每一位嘉宾的手里。随后，礼仪小姐又把早已准备好了的剪刀递给了嘉宾。随着一声礼炮声响，终于剪下了龙吉高声的头彩。

剪裁完成之后，就是奠基仪式，蒋玉莲陪同着韩市长、李厅长、郭行长一行人来到施工现场。这里已经挖好了一个大坑，就等着把巨大的石头安置上去。这就是龙脊石，上面铭刻着一行大字“龙吉高速”，下面还有一行小字“5G时代”。

领导一来，工人们马上就把龙脊石吊了起来，慢慢地放进了土坑里。韩市长从一个工人手中接过了土铲，向上铲了一铲土。接着蒋玉莲、李厅长、韩行长等人都朝着龙脊石铲了土。这就是奠基仪式了，完成了这个仪式，整个揭牌仪式就算完成了，也标志着举世瞩目的 5G 时代正式启动了。

仪式完成之后，韩市长并没有马上离开，他可不像吴市长似的凡事只走一个过程。韩市长看了看时间，见时间还充裕，就主动要求去施工现场考察。

“走，咱们去施工现场看看。”

“快，拿安全帽来，做好安全设施。”

还是蒋玉莲心细，考虑周全，工作人员马上就送来了安全帽，大家跟着韩市长仔细地考察了每一处施工。

“师傅，我们的进程如何啊？”

“今天是我们施工的第一天，进度不会太好，大概可以完成 200 米。以后就不一样了，可以加快一倍。”

“钢筋、水泥一定要用好的，不能偷工减料啊。”

“哪能呢！我们用的都是最好的钢筋、水泥，工程质量一点问题也没有。”

“这可不能疏忽大意，我会不定期地来检查。”

“没问题啊，欢迎领导随时来检查工作。”

考察完施工现场，看过了明威的施工团队，韩市长彻底放了心，把龙吉高速交给他们是最正确的决定。随后，韩市长一行人才自行离开了，蒋玉莲也回去了。只是她并没有回公司，她独自来到了关押蒋文清的监狱。她太想念父亲了，在蒋玉莲的心里，父亲才是支撑她顽强拼搏的勇气。等蒋文清带着镣铐，步履维艰地来到蒋玉莲面前的时候，蒋玉莲立刻就痛哭了起来。

“爸爸，爸爸。”

“傻孩子，你别哭啊，老爸现在过得很好，吃得香睡得着的。以前的失眠症也好了，身体更结实了。”

父母俩隔着厚厚的玻璃窗，一个泪眼婆娑，一个却笑容满脸的。确实，蒋文清现在的精神好多了，在这里面他根本就不需要费脑，每天只干一些体力活，身子自然好了。

“爸，你老了很多，头发也白了。”

“这算不得什么，人上了年纪，头发自然就会白。”

“爸。”

面对着苍老的父亲，蒋玉莲哽咽了，话也说不出来了。过了很一会，蒋玉莲擦干了脸上的泪花，强颜欢笑道：“爸，我订婚了，和永胜。”

“好，永胜那孩子比较实诚，对你也是真心实意。”

对于这个问题，蒋玉莲有些意外。她父亲什么也没问，似乎都在他的意料之中。可仔细一想，他经历过大起大落，自然看开了。

接着，蒋玉莲有把明威集团取得的成就跟父亲汇报了一遍，蒋文清的脸上充满了喜悦。这是一种欣慰的笑意，只有父母在儿女身上才能体现出来。

“1947，探监的时间到了，跟我走吧。”

突然，狱警无情的声音打破了这美好的时刻，蒋玉莲立刻变得激动起来，却又无能为力。

“爸爸，爸爸……”

自从看望了父亲之后，蒋玉莲的心情也好了很多，她对李永胜的看法也有所改观。她们一起吃过几次晚饭，还看过了几场电影。可要她完全地去接受李永胜，蒋玉莲心里还有些迈不开。

每当蒋玉莲去挽李永胜的胳膊时，她一点心动的感觉都没有。更让蒋玉莲气馁的是，每当李永胜想要亲吻她的时候，蒋玉莲怎么也没办法接受。好在李永胜有足够的耐心，他也愿意等待。眼看着婚期临近了，他相信成亲之后，自己完全可以赢得蒋玉莲的芳心，至少他已经成功了一大步。

和往常一样，蒋玉莲依旧是忙得焦头烂额，签完了一摞财务报告之后，又有一堆的文件要签。对于这些，蒋玉莲都要亲自看完，确定无误以后才能签字。

就在蒋玉莲最忙碌的时候，她的手机响了。蒋玉莲甩脸一瞧，见是李永胜电话，她的心里就没好气。有心不接，可电话一直响个不听，无奈之下，她只好接通了电话。

“你捣什么乱啊，我忙都忙死了。”

“玉莲，我的蒋总哎，说好的一起去挑选婚纱的，结果我在婚纱店等了你两个多小时了，你还没出现。”

“该死，我把这事给忘了。”

“我还是不是你的未婚夫啊？”

“好好好，你等着，我现在就过来。”

说完，蒋玉莲就挂了电话，可她并没有起身离开，而是拿起了几份文件继续批阅了起来。蒋玉莲认为用不了几分钟的，结果等她把手中的文件都看完了，早把婚纱的事情给忘记。

蒋玉莲又批阅了十几份文件，突然，她发现右手被人抓住了，使得她无法下笔了。蒋玉莲很生气，抬头一看，却是李永胜满是笑容的脸庞。

“我就知道你会忘了要挑选婚纱的事情，所以，我来接你了。”

“我……”

一时间蒋玉莲竟回答不上来，她确实忘记了这个茬。这一次，李永胜可不给她反驳的机会，拉着她就往外走。

“行了，什么也别说了，婚纱店老板还等着你呢。”

蒋玉莲十分无奈，只得跟着李永胜往外走，经过徐丽娜办公室的时候，她似乎又想起了什么，一下就抖开了李永胜的手，拉着徐丽娜就走。

“娜娜，走，去挑婚纱。”

“等我收拾一下东西啊。”

“算了，回来再整理吧。”

就这样，三人一同来到了婚纱店。这是金陵最大的一家婚庆公司，凡是金陵有头有脸的人家结婚，都会上这儿来挑选婚纱。

蒋玉莲一进来，婚纱店的老板就非常的客气，他知道，眼前的这位就是大名鼎鼎的女企业家蒋玉莲。现在，蒋玉莲在全国可都是头面人物，她的5G时代几乎就是一个符合的象征了。

“蒋总，这些都是最新款，也很符合您的身份，高端、大气，您随便挑。”

蒋玉莲对于眼前的这些婚纱不是很满意，她很快就否定了，笑道：“得了，我平时就是个女强人，结个婚还把自己弄成个女权主义，那不得把人都吓跑了啊。”

“没关系，你穿什么我都不介意。”

“我介意，这是我最后一次结婚，还不得美美的。”

“有有有，这边都是非常好看的款式。”

婚纱店老板见蒋玉莲的要求非常高，急忙带她往另一边转去。这边的婚纱也不少，款式也非常不错，蒋玉莲马上就被一件婚纱给吸引住了。于是，她指着一件玲珑塔款式的婚纱说道：“这件不错，挺好看的。”

徐丽娜赞叹道：“我也觉得好看。”

“是吧，我眼光还是不错的吧。”蒋玉莲非常开心，回过头对着徐丽娜笑道。

“就这件了。”李永胜见蒋玉莲看中了自然是高兴了。

“好嘞，我这就拿给您试一下。”

婚纱店老板见蒋玉莲终于选择了，心里非常开心，他急忙取下婚纱。可当他拿着婚纱来到蒋玉莲面前的时候，蒋玉莲却指着徐丽娜说道：“不是给我，是给她试一下。”

“啊。”徐丽娜诧异地看着蒋玉莲。

“玉莲，你？”李永胜也非常的不解道。

蒋玉莲淡淡一笑道：“你们别看我，这件婚纱不适合我，却非常适合娜娜。”

“好吧，只要你高兴就好。”李永胜只好无奈的摇摇头，叹道。

徐丽娜接过婚纱，她知道蒋玉莲的脾气，也从不违逆她。徐丽娜拿着婚纱去试衣间换好了婚纱，再出来的时候跟换了个人一样。

“哇，这件婚纱跟你真是绝配啊。”蒋玉莲忍不住拍手称好。

“是吗？”徐丽娜也是一脸的欢喜，虽然要结婚的不是她，可仿佛就是她要结婚似的。

蒋玉莲笑道："真的，你就是最美丽的新娘子了。"

"我是伴娘好吧。"徐丽娜急忙纠正道。

两人围着镜子赞叹了许久，李永胜可郁闷了，他只好坐到一边，看着她们表演。过了很久，徐丽娜这才回试衣间换衣服。

蒋玉莲又在旁边转了起来，这一次，她一眼就相中了一款美人鱼式的白色婚纱。和徐丽娜那款公主式的婚纱不一样，这是一款女王式的婚纱，非常符合蒋玉莲的身份。

"就它了。"

"啊，这件啊……"

"你舍不得卖？"

"不是，这件早就被人预订了。"

"去，拿下来，我要试试。"

"试穿一下可以，可是……"

"可是什么？难道我买不起吗？"

"不不不，蒋总当然买得起，只是人家已经付了钱了。"

"谁啊？眼光不错嘛。"

"大明星伊娜。"

蒋玉莲可不管那么多，她拿过婚纱直接去了试衣间。等她穿着婚纱从房间出来的时候，所有人都惊呆了。

"哇塞，女神啊。"

"比大明星穿着都漂亮啊。"

"女王啊。"

这样一来，原本那些来婚纱店挑选婚纱的客户也都停下了脚步，他们的目光都聚集到蒋玉莲的身上，一个个伸长着脖子看得入神。李永胜也是惊叹不已，他和蒋玉莲相识多年，这是最让他惊艳的一次了。

李永胜说道："玉莲，你真好看，我，我简直不敢相信。"

"是吗？"蒋玉莲呵呵一笑道。

老板也叹息道："不错，蒋总，你不当明星真是太可惜了。"

徐丽娜在一旁乐道："切，明星值几个钱了？能跟我们董事长比吗？"

“也不能这么说，既然伊娜也看中了它，说明她也是挺有品位的嘛。”

换下婚纱以后，蒋玉莲即刻就要把它打包带走，却愁坏了婚纱店的老板。因为这是别人特别预订的，而且她的主人是大明星伊娜，自己根本惹不起。

“行了，给我打包吧。”

“蒋总，这……”

“你跟大明星说，婚纱我买了，我出双倍的钱。”

“可是……”

婚纱店的老板还是不了解蒋玉莲脾气，凡是她看中的东西，没有买不到的。何况这还只是一件婚纱，她哪会放在眼里。看着婚纱店老板愁眉苦脸的样子，蒋玉莲一脸的不爽道：“别这啊那啊的，办事干脆一点。”

“蒋总，我真做不了主。”

“行了，我也不为难你了，你给我约一下她，其他的事我自己解决。”

“这个没问题。”

婚纱店老板替蒋玉莲和伊娜约好了会面的时间，三人就从婚纱店出来了。如果按照李永胜的安排，他们就去西餐厅吃西餐，可蒋玉莲有很多的文件要批阅，她当即就否决了。

忙碌了一天之后，蒋玉莲和徐丽娜两人回到了家，一闲下来，蒋玉莲又想起了聂云海来。尤其她穿着婚纱的时候，心里却想的是他。

“娜娜，你有他的消息吗？”

“他，哪个他啊？”

“明知故问。”

“明知怎么会故问呢，就是因为不知道，所以才问呢。”

蒋玉莲突然问起了聂云海，这让徐丽娜不知道怎么来回答。于是，徐丽娜只好假装听不懂她的话，却把蒋玉莲的嘴都气歪了。

“你是不是又欠收拾了啊？”

“行行行，我怕了你了。”

“说，他现在在哪里，怎么样了？”

“他在非洲呢。”

“又在瞎说了啊。”

“谁瞎说了，我说的都是真的好吧。”

听到聂云海在非洲，蒋玉莲陷入了沉思。突然之间，在蒋玉莲的心里升起了一股莫名的痛楚。不知道为什么，她恨死了聂云海，可心里却又放不下他。

“玉莲，怎么了？”

“没，没什么？”

“他是去非洲执行任务去了，人家现在是国际维和战队的参谋长。”

“我还以为他故意躲避我呢！”

听了徐丽娜的这句话，蒋玉莲长长的舒了一口气。既然聂云海不是刻意的要躲避自己，总会有见面的机会。同时，她在心底替聂云海高兴。

“至于吗？”

徐丽娜可没想那么多，她现在什么也不关心。等到李永胜结了婚，她就准备去国外待一段时间。反正，她已经彻底地看透了，只要李永胜幸福，自己就解脱了。

“你不懂的。”

“得了，我没有你那么丰富的感情，我先睡了。”

“好，你睡吧。”

蒋玉莲拿起了聂云海的照片，用手轻轻地拭去相框上的灰尘。看着聂云海那标致的脸庞，她又陷入了沉思之中。

“你在那边还好吗？还适应吗？知道吗？我要结婚了，嫁给李永胜。你呢？你会祝福我吗？”

不知过了多久，蒋玉莲竟然抱着相框睡着了。等她醒来的时候，时间已经不早了。蒋玉莲收拾停当之后，就出了门，她是去赴伊娜的约。

蒋玉莲开着车来到影视基地，伊娜正在这里拍一个古装剧。就见伊娜穿一袭长裙，手握利剑，英气逼人。在威亚的辅助下，伊娜在树顶上飞来飞去。突然，伊娜纵身一跳，就落在一个男子的面前。顿时，伊娜拨出手中的宝剑，怒目而视。

“残血，我对你一片真心，为你不惜背叛师门，可你却移情别恋，爱上了王爷的女儿。且不说她长相如何，难道权力对你就那么重要吗？”

“你不要说了，我去意已决。”

蒋玉莲觉得挺好玩的，就站在一旁静静看着她们在拍摄。但剧组的工作繁琐而艰苦，一个动作要反复多少遍。好在伊娜足够专业，特别是最后的精彩表现，引得满堂彩。终于，导演的脸上露出了满意的笑容。蒋玉莲也为伊娜的敬业精神而感到钦佩，忍不住叫好起来。

“真好，太专业了。”

大家被蒋玉莲的声音所吸引，都把目光集中到了这位美貌的女士身上。导演也寻着声音望去，他见来的是明威集团的董事长蒋玉莲，赶紧出来相迎。

“哎呀，蒋总，您什么时候来的？”

“来了好一会了。”

“该死，你们怎么也不告诉我一声。”

“我是怕影响到你的工作，才没打搅你。”

蒋玉莲能来探班，这让导演的脸上觉得增光了不少。他赶紧招呼伊娜过来，给大家做了引荐。

“伊娜，来来来，我给你介绍一下，这位就是明威集团的蒋总，一个叱咤风云的人物。”

“蒋总好。”

“伊娜小姐，您可别听导演瞎吹捧啊。”

“这怎么是瞎吹捧呢？在Z国谁不知道明威集团的蒋总啊，年纪轻轻就纵横商场，没有对手。”

“得了，什么事到了你们艺术家的嘴里，就变味了。”

“这还真不是胡说，我还准备把您的这些事迹改编成电影，拍出来呢。”

“行，你真要拍，我就投资，不过，这女一号只能得我们的伊娜出演。”

“谢谢谢谢。”

“好嘞。”

因为蒋玉莲的到来，给剧组枯燥无味的拍摄就增添了很多的笑点。大家围住了蒋玉莲，跟她合影留念，仿佛她才是大明星。之后，蒋玉莲就把自己的来意对伊娜说了，没想到她非常爽快就答应了。

“玉莲，婚纱我让给你了。”

“真的，太感谢你了。”

“我们就别客气了。”

“那好，我们再约定一下，谁先结婚，另一个就得去做伴娘。”

“好啊。”

第 76 章　爱是什么

今天，蒋玉莲的收获颇丰，她不仅解决了婚纱问题，更重要的是交了伊娜这个知心朋友。在返回的途中，蒋玉莲一路哼着歌儿，曲调却是聂云海送给她的那首《我捉住你的眼》。

“我捉住你的眼，我看着你的脸，让爱在心中蔓延。我牵着你的手，我捉紧你的心，让爱神在人间传说。把爱交付你，把痛留给我，让我们的爱情交付给神灵。”

突然之间，蒋玉莲似乎意识到了有些不妥。自己马上就要成为别人的新娘了，心里却还记挂着另一个男人，这是一个非常危险的信号。想起了李永胜的优点，蒋玉莲的心里就觉得愧疚。于是，蒋玉莲决定去修复一下他们之间的感情。

可怎样修复呢？这是一个比较烧脑的问题。好在蒋玉莲很快就想到了办法，那就以公司的名义去度假。这样不仅可以增进自己与李永胜之间的感情，还可以作为福利奖励员工们这一段时间所取得的成就。

想到这里，蒋玉莲自觉得神清气爽了，她一踩油门回到了明威集团。一进公司，蒋玉莲就高声宣布道：“同志们，我现在宣布一个决定，为了奖励大家为明威所做的贡献。从明天起公司放假五天，咱们一起去明威度假村度假，一切开销算我的。”

“哦，放假咯。”

“董事长英明。”

“女王陛下万岁。”

听到这样的决定，大伙高兴地蹦了起来，都为有这样的老板而欢呼。这就是蒋玉莲的手段，她从不吝惜对员工的奖励，凡是做得好的，她都给予嘉奖，明威这才有了奇迹。

第二天清晨，大家早早地来到公司等候了，坐大巴出行也是在行程安排之内的。车队要八点才到，所以大家都在这里等候着。这时，李永胜开着车子来了，他第一眼就看到了蒋玉莲。

“玉莲，走，我带你先去，让他们在这里等车好了。”

“我昨天说什么来着，全体员工统一出行，谁也不许搞特殊，你听不明白吗？”

“可是……”

李永胜还想再解释什么，蒋玉莲就转过身去了。她现在总算明白了，自己为什么接受不了李永胜，就因为他始终还是一个公子哥的做派。

当着这么多人的面，蒋玉莲给了他一个冷脸，这让李永胜感到非常的尴尬。毕竟他还是明威集团的CEO，又是蒋玉莲的未婚夫。大伙想笑又不敢笑，关键的时刻还是徐丽娜站出来维护他。

“永胜，你难道不明白玉莲的一片苦心吗？她的宗旨就是要和大家一起患难与共。为了坐个车你就要特殊，岂不违背了她的初衷了吗？

“不，我不是那个意思。”

这时，车队已经来了，徐丽娜赶紧岔开话题，说道：“行了，车子来了，大家赶紧上车吧。”

蒋玉莲不想去理李永胜，她第一个上了车。李永胜自觉得无趣，只得乖乖地去摆放行李了，旁边的徐丽娜赶紧上前帮忙。

摆放好行李之后，李永胜就坐在蒋玉莲旁边。蒋玉莲倒也没说什么，毕竟她心里想着和李永胜增进一下感情的。徐丽娜则自觉地往后走去，却被旁边的花姐给拉住了。

“娜娜，来，挨着我坐。”

“你家那口子坐哪儿呀？”

“管他干嘛，他一个大男人，哪儿不能坐啊，不行就塞进后备箱里好了。”

“哈哈哈哈……”

花姐是大家的开心果，平日里这两口子一到公司，公司上下准乐开了花。有他们在，一路上也轻松多了。大巴车在公路上一路颠簸，可把李永胜折腾苦了。他从小就没坐过这样的车子，更没有和这么多人一起坐车，而且还是不停地颠簸，弄得他头昏脑胀的。最后，李永胜实在忍受不了，就吐了起来。

这可坑苦了蒋玉莲，她本来就是一个爱干净的人，被吐了一脚。蒋玉莲很生气，她从未这么狼狈过，干脆脱下鞋子，光着脚丫子。

“你看你，都吐我一身了。”

“我……”

李永胜刚想解释，肚子里就跟翻江倒海似的，马上又吐了起来。弄得一车人都不安宁了，大家又帮不上忙。幸亏徐莉娜不嫌弃，她主动要求和蒋玉莲换座位。

“玉莲，我们换个位置吧，我来照顾李总好了。”

“你行不行啊？”

“放心吧。”

蒋玉莲心里很不好受，她本来是想和李永胜增进感情的，结果弄出了这么一档子事情来。可现在她也顾不得那么多了，不然她也得呕吐了。徐丽娜却表现得很自然，她拿着塑料袋接住了李永胜的呕吐物。等他吐好了，又给他拿水漱口，再扶着他靠着座位休息。

之后，徐丽娜又把塑料袋里的呕吐物丢进了垃圾桶，然后，她又用报纸把地上的呕吐物盖起来，不至于看着恶心。这一切，大家都看在眼里，由衷地佩服她。

蒋玉莲就坐在她们的对面，徐丽娜所做的一切，她都看在眼里。从心里来说，她感谢徐丽娜，因为她给自己解了围。可是，她的内心却是莫名的复杂。

“我这是怎么了？李永胜可是我的未婚夫啊？如果呕吐的人是聂云海，我会怎样做呢？”

蒋玉莲暗自思索了起来，可她根本就找不到答案，大家也无法回答她。很快，车子就驶进了度假村，大家都兴高采烈地下了车。蒋玉莲也快速地下了车，她得赶紧去洗澡，不然她一天都无法安静。

“娜娜，永胜就交给你了，我先下车了。”

“你没有鞋子怎么办？”

“没关系，让服务员送双鞋子过来。”

“好，你去吧，这有我了。”

蒋玉莲跟阵风似的逃离了，大家也都理解，毕竟人家是天生的女王。度假村的工作人员也很热情，一起帮着徐丽娜把李永胜弄下车，又把他送回房间，只是他的样子挺惨的。

一进门，李永胜就趴到沙发上不动了。徐丽娜只好让工作人员把东西先放好了，自己找来了毛巾，赶紧给李永胜擦去身上的脏物。

一切收拾妥当之后，徐丽娜就架着李永胜往床上走去，还得服伺他休息了。两人刚走到床前，李永胜沉重的身躯就倒了下去，还把徐丽娜压在了身下。

第一次被一个男人按倒在床上，徐丽娜心中跳动不已，脸蛋也红了。她想推开李永胜，内心又有些不舍。这是一种奇怪的感觉，她第一次感受到呼吸加快，芳心乱撞。

此时，蒋玉莲正在房间洗澡，她一遍又一遍地擦洗身体，雪白的皮肤都被她抓红了。可她还是有一股恶心的感觉，令她不安。终于，蒋玉莲裹着浴巾从卫生间里走了出来，却看见徐丽娜一个人傻傻地坐在沙发上发呆。

“都安顿好了？”

“他已经睡了。”

突然间，蒋玉莲的心里冒出了一个坏想法，她不由得坏笑起来，说道：“你们有没有那个？”

“哪个啊？”

“就是那个！”

徐丽娜瞪大眼睛看着蒋玉莲，她几乎不敢相信，李永胜是她的未婚夫啊，她竟然会那么污。但徐丽娜很快也污了起来，她上前扯掉了裹在蒋玉莲身上的浴巾。

“让我看看你的大了没有？”

“死丫头，越来越色了啊。”

“小了很多啊，是不是没滋润了啊？”

“去你的，一个大姑娘也这么污。”

“哈哈哈哈……”

晚上，徐丽娜放心不下李永胜，就去看他，她发现李永胜睡得正沉了。用手推了推李永胜，徐丽娜见他浑身滚烫，就知道不好。

“啊，发烧了，这可坏了。”

徐丽娜赶紧找出了体温计，给李永胜量了体温，一看数据，不由得倒吸了一口凉气。

“啊，39.8度，烧得这么厉害。”

徐丽娜立刻就变得紧张起来，又是给他喂退烧药，又是给他敷毛巾，一直忙到后半夜。这样一来，徐丽娜的晚饭都没有吃。她刚要离开的时候，突然，李永胜紧紧地抱住了她。

“玉莲，别离开我，别离开我。”

“我不离开你，不离开你。”

看着烧得迷迷糊糊的李永胜，徐丽娜又是伤心又是心疼。伤心的是李永胜的眼里只有蒋玉莲；心疼的是看他这么可怜，又放心不下。

“傻瓜，我是徐丽娜，你的梦中情人此刻正吃香的喝辣的呢！哎！我们都是犯贱，都喜欢一个不爱自己的人。”

“玉莲，你知道吗？我不能没有你，我知道娜娜对我好，她也很爱我，可我的心里只有你。我愿意为你付出一切，聂云海什么都不能给你，玉莲，你忘掉他吧。”

听李永胜说了这么多的胡话，徐丽娜的眼泪都掉下来了。她真想一走了之，可就是下不了那个决心。这就是命，是她的宿命吧。

一觉醒来，蒋玉莲觉得有些饿了，她就去了餐厅。她一进门，经理就把她带到了一个雅座，亲自去服务。这时，段德昌也来了，他看到了蒋玉莲，就热情地打了个招呼。

“董事长，你也在啊。”

“段经理，来来来，一块儿坐。”

“董事长……那个……我……”

蒋玉莲觉得奇怪，段德昌什么时候变得这么扭扭捏捏的，回头一看，见他身边站着一个美女，正瞪大了眼睛盯着她了。顿时，她一切都明白了。

“哈哈哈哈，嫂子，来，一块坐。”

蒋玉莲热情的招呼了起来，段德昌的女朋友也不客气，当即就坐到了蒋玉莲的对面。蒋玉莲这才仔细地打量起她来，这个女孩长着一张国字脸，却也挺耐看的。

可她看蒋玉莲的眼神却很不友好，可能是因为蒋玉莲比她漂亮，还比她有钱罢了。这时，经理推着一个餐车来到了蒋玉莲面前，这是特意给她弄的。一份意大利面，一份法式三文鱼派，一份法式牛排，其中有几个小菜，还有一个乌鸡汤。

“董事长，让您久等了。”

蒋玉莲看着面前的一大桌菜，脸上的笑容立刻就消失了。说好的聚餐，现在却给她一个人弄来一桌子的菜。也让旁边的段德昌很尴尬，因为他女朋友的嘴巴翘得老高。

“等等，怎么我跟他们不一样啊？”

“哦，这是厨师特意为您准备的。”

“怎么，你们把我的话当成了耳边风了？咱们出来玩为的是什么？还不是为了增进感情！你现在给我一个人搞特殊，那不就等于我说话不算话嘛。”

“这……”

经理吓出了一身冷汗来，谁都知道，这个董事长可谓是雷厉风行的。蒋玉莲见经理额头上的汗珠都下来了，便和颜悦色地说道：“好了，今天就算了，下不为例。”

“是。”

经理如遇大赦一般，他赶紧推着餐车离开了。蒋玉莲这才拿起筷子慢慢地吃了起来，吃得正香的时候，却被段德昌那口子惊得说不出话来。

就见段嫂拿着饭勺一口一口地给段德昌喂饭吃，她完全不在意众人的眼光。蒋玉莲差一点把嘴里的饭都给喷出了来，这个段嫂子比自己还要厉害。

“阿，张口。”

“我自己来就行。”

“张口。”

“同事都看着呢。”

“看就看呗，我给老公喂饭，碍着谁了？快张嘴。”

“啊。”

“这才乖嘛。”

蒋玉莲草草地吃了一些，就走了，临走时不忘朝段德昌抛了个媚眼。不想却被段嫂子看到了，她马上就把脸沉下来了，怒道：“她谁啊？你跟她什么关系，为什么给你抛媚眼？”

“啊，她是我老板，怎么了？有什么不对的吗？”

“色眯眯的，一看就知道不是个好女人，到处勾引男人。”

段德昌对于女朋友这个大醋缸子，他一直隐忍着，哪知道她的话越说越难听。她不知道自己和蒋玉莲的关系不是一般人可以比的，她这话一出口，段德昌的脸都绿了。

“没见过像你这么无理取闹的人。”

“什么？我无理取闹？她温柔贤惠，她彬彬有礼，你怎么不去找她啊？”

“我……”

“怎么，你还想打我不成？你打啊，打女人算什么好汉。”

这会儿，段嫂子说话的声音越来越大，整个餐厅都能听得到。段德昌的人品很好，身居要职还没有任何负面新闻，大家都为他不平。

大伙都看着段德昌两口子，就看他怎么处理了。段德昌是个老实人，对女朋友很迁就，即使是这样的情况，也只是把他自己气走。

“段德昌你给我站住……我数一二三，一，二……”

“你到底想干嘛？”

“我不想干嘛，我只要你过来。”

“我没心情跟你在这里瞎胡闹。”

“你过来。”

“我不过去。”

“你过来我就不生气了。”

“哎。”

令所有人都觉得失望，段德昌不仅没离开，反而乖乖地回到了段嫂的身边。很多同事都为他鸣不平，尤其是女生们，都恨不得上前抢走段德昌。

“哎，又一个好男人被糟蹋了。”

“可不是嘛，段总怎么那么怕老婆啊？”

“就是嘛，他老婆那副德性，真恶心。”

“他可是我的偶像啊。”

“那你怎么不去拯救他呢？”

“算了，就让他继续被糟蹋吧。”

“那还说什么。”

“算了，不吃了，没胃口，走吧。”

“走。”

段嫂似乎并不在意别人的目光，她很得意，至少她制服了段德昌。他们依旧像没事人一样，在众人面前秀她们的恩爱，亲自给段德昌喂饭。对于这么奇葩的女人，大伙也只有摇头了。

从餐厅出来，蒋玉莲回到房间，她坐到了床上，脑子里却想的是聂云海，想起他们的美好岁月。

那是在上大一的时候，学校举行迎新晚会，在演出中。突然，天花板上的吊灯砸了下来，直奔蒋玉莲的脑袋而来。就在这千钧一发之际，是聂云海用身体护住了自己。也就是那一夜，两人正式确定了恋爱关系。

蒋玉莲在房间里想着想着，竟然睡着了。不知道过了多久，徐丽娜拖着疲惫的身躯回来了，她往床上一躺，却把蒋玉莲惊醒了。

“你回来了？”

“累死我了。”

“辛苦了，我的徐大美女，来来来，我给你讲个笑话吧，就是刚刚发生的事情。”

蒋玉莲把段德昌和他女朋友之间的趣事说了一段，却把徐丽娜笑得不行，两人就这样在说笑中睡着了。

第二天，蒋玉莲还没有睡醒，就被导游叫起来了。根据行程安排今天要去漂流。蒋玉莲急忙叫唤徐丽娜，让她跟自己一块儿去，徐丽娜却不愿意起来，她还是不放心李永胜。

蒋玉莲很生气，自己花钱请大家出来玩，她却躲在酒店睡大觉。不过她随即一想，却又非常地理解徐丽娜。这对她们三个人来说都是一种契机，假如她们两人因此而产生了爱情，那自己就成全她们。想到这里，蒋玉莲乐呵呵地出了门。

上了车，蒋玉莲又才发现自己竟然挨着段德昌两口子，这真是有趣得很。一路上，大家的心情十分地轻松，毕竟不是在公司。有些男生开始讲些笑话来逗女孩们开心，有的人还唱起了歌儿。只有段德昌两口子一路的撒狗粮，完全无视大家的存在。

“亲爱的，我渴了。”

“等一下，我给你拿水。”

“老公你最好了。”

“你少发点脾气我就谢天谢地了。”

“老公，我想吃东西了。”

“好，我给你拿。”

“老公，我腰好酸，你给我捏捏吧。”

“好。”

“我老公是天底下最好的男人了，嗯啊。”

大伙都不言语了，就看着这两人表演。段嫂似乎更得意了，在众人羡慕的眼神中，段嫂狠狠地亲了一口段德昌。蒋玉莲看着他们亲密的样子，心里不由得一阵好笑，难道恋爱的女人脑子就短路了吗？可她似乎忘记了自己干过的那些离经叛道的事情了。

到了目的地，大伙都去服务区换衣服了。等蒋玉莲穿着泳衣出来的时候，却把大家给镇住了。

“哇，女神啊。”

“董事长，你真太美了，这身材，这皮肤。”

“是啊，董事长，你就是我们的偶像，我们的女神。”

女生们把玉莲视为自己的偶像，虽然和她站在一起，自己成了绿叶了，大伙却也满心欢喜。男生们就无比地疯狂，许多单身汉竟然跪下来向她求婚了。

“蒋玉莲，我爱你。”

“嫁给我吧，我愿意一辈子做你的奴隶。”

“蒋玉莲，你就是我的梦中情人。”

蒋玉莲只是微微一笑，并没有任何表示。导游却看不下去，她走到人群里，一顿的训斥。

“去去去，什么乱七八糟的，别说人家已经有未婚夫了，就是没有，董事长也不可能看上你们。行了，都站好了，我来安排漂流小组。”

蒋玉莲对这些男生也是无语了，他们不但没有被导游吓住，反而更来劲了。这些男人都把自己的胸肌露了出来，在蒋玉莲的面前展示自己的强壮。

“导游，让我跟董事长一组吧，我可以保护董事长的安全。”

“我也可以。”

“导游，你别听他们的，他们不会游泳，我会游泳。”

“我得过游泳冠军呢，安排我吧。”

导游的脸都快被气绿了，她做导游很多年了，这种奇葩的事情她还是第一次遇到。当即，导游拨开人群，来到了段德昌的面前，对他说道："你跟董事长一组，你的主要职责就是负责董事长的安全，知道吗？"

"我？"

"没错，就是你。"

这一下，段嫂子的脸都快拧成了麻花状了。本来，段嫂子的身子只是微胖，穿着衣服还不觉得怎么样，换成了泳衣之后，肚子上的赘肉就显示出来了。再跟蒋玉莲站在一起，她就成了乡下丫头了。

其他男同志也很失望，虽然大家不敢奢求什么，可能够和蒋玉莲坐一条船，想想都觉得兴奋。只有段德昌有点懵，他就怕女朋友吃醋。

"你满意了。"

"满意什么。"

"不正合你的意啊。"

"这哪跟哪呀。"

"我还不知道你啊。"

"你听好了，我跟董事长那是哥们，在我眼里，她就是一个男人，懂吗？"

"你骗鬼呢？"

果然，还没上船，段嫂子的醋坛子就打翻了。此刻，大伙可没心情再看他们的热闹了，都争着去抢皮划艇。从水坝的源头一路冲下去，这是多么爽快的事情啊。

大伙坐上了皮划艇，一个个兴奋不已，有些女生一路尖叫声不断。段嫂子更是夸张，没上皮划艇之前，她的脸拉得比驴脸还难看，坐上去之后，她的尖叫声震撼了整个山谷。

"啊……"

"我飞起来了。"

漂了一圈，很多人还觉得不过瘾，又跑到上游去游玩了。蒋玉莲可没有那好心情了，她就坐在阴凉处看着这些同事玩，心里想的是和聂云海海上遇险的经过。那是她这一生最难忘，也最不可能忘却的记忆。

漂流过后，蒋玉莲随着众人一起去爬山，这可是一项体力活，半路上，许多女生都累得嘘嘘直喘。蒋玉莲也累坏了，她跟在这些人的后面慢慢走着。段德昌离她最近，他见蒋玉莲身上还带着行李，就要上前帮忙。蒋玉莲看了一眼旁边段嫂那阴沉的脸蛋，立刻就拒绝了。

“累坏了吧。”

“还行。”

“把东西给我吧，我来拿。”

“不用，我能行的。”

“还是让我替你拿吧，你看你，都累的不行了。”

“呵呵，你还是去帮你嫂子吧。”

果然，这个活宝又来劲了。她见段德昌要去帮蒋玉莲拿东西，当时就急了，她把手里的木棍往地上一抛，坐在地上就叫唤开了。

“我不走了。”

“你又怎么了？”

“我不爬了，我要下山。”

“都快到山顶了，你却不走了？”

“不可以啊？”

大家就看着他们，也算是疲劳当中的一种排解吧，反正是不收钱的表演。段德昌也受够了，她这种无理取闹，段德昌站起身就走，却把段嫂给惹急了。

“行行行，要下山你自己下去，我懒得搭理你了。”

“哎呀，你胆肥了啊，敢这样对我说话。”

“是你自己要下山的，关我什么事啊？”

“我说下山就下山啊？你就忍心让我一个人下山吗？”

“谁让你生气来着。”

“谁让你不管我了。”

“你再乱发脾气，你看我会搭理你不？”

“那你背我。”

“好好好，只要你不闹，我就背你。”

突然之间，蒋玉莲反而羡慕起段嫂来了。她虽然喜欢吃醋，可她却是世界上最幸福的女人，至少她知道怎样抓住男人的心。顿时，所有的女生都投来了羡慕的眼神。

“哇，段总好有爱心啊，好浪漫啊。”

“做他老婆真幸福。”

“你看人家段总，多体谅老婆，多心疼老婆，他简直就是男人的典范。再看看你，从来都不心疼我。”

“人家多少斤，你多少斤了？我背得动吗？”

“你再说一遍。”

“走吧。”

“哼。”

第 77 章　神秘湘西

第三天，等徐莉娜一觉醒来，发现蒋玉莲已经不在房间了。她四处寻找，发现柜子上有个字条，是蒋玉莲留下的，她已经提前回去了。

“我回公司了，爸爸的案子理清了，很多资产也解冻了，需要我回去签字。你们好好玩吧，不必记挂我，也许会有意想不到的收获也未可知。”

看到蒋玉莲的留言，徐丽娜很不以为然。接下来的行程安排是去苗寨，从这里到苗寨可不近。这是蒋玉莲特意安排的，大家不知道意味着什么，也乐得糊涂了。只有李永胜的心里有些失落，自己的病刚好蒋玉莲又回去了。

上车之后，导游就给大伙讲解苗家人的风俗民情，众人都觉得很新奇。在他们的印象中，苗族是个神秘的民族，湘西是个迷一样的地方。而他们的蛊术、赶尸术都是玄幻的。

进了苗寨，大伙就能感受到浓浓的节日气息，今天是他们的苗年。一进寨子，许多的同事按耐不住激动的心情，开始欢呼起来。

“哇，好漂亮的服装啊。”

“人更好看。”

苗家人非常好客，这些年轻的阿哥阿妹把游客拦在寨门口，按照他们的礼节，只有喝过他们手中的酒才能进寨。李永胜被大伙推举出来作为代表，结果他不懂苗家人的礼节，还和苗家姑娘碰了杯，这一下可就惨了。

“不不不，你要把这一杯全部喝完。”

“这一杯全喝完？”

“是的。”

“为什么？”

“因为你碰杯了呀，碰了杯就得干。”

“好好好，我喝完，我喝完。”

喝完酒后，大家又跟着导游来到跳竹竿舞的地方，音乐一起，大家就开始跳了起来，优美的苗族音乐很动人，苗妹子更是美艳动人。起初，小伙子们还不好意思，后来见李永胜他们跳得很好，也都主动地跳了起来。

“走，我们也去跳。”

跳完竹杠舞，导游就带着大家继续往寨子里面走去。从石头巷子穿过去，面前是一条小溪，小溪的水流很缓和，河面却不窄，可桥却很特殊，就是一根独木桥。

“哇，独木桥啊。”

“好玩，我还没走过独木桥呢。”

“让开，我先来。”

大家对独木桥感到非常新鲜，都想试一试，杨得胜更是第一个冲上前。可他的平衡感不怎么样，才走了几步，就掉水里去，引得众人哈哈大笑。

“杨财迷，你是不是腿软了呀，看我的。”

接着，李永胜也试了一把，也不行，男生大都试过了，没有一个成功的。只剩下一个段德昌没有试，他女朋友喜欢粘人，根本抽不开身。

“我来。”

突然，人群里走出一道靓丽的身影，是徐丽娜，大家的目光立刻就集中在她的身上了。她是那种典雅型的，文静又低调，所以大家很少注意她。在蒋玉莲的身边，她永远只是绿叶，可没有了红花，她就是最耀眼的红花。

“这是谁啊？”

“不知道，好像是董事长的秘书。”

“你们两个白痴，她都不认识，她就是大名鼎鼎的徐总，我们的财务总监，董事长最好的闺蜜。”

“啊。”

“她有男朋友吗？”

“你别想了，人家的眼光可高了，除非你是李总这样的人。”

大伙还在议论的时候，徐丽娜已轻轻松松地走过了独木桥。顿时，这些围观的人爆发出热烈的掌声，就连李永胜也是张大了嘴巴，几乎不敢相信。

“哇，牛啊。”

徐丽娜却没有过多的反应，只是淡淡地一笑，算是回应了。接着，又有一些同事走过了独木桥，而那些掉进水里的只好蹚水过河。只有段德昌例外，他背着女朋友蹚水。大家就对他们早已是见怪不怪了，反正他们喜欢秀。

过了独木桥，大家就去观看表演，和其他景区不一样的是，这里不光表演歌舞，还有绝技。所谓的绝技就是上刀山下火海，惊得大家下巴都快掉下来了。

“什么？上刀山下火海？”

“难道，这就是传说中的刀枪不入吗？”

“刀枪不入算什么，蛊术、赶尸术才是苗族的撒手锏。”

面对这么多的疑问，导游没法回答，她所知道的也只是一些皮毛，Z 国博大精深的文化，不是一两句话就能够说得清楚的。

“各位，我先申明一下，下面为我们表演的是非物质文化遗产的万师傅。大家千万别去模仿，否则会割断了你的脚啊。万师傅可是经过了千万次的刻苦训练之后，才练就了一身铜头铁臂的。”

万师傅是一个 50 岁左右的男人，他穿了个马甲，腿上绑了很多绷带。在表演之前，万师傅朝着四方拜了几拜，又烧了一些纸钱，嘴巴里念了一通咒语之后，这才开始进行表演。

万师傅首先表演的是上刀山，就见他先运了运气，右脚轻轻地踩上第一把刀。全场鸦雀无声，观众们都屏住呼吸，生怕因为自己的一个咳嗽而惊扰到万师傅。

万师傅却表演得很自如，他缓缓地爬到刀山的顶部，在上面停留了一会，又一步一步地走下来。最后，万师傅平安地回到地面上，大家还是大气都不敢出。

“你们看我的脚，有什么伤痕吗？”

“没有。”

大家这才反应过来，立时爆发出雷鸣般的掌声。表演完上刀山之后，万师傅又开始表演下火海。只见万师傅赤裸着双脚，走在烧红了的炭火上，在这上面行走如飞，这一次又是掌声雷动了。

看完了万师傅的绝技之后，导游又带着众人去了一户苗家。到了这里，大伙的心情轻松多了，因为是做游戏，脸上都露出了笑容。可做什么游戏，众人心里是一团雾水。

主人一眼就相中了李永胜和徐丽娜，也许是他们太过耀眼了吧。几个苗族姑娘拉着徐丽娜进入内室，李永胜却被苗族汉子拉走了。

等他们再出来的时候，却是另外一副模样。李永胜穿一身苗服，他身上戴了很多的首饰，还有猎人的弓箭，苗刀，显得格外地英武。徐丽娜却是披红戴绿的，头上插着凤冠，活脱脱的一个苗妹子出嫁的样子。

“大伙说李总像什么？”

“新郎。”

“徐小姐呢？”

“新娘。”

“他们般不般配？”

“绝配。”

被众人这么一闹腾，两人的脸腾地就红了，可徐莉娜心里特别的高兴。一旁的杨得胜更是来劲了，他带头来作弄李永胜。

“我想问一下，新娘子美不美？”

“美。”

“新娘子贤不贤惠？”

“贤惠。”

“娶不娶？”

“娶。”

李永胜恨不得找个地缝钻进去，可他又走不掉，被人牢牢地按住了。接着就是拜堂，可把大伙笑得直不起腰来。李永胜心里虽然不乐意，可等他揭开红盖头时，他自己也惊呆了，想不到徐丽娜是如此的美丽。

“亲一个，亲一个。”

在无奈之下，李永胜只好在万众瞩目之下亲了徐丽娜。与李永胜的不情愿不同，徐丽娜却如同做梦一般，在接下来的几天里，她都沉醉在这一刻。

蒋玉莲来到最高法院签了关于资产解冻的文件，这对于蒋家和明威集团来说是一件好事。蒋家的资产得以解冻，明威集团现在的资金储备足够他们同时运作两个超级大项目了。

签完字后，蒋玉莲长长地舒了一口气，这一刻来得太不容易了。从法院出来，蒋玉莲特意支走了老徐和律师，一个人开着车子在市里兜转。

不知道是什么原因，她又回到了金陵大学，这里有她的青春记忆，还有那个坏蛋的身影。蒋玉莲不动声色地来到了演播大厅，就是在这个地方，她和聂云海一吻定情。

就在蒋玉莲面对着舞台暗自伤神的时候，演播大厅的灯光全部亮了，舞台上的幕布拉了下来，原来是新年晚会。

“时光过得真快，又是一年。”

正当蒋玉莲嘘唏不已的时候，舞台上开始了表演。让蒋玉莲惊讶的是所扮演的人物似曾相识，仔细一看，她完全明白了。原来是在扮演自己和聂云海，那个弹钢琴的还真有几分神似。

“哎，想不到我成了她们创作的素材了，可惜结局没有那么美好，真不知道大坏蛋看到这一幕会作何感想。”

从演播大厅里离开，和来的时候一样，她没有惊动一个人，只带走了那一抹最难忘的回忆。从校园里出来，蒋玉莲一路心潮澎湃，她真想知道大坏蛋怎么样了？

两个相爱的人之间是有心灵感应的，蒋玉莲在地球的这一头想念聂云海，聂云海也在地球的那一头想念她。随着车轮子的急速旋转，聂云海的脑子也在飞速的转动，不知道此生还能不能再见蒋玉莲？

今天，他就要去逮捕黑手党的新教父皮科罗，这是一项非常危险的任务。如果没有大卫做内应，他根本就不可能掌握他的行动。这也是他们之间的一种交易，聂云海帮助大卫干掉皮科罗，他则帮助聂云海抓捕白犀牛。

根据大卫提供的线索，皮科罗已经出现在 S 国了，这是一个靠海的国家，有很长的海岸线。正因如此，这里的海盗十分的猖獗，四处抢劫，动不动就把人给绑票了。好在谢灵运和他的彪之队驻扎在这里，这是一支战斗力极强的队伍。而谢灵运又是一位生性沉稳的人，把队伍交给他聂云海最放心不过。

来到摩加迪沙后，聂云海找来谢灵运做帮手，他们就埋伏在酒店附近。时间不长，大卫和皮科罗相继出现在酒店里。通过望远镜，聂云海发现皮科罗和大卫之间正进行一场激烈的争吵。突然之间，聂云海脑子里有一个大胆的想法，他决定亲自去会一会这个新教父。

“谢灵运。”

“到。”

“做好准备，等待我的信号。”

“聂参，你这是？”

“我要去会一会这些老朋友，既然都来了，不打个照面，显得我不够意思。”

“啊。”

此话一出，惊得谢灵运目瞪口呆。但聂云海有自己的想法，他想要离间黑手党，让他们自己先火拼起来。到那时，谢灵运再出来收拾残局，这可就是坐收渔利啊。

说罢，聂云海又扮演起亚鲁克汉来。其实，他的这个身份早已暴露，可他还是要用一下，至少在见到皮科罗之前还是有用的。

想到这里，聂云海特意把武器检查了一番，见子弹充足，这就下楼去了。他吹着口哨来到了皮科罗下榻的地方，他一出现，立刻就被几个黑手党人给围住了，这些家伙气势汹汹的。

“站住，别走了，这里不是你应该来的地方。”

“嗨，哥们，你忘了吗？我可是你们教父的朋友。”

这些黑手党听聂云海这么一说，一个个面面相觑的。好在有一个小伙子还记得聂云海的这个样子，一个阿三模样，嘴巴上那两撇山羊胡子最显眼。

“呵，这不是大英雄亚鲁克汉吗？你怎么一个人来的，我们教父最近老提起你啊。”

“是嘛？”

“可不是的。”

“哈哈哈哈，我想他一定是睡不着觉吧。”

聂云海一边笑着，一边无所谓的样子往里面走去。那几个打手见他们都认识，教父还经常提起他，自然就不再阻拦了。就这样，聂云海轻轻松松地进了屋。一进门，他就听到大卫正和皮科罗用意大利语在高声的争吵着。可惜聂云海听不懂意大利语，也不知道他们在争吵什么。

聂云海是来挑事的，他朝大卫和皮科罗高声叫道：“嗨，老朋友，你们在争论什么了，有什么事情解决不了的。来来来，都说给我听听，我来给你们评评理。”

皮科罗和大卫两人见来的是聂云海，都惊讶得说不出话来。这两人各怀鬼胎，彼此都在算计对方，聂云海这一出现，立刻就打乱了他们的部署。

对于众人诧异的目光，聂云海却像没事人一样，他笑呵呵地坐下来。随后，聂云海又拿起酒杯自斟自饮了起来，他一边品着酒，还一边说道：“嗯，不错，非常纯正的拉菲。”

聂云海吃喝了一通之后，觉得有些饱了，这才拿起些纸巾，擦干净了嘴巴，一脸惊愕的样子看着他们。

“怎么，美酒佳肴，你们怎么不享用啊？”

皮科罗笑道：“哈哈，上校，你还是以真面目示人吧。我对上校的敬仰犹如滔滔江水，一发不可收拾啊。”

聂云海差点要喷出来了，这个杀人不眨眼的恶魔居然还是星爷的影迷。聂云海没有心情跟他扯这些不着边际的话题，他也毫不客气地撕开了假面具。

“啊。”

等聂云海以真面孔出现在大家的面前时，这些黑手党人忍不住愤怒起来，一个个掏出了武器对准了聂云海。

“你们这是干什么？我可是教父的好朋友。”聂云海胸有成竹地说道。

“干什么？你杀了罗伯特，我们要替他报仇。”一个矮胖子激动异常，真恨不得撕碎了聂云海。

“兄弟，我想你弄错了吧，罗伯特可不是我杀的，他是死在科尼的手上，跟我有什么关系？”聂云海轻描淡写地说道。

“你说谎，科尼说了，罗伯特就是死在你手上。”矮胖子红着眼睛，作出了一副拼命的样子。

“你是痴还是傻？我们去了那么多人，为什么你们的人全都死了，大卫却完好无缺呢？谁才是你们的敌人，你难道不知道吗？”

此话一出，所有人把目光都投向了大卫，这就是聂云海的阴谋，他就是要挑起黑手党人之间的火拼，然后，他在从中渔利。至于白犀牛，等收拾了这些黑手党，他再回过头来对付他。大卫算计来算计去，没有算计到聂云海会这么干。

果然，皮科罗和他的那些手下把枪口对准了他们。大卫却也全然不惧，他一脸的冷笑，毕竟他的实力不容小瞧。

索菲可不一样，她立刻就显出了忧虑之色，不等大伙开火，索菲就站出来呵斥道：“你们这是干什么？难道要火拼吗？”

“哼，干什么？这是我们黑手党内部的事情，不需要外人插手。”矮胖子满脸怒气地说道。

“我可警告你啊，这事跟大卫没有关系，你们可别听上校胡说八道，他这是在挑拨离间。我们也是受害者，那么多弟兄去了W国，却无一人生还，这是为什么？”

索菲这么一分析，原本剑拔弩张的局面竟然变得缓和了起来。矮胖子词穷了，他找不到语言来反驳索菲了，只好转过头来看着皮科罗。皮科罗从始至终都没有说一句话，他就想看着事态是怎么发展的。

“哈哈哈哈，无一人生还？索菲，你这话拿来哄骗三岁小孩子还可以。难道我不是人吗？大卫不是人吗？我们是怎么回来的？难道我们是鬼不成？”

聂云海自然不能让他们和解了，那样，他的反间计就失去了意义。到时别说将黑手党一网打尽，弄不好自己也别想走出这个门。

果然，聂云海的这话很有分量，矮胖子当即打开手枪的保险，准备大开杀戒。可皮科罗依旧没有说话，他还是很有耐心的。

“笨蛋，去的自然不是真大卫了，那只是大卫的替身，真正的大卫可从未离开过大普托，我可以用上天的名义担保。”

这样一来，矮胖子又把眼光落到了聂云海的身上了。聂云海还是一样的淡定，他朝着矮胖子淡淡一笑，说道：“兄弟，我问你，你们在这里谈判，我怎么知道的？这都是大卫告诉我的，他想借我的手干掉你们，然后由他来做教父。”

这句话很具有杀伤力，两方面的人都掏出了武器就准备大干一场。可他们毕竟都是黑手党人，教父在这里，谁也不敢轻举妄动。

聂云海早就注视着这一切了，他从双方的眼睛里看出了杀气，现在就差一个导火线了。当即，聂云海大声喝道：“大卫，你还不动手吗？难道你不想当教父了。”

这一下，矮胖子再也忍不住了，对着大卫就是一枪。只是他的枪法太菜了，这么近的距离，他竟然没有打中大卫，只是打死了一个小喽啰。

这样一来，潘多拉的魔法盖就被打开了，两边的人就跟发疯似地对射起来。一会的工夫，地上就躺了好几具尸体了。枪声一响，大卫的手下立刻就冲了进来，都是清一色的AK47，火力无比的强大。

“给我干掉皮科罗，决不能让他活着离开这里。还有那个上尉，他是罪魁祸首。”大卫已经杀红了眼睛，他恨不得一口吞下聂云海和皮科罗。

“教父，小心你的身后。”

聂云海也不能再看热闹了，再不出手，他和皮科罗就得凉凉。所以，他一枪干掉了一个偷袭的家伙。

“谢谢，上校，你为什么要帮助我？”

皮科罗已经明白这是怎么一回事了，他对聂云海充满了感激。矮胖子和他的那些手下似乎也不敢相信，到最后居然是他们的仇敌跑出来营救了他们。

这会儿，战火已经打得非常焦灼了，双方死伤了一大片。皮科罗的手下已经所剩无几了，形势对他们很不利。矮胖子也负了伤，可他对皮科罗却十分忠诚。

“教父，你快冲出去吧，我来掩护你。”

“来不及了，他们早有准备，我们根本出不去。”

“放心吧，我们的援军马上就到。”

不知道什么时候，聂云海已经到了皮科罗的身旁了，他可不想让他教父给跑了。所以，当战斗就快要结束的时候，聂云海就转到了皮科罗的身边，准备逮捕他。

至于大卫，那就要看他的那些兄弟能不能干得过彪之队了。果然，外面的枪声越来越密集，已经不是 AK47 的那种稀稀疏疏的射击声了，而是火力强大的 97 式步枪。

“老板，不好了，我们被包围了。”

“不用怕，跟我走。”

关键时刻，索菲似乎成了这帮人的首脑了，这让聂云海很是诧异。就在彪之队准备收网的时候，从对面的屋顶上飞出一串子弹，把彪之队的弟兄们放倒了一大片。

“妈的，这是哪来到狙击手，给我干掉他。”

聂云海看得清清楚楚，彪之队成员几乎无处遁形，被打得毫无还手之力。彪之队的处境非常被动，既要跟房子里面的黑手党进行对抗，又要抵抗狙击手的袭击，可谓是腹背受敌。这样一来，大卫就冲出了包围圈。

“列队。”

关键时刻，谢灵运却非常的镇定，他迅速地做了调整。弟兄们立即用防弹盾牌组成了防护墙，阻止了狙击手的袭击。

在防护墙的掩护下，王钦、胡民和李成双立刻跑向了大楼，他们要去对付狙击手。其他人截住了一部分正在突围的黑手党成员，把他们压制得抬不起头了，这些家伙又想退回房子里去，却被里面的人给堵住了。

“不要打了，我们投降，我们投降。”

七八个黑手党人高举着AK47，用蹩脚的英语喊着投降。彪之队停止了进攻，队长谢灵运见他们都放弃了抵抗，心里总算松了一口气。

“快，把他们手里的武器都没收了。”

“是。”

战斗结束，这些家伙全都被俘了。屋子里只剩下皮科罗、矮胖子和一个腿部中枪的家伙。

“朋友，你真够意思，这次多亏了你的帮助了，我……”

矮胖子白高兴一场，很快他就觉察出了不一样的气息来。原来他们的教父被人用枪顶住了脑门，没错，就是聂云海。

“朋友，你这是？”

矮胖子大为诧异，刚刚一直帮助他们打击叛徒的聂云海，怎么就倒戈了呢？他当然不知道了，聂云海就是为了抓捕这位教父而来的。

“放下武器。”

聂云海目光如炬的盯着矮胖子和他身边的伤员，这个房子里面现在只剩下他们四个活人了。皮科罗现在就在聂云海的掌握之中，唯一对自己构成威胁的就是矮胖子。

“朋友，放下武器。”

矮胖子似乎不敢相信这一切都是真的，他想问个清楚，聂云海当即在地上开了一枪。

“啊。”

矮胖子被吓了一跳，这会，他彻底地明白了是怎么一回事。矮胖子刚拿起枪，聂云海就在他的手上来了一枪，他手里的武器也就掉地上去了。

“啊……你这是干什么？我们可是自己人。”

“谁他妈跟你是自己人啊。”

没等他反应过来，谢灵运一脚就把矮胖子踹趴下了。紧接着，十几名彪之队的弟兄们从外面冲进里，把矮胖子和那个受伤的黑手党人就给架走了。

“老朋友，对不住了，你好酒好肉的招待我，可我还是要把你带走，谁让你被全球通缉了呢。”

第78章　杀手之王

聂云海把皮科罗交给了彪之队，皮科罗却没有太大的反应。他很老实的配合着谢灵运等人，让他们把自己给铐起来。只是他下面的一句话，彻底地激怒了聂云海。

“上校，你可真是捡了芝麻丢了西瓜呀。”

“哦，老朋友，你这话怎么解释啊？”

“你满世界的搜捕白犀牛，白犀牛从你眼皮子底下溜走了，你却全然不知。”

“什么意思？”

聂云海被他这句话给吸引住了，只是他不明白，逃跑的只有一个大卫，难道他就是白犀牛吗？如果大卫是白犀牛，他怎么可能甘心做黑手党的一个小人物呢？论实力，白犀牛在黑道上可是排名前五的狠角色。

“上校，白犀牛就是你的那位红颜知己，难道你不知道吗？”

“这不可能，索菲怎么会是世界大毒枭呢？绝对不可能。”

聂云海做梦也想不到，自己苦苦追寻的白犀牛竟然就是索菲，这么一个弱女子就是臭名昭著的恶魔。这种反差实在太大了，令人无法接受。可皮科罗却非常的淡然，完全不像说谎的样子。

“上校，我实话告诉你吧，索菲确实不是白犀牛本人，或者说白犀牛根本就不是一个人，他们是一个家族。索菲就是这个家族的唯一继承人，她们的上一任毒王已经去世多年了，为了保持神秘，索菲一直没有公布。她控制了世界上一大半的毒品，全世界的警察都在通缉她，大卫之所以会叛变，就是有白犀牛在背后捣鬼，他们相互勾结。”

听完皮科罗的论述，聂云海火冒三丈，他抓住皮科罗的衣领子就想给他几个嘴巴。还没等他动手了，外面就传来了一阵枪响。“啪啪啪啪”连续的几声枪声，接着就归于沉寂。聂云海一听枪声不对，这不是97式步枪的声音，这是M国的巴雷特M82A1狙击步枪。

“怎么回事，王钦，你在干什么？”

“上校，要找你可真不容易啊。”

从讲机里传出的却是一个陌生的声音，他的声音充满了冷漠和挑衅的味道。聂云海脸色大变，大伙的心也都拧到一块去了。

“我的弟兄呢？你把他们怎么样了？”

“放心吧，上校，此刻他们都是安全的。时间长了，我可就不敢保证了。”

“你是谁？你想要什么？”

“上校，你可能忘了，我提醒你好了，你杀的那个哥伦布是我最得意的学生。你们Z国不是有句古语吗？叫打了徒弟引来师傅，我在这里等着你。”

“哼，哥伦布在我的眼里就是一坨屎，不值一提。至于他的师傅，我想也好不到哪里去。”

聂云海突然之间语气变得刻薄起来了，他这是被对方气的。但更多的是一种心理战术。果然，对讲机那头传来了粗暴的声音。

“你们Z国人真是不可理喻，一点素质也没有。”

“哼，小子，你等着受死吧。”

“来吧，让我们做个了断吧。”

聂云海也被气得不轻，他恨不得把对讲机摔在地上砸烂来，可他还是克制住了冲动。但聂云海并没有就此罢手，他提着枪就冲出了门。

这名狙击手就是冲聂云海来的，他是哥伦布在军校的狙击老师。聂云海干掉了哥伦布，雇佣军的声誉一落千丈。短短的几个月时间里，他们已经损失了好几十亿美元。尤其中东的一些大客户都跑来和他们解约，现在整个雇佣军市场都被哥萨克军团给抢占了。

想到这层利害关系，黑水公司、N国EO武装这才把世界第一杀手安德鲁请了出来。和哥伦布相比，安德鲁就是死神，海湾战争中，他一人单挑对方一个中队。

来到天台时，聂云海立刻就嗅出了一丝杀气。他马上就意识到自己遇到了一个硬茬。因此，聂云海也变得机敏了起来，他紧贴着墙壁，慢慢地往上移动。

“朋友，报个名吧，我的枪下不死无名之辈。”

越是到了紧要关头，聂云海越能沉得住气，打仗不仅靠武力，更要靠脑子。对手也很冷静，他没有被聂云海的假象所迷惑，面对这样的挑衅，他依然从容不迫。

“上校，说实话，我很欣赏你，如果不是因为你杀了我的学生，我是不愿意和你为敌的。”

“别废话，敢不敢把你的真名告诉我。如果不敢，马上就滚蛋，我不跟你一般见识。”

“上校，你可不太友善啊，好吧，告诉你，我叫安德鲁。”

突然，聂云海的脑子就像被电击一般，这个名字他太熟悉了，这家伙在海湾战争中曾单挑一个中队，刚进部队的时候，教官就拿他来做过案例分析。

“上校，你还在吗？”

“哦哦，对不起，我在思考问题，安德鲁这个名字怎么这么熟悉，只是一时想不起来。”

“没关系，上校，想不起来你可以慢慢想，我有的是时间等。”

“哦，我想起来了，是那个叫憨豆的倒霉蛋吧。安德鲁，憨豆子，没错，真是一模一样。”

“混蛋。”

这一下，聂云海可把安德鲁给惹急了，他对着聂云海就是一串梭子，打得墙壁上的尘土飞扬。聂云海早做好了防范，未等子弹到来，他已从台阶上跳到了平地。与此同时，聂云海手中的枪声也响了，也是四连击。

一交手两人都试探出彼此的实力，安德鲁再没有之前的那种狂傲之气了。两个人隔着一堵墙壁，几乎都可以听得到对方的心跳声，可是谁也没有动，都在等待时机。聂云海环顾了一下四周，见旁边有一个垃圾桶，顿时，一个坏主意就涌上他的心头。

“憨豆先生，你电影演得那么好，为什么要跑到非洲来拼命呢？何苦呢？弄不好还把小命都给混丢了。”

“上校，你这是在侮辱我的人格，我叫安德鲁，不是那个笨蛋。”

“是啊，你不是那个笨蛋，你只是扮演那个笨蛋的人，这我们都知道。”

“上校，我对你很生气，你不仅侮辱了我的人格，还侮辱了我的职业。我是一个杀手，不是那个滑稽演员。”

“好好好，我绝对不会告诉别人，你还玩过枪。”

“上校，你要对你的话负责任。”

“豆子，看枪。”

聂云海等的就是这个机会，他见安德鲁已失去了理智，便操起垃圾桶朝对方抛去。安德鲁上当了，他对着垃圾桶就是两枪。等子弹打出去了，他也后悔了，聂云海跟着垃圾桶后面就飞了出来。未等安德鲁重新瞄准，聂云海已经扣动了扳机。两颗子弹同时朝安德鲁的心口飞去，这家伙真不愧是杀手之王，就地一滚，子弹擦着肩头飞出了屋顶。

与此同时，安德鲁反手给了聂云海两枪。眼见得子弹就到了，聂云海往旁边一滚，子弹从他的衣服边飞过。再看安德鲁，人已从通风口处溜了。

“妈的。”

聂云海气得破口大骂了起来，能从他眼皮子底下溜走的人绝不一般。这种人一日不除，后患无穷，可现在恼怒也没有用，安德鲁已经跑远了。

来到王钦三人的面前，看着他们那副狼狈的模样，聂云海就气不打一处来。他也不去解开他们身上的绳索，先在每人的屁股上一人来一脚。

“真丢人，我怎么会有你们这样的兵。”

“嗯嗯嗯嗯……”

三人的嘴巴都被胶带封住了，谁也说不出话来，可他们腿上的伤口还在不断地往外渗血。没办法，他也只好先撕开他们的胶带，再解开了他们身上的绳索。

“啊。”

“好了，别他妈瞎叫唤了，三个对付不了一个，还都被人家给俘虏了，我不知道你们是干什么吃的。”

“老大，这家伙太厉害了，我们根本就不是对手，也只有你才能对付得了。”

聂云海也不想再跟他们废话了，他先检查他们的伤口。好在伤口都不严重，只是被安德鲁放了点血罢了。这家伙简直是在藐视国际维和战队，聂云海能感受到安德鲁在向自己示威。包扎完三人的伤口之后，聂云海起身准备下楼。突然，王钦大叫了起来，他似乎发现了什么。

“老大，血，那家伙受伤了。”

随着王钦手指的地方一看，聂云海见地上果然有几滴鲜血，这绝对不是王钦他们流的，因为安德鲁就是在这里逃走的。聂云海往前走了几步，就来到了通风口，只见铝制的通风口上也粘了一点鲜血。

“哎，还是打偏了，再下去一点，这小子就得交代在这。”

这时，谢灵运带人上来了。大家一起上前，救人的救人，止血的止血，忙活了好一阵子，这才结束。等我们的人撤离了战区，S 国警方这才赶到，聂云海心里好气，战斗都结束了他们来还有什么用啊？

聂云海很看不起 S 国的这帮警察，可他还走不了，就连 S 国的总统都来了，他把聂云海请到总统府，一住就是半个月。就在聂云海左右为难的时候，突然的一个电话令聂云海震惊万分。

“头儿，我是文强，我们队长他……”

“吴奕晗怎么了？”

“队长他……”

“发生了什么事了，你快说呀。”

“队长……他……他死了。”

“什么？”

“我们被 ISIS 武装袭击了，队长为了掩护吴平大使，光荣地牺牲了。”

听到这里，聂云海惊呆了，他手里的电话也掉地上了。这段时间以来，A 国的政局发生了翻天覆地的变化，政府军和反政府武装终于开战了。聂云海在 W 国借科尼之手干掉了黑手党人之后，反对派武装就把仇恨转嫁到维和战队身上，他们在路上袭击了我大使馆的车队，吴平大使身负重伤，虎之队受到重创，吴奕晗也光荣牺牲了。

听到吴奕晗牺牲的消息，聂云海顿时就燃起了无名大火来。他和吴奕晗既是同学，又是战友，现在他被人暗算了，聂云海又怎能不愤怒呢？

当即，聂云海就去了 A 国。一路上，聂云海不断地回忆着他和吴奕晗的过往。等他来到了 Z 国驻 A 国大使馆时，已是凌晨一点多了。看到吴奕晗的遗体，聂云海再也抑制不住悲伤的心，放声痛哭。

“兄弟啊，你看看我呀，我是聂云海，我来看你了……”

聂云海怎么也想不到，几个月以前，他刚和吴奕晗分别，现在，他再也听不到自己的声音。让聂云海愤怒的是在吴奕晗的身边还躺着几具尸体，也是虎之队的成员，他们都牺牲了。

“王贵、彭真、李天杰，你们给我起来，我命令你们起来。”

聂云海发疯一般的叫喊着，这些人都是他出生入死的兄弟，现在，他们再也无法和自己并肩作战了。

“起来，都给我起来，你们聋了吗？”

聂云海使劲地摇晃着吴奕晗的身躯，想把他拽起来。可是没有用，他早已死去多时。

“聂参，你冷静一下，吴队已经死了。”

“是啊，聂参，吴队死了。”

文强见聂云海就像疯了一般，他也傻眼了，大家都不知道该怎么办好了。聂云海根本就听不进劝告，他只是一味伤心。

等他哭累了，也哭够了，文强这才跟聂云海做了详细的汇报。事情的经过却十分的复杂，反对派武装势力对聂云海恨之入骨，恨不得杀之而后快。现在，黑手党的实力被聂云海削弱了一大半，反对派武装分子也抱怨维和战队和阿里政府走得太近。

为了给国际维和战队一个警告，反对派武装决定在半路偷袭。吴奕晗并不清楚他们的阴谋诡计，他应阿里总统的邀请，随吴平大使一起出席总统的宴会。

因为是赴宴，吴奕晗并没有带多少人出来，他们一行九人，吴奕晗和两名警卫陪着吴平大使乘坐一辆汽车，罗雯小姐和其他战士乘坐另一辆汽车。车子驶出了大使馆，一路上还算平安。

等他们来到了一个峡谷的时候，就听“轰”的一声，从山坡上射来了一枚火箭弹，直接把吴平大使的车子给掀翻了，大使当时就晕了过去。

“快，还击。”

“是。”

在这个千钧一发的生死关头，吴奕晗振臂一呼，维和战队的弟兄们就开始进行射击。吴奕晗也不顾个人的伤痛，他把一脸血水的吴平大使从汽车里拉了出来。

“掩护。”

吴奕晗一边保护吴平大使，一边战斗，行动十分的不便。高坡上的ISIS武装分子看得清清楚楚，他们对着吴奕晗和吴大使就是一阵的狂轰滥炸。

“给我干掉那个大使，他就是阿里政府的幕后支持者。就是因为他，我们的政府才变得这样的残暴，阿里才这么有恃无恐。”

这是一伙狂热分子，他们和彭斯的区别就是没道理可讲。彭斯好歹还能讲究一些道理，他们可就不一样，凡是外国军人，只要与政府有过接触，便是他们的敌人，他们就要消灭你。

ISIS 武装分子把枪口对准了吴平大使，想置他于死地。他们居高临下，火力十分强大，完全把吴奕晗等人的火力给压制住了。可吴奕晗毕竟是虎之队的队长，实战经验非常丰富。

吴奕晗先把吴平大使安置在公路一侧的深沟，让他免遭敌人的袭击。接着，吴奕晗就招呼其他的弟兄进行反击。他的枪法出众，很快就干掉了两名机枪手，一下打掉了敌人的气焰。

“指挥所吗？我是吴奕晗，我们遇袭了，请火速增援。”

吴奕晗一边呼叫援军，一边反击。指挥所里的弟兄们马上就有了回应，他们听说队长遇袭了，全部出动了。

“队长，我是柳公权，我们马上来增援你们。”

听到了指挥所的弟兄有了回应，吴奕晗的心里踏实了很多，胆气也壮实了。吴奕晗一面指挥弟兄们进行抵抗，一边等待援军。

王贵和彭真与吴奕晗他们乘坐的是一辆汽车，遇袭的时候，两人正坐在驾驶室里有说有笑的。被火箭弹击中后，两人当时就晕了过去。

战斗打响了一阵之后，王贵这才醒了过来，他一脸的鲜血。此刻，王贵也顾不得伤痛了，他首先去看彭真是否受伤。彭真和王贵不一样，他的伤势要严重得多，腿被火箭弹炸坏了，完全动不了。

一看彭真伤得太重，王贵也顾不得疼痛，先救他。王贵把彭真的腿绑住了，又检查了彭真身上的要害处，见没有致命的伤口，他这才爬出车外。之后，王贵又去拉彭真，因为彭真伤势严重，行动十分的不便。

王贵费了九牛二虎之力才把彭真弄出了汽车，两人暂时安全了，可并没有脱离战场。双方还在交火，子弹就像飞蝗一样四处乱窜。

ISIS 武装分子打了好半天，都没有击中目标，一个小头目可就急了，他亲自杠过火箭弹来，朝着车队就轰。

“妈的，我让你们尝尝飞弹的厉害。”

那家伙真狠，一火箭弹把另一辆汽车也轰倒了，幸亏大伙都下了车，不然全完了。那家伙轰了一炮之后，又朝着彭真他们的汽车轰来。

彭真和王贵正躲在废车的后面准备转移，ISIS 武装分子的火箭弹就来了。

彭真见势不好，他大叫一声就扑倒在王贵的身上。

“不好。”

“轰”的一声，汽车冒起了熊熊的大火。王贵被彭真挡了一下，没有受什么伤，彭真可就已经不行了。鲜血从他的嘴角冒出来，他已经没有知觉了。

“兄弟，你不能死啊……”

王贵从地上翻起来，看着已经没有生命迹象的彭真，痛苦不已。可他并没有脱离险境，ISIS 武装分子的子弹还在不断地朝他这边射击。

不远处的李天杰看得清清楚楚，他们的关系很要好，现在彭真死了，王贵还在对方的火力之下。李天杰再也顾不得危险了，他跳出沙丘向王贵跑去。

“火力掩护。”

冲到了王贵的身边，李天杰见彭真已死，可也不能抛下他。于是，李天杰强忍着心头的哀伤，背起彭真的尸体就准备往沙丘跑。

“掩护我。”

“好。”

王贵伤痕累累，可现在他也顾不得疼痛了。只见王贵抄起他的 95 式步枪，对着敌人就是一阵的扫射。他的枪法本来很出众，两枪就干掉了一个炮手，顿时就把敌人的火力给压制住了。

“快，快撤。”

李天杰见时机成熟了，背着彭真的尸体就跑。他已经跑出了七八步了，眼看就进入安全区了，哪想对面突然冒出了一名狙击手。那家伙的枪法十分出众，一枪就击中了李天杰的右腿，李天杰当即就摔倒在沙土上。

“啊。”

“兄弟，快爬过来，先别管彭真了。”

吴奕晗在不远处看得清清楚楚，他见李天杰也中弹了，心痛不已，这都是出生入死的弟兄。吴奕晗刚想冲出去接应李天杰，却被吴平死死地抓住了他的衣服。

“吴队长，你不能去，太危险了。”

“不行，我不能抛下我的兄弟不管。”

“那你也不能犯险了，你是这里的指挥官，你要是出了什么事，我们怎么办？”

吴奕晗和吴平大使在争论的时候，王贵却已冲到了李天杰的身旁了。王贵身上本来就有伤，再这么一冲锋，对方的子弹朝着他飞来了。他不知道，这位狙击手正是被聂云海打败了的安德鲁。

安德鲁被聂云海击中了肩膀，那家伙逃走之后，就随大卫来到了 A 国。在这里，他们经过精心的策划之后，就开始袭击吴平大使。

安德鲁本来就对聂云海恨之入骨，他自然不会对王贵手软了。王贵一出现，那家伙一枪就击中了他的脖子，子弹击穿了王贵的脖子，飞出他的身体。

王贵当时就觉得一阵的疼痛，接着鲜血就像水管一样地往外飙。他再也握不住钢枪了，双手一松，步枪掉在了沙土上。随即，王贵尖叫了一声，便倒地不起。

“啊。”

“王贵……”

大伙眼睁睁地看着王贵倒在自己的面前，可他们却一点办法也没有。吴奕晗恨得咬牙切齿的，他抄起步枪朝对方就是一阵扫射。

“狗娘养的，我跟你们拼了。”

安德鲁似乎并没有把吴奕晗放在心里，他在拿着狙击枪寻人开心。原来李天杰又爬了起来，安德鲁却不急于杀死他。

“小子，我就陪你好好玩玩。”

安德鲁见李天杰艰难的站起来了，他又开一枪，击中了李天杰的左腿，李天杰又一次倒了下去，可他并不认输。

“狗娘养的，想阻止我，没门。”

李天杰咬紧牙关，在地上一点一点地往前爬，即使这样，他也没有放弃彭真的尸体。安德鲁望远镜里看得清清楚楚，他又开了一枪，这一次却打在了李天杰的右手臂上，使得他没有力气往前爬了。

李天杰真是好样的，都伤成这样了，他依然没有放弃。就见他叼住了彭真的衣服，用左手继续往前爬。这一刻，虎之队的弟兄们都停下了射击，大家齐声的呐喊着。

“天杰，加油，加油啊。”

此刻，这已经不是打仗的事情了，而是一种军人的气节。这是我们 Z 国军人在强敌面前的一种顽强的战斗力，一种视死如归，永不言弃的精神。

“妈的。”

安德鲁彻底地愤怒了，他没有想到自己会面对着钢铁一般的战士。子弹虽然锋利无比，可是你永远无法摧毁Z国军人的意志。这一次，安德鲁没有再射李天杰的左手了，他直接击中了李天杰的脖子。

“啊。”

李天杰惨叫一声，再也起不来了。所有战士都哭了，大家被李天杰的精神感动了。可是，安德鲁并未就此罢手，他把对聂云海的怨恨全部转移到了李天杰的身上。

“去死吧。”

安德鲁发了疯似的对着李天杰的尸体开了一枪又一枪，他的行为激怒了所有的人，吴奕晗再也忍耐不住了。他一把推开了吴平大使，飞身跳出了战壕。

“我操你姥姥，老子跟你拼了。”

队长都拼了命了，其他人就更不怕死了，大家操起家伙就往前冲。虎之队的士气顿时就上来了，子弹朝着敌人阵地射去。

吴奕晗已杀红了眼，他不顾危险向安德鲁杀去。他对着安德鲁就是一阵突突，打得安德鲁抬不起脑袋。可ISIS武装分子人多势众，他们见战局发生了变化，立刻就调转了枪口。

“给我打，就打那个领头的。”

这样一来，这些ISIS武装分子把枪口就对准了吴奕晗，他们不分青红皂白地就是一阵乱射。吴奕晗虽然穿了防弹衣，可敌人密集的扫射，打在他的手臂和大腿上，他再也坚持不住了。

“啊。”

吴奕晗中了枪，他的身子一软，人就栽倒在沙土上。大伙的心立刻就揪在一起了，吴奕晗是他们的队长，队长要是死了，战斗还怎么继续啊。

“队长。”

第 79 章　王的陨落

乱战中，吴奕晗被 ISIS 武装分子打了数十枪，可他却更加愤怒了，他一边号叫着，一边还击。

“狗娘养的，来吧，爷爷教你们怎么打枪。”

就见吴奕晗浑身淌着血，一双血红色的眼睛，恨不得把这些人都给生吞活剥了。

“来吧，孙子，爷爷在这儿了。”

吴奕晗真不含糊，都伤成这个样子了，他还干掉了四五个敌人。这些 ISIS 武装分子本来就是一帮乌合之众，和阿里的政府军一交手便四处溃退。

他们何曾见过这么顽强的人，顿时，这伙 ISIS 武装分子就没有了士气。打仗本来就是打士气，两军对垒勇者胜，ISIS 武装分子被吴奕晗给吓破了胆，许多人干脆丢下武器准备逃跑。

“妈呀，这还是人吗？”

“太可怕了。”

“快跑。”

不知道是谁带头吆喝，这些 ISIS 武装分子纷纷向后逃窜，战场的局势立刻就扭转过来了。

“回来，都他妈给我站住。”

大卫可急了，战场上只剩下他和几名黑手党成员了，他们根本就不是虎之队的对手。大卫刚想要阻止这些溃逃的人，却被吴奕晗的子弹射中了手臂。

“啊。”

“不行了，教父，我们也逃吧。”

“他妈的，全他妈是一帮废物，他们只剩这几个人了。”

“不行啊，那家伙不是人，杀不死的。”

黑手党人也害怕了，ISIS 武装分子的恐惧心已经传染到他们地身上。大卫心有不甘，眼看着虎之队就要被歼灭了，结果却功亏一篑。

吴奕晗依旧手握钢枪，一步一步地向敌人的阵地上走去。半山腰上的敌人一边逃跑，一边进去还击。此刻，他们已经不是在打仗了，子弹全都是朝天放的。

“很好，这样的对手才配死在我的手上。”

就在敌人几乎放弃了抵抗时，只有安德鲁一个人还在静静地等候着。他对眼前的这位对手充满了敬意，如果不是聂云海杀了他的弟子，他或许想和这样的人交朋友。最终，安德鲁还是扣动了扳机。

“啊。”

子弹击中了吴奕晗的肩胛骨，他的身子剧烈的一震，可他并没有倒下去。接着，第二颗子弹又到了。这一次，安德鲁打中了吴奕晗的脖子。子弹击穿了吴奕晗的脖子，形成了一道血线飞出了他的身体。这是安德鲁的招牌动作，他喜欢以这样的方式杀死对手，既可以一招致敌，又减轻了对方的痛苦。

吴奕晗仰面栽倒在沙地上。他手中的步枪也掉在一旁，鲜血染红了沙土。这一次，吴奕晗没能再爬起来，他永远的闭上了眼睛。

“队长……”

“吴队……”

“小吴……”

大伙眼睁睁地看着吴奕晗死去，他们再也顾不得敌人的子弹了，全都冲出了沙丘，冲到了吴奕晗的跟前。吴平大使更是强忍着伤痛，他抱起吴奕晗的尸体痛哭了起来。

“小吴，你不能死啊，你快起来呀，跟我一起杀出去。”

“狗娘养的，老子跟你们拼了。”

虎之队的成员发疯似地冲向了安德鲁，子弹像暴风雨般的向敌人的阵地上射去。安德鲁虽然强悍，可在强大的火力下也难以抬头。

紧接着，就听见山坡的一侧枪炮齐鸣，四五辆装甲车朝着半山坡就是一阵的狂轰。那是我们的援军到了，他们在副队长林栋的指挥下冲进了战场。

援军一来，ISIS 武装分子可就惨了，马上就成了炮灰。炮弹从他们的头顶上飞过，炸得山坡上尘烟四起，更炸得这些家伙哭爹喊娘，胳膊、大腿也被炸得漫天飞舞。

安德鲁很狡猾，他见炮弹飞来了，赶紧潜伏在沙土里，等炮火一停，就抱着他的狙击枪悄悄地溜走了。身旁的大卫看得明白，他见安德鲁跑了，也跟着溜了。

“停火。”

林栋见山坡上已经没有了火力，这才停止了进攻，他亲自带人上前来视察，就见地上躺了一地的死尸。有些命大的也被炸得缺胳膊断腿的，躺在地上哀号。

当林栋看到队长吴奕晗的时候，脑袋瓜嗡的一声，他如同被电击一般，一片空白。

“吴队，老吴……你这是怎么了？你不能死，你他妈给我起来，我们还要听你指挥了。”

任凭林栋怎么呼喊，吴奕晗都没有回答，永远地回答不了了。弟兄们哭了，眼泪顺着脸颊往下流，在脸上形成了一条泪痕，那是虎之队伤心的泪珠。

“立正——稍息——请队长回营。”

“请队长回营。”

兄弟们用国旗盖住了吴奕晗等人的身躯，抬着他们上了装甲车，用最隆重的礼仪来慰藉他们的队长。接着三声炮响，虎之队这才缓缓地驶回驻地。

“集合。”

听完文强的讲述之后，聂云海便已冲出了房间，他从司号员的手中夺下了军号，亲自吹起来了集合令。弟兄们不知道发生了什么，一个个从四处跑来，到了操场上一看，都惊呆了，今天吹集合号的竟然是参谋长。

“上车，随我出征。”

聂云海永远就是这么简单，没有太多的话语，也不需要过多的语言。在聂云海的心里，凡犯我 Z 国者，虽远必诛。所以，聂云海什么也不说，带着弟兄们就冲出了 Z 国驻 A 国的大使馆，直奔叛军的指挥部而去。

叛军的指挥对聂云海来说再熟悉不过了，他在这里待了好多天，对这里的地形也非常地熟悉。他们的火力、兵力部署，他都了如执掌。我们的装甲车驶过了政府军的防区，从市中心的广场驶过，直接就穿过了叛军的阵地。那些叛军一见是国际维和战队的人，一时不知所措。

“开火，别让他们闯进来。”

等虎之队车越过了叛军的防线的时候，他们这才想起要反击。但已于事无补了，虎之队可不是政府军，战斗力非常强悍，何况还是聂云海亲自指挥。

“开炮，开炮，开炮。”

聂云海见这些家伙竟敢朝自己开火，就果断下令还击。这下可好玩了，数十发炮弹朝着敌人的阵地轰来，打得对方竖起了白旗为止。

“别打了，我们投降，我们投降。”

这些家伙真的很可笑，平日里耀武扬威的，今天在虎之队的炮火下，很快就放弃了对抗。

聂云海没费劲就突破了叛军的第一道防线，他带着虎之队的弟兄闯进叛军的临时指挥部时，这些人还在里面庆贺他们偷袭成功了。

对于反对派来说，此次偷袭虽然损失了不少兄弟，可也重创了维和战队。他们打死了虎之队的队长吴奕晗，重伤了 Z 国大使，在国际上提高了他们的声望，也使得背后的支持者看到了希望。

“来，教授，为我们的胜利干杯。”

里克眯缝着眼睛向安德鲁敬酒，他是这里的最高指挥官。这次偷袭大使馆车队就是里克的主意，他恨聂云海，恨他不该戏耍他们，他更恨吴平大使不该与阿里政府走得那么近。所以，他这才要出手教训一下维和战队。

“不，里克，我们没有胜利，我们失败了，我们死了那么多的弟兄，可对方才死了二三个人。现在还不是庆祝的时候，等我把聂云海的脑袋拧下来，那时，我们再庆贺也不迟。”

“哎，教授，你太较真了。不就是一个 Z 国上校吗，有什么好忌惮的，他和那个死去的队长有什么区别呢？迟早还不是要死在你的枪下。”

“不不不，里克，你太不了解聂云海了，他可不是一般人。我跟他交过手，那家伙的枪法快得出奇，鬼点子也多。当初，我抱着和你一样的想法，结果怎么样？”

“怎么样？”

“他在我的肩膀上钻了个洞。”

索菲正和大卫在一旁说情话，她听到安德鲁埋怨的话，就朝安德鲁走来，道：“教授，你这是怎么了？一个聂云海就让你怕成这个样子了吗？要我说啊，你还不如一个女人，我怎么就不担心他会把我怎么着呢？”

“这个……”

被索菲这么一说，安德鲁的脸上有些挂不住了，他红着脸，说道：“女士，我不是怕他，我觉得还是谨慎一点的好。这个上校可不是一般人，他可是 Z 国的王牌，和这样的对手交手，稍有不慎就会陷入万劫不复之地。”

“哈哈，教授，你这是怎么了？你可是世界之王啊，别说他是 Z 国兵王了，就是克格勃又能奈你何？”大卫也凑趣道。

里克大言不惭道：“教父说得对，不就是一个上校吗？有什么了不起的，要是遇到了我，我照样要他小命。”

四人正调侃了，突然，外面传来了一阵枪声，紧接着从外面又闯进来一伙衣冠不整的士兵，都是灰头土脸的模样，一看就是刚吃了败仗。

“不不不……不好了。”

“干什么？越来越没规矩了，不知道这是指挥部吗？”

“不好了，司令员，我们的阵地失守了。”

“什么？”

“维和部队杀过来了。”

“谁？”

“聂云海。”

“啊。”

前一秒，这些人还都在一起调侃来着，这会儿一听聂云海带人杀过来了，都吓得几乎要钻桌子底下去了。到此刻，里克也不再抖威风了，他的酒气也醒了。

“快，给我顶住。”

还没等这些人冲出去，维和战队的兄弟就杀到了。冲在最前面的就是林栋，他是虎之队的副队长，还是吴奕晗的好哥们。吴奕晗死了，他恨不得将仇人碎尸万段。战斗一打响，林栋就如同一只猛虎一般的冲入了敌人的阵地。

“弟兄们，为吴队报仇的时刻到了，冲啊。”

林栋打仗有个习惯，他都是一挺冲锋枪，一口大刀。他先是用冲锋枪一阵扫射，打得这些叛军四处逃散。到了近前，他背上的大片刀可就发挥了作用，这一顿削，当时就砍翻了七八个。

这些人都见识过林栋的那股狠劲了，他一来，这些人一窝蜂似地就逃散了。有一个黑小子可能是吓破了胆了，他竟然往林栋怀里撞，林栋也不客气，抬起右手，“咔”的一声，就把那人的脑袋给砍落在地。

里克没跟林栋交过手，不知道他的厉害。他眼里只有一个聂云海，只要不是聂云海本人，其他人他都不放在眼里。因此，他可尝到了苦头了。这家伙见对方只来一个人，他可就有些飘了。

“小子，看枪。”

里克伸手从腰间摸出一把柯尔特 11，照着林栋的脑袋就是一枪。也可能是里克的酒气还未完全散去，又或者是林栋的命真大，近在咫尺，他竟然打偏了。枪声一响，林栋也不再发傻了，他急忙往地上一滚，人就躲到了墙柱子后。

“啪啪啪。”

里克连续三枪都打在了墙壁上，打得墙壁上的层土飞扬。林栋见墙柱子已无法藏身了，飞身跃过了茶几，人就躲到了沙发后。

“啪啪啪。”又是三枪，打得棉絮乱飞，可里克手枪里的子弹也打光了。

“妈的，我就不相信打不到你。”

里克一连打了七枪都没击中林栋，他可就有些恼怒了。可这是战场，哪容得你走心了。林栋早就做好了准备，就在里克动手换弹夹的时候，林栋一个鲤鱼打挺就从地上跳了起来。接着，林栋又是一个冲天式，他的身子就像弹簧一般射向了里克。里克刚退掉了空弹夹，正准备上新子弹，林栋的大刀片就到了。

“啊。”

就听“咔嚓”一声，里克就被林栋一刀劈死在地。里克一死，可惹恼了一旁的安德鲁。

“好小子，想不到你这么猖狂，看来非得我亲自动手不可了。”

说着，安德鲁就已经到了林栋的跟前了。你别看林栋出手不凡，真跟安德鲁相比，他还差得远呢。果然，两人一交手，林栋就吃了大亏。

“少说废话，看刀。”

林栋还是用他的大刀来对付安德鲁，他先是劈头三刀直剁安德鲁的脑袋。安德鲁并不惧怕，他只轻轻一闪身，人就转到了林栋的身后去了。

“啊，不好。”

林栋一连砍了三刀都没砍着安德鲁，他心里就发慌了。可打仗就是这样的，容不得你分神，何况对方还是杀手之王。

“小子，躺下。”

安德鲁真不愧为杀手之王，他一出手就不同凡响。就在林栋站立不稳之时，安德鲁在林栋的后心上一削，他就重重地摔倒在地。

“回光返照绝命刀。”

林栋也不简单，他在倒地的那一刻，反手就是一刀，直奔安德鲁的肚子刺去。杀手之王就是不一样，没等林栋的刀到近前，他先是一个擒拿，随后用膝盖一顶，林栋老老实实成了俘虏，他手中的大片刀也到了人家的手里了。

“小子，你闭眼吧。”

说罢，安德鲁高举着大片刀就要往下落，林栋一看没有希望了，干脆闭上眼睛等死算了。就在这千钧一发之际，聂云海赶到了。他一看林栋的小命要不保了，也就顾不得其他了，抬手就是一枪。

“啪”的一声，聂云海这一枪击中了安德鲁手中的大片刀，把它弹出去一丈多远。安德鲁正聚精会神地在对付林栋，没防备聂云海，等他手中的刀也撒手了，他也看明白了。

“啊。”

到现在，安德鲁已经顾不得地上的林栋了，他身子往前一蹿，一个滚地雷，人就躲到了水泥柱后头了。与此同时，安德鲁掏出了身上的短枪，回身就是两枪，射向了聂云海。

“哈哈，上校，我们又见面了。”

聂云海自然不会这么轻易就让他给击中了，他纵身一跳，身子从半空中跃过，仿佛一道美丽的风景线从眼前划过。安德鲁还是慢了一步，他的子弹打出去，聂云海也躲好了。

“教授，你还好吗？身体是否已经恢复了？”

聂云海有意要气一气安德鲁，又提起了他的伤来，这让安德鲁更发狂了。

“上校，今天我要报一枪之仇。”

“不不不，教授，我劝你还是不要再玩枪了，上次的教训你不记得了？再出手，可就不是给你肩膀上留个洞那么简单了，弄不好你一辈子的名誉就毁了。”

“放屁，鹿死谁手还不知道呢。”

安德鲁恨得牙根直痒痒，可他也拿聂云海没有办法，刚一冒头，聂云海就下死手了，吓得他赶紧又把脑袋缩了回去。

林栋以为准死无疑了，哪知道聂云海赶到了。这小子睁开眼睛一看，见安德鲁被聂云海的火力压制得抬不起头，顿时就来了劲了，笑道：“哈哈，安德鲁，你现在该知道谁才是真正的杀手之王了吧。”

林栋有点高兴过了头，他就忘了这是在人家的地盘上，虽然叛军吓得四散奔逃，可大卫还在。他见安德鲁变得十分被动，就想要过去帮忙。刚好，林栋还躺在地上，他就把怒火烧向了林栋。

“去死吧。”

大卫一梭子过去，吓得林栋屁滚尿流，他赶紧从地上爬起来，抱着脑袋就跑。可能是他只顾跑了，竟忘了自己身上还背着一把突击步枪了。

“哎哟，妈呀，可要了我的老命了。”

林栋被大卫逼得满屋子乱跑，眼看着就要有生命危险了，聂云海一看不出手不行了，他就放下安德鲁，回身朝大卫开了两枪。大卫一直做着防备呢，他就怕聂云海突然袭击他，可还是中了弹，子弹从大卫的头皮滑过，吓得他趴地上不敢起来。

“啊。”

聂云海见击中了大卫，心中大喜，就准备再补一枪结果了他的性命。可一旁的安德鲁却不干了，他瞧准了机会，照聂云海的后背就是一枪。一旁的林栋看得真切，吓得都闭上了眼睛，但聂云海早已飞身跃过了一旁的吧台。

安德鲁一连击出五颗子弹，都没有击中聂云海。子弹打在酒柜上，打碎了柜子上的酒瓶，弄得葡萄酒漫天飞舞，好像一道绚丽的彩虹。

大卫虽然捡回了一条命，但伤得很重，行动十分不便。索菲虽然是一介女流，头脑可不简单，她早看清楚了形势，这里已经守不住了。于是，趁着大乱的时候，索菲抓住大卫胳膊就走。

“走。”

两人一走，林栋可就不干了，他摘下突击步枪就追了出去。

“想走，门儿都没有。”

这些人都走了，偌大个指挥部就只剩聂云海和安德鲁两个人了。从表面上来看，安德鲁占了先机，他追着聂云海的屁股打。聂云海被他撵得满屋子乱转，从一个角落蹿到另一个角落，脚跟还没站稳，安德鲁的子弹又到了，没办法，他又得躲开了。

就这样，两人在大厅追逐了起来。起初是安德鲁撵聂云海，等他把子弹打光了，就变成了聂云海在撵安德鲁了。撵来撵去，到最后，聂云海手里的子弹也打光了。

“哈哈，上校，我看你还拿什么来跟我打。”

跑了几圈之后，安德鲁冷笑着从墙角里走出来，手里不住地把玩着一把折叠刀。

“教授，你不该蹚这趟浑水的，这不是你该来的地方，你更不该杀害我兄弟。所以，我不会放过你的。”

说着，聂云海丢掉了手中的空枪，他把身上的外套也脱了，随时做好应战。

“没错，我杀你兄弟，可你也杀了我的弟子。今天，咱们俩只有一个人可以活着离开，但那个人一定是我。”

“教授，我听过你的大名，也知道你的历史。但这不是海湾，我也不是伊拉克人，我是 Z 国军人。”

“有什么区别呢？死在我刀下的人也不只你一个，你也不是身份最高的一个。但是，你却是我最想要杀死的那一个。”

“教授，你太自信了，自信过了头可不好，它会要了你的命。”

“少说废话，看刀。”

说着，安德鲁猛地向上一扑，如同饥饿的老鹰扑向了猎物。与此同时，安德鲁手中那柄锋利的折叠刀也刺向了聂云海的胸膛。尽管安德鲁来势汹汹，可聂云海不是野兔，他可是一只猛虎，一个身经百战的兵王。

眼看着折叠刀已刺破了聂云海的衣服，正要往他的胸口扎的时候，聂云海一把攥住了对方的手腕。瞬间，安德鲁的手腕可就动弹不得了。

“教授，这可不是派克笔啊，这是杀人的凶器，不是你这种知识分子可以玩的哦。”

“去死吧。”

聂云海还挺坏，他有意地想气一气安德鲁。安德鲁还真上了他的当，他深吸了一口气，再一使劲又扎上了。但一切都是枉然，聂云海没有再给他机会了。

“对不起了，教授，这是替吴奕晗扎的。”

说着，聂云海单手一较力，他把安德鲁的手腕就给扭转了过来。就听见“噗呲　一声，折叠刀直刺入安德鲁的心窝。

“我……”

“这是替王贵扎的，还有李天杰的。”

没等安德鲁反应过来，聂云海又在他身上扎了两下。再看安德鲁的模样，已经没有了之前的神气了。扎完最后一刀之后，聂云海就不再理会了。

安德鲁的身子慢慢地倒了下去，他直挺挺地躺在地板上，到死都没能闭上眼睛。折叠刀就插在了安德鲁的心口上，鲜血已经染红了他的外衣。他还没有死，从他的蓝眼睛里可以看到恐惧。

聂云海没有离开，他也没去管躺在地上的安德鲁，他走向了柜台。到了前台，聂云海轻轻地推开木制小闸门，迈步走了进去。

此刻，天光已经大亮，指挥部里一片寂静。聂云海坐在服务员的位置上，他一边欣赏着清晨的霞光，一边喝着血红色的葡萄酒。

很快，从外面传来了一阵嘈杂的声音，接着又进来了一大群人，有维和战队的弟兄，也有A国的政府军。

“快，夺回失地。”

说话的是沃克将军，他是A国的军方代表，他们被反对派揍得不敢出头了。之前，沃克就希望通过聂云海的力量来打败叛军。

“哈哈，上校，你真是天神一般。”

和聂云海的失望形成鲜明对比，沃克却非常开心，这一战就占领了叛军的指挥部，这是多大的功劳啊。

第 80 章　单刀赴会

到现在，政府军可就肆无忌惮了，打仗不一定行，抢东西可比谁都厉害。好不容易占领了叛军的指挥部，这么好的机会岂能错过，便大肆地掠夺起来。

“酒，哈哈，我最爱喝酒了。”

“还有雪茄。”

“哇，这么多钱啊，发财了。”

“这是我的……”

“我先看到的。”

“不准抢，一律充公。”

到现在，这些人都红了眼，即使是沃克将军的命令，他们也都充耳不闻。其实，他们抢夺的这些美钞不过是一堆废纸，这都是黑手党制造出来的假钞，一点价值都没有。

这个临时指挥部还不如说是制造假钞的窝点，聂云海很清楚，之前，他就是从这里去的 W 国。看着这些比海盗还蛮横的士兵，聂云海也是醉了。他都不知道来此地的意义何在了？替这些人卖命值吗？说不值，吴奕晗等人还丢掉了性命。

“上校，对不起，麻烦你起来一下，你坐的椅子不错，我正好搬回家去用。”

“对不起，我妨碍到你了。”

聂云海倒也挺配合，他从柜台里走出来，只拿了一瓶法兰帝。尽管他给吴奕晗几人报了仇，可他一点高兴劲也没有。反而，聂云海感觉到无比的伤痛，他一个人坐在台阶上喝着闷酒，回想着往昔美好的岁月。

人生漫漫，有太多的不易，相识是一种缘分。聂云海与吴奕晗不仅相识，还相交和相知。他们从同学到战友，从校园到军营，从训练场到战场，经历了生生死死，这更是一种机遇。想起过往的一宗宗一件件往事，聂云海的眼泪不自觉地就掉下来了。

“头儿，出大事了。”

就在聂云海陷入回忆时，外面却跑来了三个人，都是墨黑的肤色。为首的那人衣着非常讲究，他一身的名牌，脖子上还挂着一根拇指粗细的大金链子。

聂云海侧头望去，见面前站着的正是博哈姆、麦哈达和阿萨姆，说话的是阿萨姆。不用问，他把聂云海给他的钻石都花在了自己的身上了。

“你们怎么来了？发生什么事了？”

“哎哟，我的上校，你还不知道呢？你兄弟出事了。”不等聂云海反应过来，博哈姆拉着就走。

“我的兄弟？”

麦哈达赶紧解释道：“是这样的，你们维和战队的兄弟被黑手党抓走了！”

“确切地说是被大卫抓走的。”阿萨姆补充道。

“啊。”

聂云海马上就想到林栋，他去找大卫报仇，结果跑到人家的窝里去了。叛军策应地在城外的山坳里，大卫和索菲逃出来以后，就准备撤回来，在城门口他们遇到了十几个黑手党人，这一下，大卫的胆子可就大了。

“弟兄们，给我干掉这个尾巴。”

“是。”

大卫一声命令，他的手下马上就做好了战斗准备。正在这时，林栋也杀到了。索菲在旁边看得真切，她见来的只有林栋一个人，马上就有主意了。

“慢着，抓活的。”

“是。”

索菲想得挺好，她要活捉林栋去要挟聂云海。不等黑手党这帮人上前，林栋就已经下家伙了，他一梭子过去，当时就放倒了二三个。

如此以来，双方又陷入了僵持，可他追得挺急，把虎之队的兄弟们都甩得老远，直打得他弹尽粮绝。

“弟兄们，他没有子弹了，抓活的。”

“杀呀。”

林栋还想逞能，没想到黑手党人一拥而上，把林栋按倒在地。到了现在，他即使是头猛虎，也无力反抗了。

“干什么？仗着你们人多啊，告诉你们，爷爷不是被吓大的，有种咱们一对一，真把爷爷放倒了，杀剐存留你们随便。可这样玩，爷爷不服。”

被抓了林栋还叫个不停，可把索菲气坏了，她上前就给了林栋两个嘴巴，打得他眼冒金星。

“你……”

“闭嘴，再废话我就宰了你。”

你别看索菲是个女人，但现在她完全就是一只母老虎。就连林栋这样的猛将看到她，都发怵。其实，这就是索菲的本色，“死神”的称号那可不是白叫的。

说起索菲家族，他们是南美洲最大的贩毒集团，早在 20 世纪二三十年代，他们就已横行整个美洲大陆了。在索菲的爷爷那辈，是他们家族的巅峰时期。她爷爷叫巴勃罗•埃斯科巴，是哥伦比亚大毒枭，也是史上最大的毒贩。他靠可卡因起家，其资产总值更是打入全球富豪榜，在 1989 年的《福布斯》富豪榜中排名全球第七。

埃斯科巴之所以横行无忌，靠的就是他有一支由四万人组成的私人军队。他的专机叫“云雀”，原属 G 国海军，配有多管火箭筒及响尾蛇导弹，号称“空中坦克”。埃斯科巴出动三架战斗机把“云雀”迫降在自己的飞机场，成为他的私人专机。

不仅如此，埃斯科巴还是有史以来最嚣张的毒枭。逮捕他的警察，不出三天就被人射杀；审判他的法官，妻子被玷污后，还把她的内衣和内裤寄到法官的办公室；通缉埃斯科巴的 G 国总检察长，反被他悬赏 1 亿美元捉拿，最后横尸街头。

善恶到头终有报，即使再强大的毒王埃斯科巴，也有灭亡的一天。1993 年 12 月 2 日，在毒王埃斯科巴 44 岁生日的当天晚上，国际刑警在卧底的帮助下，成功地杀进了埃斯科巴的老巢，当场击毙了埃斯科巴。

就这样，一代毒枭埃斯科巴在统治了整个毒品王国二十年之际，终于倒了下去。之后，埃斯科巴的家族开始分散在世界各地，到了索菲的时代，已是强弩之末。

“走，去救人。”

聂云海是个火爆脾气，他眼里从来都容不得沙子。他早就容不下大卫和索菲了，何况大卫手上还沾满了维和战队的鲜血。

“对，救人去。黑手党也太过分了，连国际维和战队的弟兄也敢抓，我看他们是活腻歪了。”博哈姆是个不嫌事大的人，他一听说要去救人，当时就来了兴趣。

“好，我来带路，我知道他们把人关在哪儿了。”麦哈达就更来劲，转身就走。

“我去开车。”

阿萨姆也不甘示弱，说着，大家都上了车了。这三个活宝本来就是叛军的人，对于道路自然熟了，不用多久，四人就来到了叛军的据点。

在这里，反对派驻扎了大批的武装势力，有SISI武装，也有黑手党，鱼龙混杂。总指挥就是彭斯，他最近不知道干什么去了，就像风一样的凭空消失了。汽车刚拐过山口，就被哨兵给拦截了。

“停车，别往前行驶了，这里是军事区，再往前我可开枪了。”

阿萨姆一听就不乐意了，本来他和这些人称兄道弟，一转眼，他们就翻脸不认人了。

“别开枪，是我，阿萨姆。”

“阿萨姆，是你呀。对不起了，兄弟，上头发了话，凡是进出的车辆，必须接受检查。”

说罢，哨兵就把路卡给放了下来，紧接着从岗哨里面走出两个背AK47的家伙。这两人阿萨姆都认识，而且相处得还不错。走在前面的叫马尔塔，是一个泥匠，在他身后的是铁匠罗孚，他们都是因为没饭吃才跟着一起造反的。

“你他娘的个泥腿子，一天没收拾你，你就成精。我刚从里面出来，还没有一泡尿的工夫，你就跟我说要检查。谁下的命令，你把他叫出来，看我怎么收拾他。”

阿萨姆真就较上劲了，坐在副驾驶上的麦哈达也来气了。他跳下车，两步就来到了泥匠马尔塔的面前，指着他的鼻子就骂。

“好你个马尔塔，你真把自己当根棍了，在班的谁不认识我们三剑客啊，就是总指挥在，他也得给我们一个面子。”

麦哈达以为他吹牛吹得够大的，哪知道这两位完全没把他们放在眼里。小铁匠罗孚是个火爆子脾气，他也不打招呼，上前就把麦哈达给按倒了。

“瞎嚷嚷什么呀？这是革命军指挥部，上头已经指示过了。现在是非常时期，凡是进出的车辆一律接受检查，尤其跟聂云海关系比较近的人，更不得马虎。”

“干什么？干什么？我可是革命军啊。”

“对不起了兄弟，说的就是你。”

阿萨姆在车里看得清清楚楚，他见好兄弟被擒住了，可不干了。所以，阿萨姆跟谁也没打招呼，提着家伙就下去了。

“不许动，放了我兄弟。”

这样一来，事情可就闹大了，泥匠马尔塔也把枪端起来。顿时，空气中就弥漫了浓浓的火药味。

“阿萨姆兄弟，你要干什么？快把枪放下来。”

“去你娘的，马尔塔，我可告诉你啊，别把老子惹急了。真惹得我性起，我把你们都突突了。”

这么一闹，院子里面的士兵可就发现，这些人端着枪就出来了。眼看着事态变得不可收拾了，聂云海可就坐不住了，他也下了车。

“不用忙了，告诉你们的负责人，就说聂云海到了。”

聂云海一出现，这些人就更紧张了，都把枪口对准了他。聂云海哪会把他们放在眼里，他连眼睛都懒得瞟一下，就站在大路上一动不动。

叛军当中有一个机灵鬼，马上就跑回指挥部去报告了。时间不长，从里面走出一队人马，全都是清一色的 AK47 配置。这些人一来，立刻就摆出了双龙出海的阵势。接着从身后走出一名穿红色飘裙的女子，她就是第三代大毒枭索菲。在索菲的身后还跟着一个男人，黑手党的新教父大卫。

大卫的伤已经包扎好了，看样子他的精气神不错，仗着有军队撑腰，他是满脸的杀气。索菲与大卫的表情不同，她满脸的笑容，跟朵桃花似的。

“亲爱的，你来就来呗，干嘛动怒啊。”

聂云海看了看索菲，又看了看站在她身后的大卫，冷冷道：“索菲，我今天是来问你要人的，你抓了我的兄弟，这事可不好办。”

“不错，人是我抓住的，就关在后面。但你带不走，不光你的人你带不走，今天连你也走不了。”

“大卫，咱俩的账有的算，一会就到你了。”

“可别呀，干嘛还要等呢？我现在就站在这里了，你不是要找我算账吗？

来啊。”

现在大卫可嚣张了，简直天底下都装不下他了。阿萨姆这会来劲了，打仗他不行，斗嘴可是他的强项。这家伙早就憋不住了，没等聂云海发话，他就站出来了。

“哎呀呀，我当是谁呢，原来是手下败将啊。大卫呀大卫，别以为你当了个教父就了不起，告诉你，打仗老子就没怕过谁。科尼怎么样？还不是一样被我赶下了台。”

大卫本来就憋了一肚子的气，居然被一个小瘪三给讽刺了一顿，脸上就挂不住了，当即拔出手枪，指着聂云海恶狠狠道：“行啊，上校，你不是要救你兄弟吗，来啊，有胆子就跟我走。”

大卫的目的很明确，就是要利用地理优势和叛军背景给聂云海下套，让他自己钻进陷阱里。谁都看得出来，就连博哈姆这个只知道吹牛的家伙也明白。于是，不等聂云海发话，他首先站出来说道：“好小子，你都设下陷阱等着我们了，上校，你可别听他的，咱们不上这个当。”

要是一般人还真就不会进去了，聂云海偏就不信邪，越是龙潭虎穴，他越要闯一闯。不等博哈姆反应过来，他已经迈步走了。

“前面带路。”

“请。”

聂云海真有胆量，孤身一人闯进了叛军的指挥部。博哈姆、麦哈达和阿萨姆可傻眼了，他们万万想不到聂云海真敢进。就连一旁的索菲对他也是又爱又恨，她打心眼里佩服聂云海的胆气，可她又恨聂云海不识趣。但到现在，她也没有什么好牵挂的了，跟着也进去了。

“完了完了，咱们老大要挂了。”他们一走，博哈姆心里可就没底了，他还挺难过的。

“可不是呢，咱们老大什么都好，就是脑瓜子有点不灵光。”到现在，麦哈达已经恢复了自由，他一边摇头一边感慨道。

“还站着干什么？老大都进去了，咱们也进去呗。”阿萨姆倒挺够义气，他竟然不害怕了。

“走。”

有阿萨姆在前面领头，博哈姆和麦哈达的胆子也就大了起来。进了叛军的指挥部，这是一个独立的大院子。当中是一栋三层楼高的洋房，在院子当中还有一个巨大的空地，上面停着四五辆汽车，都是改装过的战车。

聂云海一边往里面走，一边用余光观察四周的地形。现在，大卫可就神气了，他一副胸有成竹的模样，道："上校，我们司令员就在二楼办公室。"

聂云海也不客气，迈开大步就上了楼梯。楼梯口站满了人，这些人每人都抱着一挺 AK47，怒气冲冲地看着聂云海。聂云海没有理会，直接进了指挥部。

"报告总司令，有客到。"

指挥部门前的侍卫大叫了一声，接着，他就推开了指挥部的大门。聂云海抬头往里一瞧，就见房间里站了一排的士兵，都端着枪。在这些人中间还站着一个身材高大的汉子，他身上挂满了勋章，不用问，他就是叛军的总司令努哈齐。

"上校，你可不够意思啊，我把你当上宾，可你转脸就来对付我们。你的部下杀死了我弟弟，这笔账怎么算？"

叛军总司令努哈齐横眉怒目的看着聂云海，他身后的那些武装人员更是把枪口都对准了聂云海，做好了随时开火的准备。聂云海毫不畏惧，他脸上的神情非常自然。

"将军，这就是你的待客之道吗？不管怎么说，我现在是你的客人，你不请我喝杯茶也就算了，至少该请我进去坐一坐吧。我们 Z 国有句名话叫有朋自远方来，不亦乐乎，咱们有什么不可以坐下来商议的呢？"

"这个……"

努哈齐没想到聂云海会如此冷静，他打心眼里佩服他的胆识。为此，努哈齐假意清了清嗓子，道："上校先生，请了。"

"哎，这就对了，动武是解决不了问题地。"

说着，聂云海就进了努哈齐的办公室。此刻，努哈齐的脸上还有几分的不自然，但他挺会掩饰的，自己给自己找了个台阶下。

"上校先生，我非常地欣赏你，即使在这个敏感时期。我的态度依然很明确，只要你们不支持阿里政府，我们依旧还是朋友，过去的不快一笔勾销。"

聂云海早就想到了这一层，不然他也不会贸然前来，但现在他最关心的还是林栋的安全。因此，聂云海稍加思索，道："将军，在没有确定我的人是否安全之前，我什么都不能承诺你。"

努哈齐见聂云海的话语似有松动，心中大喜，于是就对身后的两名保镖说道："去，把人带过来。"

"是。"

保镖应声而出，不一会，就听见脚步声传来，接着从外面走进来三个人。说是走进来还不如说两个人架着一个伤号进来的，聂云海一看林栋被折磨的样子，一下就按捺不住心头的怒火了，他急忙站起来，两步就窜到林栋的跟前。

"兄弟，你怎么弄成这个样子了？"

聂云海还想去解开林栋身上的绳子，大卫可就不干了，他急忙拦住了聂云海，道："慢着，上校，这不合规矩吧。"

本来，事情就是出在大卫的身上，现在他又站出来阻拦，聂云海对他自然就没好脸色了，沉着脸色道："将军，我现在代表 Z 国政府来和你们谈判，他算个什么东西，也配跟我说话。"

聂云海这话可就不好听了，在这里的都是一些有头有脸的人，聂云海一点面子也不给大卫留，顿时，让他觉得脸上火辣辣的。

"你……"

尽管大卫非常恼怒，可聂云海根本就不搭理他，他干脆把脸转到了一边。努哈齐就静静地看着，他见大卫快下不来台了，这才哈哈一笑，道："上校，你又何必认真呢？大家都是朋友，有什么不能谈的呢？"

突然，聂云海把眼一瞪，恶狠狠道："将军，我今天来和你谈判，完全是两个政治主体之间的对话。如果你非要让流氓头子参与进来，恕聂某不恭了，告辞。"

聂云海这话可就够歹毒了，任谁听了都生气，何况对方还是黑手党的教父。果然，大卫当时就把手枪掏出来了，就准备玩命。

"姓聂的，别人怕你，我可不怕你，今天你恐怕走不出这道门了。"

聂云海虽然是孤身闯连营，可他身后的博哈姆、麦哈达和阿萨姆却都向着他，三人不等聂云海发话，也都端起了家伙准备拼命。

"干什么？"

如此以来，事态就复杂了，一时之间陷入了僵持。努哈齐还是静静地坐着，既没有说话，也没有指示，但他的脸色明显沉了下来。

索菲也在旁边看着，现在，她不能不说话了，于是笑道："各位稍安毋躁，听我说两句。上校先生既然都已经表了态，他代表 Z 国跟将军谈判，那咱们就没必要站在这里了，大卫，走，我们就下楼去恭候佳音吧。”

你还别说，索菲的这两句话真管用，双方的人都放下了枪，陆陆续续地走出了房间。

他们一走，屋子里就只剩聂云海和努哈齐的人了，气氛顿时就缓和了许多。还是努哈齐率先打破了僵局，道：“呵呵，上校，咱们现在可以达成联盟了吗？”

聂云海毕竟是聂云海，他可不会因为一句和解就完事了。袭击我国大使，打死我维和战队的队长，这事可不是一句话就能解决得了的。

“将军，感谢你对我的厚爱，和解没有问题。但我必须申明一下，我们政府一向不主张干涉他国内政，你们与贵国总统之间的矛盾与我国无关，我的任务是维持世界和平。所以，我希望你们双方可以停止杀戮，坐下来和平地解决当前的危机。”

努哈齐对聂云海的回答并不怎么满意，但他还是和颜悦色地说道：“上校，这个问题我可以跟我们的领导人汇报，我们会认真考虑，你还有其他的问题吗？”

努哈齐倒也诚恳，但接下来聂云海的要求可就让他有些为难了，就听聂云海一本正经地说道：“将军，我非常感谢你的诚恳，但我有几个要求，你一定要办到，第一立即释放我们的人。”

“没问题。”对放人这个要求，努哈齐倒也答应得挺爽快，当即就命人放了林栋。

“快，解开绳子。”

“是。”

现在，博哈姆、麦哈达和阿萨姆可就派上了用场，三人急忙架住了林栋，把他扶到了沙发上坐好。解决了人质问题之后，聂云海心里可就踏实多了，随即道：“将军，现在只剩一个问题，那就是惩办元凶。”

“惩办元凶？这话是什么意思。”努哈齐似乎被聂云海弄懵了，呆呆地看着聂云海，等待他的解答。

“将军，所有问题都是因大卫和索菲而起的，我们 Z 国人讲究恩怨分明。只要你交出他俩，维和战队立刻撤出你们的防区。”

“这个……”

对于这个问题，努哈齐还真有些为难，毕竟大卫的身后站着欧美，他们都是自己的后台。真要把他交出去了，他们也没有什么好日子过。

坏就坏在大卫和他的黑手党人身上，他虽然出去了，可并没有离开，他就躲在门外偷听。努哈齐和聂云海的谈话，他听得清清楚楚。没等努哈齐做出决定，大卫就冲了进来。

“上校，你不是一直都盼望我死吗？好，我现在先送你归西。”

说着，大卫朝聂云海就是一梭子。真要打上了，聂云海真就完蛋了。就在这千钧一发之际，从旁边的小门里冲出来一个人，她把大卫的手往上一抬，子弹全都打在了天花板上。

这一切来得太突然，谁都没有反应过来，等大伙看清楚了，这才发现来的是一个女子。聂云海对来人再熟悉不过了，她就是M国特工玛利亚。

玛利亚是索菲的好朋友，两人一般形影不离。索菲来到A国，她也就跟了过来。对于这里发生的一切，玛利亚都知道，她一直就躲在房间里。到后来，大卫要偷袭聂云海了，她可不能坐视不管了。没等大卫反应过来，玛利亚就是一枪，正中他的左脸，大卫应声而倒。

“啊……”

顿时，黑手党人慌了神，大卫是他们的教父，教父一死，谁还有心情打仗，都忙着去抢救了。

“教父……”

叛军也糊涂了，他们人数虽多，可谁也不敢动。尤其司令员努哈齐没发话，谁敢轻举妄动？聂云海也傻眼了，他以为必死无疑了，正闭着眼睛等死了，哪知道事态转变的太快。众人都迷糊了，可有一个人却异常的愤怒，她就是索菲，她就看着大卫从自己面前倒下去的。

“大卫……”

第81章　枪下无情

“玛利亚，我怎么也想不到你会背叛我？所有人都可能背叛我，只有你不能，你可是我最好的朋友啊。”

“对不起，索菲，我想你弄错了，我不叫玛利亚，我叫伊莲娜，确切地说是叫安德鲁·伊莲娜，我是M国特工。”

“你……”

到现在，索菲已被气得浑身发抖。可伊莲娜却非常的得意，她亲手杀死了黑手党教父。

“索菲，你对我一直不错，很尊重我，也很保护我。但我们的身份有别，你是世界上最大贩毒组织的头目，但我是国际刑警，是专门缉拿你的人。”

“玛利亚，这么多年，你一直都潜伏在我的身边，难道就是为了这一天吗？”

“不错。”

“好好好，算我瞎了眼，竟然把你当成了最信任的人。来吧，你来抓我吧。”

说着，索菲丢掉了手枪，双手往前一伸，就等着伊莲娜来抓她了。伊莲娜也没有多想，她赶紧将手枪插回腰间，上前就准备去铐索菲。

“对不起，索菲，我必须把你带回M国。”

事情到如今，都以为结束了，哪知道又发生了意外。就在伊莲娜掏手铐的时候，索菲突然抽回了双手，她迅速地掏出一把微型手枪。

“啪啪啪……”

连着三枪，伊莲娜都没反应过来，心口上就中了三弹，鲜血瞬间就染红了她的衣裳，她的身子缓缓地倒下去。

“你……”

这都是索菲预谋好的，从大卫死的那一刻起，索菲就已经想好怎么出手了。你别看索菲是一个女人，却心狠手辣，不然她也不会有一个“死神”的称号了。

在所有人的眼里，都以为索菲是背靠大卫的，依靠黑手党的力量才敢横行无忌。其实，她才是真正的大佬，黑手党人都是听从她的指令行事。她完美地继承了埃斯科巴身上的那股狠劲，也正是因为这个，她才能重振已经没落了的毒品王国。

玛利亚一死，聂云海可就杀红了眼，他可不管对面站着的是索菲还是谁了，反手就是一梭子过去，又是一声惨叫。索菲一边用哀怨的眼神看着聂云海，一边缓缓地倒了下去。

“你……你……”

索菲一死，指挥部顿时就乱了套。黑手党的两位主要负责人都死了，他们陷入群龙无首的境地，而索菲才是努哈齐背后的支持者，为他们提供资金和武器。努哈齐怎么也不会想到，聂云海的胆子会这么大，在他的地盘上，他居然敢开火。

“别动。”

就在努哈齐愣神的工夫，聂云海就到了他的身旁，不等他反应过来，他就拿枪顶住了努哈齐的脑袋，把他推到了最前沿。

“对不起了，老朋友，我也不想与你为敌，都是被逼的。”

“上校，你可千万别干傻事啊，这都是我的人，你们可出不去。”

“没办法了，将军，麻烦你下个命令，借条道给我吧。”

“让开，放他们过去。”

司令被人给劫持了，这些叛军都傻眼了，有心相救，又怕聂云海把努哈齐给宰了。黑手党人也不干了，他们不受努哈齐指挥，关键聂云海还打死了他们的教父和金主。所以，不管努哈齐说什么，他们丝毫没有退却的意思。尤其一个身材魁梧的大个子，这家伙是大卫的心腹，他恨不得将聂云海碎尸万段。

“混蛋，你杀了我们教父还想走吗？”

聂云海可不会等死，他一看情况不对，抬手就是两枪，正中大个子的眉心。

“啊……”

这家伙就像一头大水牛一样重重地摔倒在地上，他一死，其余的黑手党人都吓得脸色铁青，谁也不敢轻举妄动了。虽然如此，可这些人并没有离开的意思，他们恶狠狠地看着聂云海众人，就等着下手了。

就在此时，院子外头传来了一声巨响，震得楼板发颤。紧接着，就是机枪的扫射声和榴弹爆炸的声音，其中还夹杂着一些哭泣的声音。

“怎么回事？哪里放炮？”

努哈齐虽然还在聂云海的手里质押着，可他最怕死。可这家伙却不傻，从枪炮声中，他已经感觉出不对劲了。炮声过后，从外面闯进来一伙人，为首的正是卢德铭和刘进喜，再一看，全都是国际维和战队的面孔。

“报告参谋长，国际维和战队全体将士向你报道。”

卢德铭行了一个标准的军礼，再看这些反对派武装，一个个低垂着脑袋，没有斗志。到现在，聂云海知道一切都该结束了，他就朝将士们喊道：“维和战队的兄弟听令，立即解除所有人的武装，但不得伤害他们的性命。”

“是。”

龙之队可是世界上最精锐的武装力量，他们一出手，哪还有对手啊。叛军早就见识过虎之队的威力了，现在遇到龙之队，乖乖地缴械投降了。这场战斗从开始到结束总共不到五分钟，国际维和战队又打了一个漂亮的歼灭战。

“报告参谋长，缴械完毕，请指示。”

“把人都放了。”

“是。”

“都滚吧。”

这些叛军和黑手党人都以为完了，即使不死也会被移交政府军，哪想到聂云海就这么轻易把他们给放了，全都一哄而散地跑了。

叛军跑了，黑手党人也跑了，他们把大卫和索菲的尸体也带走了，只留下玛利亚孤零零的尸身。当聂云海重新面对她的时候，他心中感慨万千。

“立正……向烈士敬礼……”

看着泥土一点一点地覆盖在玛利亚的身体上，直到她靓丽的身躯完全被黄土掩埋。聂云海这才止住悲伤，他对着玛利亚的陵墓说道：“玛利亚，你是一个了不起的英雄，你不仅救了我，还消灭了大卫这个魔头，全世界人民都会铭记你的英勇事迹。”

尽管玛利亚已经听不见聂云海在说什么了，她也无法感知外面的世界，但她却是第一个享受 Z 国烈士待遇的外国人。和龙之队成员沉重的心情形成巨大反差的却是沃克和他的政府军，他们不费吹灰之力就收复了失地，这可是奇功一件。

“快，占领敌人的指挥部，把我们的国旗插到最显眼的地方，我要让总统亲自来看一看我们的战果。也让那些流寇、无赖们知道，跟政府军作对的下场。”

此刻，沃克真像一个救世主，只是不知道他是否会心虚。但现在，这些人的脸上全都流露着胜利的喜悦。他们不在乎是谁带来的胜利，他们更在乎脚下的这片土地，这曾是令他们望而却步的禁区。

“万岁……万岁……”

当A国的国旗插到了叛军指挥部的屋顶上的那一刻，政府军无不欢声呐喊了起来。聂云海没有去分享沃克的喜悦，他也没有心情去庆祝。他只是看了一眼沃克，就带着弟兄们离开了。回到驻地，聂云海的心情变得极差，虽然如此，但他还是坚挺着。

正午时分，聂云海穿着一身戎装从办公楼里走出来，在他的身后跟着国际维和战队的将士们，他们肩膀上抬着的是用国旗覆盖的棺椁，里面躺着英勇牺牲的国际维和战队的弟兄。

“立正——向烈士致敬——”

随着聂云海的口令一去，一阵的枪鸣声震碎了将士们的心胸，众人放声痛哭了起来。

“吴队，吴队……”

“兄弟……”

现在，聂云海的心已破碎，但他强忍着泪花，不让它掉下来。

“点火……”

终于，聂云海还是痛下决心，他将手中的火把丢向了战友的遗体。很快，熊熊的烈火窜起了高高的火焰，夹杂着“哔哔啵啵”的声音，一点一点地刺入将士们的心窝。

送完兄弟们的最后一程，大伙的心情总算平和了下来，可谁也不说话，已经没有语言可以表达这种伤痛的心情了。就在这时，沃克将军来了，他穿一身崭新的军装，胸前挂满了勋章，在沃克的身后是清一色的皇家卫队。

“立正——向国际维和战队的烈士们敬礼——”

沃克倒也是个明白人，对于烈士，他表达了自己的敬意。礼仪过后，聂云海这才看清楚飘荡在沃克胸前的三颗金灿灿的十字勋章。顿时，他就明白了，沃克已荣升为上将了。

“祝贺将军荣升为上将。”

“上校，这都是借你的虎威啊，要没有你和弟兄们的帮忙，我们还不知道什么时候才能够收复失地呢。”

“将军，我们是应联合国的邀请来这里执行任务的，为的就是打击恐怖分子。至于你们国家的内政，我们无权干涉，也不会参与。”

“上校，你可不能半道撤梯子啊。”

“将军，我想你应该明白，我来这可不是帮助你们镇压反对派的。国际维和战队的使命是维护世界和平，凡是与我为敌的，我们都将坚决消灭掉。”

“哈哈，上校，你跟我想到一块去了。你也看到了，所谓的反对派武装其实就是一群恐怖分子，还有那个大卫和他的黑手党，这都是臭名昭著的人。像这样的人，怎么配与我们谈论和平，谈论国家大事呢？”

“将军，这些我不管，那是你们自己的事情。只要危及我同胞的人身安全，侵犯我 Z 国国威的，我是决不能容忍的。”

“那是……那是……”

“将军，你要是没有其他的事情，我就回大普托了。”

沃克有些失望，他本想拉拢聂云海，但聂云海并不热心，几句话就把沃克拒之门外了。沃克一看聂云海要往外轰人，就笑道：“上校，你听我把话说完，我是奉了阿里总统的命令请你和弟兄们赴总统府晚宴的。”

“将军，感谢总统先生的好意，晚宴我就不参加了。”

“上校，今天的晚宴你可不能缺席，你才是主角。”

“将军，我想你没明白我的意思，我刚送别自己的好兄弟，实在没有心情去参加什么晚宴。”

“上校，你知道今晚出席的都是些什么人吗？”

“什么人？”

“出席总统晚宴的都是我国部长一级的，还有各国的大使，也包括你们的吴平大使。与其说是一个晚宴，还不如说是一个国际新闻发布会。你这个主角不到场，发布会还怎么发布啊？”

“这个……”

聂云海刚想拒绝沃克将军的邀请，卢德铭和刘进喜不乐意了。这两小子都是没见过世面的家伙，一听去总统府赴宴，早乐开了花。

卢德铭更是仗着聂云海对他的信任，替他应承下来，当即说道："将军，我们参谋长的意思晚上一定到。"

刘进喜也帮衬道："这种场合，我们头儿肯定得去，何况吴大使也在。"

"好，那我就恭候大驾了。"

沃克挺高兴，不管怎么说，他的目的算达到了。他这一走，聂云海可就来气了，作为国际维和战队驻 A 国的最高指挥官，什么时候轮到下属来主导他的行动了。

可卢德铭和刘进喜就是两个戏精，他们早摸准了聂云海的习性。两人一看聂云海那张拧巴的脸，就知道他要发火。于是，不等聂云海发飙，两人就一把鼻涕一行眼泪的号叫开了。

"哎哟，我的队长啊，你死的好惨啊。"

"我的兄弟啊，你们死得真不值啊，咱们在这里拼命，连个名字都没留下。"

"就是啊，人家总统府要给咱授勋，可是咱就是没那个命受啊。"

"我的队长啊，你年纪轻轻就走了，叫我们依靠何人啊？"

你还别说，这两个家伙真是一对活宝，差一点把聂云海给逗乐了。聂云海气不过，在每人的屁股上来了一脚，道："行了，别演戏了，收拾一下行李，跟我去总统府。"

卢德铭和刘进喜一听聂云海改口了，马上就不号了，一个个欢呼雀跃了起来。

"是。"

当晚，聂云海带着卢德铭、刘进喜、贾青山、唐陆和熊林森一行六人就出发了。虽然是去参加总统晚宴，可聂云海并没有放松戒备，六个人都配备了手枪、弹夹、防弹衣等轻武器。这是聂云海的一种习惯，任何时刻他都是枪不离身。

A 国虽然是一个贫穷的国度，但他们的总统府却修得非常阔气。高大的总统府俨如白金汉宫一般屹立在非洲这片贫瘠的土地上，它是财富的象征，更是权力的象征。

"哇，这么气派啊！"刘进喜忍不住赞叹道。

卢德铭白了他一眼，道："乡巴佬，这算什么？还没有我们大嫂家的别墅大。"

“你懂什么？这能一样吗？”刘进喜不服气地说道。

“别废话，赶紧进去吧。”

说话间，两人又勾起聂云海的痛处来了，他们口中的大嫂自然是指蒋玉莲了。但现在聂云海没有心情去理会他们，他已经踏上了总统府的台阶，刚到门口就被哨兵给拦住了。

“站住，把你们身上的武器解下来。”说话的是一个矮个子大校，他留着一小撮山羊胡，倒也显得精神。

聂云海先是一皱眉，随后不客气地说道：“对不起，大校，我没有缴械的习惯。”

矮个子大校的个子不高，脾气倒是挺大，他见眼前的这位 Z 国上校完全没把他这个大校放在眼里，当时就拉长了脸，道：“上校，这是总统府，不是你们 Z 国，也不是维和部队的驻地。任何人进入总统府都要卸下配枪，别说你一个小小的上校了，就是沃克将军，他一样也要卸下武器。”

Z 国有句话叫“宰相门前二品官”，A 国虽然不是君主制，但总统绝对是最高统治者了。也难怪了，矮个子大校豪横是有资本的。但今天他可碰了钉子，聂云海根本就不鸟他。

“大校先生，要我缴械那是不可能的，别说是总统府了，就是白金汉宫，我也不会缴械的。”

“哎哟，你的口气倒是不小啊。”

说着，矮个子大校就已经撸起了他的小胳膊了，准备亲自动手卸下聂云海腰间的配枪。聂云海可没拿他当回事，他眯缝着双眼，一脸的傲然。

“怎么？你想试试？”

眼看着一场冲突就要发生了，就在这时，沃克将军从里面走出来。他一出现，矮个子大校就不敢放肆了，你别看他说得那么厉害，真见到沃克本人，马上就矮了半截。

“干什么？维特，这是总统请来的贵宾，你怎么可以对我们的贵宾无礼呢？”沃克笑呵呵地走上前，亲切地同聂云海握手。

“将军，他身上有枪。”矮个子大校不服气道。

“维特，你怕是没听过上校的大名，他在我们这里畅通无阻，别说配枪了，他就是开辆坦克进总统府，你也不许阻拦。”说着，沃克拉着聂云海往里面就走，留下矮个子大校一脸的茫然。

“是。”

进了总统府，众人这才发现这里装修得金碧辉煌，简直就是人间仙境。怪不得这么多人向往权力了，即使为之付出生命也在所不惜。

偌大一座总统府灯火通明，大厅里坐满了人，全都是上流的权贵和名流。聂云海的出现，大厅里立刻引起不小的骚动。都知道Z国兵王的威名，他怎么铲除了国际大毒枭，怎么消灭黑手党，怎么赶走了W国刽子手，等等。

“上校先生……”

“聂将军……”

没等这些记者、名流靠近，沃克就带着聂云海一行去了总统的办公室。到了办公室前，沃克先轻轻地敲了敲门，随后大声地叫道：“报告，贵宾来访。”

话音刚落，就见办公室的大门“吱呀呀”地打开了。接着，从里面走出几个人，为首的是一个黑胖子。从外形上来看，这人至少有四百斤，不用问，他就是阿里总统。

在阿里总统的旁边站着一个黄皮肤的男子，年纪在五十岁上下，那男子的额头上还挂着彩，这就是我们的大使吴平。本来吴大使可以不用出席今天的晚宴，但因为晚宴的主角是聂云海，他不得不出席。

在吴大使的身后还站着一位美艳的女子，她就是吴大使的助理罗雯。罗雯非常地仰慕聂云海，见到心中的白马王子，她比谁都激动，恨不得跑上前给他一个拥抱。

“哈哈，上校先生，我对你可是神往已久啊，要不是吴大使在场，我还见不到你呢。”阿里总统走到聂云海的跟前，用他那胖嘟嘟的大手，紧紧地握住了聂云海的手不放。

“总统先生，你太客气了，我只不过是一个小小的参谋，哪受得起总统亲自接见啊。”面对着一国的元首，聂云海依然不卑不亢。

“来来来，上校先生，我给你引荐一下，这二位你肯定认识了，是你们的吴大使和罗小姐。这是我的财政部长艾特斯、宣传部长索拉、教育部长马肯。”

阿里给聂云海介绍了一堆的部长，他一个也记不住，反正都一个肤色。在阿里总统的办公室内，大家正围在一起说说笑笑，很是融洽。正在这时，从外面走进来一个武官，来人就是矮个子大校。他径直来到总统的跟前，先向总统行了个军礼。

“总统先生，新闻发布会可以开始了，各国的记者都已经到齐了。”

阿里总统点点头，说道：“好好好，你下去准备，我们这就下来。”

“是。”

矮个子大校又行了个军礼，就退了出去。随后，阿里总统带着吴平大使、聂云海及一众人来到发布会现场。

维和战队一出现，立刻就引起了不小地轰动。不知何时，台下来了不少 Z 国侨胞，她们挥舞着手中的旗子，朝聂云海等人使劲地呐喊。

“Z 国加油——维和战队好样的——”

“敬礼——礼毕——”

面对着同胞们的热情欢呼，以及她们手中挥舞着的旗子，聂云海用最高规格的军礼致敬。阿里总统说的没错，聂云海和他的弟兄们就是本次新闻发布会的主角。

掌声中，阿里总统频频起身致敬，他朝台下的人群挥了挥手，说道：“各位来宾、女士们、先生们，感谢大家来参加由我主持的这个新闻发布会。首先，容我向大家介绍一下本次发布会的主角，国际维和战队的参谋长聂云海上校以及他的弟兄们……”

阿里总统介绍完嘉宾之后，话锋一转，高声道：“我亲爱的同胞们，各位国际友人，下面我宣布我们已经收复了失地，A 国的政权还是非常稳固。对于那些意图制造 A 国混乱的阴谋家以及反对派的朋友，我真诚地告诫大家，立即停止你们无谓的行动，人民的力量是无比强大的。”

阿里总统的讲话赢得了无数的掌声，尤其让支持他的人看到了希望。接着是吴平大使介绍我国际维和战队的战果，他先是朝台下的人们敬了个礼，随后说道：“各位，对于近期在 A 国发生的恐怖袭击事件，我国际维和战队的将士们已加大对其的打击力度，不仅消灭了黑手党和大毒枭白犀牛，还严重地打击了恐怖势力。我相信在不久的将来，我们的生活将恢复平静。”

吴平大使的发言是完全基于事实的，并没有一点夸大的成分。可他的话音刚落，台下的一名 M 国记者就提出了质疑。

“大使先生，我是纽约时报的记者安娜，据我所知，你们所谓的恐怖主义实际上是不存在的，什么恐怖势力其实就是反对派武装。你们 Z 国不是一直都在提倡和平共处五项原则吗？为什么你们的国际维和战队公然帮助政府军打击反对派势力？”

对于这些颠倒黑白的提问，吴大使早有准备，他回答道：“这位女士，我希望你尊重客观事实，你不在事故现场，根本就不了解真相。我们伟大领袖曾说过，没有调查就没有发言权。反对派和恐怖分子本就是两个概念，袭击他国大使，走私、贩卖毒品，逼迫妇女卖淫的都是黑手党人所为。而我国际维和战队的任务就是维持A国的稳定和打击国际黑恶势力，我们消灭黑手党难道错了吗？我们解救更多的女性同胞难道不应该吗？”

吴平大使真不愧为一名优秀的外交家，他的回答无可辩驳。但这名M国记者依然不依不饶的问道：“大使先生，你说的这些我都赞同，但是我只关心一件事，你们Z国向A国派遣了维和部队是否意在争霸？是否准备干涉A国的内政？”

这名记者可谓是做足了功课，她的每一个问题都引起了不少人的骚动。好在吴平大使足够的耐心，他依旧很和气地回答道：“朋友，Z国向A国派遣维和部队是应联合国秘书长的邀请而决定的，我们的任务是为A国提供工程、医疗、运输等后勤保障。但是，对于偷袭这种行为，我们是零容忍的。至于我们的外交政策，我们依然坚持国际关系民主化，坚持和平共处五项原则，坚持国家不分大小、强弱、贫富都是国际社会平等成员。坚持世界的命运必须由各国人民共同掌握，维护国际公平正义。我们Z国永远都不走侵略扩张、争霸世界的老路，我们着力维护国家的独立主权、领土的完整和民族尊严，维护世界和平，积极推动国际新秩序的建立。”

第 82 章　恐怖袭击

吴平大使毕竟身上有伤，他已经回答了很多的问题，聂云海感觉到吴大使的体力有些跟不上。等吴大使的话一说完，聂云海就抢走了他手中的话筒，道：“各位，实在对不起，因为吴大使身上有伤需要多休息，接下来的问题就由我来回答大家。”

说完，聂云海朝卢德铭和刘进喜一使眼色，两人立刻会意，扶着吴平大使就下了主席台。吴大使一走，阿里总统也跟着下去了，整个发布会现场就只剩下聂云海、唐陆、贾青山、熊林森几个人了。

“上校先生，我是 R 国新竹社的记者美子，对于恐怖分子袭击吴大使一事，是否是你们故意制造出来的话题呢？意在打击反对派。”

对于 R 国记者提出的问题，聂云海很生气，可又不便发作，他只能耐着性子回答道：“这些都是子虚乌有的事，恐怖分子袭击了我领事馆车队，我的兄弟死了好几个，人证物证俱在，如何又成了打击反对派了呢？”

聂云海正在回复 R 国记者的提问，突然，一名身穿 A 国军服的武装人员冲进来就是一顿扫射。枪声一响，受害者首当其冲就是那位 R 国记者，她还没反应过来是怎么回事，就被子弹射穿了喉咙，当场毙命。

“啊……”

“救命啊……”

现场乱成了一片，尤其这些可怜的女记者，被打得血肉模糊。聂云海却很机敏，他一发现异常，第一时间就滚到了桌子底下去了。与此同时，他一枪就击中了刺客的脑袋。唐陆、贾青山、熊林森也纷纷拿出手枪，三个人呈品字形站在聂云海的身旁守卫着他。他们刚站定，就听见外面的枪声大作，一大批武装人员冲了进来，他们见人就杀。

“头儿，怎么办？”

“别让他们冲上楼，吴大使还在楼上。”

聂云海一马当先就守住了楼梯的通道，他依托石柱进行反击。唐陆、贾青山和熊林森也都依托大厅里的建筑物进行反击。可就凭他们四个人怎么能挡得住一个连的士兵呢？何况大厅里还有很多无辜人士。

“啊……”

“救命啊……”

到现在，聂云海已经击毙了几名武装分子，唐陆、贾青山和熊林森三人也打死了不少人。他们暂时压制住了叛军的进攻。于是，聂云海借助这个空当，接通了林栋的电话。

“林栋吗？我是聂云海，我们遭受到一股不明武装的袭击，情况十分危急，吴大使也被困在总统府了，火速增援。”

“是。”

聂云海刚说完，敌人就攻上来了。没办法，聂云海只好挂断电话进行狙击。枪声越来越密集，外面的叛军也越聚越多。在枪林弹雨中，聂云海发现那位M国记者正趴在地上大哭。

“青山、六子，掩护我。”

说着，聂云海飞一般地跑向了M国记者。叛军的子弹就像飞蝗一般的从聂云海的身旁飞过，击在墙壁上荡起了一片片尘土。

“兄弟们，上啊。”

“来吧，不怕死的就来啊。”

“请你们吃两个铁疙瘩。”

熊林森也不甘示弱，他抓住机会从死者身上摘下两颗手雷，拧开保险就丢了出去。就听“轰隆”的两声巨响，把总统府的玻璃都震碎了不少。如此一来，聂云海可就腾出手了，他来到M国记者的跟前。

“你怎么样了？”

“救救我，我要死了。”

聂云海寻着M国记者的声音望去，就见她一手的鲜血，可这不是她自己的血，是别人的血。聂云海心里好气，却又没那么多时间跟她纠结了。

“你不会死的，那不是你身上的血。”

到现在，聂云海也顾不得那么多了，他抓住M国记者的胳膊往后就跑。等撤到了安全区，M国记者这才回过神来，她见自己可以站起来了，高兴得蹦了起来。

“天哪，我竟然没事，这真是太不可思议了。”

M 国女记者一得意，竟在他脸上来了个吻，弄得聂云海哭笑不得。他们这边没什么事了，楼上却又出事了。卢德铭和刘进喜陪着阿里总统和吴平大使在总统办公室内休息，枪声一响，他们也吓得够呛。还没弄明白怎么回事，总统身边的侍卫长就掏出了手枪，顶在了阿里总统的脑门上。

“对不起，总统先生。”

“雷蒙，你要干什么？”

国防部长就挨着阿里总统的，他毕竟是军人，遇事不那么慌张。可侍卫长根本就不理会他，没等国防部长拔枪，就给了国防部长一枪，部长当时就没气了。

“啊……”

办公室内一阵大乱，卢德铭和刘进喜两人迅速地护住了吴平大使，就想要拼命。侍卫长一见不好，对着天花板就是两枪，道：“都不许动，把武器都给我抛掉，谁要敢动一下，我就打死他。”

如此一来，谁都不敢轻举妄动了。阿里总统更是被吓傻了，他哆哆嗦嗦地说道：“雷蒙，你要干什么？我待你如手足，难道连你也要背叛我吗？”

“总统先生，你待我确实不错，但彭斯先生给我开价更高。”

“他给你什么职务，我让你当国防部长。”

“晚了，总统先生，你听听外面的枪声吧，整个总统府都是我们的了。”

“完了，我一辈子的心血白费了。”

到现在，阿里总统恨不得拿脑袋去撞墙，但是没有用，他已是人家的俘虏了。雷蒙并不可怜他，他抓住阿里总统的脖领子，像拖死狗一样地往外拖。

“走，都给我出去。”

卢德铭和刘进喜二人对雷蒙这种叛徒行径特别的不耻，可他们也无能为力。两人一个守在吴平大使的身边，一个护着罗雯，也在慢慢地往后退。

对于楼上发现的一切，聂云海并不知道，可枪声一响，他就知道不好。聂云海一边跑，一边说道：“不好，出大事了，六子，你们给我顶住了，我去营救大使。”

“是。”

唐陆急忙守住了左路，贾青山和熊林森分别守住了右路和中路。等聂云海来到二楼时，里面的人正好被雷蒙给撵出了房间。走在前面的就是卢德铭，他一见聂云海就给他使了一个眼神，聂云海当即就明白了，他迅速蹲下身子。

雷蒙虽然劫持了阿里总统，可他急于同叛军汇合，由于他不清楚下面的情况，因而犯了一个致命的错误。一楼基本上已经被聂云海的龙之队给控制了，叛军只能在外围偷袭，却攻不进来。

这一切，雷蒙一无所知，他以为凭着一个连的人，还拿不下几个守卫吗？结果等雷蒙从总统的办公室出来，聂云海就开枪了。枪声一响，雷蒙和他的手下纷纷应声倒地。

“啊……”

这一切发生得太快，以至于很多人都没弄明白是怎么回事，就已经结束了。到现在，阿里总统总算明白过来了，他带领这些部长匆匆地往下走。还没等这些人走下楼梯，就听“呼”的一声巨响，从外面飞进来一枚流弹，炸得里面血肉横飞。

“卧倒。”

聂云海就跟在阿里总统的身后了，他们刚下了楼梯，流弹就飞过来了。聂云海本能地扑倒了阿里总统，两人刚一倒地，流弹就爆炸了。好在流弹是朝二楼飞去的，不然他们也要交代在这了。

流弹一过，从外面冲进来了一队人马，为首的正是矮个子大校。这家伙提着一把 AK47 冲在了最前面。其实，今晚的袭击都是他一手策划的。矮个子大校非常地不忿沃克，他们俩都是阿里总统的亲信，可沃克的官职越做越大，而他还只是一个大校。正因如此，就给了彭斯一个绝佳的机会。

前一段时间，彭斯作为反对派领袖却突然失踪了。实际上他是去活动了。彭斯很善于笼络人心，他把阿里总统的亲信都收买了，用高官厚禄来套牢他们的心，让他们做内应。

就这样，矮个子大校利用职务的便利，偷偷地把叛军的人放进了总统府做内应。可惜他遇到了聂云海，这位 Z 国兵王可不是那么容易对付的。矮个子大校一冲进来，聂云海就发现了，还没等他靠近了，聂云海手里的家伙就响了。

“啪啪啪……”

一连三枪，都击中了矮个子的胸膛，那家伙哼都不哼一声就死了。他一死，叛军失去了首领，其他人马上就退了出去。

“不好了，将军给人打死了。”

叛军一阵大乱，趁着他们往外退却的时候，聂云海找到了刘进喜了，这家伙一直都守护着吴大使了。

“喜子，你怎么样了？”

“我没事。”

“吴大使呢？”

“我在这里。”

“其他人呢？还有谁活着？”

“唐陆到。”

“熊林森到。”

“贾青山到。”

都有回音，唯独没有卢德铭的声音。顿时，聂云海的心一下子就提到嗓子眼了，他急忙高声叫道：“炉子，你他妈干什么去了？难道挂了不成？”

聂云海的话音刚落，从卫生间里就传来了一阵爽朗的笑声，道：“头儿，我在这儿呢。”

原来卢德铭一直守护着罗雯，他们最先下的楼，接着就是刘进喜和吴平大使。卢德铭和罗雯下来不久，流弹就飞进来了。不等流弹爆炸，他拉着罗雯就躲进了卫生间。再到后来又是一阵混战，直到聂云海控制住了局面了，他这才带着罗雯从卫生间里走出来。

“你他……”

聂云海刚想骂人，还没等他骂出口，枪声又响了。这一次，枪声是从后面传过来的，直奔聂云海而去。

“头儿，小心了。”

未等聂云海反应过来，卢德铭就已经把他按倒在地。与此同时，卢德铭也打出了手枪里的最后一颗子弹，将刺客击毙。

“行了，炉子，我没事了，让我起来吧。”

聂云海完全没有意识到，是卢德铭用身躯替他挡了这一枪。子弹射中了卢德铭的心脏，鲜血很快就染红了他的战袍。但卢德铭不愧为国际维和战队的虎将，他在生命的最后一刻，依然将刺客杀死了。

这个事件发生得很诡异，那名被打死的枪手之前就已中弹昏迷，乱战中，他又醒过来了。这家伙一看聂云海站在面前，不由得心中大喜，他拿起手枪瞄准了聂云海的后背。

对于这些，聂云海自然无法查觉了，但卢德铭却不一样，他正站在两人的对面，枪手的一举一动他都看在眼里。

“头儿，我……我没办法陪你去见嫂子了，说真的……我……我很怀念……怀念在珠市的日子，那时……你……我……还有沈心……沈心……我来……”

说到这里，卢德铭永远地闭上了眼睛，聂云海还被他压在底下。他以为卢德铭受伤了，就笑道：“炉子，你是不是受伤了？真没用……”

很快，聂云海就发现卢德铭不只是受伤这么简单，他的鲜血已浸湿了他的衣服。聂云海心底一凉，他急忙坐起来，翻开卢德铭的身躯一看，卢德铭的眼皮已经发白，他的脸色正变得蜡白，呼吸也已经停止。

“炉子，炉子，你怎么了？你快回答我啊。”

顿时，聂云海发疯一般地呼喊着卢德铭的名字，他一边呼喊一边摇晃着卢德铭的遗体。可是没有用，他再也听不见了。

“炉子，你他妈的不能死啊，你还要做我儿子的干爹呢。”

刘进喜也发现了不对劲了，他马上就扑了上来。接着就是唐陆、贾青山、熊林森，就连吴平大使和罗雯以及阿里总统都围了上来。等发现卢德铭心跳都停止了，大家都哭了。

“炉子……”

“兄弟……”

“少校……”

卢德铭的牺牲对聂云海的打击是最大的，他们可以说亲如手足。在聂云海的心里，卢德铭就是他的影子，他们几乎形影不离。聂云海就像疯子一般，他大喝一声，操起一把 AK47 就杀了出去。

“杀呀……”

聂云海本来就是一只虎，他一发狂，这些叛军可就惨了。本来，他们的首领就被干掉了，现在又被聂云海这么一绞杀，一个连的人全部交待了。

打完枪匣里最后一颗子弹后，聂云海又冷静了下来，他转回头对着身后发傻的刘进喜说道：“喜子，快，带大伙进地下室，叛军马上就到，我们一定要坚持到援军的到来。”

“可是……炉子的……”

刘进喜还想说什么，聂云海狠狠地瞪了他一眼，道：“我去背炉子，你们给我保护好吴大使。”

“是。”

弟兄们见他们的队长又恢复了正常，都来了精神了。大家拥护着吴大使、罗雯、阿里总统就向地堡撤去。还没等大家走出一号大楼门，叛军就已经杀到了。这些人一见总统要逃跑，马上就进行疯狂地攻击。

“不好，阿里要逃跑，兄弟们，给我冲，活抓阿里。”

“冲啊……”

“杀啊……”

“活抓阿里……”

刘进喜带着吴大使走在最前面，他见叛军冲进来了，就知道不好。于是，刘进喜拉着吴大使就趴到了一旁的水沟里，两人刚躲好，叛军的子弹就呼啸而来。阿里总统的那些部长们可就没这么幸运了，很多人就丧命在台阶之上。

“啊……”

阿里总统还算命大，他因为身体太肥胖，走不动，落在最后。也就是这个原因，他这才躲过一劫。至于罗雯和那个M国女记者到现在完全依赖于聂云海，聂云海不走她们就不走，唐陆、熊林森和贾青山也就无法离开了，他们得保护聂云海和二位女士。

“不好，吴大使有危险了，弟兄们，火力掩护。”

“是。”

现在，聂云海也顾不得卢德铭的遗体了，他得保护吴大使。不然，他就是失职了。聂云海带头往外一冲，唐陆、熊林森和贾青山也就来了劲了，马上呈品字形守卫在聂云海的左右。可叛军的火力很猛，把他们压制得抬不起头。

“不行啊，他们人太多了。”

聂云海心里很着急，他不知道刘进喜和吴大使是不是还活着，自己又冲不出去。就在聂云海无计可施的时候，东南角的围墙突然倒塌，接着，从外面冲进了一辆装甲车。放眼望去，就见鲜红的五星镶在了装甲车的侧翼上了。顿时，兄弟们就来了精神了。

“队长，援军到了。”

唐陆一看来的正是虎之队的兄弟，他可就顾不得什么了，提着枪就往外杀。接着，贾青山和熊林森也冲了出去，他们心里实在窝火，现在终于找到出气筒了。

开 ZTZ-99 式主战坦克就是虎之队的副队长林栋，虽然他一身的伤，可一听有仗可打了，他又活蹦乱跳了。这一次，林栋把所有的仇恨都化作一顿炮弹送给了这些叛军，炮弹呼啸而来，炸得这些家伙哭爹喊娘的。

“来吧，来尝尝我们的开胃菜吧，这叫剁椒鱼头，好吃又好看啊。”

在林栋的身后，紧跟着的就是虎之队的弟兄们，每辆装甲上都配备了一挺重机枪。在空中有武直 -19 侦察直升机作掩护，强大的火力让敌人无处遁形。

“参谋长，我来护驾了。”

李浩然一边呐喊着，一边按下了手中的按钮，就见“刺啦”一声，一道火光从天而降，这是武直 -19 上外挂的反坦克导弹。随后，“轰隆”一声巨响，把大地都给震动了，更把叛军的 T34 坦克炸得粉碎。

这时，叛军才反应过来，他们遇到的可不是一般的对手，而是国际维和战队。在陆、空的双重火力的打击下，叛军连一个回合都没能坚持下去，就已经溃不成军了。

“撤退……”

努哈齐带着遗憾的目光从总统府退下去，那一刻，他心里有太多的不甘和无奈。如果说诅咒有用的话，努哈齐一定在心里咒骂聂云海，咒骂国际维和战队。

“啊，上帝呀，我们居然成功地击退了叛军。”

叛军一退，第一个冲出来庆贺的竟然是沃克将军。这个老家伙可真不简单，发生动乱的时候，他却偷偷地溜到了桌子底下了。到后来，局势越来越糟糕，总统府一共死伤了二百七十四人。可就是这样，新晋上将沃克将军却毫发无损地活了下来，这不能不说是一个奇迹。

“嘿嘿嘿嘿，我的国家，我的人民，我的亲人呐……”

与沃克将军的庆幸不同，阿里总统已哭成了个泪人了。战斗虽已结束，可这个国家却失陷了，整个 A 国，除了总统府这弹丸之地外，全都是叛军的天下了。

沃克豪迈地说道："总统先生，你应该振作起来，至少我们还没有输，你依然是 A 国的总统。我相信，只要我们的大旗不倒，总有一天，我们可以收复失地。"

"什么呀，我的军队没有了，我的人民抛弃了我，我的家人也不知死活，我拿什么收复失地？呜呜呜……"阿里总统没有理会沃克，他现在已没有了斗志。

现在，聂云海也没心情去安慰这位失势的总统，他得去看看我们的大使有没有受伤，还得检查国际维和战队有没有损员。

聂云海看着水沟里一动不动地吴平大使，心当时就凉了半截。吴大使要是出了事，他这个参谋长可就失职了。聂云海赶紧蹲下身子，小心翼翼地检查着，看看吴大使有没有中弹。

"吴大使，你怎么样了？"

等聂云海累得满头大汗时，吴大使却突然睁开眼睛，大笑不止，道："哈哈哈哈，云海，想不到吧，我身上一点伤也没有。"

这个吴大使简直跟个老顽童似的，他不仅诙谐，还不忘在地上蹦了几蹦。聂云海知道，这一定就是刘进喜的主意，所以，他想也没想，就在刘进喜的屁股上踹了两脚，道："好你个刘麻子，你竟敢作弄我，还不给我起来。"

"是。"

果然，刘进喜从沟里一咕噜爬起来，他给聂云海行了一个标准的军礼道："报告参谋长，装死可不是我的主意，我不过是配合吴大使罢了。刘进喜报告完毕，请指示。"

聂云海也不理他，转回头对吴大使说道："大使，你可吓死我了。"

吴大使洋洋得意地说道："哈哈，云海，我这也是没办法的事。当时，我们俩完全处于敌人的火力之下，进退不得。无奈之下，我就给喜子出了这么一个馊主意，却非常好使，完好无损。"

既然吴平大使没有受伤，聂云海自然也不好再说什么，毕竟这已是万幸了。他正要查看其他人有没有受伤，不想从人堆里冲出了一个女人，直接就扑到了聂云海的怀里去了。

"云海，我以为必死无疑了，想不到我们还能活着看到胜利。"

说话的是罗雯，她是聂云海忠实的粉丝，以前，她只是听说过聂云海的事迹，今天她可是亲眼所见。当子弹在她眼前乱飞时，她害怕死了，可她更担心聂云海的安全。

好不容易盼到胜利，罗雯便不顾一切地投入聂云海的怀里。反倒是聂云海觉得有些意外，他一时不知所措，只得轻轻地拍了拍罗雯的后背，安慰道："好了，都结束了，你也不用害怕了。"

聂云海不说这话还好，他的一番话，把罗雯的眼泪都勾了出来，她深情地说道："云海，你不知道我有多害怕，我不是怕死，我是担心你，你总是冲在最前面，如果你有个什么好歹，叫我怎么办？"

这话一出，聂云海的脸都红了，他就像情窦初开的少年一般，不知所措。吴平大使却笑了，他终于找到了可以揶揄的话题了。

"小雯，难道云海就是你要找的对象吗？真要是那样，我可就放心了，我们大使馆的姑娘就得找一个像云海这样的男人。"

罗雯毕竟是个姑娘，吴平大使当着这么多人的面揶揄她，把她臊了个大红脸。罗雯狠狠地瞪了吴大使一眼，一跺脚就跑开了。尽管如此，罗雯的心里却美滋滋的。

"吴大使，你说什么呀，羞死人了。"

"哈哈哈哈，小丫头片子，还不好意思了。"

罗雯跑了，聂云海的心里总算松了口气。可他刚转过身，又一个女子跑上前扑到他的怀里。相对于罗雯来说，她更疯狂，她不仅对聂云海又搂又抱的，还当着这么多人的面给了他一个大大的香吻。

"上校，对不起，我不该诽谤你们Z国军人，你们才是最伟大的人，我爱你，我爱Z国军人。"

在叛军发动政变之前，安娜对Z国没有好印象，她以为Z国人都是蛮横不讲道理的，可她亲眼看到枪手是怎么滥杀无辜的。到现在，那些所谓的绅士、名流才是真正的恐怖分子。而被他们说成野蛮、低等、下贱的Z国人却在危急关头成为最勇敢的人。

安娜钦佩聂云海，是他把自己从死亡的边缘救了回来。

第 83 章　天亮了

“安娜小姐，我感谢你对我们的信任，我们还是先去看看伤亡情况吧，看看哪些人可以救得回来。”

“对对对，还是你想得周到。”

说到救人，安娜比谁都热心肠，不等聂云海指示，她已经去查看伤亡人员的情况了。大伙也不闲着，全部行动起来，时间不长，就发现了二十多受伤的人，他们大多都是无辜的人，还有极少数叛军。

“我打死你们这些没有良心的东西，打死你……打死你……”

一位妇人正发疯一般地殴打着一名受了伤的叛军，战乱中，她的丈夫和小孩被这些人给打死了。她这边一带头，那些受害群众全都涌上前，就想结果了他们的性命。

眼看着又是一场流血事件，聂云海不能不站出来制止。他恨不得亲手宰了这些刽子手，但良心告诉他，不要再死人了，尽管这些人罪孽深重，可今晚死的人已经够多了。

“住手，你们不能这么干？这是不道德的。”

聂云海嘶吼着，可他的声音都被这些愤怒的呐喊声给淹没了。无奈之下，聂云海只好朝天空放了一枪。还真管用，大伙都以为叛军又杀来了，一个个吓得匍匐在地，紧紧地抱住脑袋不敢言语。

“干什么？还嫌死得人不够多吗？还想要流血吗？是，他们杀害了你们的丈夫和儿子，可你们有没有想过，杀了他们，你们的亲人就能活过来吗？如果杀了他们能平复你们的伤口，能够抚平这个动乱的国家，那你们就下手吧。”

“听听吧，到处都在打仗，到处都有枪声。谁来保证你们的人身安全？你还是我？你们的命运都不在自己手上了，他们才是你们的未来。如果现在杀了他们，那么，你们将亲手毁掉你们的归路。”

“仇恨是不能带来任何希望的，它只会带给你毁灭。你们死了丈夫，死了儿子，我也死了兄弟，我比你们更恨这些人。我是 Z 国人，我与叛军没有一点利益冲突，为什么他们要袭击我们？”

“我们是来维护和平的，不是带来杀戮的，我们 Z 国人历来提倡和平。看看吧，看看你们死去的亲人，看看这些无辜的死难者吧，你们难道就不内疚吗？”

到现在，聂云海就像一个布道者，他在给这些饱受战乱的人疗伤，也在为这些迷失的人布道。有时候宽容比子弹更锋利，它能摧毁人的心灵，即使是凶残的杀手，也都流下了悔恨的眼泪。

看着这一具具尸体，聂云海的心情变得十分沉重，作为一名军人，他不怕战死沙场。可现在死的都是一些无辜的人，有很多还是孩子和妇女，看着这些几近绝望的面孔，聂云海的眼角湿润了。

这一夜过得太不容易了，有痛苦，有惊吓，还有喜悦。然而，当黎明的光芒透过云层，照射在非洲大地的时候，新的生机诞生在这个苦难的大地上。

随着日头逐渐地高升，四周的枪声也趋于平静，仿佛这一夜什么也没发生似的。但是，刻印在人们心中的伤痛却永远也无法抹平，即使再过二十年，当人们回忆起来，也会摇头叹息。

“站住，别再往前开了，再往前我可就开枪了。”

贾青山用他低沉而洪亮的男中音划破了这平和的清晨，国际维和战队的将士们马上就围了上来，黑洞洞的枪口一致对外，形成了一道坚不可摧的防线。

“别开枪，自己人……”

也许是慑于国际维和战队的震慑力，汽车很自觉地停靠在警戒线外。随后，车门一开，从车上走下来三个黑大汉。为了不被人当成活靶子，为首的汉子还特意地高举着白旗。

“大家别误会，我们是上校的朋友，我叫博哈姆。这是麦哈达，这是阿萨姆，我们是来送信的。”

其实，聂云海早就发现了他们，也知道他们肯定是带着任务来的。这三个家伙鬼精得很，上次他们随聂云海一起大闹努哈齐的司令部，转身又成了彭斯面前的红人。

“博哈姆、麦哈达、阿萨姆，你们还不给我滚过来。”

“哎。”

博哈姆见聂云海认出了他，顿时就来了精神了。他把手中的白旗丢在了一旁，笑嘻嘻地跑上前。

“上校，告诉你一个好消息，彭斯要和你谈判。”

“他想和 Z 国建交。”

刘进喜一听就不乐意了，他冷笑一声道：“好大的口气，和我们建交他还不够格。我们是联合国五常之一，怎么可能跟叛军建交？”

唐陆也是一脸的怒气，道：“就是啊，我们的人白死了不成？炉子的命他来尝吗？”

刘进喜和唐陆这么一带头，国际维和战队的弟兄们全都沸腾了。大家高举着钢枪，把博哈姆、麦哈达和阿萨姆给围住了。气氛一下子就变得凝重了起来，博哈姆三人的脸色也吓白了。

“别……别……别呀，我们可都是自己人。”

“行了，都别瞎起哄了，该干嘛干嘛去。”

终于，聂云海还是发了话，弟兄们纷纷收住了枪。博哈姆见没事了，他又来了精神了，嬉笑道：“上校，我就知道你跟他们不一样，你是办大事的，怎么会跟小人一般见识呢。”

聂云海不想听他这些废话，说道：“别废话了，彭斯派你们来的目的是什么？他想干什么？为什么他自己不出面？”

阿萨姆见聂云海终于问到正题上了，他赶紧说道：“上校，彭先生派我们过来是打探你的口气的，他想知道，你们 Z 国人的意思是什么？他说了，他是不能跟你们动手了，也打不过你们。”

聂云海点点头，说道：“好，你回去告诉他，要谈判，他就得拿出诚意来。这里有二十多个伤员，也有你们的人，他要给这些人进行治疗。”

“好，我一定转告彭斯先生。”博哈姆马上就答应了。

聂云海接着说道：“还有，他得保证妇女和孩子们的安全，让他们平安地离开。”

“没问题，这件事我就能做主。”如今，麦哈达也来劲了。

“那好，你让彭斯亲自来跟我们大使谈。记住，就他一个人来。”聂云海突然提高了嗓门道。

博哈姆、麦哈达和阿萨姆三个家伙走了，时间不大，他们又回来了。这一次，对方来了不少人，除了博哈姆三人之外，还跟了一队人马。为首的是一个瘦高个的黑汉子，他睁着一双圆鼓鼓的黑眼珠，从头到脚都是黑的，一说话便露出了一口洁白的牙齿来。

“哈哈，老朋友，我们又见面了。”

来人正是叛军的首领彭斯，别看他说话挺和气，内心却十分地狡诈。能够扳倒一国总统，没有两把刷子是不行的。

“彭斯先生，我该怎么称呼你才好呢？叫你先生嘛，你现在控制着整个A国，可叫你总统嘛，阿里总统又该怎么称呼呢？”

和那些政客相比较，聂云海则显得稚嫩得多，他把不悦全都写在了脸上。就连吴平大使也看不下去了，生怕聂云海说错话，破坏了谈判，便赶紧同彭斯相见。

“彭斯先生，我们也是老朋友了，这个时候你能来，我太高兴了。A国的局势复杂，大家只有坐下来商议，才能从根本上解决问题嘛。”

“哈哈哈哈，大使先生，我就喜欢和你这样的大人物聊天，请。”

“请。”

到现在，彭斯俨然就是总统府的主人了，他完全没把阿里总统放在眼里。

“看到了吗？这种人怎配管理一个国家？上校，你不能坐视不管啊，你得向你们的政府控告，最好直接派兵，我们完全服从你的命令。”

聂云海没有接过阿里总统的话题，他知道，这是外交上的事情，不在他的职责范围。可阿里总统还不死心，他见无法打动聂云海，就采用了激将法。

“上校，我不是为自己鸣不平，我是在为你鸣不平。你怎么跟他的人说的，叫彭斯一个人来谈判，可他带来多少人？整整一个连……”

阿里总统还想再说下去，聂云海就打断了他的话，道：“总统先生，我们还是去听听他们怎么说吧。”

“哎，对，我都被他给气糊涂了。”

二人进了总统府，还是在阿里的那个办公室。虽然刚经历过一场血雨腥风，但一切又恢复如初，这里还是A国的权力中心，只是主人却变成了彭斯。

阿里总统快被气死，原本属于他的位置却被彭斯占了，他所使用的东西也都变成了人家的玩物。最让阿里不能接受的是沃克将军的态度，他竟然像一条哈巴狗一样对彭斯摇尾乞怜。

“总统先生，您才是这里的主人……”

“不不不，将军，我不是总统，我只是临时主持一下局势罢了。”

“总统先生，没有人比您更配当我们的总统了。您要是不当这个总统，那么，我们的国家还得继续乱下去。”

“将军，我发现你是一个不可多得的人才，跟着阿里真是委屈你了。”

“总统先生，只要您吩咐，末将愿为您马首是瞻。”

“好好好，将军，你就做我的国防部长吧。”

“多谢总统的栽培。”

这哪是来谈判的，彭斯完全是以一个胜利者的姿态接管总统府来的。对于这些，聂云海和吴平大使倒没觉得怎么着，阿里总统可就怒火中烧。

“好你个沃克啊，我以前怎么就没看出来，你还有这一手啊？”

“总统先生，哦不，阿里先生，您现在已经不是总统了，可我却是这个国家的国防部长。阿里先生，您应该清楚您现在的身份，您已经没有资格在这里指责我了。”

“我打死你个忘恩负义的东西。”

阿里总统再也忍不下去了，他跑上前就给了沃克两个嘴巴。沃克却不敢还手，毕竟阿里还是名义上的总统，他只得向彭斯诉苦。

“总统先生，您该管一管阿里先生了，这是在总统府，不是他的私人领地，怎么可以随便打人呢？”

阿里总统像是在宣示主权一般的严正义词道：“什么？你也知道这是总统府啊。我还没死呢，只要我有一口气在，我就是这个国家的总统。”

这下，彭斯可就不客气，说道：“阿里，你要是还把自己当成了总统，那么我告诉你，你自己去看一看，这个国家还有你容身之地吗？”

“我……”

阿里总统穷词了，他已经找不到可以反驳彭斯的话了。无奈之下，阿里总统又把目光投向了吴平大使和聂云海的身上。尤其对聂云海，他多想这个时候聂云海可以替自己说一句公道话。但是没有，聂云海依旧冷冷地看着这一切。

尽管聂云海不发表个人的意见，但吴大使却发话了，他很平和地道：“二位，你们都是这个国家的领导人，你们的一举一动关乎 A 国人民的生死。因此，我希望两位千万别意气用事，有什么不能协商解决的呢？”

吴平大使说得合情合理，可这两位政治家却都不买他的账，纷纷转过身去，一副爱理不理的样子。吴大使还是性子好，他见无法同时说动阿里和彭斯，就采取了各个击破。

吴大使转到了彭斯的面前，笑道：“彭斯先生，咱们打交道也不是一两天了，对于你的为人，我是非常钦佩。至于你和总统先生之间的问题，严格来讲，这都不叫问题，你们最多就是政见不一致罢了。谁没有自己的想法呢？还不都是为了黎民百姓着想嘛。有不同意见没关系，只要是为了国家，都可以谈嘛。先生不是经常讲民主吗？大家可以搞个选举嘛，何必又是枪又是炮的呢？多伤感情啊。”

吴平大使不说这话还好，一说这话，彭斯更加不乐意了，他一脸不悦道：“大使先生，对于您和您的国家，我是非常的尊敬。可 A 国之所以会弄成今天这个样子，责任全在阿里身上。要不是他一手遮天，我们能发动政变吗？这才叫逼上梁山。”

不等彭斯把话讲完，阿里总统可就坐不住了，他晃着大脑袋就喊开了。

“什么？我一手遮天，你也不擦亮眼睛看看，还有我这样开明的总统吗？要不是我对你仁慈，你还有命坐在这里吗？”

彭斯自然不甘人后了，他也叫唤了起来。

“你仁慈？我没有听错吧？你做梦都想杀死我，要不是你迫于压力，十个我都不够你杀。你要是仁慈啊，天底下就没有仁慈二字了。”

“你说谎……”

“你无耻……”

“你不要脸……”

“你卑鄙……”

这倒好了，总统府成了菜市场了，两位举足轻重的人物竟然骂起了街来。吴平大使一看这太不像话了，赶紧上前相劝。可他一个人的力量有限，劝得了这个劝不了那个。对于这些，聂云海可看不下去了，他也不跟吴大使请示，站出来就是一通骂。

“好了，都别吵了。看看你们一个个满口仁义道德的样子，不知道的人还以为你们都是正人君子呢。我呸，什么总统啊领袖的，我看还不如博哈姆他们哥仨。”

“博哈姆他们只是爱吹牛，偶尔还有点贪生怕死罢了。可人家没有那么多的大道理，他们只知道谁对他们好，他们就跟着谁。可你们呢？一个国家总统，一个反对派领袖，也就是未来的总统。”

“看看你们，都干了些什么？好端端的一个国家被你们弄得四分五裂。说到底还不就是为了权力吗？你作为总统不觉得羞耻吗？还有你，作为反对派领袖，你们为了夺取最高权力，不惜出卖人民。什么黑手党啊，什么ISIS武装，有奶便是娘。你看看现在的A国，假钞横行，毒品泛滥，有多少人流离失所，又有多少人无家可归，这些你想过没有？”

你还别说，聂云海的一番话，说得阿里和彭斯无言以对，就连吴大使都竖起了大拇指。但有一个人例外，他就是新任的国防部长沃克。现在他投靠了彭斯，自然也没把这些人放在眼里，聂云海在教训别人的时候，他却一脸的鄙视。等聂云海骂完了，回头一看他的样子，当时就来气。

“还有你，整个一墙头草，谁得势你就投靠谁。打仗的时候，你跑到比谁都快，仗打完了，你又第一个跑出来邀功。这也就是在A国，要是在我的部队里，我早枪毙了你。”

沃克没想到聂云海会有这么大的气势，吓得他舌头吐出好长来。这一刻，偌大一个总统府变得鸦雀无声，人们连呼吸声都能听清楚。这就是聂云海的人格魅力，他让A国的两位领袖哑口无言，也让狡猾的沃克大气不敢出。

时间似乎就定格在这一刻，聂云海没有继续说下去，大伙也都不言语，就连一向口若悬河的吴大使一时也找不到话题。空气中弥漫着浓浓的醋酸味，即使像沃克这么厚脸皮的人也觉得脸上火辣辣的。

突然，办公室的大门被人推开了，接着从外面走进了一伙人，为首的是一个妙龄女子。就见她一头乌黑油亮的黑发在空中飘逸，这正是吴大使的秘书罗雯。她来到吴大使的面前，把一张电报单交给了大使，道：“吴大使，外交部的电文。”

吴大使接过电报单一看，眉头立刻就皱了起来。大伙不知道发生了什么事了，都围了上来，尤其阿里总统最关心Z国政府的动态了。他现在最想听到的就是Z国能不能出兵，于是便问道：“大使先生，Z国是不是增兵了？”

吴大使冷冷道：“不，总统先生，我国政府已明确地指示，让我们不要介入A国的内部斗争，务必保护我华侨和华商的生命安全，迅速地护送他们回国。”

“怎么会这样？不可能，绝对不可能……”

吴大使的这封电报让阿里总统跌入了谷底，却让一旁的彭斯和沃克高兴得相拥了起来。

“哈哈哈哈，大使先生，太棒了，贵国政府简直太英明了。”

“总统先生，要我说啊，咱们该好好的庆贺一番，庆贺我们起义成功。我们不仅应该邀请大使和上校，还应该和Z国建立正式的外交。如果总统先生信得过我，我愿意当这个外交官。”

“好，将军，这样就对了，跟着我干，不比一个倒塌的政府强百倍呀。”

彭斯有意要气一气阿里总统，因此，他说话的声音格外得响亮，就连楼下的人都听见了。阿里总统被气得脸色发青，他差一点就接不上气了。

现在，吴平大使也没有安慰阿里总统了，他转回头对罗雯说道：“小罗啊，你马上通知大使馆的同志，让他们通知我们的同胞，做好撤离的准备。”

“是。”

罗雯应声而去，屋子里又恢复了平静，因为大家发现国际维和战队的勇士闯了进来。对于国际维和战队的战斗力，彭斯和他的叛军是见识过的，昨夜的战斗刚结束，外面还躺着很多反对派士兵了。

尽管Z国政府已明确立场，但大家对于聂云海的态度还是很期待的，毕竟他现在是关键人物。可聂云海的脸上没有任何表情，倒是刘进喜一脸的不乐意，他先向聂云海行了一个军礼，接着道：“报告参谋长，总指挥电令，命我国际维和战队的全体将士务必确保我华侨与华商的人身安全，并在三日内有序地撤出A国，令毕。”

聂云海也还了一个军礼，随后，他从刘进喜手中接过电报看了一会，说道：“去吧，按命令行事。”

“是。”

这个军令一出，阿里总统整个人就瘫软在地了。而作为Z国驻A国的大使，吴平大使也很无奈，可对于国家的政令，他也只能服从。

“全完了，全完了……呜呜呜呜……”

可作为阿里总统的亲密的伙伴沃克却是一脸的得意，不管怎么说，他是踩着阿里总统的肩膀往上爬的。聂云海就看不惯他得意忘形的样子，便对彭斯说道：“先生，我不管你是不是总统，但这个人你无权处置，他不是你们的俘虏。另外，你马上下令放行，我要保护我们的同胞安全地返回Z国。”

彭斯傻了，他从未见过如此冷厉的目光。他从这个男人的眼睛里看出了决绝，看到了杀戮。阿里总统也傻了，他以为自己难逃一死，没想到这个世界上最无情的男人却保全了他的性命。

一时间，偌大一座总统府里变得鸦雀无声，反对派和他们的领袖突然有一种斗败了的感觉。国际维和战队的将士们也有一种失落感，直到沃克将军站出来，笑呵呵地说道："哈哈，上校，你这个建议太高明了，替我们卸掉了千斤重担啊。"

"对对对，老朋友，你果然够朋友，交朋友就要交你这样的朋友。"

彭斯不愧为一个政治家，他很快就回过神来了，他和沃克将军成功地把厚黑学发挥到了极致。实际上，聂云海可没有给他们留一丝的情面，但这样的结果对大家来说，又何尝不是最好的结局呢？

"万岁……"

反对派的士兵们开始欢呼了，他们已经取得了最终胜利，至于怎么处置阿里这个被赶下台的总统，这已经不是他们关心的问题了。

街面上也响起了欢声笑语，这是 A 国的人民在庆祝胜利。至于反对派怎样庆祝已经不重要了，在通往码头的道路已经畅通无阻了。

"立正——稍息——国际维和战队执行最后一项任务，护送我同胞回家！"

国际维和战队的将士们迈着庄严的步伐，用最神圣的仪式送别最亲密的战友。从总统府出来，龙之队的五虎将刘进喜、唐陆、贾青山、熊林森、李壮壮每人怀里抱着一个烈士的骨灰盒，分别是吴奕晗、卢德铭、李天杰、彭真和王贵，他们都是 Z 国的军魂。

从总统府到码头这段路程不算太遥远，却走得无比的艰辛，每个 Z 国人都怀着沉痛的心情向前走。有人不舍曾经创造过的财富，有人不舍昔日的朋友，有人伤感，有人庆幸。总之，这不过区区十里的道路，却仿佛从地球走到了月球。

终于，我们可爱的维和战队和同胞们到达了 A 国唯一的出海口。金陵号巡洋舰队早就停靠在码头上了，鲜艳的国旗在半空中飘扬。

在码头的左右，站满了人，有各种肤色的，黑的、白的、黄的，有高的、矮的、胖的、瘦的，有丑的，也有俊的。大都不是来送行的，而是想要逃离 A 国的难民。在码头的关卡处，站满了拿着 AK47 的 A 国士兵，他们在努哈齐的带领下，一脸的漠然。

第 84 章　真相大白

我走了，
带着一种自豪与骄傲。
我庆幸自己是 Z 国人，
身上流淌着龙的血脉。
在这个动乱的世界里，
我们历经了太多的苦难。
但 Z 国的崛起，
让漂泊在外的游子们享受无上的荣光。
我爱你 Z 国，
我爱你神州大地。
我深深地爱着我的国，
我的家。

离别是伤痛的，离别也是不舍的，当国际维和战队的将士迈着整齐的步伐登上金陵舰的时候，却是一种荣耀。鲜艳的国旗飘扬在空中，嘹亮的军号声划破了天际，震颤了敌人的心魄。

“立正……稍息……报告总指挥，国际维和战队集结完毕，请指示。”

“警戒，准备返航。”

“是。”

随着总指挥的一声令下，将士们迅速地返回到各自的岗位，严阵以待。就在这时，码头上却爆发了大规模的骚乱，那些 A 国的难民突然冲破了警戒线，一窝蜂地涌向了金陵舰。

“带我们离开吧，我们不要战争。”

“我们要和平。”

第一个冲出来的是一个黑人小伙，他趁码头士兵不注意，像泥鳅一样地穿过了警戒线，飞一般冲向了金陵舰。随后，大批的难民开始涌了上来。

“站住……”

一个士兵试图阻止这些难民，可是没有人听得进，他叫得越凶，这些人就越往前冲。叛军司令努哈齐一看，火冒三丈，他从一个士兵的手里抢过一把AK47，对着领头的小伙子就是一阵突突。

“开枪，打死这些叛国贼。”

枪声一响，马上就有人倒下去，一个、两个……鲜血染红了金陵舰的舰桥，血水流进了大海，把附近的海水都给染红了。

一瞬间，数十条鲜活的生命就这样倒下去了，他们并没有犯下什么罪恶，只不过是向往和平罢了。如果说向往和平也是罪过的话，那么制造这场惨剧的人更是魔鬼。

“哪里打枪？发生什么事了？”

甲板上，聂云海被努哈齐的枪声给吓坏了。他以为是恐怖分子在偷袭我们金陵舰，不等命令下来，聂云海就已经集结起维和战队。

“快，准备战斗。”

“是。”

国际维和战队不愧是 Z 国的王牌之师，枪声一响，整个部队就已经做好了战斗准备。士兵们早把保险栓打开了，子弹已经上膛，炮弹、重机枪、火箭筒都已经就位。

眼见得一场国际冲突就要发生了，多亏了总指挥及时出手，不等聂云海举起信号枪，他就已死死地抓住了聂云海的手腕。

“干什么？你知道这意味着什么吗？”

“首长，你这是……”

聂云海傻了，想不到面对叛军的屠杀，他一向敬重的老师长竟然会放任不管。这让聂云海很不解，但总指挥的话却让他陷入了痛苦之中。

“干什么？你又想充当英雄吗？”

“首长，你难道没发现吗？这根本就是屠杀。”

“就算是，那又怎么样？”

“就算是？这本来就是，你看看努哈齐，看看他的这些爪牙，还是人吗？老百姓有什么罪？他们只不过是想逃难罢了，难道这也是死罪吗？”

“住嘴，这是A国内部的事情，你有什么资格去管，你又凭什么去管？所有人听口令，加强警戒，没有命令不得开枪。”

“是。”

尽管大伙的内心十分地不情愿，可将士们不能不服从命令。谁都知道，战场违抗军令死罪一条。不用等总指挥说第二遍，将士们都回到了各自的岗位。

突然，聂云海一反常态，他不仅不听从总指挥的命令，还试图阻止他的命令。

“站住，回来，都给我回来。”

“兄弟们，你们这都是怎么了？我平时怎么教你们的，难道你们都忘记了不成？我们是军人，军人的使命是保护百姓。可他们难道不是人吗？就应该被无情的射杀吗？”

任凭聂云海怎么呼喊，怎么发狂，没有人响应。大伙就像木雕泥塑一般，既不敢抗令，又不愿意眼睁睁地看着屠杀，有些人干脆闭上了眼睛。

“好，你们都不听我的了，那我自己去救人。”

突然，聂云海夺下唐陆手中的步枪，就准备一个人杀下金陵舰去解救这些无辜的生命。就在这危难时刻，聂云海就觉得后脑勺被什么东西重重地击了一下。接着，他的身子一点一点地倒下去，慢慢地失去了意识。

枪声停止了，屠杀也停止了，金陵号已驶离了班的码头，留下的只有哀号与痛苦。在落日的余晖里，这些失去亲人的眼泪伴随着亲人们的鲜血，汇集成一条仇恨的河流。

在苍茫的大西洋上，狂风呼啸而来，掀起了万丈浪涛。闪电像一道火镰自半空中劈下，它划破了浓浓的夜幕。随之而来的就是雷鸣阵阵，犹如虎啸龙吟一般，傲笑云霄，金陵舰犹如一叶扁舟穿梭在惊浪骇涛之中。

在船舱的铁架床上躺着一个人，在他的对面摆放着一张女子的照片。不知道过了多久，小床上的人睁开了眼睛。他醒来的第一件事情就是用目光去找寻照片里的女子。看到照片上女子的笑容，他就觉得这个世界还是真实的。

这房间的主人就是聂云海，照片里的女子就是我们的大美人蒋玉莲。过了许久，他终于坐起来了，只是觉得脑袋还有一些痛疼。想起白天发生的事情，聂云海长长地叹了口气。随后，他起身来到窗户前，默默地看着远处。

窗外的暴风雨越下越大，把整个玻璃都给弄模糊了。突然，聂云海的脑子闪现一丝灵光。于是，他赶紧坐下来，拿起纸和笔就开始疾风骤雨地写了起来。

清晨，当第一束阳光透过云层照射到水面上的时候，人们都被那美妙的歌声给惊醒了。在茫茫的大海之上，能听到这么美妙的歌声，谁都无法自已。

“你是一道灿烂缤纷雨后彩虹，装点着那可爱的蓝色星空；你看那七彩斑斓的辉煌艳丽，洒下古老中华的一片温馨；你是一座通往天堂金色路桥，飞驾在那广阔的云水之境；任承载着知道的东方快车，驶进五湖四海的无数心灵。”

“你是一只传递和平的信鸽，舒展着那洁白的美丽羽翎，聆听着那鸽哨悦耳的阵阵乐声，引来山涛海浪的纵情和鸣，你是一朵洁白无瑕的祥云，飘扬在那浩瀚的蓝天碧空，你是那云中飘下的甘露花雨，滋润世界与共的人类文明。”

这是一首伟大的艺术歌曲，最先演唱的只有一个人，接着又加进了女声。随着音乐越来越高亢，合唱的人也越来越多，就连我们的侨胞也加入其中。到最后，整个舰队上的人都加入了进来，那个气势惊天动地。

“啊深情的 Z 国，啊友好的 Z 国，你是文化的传导使者，你是和谐之音的化身，传递文明古国创造的辉煌，播撒华夏和平崛起的愿景，你用那炽热的爱火点燃，点燃一个伟大民族的无限情怀，你用坚韧无比的力量推动，推动世界向着和平，向着美好，阔步前行。”

一曲完毕，战舰上的人们热泪盈眶的，尤其刚经历了 A 国的动乱，亲眼目睹那么多无辜的人惨死在刽子手的枪口之下。侨胞们哭了，他们为祖国的强大而自豪。国际维和战队的将士们哭了，他们为肩上的责任而哭泣。就连 M 国记者安娜也哭了，她为那些死难者而哭泣。

和以往任何一次演出不同，今天的演出不仅没有掌声，还把观众都唱哭了。只有经历过战乱的人才能够体会到和平的意义，才能体会生命的价值。

当聂云海从指挥台下来，他的眼睛湿润了，泪水随着他的脸颊慢慢地往外流。金陵舰上的上千名侨胞和官兵，一一与他拥抱。此时无声胜有声，泪水和拥抱就是最好的佐证。

到最后，总指挥一脸的严肃地走到了聂云海的面前，他也张开了自己的双臂，给了聂云海一个拥抱。没有语言，只有一双坚定的眼神和一个标准的军礼。

一切全都过去了，天空中的乌云也都散去了，随之而来的是晴空万里。掌声也有了，战舰上一片欢腾，大家把掌声和欢呼声送给了人民子弟兵。没有什么比他们更可爱，也没有什么比 Z 国军人更人道，就连 M 国记者安娜也给国际维和战队的全体将士献上了她的亲吻。

“你们是最可爱的人。”

离祖国越来越近，聂云海对蒋玉莲的思念就越来越浓。到现在，他恨不得插上翅膀，飞到蒋玉莲的身边，拥抱她，亲吻她。聂云海在地球的这一边想念着蒋玉莲，而她却面临着一个艰难的抉择。

今天，蒋府是最热闹不过，尽管天色还笼罩在夜幕下，依然阻挡不了喜庆的气氛。徐丽娜、花姐、陈小丫、伊娜等好姐妹全都聚集在蒋玉莲的闺房之中，大家喜笑颜开的，都在等候敲响幸福之钟的那一刻。

“玉莲，你是世界上最美丽的新娘子。”

“伊娜，最终还是我先出嫁，哎，不知道他过得怎么样了？”

蒋玉莲口中的他自然是指聂云海了，可今天这个日子再提起这个人来，似乎很不妥当。所以，花姐马上就接过了话题道：“傻丫头，你马上就是李家的媳妇了，还惦念老情人呢？这可不好啊，你们家那口子度量又小，听到了非跟你吵架不可。”

花姐不过只是一句玩笑罢了，哪知道蒋玉莲却当真了，她嚯地站了起来，沉着脸道：“那我还嫁给他干嘛？”

对于蒋玉莲的脾气，大家是知道的，她说不嫁真就不嫁。可蒋、李二家的婚事天下皆知，这个时候出了什么乱子，岂不是天下大乱了？

还是徐丽娜懂她，她赶紧拉住了蒋玉莲，道：“我的姑奶奶，你这闹得是哪门子的气啊，今天是你大婚的好日子，你又跟谁怄气呢？”

“娜娜，我……”

蒋玉莲还想说些什么，可徐丽娜没给她机会，说道：“玉莲，咱别使性子了好不好？迎亲的车队马上就到了，难道你又想逃婚吗？这可不能再有第二回了，你已经逃过一次了，再逃婚，你这一辈子都别想嫁出去了。”

说起这件事，蒋玉莲的眼泪下来了，到最后，她已经是哀号了，这一下，大伙都没辙了。

“玉莲，你这是怎么了？大喜的日子，你怎么还哭了呢？”

“玉莲，咱不哭，咱是世界上最美丽的新娘子了。”

“就是啊，我们就要活得精彩，让那个负心汉后悔去吧。”

不管大伙怎么劝，蒋玉莲的眼泪就是止不住。突然，蒋玉莲不哭了，她直勾勾地看着徐丽娜，看得她浑身都不自在。

“玉莲，你……你这样看着我干嘛？”

“告诉我，他在哪？”

“他，哪个他？李永胜吗？他马上就来迎娶你啊。”

“别胡诌了，你知道我说的是谁。”

“胡诌？没有啊，我说的都是事实啊。”徐丽娜还想蒙混过去，但蒋玉莲接下来的话，让她无法再回避了。

“娜娜，我们俩虽说不是一个妈生的，但不分彼此，我心里怎么想的你知道。这关系到我一辈子的幸福，难道你想看着我终日以泪洗面吗？那样不仅我过得不开心，你也不幸福，对李永胜更是不公平。”

屋子里又恢复了平静，谁都不言语了，但大家都明白，事到如今，已无法挽回。终于，徐丽娜心软了下来，她打开一个视频。

电视上出现的正是聂云海，他站在一片绿绿葱葱的山林前。聂云海对着镜头沉默了一会，才说道：“玉莲，当你看到这个视频的时候，我已经去了遥远的国度了。我知道你恨我，我也不想解释什么，事情到了今天这一步，任何解释都已经没有意义了。”

“我曾不止一次地问自己，我俩之间到底出现了什么问题？现在我想明白了，我们根本就没有问题，所不同的就是我们所处的环境造成的。你出身豪门，过惯了钟鸣鼎食的生活，可我只是一个臭当兵的，你永远都无法体会到一个普通人对生活的追求。”

“可能，我追求的自尊、向往的自由，在你眼里根本不值一提，可这确确实实就是阻碍我们感情的拦路虎。你怪我出卖你也好，背叛你也罢，这都不重要，重要的是你根本不想去了解我，了解整个事实。”

“我们相处了这么久，也经历过无数的风浪，难道你还不了解我是怎样一个人吗？如果在你心中，我是一个爱钱，为了钱不择手段的人，那么你当初的抉择不就是一个错误吗？”

“好了，现在说什么都没有用了。你知道我不喜欢解释，我也不想解释，至于李永胜的 1000 万我也解释不清楚。既然如此，我就把它用在一个需要的地方好了。”

“玉莲，你看到了吗？我身边的这片山脉就是我的家乡，这是一个贫困乡，年轻人都出去打工了，村里只剩下一些老人和孩子了。现在，我把李永胜用来收买我的钱全部捐出去，捐给这些留守儿童和这些孤寡老人。”

“还记得我曾经的誓言吗？我的梦想就是陪你一起慢慢变老，哪怕你不能动了，我愿意用轮椅载着你去看风景。”

阳光下，一群老年人正排着队，每个人的脸上都洋溢着幸福的笑容。而在队伍的正前方坐的是聂云海，他的左手边是村干部，右手边则是国际维和战队的弟兄们。在主席台的正上方拉着一条很大的横幅，上面写着“蒋玉莲爱心基金”。

大家有序地领取生活费，每一位老人都享受到一份养老保险，凡是年过六十岁的，每个月都能从“蒋玉莲爱心基金”里领到一笔生活费。

其实这个主意是徐丽娜给聂云海出的，当时，蒋妈为了拆散蒋玉莲和聂云海，就带着李永胜去找他摊牌，临走时丢下一张银行。为了这件事，聂云海大病了一场，也就是这个缘故，导致他与蒋玉莲的感情彻底破裂。

之后，聂云海找过蒋妈和李永胜，都被拒之门外。钱退不掉，聂云海只好找组织坦白，上面经过调查发现这是聂云海的私人问题，组织不方便出面。

再后来，徐丽娜给他出了这么一个馊主意，没想到却起了很大的作用。现如今，扶持村的老人都可以安享晚年了，孩子也都不用为上学而忧心了。

聂云海出国之后，他就把“蒋玉莲爱心基金”交给了徐丽娜打理，她一直在暗中张罗这件事。如今，“蒋玉莲爱心基金”越办越好，很多社会上的爱心人士都加入其中。他们不仅帮助了聂云海的乡亲，还帮助了许许多多贫困的老人和孩子。

镜头前，一群孩子在操场上追逐着，他们身上穿的是明威集团赠送的衣服，玩的是明威商城的篮球。教室里，孩子们拿着“蒋玉莲爱心基金”捐赠的笔、纸和书本，正聚精会神地在听课。

突然，一位调皮的小男孩闯进了摄像机前，他对着镜头说道：“玉莲嫂子，我是小虎，那一年你还到过我们家，我请你吃糖，你记得吗？谢谢你帮助了我和我的朋友们，我们一定会努力学习，考一个好大学。”

“我知道你很忙，管理一个很大很大的公司，不能来看我，但我不怪你。等我长大了，我就带着我的朋友们一起去给你做事，我们可能干了，爸爸妈妈不在家，都是我帮助爷爷奶奶下地干活的。”

“最后，玉莲嫂子，我希望你和云海哥也生一个小弟弟。我可以保护他，谁要是敢欺负他，我就带着我的兄弟们一起揍他……”

看到这里，蒋玉莲又哭了，这一次，她是被可爱的孩子感染了。如今，蒋玉莲再也顾不得什么明威集团的股票了，更顾不得什么名声、地位了。

天已经亮了，李永胜和他的伴郎团来到了蒋家。这些都是他的好哥们，有魏大志、杨得胜、龙杰等一大群兄弟。可当大伙来到蒋玉莲的闺房时，全都傻眼了，新娘不是蒋玉莲，却是徐丽娜。

“这是怎么回事？玉莲呢？”

“就是啊，这怎么还来了个狸猫换太子呢？”

大伙立刻就吵翻了天，尤其魏大志的嗓门也大，快把房盖都给掀了。还是花姐够泼辣，她拿眼睛一瞪，谁也不敢出声了。

“怎么着啊？想造反了不成？来，小丫，把你的手铐拿出来，我看谁敢造反。”

你还别说，花姐真从陈小丫身上搜出了一副手铐。这真应了那句话了，叫“爱岗敬业”，陈小丫来做伴娘都带着她的手铐。如此一来，房间里出奇地安静，连呼吸声都能听得见。

花姐见大伙都不做声了，继续道：“李永胜，我也不管你是谁，爱情这事就得讲究缘分。你不要以为有几个臭钱就可以为所欲为，告诉你，我们女王不吃那一套。”

花姐的这一番话还真提气，尤其大家看了聂云海的视频之后，都很气愤，气愤他的行为。杨得胜更是搞笑，临时叛变，他马上就站到他老婆的身边，说道：“对，我们家女王不差钱。”

花姐白了他一眼，道：“玉莲已经走了，她还是选择了爱情。但永胜你也不要伤心，你的爱情就在你面前，别身在福中不知福。”

说罢，花姐就把徐丽娜推到李永胜的面前，接着，花姐又点开了屏幕上的画面，就见电视机前的蒋玉莲婉如白雪公主一般迷人。

“永胜，当你看到这个视频的时候，我已经走了，去追寻自己的爱情了，你也不要辜负你身边的人。娜娜是个好女孩，她默默地爱着你，论相貌她一点也不比我逊色，论才华更是无可挑剔。”

“我和聂云海经历过生死，我们一起从大海逃生。在孤岛上，我们就已经发过誓，这辈子我们都不放弃对方，哪怕是天涯海角。好了，最后我要祝你新婚快乐，千万别辜负大家对你的期望。”

看完蒋玉莲留下的视频，李永胜沉默了许久。之后，他笑盈盈地跪在徐丽娜的面前，把手中的鲜花献给了她。接着，李永胜又从口袋里掏出那颗“海洋之心”戴在她的手上。

“娜娜，对不起，也许这句话来得太迟了，是我忽略了你对我的感情。在这个世界上，再也找不出第二个像你一样爱我的人，直到现在我才明白什么叫爱情。”

“我曾不止一次地幻想着，未来陪伴我的一定是玉莲，可她就是为聂云海而生的。我不该嫉妒他们之间的爱情，因为我有一个更好的爱人一直守候着我。娜娜，嫁给我吧，我愿意用我的一生来爱你、守护你。”

徐丽娜做梦也没有想到幸福会来得这么突然，这一刻她哭了，是幸福的泪花。大伙也都高兴了，都知道她的爱情来之不易。

“答应他，答应他。”

“嫁给他……”

终于，徐丽娜羞答答地说道：“我愿意。”

“哦……”

“亲一个，亲一个……”

这一刻，蒋家可闹翻了天，楼下的大乐团早就按耐不住，他们一听求婚成功，立刻就奏响了婚礼进行曲。新郎喜笑颜开地在新娘的脸上一吻，随后，他抱起新娘下了楼。

“出发。”

当直升机降落在永胜大酒店时，工作人员早就做好了准备，红地毯从顶楼一直铺到了大厅。在众人瞩目下，李永胜挽着新娘一步一步地走向了婚礼现场。

可当新郎、新娘踏进婚礼大厅的时候，大家都傻眼了，李爸更是不敢相信，道：“这……怎么回事？新娘怎么是娜娜？”

“这是怎么回事？”

“蒋总呢？”

“难道我们弄错了吗？”

“难道蒋总又逃婚了不成？”

“快拍照，这绝对是头条。”

现场一片混乱，记者们忙着收集材料，亲友们议论纷纷。但李妈却很镇定，她一看儿子那坚定的眼神，就明白了。

“各位亲朋好友，大家不要有疑问，徐丽娜就是我儿媳妇。之前为什么没有公布，那是因为大家都把玉莲错以为是我儿子的对象了，他们怎么可能在一起呢？一个是我儿子，一个是我干女儿。这要是在一起了，岂不是有违礼法？”

李妈天生就是一个演说家，她简短的几句话就化解了一场危机，同时也赢得了阵阵的掌声。说完，李妈把话筒交给了杨得胜，由他主持今天这场旷世绝伦的婚礼。

“新郎，你愿意迎娶徐丽娜小姐为妻吗？无论贫穷还是富贵，也不管生老病死，你愿意和她共度一生吗？”

“我愿意。”

“新娘，你愿意嫁给李永胜先生为妻吗？无论贫穷还是富贵，也不管生老病死，你愿意和他共度一生吗？”

“我愿意。”

“好，新郎，你可以亲吻你的新娘了。”

第 85 章　永不孤单

“等等……”

就在李永胜准备亲吻新娘子的时候，从酒店的外面跑进来一个人，大家都被他的喊声给镇住了。一时间，大厅里上千人都把目光投向了他，就见进来的是一个警察，可能是太紧迫了，他把帽子都给跑掉了。

再往警察的身上一看，吓得大家目瞪口呆。就见他一身的血，脸上、手上、衣服上到处都是，简直跟个血葫芦似的。今天是李永胜大婚的日子，没想到会遇到这种事情，李爸和李妈的脸蛋当时扭曲了。

可这位警察却像没事人一样，他大踏步的来到舞台中央，从杨得胜手中抢过了话筒，喘着粗气道：“你们……谁是……蒋玉莲的家人？”

“我是，我是蒋玉莲的妈妈。”

大家一听是找蒋玉莲的家人，心一下子就提起来了，尤其蒋妈比谁都紧张。所有人都有一种不好的预感，肯定出事了。

“快……快跟我走，蒋玉莲出车祸了，晚了怕是见不到了。”

“啊……”

就这一句话，蒋妈当时就昏过去了，蒋明威和陈星也哭开了。

“姐姐……”

“妈妈……”

如此一来，大厅就乱了套了，李永胜也顾不得亲吻他的新婚妻子了，拔腿就往外跑，跑了几步，他突然又想起了什么，转回身拉着新娘一起往医院跑去。

“老婆，快跟我走。”

“走。”

新郎和新娘跑了，接着就是明威集团的人以及蒋玉莲的朋友，他们也走了。大家一走，大厅立刻就空了。

李爸、李妈和徐爸、徐妈还不能走，他们是主人，得收拾残局，尤其蒋妈还在昏迷中。还是李妈有经验，她赶紧用手指甲按住她的人中。这一招还真有效，没多久，蒋妈慢悠悠地苏醒了。

“老天爷呀，你怎么这么不开眼啊，文清还在牢里蹲着，我女儿又出了这么大的事，你叫我还怎么活啊？”

蒋妈这么一哭，徐妈跟着也哭开了，蒋玉莲从小就是吃她的奶长大的，她比谁都心疼。可哭也解决不了问题，还是李妈有主意，道：“别哭了，哭能解决问题吗？赶紧去医院看看是怎么回事？”

“哦，对。”

于是，大伙又一窝蜂地赶往医院，等来到医院，急救室前已经围满了人，有记者、有明威的员工，还有蒋家的亲朋好友，大家都焦急地等待着。

这还得从蒋玉莲逃婚说起，她从徐丽娜口中得知聂云海要回金陵了，蒋玉莲连衣服也来不及换就跑了。为了避免被迎亲队伍撞见，蒋玉莲特意从后门走的。

可能是因为马上就要见到心上人的缘故，蒋玉莲的心情格外轻松，她一边哼着歌儿，一边驾驶方向盘。可能是她太过投入了，以至于放松了警惕，行驶了一段时间之后，突然从拐弯处杀出了一辆大货车。等蒋玉莲发现的时候，已经晚了，两车剧烈地碰撞在一起，把蒋玉莲连人带车就给撞飞了。

当救护人员赶到现场的时候，蒋玉莲已经休克了。她的身上、头上到处都是伤，鲜血已经染红了她的婚纱。

时间一点一滴地过去了，急救室的大门依然紧闭着。蒋妈已哭了无数次了，她的眼泪都快流干了，声音也嘶哑了。到现在，她已经没有了主心骨，李妈也不知道该如何去安慰她，她现在唯一能做的就是抱着蒋妈，给她最坚实的依靠。

又大约过了一小时，蒋妈挣脱了李妈的怀抱，她开始变得狂躁起来了。蒋妈一会儿站起来，一会儿又坐下去，眼睛却死死地盯着急救室的大门。

突然，蒋妈对徐丽娜说道：“娜娜，你赶紧给那小子打个电话，问问他死哪儿去了，他要是再不出现，以后就见不到玉莲了。”

蒋妈口中的那小子自然是指聂云海了，到现在，她已经没有什么高低贵贱之见了，只要能救活蒋玉莲，她什么条件都能答应。徐丽娜正暗自掉眼泪，听蒋妈这么一说，她马上就想起了什么大事似的，急忙拿出手机就拨通了聂云海的电话。

电话响了很久，可就是没人接。这一下，蒋妈可坐不住了，她一把抢过徐丽娜手中的电话，自己拨打了起来。电话又响了很久，还是没人接。

“也不知道那个穷小子有什么好的，他就是个扫把星，自从玉莲和他在一起了，我们家就没好过一天。”

“可不是嘛，这小子就是个要命鬼，不把我们家大小姐祸害死，他是不会消停的。”

其实，他们都冤枉聂云海了，蒋妈给聂云海打电话的时候，金陵舰已到了长江口。此时，聂云海正在集结队伍。将士们穿着崭新的军服，湛蓝色的贝雷帽、灰绿色的防弹服、95-1 自动步枪，威武雄壮。

当金陵号驶进了长江码头，蔚蓝色的联合国国旗迎风飘扬，嘹亮的军号声响彻云际。码头两岸早已人满为患，全都是迎接英雄凯旋的。

“立正——稍息——奏国歌——升国旗——”

当庄严肃穆的国歌在长江码头响起时，战舰上、码头上数以万计的人同时高唱国歌。鲜艳的国旗慢慢地升上云端，在半空中猎猎飞扬。

抛锚后，将士们缓缓地放下了旋梯，首先下船的是我们的侨胞和侨商。他们经历了风雨飘摇、尝试过酸甜苦辣，也见识过生死别离，直到双脚踏上了故乡的大地，才真正体会到和平的伟大。

当他们的父母、兄弟张开双臂迎接远归的游子；当勤劳善良的妻子拥抱归国的丈夫；当活泼可爱的幼子扑向满脸尘土的父亲，那是一幅温馨的画卷，也是一组感人的场景。

“爸、妈，你们好吗？”

“儿子，你可回来了。”

“老婆……”

亲人团聚，这是最幸福的事情，也是最动容的画面。千百个家庭拥抱在一起，大家互相关怀，嘘寒问暖。朋友间各自问好，述说离别之情。兄弟间拉拉家常，报一声平安，夫妻间说一说情话，倾诉思念。

相聚是甜美的，相聚是温暖的，相聚也是幸福的，唯有离别是痛苦的。同胞们能够平安地回归故土，这背后有国际维和战队的血与汗的付出，特别是那些英勇牺牲了的烈士，正是他们的无私奉献，才换来同胞们的美好明天。

“起灵……”

随着聂云海一声令下，将士们托住几位英雄的骨灰，慢慢地走下了旋梯。这一幕令所有人为之动容，热泪浸湿了他们的双眼，哀号响彻云天。

屈原有诗云：“皋兰被径兮，斯路渐。湛湛江水兮，上有枫。目极千里兮，伤春心。魂兮归来，哀江南！”

大家收住了笑容，自发地为英雄送行，为烈士哀悼。五位烈士，吴奕晗、卢德铭、李天杰、彭真和王贵，他们的英容永远地活在人们的心间。

当将士们用他们刚强的双手托着英雄的骨灰，把它们移交到烈士家属那颤巍巍的手中的那一刻，最动容也是最悲惨。五个烈士家庭，王贵的母亲和妹妹，彭真的两个兄弟，李天杰的父母，卢德铭的一大家子，吴奕晗的父母、妻子和儿子，无不痛断肝肠。

在人群中，聂云海还见到了久违了的吴市长。他已然老了很多，满头的白发，身子也消瘦了许多，还有一些佝偻。监狱生活早已磨去吴市长身上的霸气和魅力，他现在就是一个失去儿子的普通人。

今天，吴市长能够站在这里，完全是因为吴奕晗的缘故。吴市长在监狱里倒也踏实，每天天不亮就起床洗漱，之后就开始锻炼。监狱生活真正折磨人的不是身体上的苦痛，而是心灵上的摧残。在这里不管你过去担任过多大的官职，也不管你过去拥有多少财富，你都失去了自由。

一开始，吴市长非常难受，他过惯了锦衣玉食的生活，突然之间适应不了监狱的生活，随着时间的推移，吴市长开始从内心接受了这种生活，他也就不再奢望了，劳动成为他唯一的爱好。

一天晚上，半夜三更的时候，吴市长做了一个奇怪的梦，他梦见吴奕晗一身血迹地站在自己的面前。吴市长吓了一跳，他想喊叫，可怎么也叫不出来，喉咙里就像堵住似的，急得他满头大汗。眼看着吴奕晗的样子越来越模糊，吴市长就更急了，一个没留神，他就从床上摔了下来。

“奕晗……啊……”

吴市长从地上爬起来，他走到窗口向外望了望，见操场上的灯光如昼，没有一个人，叹道：“嗨，原来是一场噩梦啊，看来我太想儿子了。”

吴市长在窗前站了很长一段时间，他脑袋里不断地在想着过往的一些事，[illegible]之间的事情。天亮的时候，狱警打开了吴市长的牢门，对他说道：

“首长，你说什么？我可以出狱了？”

“是的。”

吴市长还是不敢相信，按照他的罪行应该坐八年牢，可现在过去不到二年，他怎么就能出狱了呢？看着狱警那坚毅目光，吴市长又不能不信。来到了监狱长的办公室，看着监狱长那严肃而庄严的表情，吴市长立刻就明白了。

“老李啊，是不是奕晗他出事了？”

“啊……这个……老吴，你要节哀啊。是这样的，老吴，奕晗是条汉子，他为了保护我们的大使，身中数十枪，硬是没有屈服。鉴于你儿子的表现，组织上又考虑到你身体的缘故，允许你保外就医。你去准备一下吧，你爱人和儿媳妇都在外面候着了。”

吴市长没有说什么，他只是点点头，站起身就往外走。等回到自己的房间了，吴市长再也抑制不住自己的情绪了，趴在床铺上放声痛哭。

“奕晗，爸爸对不起你，爸爸没有脸去面对你的孩子……呜呜呜……”

当聂云海把烈士证和抚恤金递到五位烈士家属手中时，他们就觉得双手托着的是一座泰山。如果可以的话，他们宁愿一分钱也不要，只愿亲人活着。处理完烈士们的后事之后，聂云海心里总算踏实多了，可没等他松口气，刘进喜却带给他一个最不想听到的消息。

“头儿，不好了，嫂子她……”

“干什么吞吞吐吐的，有什么事不能直说吗？”

聂云海还不知道蒋玉莲出车祸的事情，虽然他有过一些不好的感应，可那还是在海上。当时，聂云海就觉得一阵的眩晕，心里七上八下的，总觉得有什么不好的事情要发生。当时他以为是快回家的缘故，也就没放在心上。

“头儿，这件事我说出来，你千万不要着急，我们一起想办法啊。”

“你小子什么时候也变得这么磨叽了？行了，快说吧，我没工夫陪你瞎胡闹。”

“是这样的，嫂子出车祸了，看样子快不行了。”

“你说什么？”

“嫂子快死了。”

这一次，聂云海听明白了，他也晕过去了。大家都吓坏了，一个个忙前忙后的，唐陆气得直跺脚。

“好你个刘麻子，叫你别告诉他，你就是不听。这下好了，卖一个还搭上一个。”

“这能怪我吗？你们都看到了，我不说能行吗？”

“你不会含蓄一点啊，什么叫嫂子死了，她死了吗？”

“没死也差不多了，你没听我老婆哭得那个惨状吗？估计我死了她都不会这么伤心。”

“你死了能换回嫂子，我求之不得。”

这倒好，唐陆和刘进喜两个人先吵起来了。聂云海只是一时急火攻心导致的昏厥，他一醒来就往医院跑，也顾不得集结队伍了。

“玉莲，我来了。”

当聂云海赶到医院的时候，天已经黑了，手术也已经进行了八个小时，可急救室的大门还关着。众人一见聂云海回来了，都踏实了。陈星第一个扑到聂云海的怀里，这会他哭得更凶了，似乎找到了倾诉的对象。

“爸爸，我不要妈妈死，我不要妈妈死。”

听到陈星的叫唤声，聂云海心里有一种莫名的亲切感。他把陈星紧紧地抱在怀里，安慰道：“妈妈不会死的，她舍不得离开我们。”

这会，蒋明威也扑上来了，他一直都崇拜聂云海，早就把他当成一家人了。

“姐夫，你快救救姐姐吧，她是在接你的路上出的事。”

聂云海心里很愧疚，他看着小明威马上就想到了蒋玉莲，也把他抱在怀里。

“我不会让玉莲死的，就算要我的命，我也会想办法救活她的。”

蒋妈也过来了，她的气也消了，现在，聂云海就是她的精神寄托了。

“云海，都怪我，要不是我阻止你们在一起，玉莲她……”

蒋妈能说出这样的话，聂云海已经非常满足了，他就觉得心里热乎乎的，于是说道：“伯母，你不要这么说，都是我不好，过去的事情就让它过去好了。不管玉莲怎么样了，她永远都是我的妻子，明天我就和她把证办了。”

聂云海的话让蒋妈听着非常欣慰，她已经不那么的绝望了，至少聂云海让她看到了希望。其他人也很高兴，李永胜夫妇、花姐、陈小丫等，也都露出了久违的笑容。就连徐妈也变得开朗了，她对聂云海说道：“姑爷，我们玉莲没看错人。

大伙的心里稍微缓和了一些，急救室的大门终于打开了。接着，从里面走出几个穿白大褂的人，他们推着蒋玉莲从手术室走出来。

再看蒋玉莲的样子，她的脸色像白纸一样，没有一点血丝。她紧闭着双眼，左右手一边吊着吊瓶，一边输着血，鼻子上还插着氧气管，不用问，一看就是病危。蒋妈一看女儿的这个样子，马上又晕了过去。

现场又是一阵慌乱，大家赶紧上前抢救蒋妈，抬胳膊的抬胳膊，掐人中的掐人中。忙活了大半天，总算把蒋妈抢救了过来。她一缓过神，马上又哭开了。

“玉莲啊，我的女儿啊，你看看我呀，我是妈妈啊。”

女人就是这样的，遇事很不冷静，蒋妈这一哭，徐妈、徐丽娜、花姐等一堆女人也都跟着哭，把医生都哭毛了。

“好了，都别哭了，人还没死呢，等断了气再哭也不迟。”

医生这么一骂，谁都不敢哭了，众人似乎又看到了希望，都把目光落到了医生的身上。医生见大家都不做声了，他也不好再说什么，稍微平复了一下，说道：“蒋夫人，你也别介意，蒋总的事我们已经尽力了，至于她能不能醒，这就要看她自己的毅力了。你们不用都守在这儿了，留一二个人就行了，其他人该干嘛就干嘛去吧。”

说完，医生让人把蒋玉莲推进了病房。到现在，大伙的心里稍微安稳了一些，至少还抱有一丝希望。聂云海这会才发现李永胜和徐丽娜两人还穿着婚礼礼服了，他走到两人的面前，说道：“今天是你们大婚的日子，我也没有什么准备，只能祝你们白头偕老了。”

李永胜一直视聂云海为情敌，如今看到聂云海可怜的样子，他反而有些不好意思，便说道：“兄弟，我们斗了好多年，没想到会是这么一个结局。哎，我真希望玉莲可以醒来，我们还等着喝你们的喜酒呢。”

李永胜能说出这样的话，聂云海完全没有想到，他已经没有什么话语可以表达自己的心情了，只是做了个揖算是感谢了。大伙又在医院里待了一会，就陆陆续续地走了，病房里只剩下聂云海了。看着爱人变成这个样子，聂云海的内心无比的疼痛，可他什么也做不了。

深夜里，聂云海独自坐在病床前，他一边轻轻地抚摸着蒋玉莲那煞白的脸蛋，一边说道：“玉莲，还记得我们在孤岛上的日子吗？那是我这一辈子最美好的回忆。将来有一天，我一定会回到那个地方，回到那个山洞，它是我们的家。”

“玉莲，你曾说过，你要给我生很多个孩子。所以，你不能失信，因为你是一个守诺言的人。我不要你给我生很多孩子，我只要一个属于我们自己的孩子就够了。最好是个女孩，她长得跟你一样美丽，一双大眼睛，一对小酒窝，笑起来格外迷人。当初，我就是被你的美丽所迷惑，尽管我极力地控制自己的内心，可我还是成了你的俘虏。”

“在国外的这些日子里，我想明白了一个道理，爱是什么？爱是一种包容，包容对方的缺点，包容对方的短处。爱是一份理解，理解对方的难处，理解彼此的痛处。”

“我不该那么自私，明知道你会为张璐跟我闹别扭，可我却从未考虑过你的内心。我不该太大男子主义了，就为了那么一点自尊心。”

这一夜，聂云海说了很多的话，把他与蒋玉莲之间的矛盾都说了。可不管他说什么，蒋玉莲都没有反应，她就像木偶人似的，一动不动的。

时间过得很快，从出事到现在已经一个多月了，蒋玉莲一点苏醒的迹象也没有。专家换了一茬又一茬，就是没能治好她。

又过了一个月，蒋玉莲还是没有反应，大家似乎都绝望了，医生也不抱希望了。只有聂云海一个人在坚持，他不仅不肯放弃，甚至还找来了民政局的同志。在这个病房里，他就把结婚戒指戴在蒋玉莲的手指上，在众多亲友的祝福下聂云海和蒋玉莲结为了夫妻。

“好，靠近一点，再近一点，注意你们的笑容，好，就这样。”

拍完了全家福，聂云海在蒋玉莲的额头上深深地一吻。就在这时，蒋玉莲的手指微微的动了一下，只是谁也没有发现罢了。

聂云海一直都有一个想法，他想把蒋玉莲带回家。医生曾告诉过他，只要蒋玉莲能在百日内苏醒过来，她就可能康复，否则将成为植物人。因此，聂云海想通过自己的努力来唤醒沉睡的美人。

“妈，我想把玉莲接回家，这样我就有更多的时间来照顾她。我会尝试着去唤醒她，不管用什么办法，我都不会放弃。”

聂云海终于把自己心里的想法告诉了蒋妈，没想到她很爽快地答应了。

“孩子，咱们现在是一家人了，玉莲是你的妻子，你有权利决定做什么。不管你打算怎么做，妈都支持你。”

蒋明威说道：“姐夫，我也支持你。”

陈星也说道："爸爸，我们都支持你。"

当天，聂云海就把蒋玉莲接回到他们的新房。在这个新家里，他们曾闹过不少的矛盾，但那些都是年少气盛的缘故。现在，聂云海宁愿蒋玉莲站起来跟他吵架，只是这已成了一种奢求了。

因为是新婚，亲戚朋友都来了，大家热闹了一会，才慢慢地散去。当夜深人静的时候，聂云海轻轻地躺在蒋玉莲的旁边，他一边回忆着过去，一边述说着美好的明天。

可这些都没有用，蒋玉莲还是没有任何反应。渐渐地，聂云海有些失望，他爬起来，在房间里来回地走动。聂云海几乎把可以想到的方式都试了一遍，给她听大海的浪涛声，给她听林间小鸟鸣叫的声音，给她播放孩子学习的声音，都没有用。

到最后，聂云海的目光落到了钢琴上了。聂云海坐到了钢琴前。

窗外朦胧的夜色，突然，聂云海的脑海里闪现一丝灵光，他的手指不自觉在琴键上跳动了起来。

"你永远不会孤独，我会伴随你身边，不管你有多么遥远，我会守候在天边；你永远不会孤独，我会伴随你身边，不管天涯海角，你在我心间，永不孤单……"

当优美的旋律伴随着聂云海那明亮的歌声在这朦胧的夜色下产生了一种奇妙的力量，时间似乎都停止了，一切都已经缥缈虚无了，唯有一个既熟悉又亲切的声音划破了聂云海即将枯竭了的心房。

"水……"

这个声音非常的弱小，如蚊子般飞过，聂云海以为自己听错了，他摇了摇头，继续自弹自唱。

"你永远不会孤独，我会伴随你身边，不管你有多么遥远，我会守候在天边；你永远不会孤独，我会伴随你身边，不管天涯海角，你在我心间，永不孤单……"

"水，我要喝水。"

这一次，聂云海听得非常清楚，他太开心了，乐得蹦了起来。

"哈哈哈哈，宝贝，你终于醒了。"